道取南雍

学衡派百年史学论文精选

闵心蕙　贺晏然　主编

凤凰出版社

图书在版编目（CIP）数据

道启南雍：学衡派百年史学论文精选 / 闵心蕙，贺晏然主编. -- 南京：凤凰出版社，2025. 6. -- ISBN 978-7-5506-4581-3

Ⅰ. I209.6-53

中国国家版本馆CIP数据核字第2025DK2445号

书　　　名	道启南雍:学衡派百年史学论文精选	
主　　　编	闵心蕙　贺晏然	
责 任 编 辑	孟　清	
装 帧 设 计	朱文昊	
责 任 监 制	程明娇	
出 版 发 行	凤凰出版社(原江苏古籍出版社)	
	发行部电话025-83223462	
出版社地址	江苏省南京市中央路165号,邮编:210009	
照　　　排	南京凯建文化发展有限公司	
印　　　刷	南京新洲印刷有限公司	
	江苏省南京市六合区雨花路2号,邮编:211500	
开　　　本	652毫米×960毫米　1/16	
印　　　张	33.5	
字　　　数	497千字	
版　　　次	2025年6月第1版	
印　　　次	2025年6月第1次印刷	
标 准 书 号	ISBN 978-7-5506-4581-3	
定　　　价	98.00元	

(本书凡印装错误可向承印厂调换,电话:025-57500228)

序

　　1922年，南京高等师范学校和国立东南大学的前辈先贤创办《学衡》杂志，秉持"论究学术、阐求真理、昌明国粹、融化新知"的宗旨，在中国近代学术史上留下了浓墨重彩的一笔。为《学衡》杂志供稿的，既有梅光迪、吴宓等留美归来的年轻学人，他们试图依托新设立的西洋文学系，阐发中西文学之新主张；也有柳诒徵、徐则陵、缪凤林、张其昀、陈训慈、向达等提倡实学的南高师生，他们自发成立史地研究会，出版《史地学报》，精研中西史地之异同。一时间，东大学风之醇美厚朴为人盛赞，与五四学生运动后国内学风之浮荡形成对照。吴宓回忆道："以东南大学学生之勤敏好学，为之师者，亦不得不加倍奋勉，是故宓尝谓'1921—1924三年中，为宓一生最精勤之时期'者，不仅以宓编撰之《学衡》杂志能每月按定期出版，亦以宓在东南大学之教课，积极预备，多读书，充实内容，使所讲恒有精彩。"(《吴宓自编年谱：1894—1925》)

　　踏着新文化运动的巨浪前行的学衡派，过往多以反对白话文的保守形象著称，与"新青年"派的争锋，更被鲁迅视作聚宝门左近的几个"假古董"(《估〈学衡〉》)。但是，近年来学界更倾向于认为，两者间的唇枪舌战不能以新旧之争概论，学衡同人并非抱残守缺的保守派，也不是蠲弃国故的激进派，他们所倡"不泥于古、不迷于新"，可视作引介西学过程中对中国文化本位的坚守。

　　尽管学衡派诸人最终星散，1923年底，刘伯明积劳成疾、英年早逝，翌年，吴宓因西洋文学系被裁撤而远走东北，梅光迪无心恋栈而重返哈佛，1925年，柳诒徵受东大易长风波的冲击被迫北上，但是学衡之精神与思想留在了东大。他们发出了新文化运动中的批评声音，培植了一批融贯中西学术的后进学人，《学衡》杂志在吴宓的苦心支撑下勉力维系至1930年代，共出刊79期。《史地学报》于1925年停刊，史地研究会的骨干力量加入《史学与地学》，延续南高重视史地研究之传统。《国风（半月刊）》杂志于 1932 年在南京出版，标志着学衡派的中兴。

本书以"融贯中西文化"为主题，选录《学衡》《史地学报》《史学与地学》《国风（半月刊）》等杂志上的相关史学论文，对学衡派以及赞同学衡派治学理念的同时代学者的史学思想做一扼要梳理。借由此次整理，亦不难发现，中国文化的历史精神，是探索近代中国人文主义思想谱系不可或缺的维度，也是学衡派从学理上反思与重估新文化的基本立足点。本书下设四个栏目——"史学新论""中西交通""哲学宗教"和"译著精粹"。其中，"史学新论"一栏所录柳诒徵、徐则陵、陈训慈、缪凤林、张荫麟等南高师生的文章，侧重对"史"的解释和中西史学观念的比较。"中西交通"一栏所刊文章，是对当时新近发现的中西文化、中西民族之考辨，王国维、陈寅恪曾为《学衡》供稿，讨论殷墟、敦煌出土的新材料。"哲学宗教"一栏凝结了学衡派诸人对儒、道、佛、耶、印度哲学和西洋文化的比较与反思。"译著精粹"辑录吴宓、张荫麟有关中欧文化、中国文字的两篇译文，体现出学衡派对同时代西方学界新出研究的密切关注。

2019 年 1 月东南大学历史学系正式复建，此次出版"道启南雍"系列文选，既为承继百年东南文脉，亦彰显学衡之精神价值。历史学系副主任毕云参与了本书的选题规划、统筹与审校工作。中国史硕士研究生江灏、张镨月、王艳娇协助完成了原稿的誊录与初步整理。因此本书是东南大学历史学科师生协作的成果。百年前，学衡同人所倡融贯中西文化，突出的是新人文主义的外在资源与中国本土伦理的相互契合，他们所坚守的时代精神，是无偏无党、不激不随，在中西激荡中守护中国文化根脉。学衡风骨，历久弥新。

整理说明

1. 本书文章选自《学衡》《史地学报》《史学与地学》《史学杂志（南京）》《国风（半月刊）》等刊物，共分四编，每篇文章前增加由编者撰写的导读。

2. 本书各编文章依出版时间排序，出自同期刊物的文章，依原刊排序。

3. 各篇文章依照原文整理，在尽量保持文章原貌的前提下，加以现代标点符号并对明显讹误进行了修改。

4. 原文的随文注，以随文注和脚注两种形式标注。

5. 编校者的补充说明，以"编者注"的形式在脚注中标注。

6. 本书参考：沈卫威《学衡派年谱长编》《"学衡派"编年文事》，朱鲜峰《"学衡派"与近代中国大学教育》，孙江、李恭忠、谢任主编《融会中西——百年学衡经典文存》，张宝明编《斯文在兹：〈学衡〉典存》等。

目 录

【哲学宗教】

【译著精粹】

王国维

王国维（1877—1927），初名国桢，字静安，又字伯隅，晚号观堂，谥忠悫，浙江海宁人，国学大师，近代著名历史学家、哲学家、文学评论家和诗人，在文学、美学、史学、哲学、考古学、甲骨文、金石学等领域成就卓著。王国维主张"史料即史学"，强调历史研究应当以史料为基础，进行客观的考证和分析。他提出了"二重证据法"，结合传世文献与地下出土文物（如甲骨文、金文等）相互印证，以还原历史真相。他利用出土的甲骨文、金文等考古资料，与《史记》《汉书》等文献记载相互对照，对商周历史进行深入研究，论证古史的真实性和可靠性。

王国维是《学衡》杂志重要的撰稿人和学术支持者之一，在《学衡》杂志上发表了 20 篇文章，内容涵盖文学、历史、哲学等多个领域，体现了他对传统文化的深刻理解以及对西方学术思想的吸收与融合，本书收录《最近二三十年中中国新发见之学问》（第 45 期）、《书辜汤生英译〈中庸〉后》（第 43 期）两文。

柳诒徵

柳诒徵（1880—1956），字翼谋，亦字希兆，号知非，晚号劬堂，江苏丹徒人，近现代著名历史学家、古典文献学家、图书馆学家。自幼接受传统教育，后进入南京江南高等学堂学习，师从晚清著名学者缪荃孙。1902 年赴日本考察教育近两个月，回国后致力于教育改革与学术研究。柳诒徵曾任教于南京高等师范学校、国立东南大学、国立中央大学等多所高校，长期担任江苏省立图书馆馆长，1943 年被评为教育部部聘教授，1948 年当选为中央研究院第一届院士。柳氏门下弟子众多，执教南高一东大时期，指导史地研究会和《史地学报》，培养了一批学有所成的学生，如缪凤林、胡焕庸、张其昀、王焕镳、刘揆黎、景昌极、向达、陈训慈等著名史地学者。

柳诒徵以文言撰写的《弁言》发表于 1922 年 1 月《学衡》创刊号，提出了《学衡》杂志的思想准则（"四义"）："一、诵述中西先哲之精言，以翼学；二、解析世宙名著之共性，以邮思；三、籀绎之作，必趋雅音，以崇文；四、平心而言，不事嫚骂，以培俗。"《弁言》不仅为《学衡》杂志奠定了学术基调，也反映了柳诒徵及学衡同人对融合中西文化的深入思考与追求。

柳诒徵著有《中国文化史》《国史要义》《东亚各国史》《中国教育史》等。《中国文化史》是其代表作，被誉为中国近代文化史研究的开山之作，该书系统梳理了中国文化的发展脉络，从政治、经济、思想、艺术等多个角度探讨了中华文明的独特性与连续性。《国史要义》则集中体现了柳氏的史学思想，书中提出"史以明道"的观点，强调史学的社会功能与道德价值，对后世史学理论的发展产生了深远影响。柳诒徵是中国传统文化的坚定捍卫者，他主张在吸收西方文化的同时，应保持中华文化的独立性与主体性。柳诒徵被誉为中国近代史学的奠基人之一，其学术思想与研究方法对后世学者颇多启迪，至今仍具有重要的学术价值与现实意义。

徐则陵

徐则陵（1886—1972），字仲丘，又字养秋，江苏金坛人，近现代著名教育家、历史学家。1910 年考入南京金陵大学，1914 年毕业获得文学学士学位，1917 年赴美留学，于伊利诺大学研究院获得史学硕士学位，并在芝加哥大学和哥伦比亚大学研究院攻读教育学。1920 年学成回国，受聘担任南京高师历史和教育史两科教授，国立东南大学历史系首任系主任，开设西洋教育史、西洋文化史等课程，担任南高一东大时期史地研究会的指导员。1928 年受聘为金陵大学教授，担任金大中国文化研究所所长。抗战胜利后返回南京，再任中央大学教授兼教育系主任。

徐则陵是 20 世纪 20 年代中国教育改革的重要推动者之一，他支持陶行知、陈鹤琴等人的教育实验，推动了中国现代教育的发展；在东南大学附中推行"六、三、三"新学制，为中国中等教育的现代化奠定了基础。晚年专注于汉代教育史的研究，花费十年时间完成了《汉代教育史》一书。

陈寅恪

陈寅恪（1890—1969），字鹤寿，祖籍江西修水，生于湖南长沙，近现代历史学家、文献学家、东方语言学家。晚清湖南巡抚陈宝箴之孙，近代同光体诗派代表陈三立之子。1902 年起，先后留学日本、欧美，在多所著名大学学习，掌握十几种语言。陈寅恪与学衡派核心人物吴宓相识于哈佛大学，回国后，经吴宓推荐成为清华大学国学研究院导师，后在西南联合大学等校任教。

陈寅恪的学术成就广泛而深刻，在魏晋南北朝史、隋唐史、佛教史、语言学等领域有开创性贡献。代表作《隋唐制度渊源略论稿》和《唐代政治史述论稿》系统梳理了隋唐时期的政治制度、社会风俗和文化思想，《柳如是别传》研究明末名妓柳如是的生平，展现了晚明社会的复杂风貌。陈寅恪提出"独立之精神，自由之思想"，主张"中国文化本位论"，倡导"诗史互证"，他的治学方法融合了中西学术传统，注重语文学和历史学的结合。

陈寅恪与学衡派的关系复杂而微妙，既有思想上的共鸣，也有学术立场的差异，曾在《学衡》杂志发表《与妹书》《冯著〈中国哲学史〉审查报告》《敦煌劫余录序》等文章。尽管陈寅恪与学衡派在文化保守主义上有共鸣，但他并未完全认同学衡派的某些主张。例如，学衡派对新文化运动的批评较为激烈，而陈寅恪则主张学术独立，避免卷入政治或文化论战的漩涡，他的研究更多集中于历史与语言学领域，而非直接参与文化论争。

释太虚

释太虚（1890—1947），俗名吕淦森，浙江崇德人，近代中国佛教革新运动的核心人物。他 15 岁出家，同年受具足戒，早年研习《法华经》《楞严经》等经典，18 岁至西方寺阅藏期间触发禅悟，体悟"诸法空性"，为其日后思想奠定基础。他一生致力于佛教现代化改革，提出"人生佛教"理念，创办武昌佛学院、汉藏教理院等教育机构，推动僧伽制度改革，主张佛教应立足现实人生，强调"人成即佛成"的实践路径。曾在《学衡》杂志发表《东洋文化与西洋文化》一文。

汤用彤

汤用彤（1893—1964），字锡予，祖籍湖北黄梅，生于甘肃渭源，著名哲学史家、佛教史家。1912 年考入清华学堂，1916 年毕业留校任教。1918 年赴美，先后在汉姆林大学、哈佛大学研究院攻读哲学，获硕士学位。回国后，曾在国立东南大学、南开大学、国立中央大学、北京大学和西南联合大学等校任教，1948 年当选中央研究院第一届院士，著有《汉魏两晋南北朝佛教史》《印度哲学史略》《魏晋玄学论稿》等。他长于广搜精考事实，系统研究中印文化交流和融汇的历史，在中、西、印文化与哲学思想研究上，有独到的造诣和重大的贡献。

汤用彤与吴宓、梅光迪等人交往密切，是《学衡》杂志的撰稿人之一，在《学衡》上发表了一系列高质量的学术文章，涵盖印度哲学、佛教史、文化研究等多个领域，如《评近人之文化研究》《释迦时代的外道》《印度哲学之起源》等。他批评文化激进派与守旧派的浅隘，提出"文化之研究乃真理之讨论"，力图重建学术规范。

吴 宓

吴宓（1894—1978），字雨僧，陕西泾阳人，近现代著名文学家。

1911 年考入清华学堂留美预科班，1916 年毕业于清华大学，后赴美留学，在弗吉尼亚大学学习，1918 年转入哈佛大学比较文学系，师从白璧德（Irving Babbitt），与陈寅恪、汤用彤并称为"哈佛三杰"。1921 年回国后，先后在国立东南大学、东北大学、清华大学任教。抗战期间，在国立长沙临时大学、西南联合大学等校任教。著有《吴宓诗集》《吴宓日记》《文学与人生》等。

吴宓是《学衡》杂志的创办人之一，也是学衡派的中坚人物，《学衡》杂志创办之初即以吴宓寓所作为办公之所，第一次会议公推吴宓为"集稿员"。1922 年《学衡》杂志第 3 期发表吴宓撰写的《〈学衡〉杂志简章》，正式提出"论究学术、阐求真理、昌明国粹、融化新知，以中正之眼光，行批评之职事，无偏无党，不激不随"的宗旨。自本期始，吴宓成为杂志的总编辑兼干事，他在《学衡》杂志上陆续发表《评新文化运动》《我之人生观》等文章，翻译白璧德等西人著述，与新文化运动的倡导者有激烈的思想交锋，以保守之姿态反抗新文化—新文学的话语霸权，以求中西思想的通融。

缪凤林

缪凤林（1899—1959），字赞虞，浙江富阳人，近现代著名的历史学家和教育家。他于 1919 年考入南京高等师范学校文史地部，师从柳诒徵，为柳门高足。毕业后，他先后在东北大学、国立中央大学等高校任教，并在抗战期间随校西迁重庆，继续从事教学与研究。

缪凤林一生致力于史学研究与教育，他主张史学研究不仅要考证史料，还要解释史事的原因、变化与结果，强调史学的社会功能，如探明历史的因果关系、培养爱国心等。缪凤林作为《学衡》杂志的主要撰稿人之一，是学衡学术思想的实践者和传播者，曾发起成立中国史学会，并主持《史学杂志（南京）》和《国风（半月刊）》的编务工作。著有《中国通史纲要》《中国通史要略》《中国民族史》等重要作品。

《中国通史纲要》是缪凤林在中央大学任教期间编写的通史讲义，系统梳理了中国从远古至近代的历史发展脉络，被柳诒徵评价为"条理明晰、本末赅备"。《中国通史要略》在《纲要》的基础上修订而成，以"是古"为题，与顾颉刚之"疑古"、郭沫若之"释古"鼎足而三。《中国民族史》运用考古学、人类学的方法，结合传世文献，系统驳斥"中华民族西来说"，论证中华民族的独立性与连续性。

向 达

向达（1900—1966），字觉明，号觉明居士，湖南溆浦人，近现代著名的历史学家、考古学家、目录版本学家、翻译家，以研究中西交通史、敦煌学闻名于世。1919年考入南京高等师范学校，后由理转文，1920年进入文史地部学习，1924年毕业于国立东南大学历史系。此后历任商务印书馆编译员、北平图书馆编纂委员会委员兼北京大学讲师；1935年秋到牛津大学鲍德利图书馆工作；1937年赴德国考察劫自中国的壁画写卷；1938年回国后任浙江大学、西南联合大学教授；抗战胜利后，任北京大学历史系教授兼掌北大图书馆。

向达在南高—东大求学期间，任史地学会第五届总干事，在《学衡》《史地学报》上发表《龟兹苏祇婆琵琶七调考原》《朝鲜亡国之原因及其能否复兴之推测》等文。代表作有《唐代长安与西域文明》《中西交通史》《敦煌学导论》等，译著有《斯坦因西域考古记》等。向达在敦煌学、中西文化交流史、边疆史地等研究领域有开拓之功，推动敦煌学发展为国际显学。

郭斌龢

郭斌龢（1900—1987），字洽周，江苏江阴人，著名语言文学家。1917年考入南京高等师范学校文科，1919年转入香港大学，专攻中西文学，1922年获文学士学位。1927年考取庚款公费留美赴哈佛大学研究院深造，师从新人文主义者白璧德深研西洋文学，精通多国语言。后在国立浙江大学、南京大学任教。他熟谙希腊文和拉丁文，曾在《学衡》杂志发表关于希腊历史和柏拉图的相关文章，同景昌极合译《柏拉图五大对话集》(吴宓校)，1934年由南京国立编译馆出版。在浙江大学任教期间，他与"学衡派"成员梅光迪、张其昀等人共同创办的《国风（半月刊）》杂志，成为学衡派的重要阵地之一。

陈训慈

陈训慈（1901—1991），字叔谅，浙江慈溪官桥村（今属余姚）人，近现代著名历史学家、图书馆学家和教育家。陈布雷胞弟。1920年考入南京高等师范学校文史地部，和张其昀、缪凤林等同为柳诒徵高足。1924年，毕业于国立东南大学历史系，曾在上海商务印书馆编译所工作，并短暂担任国立中央大学历史系讲师。1932年，出任浙江省立图书馆馆长，抗战期间，组织抢运文澜阁《四库全书》及宁波天一阁藏书至安全地区，保护了大量珍贵的古籍文献免遭战火损坏。受竺可桢校长委托，他参与筹建浙江大学龙泉分校，为东南各省青年提供教育机会。

在南高—东大读书期间，他担任史地研究会和《史地学报》编辑主任、《史学杂志（南京）》主编。发表《组织中国史学会问题》，提出整理旧史、编订新书、探险考察、保存古物、组织图书馆博览室、参预近史等任务，以期"促进实学之研究，表白中国文化，增加与保存史料"。著有《近世欧洲政治社会史》《史学蠡测》《太平天国之宗教政治》《清代浙东之史学》等。

范存忠

范存忠（1903—1987），字雪桥、雪樵，江苏崇明（今属上海）人，近现代英语语言文学家。1924年，考入国立东南大学外国语言文学系，师从张士一、张歆海等人，1928年，获美国伊利诺伊大学文学硕士学位，1931年，毕业于美国哈佛大学英国文学专业，以论文《中国文化在启蒙时期的英国》获哲学博士学位。他先后在国立中央大学、南京大学任教，是1930年代《国风（南京）》杂志的作者之一。著有《英美史纲》《英国文学史纲》《中国文化在英国》《中西文化散论》《英国文学论集》等。

景昌极

景昌极（1903—1982），初名奕昭，后改名昌极，字幼南，江苏泰州人，著名哲学家、佛学家。1919年进入南京高等师范学校文史地部学习，师从柳诒徵、刘伯明。1922年提前完成学业后，曾在南京支那内学院学习半年，随欧阳竟无研究唯识学。此后在东北大学、成都大学、国立中央大学等校任教，教授哲学、历史学。其代表作有《哲学新论》《道德哲学新论》《名理新探》。

《哲学新论》为景昌极哲学思想的集大成之作，系统阐述了他的哲学方法论与核心观点，强调哲学的逻辑性与科学性，反对玄秘艰深的文风，主张以清晰的语言表达深刻的思想。此外，景昌极深入研究佛教理论，在法相唯识学领域有相当造诣，是近代佛教史领域的重要研究者。作为柳门高足和学衡派的重要成员，景昌极著译颇丰，主张以理性态度对待中国传统文化与西方思想，批驳新文化运动的偏颇。

张荫麟

张荫麟（1905—1942），号素痴，广东东莞人，近代著名历史学家。16岁考入清华学堂，在清华求学八载，曾师从梁启超、吴宓等人。1929年，赴美国斯坦福大学留学，学习哲学与社会学。1933年回国后任教于清华大学、浙江大学、西南联合大学等高校，主讲中国学术史与宋史。

《中国史纲》是张荫麟短暂学术生涯中的巅峰之作，集中体现了其史学思想与学术成就。本书是张荫麟应民国教育部之邀，经傅斯年推荐，为高中历史课程编写的教材，原计划从上古写到近代，但因其英年早逝，最终只完成从商朝到东汉的部分。《中国史纲》贯穿着张荫麟对民族命运的深切关怀，他在《自序》中强调，历史研究应服务于民族的自知之明与救亡图存。

史之一种解释

徐则陵

【编者导读】

《史地学报》创刊于 1921 年 11 月，由南京高师史地研究会创办，上海商务印书馆发行，以研究史学地学为宗旨，柳诒徵为创刊号作序，痛陈当时史地研究之弊，"清季迄今，校有史地之科，人知图表之目，其学宜蒸蒸日进矣。顾师不善教，弟不悦学，尽教科讲义为封畛。计年毕之，他匪所及。于是历史地理之知识，几几乎由小而降于零"。《史地学报》初定为季刊，后改为月刊，1926 年 10 月停刊，五年间共出版 4 卷 21 期（第 3 卷 1、2 期为合期），共 20 册，发文 300 余篇。

《史之一种解释》是《史地学报》第 1 卷第 1 期刊载的首篇文章，作者徐则陵是南高教授，他开设普通教授法、西洋文化史和西洋教育史等课程，引介西方史学理论和史学方法。徐则陵在开篇提出一个根本问题——人类活动有何意义？他援引伯克、马克思的观点，将近人对人类活动的研究分为两派：一为自然史观派，一为物质史观派。其中，自然派强调人类活动受到自然环境的影响；物质派突出人的生活状况决定人类意识。此外，徐则陵注意到心理作用对于人类活动的意义，区分德国、法国史家所倡人群心理与个己心理。由此形成史学的三种解释流派：史之自然解释、史之经济解释、史之心理解释。文章花较多篇幅介绍"史之心理解释"，将人类活动的演化机制演绎为保生之需要、适应之方法、求幸福之伦理。人类一切活动的起源，源自保其生命的本能，而保生的方法则随时代而变。

徐则陵此文虽名为《史之一种解释》，强调人类活动是解释历史和诠释史学的根本问题，但人类活动必定是多元的，可分为政治经济的活动、宗教的活动、学术的活动、美术的活动。他在文末直言："史也者，研究个己求生适应之过程，见于保生动作，见于寄生主义，见于造幻境自娱，见于力求真知各方面之学也。"勉励当时的学人不断求史、力求真知。

史学有一根本问题，曰人类活动有何意义？哲学的史家所谓"史之哲学"，近人所谓"史之解释"，名虽不同，实皆学者对于人类活动意义之研究也。除海格派精神史观已成陈言外[1]，自然物质史观（Naturalistic-materialistic interpretation of history）至今势力尚在。孟德斯鸠著《法意》，据气候及其他地理势力以解释风俗制度，开史之自然解释之端。英人柏克（Buckle）著《英格兰文化史》、耶鲁大学教授恒丁登（Huntington）著《气候与文化》，皆推阐气候与人类活动之关系，遂成史之自然解释派。史的物质主义（Historical materialism）创于马克思，氏据人类物质需要以解释史象，是为史之经济的解释派。二派各有所见，然偏而不全，非根本之谈也。

自然派谓人类活动受自然环境之影响，其言亦有至理，然谓据此一端即可解释人事之变更及发展，则未免武断。印第安群岛之气候与澳洲同，然居民之种族迥异，文化亦殊，自然派将何以解释之？更进而以北美为例，北美气候土壤，数百年来未尝变也，然而土人之文化与美国之文化，相去不可以道里计，自然派又将何以解释之[2]？柏克谓气候与土壤性质定民族之强弱，又曰"从人类与外界接触上着想则人类活动与自然界之公例有根本关系焉"[3]。自然界与人生诚有关系，然气候与土壤二者不足以尽自然界之公例也。况自然界影响及于野蛮或半开化社会，与其及于文明社会者，有深浅之别乎？

马克思解释人类活动之意义，其言曰："社会之经济的组织起于生产关系，政治法律起于是，社会之意识亦寄托于是。人类社交的政治的精神

---

1. Robinson：*New History*, p. 99.
2. Bagehot：*Physics and Politics*.
3. Buckle：*History of Civilization in England*, Vol. I, p. 31.

之过程视物质生活上生产状况为转移。人类意识不能定生活状况，惟生活状况能定人类之意识。"马氏认人生物质需要为活动之唯一原因，然埃及人之建石陵，古希腊人之建柱式庙宇，柯伯尼克斯（Copernicus）之创日中心之说，皮推克（Petraich）之搜罗古籍，清教徒（Puritans）之入北美，秦之焚书，汉之建承露台，张衡之发明地震仪，清之修四库全书，凡此种种史象其主要原因出于人类之意识；唯物史观派将何以解释之？人类活动起于精神需要者不胜枚举；欲求一切人类活动之源于物质需要，其说有不可通之处。

自然史观派、物质史观派俱不能解释人类活动之意义使无遗憾，其误在偏重客观而抹煞主观方面。殊不知人类活动以主观的势力为主要原因[1]。穆勒（Mill）曰："史象之解释，须在人心公例中求之。"海巴脱（Herbart）曰："社会势力起于心理。"[2] 裴其过（Bagehot）曰："人群进化起于心理作用；志愿操纵习惯；创始者之用功造成继起之精神；前人从劳苦中得来者影响后人之倾向。"史也者，研究人心所造、身体所传的倾向之公例之举也[3]。盖人类活动各有其究竟及其达到究竟之方法；激起活动有内部的外部的势力；有活动斯有意识，其中有感情、有知慧，人类有冲动、有习惯，有其遂欲满意之方法；拾此无以求人类活动之意义，即无由得史之真谛。从心理作用上求人类活动之意义，是谓史之心理的解释。此派有二支焉：曰人群心理派，德国史家主之；曰个己心理派，法国史家主之。

赖普扯些（Leipzig）大学教授郎勃雷赫德（Lamprecht）谓史之本体非他，即应用心理学也。氏认史学为"人群心理的科学（Socio-psychological Science）"。氏著《日耳曼民族史》一书，即本此眼光以研究日耳曼民族进化之迹。氏之问题即为文化演进历程中有无一种心灵的机械（Mental Mechanism）。如有，其性质如何？一切心灵之总积如何？氏乃据心理学之公例，如"类似联合""经验联合""印象与受承力之比较"

---

1. Mill：*Logic*.
2. Herbart：*Works*.
3. Bagehot：*Physics and Politics*, p.7.

等律，以求人类活动之意义，以解释史[1]。

人群心理与群众心理名目虽相似，而实则其间区别甚大，不可并为一谈。人群心理所研究者，皆以个己心理为出发点，更推而及于个己心理之交感作用。通常群众心理学家（Crowd Psychologist）往往视群众心理（The psychology of crowd）为自成一物，吾惧其为中古抽象派（Realists）误人之谈，不足为据。骊骈氏著《大社会》一书，其中一章论群众心理，谓群众心理学家以综合的名词误人；并引吕朋（Le Bon）"群众知识特别薄弱"及"群众永远无意识"等语以证一般群众心理学家思想之疏[2]。氏主张从模仿、同情、暗示诸方面以研究个己处人丛内之心理，则与人群心理二而一已，固无所谓特别一种群众心理也。从根本上着想，作者认个己心理之自成一物，而否认群众心理之自成一物。换言之，有个己心理而无群众心理。盖人群有德，德由个己而成；分量加多而性质则未变。罗稠（Lotze）曰："个己心思即历史活动之点。"史之真实曰个己，群众（Crowd）但玄名耳。史象须从个己心理上求根本的解释。

古今一切史象，无论其为战争、为革命、为民族迁徙、为其他团体运动，如众怒破法，如集股开公司，无一非少数个己抱同一宗旨而活动之结果；彼少数者皆能号召徒众者也。政治之组织、宗教、商业、阶级制度、家庭制度，其源皆出于心理作用。社会之澈底研究，舍个己而他求，即为舍本而逐末。从人心上求人类活动之解释，概称为史之心理的解释。分言之，则有个己心理史观、人群心理史观，实则前者注重分析方面，后者注重综合方面，其本质则一也。哲学的史家于本质以外另立一天定之说，用演绎法以解释史；不知史之公例惟有因果律一条，无所谓天定。史家主张人物造史者，误认一二杰出之士为史家究竟，亦非探本之论。盖所谓颖才者，亦有其与常人共同之心理，如感觉、本能、感情、情绪等皆是也，惟能于常人生活[3]之心理方面留意者，始可希望得史之究竟意义。

常人所共有之心理演为史象者，约而言之，大纲有三：（一）人类一

---

1. Lamprecht：*What is History*, pp.1-35, 201.
2. Wallace：*The Great Society*, pp.133-134.
3. Robinson：*New History*, pp.132-153.

切活动起于需要，需要莫大于保生。（二）人类活动皆起于适应需要，而其适应方法，常向阻力最小方面进行。（三）人类活动以逃痛苦为究竟，为"最多数人求最大幸福"即逃痛苦之究竟的伦理化。以此为目标，则不言逃痛苦而痛苦可免，人类即因而进化。请依次论列之。

保生，本能也，人类与其他有生之物同具之，同感此需要。万物处于不仁之自然界内，无时不与自然争存。生物之下焉者，借物理的、化学的公例而生之本能（Tropism），以应其保生之需要；如枝叶之向阳、茎之就水，皆是也。因需要而生非意识的活动。人类之生，介两冰期之间；其时气候各处不同，有热带性者，有半热带性者，生活问题甚易解决。大冰自北而南，自然以危害逼有生之物，毁灭者不可胜计；其他能生有机变化以自保者，则幸免于难。人类乃用其心思自造生活之具以保其生命[1]，是为有意识的活动。何以有此有意识的活动？曰人类避意识中及身体上之痛苦有以致之耳。饥寒逼人，则人类猎取禽兽，食其肉而衣其皮。饥寒，痛苦也，驰逐搏攫，亦痛苦也；后者可忍而前者不可忍；两害当前，权其轻重，则毋宁避重而就轻。稼穑苦于渔猎，然而不耕则不得食。政治组织夺个己自由，然而不为政治的公同生活，内则有攘夺之虞，外更有侵略之患。其痛苦大于丧失无限制之个己自由，则毋宁就政治范围矣。诸如此类例，不胜枚举，即此亦足以证明人类活动之起于保生一需要矣。治史者果能得其要领，即足以贯通一切有生之物而见其同。

保生之需要虽出于本能，至于所以保生之法即人类所以适应此需要之方法，自有人类以来，即向最小阻力方面进行（Law of least effort）。初民活动之不背此律已见上文，今请更言社会已有组织者。无论其为部落社会，抑为国家社会，终不脱寄生主义一现象。生活莫易于寄生：强凌弱，众暴寡，元首寄生于部下之众庶，家长寄生于妻孥，战士变为贵族，教士变为优先阶级，更进而有今日资本阶级，皆寄生主义之实现者也。吾人苟认治术为文化之准绳，则寄生主义即文化之实质。智出侪辈之寄生者，复利用礼教以养成凡民思想情绪之习惯，使视被治为分内之事，效忠安分为

---

1. 请看 Osborn：*Men of the Old Stone Age.*

天经地义。在嗜杀的民族希望转而寄生于邻族，在和平的民族惟希望秩序不乱，共享太平。"日出而作，日入而息，凿井而饮，耕田而食，帝力何有于我哉。"习故常，蹈旧辙，安于寄生主义之下者，忍剥削之小痛而求苟免流离之大痛也。不幸而剥削过甚，痛几等于死，则别有非常人乘机取原有寄生者而代之；其人及其徒党之出众者，遂变为新寄生者，于凡民原状未尝有根本变更也。颖才利用凡民忍痛之心理而行其政治的寄生主义；教士利用贪生及逃精神痛苦二种心理而行其宗教的寄生主义；资本家利用凡民必应物质需要之心理而行其经济的寄生主义。夫寄生主义，人类适应方法之最不足道者，然而今日人类仍行之者，致力少故也。虽然，文化愈进，普通人民智识增长不安于寄生主义之下，则寄生主义愈不易行。民族文化程度之高下，可视其社会上寄生主义之衰盛为准。

寄生主义与个己主义互为消长；社会上少一分寄生主义，则社会上增一分个己自由。自西方文化复兴（Renaissance of Western Civilization）[1]至于民本主义之兴起，个己价值逐渐增高，而寄生者之价值逐渐减低，新人格价值之标准，盖人类力争而得之者也。革命也，罢工也，皆抗此寄生主义之活动。柏格（Buckle）曰："学识与自由之间有至密切之关系焉。文化之进，视民本主义为准。"民本主义即抗寄生主义之道。今虽未能尽除寄生主义，然人类已知寄生主义之外，另有更高适应之方法，而力求其现实焉。

至少致力之公例引起寄生主义，人类错觉亦起于是。幻境者，人类逃痛苦之地也。化感觉印象为意念，为断裁，俾意识能于至短时间致至少精力以总揽环境，发现现象之关系，预定与生活有关之活动，使自身处于优胜地位，为保生计，人类不得不求事物之真相。其为事甚难，与人生用力至少之趋势正相反。更进而言之，据知觉造意念毫不参以我执，从记忆中搜集已成意念之知觉下断语；断语中所用诸谛，一一加以考虑，力求精密适当，此未受特殊训练者所视为苦事者也。于是去而他适，出真世界而入幻世界。人类往往自造幻境，作茧自缚，聊以慰情。逃真入幻，合于用

---

1. 出 H. G. Wells 新著《世界史》，包括通常所谓文艺复兴、宗教改革等而言。

力至少之公例。故幻境势力常大于真实境界。幻境之起，始则由于观察之不密，继则以我执作用自铸大错。用类似方法以解释一切，用一部分类似之现象以解释绝不相同之现象，以自圆其说，如谓社会为机体等说是也。更有用离奇之联想以造幻境，且从而为之辞者。谓病由于鬼物作祟，符咒可以祛之；死为身体变形，上界有永生之国，祸福神灵操之，祈则得福，禳则除祸。古今各民族之宇宙观、神话、神学、形上学，皆人类解释自造的幻界之说也，亦人类感于需要而生之活动也。方法虽与寄生主义不同，其为适应向阻力最小处进行则一也。

久之，错觉主义与寄生主义同不可行，错觉终不能成为持久的适应之方法。巫祝符咒不能去病，祈禳不能为社会求幸福、除祸患。少数聪明睿智之士恍然悟：服从权威不如明白权威性质之为愈，畏自然不若知自然之有裨益于人群。于是暗中摸索，复入真实世界，观察、研究、思索、试验以发明真理。幻境中人则不然，自误误人，且多方建立权威以强人久居幻境。如西洋中古时代卫道家之恶异己、教会之迫害异端；十六、十七世纪宗教之争，与近今耶教科学派（Christian Science）之执迷不悟，皆安于幻境而无意于真知者也。求实派研究自然，发现其公式以造福于社会，即得天不厚者亦得同享。盖常人亦能利用积累之知识学术，以遇需要、遂欲望，此其所以异于寄生主义之自利者也。求实派发现自然界之知识，常人受此智识之训练，注意愈集中，思想愈精，是非愈明，见得透澈，故不易轻信人言，亦不盲从权威。寄生主义惟权威是赖，权威之势力减，则寄生主义必倒，此真知所以不能与寄生主义并存也。

虽然，求真之士亦未能全脱错觉。惟其知幻之为幻，终与自安于幻境者有别。知幻之为幻者，能以想像消遣情怀，而不以幻乱真。科学未兴以前，美术上能与人类以极大的想像自由。即科学发达如今日，科学家仍不欲自夺其在美术上慰藉之权利。美术家不受真的限制，能纵其想像以造一特别天地，逍遥其中；寄托一切意念，抒写其豪壮幽艳之情怀于人物风景之内，不容丝毫怨毒鄙俚淫亵于其间，以中正仁爱统率一切痛苦忧患。人生不能得之于真实境中者，能一一得之于美术界。人类于此不必反致力最少之趋势以求适应自然界，而能造自然界如其所欲。天地不仁，不适应者死。人类几经严酷训练，始得渐达真知之境，不得已而弃其幻想之乐，固未尝不思一逞也。得美术，而人类受实界凌虐之愤，到此方得一泄。自造乐境以避痛苦，美术亦人类适应方法之一也。所以异于错觉主义者，美术活动明知其为幻而为之者也。

人类活动依上文推想其大别有四：曰政治经济的活动，曰宗教的活动，曰学术的活动，曰美术的活动。凡此种种活动有一究竟，曰好生。乐莫大于有生；然有生中有无限痛苦，避痛苦而后得有生之乐。避痛苦而用寄生主义、错觉主义为适应之方法，始终为向阻力最小处进行一趋势所操纵。迨悟幻境不可久留、造幻自娱之误事，乃入于研究真象之一途，而求学术的活动兴起。一理不明，一事不得其确解，求之者意识中之最大痛苦也。既得之则大乐，此即有生之最高乐趣。少数聪明睿知之人得此种有生之乐趣，而常人并受其福。非常之人发现真理，据以为概念之根本，如"最多数人民享最高幸福"，实足为促进人类之具。然究其起源，则经几许避痛动作始得发现此类概念以为人类活动之标准。学识正确，始能定此类标准以指导人类活动；文化乃益进步。就活动过程上言之，可曰：史也者，研究个己求生适应之过程，见于保生动作，见于寄生主义，见于造幻境自娱，见于力求真知各方面之学也[1]。

载《史地学报》第 1 卷第 1 期，1921 年 11 月

---

1. Nordau：*The Interpretation of History*.

史学观念之变迁及其趋势

陈训慈

【编者导读】

本文原载《史地学报》第 1 卷第 1 期，接续徐则陵《史之一种解释》一文，作者陈训慈当时还是南京高师文史地部求学的大二学生。全文共分三部分，第一部分比较中西，考释"史"字的不同源流。第二部分详考中西史学的各种观念，以西洋学说中的十一类史观为经，以中国传统史观为纬，汇通中西，旁征博引，具体包含美术的史观、宗教的史观、道德的史观、政治的史观、哲学的史观、个人的史观、科学的史观、社会的史观、经济的史观、地理的史观、综合的史观。第三部分从本质、范围、作用、观察四方面，归纳史学观念变迁的趋势，进而得出结论：史学的本质是在不断变化之中，以人类进化为要务；史学的研究范围涉及不同的时间、空间，兼及"宇宙史"；史学之致用体现在务存其真、于可能之中求其公例；史学之观察当在过去、现在、未来中无所偏崇，以客观济主观。

陈训慈凭借此文在《史地学报》上初露头角，他对西方不同史学流派的梳理与归纳非常精当，对希罗多德、修昔底德、李维等古代史家的作品较为熟稔，对培根、伏尔泰、吉本、兰克、马克思、特纳、麦考莱等近世学者的史观同样熟悉，还能参考同时代学者的最新研究，如德国史家兰普雷希特 1905 年发表的《何谓史》(*What is History*)，美国史家罗宾逊 1912 年出版的《新史学》(*New History*)。

陈训慈撰写此文用力颇深，他在文末附言中，自述撰写过程深受柳翼谋师、徐则陵师关于史学沿革的讲义和演讲的启发，同时得到张其昀、缪凤林等史地研究会同仁与南高学长的悉心指教。文章逻辑严谨明晰，文风质朴厚重，每一处论述皆有可靠依据，在广泛搜罗、综合概括的基础上，对中国古史进行审慎批判，且并未盲目附和西洋学说，这与《学衡》杂志创刊后所倡"论究学术、阐求真理、昌明国粹、融化新知"的理念相契合，体现出内在的相通之处。

I. 史之字原与起源

A. 字原一　吾人言一种学问，必先考其起源。虽曰以时演进，其字之原意早变；然考证字原，亦可以见此字最初之所指。中国"史"字，其初盖为官名，世称黄帝始立史官，夏商始分左右。

《世本》注："黄帝之世，始立史官，苍颉、沮诵居其职。夏商分置左右。"

《玉海》："昔四史昉于黄帝，五典建于苍、籀。"

至周有五史，各有所职。

《周官》：礼官有太史、小史、内史、外史、御史。又治官有女史。

《曲礼》下：天官亦有太史。

而《曲礼》《说文》皆称史掌记事。

《曲礼》上："史载笔，士载言。"注："史者，使也，执笔左右，'使之记也'。"

《说文》："𢸄，记事者也。从 彐 持中；中，正也。"注引《礼记》："动则左史记之，言则右史记之。"

《文字蒙求·会意一》："𢸄，记事者也。"

观此，则史之本意，为纪事之官；而其曰记言记动，尤偏帝王宫廷之事；殊无当于今之史学也。然观《说文》"事"字，则知史又有统该知识之微义。

《说文·史部》："事，职也。""职，记微也。"职为知识识之本字，古文作𢽾"，𢽾从屮从𢸄；是则事之广义为知识，实根于"史"字。而史字言持中不偏，亦隐合史学求真之意焉。

B. 字原二　考之西文，英曰"History"，法曰"Histoire"，德曰"Geschichte"；德字乃由"故事"（Story）之意推广而言，而英法之史字则皆原于希腊文（ἱστορία），其原意为学问或因问而得之智识。A learning or knowledge by inquiry. 此则涵概知识，较之吾国言记事者为广也。

C. 史之起源　由空间设想，史之存在，固无所谓终始。然由时间言之，则史固有其始也。地球之形成，据地质学家所言，为时极久；即人类之起源，由地层发见人骨之考证，亦已七十五万年。但最初人类生活，渺不可考。据进化学者之论，则知其中拙弱不适环境者，率受淘汰；而其生存之适者，虽仍野食露处，然必其心灵有较高者在（据 Spencer 心灵演进说）。惟心灵渐进，始渐有改进生活之期望。因此而有所需于记忆，结绳记号之不足，则有智者造为文字（《易》所谓"上古结绳以治，后世易之以书契"），而史因之而起（《汉书·司马迁传》赞"书契之作而有史官"）。是故古初之文字，往往为记事之作用[1]；过去史实，皆见文著；时代文章，类属史事。故曰：史之起源，直接由于文字之发生，而间接本于生活之需要。自然科学由人之理智，而创于文化既进之后；而史则非为特创，而殆与生以俱来，此史学所以异于他学也。

D. 史书起源　更言史书之起源。吾国史既掌于官，故最初史书，自成于史官。大致《尚书》为尧至秦穆之史，《春秋》为东周至鲁哀之史；更推言之，则《诗》详汤武至陈灵之事迹，即《易》亦可考见伏羲以来之演进。故前人有以经为史者，

王阳明《传习录》："以事言谓之史，以道言谓之经。"

近人因之，遂谓六艺即史，

龚定盦曰："六经者，周史之宗子也。"（见《古史钩沉》）

马氏《绎史》序："唐虞作史而综为经，两汉袭经而别为史，盖经即史也。"

刘申叔曰："六艺掌于史官，九流出于史官。"（见《中国历史教科书》）

张采田《史微》："自孔子以上，其学术政教，一言以蔽之，史而已矣。"

然此就广义言之耳。若语具体之史书，则唐虞以前，不复可考；（诸史虽言黄帝始设史官，即其言可信，其作述亦不可知。）就今存者言，终当以《尚书》为最古。

其在欧洲，则纪元前 1000 年顷，希腊始自腓尼基人得其文字。其时英雄（Heroes）神话盛行，有歌者比户歌述。其中之著者，即荷马 Homer

---

1. 详后美术史观。

也。荷氏著名两诗，曰 Iliad，曰 Odessey，传遗于今；吾人于此可考希腊古代传疑之史，是亦可谓史书之肇端。其后哲家蔚起，至纪元前五世纪时，Herodotus，世所称为"史之父"者，始著《波斯战役史》（444 B. C.）；三十年后，Thucydides 著 Peloponnesian 战役史。西洋具体史书之著述，盖于此始。

II. 史学之各种观念或解释 [1]
（其学说、源流及批评）

自唐虞以迄于今日国史，约四千年；自 Herodotus 至现代欧美史学，约二千三百余年。（若断自荷马，则亦三千余年。）其间史之意义、范围、作用，其变迁殆难胜言，故史家言"史之本体有史"（见 Robinson《新历史》II），非虚言也。

学者对史观念，名以时、以地、以人而殊，故史之变迁至剧，而不能如他学科，先下定义，而后述其内容。吾人所当注重者，唯在考自来之各种史学解释，而求其变迁之普通趋势。盖"唯史能解史"（Woodbridge 曰："It is history conscious of what history is."）殆已为今人所公认者矣。寻绎欧洲对史之观念，大致可分为十一类，曰美术史观，曰宗教史观，曰道德史观，曰政治史观，曰哲学史观，曰个人史观，曰科学史观，曰社会史观，曰经济史观，曰地理史观，曰综合史观。虽同时可有数种观念并存，然大致就其发生之先后，序次之如此。吾国史学观念，固亦以时而殊，而学者之论虽多，惜稀明确之主张，故分类自必以西洋学说为衡，而旁及吾国史家之说焉。

1. 美术的史观

A. 史之起源，既与文相近，故最初史学，无论何国，常呈文史混一

---

1. 英文 Interpretation 一字，所包甚广，如意义、范围、作用等等，皆在其中。中文无确当之字，今惟循通行者译为观念或解释。

之象；如荷马之诗，亦文亦史，《尚书》之文，固为吾国古代之文学。所谓美术史观，即以文学美术眼光，以视史者也。

吾国学者，好称六艺出于史，虽亦有言之过甚，然史公自序，亦盛言六经，其自述作史大旨，亦本于此。

《太史公自序》："有能绍明世，正《易传》，继《春秋》，本《诗》《书》《礼》《乐》之际，意在斯乎！意在斯乎！"

班氏亦言"纬六经"：

《汉书·序传》："纬六经，缀道纲，总百氏，赞篇章。"

夫六艺所及固广，然尚文贵典雅，则有同然（《论衡·佚文篇》"五经六艺为文"）。既以经史并言，是以文学解释史学之明征也。且史公又言表文采，班氏尤明言娱斯文。

太史公《与任安书》："恨死心有所未尽，鄙陋没世而文采不表于后世也。"

《汉书·序传》："仆亦不任厕技于彼列，故密尔自娱于斯文。"

故后人有言史公轻事尚文者，亦有见而然也。

王鸣盛《十七史商榷》："《史记》意在行文，不在纪事。"

自后史家，大致多兼重文辞；而文人为人作传记，其人皆赖文以传。后人论史，虽亦重言信史；然其称道良史，文采实其要因，言马班之不可及，盖以此也。

B. 其在欧洲，史学之起源在史诗，Lyric poem，荷马之两大史诗，欧人所奉为文学远祖者也（见上）。自 Herodotus（484—? B.C.）作史，史书著述日多，而其所纪，类以审美娱人为要务[1]。自是以后，在希腊如 Thucydides（491—401 B.C.）、Xenophon、Plutarch、Strabo、Pausanias 等，在罗马如 Caesar（100—44 B.C.）、Livy、Cassius、Polybius、Tacitus、Suetonius、Nepos 等，皆挟此派之意味。虽 Herodotus 能说明理性，Thucydides 尤以重证据称，而其重文辞之影响为尤大。及西罗马崩亡，日耳曼民族建

---

1. 此不但近人 Robinson 等之言然也。前人之批评 Herodotus 之作之真价，Lucian 言其文字之美或和谐，Cicero 言其丰满与光泽，Quintilian 言其混沌流动，Longinus 言其和谐，大致皆偏于文辞也。

国，宗教勃兴，而宗教史观遂盛。然余绪流传，学者多受影响，史家如Gianone Hume（1711—1776）、Robertson、Gibbon、Voltaire（1694—1778）皆不能忘情于文辞。Macanlay虽重言社会事实之重要，然其著史体裁，全为文学。降在今日，最著之代表，厥为法人Daunou，氏之言曰："史之起源在史诗，故描摹史事，必用小说戏曲之法，而史家尤必须研究文学。"（1820年演说）盖其重形式而轻内容，实希腊史家娱悦读者之余风也。

C. 此史观之失，在今已可无多论。盖既尚美取娱，则描写一事，往往增损其间，遂致忽弃真实也。吾国学者，如孔子虽言"言之不文，行之不远"，然亦申言"不以文害辞，辞逮而已矣"。后之史家，斥文史混一之弊者，如傅玄、王充、刘知幾、章学诚。

傅玄讥班史曰："述时务则谨辞章而略事实。"

《史通·疑古》："加以古文载事，其词简约，推者难详。"

《论衡·语增》《儒增》《书虚》等篇，皆言古人因文伤实。

《文史通义·言公上》："争于艺术之工巧，古人无有也。""交虚器也，道实指也。""辞采以为才，非良史之才也。"《说林》："志识其身，文辞其羽翼也。"《史德》："溺于文辞，以为观美之具焉，是不知其可也。"其言皆透澈可味。西洋学者之评美术史派，希腊史家Polybius曾言之，氏之言曰"史学乃所以纪述事实真相，而不容作者以文字增损其间"。其在今日，则人人皆能非之，而Robinson在其《新史学》中斥此辈"好以娱悦，教训与安慰读者"之为大谬，其言最明。吾人观此，更无须批评。惟重文失实，其失既为世所共知；但史全凭文字以传，其性质与他科学异，苟非明洁恰当之文字，实不足以胜任。故文学与史学，实至有关系；吾人当详审得失，不当漫然过听，而趋于极端也。

2. 宗教的史观

A. 以宗教解释史学，其滥觞盖不后于美术史观，或犹在其先焉。古初人类，对于自然界毫无了解，狂风迅雷，乃至火山地震，在在足以危祸人生。初民震撼之余，又莫察其故，则惟有委为天神之支配。由此扩而大之，而信宇宙一切事物，冥冥中皆有主宰。古史之皆以神话始者，殆皆此心理为之也。

B. 中国古圣，虽重人以参天；然上下诰诫，皆谆谆戒惧于天道。故《尧典》首言"钦若昊天"，舜亦禋类肆望，始即帝位。嗣后君臣勖戒，屡引天意，皋陶称人代天工，舜歌"敕天之命"，汤称天命以立誓，太甲称先王顾諟天命。即盘庚明知以地理而移都，亦引"迓续乃命于天"以动民焉。递相承袭，而天命之见遂深入人心；重人事如孔子（如言"不知人，焉知天""未知生，焉知死"），然亦频言天命，且颂鬼神。

如《论语》："死生有命，富贵在天。""不知命，无以为君子也。"

《中庸》："鬼神之为德，其盛矣乎。"

孟子重人于天（如言"天作孽，犹可违；人作孽，不可活"），然亦言天意。

如"天与贤则与贤，天与子则与子"。

其他哲家，言天者不可胜言。是以史家对于人事变迁，动信天意，《诗·雅》所言，多曰天、曰上帝（如"于昭于天""上帝板板"）；如生民言后稷之生，尤神异其说。尹吉甫为史学世家，其《烝民》诗亦以"天生烝民""天监有周"为言。太史公言"天网恢恢"，而班固尤盛称汉得天命，及神明之效。

《汉书·序传》引班彪《王命论》述刘氏承尧祚及其祥符，而斥时俗曰："不知神器有命，不可以智力求也。"

又曰："慎修所志，守尔天符，委命共己，味道之腴，神之听之，名其舍诸。"

自后史家，多言符瑞，其知重人事者，终稀显斥天命。而晋史且博采神异，创立鬼神传。即刘知幾论史，灼见前失，然犹信感应。

《史通·书事篇》："幽明感应，祸福萌兆则书之。"（但以"事关军国兴亡"为限）

降至今日，天命之观念，犹盛行于一般之心理焉。

C. 宗教史观之在西洋，虽戒惧天变，导源远古，然明表神意、定人事者，则在基督教既兴之后。自罗马崩亡，教会操持史学，史家多为教士（如 Gregory 等）。若辈以为史乃天心寄托所在；时语谓史必重上帝现示之真，即其例也。十五世纪时，Augustine 宣称神的世界与魔鬼世界之分，意谓代表光明与罪恶。其弟子 Orosius 著史专述灾异，并言从正教之得天佑；Bossuet 继之，更发扬其说。盖其时 Luther（1483—　）倡新教，而旧教徒遂以史为自卫之武器也。此派史观，影响中世人心甚大；盖人知有天，不复信己，"黑暗时代"进化之滞停，其主因盖在于此。

自宗教革命以后，其势渐衰。虽近世哲家，尚有信神定之说者。

Fichte 曰："吾人所见所为，隐隐有宇宙之神圣意志存于其下，盖此实一切事物之精髓也。"

而 Benjamin Kidd 以宗教解释历史，亦颇改中世之说，然附和者究不多得焉。

D. 批评此史观时，吾人须注意中国与欧洲之不同。吾国虽言宽泛之天命，而自来无具体之宗教。故感应来生，荐绅先生恶言之。汉时忌讳颇甚，王充《论衡》力辩禁忌、择日、图宅及俗讳之无当，而章实斋亦言人定可以胜天（见《文史通义·天喻》）。然此特后人砭俗之言，实则学术界中，当周秦诸子蔚起之际，学者咸以推究人事之理为务；故有各异之哲学史观，而无显著宗教史观之可言也。

西洋智识界，受基督之支配甚久。古代之反对神话者，如希腊之 Miletus 斥其"可笑"，而中古之世，宗教势力之浓厚，竟使学者稀有卓然抗违成说。及文艺复兴，始有自由思想之精神。至十八世纪，Voltaire 乃公然攻击教会，Huxley 集教主辩论，教主终为所屈，时人从风，而自由批评之风大盛。近来之攻斥宗教者，如 Stranss 著《耶稣一生》言福音全为神话，Bauer 斥为凭空捏造，而 Feuerbach 著《基督教精义》，其言尤精。氏谓"世上但有自然界与人类，宗教概念但为吾人产物，同时吾人又为自然界之产物也"。

总之，吾人于宗教史观之批评，须用二层言之：（一）以神事解释人事演进，其为荒谬，已不值烦言。（二）若以世界大宗教解释人事之演进，如曰佛教倡静玄，故印度畏事而不竞；基教尚爱，故欧人迈往精进；儒家教中，故中国人有温和中正之性。凡兹云云，固陷以一面概全部之弊，然人类进化史中，含有宗教势力，则亦吾人所当公认者也。

3. 道德的史观

A. 史述过去之事迹，事有成败，人有善恶；古代史家鉴于人群道德影响社会安宁之大，故必寓道德于史，加以褒贬，使后人从之取法资戒。故道德史观之发生，其导源盖亦甚早，不能遂谓为在二者之后也。

B. 吾国精神，有知德合一之长。《大学》首训明德，以至善为的；《周官》教重德行，而与六艺并尚（"大司徒以乡三物教万民，一曰六德，二曰六行，三曰六艺""师氏教三德三行""保氏教六艺六仪"）。故言治则尚德教而后刑法（《周官》"大司徒以乡三物教万民"然后"以乡八刑纠万民"。孔子所谓苟免无耻、有耻且格之别，孟子所谓心服力服，皆此意），言文则有文德（《文心雕龙·原道》"文之为德大矣哉"），言史则有史德（章学诚始立此名，《文史通义》有《史德》篇），皆可见尚德之征也。故先哲言史之要旨，重在取鉴。

《诗》："殷鉴不远，在夏后之世。"

《尚书·无逸》："嗣王其监于兹。"《酒诰》："我其可不大监抚于时。"

《管子》："疑今者察之古。"

《韩诗外传》："明镜所以照形也，往古所以知今也。"

《离骚》："瞻前而顾后兮，援镜自戒。"（此例甚多）

大抵皆以过去之善恶，可为自勉之资。故史之可贵，即在畜德明礼，定善恶，明道德。

《易·系传》："君子以多识前言往行为德。"

《曲礼》："博闻强识，而让敦善，行而不怠，谓之君子。"

《孟子》："孔子成《春秋》，而乱臣贼子惧。"

《太史公自序》："《春秋》者，礼义之大宗也。"

《论衡·佚文篇》："极笔墨之力，定善恶之实。"

《汉书·序传》答宾之信曰："斯所谓见势利之华，暗道德之实也。"

故孔子称《书》教、《春秋》教，而世贵《春秋》之褒贬。盖帝王览史以勉治，人民读史以励行，此古人所视为史之要旨也。

C. 西洋之宗教家以天堂地狱励人之善恶，故宗教史观亦含道德之微意，如 Augustine 曰"人行不德，天假魔鬼以罚人，是为灾异"，即其例也。其言史为哲学者，亦示设教之意，如 Dionysius 言"史乃以成例设教之哲学"；政治史家中，亦有言史为行事之指导，如希腊史家 Polybius 谓"史之作用所以为政治家及将领之领导"（Guide）。而其言之最纯最深澈者，厥为 Bolingbroke，氏著哲学研究书 *Letters on the study of Philosophy*，其持论大意，谓伦理不过空谈，不如以古人行为，寓之于史，引人观感；其中之嘉言懿行，且足资楷模以养成公德私德焉。观各家之说，虽所本不同，然以史具伦理之作用，则正与吾国重德之旨同也。

D. 吾人于史寓道德之说，不能绝对否认。人类所以可贵，在于心灵，而心灵之中，尤必有共守之轨范，以防心智之轶越。是故史中隐寓道德之质素，实自然之势；而史家之于人格，实亦当加以注意者也。若以为必寓改善人格之用，则史上善人，足以引起崇拜，未必即能取效；即思效之，亦未必能及也。至于鉴戒之说，则古今势异，虽大德不易，然小节之变迁甚多，未可谓成于古者，皆能取胜于今。总之，道德的训练，乃伦理学之事；史学但供取证之可能，非遂能策德教之效，纵有其效，亦非其要义也。

4. 政治的史观（附国家主义史派）

A. 文字发生之时，人类文化必已臻有政治组织之阶段，故史之初起，即与政治相接触。是史之重视政治事实，固可以历史关系解释之。政治既日渐进步，其影响于人事亦日著；而人类俶扰之事实，往往由政治而表现。史家眩此外象，遂以为政治实人类活动之主体或总积，稀能远窥深求，以考各方面之势力。故古史记载，无论中外，皆偏重政治，而其势力最为垂久，初非偶然而致此也。

B. 吾国古代，史掌于官，其职主记君之言行；此其纪载不但限于政治，又且偏于王之政治行动。观《尚书》所言，尚典诰而不详施治之起讫；《春秋》所载，亦重王朝诸侯而忽地方之行政，可知即言政治，亦未及其全部也。世称《尚书》记言，《春秋》记事，二书盖皆出自史官。三传皆衍《春秋》之绪，即《国语》世亦谓为左氏之书。及《春秋》之后，天子失官，学出私门。然史公著述，本世史职；班氏先人，亦世为守令。虽二人皆传游侠、货殖，范晔又传独行、逸民；然皆视为旁及，其主体固在纪传，而限于政治也。自后正史，莫不循此涂轨，而野史稗乘，亦少经心风俗社会之名著。评论者如干宝，其于民事亦但及殊行，

干宝"五志"："体国经野则书之，用兵征伐则书之，忠烈贞孝则书之，文诰专对则书之，才艺殊异则书之。"

其所言似已非囿于一曲，然王充论史，且以诸子不述政治为讥，

《论衡·佚文篇》："诸子并作，皆论他事，不颂主上，无益于国，无补于化。"

其所言之偏，亦足以见吾国史学历来之蔽矣。学者虽间有道其失，而为局部之改进；然积极留心社会，创作有系统之社会史者，不可得也。

C. 西洋政治史观，其势力亦极大。自希腊最初史家两大巨著（即《波斯战役史》与《Peloponnesian 战史》），即述民族之战争；继起作述，率偏政治。哲家学说，自柏拉图兼重美的生活与政治生活，其弟子亚里斯多德尤重视政治。其言曰"人类为唯一的政治动物"，"国家乃由人类普遍要求而生"。观其以人为政治动物，则其于史之概念可见。亚氏之后，公法学者宗述其说，金以为古今史迹，其政治演进有独裁至自由之通例。其在法国，尤为显著，向之史学著作擅于教士，今则法家几有代之之势。而其首立史之政治的解释者，厥为意人 Macchiavelli 与 Guiciardini 二人（约十五世纪时）；至十八世纪时，Hume、Gibbon、Robertson 诸人为最著，而 Voltaire、Montesquieu 亦与矣。但 Voltaire 著《风俗史》，Montesquieu 言普通状态之重要；Gibbon 作史，亦兼叙社会；Sharn Turner 著英史，兼论风俗；是盖已略有社会史之觉悟。然直至近代，政治史家之势犹盛。英有 Freernan、Seeley，而 Freeman 尤甚其说：

Freeman 曰"历史为人类政治性部分之科学"。

又曰"史为过去之政治，政治即现今之历史"。

Seeley 曰"史乃国家之传记也"。

法有 Mignet 一派，德有 Ranke 一派，皆政治史家中之有组织的著述者也。

D. 国家主义的史观，实政治史观之一支派，而以国家主义为准者。

自拿坡仑征伐，各国咸受蹂躏，而以德意志为甚。其时联邦犹未统一，于是惩创前事，群倡国家主义。学者如 Fichte、Arndt、Ranke 诸人，皆欲因此以唤醒国民，大哲学家海羯尔（Hegal）虽持世界主义，然当此狂潮，亦不期与以声助，氏在柏林演说，谓世界精神实寓于民族精神。诸人倡导之结果，遂使日耳曼联邦成立，而日耳曼史亦自此发生。于是十八世纪之政治活动，遂为十九世纪之民族活动；而政治史观，又因之中兴。英法因踪起效法，即美亦以留学而食德之余绪。此次世界大战，殆由国家主义的史观普及德人，故德皇能用民如一，历久四年；亦可以觇此派之势力焉。

吾国古时外族交际虽繁，然其情势与欧洲迥殊，纵有力敌之外族，而终不脱中心在我之观念。诏令谕告中，在在足见其自大之色彩，而无交争之意。若易代之际，如歌颂一代，而贬损前朝（王充《宣汉》《须颂》《恢国》诸篇，言之尤明）；其性质虽殊，要亦近于国家主义自尊之特性也。

E. 政治史观之不恰当，今人论者甚多。今试分三层言之：（一）政治为人类生活之一方面，不足以解释人类全活动之全体。（二）经济与科学分子，在人生中影响日增，故社会事实，多有非政治所能解释者。且政治状态为外象，其造成之原质散在各部，不宜轻忽。（三）且即言政治史，亦当穷其起源与发达之大势，而不能以宫庭征伐、治迹兴亡等为足尽政治之义，此又多数政治史家之蔽也。总之，人心以时而变，吾人断不能墨守一单纯分子以为史实组织之基础；而在今日进步的社会，尤有非政治所能解释完满者焉。

5. 哲学的史观

A. 人类理智发达，于事物繁复之中，终觉有意旨之可寻。于是对于史实之中，欲推究种种原理，以作人生意义之解释，而供人生之指导。吾国古代，哲理发生极早；故学者解史，多挟哲理。西洋自宗教势力衰后，始有明显哲学史观之可言，而其发扬阐述，颇具精理焉。

B. 吾国古哲好言"道"（如《易》"一阴一阳之谓道"，《书》言"道心惟微"，《诗》言"有相之道"，老子言"无以名之，字之曰道"，孔子言"本立而道生"，庄子多言道，荀子好称先王之道，法家、名家、杂家皆言道，乃至后之哲家学者，作书常首原道），其义虽各不同，然其欲于万象之中，求得基本之原理，则一也。老子信道为无，又好言反（如"正复为奇，善复为妖"，以及言美恶、有无、难易、虚实、得失、静躁、荣辱、废兴、与夺、坚柔、得失、生死……皆见本经）；孔子尚中，又好言变（如《易传》"变化见焉""刚柔相推而生变化""知变化之道者，其知神之所为乎"）；其他哲家中，其于人事中考求事理，亦间有说明历史之可寻者[1]，而论史之义，老、管皆言知古御今。

《老子》："执古之道，以御今之有。"

《管子》："疑今者，察之古；不知来者，视之往。"

史公亦言观往知来，且欲究天人，通古今。

《太史公自序》："故述往事，思来者。""原始察终，见盛观衰。"

《报任安书》："究天人之际，通古今之变。"

此即求公例之精神，然实则第表其希望。自后史家，虽亦宗述前说，多言道义，然大致徒托空言，稀阐实理。而后之哲学家中，亦未闻欲于历史中求真理之说焉。

C. 神学之进步而为哲学，故最初哲学中常有宗教之势力；其欲明宇宙本质之望，甚于人事。希腊自纪元前五世纪后，始究人的哲学。The philosophy of man（最初大史家 Herodotus 即生于此时）而最先寻绎人事，而有历史哲学之滥觞者，实自亚利斯多德（Aristotle，384—322 B. C.）。自中世以后，以宗教之影响，史学发展，大受挫阻。然十八世纪时，史家虽犹稀言求因果，而所谓历史哲学者，实于此时发生。德人 Hutt 始言世界公例与自然律相符，科学家可得自然定律，故史家亦能求得人类公例。彼信（一）人类所循之轨常为动的进行的，（二）社会制度必求与真美善三者相合。同时英人海羯尔（Hegal，1770—1831）倡纯理论（泛理论），谓自然现象皆为合理（The real is rational），历史即此理性之逐渐发展也。海氏之后，学者或主绝对意象，或深信辩证方法；其旨虽异，然大致皆

---

1. 兹篇不论哲学，故于诸家皆不详述。

本其说。其他如 Lessing（1729—1781）著《人类教育》，Herder（1744—1803）著《对于历史哲学之思想》皆有涉及神学之弊；即康德（Kant，1724—1804）于世界史之思想，犹未全脱神学意味焉。近世以哲学解释历史者，如德之 Eucken（1846—　）、Woodbridge，美之 E. D. Adams、S. Matthews，其最著者。大致考求真理，以说明史之绵延，而以史之将来，将日近于哲理也。

Woodbridge《史之目的》I：“历史真理非一成不变，而为进步的；愈求愈精，愈久愈明。”

D. 哲学的史观，欲于人类史实中，求得共通之真理，此其胸怀，诚非前述数者所能企及。然吾人所当注意者：（一）历史中固有求真之可能，然有史后始有此望，必为求真而始贵有史、因果律之探索，当于已见之果而求其因，若全以真绳事，则削趾适履，转损事实之本体。海羯尔以泛理解事，又谓伟人必生于乱世，皆未免强史事以就理也。总之，史自为史，哲自为哲。若谓史之前途近哲学，此其意若谓“事非有真即非事”者，是直欲屈史为哲学之一部，岂哲家之态度乎？（二）哲学史观重视精神生活，故常忽视物质，而世遂以精神史观称之。吾人于此尤当审求其适，勿惑于其说，而有所偏信也。

6. 个人的史观

A. 人事之演进，其直接动力固全在人类；而此无数之人类，非能人人有所作为，于是以心智、境遇、时势种种关系，而有若干优秀者起，创其伟大事业，遗无限势力于后人。学者有鉴于此类“伟人”势力之广大，觉一切人事皆可以伟人为之解释；所谓个人史观，盖常以此伟人史观（Great man's Theory）为代表者也。

B. 当法国革命人民迷于政治之时，有特出之史学解释发生，曰伟人史观。古代史家纪政治，往往重述一二主要人物之活动；其意常以为社会治乱兴衰，由于帝王、将军、官吏之活动，此其中实隐有偏重伟人之趋向。然抽绎成说而公然谓史为伟人传记者，则英人加来尔（Carlyle，1795—1881）是。

加氏著《伟人与伟人崇拜》（*Heroes and Hero-Worship and the Heroic in History*）一书，分述神明之英雄（或伟人）、宗教家之英雄、诗人之英雄、教士之英雄、文学家之英雄、帝王之英雄；The Hero as Divinity, Prophet, Poet, Priest, Man of literature, and King。大致以为凡兹数者，其惊心动魄之伟业，遗留世间，实形成历史之大部分。

加氏曰："历史者，伟人之传记（Biography of great men）也。"

又曰："伟人表显人生与自然界之神圣。"

盖加氏确信人能制胜自然，

加氏曰："人生为主动的 Dynamic 而非为机械的，换言之，人能制御自然，而非为自然所裁制。"

故历史之要素，全为伟人之作为，而尤在其心智，

《神明之英雄》章："世界历史或人类所作为之史实，不过遗有事业之伟人之历史耳。"又："吾人所见世间之事物，质言之，实伟人思想之结果、现实与概括耳。"（Material result, practical realization and embodiment.）

此等伟人，其事业虽异，而其主要精神则同，

《教士之英雄》章："各种伟人，自内节言之，实相同也；盖人生之神灵的解释，必得彼辈伟大坚忍之精神，言之歌之，奋斗以实现之也。"

此其学说之大概也。加氏学说，颇博一时之信从。虽未得多数之附从者，然其影响亦有可言，英文学家 Matthew Arnold（1822—1888）提倡"残余"（Remnant）之真正重要，美哲家 Prof. James（1842—1910）著《伟人与其环境及信仰的意志》，皆本其说。惟法大史家 Taine 则斥其书为荒谬（"Demoniacal"），以其迷于伟大故而忽于小事也。

C. 伟人史观之在中国，虽无显同之说，然观吾国古来思想，多忽视物质势力，重于人心之说明，

如《大学》言修身、齐家、治国、平天下，而归本于正心诚意，以致知格物。

又："君子必诚其意。"

《中庸》言："惟天下至诚为能尽其性；能尽其性，则能尽人之性；能尽人之性，则能尽物之性；能尽物之性，则可以赞天地之化育；可以赞

天地之化育，可以与天地参矣。"

而于此人心势力之中，尤重"贤圣""君子"，

《大学》引汤保赤子之言，而曰："一家仁，一国兴仁；一人贪戾，一国作乱。"

《中庸》："天下至圣，见而民莫不敬，言而民莫不信，行而民莫不说。"

又："大哉圣人之道！洋洋乎发育万物，峻极于天。"

又："君子之道……虽圣人亦有所不知焉。"

孔子之称尧，《孟子》与《中庸》之称孔子，皆比之天地，

《论语》："大哉尧之为君，惟天为大，惟尧则之。"

《中庸》："仲尼祖述尧舜，……如天地……如四时……如日月……万物并育而不相害，道并行而不相悖……天地所以为大也。"

《孟子》："出于其类，拔乎其萃，如生民以来，未有盛于孔子也。"

其他如《书》言"后来其苏"；《诗》称君子为"民之父母"；孔子答哀公问政，亦曰"人存政举，人亡政息"；乃至所谓"垂拱""垂衣裳"，大致皆以兴衰治乱，系于一二人之作为。而《易》言大人（《易·乾卦》以龙比君子，而九二、九五以"利见大人"比君）德，尤与"伟人"之名暗合焉。此种思想，入人甚深，后世时治则歌颂其上，时乱则怨望希圣；直至今日，平民又有"真明天子"之梦想者，人观念之余风未沫者耳。

D. 加来尔之伟人史观，广言之则曰个人史观，其思想实承于政治史观，而尤偏重人心者也。夫"伟人"之思想行为，在文化上之位置与贡献，固有不可否认者在。然（一）文化上人心之势力固不可没，而环境之势力尤不可忽。人心与环境乃互为因果，在今日进化之世，地理环境势力犹有存在，矧在古代之人类乎？（二）且即言人心，亦当概括全人类以言之；一二伟人之事业，表面上诚若能支配人事，然实际上实以群众势力为多。"群众，无意识者也；惟其无意识，其进以渐，其为力方为强大持久。"（见 Le Bon 著《群众心理》）（三）而群众之中，其视若无关轻重者，往往能于无意识中呈其势力，即伟人亦无如何也。设例明之：铁工铸舰，误用劣料，其后舰队临阵，水入不行，虽勇将猛卒，亦必战败无疑。由此三点观之，伟人史观之未当，可以见矣。

7. 科学的史观

A. 自十九世纪初叶以后，自然科学勃兴，自然界之发见，举足以影响史学。自科学方法，应用日广；而同时进化学说发扬益盛，史学观念，因以丕变。其量要者有四：（一）曰纪实之精神。革从前主观增损之弊，务尚存事实之真。（二）曰进化之注重。此种观念，希腊、罗马及中古史家虽似肇其端，然至近代始有明确学说，而应用之以为史学之主要观念。（三）曰史源 Source 之考订与史学特性之觉悟。学者对于史料务求其源，不尚沿袭；而其搜集之后必为之分类部别，尤须加以辨别。然史迹与自然象绝异，繁博日增，往者不可复试，此史之异于他科学，亦学者应有之觉悟也。（四）曰寻求公例之企图。学者对于繁复之事实，必加以论理的分析，然后探索其因果，明其关连或共通之所在，而寻求历史公例，以跻史于科学之一焉。

B. 科学史观之要点，即在于上述四者。自纪实精神言之，与英之培根（Lord Bacon，1561—1626）与德人尼布尔（Niebuhr，1776—1831）实导其始。尼氏于国家主义鼓荡之中，独能具批评的观察而叙述过去之真实。而培根之言，尤为明切：

"史之真正责任，乃表达事实之本体，而以其观察与结论，公之读者之自由批评可也。"

而最光明揭求公例之见者，则为英人 Buckle（1821—1862）氏攻斥从前史家，而至"就种种特别事实之中，举其统驭之公例"，于人类史上"究竟其类似互通之功以比美于他科学"。（见 Ibid.）Condorcet（1743—1794）之论文，亦于此派有所贡献；法之孔德（Comte），亦阐发名旨，其明谓史为科学者，则自德人 Ranke。而近代史学界中，如 Breasted 诸人，其思想皆着源于此，亦可见其势力矣。

C. 吾国科学，向不发达，科学方法之不明，实为学术界之大憾。故语科学史观，殊不必加以牵证。若以科学方法作史，则《易》与《春秋》似足当之。盖一则由隐之显，一则推见至隐（见《史记》），实近今人所谓演释与归纳也。于此又有当说明者，则（一）进化之观念，在吾国虽多散见笼统之语，然常偏近循环之意[1]，而与西洋进化学说绝异。（二）纪实精神，固为吾国历来所尚（如《公羊传》称信史；王肃称史公之书不虚美隐恶，谓之实录）。然尤重褒贬是非，而其取材常有所偏[2]，此则有殊于科学的纪实也。

D. 吾人于科学史观之主张，如纪实重因果等等，诚无间然。然充极端者之言，则一若自然界能有公例，人事中亦必在在如此，遂以史与自然科学等视。实则自然界已全然存在，虽繁复而可试验；而史则上推无始，前进无穷，错综繁博，其性质全异于他学。故吾人推求因果，亦但就可能之内，有以殊于自然界必定之因果，故史是否科学，在今日尚为问题。多数学者，已以科学称之（如 Lamprecht 之《何谓史》；Johnson《历史教学法》所言）。然亦必说明非自然科学之所谓科学；而主张史之难为科学者，亦有其人焉（如 Henry Bourne；见《史学公民学教学法》第一章）。总之，吾人对于一说，须吸其精华，而不可迷于其说也。

8. 社会的史观

A. 中世以后，平民思潮渐盛，至法国革命而臻其极。自是社会组织，日见进步；而群体势力，亦日益扩张。学者寻其发达之迹，知偏重政治为人事基础之为大谬。彼等深信史家之责任，在就进化历程之中，于法律、宗教、经济、教育、实业、政治种种方面，研究社会之起源与发达，而说明其故。政治事实，在社会史观视之，不过其中之一部分耳。

B. 十八世纪初叶，史家已有注意社会之趋势。孟德斯鸠（Montsquieu，1689—1755）谓世事进行中，史家不当究个人品格之特点，而当考其所从出之社会普通状态。伏推（Voltaire，1694—1778）著书，亦由各方面述评社会之全体生活；同时 Vico、Turgot（1727—1781）亦重尚社会事实；Gibbon、Turner 作史，皆兼详社会风俗。英人 Macaulay（1800—1859）始对政治史作明决之攻击。其言曰：平常琐事，诚不重

---

1. 此语当博证详明，非兹文范围所及，故从略。
2. 见下社会史观。

要，然果以说明社会各种关系，以示人心则进步，则小事固不当轻忽也。其时社会学说踵起，如圣西门（St. Simon，1760—1825）、孔德（1798—1859）、斯宾塞（Spencer，1820—1903）诸人，皆于此说大有影响。其纯粹以此眼光著史者，当推 John R. Green。氏著《英民小史》，其序言曰："吾宁疏略战役、外交、宫闱储事，而详于宪法、知识与社会进步之事实。"自是之后，史家于史之著述讲授，莫不趋重社会之进化。其在近代如巴黎大学教授 Durhheim、哥伦比大学教授 Gidding 等，皆承此派之流者也。

C. 吾国历史，自来轻忽社会情形，实不可讳。古史无论已，即春秋战国之状况，吾人所得于三《传》、《国语》《国策》而考见者，犹不及由诸子可得推证者之多。而周初社会情形之可考者，惟《诗经》为最多；以《七月》为例，吾人几若亲炙其生活。故以广义之史书言，《诗经》实最佳之社会史也。其后《史记》八书，其差可考见民情者，惟《平准书》；列传之中，惟《游侠》《货殖》《滑稽》《日者》《龟策》为民间之事。自后史家，因循略变，而大致则正史之中，民情不得什一焉。《通鉴》编年之作，其名则曰资治（序谓为"典刑之总会，册牍之渊林"）。即士之不在官者犹且述政治以自见，故野史之中，亦以政事占其大部。惟宋人小说，差称稗史之盛者，然琐录杂闻，亦多无当于社会发达之说明。文人传记中之可考者，又多散见而无统。故欲就中国求社会史家，几不可得，此文中子之所以讥志寡，而江淹之所以难志难也。

《中说》："史之失，自司马迁始。记繁而志寡。"

江淹曰："修史之难，无过于志。"

盖其所谓"志"，即散见社会之事实而加以类述者也（如《汉书》八志）。

D. 社会史观扩大史学研究之范围，其功诚不可没。然充其极，则往往有重社会而忽个人之弊。人类为群体之动物，故个人作为，寄于社会。然同时吾人仍为个人，其所受有非得之社会者，其所为亦有不加诸社会者。若处处以社会为准，而过重社会效率，则个人精神上之价值，且为之隐蔽。其后偏重轻济者继起，忽视历史上之精神部分，穷其源始，不可谓非社会史观阶之也。

9. 经济的史观

A. 自苏格兰人亚当·斯密（Adam Smith，1723—1790）研究分工工资价值诸问题，作《原富》*Wealth of Nation*（1776）一书，欧洲学者始注意经济之研究。继之后者，有 Malthus（1766—1834）之人口论，Ricardo（1772—1823）之分财原理，皆盛行一时；自后德有 Kraus、Thünen、Ray 等，法有 Say、Gamier、Cournot 等；乃至 Landerdale 倡社会经济，Simmondi 言消费要项，于是经济学不及百年，斐然大成。而 St. Simon、Mill 诸人之说，又为社会主义之先驱。于此时也，经济势力之说风靡一时，而经济史观遂应运而发生于十九世纪之初。其主要学者，即马克思（Karl Marx，1818—1883）是。

B. 初，法人 Harrington 著 *Oceana* 一书，以为国家性质视土地产业为比例。十八世纪作家，如 Garnier Dalrymple、Möser 等皆注意产业对政治之关系；其后研究社会者，如 St. Simon、Pluton、Blanc（1811—1882）、Stein（1757—1831）诸人皆注意经济情形于政治之影响。巴克尔（Buckle）著《英国文明史》，有物质律影响一章[1]。此马氏学说之先驱也。马氏又颇受海羯尔 Hegal 之影响。海氏曾谓经济不同，而生阶级，由此而生规律，而政府以成；马氏幼受海氏式之教育，同时又受海氏后继 Feuerbach 之影响至巨。此又马氏哲学的先导也。

马氏以经济释史之要点，重在生产方法于社会之关系，

"一切社会关系，皆循经济生活之变迁，而尤在生产方法之变迁。"（《工资劳动与资本》，1849）

且推及于一切进化之关系，

"物质生存之生产方法，可以决定社会政治与精神一切进化。"（《经济学批评》，1859）

政治之基础，在于经济，

---

1. 学者以巴克尔曾言进化社会中，物质影响减少，心理影响加多；遂以为巴氏乃主张唯心论，而与马克思相反者。然此乃其附加之说明，巴氏固重言经济者也，且有称巴氏为经济史观真正创世者焉（见 Seligman 著之《经济史观》）。

"一切政治关系，既非自明，又非人类精神进步之结果；乃与生活物质条件有关。而真正法律政治的基础，乃经济的组织。"（《经济学批评》）推而至于心智之发达，亦在经济，

"人之感觉幻想与思想方法人生观，皆与财产形式、生活情形有关。凡此皆由教育集于一人，而人遂误以为自己行为之出发点。"（见《路易蓬那的二月十八》p.26）

故历史的发达，皆此生产关系之变迁耳，

"生产关系总和所构成之社会关系，即吾人所谓社会。此社会之历史发达，有一定之程序。"（见《工资劳动与资本》）

生产关系中，尤以资本家、劳动家关系为尚，

"全体社会租织与政治之隐微基础，常在资本、劳动直接关系之中。"
[《资本论》（*Das Kapital*）]

然马氏亦申言其他经验事实之重要焉，

"然同一经济基础之下之生活，以经验事实与各种表面之历史影响，亦能呈无数之变象。"

此马氏以经济眼光解释历史学说之大概；其言虽有过甚之处（如论经济关系），然其各书中详密之说明，究多发人所未发焉。

C. 马氏之学说，颇经后此学者之整理，而 Engels 之解释疑难为尤多，谓经济史观非谓经济为唯一势力，其言曰：

"经济史观者，非全以经济解释历史，乃谓人类进化要因在于社会，而社会变迁实由经济的原素也"。

又谓经济与他事互为因果：

"总之，政治、宗教、文学、美术等皆基于经济发达，然又互为影响，还而影响经济基础也。"

美人 Seligman 著《经济史观》，极为此说辩证，言纯凭经济解释者为伪派，而谓其本义非谓"一切社会生活全系经济反映，而必兼明人生中之精神生活焉"。（卷下第三章，言"正确经济史观毫不否认历史上伦理的精神的势力"。）

马氏学说，在近来史学界中之应用，甚为显著。美人 Morgan 著《古

代社会》（1677），以经济组织说明社会之演进。其后学者，如 Engels 著《德国农夫战争》，Kovalevaky 著《家族财产起源与发达》（1890），Groose 著《家族状态与经济状态》，Prof. Hilderbrand 著《各经济时代之法律与风俗》（1896），Dargan 著《财产起源发达史》（1884），Cunow 著《母权制度之经济基础》，Pikler 著《图腾 Teuton 制度起源》（1900），Nielboer 著《奴制之工业的观察》，Robinson 著《战争与经济之事实方面与理论方面》，皆根据经济以说明史实。其他如德之 Francotte、Pöhlmann，瑞士之 Bürkli，比之 Marez，德之 Prutz、Bax，亦皆以经济眼光研究历史。至今史家著史，靡不于经济加以相当之注意焉。

D. 吾国史中，经济状况可考见者殊少，盖大体言之，国人重农轻商，不喜道财富，故所传绝少，而后人加以推求者亦无闻也。然古帝王设治颇重阜民，《易》称神农作耒耜，商君称其教农王天下，自后尧授民时，舜授稷官，禹制土田，楙迁有无，此皆古史中可考见者。其后《史记》传范蠡之货殖，《汉书·食货志》所言愈详，其后正史之中，虽详疏有殊，然亦有足考者焉。周代以农立国（可以《生民》《七月》《公刘》《思文》诸诗为证），行井田之制，民生安足，不知生计之要。战国政衰，生计大变，故管仲、商鞅，皆挟经济史观之色彩，《管子》言分民足食，

《管子·乘马》："圣人所以为圣人，善分民也。"

"仓廪实而知礼节，衣食足而知荣辱。"

商君言圣人作货财，先王反农战，而神农、汤、武之治，即在民勤其业：

《商君书·开塞》："民众无制则有乱，圣人作为土地货财男女之分……"

又《农战》："农者寡，游食者众，其国贫危……故先王反之于农战。"

又《画策》："神农之世，男耕而食，妇织而衣，刑政不用而治。"

又《算地》："故五民加于国用……此尧、舜之所难也；故汤、武禁之，则功立而名成。"

即以孟子之重仁义，然亦言经济与民性之关系矣：

《孟子》："富岁子弟多赖，凶岁子弟多暴，其所以陷溺其心者然也。"

自后学者之言顺民心，多意在阜生薄敛。王荆公锐意变革，谓陶冶人才，

在教养取任；曰教曰取，则尚教育；养之重在阜财，任则意谓分职。

王安石《上神宗皇帝书》谓："所谓人主陶冶而成之者，何也？亦教之、养之、取之、任之有其道而已……"
"先王"之治，盖在此焉。凡此皆约举前人之说，虽不如西洋经济学者之有确切推考，然其信历史上经济之重要，亦可以稍见一班也。

E. 吾人观西洋经济史观变更史学观念之深，并源事察情，当无不认人类生活之多得经济影响。然（一）经济原因为文化之一部分，而与人心势力互为因果，断不能以经济而忽人生之精神方面。（二）古来伟大人物，常能超脱经济之势力：吾国古哲，尤多如此。此其行事伟业，断不能以经济解释之。（三）且古今经济状况绝殊，经济所包括至广，尤不当独重生产方法，更不可挟近代社会主义色彩以论古也。是故经济史观若 Engels 等之修正的解释，固足为方来历史解释之一要点；若囿于马克思早年著作，或误信后起激进者之铺张，则转足使经济史观失其当有之位置焉。

10. 地理的史观

A. 经济关系之中，地理势力颇占重要，故今之所谓地理史观者，亦可谓经济史观之支派也。此派主张，大致以地理环境足以支配人类活动，故可为历史基础；其稳健者则多及地与史之关系，而不如经济史观之自信过当也。

B. 经济史家中，马克思曾谓地理情形于生产颇有影响；而 Engels 曰："观察经济情形时，吾人不可忽视地理的基础。"Ruckle 称"人为环境动物"，亦言"社会经济变迁，全以地质与气候为转移"。盖皆信地理势力在历史上之重要也。Hippocrates、Bodin、Vegatius 皆以地理解释史实者也。近代 Ritter 等重振其说，和之者甚众。如 Ratzel、Matchnikof（氏著书述河域与人类进步关系）、Demolins、Huntington 之著作，于试明地理重要，考证最为详密。其他史家，皆颇受感化。至于今日，史家于教授与著作，莫不注意地理之说明，亦可见此派之势力矣。

C. 吾国自黄帝"画野分州"，大禹治水，厥成禹贡。周官施治，最重地图。史公二十而好游，周览天下，可知其重尚形势。班固始志地理，自后正史，皆宗其意，是史家未皆忽地理势力之重要也。其明揭地理势力之大者，如管子、班固：

《管子·牧民》："地者政之本也；地不正则官不理，官不理则事不治。"

《汉书·食货志》："立民之道，地著为本。"（案：此"地著"非仅指地理）

清代颇有历史的地理之作，观顾祖禹、吴兴祚所言，

顾祖禹《读史方舆纪要》序："不变之体，而为至变之行；一定之形，而为无定之准。"（案："不变""一定"指地，"至变""无定"指史。）

吴兴祚序："舆图者，史学之源也。"

又："学者以史为史，而不能按之舆图；以舆图为舆图，而不能稽之于史。"

可见近人注意地理之趋向。然说者虽有，其正推究者甚少，不但古舆图不可多得，即言古代地理之书亦甚少；此诚吾人之大憾也。

B. 吾人于研究历史，必当注意地理，此固无可疑者。然若过重地理势力，以为历史之唯一基础，则其谬误实甚。故吾人所当注意者：（一）地理情形足以限制生产方法，而非能造成生产方法。故马克思曰："地理情形之改变，虽足阻止新生产法之实施，而同一地理情形之下，固可以有不同生产方法则存在也。"（二）自科学发达，人类克制自然之力日增，故地理势力日见减少（如气候则有人工水分法以节干燥，物产则以交通便而不为地限）。故地理势力虽不能消灭，然以古时之地理势力律今，则大不可。总之，地理之于文化，其间接影响为多，而断非能直接控驭人类也。

11. 综合的史观（或群体心理史观）

Synthetic or collective psychological interpretation.

A. 上述各派史观，大致可以包括自来史学之观念，其中之确在近命史学界中占势力者，厥为哲学史观、科学史观、社会史观与经济史观。然亦各有偏至，不足以尽史之全。然历史发展之状态，繁复无常，无所不在，故必受多方面之影响，而断非任何单纯原因所能解决者。自政治史观之衰替，又当经济生活之发达，于是经济史观披靡欧美。继起者愈趋激

进，尽纳史实于经济方面，而于近世之俶扰，亦以为但以经济可以解决，更无念及精神生活之改进。劳工风潮之日烈，经济史观盖与有责焉。学者目击其弊，于是思以广大之精神，综合各方之长，而纳之于群体之心理，以解释历史。所谓综合史观或社会心理史观者，遂发生于二十世纪之初，而综各方面之大成。

B. 自社会学发达，然后有社会心理学之发生，学者著此类书者，于群体心理之性质势力，多所阐明。然以社会心理研究史学者，则殆以德利俾瑟大学教授兰泼来脱（Karl Lamprecht）为始。氏著《何谓史》（*What is History*）一书，其开卷即曰："史乃一种融会心理之科学也。"（History is primarily a socio-psychological science.）盖其说深信群体心理之重要：

《何谓史》："前人于史以为个人心理的研究，今则显当以研究社会心理眼光究史也。"

Le Bon 著《群众心理》（*The Crowd*）序："在今日之势，个人有意识之行动，往往群众无意识之行动代之。"

法人 Le Bon 又明言群体之无意识：

《群众心理》序："群体者无意识者也，惟其无意识，故其力方能强大。"然虽无意识，实有隐微渐进之力，而为文化进步之主因。

《群众心理》序："吾人可见闻之事物至少，而不见不闻者实夥。譬之海洋，吾人第心波涛之汹涌，未尝见其潜伏动击之源也。"

又第一章："凡可纪之史乘，咸此人类思想潜动之表征也。"然此势力组成之原素，则各方面皆有之，惟皆发之于社会心理而支配历史之演进。惟其为各种势力之总汇，故其要义，一曰变进，

《何谓史》："某时代之社会中为群众浃合之事，及范围扩大，往往各人意识各自背驰。"

《群众心理》："历史中大事，大致由于根本思想变迁之结果。"

Robinson 亦曰："吾人当于进化历程中，发见过去。"

二曰广大，

《何谓史》："史乃事实之演进，昔限于伟人之诗歌，今则论文化之全部。"

"史之动力古初在于伟人，今则在于各种情形。"

惟进化故不拘固定之一说，惟广大故能博取各方面之关系。故近今综合史观研究之效果，既令范围扩广，又使时间增长，而文有促进世界史之倾向。现代大史学，多隶此派，如 Shotwell、Robinson、Breasted、Turner 皆是，而信从者不可计焉。

C. 吾人于新兴之综合史观，自觉为史学最公允恰当之解释，诚以其博采众见，而不陷于一偏也。然吾人所当注意者，所谓社会心理之重要，在归纳各方原因以说明史实；同时于各种史观之应有位置，皆与肯认，而非主张特立之社会心理也。社会心理既支配人事，同时此事实又还而影响心理，故吾人可谓制度组织不能制御人心，而不能谓为绝无关系也。抑群众心理多任情而不健全，如 Le Bon 所举，皆凿凿有证。吾人果将任此有缺点之群众进行乎？抑有法以改善之乎？果改善矣，则将来文化进程之条件又何如？此则综合史观言群众心理者之问题也。

史之各种解释，上述略已备矣，最初之史学解释，以为文学之一部分（美术史观），或视为天心之表现（宗教史观），其后有以为所以改善人格（道德史观），或以为所以考求真理（哲学史观），尚政治者则以为"过去政治之纪载"（政治史观），重社会者则以社会发达之说明（社会史观），受科学影响则倡导科学方法（科学史观），信伟人势力者则归根个人心理（个人史观），经济学者以生产方法为解释（经济史观），地理学者则以地理环境为要因。凡兹各说，虽无一定之程序，然大致循此而下，有无形渐进之趋势，以向更允当之结果。综合史观用此进行之趋势，故能发挥致效。是故吾人既明各种史观，尤必寻绎其普通之趋势焉。

III. 史学观念变迁之趋势

史学观念之变迁，其趋势甚为复杂，且其变无形，无分明之界限，故不能明区类别，以尽言而无遗。兹但就管见所及述其大要，凡十三则，而纳之于本质范围作用与观察四者：（案：此乃为便利计，勉为之分，非确有此判明之类别。）

1. 本质

A. 主情主知　文学要义在诉之情感，故古初文史混一之时，史学重尚动人感情；即以后史家，亦多不忽视文辞之工美。章实斋所谓"观美之具"（《史德篇》），Robinson 所谓"娱悦安慰读者"（New History 第二章）是也。宗教史观以天堂地狱喻人，诱以热望，恫以可畏，此亦偏于情者也。及政治史家则遵政事，科学史家则尚纪实，至社会史观、经济史观，皆尚说明，科学史家、哲学史家并尚求公例，此皆理知之表现也。Woodbridge 所谓史为理性的事实（A rational enterprise，见《史之目的》II），又谓与古人相处以知者，To live in the light of past the life of intelligence 者，从可见史学主知之趋向焉。

B. 固定的—进化的　前人于史，但知铺叙过去。虽吾国古人已言观往知来，意史家 Machiavelli 亦言预见将来，必须取鉴过去，然此正足以见其固定之观念；盖古今果有变迁，则所以成功于古者，未必不取败于今也。其言因时制宜，亦无史学进化之明确观念。自达尔文倡进化论，学者靡然从风，而社会史家、科学史家皆以说明进化为能事。今之史家为 Robinson 言"史非静止之物，而以社会进化改变其观念"（见《新历史》第一章），Woodbridge 言"史非但为纪载的，而为进行的动作的"（《史之目的》I），Smith Williams 言"历史之主体在于动的人类"[Man in action，见《史家之世界史》（Historians' History of the World）第一章]，可见自静而动，自固定至进化，实史学自然之趋势也。

C. 简单—繁复　古代史书，其为量非不多也，然因循沿袭，无所创见，杂纪琐闻，无关重要，故语其质盖甚单简。自社会史观欲说明社会各方面之状态，其所及遂广；乃至最近史家，穷究各方面于社会心理之影响。其性质日趋繁复，且各学科发达，皆自有其史，于是史与他学交通日密，不复如前之孤特。Woodbridge 所谓史之复数主义（Pluralism of History，见《史之目的》II），Robinson 所谓"群树异果"（An orchard bearing several trees and fruit of different tastes，见《新历史》第一章），盖谓此也。

史学之性质既日即繁复，故其所昭示义，常为相对之观察。于繁博之中，贵在选择，以为取舍之权衡。Woodbridge 谓史为绝对观察之反，而为相对观察。（History is the denial of absolute observation but is affirmation of relative observation.）盖史之求公例之难，此亦其一因也。

2. 范围

D. 全竟的—未完的　古人以为人类固为继续，而史之职则但限于过去事实之纪载；一若近代之事，即非史者。吾国正史编著，多在一朝既亡，后朝修之；而其体裁亦好断截为篇，昧于相互之关系。自进化观念发达，知人类活动有一线蝉联之现象，因果相乘，乃至无穷。同时地质学家、人类学家，于古初人类多所发明，于是史之年代，上扩下延，而视为永远未竟之物。今之所谓"史"，实"无绝对之始与终"者也（见《史之目的》Ⅲ）。

E. 个人的—国家的—人类社会的　最初之史，多详个人事实，如于帝王贵族、大臣将领、奇才懋行，皆重述个人，而不尚相互之关系；加来尔且明倡个人学说，此皆以个别为归也。自法国革命之后，国家主义勃兴，史家著述，以唤起民族精神为贵，故民族矜夸之见，寓于史中；此世人所以谓此次大战，德史家与有责也。今之真正史家，则但尚人类进化之现象，不复囿于国别，而世界史之位置遂占重要。初，希腊史家 Diodorus 曾作《世界史》二十卷，Pompeius 继作，Justin 本此作《世界史略》。此后英人 Walter Raleigh，德人 Schlosser（英人 Lardner 译本）皆有世界史之作。Bekker、Leo、Weiss 继起，而 G. Weber 之作，实继大史家 Ranke 未竟之业焉。近代英人 H. S.Willians 集多数学者之作，辑《史家之世界史》二十五册。盖愈至近代，史学愈重罗述人类社会之全也。

F. $\left.\begin{array}{l}\text{地方的}\\\text{时代的}\end{array}\right\}$—$\left\{\begin{array}{l}\text{全球的}\\\text{全时的}\end{array}\right\}$全体的　由 D 之说，则史学重超绝时间之范围；由 E 之说，则史学求统一空间之隔离。是以合二者言之，史之范围重在全时的、全球的人类[1]，即史重在全一（Whole totality）也。近代史家，

---

[1]. 近人言研究历史，当分人文与生物；言生物则地质家言地层历史已七十五兆年，言人类则自有人至今亦七十五万年。然吾人于古初人类发现尚少，故此言全时全球，仍限以人类，而兼及生物之有关系者焉。

如 William 以戏剧喻史：

《史家之世界史》第一章《史与史家》："以戏剧喻此著，则史乃以史的真实（Historical truth）为动作之合一（Union of action），以人类之时代为时代，以世界为舞台者也。"

Ranke 则倡导"宇宙史"（Universal History）[1]：

Ranke："Universal History embraces the event of all nations and times in their connection in so far as these affect each other，appear one after the other，and altogether from a living totality."

其意盖谓宇宙史包括全世界全时的事实，以人类全体为本，而明其相互之关系也。其所喻述，皆扩大空间与时间，最足表示此种趋势者也。

3. 作用

G. 空想—应用—以理想济实用　原人富于幻想，故古人对于宇宙万有，莫名其然，惟怀玄秘之观念，而无致用之心，此心理可于通俗人中见之，而在野蛮人为尤著。Vincent《史学探索》（*Historical Research*）第一章引 Bedouin 人屏息环听故事，全为好奇心之冲动。可见最初史书，不过餍人好奇之幻想而已。（春秋时使聘应对，以不知史事为辱，亦徒取装饰外表，而少应用之意。）乃至政治史家欲以史促政治活动，道德史家欲以改善人格（如吾国观往知来之旨），皆有应用之趋向。但事实之中，尤贵有理想辅之；说明其何以发生，且以为各种学科之应用。是其以理想济实用，无所偏倚，盖异于前之率然求致用者焉。

H. 教训的{理法的}—自由的　古代作史，有示教之意，中国如孔子之言《书》教、《春秋》教，而申叔时尤明以《春秋》与《世本》为设教之用。（《楚语》："申叔曰：教之《春秋》而为之耸善抑恶，教之《世本》而为之昭明德而废幽昏。"）欧洲如 Bolingbroke 之言为最著（见上"道德史

---

1. 案：《文子》引《老子》曰："往古来今谓之宙，四方上下谓之宇。"《庄子》《尸子》《淮南子》皆称之。虽四方上下之范围大于地球，然大致尚以"宇宙史"译 Universal History 为近。

观"），而 Robinson 谓 Herodotus 等于误人之外，又有教训（Edify）之意（见《新历史》II）。近今史家则知史实虽足为伦理之取例，然断无设教之意，而但任读者之自由体会耳。

Vincent《史学探索》第一章："无论政治、道德、宗教诸史家，其要旨曾在立一教训（Teach a lesson），此实大有危险；盖往往以求合其教条，而无意中增损事实也。"

Bacon 曰："史但代表事实之本体，而以观察与批评任读者之自由。"

与设教有关者，即作史尚理法是；盖既欲教人，故必有所自饬也。吾国古史，理法之拘束颇深，史书体裁义例，常有所遵守，史学界中所以无独创一格者，即此故也。（刘知幾力斥模拟，然亦言"道术相会"。）西洋古史，亦多拘体裁，今则自由述作之精神日盛。特所谓自由，亦必求其有当于理，非谓乡曲小子谰言故事即足以为史也。

I. $\left.\begin{array}{l}\text{纪载的}\\\text{记忆的}\end{array}\right\}-\left\{\begin{array}{l}\text{批评的}\\\text{了解的}\end{array}\right\}$—理性生活之说明　古时史家多以纪载为尽能其事，而其所责望于读者，亦重在记忆（旧式历史教法，全为此观念）。及至中世 Niebuhr 始有批评的观察。自后学者，于史务求正确之了解而不尚机械之记忆。惟人类为理性之动物，故吾人于史事既能了解其所以至此，尤必用以为理性之说明。

Woodbridge 曰："历史初重纪载、记忆，继尚了解，今则务求理性生活之说明（Illustration of rational being）。"（见《史之目的》III）

又曰："人类于自己发达与完成，当以史为有意识之指导。"（同上）

Robinson 曰："史之效用，即令人了解自己、群体，与人类之问题。"

所谓史家求公例者，其目的盖亦在此耳。

4. 观察

J. 主观—客观—客观济主观　以美术视史，则务尚词藻，好为损益；以宗教、道德论史，则褒贬抑扬，借以示后；此皆偏于主观也。及科学发达，史家重尚纪实，观 Lord Bacon 之言，则史家但须代表实事，任读者自由观察，此纯系客观也。虽然，史既欲说明理性生活，事实轻重不同，取舍之间，必有需于主见（犹上 G 所述必以理想济实用）。然此必须有审慎之根据，而期不违事实，故曰以客观济主观也。

K. 崇过去—尚现在—大公无偏　古人欣羡传说之治世，常觉今不如古，以为所有道德、知慧，古人已先我得之，后人但须追步演述；中国古圣叹唐虞三代之治，西洋称黄金时代（Golden age）之在过去，皆此例也。法革命以后，古制崩坏，时人热中改革，于是力诋过去；而自然科学进步之速，尤令欧人信今世甚于过去。学者言黑暗、蠢愚、狂动、罪恶，皆以过去为之代表，Dr. Johnson 且斥雅典人为一蛮民（其在中国汉世重古最甚，王充之书，言今未必不及古，且盛称汉之胜前，亦可代表反动），此实过尚现在也。若近今史家则虽笃信进化，然亦断不忽视古代，盖物质进化，固今胜于古；然古人之精神文明，实不可轻忽。且史之可贵，在前后之衔接，故必存豁然大公之胸怀。不以古忘今，并不以今忽古也。至于史料之搜集，亦不陷于偏；地质学家之探索古况与新闻报章之报告时事，史家对之，觉有同等之重要焉。

L. 重惊人之大事—兼求寻常小事　前人史料，固重个人，而实际标准，乃在事实之引人注意与否。如怪异、战争，惊心动魄，皆前史之所详言。中国史多纪日月蚀及变乱，希腊史书之以战史始，其明证也。（刘知几颇正前失，而犹"旌怪异"，见《史通·书事篇》）自社会史观发达，学者知散失小事之中，实有关重要之点；盖潜伏之势力，往往寓于小事，故其总积或且大于显著之事[1]。是以今之史家，欲得人类活动之全体，必于寻常琐小事实中求之，而后加以整理，未可以其小而忽之也。

（附）著述 特殊阶级的）
　　　　　　一家的　｝—普遍的　吾国史出于官，故古史多为官作，其后天子失官，学流私门；然史家如史公固世为史官，班氏亦效《自序》之体，以详述其祖阀先德。自后私家著述虽多，然正史之作，政府监之。且其学尤以家法为尚，史公自称"成一家之首"，刘知几亦美其不借众功。（刘知几上萧至忠表："古之国史，皆出一家，未皆借于众功。"）

---

1. 以算式表之，譬如 A、B、C…… 为类似之大事，而 a、b、c…… 为小事：A=B=C=……，a+b+c=……，则虽 A > a，B > b……其总量转以小事为多。

章实斋虽非之（《文史通义·传记篇》："不居史职，不当为传，则不为经师，岂宜更为记耶？"），然事实上至法犹限制私著（清国史馆例，私家爵里，但考爵里，不采事实。见《东华录》自序），其在西洋，史学著作曾一为教会所垄断，在法后又继为法学家所独揽。然其后作者蔚起，著述日盛。故至今日，史事已为普遍公共之物；但求有当，不问作者之为何人也。

IV. 结论

今更就上述史学之趋势，综其大要，以示史之要义，聊充兹篇之结束：

1. 本质　史学为理知的事业，常在不断变进之中，而以说明人类进化为务。

2. 范围　史之范围，于时间为自人类之初至无穷之未来，于空间尚混合全球之事实；故以全时全球之人类为归。同时固可有分部之著作，而尤当兼有"宇宙史"之企图焉。

3. 作用　史学以理想为方法，考求事物之如何至此与何以至此，以为人生及他学之致用。不取法式之教训，而务存其真。变前人之但重纪载、记忆，而为理性人生之说明。同时亦于可能之内，求人事中之公例焉。

4. 观察　史家持豁然大公之见；固不持主观，亦非凭客观，而以客观济其主观。于过去、现在、未来，无所偏崇偏重；而于事实之取舍，诚有当于说明，不以其大小有所轩轾也。

至于史学之能成科学于否，实非至要之问题。史学当有条件的探用科学方法，已为必然之趋势。惟详考其性质，最近学者皆确信其与自然科学迥殊。故纵多以科学相称者，亦必申明其非自然科学之意、然则史学之所包含者广，吾人但求其实际之裨益，初无须以为必成科学，而后足见史学之伟大也。

（十，六，一）

参考书籍（英文）

List of References

1. *Encyclopedia Britannia*. "History".

2. Williams' *Historians' History of the World*. Chap. 1.

3. Vincent's *Historical Research*. Chap. 1.

4. Robinson's *New History*. I. II.

5. Bourne's *The Teaching of History and Civics*. Chap. 1.

6. Johnson's *Teaching of History*. Chap. I.

7. Woodbridge's *Purpose of History*.

8. Myres' *The Dawn of History*.

9. Carlyle's *Heroes and Hero Worship*.

10. Seligman's *Economic Interpretation of History*.

11. Le Bon's *The Crowd*. Pref. Chap. 1–3.

12. Lamprecht's *What is History*.

13. H. E. Barne's "The Past and Future of History."（见 *Historical Outlook*, Feb.1920）

中文参考书从略

附言：

（1）本篇范围所及，未及参考多书，篇幅有限，尤未尽各派学说。初学妄加综述，舛误必多，深望国内学者，加以指正。

（2）中国对史学观念，甚少确切之说。学者之见，散见其文，整理无人，考求匪易。故兹篇于中国学说，缺漏更多，殊为阙然。

（3）吾国学者，作者多而评论者少；又多为泛言，难见显别。兹篇于各史观中之引证，但取近似有关，略以类从。非附会强同于西洋学说也。

（4）参考书外，于柳翼谋教授史学研究法讲义及徐则陵教授史学沿革讲演，并有取材；稿成，并得张其昀君、缪凤林君校正一过并志感意。

载《史地学报》第 1 卷第 1 期，1921 年 11 月

历史与哲学

缪凤林

【编者导读】

　　1921 年，缪凤林在《史地学报》创刊号上发表的《历史与哲学》一文，曾充分阐述和明确区分"历史"与"史书"的异同，是近代历史哲学与史学理论研究的代表作之一。本文以跨学科视野深入探讨了历史学与哲学之间的紧密联系，在知识论层面揭示了二者的互构共生。哲学对于历史研究的指导作用反映在"史之实施"与"史之公例"两方面。就"史之实施"而言，文章提出历史的本质是演进与活动，其研究目的并非简单记录，现今多认为是"示真"。但"真"并非固定不变，而是随历史演进而变化，确定历史之"真"并将其应用于实际，属于哲学范畴，因为哲学的任务是求真。哲学求真之流派有"符合说""连贯说""实际主义说"三种。研究历史要通过揭示历史演进活动的真，解答当下诸多问题，如社会制度、道德、生计等问题，均需借助哲学对真的阐释。

　　就"史之公例"而言，历史事迹繁杂，寻求公例是治史关键，也是判断历史能否成为科学的标准。然而，史家求公例困难重重，如人心难测、史料不全且可信度存疑、历史发展难以预测等。但哲学家为史家发现公例开辟了道路，黑格尔提出"泛理论"，认为历史沿革是理性的表现与发展，遵循"正题—反题—合题"的辩证法三段论。马克思受其启发提出"唯物史观"，认为历史变迁源于经济制度不同，揭示阶级斗争推动历史演进的内在动力。

　　文章进一步以逆向思维剖析历史对于哲学的反哺机制。其一，历史作为哲学产生的土壤，在科学精神盛行的时代，哲学需借助历史证明学说，历史是过去事迹的总汇，能为哲学研究提供依据。其二，历史研究构成了解哲学真义的前提。以孔子为例，他的正名思想、对《春秋》的态度以及孟子对孔子的继承和对杨墨的批判，都与当时的社会状况紧密相连，只有了解这些历史背景，才能明白其哲学思想的内涵。其三，历史法是进化论应用于哲学的结果，以事物之由来与发展为出发点，关注其产生与历史。用此种历史法治哲学有诸多益处。综上，本文强调历史研究吸纳哲学的本体论自觉，哲学思考获得历史的经验支撑，二者共同构建起理解人类文明演进的双重视域。

晚近以来，国人之治历史与哲学者日众，顾此二者之关系何若，虽在西方已类成言，国人犹少言及。余不揣谫陋，谨就攻研所及，略述其相互之关系，以见一斑。

一、哲学之关于历史

（一）史的之实施　通常言历史者，皆以历史为过去事实之纪载[1]。叙述与描写二字即足尽其义蕴，此实未明历史之真谛。盖其所言，乃组织成书之历史，而非历史之本体；乃历史之历史，而非历史之真象也。然则历史之真相，究为何乎？曰演进与活动而已[2]。试设问以明之：有能断言战国之历史止于何日乎？有能断言希腊、罗马之历史终于何年乎？有能断言法国革命之历史已于何时乎？吾人试一闭目凝思，默察其承嬗之迹，深考其因果之律，必将曰无有已时，无有终日，无有止境。盖一时代非一时代所生，亦非仅前时代之果，实合前时代、前前时代及其以上各时代而成全。所谓过去，常有活而非死，演进活动，在长育历程之中，无有究竟，而亦不能知其究竟也。

历史之真象，既为演进活动矣。吾人治此演进与活动之历史，其目的果何在耶？此吾人所欲致问者也。吾国老、管皆主准古镜今：

《老子》第十四章："执古之道，以御今之有，能知古始，是谓道纪。"

---

1. 此义在中国班固可为代表，《汉书·叙传》所谓"尧舜之盛，必有典谟之篇，然后扬名于后世，贯德于百五，故采纂前记，缀辑所闻，以述《汉书》"是也。其在西洋，则哥儿培（Colby）氏于1900年所著之《普通史要》（*Outlines of General History*）犹持此义，所谓"History is the record of past events in the life of mankind"是也。
2. 此层摘取或特立其《史的》（Woodbridge：*Purpose of History*）。

《管子·形势篇》："疑今者察之古，不知来者视之往。"

司马迁则主述往思来：

《史记·太史公自序》："故述往事，思来者。"又曰："罔罗天下放失旧闻，原始察终，见盛观衰。"

实皆含有深义。班固以降，史家类以纪录为的：

《文献通考·序》："自班孟坚而后，断代为史，无会通因仍之道，读者病之。至司马温公作《通鉴》，取千三百余年之事迹，十七史之纪述，萃为一书，然后学者开卷之余，古今咸在。然公之书，详于理乱兴衰，而略于典章经制。"

遂无有宏旨。其在西洋，则十九世纪以前，有主美术为的者：

如希腊之海朵脱斯（Herodotus）等是；

有主宗教为的者：

如罗马之奥古斯丁（Augustine）等是；

有主政治为的者：

如意大利之马克维留（Machiavelli）等是；

有主哲理为的者：

如德人黑海（Herder）等是[1]。

由今视之，殆皆囿于一曲。新近史家，则主示真：

或特立其《史的》谓史在示真。

朋五《历史之过去与将来》（Barnes：*The Past and the Future of History*）："新史家谓史之目的，在与今世以一完全而可靠之过去之写真，使吾人于近代之文化之如何发生与何以发生，得有充实之了解。"[2]

言史的者，差以此为完善矣。

顾史以示真为的，而所谓真者，初非一定不变，放诸四海而皆准，俟诸百世而不惑也；乃随史之演进活动。而演进活动，与史同在时之历程之中，有未可以固执者。此在西洋现今哲家，类能言之，而吾国之老子，

---

1. 见饶冰森《新历史》（Robinson：*A New History*），原文甚详，以少宏旨，不具述。
2. 见《史学外观》（*Historical Outlook*）1921 年第 2 号。

亦已早阐此义：

《老子》第五十八章："正复为奇，善复为妖，人以迷，其日固久。"

如古以忠君为正，今以为奇；古以轻女为善，今以为妖，可知正奇善妖，因时而异，毫无定则。历史之真，亦正犹是。当海羯尔[1]（Hegel）以前，希腊之"哲人运动"（Sophistic movement），史家皆致不满，海氏后则谓为"光明时代"（Greek Enlightenment）之原动；十六世纪以前，史家皆以屠来梅（Ptolemy）之"地中说"（Geocentrical theory）为唯一之宇宙观，自哥白尼（Copernicus）创"日中说"（Heliocentrical theory）以还，遂无信屠氏说者。非明此意，破除俗人之迷妄，固难与语真之义谛也。

于此有问题焉：即何者为真是已。吾人知史为演进活动，而史之目的，为示此演进活动之真，然吾人之志，固不徒知之示之而已也，必求实施此真焉。此则非先知此真为何不为功。非然者，必将难免以真为非真，而以非真为真。然则真之本质，究为何耶？吾人何由而知此真耶？此问也，历史根本之所在，实属哲学之范围。盖求真为哲学分内事，非哲学固无由进窥真之真际也。本文所谓史的之实施，哲学有关于历史者此也。

然哲学上之所谓真者，又为何耶？西哲之言此者，除怀疑论不认有真外，派别纷歧，简以概之，可分为三：

（1）"符合说"（The Correspondence theory）；

（2）"联贯说"（The Coherence theory）；

（3）"实际主义说"（The Pragmatic theory）[2]。

符合说以吾人之观念，符合于物之本体为真；联合说以前后一致，不相矛盾者为真。自生物学盛唱以来，二说困难甚多，殆已宣告破产。无已，则实际主义之说尚焉。哲姆斯（William James），实际主义巨子也，其论真曰："真理系吾人所能'化用'（Assimilate）、能'考验'（Validate）、能'正明'（Corroborate）、能'核实'（Verify）者。非然者，

---

1. 德之大哲家，1776—1831。
2. 见西那氏《哲学要义》（Sellars：*Essentials of Philosophy*. Chap. XIV.）。又原书述其自身之主张，另行分论，余以其与实际主义有相近者，故不分立。

即属非真。"又曰："真理之证实，在有一种满意摆渡之作用。"[1] 此其意谓人世遇有困难，思有以解决之，此解决之方，即真也。如旅客临河思涉，非渡船不能济，所谓真，即于人世一切问题，皆具有此渡船之作用耳。换言之，真即控御环境之工具，应付事物之权衡而已。

吾人知治史之的在示真，而真为解决疑难，故吾人今日研究历史，当实施此的，而求所以应付现今问题之法。少数学者盛唱公妻公产矣，此其行之果有利耶？果有害耶？史家应知解答之。少数学者盛唱破坏国家矣，此果可行耶？其不可行耶？史家应知解答之。推之民德之堕落、生计之艰难、军人之跋扈、盗贼之充斥，按之历史，果有何术以拯之哉？史家应知解决之。人世之现象复杂，有赖于他种科学者正多，原非史家所能独负其责。然多种人事问题，皆由历史嬗蜕而来，将欲明今，必先知古，执古御今，述往思来，非史家之职而谁责？凡此皆史的实施之为用。而非借哲学明示真之本质，固无所措其手足也。

（二）史之公例之发见　历史为演进活动，无始亦无终，故其事迹至繁至赜，非研究归纳，御之以简，殆非吾人所能问津，且亦无以为用。此求历史之公例，实治史者之一要图，而史之能成科学与否，亦即以此为断。盖科学之特色，为系统之知识。换言之，即有公例之学耳。然史家之求公例，困难实甚，其故有三：

（1）人心至难捉摸，不能谓人人遵一轨道进行；

（2）古今史料，破碎不全，又皆不可尽信，将欲证明，其难可知；

（3）历史事实，乃"螺旋式之运动"（Spiral movement），有无限之进步，而其进也，不可预测。

较之自然科学之直接观察自然现象，与播弄于试验室中者，后者寻求公例之易，自难以道里计。顾史家究不能以是而灰心，必将静观默察，深体明证，以求发见公例，以愈显史之用焉。

于此所宜致问者，即史家究能凭借自力发见公例与否是也。证之今昔，史之公例之发见，似皆由哲家启其途径。哲家发见公例之第一人，曰

---

1. 见 James: *Pragmatism.*

海羯尔。海氏主"泛理论"（Panlogism），谓自然之现象，皆属合理，而以历史之沿革为理性之唯一之表现，与渐次之发展。其所经必然之阶梯，共析为三：

（1）"正"（An sich = thesis）；

（2）"反"（Für sich = antithesis）；

（3）"合"（An und für sich = synthesis）。

有正焉，进而遇反，更进则至于合；合又为正，正又遇反，历史现象，皆属如此。以哲学史为证，笛卡儿（Descartes）谓知识之成，由于先天观念，正也；洛克（Locke）继之，反对其说，而谓知识之起，由于单纯感觉，反也；逮康德（Kant）起，调和二者之说，谓知识之起，根据感觉之印象，而其成也，由于先天范畴之组织，合也。康氏之说，由合为正，近世实际主义出，推翻先天范畴之说，而主纯粹之经验，正又遇反。以政治史为例，中世史封建制度，正也；意大利之马克维留出，乃主中央集权，厉行君主专制，结果则法为最盛，反也；一八七九年大革命起，推翻君主专制，合也。合既为正，晚近学者，又以共和为不彻底，提倡世界主义，是又反也。是故人世之现象，悉属此正、反、合顺次之无穷之演进；而一切历史之存在，皆属合理。或谓世界既悉合理，何以溯诸有史，证诸现状，战事侵略，接踵而至，天灾人祸，无日或息，多有不合理者？海氏则谓此正理性发展必经之阶级，表象观之，似不合理，谛以谂之，实皆合理之甚也。譬之法之大革命，世皆谈虎色变，认为人类之大劫。实则近今之革新，皆由此启其机运，所谓人类大劫者，正后此进化之基。换言之，即历史沿革不得不经之历程，而为绝对理性之表现也 [1]。

继海氏言史之公例者，曰马尔克斯（Karl Marx）。马氏主"唯物史观"（Materialistic Interpretation of History）谓世界历史之变迁，原于经济制之不同：如交易、生产、分财等阶级，皆由经济之不同而生；由此不同之阶级，始生种种法律，而政府以成。至历史之演进，又为正反之趋势。有产者在昔虽占优势，今后无产者必将起而代之；故氏认"阶级战争"

---

1. 详见拙述《西洋近代哲学史》，书由中华书局出版。

（Class war）为不可免之现象。马氏此种思想，纯由海氏推阐而得。唯海氏以理性为指归，为绝对唯心论，马氏则不问理性之有无，只认有此必然，机械之事实，为绝对唯物论，此则异耳。

海氏正、反、合之说，近今信者虽尚有人，其泛理论已大都否认；马氏唯物史观，虽足解释一部分史迹，而社会现象复杂，要难尽概；至无产代有产，更在不可知之数。由今视之，二氏之说，皆难谓为史之公例。现今史之公例，为史家所公认者，曰"史之绵延（Continuity of history）"[1]。古今蝉联，中无间断；人事之历程为变，惟变非骤变，而变又无止境。此例也，实受近世生物学之暗示，而为晚近哲家所主张。杜威谓世界现象，皆在"继续不已变迁之经程"（Continuous changing process）进行，无一刻之固定，且亦无有已时；柏格孙（Bergson）谓生物之真谛，乃"绵延不已"（Duration）之"创化"（Creative evolution）[2]，其所言皆与上述史之公例同。换言之，二者之言皆可取谓史之公例也。此则助历史公例之发见，又哲学之有关于历史者也。

二、历史之关于哲学

（一）产生哲学　晚近以来，科学精神弥满学术界，凡有学说，必求证明。哲学为诸科之大成，此旨尤要。此则非借历史不为功。盖历史为过去事迹之总汇，有所疏证，固皆取资于是。西洋"理性派"（Rationalism）之哲学，常本一二概念、一二原理，籀绎推演，空空洞洞，不事实际关系，不知根据事实。凡有所述，率由臆断，名理真者，既难实现；名理一假，即成幻觉。如十八世纪"自然神教"（Deism）、"民约"（Contract theory of the state）诸说，皆非由研究历史而得。此其隔绝事实，有如贫子说金，与己了无关系。康德（Kant）评之曰"空疏"[3]（Empty），实至确当。反之则创说立义，根据史事，有所言诠，"理如一串"（A chain of

---

1. 见《史的》。
2. 详亦见拙述《近代西洋哲学史》。
3. 英文为"Conception without perception is empty"，译云"有概念而无知觉则云空疏"。

reasons），如上述海羯尔正反合之说，即其例也。

顾历史之研究，初不仅有助于哲家之证明已也，实常能产生哲学。盖其万有不齐之事，万有相禅之迹，诚能研究归纳，则无穷之思想，渊然以生。此等思想，小之则阐明国家社会发达变化之原，大之则推及宇宙万有生成起灭之故。虽其归宿所得，卓然哲学；而其研究之根据，初不外乎历史。如老子之哲学，其尤著者。

老子为道家祖，道家出于史官，备见《汉志》。

《汉书·艺文志》："道家者流，盖出于史官，历记成败存亡、祸福古今之道，然后知秉要执本，清虚以自守，卑弱以自持。"

今观《老子》一书，其所言皆反复之理，试以第二章为例，如：

美　恶：天下皆知美之为美，斯恶已；

善不善：皆知善之为善，斯不善已；

有　无：故有无相生；

难　易：难易相成；

长　短：长短相较；

高　下：高下相倾；

前　后：前后相随。

盖老子为周室守藏之史，博观群史，熟察古来成败存亡祸福之道，因悟对待反复之理，知人世间万事万物，皆属"相对"（Relative），无有"绝对"（Absolute）之真；常人毗于一端，则是此而非彼，反而观之，则又是彼而非此，其实皆不悟此理焉耳。今更试以具体者证之：

第十八章："大道废，有仁义；智慧出，有大伪；六亲不和，有孝慈；国家昏乱，有忠臣。"

第三十章："以道佐人主者，不以兵强天下，其事好还。"

第五十七章："天下多忌讳而民弥贫；民多利器，国家滋昏；人多伎巧，奇物滋起；法令滋彰，盗贼多有。"

第七十五章："民之饥，以其上食税之多，是以饥。民之难治，以其上之有为，是以难治。民之轻死，以其求生之厚，是以轻死。"

凡此所言，皆由历史之研究，推究其倚伏之理者，换言之，即历史的哲学而已矣。

西洋晚近之哲学，以达尔文之进化论为根源，而进化论实即历史之产物。时当十九世纪，历史空气弥满欧洲：英则有地质等学之研究，法则有人类社会之考索，德之浪漫文学，与历史更有特殊之关系。盖其反对古典，趋向神秘，凡所取材，皆由中世求之也。海羯尔发扬光大，遂成历史哲学。达氏生此时会，深受熏陶，固无论矣，即就其著《种原》（*Origin of Species*）一书之历程言之，一八三一年，氏因植物学家韩斯罗（Henslow）之绍介，乘舰至南美考察，周游共五年；方其在南美也，见一巨大动物之化石，必探求其何种；见一特异之岛，必考索其何来。无一非史家之态度，而"一切自然之科学，一经达氏之手，亦无不成为历史"[1]。达氏之悟进化原理，固基于是；其得成《种原》之伟著，亦基于是也。

达氏进化之公例，曰由单纯至复杂，由混沌至分析。斯宾塞（Spencer）氏取之，即为一己哲学出发点。意谓人类之进化，由微虫而鱼类，而两栖类，而哺乳类，而猿猴类，而类人猿，而至于人，智能之发展，官骸之增加，固循由单纯至复杂、由混沌至分析之公例以进化，所谓社会，所谓政治，亦何独不如是？由渔猎而畜牧，由畜牧而农业，由农业而小工业、大工业，此社会之进化也。换言之，即由单纯至复杂，由混沌至分析而已。推之其余，亦皆如是。此斯氏"综合之哲学"（Synthetic philosophy），以进化论为基理，其间接亦皆根据历史者也。

（二）了解哲学之真义　哲学之产生，常值社会有病之际，所以应其需而起其疴。孔子论《易》，兴于忧患。

《易·系辞下》："《易》之兴也，其于中古乎？作《易》者，其有忧患乎？"

"《易》之兴也，其当殷之末世、周之盛德耶？当文王与纣之事耶？是故其辞危。"

《汉志》论十家，起于王道既微，诸侯力政。

《汉书·艺文志》："诸子十家，其可观者，九家而已。皆起于王道既

---

1. 见卡书门《初等哲学史》（Cushman: *A Beginner's History of Philosophy*）。

微，诸侯力政，时君世主，好恶殊方，是以九家之说，蜂出并作，各引一端，崇其所善，以此驰说，取合诸侯。"

皆属此意。故某时代之哲学，与某时代各方面之状况，至有关系。此在今语，名曰"时代之背景"；不明此时代背景者，断难明哲学之真义。顾吾人何由知此时代背景乎？曰此则惟治历史为能。如孔子主正名，其对子路，言为政以此为先，而极言其不正名之害：

《论语》："子路曰：'卫君待子而为政，子将奚先？'子曰：'必也正名乎？'子路曰：'有是哉，子之迂也！奚其正？'子曰：'野哉由也！君子于其所不知，盖阙如也。名不正，则言不顺；言不顺，则事不成；事不成，则礼乐不兴；礼乐不兴，则刑罚不中；刑罚不中，则民无所措手足。故君子名之必可言也，言之必可行也。君子于其言，无所苟而已矣。"

其于季氏僭名，则谓是不可忍：

《论语》："孔子谓季氏八佾舞于庭，是可忍也，孰不可忍也。"

其言《春秋》，则寓意褒贬：

《史记·太史公自序》："夫《春秋》上明三王之道，下辩人事之纪，别嫌疑，明是非，定犹豫，善善，恶恶，贤贤，贱不肖，存亡国，继绝世，补敝起废，王道之大者也。"

此果何为而然哉？吾人苟读孟子、董生之言，明其时代背景，即可了解其真义。

《孟子》："世衰道微，邪说暴行有作，臣弑其君者有之，子弑其父者有之。孔子惧，作《春秋》。《春秋》，天子之事也。是故孔子曰：知我者，其唯《春秋》乎？罪我者，其唯《春秋》乎？……昔者禹抑洪水而天下平，周公兼夷狄、驱猛兽而百姓宁，孔子成《春秋》而乱臣贼子惧。"

《史记·太史公自序》："大夫壶遂曰：昔孔子何为而作《春秋》哉？太史公曰：余闻董生曰，周道衰微，孔子为鲁司寇，诸侯害之，大夫壅之。孔子知言之不用，道之不行也，是非二百四十二年之中，以为天下仪表，贬天子，退诸侯，讨大夫，以达王事而已矣。"

又如孟子愿学孔子：

《孟子》："乃所愿，则学孔子也。"

力崇仁义：

> 如对梁惠王言仁义而不言利等。

距杨墨，放淫辞，此又何为而然耶？吾人试读其自述当世境状之言，亦不难理董其义蕴。

《孟子》："圣王不作，诸侯放恣，处士横议，杨朱、墨翟之言盈天下。天下之言，不归杨，则归墨。杨氏为我，是无君也；墨氏兼爱，是无父也。无父无君，是禽兽也。公明仪曰：'庖有肥肉，厩有肥马，民有饥色，野有饿莩，此率兽而食人也。'杨墨之道不息，孔子之道不著，是邪说诬民，充塞仁义也。仁义充塞，则率兽食人，人将相食。吾为此惧，闲先圣之道，距杨墨，放淫辞，邪说者不得作。作于其心，害于其事；作于其事，害于其政。圣人复起，不易吾言矣。……我亦欲正人心，息邪说，距诐行，放淫辞，以承三圣者，岂好辩哉？余不得已也。"

富兰·培根（F. Bacon），英国"经验派"（Empiricism）之祖也，主"知识即权力"（Knowledge is power），用以控御自然，而于中世遗传学问，**则蔑视不遗余力**；又主破除"傀儡"（Idols），为自然界真正之研究者。良以自文艺复兴以来，各方面变动颇剧：由超自然而至自然，由神学而至人学。时英国适值"衣利萨白之时代"（Elizabethan Period），文艺、政治并皆发展；培氏生逢时会，遂欲另求思想上之发展，以为此发展时代之点缀。顾中世遗传学问，不出下列三种：

（1）"文雅学问"（Delicate learning），如修词学、古典学等；

（2）"怪诞学问"（Fantastic learning），如长生不老等说是；

（3）"争辩学问"（Contentions learning），如一针之端可立几天使等。皆不能发生新知，征服天行，故培氏对之，痛下针砭，比之蜘蛛之为网，拟之蚁虫之积食，无有可尚；而谓吾人之求知，当如蜂之酿蜜，消融改造，日新又新。又其时傀儡充斥，析言有四：

（1）"种族之傀儡"（The Idols of the Tribe），如希腊人之宇宙观，谓游星运行之轨道完满无缺等；

（2）"岩穴之傀儡"（The Idols of the Cave），如个人之性癖是；

（3）"市场之傀儡"（The Idols of the Marketplace），如日出于东而没于

西等是；

（4）"剧场之傀儡"（The Idols of the Theater），如阴阳五行等说是。皆足混淆是非，蒙蔽人心；故氏力主破坏净尽，独立不倚，谓如此方足为自然界之真正研究者，而有用之真知，不难求得矣。

继培氏而兴者，为约翰·洛克（J. Locke）。洛氏反对"先天观念"（Innate idea），谓道德标准因时而异（如古以忠君为德，今以为妖），因地而别（如中人重男，西人尊女），因人而殊（如矢人唯恐不伤人，函人唯恐伤人），固不由于先天；即是非之观念，亦非吾人所固有。盖吾人初生，心如白纸，空空洞洞，一无所有，自与外缘接触，受种种之印象，始有种种单纯之观念。由此单纯之观念，经内部之反省，乃成复杂之观念，是即所谓知识也。此种思想，实皆反应时势而发。其时上则王权滥用，教条迷信；下则贵族平民之判，亦若富贵贫穷，生而已定。洛氏推溯其源，谓此皆先天观念，为之厉阶。盖凡主先天观念者，曾有所为而为之，欲借以拥护权威，实行专断者。因既曰先天，自属固具，圆颅方趾，允宜服从，是非真伪，初非他人所能置喙也。洛氏父母皆"清净教徒"（Puritans），酷爱自由平等，殆具宿根，因思举此等阶级现象，一举廓清，从事根本之改造，乃直截了当，认人心为白纸。上自帝王，下至皂隶，既皆同此一白纸，何有贵贱之分？是故氏谓人生而平等，只因经验之不同，始有种种之差别。而此经验原于环境，诚能供给环境，使人人有同一之机会，即可有同一定造诣，此则教育之为用也[1]。

上述数氏之哲学，仅略举以示例；然即此亦足见哲学与时代状况关系之密切。治哲学者，非明历史，必将难以了然其真义，此又历史之关于哲学者也。

（三）历史法　历史之关于哲学，于上述之外，犹有一端可述者，即"历史法"（Genetic method）是也。历史法为达尔文进化论应用于哲学之结果，其研究事物，一以事物之由来与发展为出发点，而偏注其产生与

---

1. 详亦见拙述《近代西洋哲学史》。

历史¹。换言之，即以历史的态度探索事物而已矣。有如忠孝，支配中人心理，已数千年，此其原起何存耶？其演进之迹何存耶？其所以深入人心更何存耶？穷源竟委，俾无余蕴，此即历史法也。科学常用之法有二：曰归纳，曰演绎。前者发明公例，俾散见者得有系统之谓也；后者推勘公例，以验其是否余事实适合之谓也²。历史法则兼此二者而并用之；盖其研究结果，常足构成各种原则，而同时即用演绎法以试验此种原则，使之诣于实验的、历史的之境也。

此种历史法，用治哲学，厥利甚多，简以言之，约可分四：

（1）使研究之资料单简；

（2）足以解释"学说为时代产物"（Theories are the child of the age in which they have flourished）之公例；

（3）示人进化原则之可能；

（4）使人深识"遗迹"（Survivals）³。

除第（2）项与上述"了解哲学之真义"相类，兹不赘外，余三项依次略言之。

1. 使研究之资料单简　时处今日，吾人试举目四瞻，当知为学范围，至为复杂：此则数理，彼则生物，前则心理，后则论理，诚有使吾人进退维谷，莫知所措者。结果所至，学者只能择性所近，专攻一途，成一专门家。往古哲人，为学綦博，试以亚里斯多德为例，则伦理、玄学、名学、心理、物理、动物、植物以及诗学、修辞学无一不知。中土所谓君子，一物不知，即引为耻，亦有同然。吾人偶一思及，鲜有不惊异者，实则在当时可知者，本不甚多，各科内容，皆甚单简，故学者可以全知。观夫子论《诗》，当可明知：

《论语》："子曰：《诗》可以兴，可以观，可以群，可以怨，迩之事父，远之事君，多识于鸟兽草木之名。"

---

1. 见卡林亨《哲学导言》（Cunningham：*An Introduction to philosophy*）。
2. 见杜威《思维术》（Dewey：*How we think*）。
3. 见卡林亨《哲学导言》第一章，惟原文系泛论，此以论哲学为归，故下数条所述，多不按原文翻译。

三百篇诗，直包如许作用，又何怪其为多才多艺人耶？职是之故，苟用历史法，则虽处此学问复杂之世界，亦可得单简之资料，从事研究，不至望洋兴叹，毫无下手处也。

2. 示人进化原则之可能　吾人研究一切事物，苟于事物之历史的发展处着眼，当可知其发展之可能；苟就其所已然者考察，则进步之因，既无由发见，过去所经之艰辛历程，亦昧焉难知。譬如中国哲学，以"道"字为一大关键，其含有形而上之意义，始自老子。

《老子》第二五章："有物混成，先天地生，寂兮寥兮，独立不改，周行而不殆，可以为天下母，吾不知其名，字之曰道，强为之名曰大。"
前乎《老子》者，《书经》言道：

如《洪范》"皇道荡荡"之类。

《诗经》言道：

如《小雅》"周道如砥"之类。

皆指道路之意。唯《诗经·生民》所言之道，略含道理之义。

《诗·生民》："诞后稷之穑，有相之道。"

《春秋》时言道者虽多，

如《左传》桓公六年季梁告随侯谓"小道大淫""道忠于民"之类。

然皆无有用指世界本体者。至老子附以形而上之新义，于是儒家言道：

如《易·系辞》"一阴一阳之为道""形而上者为之道"之类。

法家言道：

如韩非《解老篇》所言"有道""大道"之类。

名家言道：

如尹文子之言"大道"之类。

杂家言道：

如《吕氏春秋·圜道篇》《淮南子·原道训》之类。

吾人非用历史法研究，必将难明其演进之迹也。

不仅此也，凭历史法以研究，则于任何时代，均足启示其时之特状，因而促成其时学说改造之必要，故其解释进化，至为易易。而吾人观察此种特状，更可发现一略可征信之原则，即某种状况，常有某种之结果；某种结果，常处某种状况之下，始能产生。如法自大革命后，社会紊乱，达于极点，民生痛苦，倍诸畴昔，社会哲学因之而起，其明征也。而凡有演进，凡有鼎革，由来者渐，决非一朝一夕之故，更可借以明了。现今倡言运动者，欲以旦暮之间，行掀天翻地之事，又曷可付诸不问不闻也矣。

3. **使人深识遗迹**　任何事物之存在，皆自有其历史。吾人苟欲明其真妄之所在，必先有一法明此"事物之何来"（How the facts come），而知"其为何"（What they are），否则非无从疏解，即颠倒是非。此则使人深识遗迹，又历史法之为用也。譬之忠，为近人所诟病者，试以历史法考之，即不难明其本际。

忠为夏道，原本于虞。

《表记》："子曰：夏道尊命事鬼，敬神而远之，近人而忠焉。"又书中屡以虞、夏连言，如"虞夏之道""虞夏之质"等类，疑即夏道近虞之故。以孔子之言味之，如"忠利之教""忠而不犯""近人而忠"——皆见《表记》，则言君主及官吏之忠于民者二，而言官吏忠于君主者一。

孔疏："忠利之教者，言有忠恕利益之教也。""以忠恕养于民，是忠焉也。"（此二者皆指君主官吏尽忠于民，而言忠利之教，当以《左传》"上思利民，忠也"——见桓六年——及《孟子》"教人以善谓之忠"二义解之。）

孔疏："忠而不犯者，尽心于君，是其忠也，无违政教，是不犯也。"（此则为官吏对君上之忠。）

足见夏时所尚之忠，非专指臣民尽心事上，更非专指见危授命。第谓居职任事者，当尽心竭力，求利于人而已。夏书不尽传，惟周时墨子专倡夏道，见《庄子·天下篇》与《淮南子·要略》。

大抵兼爱、节用、节葬之义，多由夏道而引申之。

《墨子·节用》《节葬》诸篇屡言圣王，以郑说《孝经》先王之王为禹例之，疑皆夏时之法。

则其忠于民，一以实利为主，不以浮侈为利；外以塞消耗之源，内以节嗜欲之过，于是薄于为己者，乃相率勇于为人，勤勤恳恳，至死不倦。

《节葬》下篇："尧北教乎北狄，道死，葬蛩山之阴；舜西教乎一戎，道死，葬南己之市；禹东教乎九夷，道死，葬会稽之山。"
此牺牲之真精神，亦即尚忠之确证也 [1]。忠之本义既明，吾人对之，即可有理性之行动，而能籀绎其真价，评判其是非。此籀绎遗迹之真价而评判其是非，为人类至高无上之造诣，其有贵于禽兽，亦端在是，非历史法恶能语于是哉？

结　论

总观上述，可知历史、哲学，相互之关系至密，不明哲学，恐未足治历史；不明历史，亦未足治哲学。英某哲家曰："苟欲精于一者，必知万物之全。"谓一切科学之皆相关也。而历史与哲学，特其尤密焉耳。世有志于是者乎，其皆治之也可。

载《史地学报》第 1 卷第 1 期，1921 年 11 月

---

1. 详见南高教授柳翼谋著《中国文化史》第十五章，此段论忠，全系摘录彼书。

近今西洋史学之发展

徐则陵

【编者导读】

　　本文于 1922 年 1 月，同时在《学衡》杂志第 1 期与《史地学报》第 1 卷第 2 期刊登。徐则陵在文章开篇便明确指出，自兰克时代起，近代史学逐渐发展出批评精神与考证方法。文章着重介绍 19 世纪以降西方史学的新发展，对欧洲考古学、人种学、古文字学、碑刻学的新近发现均有全面介绍，其中涵盖了罗塞塔石碑的重大发现、克里特岛上克诺斯宫殿的发掘、赫梯人石刻等等重要成果。在此基础上，徐则陵进一步概述 19 世纪德、英、美、法四国史学界的新发展与新变迁，他将 19 世纪西方史学思潮归纳为浪漫主义（Romanism）和实验主义（Experimentalism）两大流派，前者充分展现出"任情"的特质，后者则鲜明体现出"崇实"的特点。

　　郭廷以在晚年口述自传中曾回忆自己二十世纪二十年代在东南大学的求学经历："史学方法的课程由历史系主任徐则陵承担，（他）用中国的历史作例来解释西洋的新史学方法，他精通西洋历史及研究方法，中国学问也有根基，教起来融会贯通，使人倾服。"由此足见，当时在南高—东大求学的学生们，所受汇通古今、融合中西之学术训练。

　　西洋史学至十九世纪而入批评时代，史家乃揭橥真、确二概念以为标鹄，搜罗典籍古物以为质料，其方法则始于分析，成于综合。鉴别惟恐其不精，校雠惟恐其不密。辨纪录之创袭，审作家之诚伪。不苟同，无我执。"根据之学"（Documentary 乃 Science）自有其不朽之精神，本此精神以号召史学界者，自德之朗开氏（Ranke，1795—1886）始，史学之根据并世原著（Contemporary Source）、内证旁勘等原则，皆自氏所创。自氏以还，西洋史学家始有批评精神与考证方法，史学乃有发展之可言。本篇所述限于近百年来史学界之发现，及德、英、美、法四国学者之贡献，其史观之派别则从略。

近百年来社会科学勃兴，与史学相关最切者即后进之人种学。历史不独取材于是，本人种学家研究所得解释史象者，亦不乏其人。自一八四八在直布罗陀发现尼项夺托（Neanderthal）人种颅骨，至一九一四年在德国发现克罗芒宁（Cromognean）人种躯骨，中间陆续发现原人骸骨者十五次，证据确凿，足见文字兴起以前，人类有甚长之历史。五十年前以六千余年前为远古史者，今乃知人类史之长且百倍于是而有余。近来欧洲所发现之石器、湖上村落、洞中壁画、食余蚌壳、祀神石杜，史家因得窥见原人生活之一斑，而再造过去。此人种学之有造于史学者也，然史学亦有蒙其害者在焉。

史学家滥用人种学家研究所得之种族差别，张大其词，扬自己民族而抑其他民族，其流弊乃至于长民族骄矜之气，自视为天纵之资，负促进文化之大任，引起国际间猜忌，而下战祸之种子。如过平罗（Count Gobineau）之著《人种不齐》（*Essai sur l'inégalité des races humaines*）一书，张白伦（H. S. Chamberlian）之著《十九世纪之基础》（*The Foundations of the Nineteenth Century*）一书，皆史学中之种族狂派也。其徒力言欧洲各种中以洛笛种（Nordic race）为最优，宜执世界人种之牛耳而管辖之。见解褊狭，遗祸无穷。史学家从人种学上所得者只原人生活之片画观，而不善用人种学之发现，乃造成民族谬见，史学界诚得不偿失也。虽然种族关系本足以解释文化进退之故，审慎如麦克陀格（William McDougall）者，庶乎可免流弊欤。

史学自身近今之重要发展，大率与古文字学有关。埃及神书（Hieroglyphics）、巴比伦之形楔书（Cuneiform Writing），最近发现之赫泰书（Hittite Hieroglyphs），皆古代文化之秘钥，得之即窥见其奥窔。向玻灵（Champollion）借径于希腊文而识罗色他（Rosetta Stone）石刻，而埃学（Egyptology）门径始开，至柏尔嘻（Burgsch）能读埃及草书而埃学乃自成一种学问，精于此者始克研究埃及史。马斯披露（Masbero）发现西蒲斯（Thebes）之石陵，而埃及之宗教、思想、美术等始大露于世。裴德黎（Flinders Petrie）发现埃及王室与其强邻奄锡王室之通牒，而埃及史更多一章。锡加过大学教授白拉斯泰于埃及人之宗教思想发现尤多。

一八九五以前，世之言埃及史者大率自第四代起，然今日之白拉斯泰言埃及史者，能推而上之至于石器时代。此皆近年掘发之效果也，以麻更氏（de Morgan）之贡献为尤著。自英人劳苓荪（Rawlinson）能读楔形文字而巴比伦史始得下手研究，一八三八年劳氏初译裴赫顿（Behiston）石刻文后研究廿年，巴比伦文字上障碍始尽去。一八七七沙尔善克（de Sarzec）在巴比伦平原之南部泰罗（Tello）附近之土墩内发现非先密的民族之文字，研究之余始知先密的民族未侵入巴比伦平原（Bayownia）之前，有苏墨人（Sumerians）据其地，其文化影响于巴比伦者甚大。同时有美国掘发队在巴比伦平原北部之聂泊（Nipper）发现砖书以万计，巴比伦史料益多。欧战前德人发掘巴比伦（Babylon）城，战事起遂中辍。巴比伦发现之最有价值者，莫如一九〇一年法人戴马更在苏沙（Susa）所得之解谟纳不法典碑（Code of Hanmurabi），是为成文法之最古而今尚保存者，史家由此得知当时种种社会问题及制法之意义。奄锡城址内亦有所发现，得种种史料，于是知四千年前两河流域之文化已粲然可观，而犹太人宗教思想之受其影响者正复不浅也。

近二十年来小亚细亚两河间地北部陆续发现赫泰人石刻，及其他遗迹。十年前大英博物院掘发队在加悭密些（Carchemish）略有所得。恽克勒（Winckler）在波加斯居（Boghaz Keue）发现藏书馆一所，中有砖书二万板，现存君士但丁陈列室，尚无人能读。一九一五奥国学者郝更黎氏（Horgny）宣言云：赫泰语言非印度欧罗巴语。前此研究赫泰文字者，苦于拓本恶劣及方法不合，俱无结果，惟舍思氏（Sayce）研究四十余年略窥门径。继舍氏而起者有高留氏（H. E. Cowley），一九一八年在牛津大学讲赫泰学，据云其文字之意义可辨者已有百余字。沉沉长夜，微露曙影，异日有人能读其书者，定能弥补古代史乘之缺陷也。

以发现城垣、宫殿等古物而揭破希腊古代史之黑幕者，则有英人爱芬斯（Evans）在克黎脱（Crete）岛上拉沙（Knossos）地方之发现。掘地五年，发现宫殿一所，壁刻精绝。当时女子之服饰，即置诸今日巴黎社会上亦无逊色云；金器之雕刻亦精美绝伦。克黎脱文化上承埃及，下启希腊，其文字虽无识者，然从古物上考察，其文化程度甚高，腓尼辛字母即出于是。西利芒（Schliemann）之发现梅西尼（Micenea）文化，亦于希腊古代史有所发明，然梭伦（Solon）前之希腊史，仍少铁证，以真伪莫辨之何墨史诗尚据以为史材，则事实之缺乏可想见矣。

近人之研究罗马史者，以芒森（Monnson）所造为最深，初著《该撒前之罗马史》，名震全欧；后复专心研究法律、币制等，其拉丁原著《史钞之纂》，体大思精，盖其毕生精力所萃；晚年著《罗马刑法考》《罗马法典论》，亦研精覃思之作。德有芒森而史学自成一派，后起研究罗马史者，莫不受氏之影响。费雷罗（Ferrero）著《罗马兴亡史》(*Greatness and Decline of Rome*)，以经济与心理的原因解释民国之亡，耸动当世。嗣后研究罗马史者，如甘米叶（Camille）、哈佛费（Haverfield）等，皆有所发明。惟因资料缺乏，民国初年史终无敢问津者。芬留（Frank）《罗马经济史》(*Economic History of Rome*，一九二〇出版）盖最近罗马民国初年史之重要贡献也。近来罗掘罗马古物者，以德人及意大利人为最勤，夏登（Jordan）罗马形势之研究，蟠尼（Boni）议政厅及白拉丁河畔之发现，效果至大。米尔（Maer）在彭坡所得，尤可惊喜。考古有获，而曩之罗马雕刻纯系抄袭之谬见，今已祛除。兹事虽小，然尚确之精神则可取也。

中古史自其大体言之，可简称教会史，则教会史在西洋史学界之重要可见矣。十九世纪中学者即有著中古教会史者，一八八一教皇黎河十三世公开公牍保存处，而旧教教史始免资料难得之患。然公牍充栋，非有专门训练者，不克任整理之责；非数十年整理，其资料亦不能供史家之用。旧教教会史事，尚在五里雾中。旧教教会之是非，遂不能论定。新教史重要处在宗教革新一潮流，朗开氏之宗教革新史，足称十九世纪之巨著。最近作者施密氏（Smith）亦能戞戞独造，氏著有《宗教革新时代》(*The Age of the Reformation*)，诚名著也。

学术无国家界限，有同情者得共求真理，谓之学术共作。此十九世纪特具之精神也。读者从上文所述，可下一断语曰：近今史学界亦有共作精神。学术固贵通力合作，然国家不可无分别贡献。殊途同归，各竭其力，学术乃进。此作者所以既述近今史学之概况，而复有欧美诸国近今史学演进之分论也。

十九世纪德之史学，有两大变迁。朗开而后，德之史学界，力矫轻信苟且之弊，一以批评态度为归，嗜冷事实而恶热感情。史学何幸而得此。孰知近四十年来，普鲁士因人民爱国思想而统一日耳曼。史学蒙其影响，顿失朗开派精神，而变为鼓吹国家主义之文字，自成为普鲁士史学派。国家超乎万物，为国而乱真不顾也。视国家为神圣，以爱国为宗教，灭个己之位置，增团体之骄气。其源盖出于海格（Hegel）"世界精神"（World Spirit）争觉悟、求自由之史学哲学，及尼采之强权学说。

斯派之健将有三，曰卓哀孙（Droyson），曰锡被（Sybel），曰蔡志凯（Treitscke）。卓氏倡国权无上之说。锡氏著书以推崇普鲁士王室。蔡氏鼓吹大日耳曼主义，著有《十九世纪之德意志》（Germany in the Nineteenth Century）一书，共七大册，包罗宏富，主旨在说明集中与离析两种势力之冲突。集中势力，普是也；离析势力，日耳曼诸邦是也。其书字里行间，有刀剑相撞、弹啸炮吼之声。使历史作用在振作民气，则三人诚大手笔。如时作用别有所在，则三人堕入史学魔道，不足为法。蔡氏以一八九六作古，自是以还，德之史家渐脱普鲁士派之火气而复宗朗开氏，史学乃仍上正轨。如摩立氏（Moris）、罗色氏（Roser）、史泰因（Stein）、马格氏（Marcks）之著作，皆断裁谨严，考证详明，不失为史学界巨擘。

英国史学界以研究制度别树一帜，施泰布（Stubb）自一八六六起，讲学于牛津大学，著《宪法史》一卷，共二千页，字不虚设，论必持平，有法学家精神，故不信史有哲学。合费黎门（Freeman）、格林（Green）二人而成牛津派。费氏之《近世欧洲史学地理》《比较政治》《英国宪法史》，俱以历史一贯为主旨，惟其所谓一贯，指行为而言，不及思想；格林氏之《英吉利民族史》（A Short History of English People，一八七四）以研究文化为主旨，略于王侯将相之战功政绩而详于平民生活，此史学上之民本主义也。

剑桥大学之有梅铁兰（Maitland），犹之牛津之有施泰布也。梅氏所著《英格兰法律史》，以一八九五年出版，力主盎格鲁撒克逊民族法律出于日耳曼民族法，而以罗马法影响英法之说为无据，见前人所未见。其以法律习惯解释国民性之处，尤为别具会心。历史眼光亦广大，尝云"人类所言所行所思皆史也，三者以思为尤要”，以为法律史即思想史。思想者，人类行为之动力也。史之注重思想是剑桥派之特征。

以史学论，美利坚本后进。十九世纪初年，美国人始留意于高深学术，留学于旧大陆研究史学者，大率在柏林及赖布扯些（Leipzig）。美之著第一部国史者，曰彭克洛夫（Bancroft），毕业于哈佛，后游学德意志，心折普鲁士派之历史观念，归而著《美国史》，一八七四充柏林公使，朗开氏晤彭氏时，语之曰“学生以尊著见问，我告以尊著者，共和党党人目光中所谓最善之美国史也”，亦云善谑矣。美之史学界诚不免蒙大陆史学派之影响，然亦未尝不略有贡献。如马汉（Mahan）之《十七十八两世纪之海权史》（*Sea Power in the Seventeenth and Eighteenth Centuries*）在史学上创海军一门。以世界眼光论海军关系，马氏盖古今来第一人也。白拉斯泰之于埃及史，劳宾生之欧洲史，皆能卓然自立。（劳之辟西罗马亡之说，道前人所未道。）劳佛（Laufer）研究中国古代史，著《土偶考》（*Chinese Clay figures*）、《玉器考》（*Chinese Jade*）、《植物西来考》（*China Iranica*），皆极有研究之作。美国人之注意远东史，亦新起之趋势也。

十九世纪思想界受浪漫主义之影响，法之史学界亦然。十九世纪上半期法之史家可称为浪漫派。笛留（Thieny）谓过去未死，学者乃恍然于古今无鸿沟之间隔；又谓情感意志古今人无异，古人虽生千载以上，千载不过瞬息，想像中不知有过去。浪漫派长于叙事，其言人情处每能使读者神与古会，不啻“重度过去”。然重情感乃忘事实，其流弊遂为附会臆造，如密锡留（Michelet）之著《世界史》，以历史为人类奋斗之记载、为争自由之戏剧，可谓断章取义矣。

格伊莎（Guizot）之法国文化史，继福禄持尔（Voltaire）、李尔（Richl）之见解，扩大历史范围，使后起史家知历史非政记一门可了事。举凡人类一切活动皆属于历史，历史家责任在寻绎其贯通之处耳，格氏著作主旨在表扬法兰西民族之一贯精神，氏尝谓史学有三事：搜辑史事辨其真伪，发现其关系，一也。发现社会之组织与生活，求其公例，二也。表白个性史事，以实现其状态，三也。其论史学虽未必尽然，然其著作可为史家模范，其整理史实也一以理性为主，条理井然，苟求秩序，因而失实，则未免可惜耳。

十九世纪晚年，法之史学界尤形活动，第一流史学家有七人之多，其中拉佛斯（Lavisse）、芒罗（Monod）为最著。法之著名《史学杂志》（*Revue Historique*）及史学社（Société historique）皆芒氏所创。拉氏以谨严见称，不以国家主义而曲护法兰西也。法史学界对于世界史兴趣尤厚，北菲、法属安南等处俱设有史学社，史学社在王政时代只十余所，而今日则十倍于是，专以搜罗原著及掘发为事。近年来法史学界活动之盛固起于学者研究态度，其得政府奖成之力者亦独多，何谟奕（Homolle）之掘发 Delpi 也，国会议决津贴十万元，即此一端，可见法政府之关心学术矣。（德人在巴比伦之掘发亦得政府津贴，惟英美史学界活动大率皆出于民间自动，说者谓德法政府注意史学有政治作用焉。）

综而言之，百年来史学特征之可举者有二：曰任情，曰崇实。二者皆十九世纪两大思潮之表现，盖浪漫主义（Romanticism）与实验主义（Experimentalism）影响及于史学之效果也。浪漫主义以想像、感情、本能解释人生，轻将来而重过去，其见于史学者即有法兰西史家之打破古今界限、从今人性情上领会古人；普鲁士史家之爱国若狂，感情浓厚。实验主义惟事实是务，无征不信，其见于史学者则有朗开之倡考订之事，与各国学者之罗掘古物、搜辑典籍（原著）。史学性质与其他科学不同，其适用实验主义也亦有程度之差别。方法虽殊，然精神则一也。惟史学较易于流入浪漫主义，故今日直接方法之科学上，浪漫主义已失其势力，而在史学界则尚间有堕入此道者。使史学家能引以为戒，祛除情感，以事实为归，则史学之有造于研究人事之学术，固未必多让于其他社会科学也。

载《学衡》第 1 期，1922 年 1 月；又《史地学报》第 1 卷第 2 期，1922 年 1 月

论臆造历史以教学者之弊

柳诒徵

【编者导读】

本文指出编纂历史绝非易事。近代历史教科书、自习书中臆造历史之现象极为普遍，任意附会，贻误学子。柳诒徵列举《新法历史自习书》中的四处史实错误，一一展开批驳：燧人氏取火说法错误，叔孙通定朝仪描述失实，夏禹以后家族制中嫡长承袭的说法错误，唐代京城制度与社会状况描述混乱。文末，柳氏指出历史教课书可采取演义的形式，但必须事事加以研究、语语都有来历，否则仅能成为兔园册子，使谬种流传。

编纂历史，殊非易事。即一教授儿童之小册，亦不可以不学无术之徒任意傅会、伪造事实。盖伪造之语，印入儿童之脑，必将认为确有此等事实；俟其稍长，虽经有学术者矫正其误，仍将据其幼时所读之书以为铁证，而不知其所读之书，固子虚乌有、羌无故实也。往时学校所用教科书，拉杂凑集，已有误点。然其弊在枯燥，而尚不尽出于编者之臆说。近年书坊有所谓新法历史教科书、自习书者，专以引起读者之兴趣为主，虽能一洗从来教科书枯燥无味之弊，而任意傅会，又多溢出于事实之言，贻误学子，殊非浅鲜。姑举数则，以告世之留心教育及改革历史教学法者。

《新法历史自习书》第一册"初行火化"节："燧人氏拣了一块又尖又长像鸟嘴的石子在树上敲将起来，敲了一刻，不见动静；后来索性把石子钉在一块，紧紧的乱钻，钻了多时，觉得这树渐渐的发了热；再钻多时，又见他飞起一阵青烟来，一回儿果然发了火，把这树烧起来了。"

原编者之意，固以为燧人氏时尚未有金属之物，故其钻火，殆用石器。以意为之，故神其说，而不知其大谬不然也。燧人氏时如何取火，古书无征。《路史》所云感鸟啄而出火，虽本之《拾遗记》，已属傅会。

罗泌《路史·遂人氏》："不周之巅，有宜城焉，日月之所不届，而无四时昏昼之辨。有圣人者，游于日月之都，至于南垂，有木焉，鸟啄其枝，则磷然火出。圣人感之，于是仰察辰心，取以出火，作钻燧，别五木，以改火。"注：《拾遗记》云，燧明之国，不识昼夜，土有燧木，后世圣人，游于日月之外，以食救物，至于南垂，观此燧木，有鸟类鹗，啄其枝，则火出。取以钻火，号燧人氏。"

然明云取燧木之枝钻火，不云石也。春秋战国之时，犹行钻火之法。故郑司农引鄹子以注《周礼·司爟》，而孙仲容释之甚详。

孙诒让《周礼正义》云郑司农说以鄹子曰"春取榆柳之火，夏取枣杏之火，季夏取桑柘之火，秋取柞楢之火，冬取槐檀之火"者，谓五时各以其木为燧，钻以取火。《庄子·外物篇》云"木与木相摩则然"是也，此所谓木燧，与司烜氏金燧取火于日异。（本志第二期张其昀之《火之起原》篇，略引《周礼》注，而未及此。）

所谓木燧，殆仍太古之遗法也。不考木燧之说，而妄谓拣一石子似鸟嘴者以之钻火，则真无稽之谈矣。且钻燧之法，不独太古及春秋战国时有之也，虽至元明之际，犹有以两木相摩而取火者。

宋濂《钻燧说》："宋子闲居，见家人夏季改火，不用桑柘，取赤椴二尺，中析之，一剡成小空，空侧开以小隙；一剡圆，大与空齐，稍锐其两端，上端截竹三寸冒之，下端置空内，以细绹缠其腰，别藉卉毛于隙下。左手执竹，右手引绹，急旋转之，二椴相轧摩，空木成尘，烟轫起。尘自隙流毛上，候其烟蓊勃，以虚掌覆空郁之，则火焰焰生矣。"

如编书者以此文译为白话，则钻燧之法，可以证之实事，且无臆造故实贻误学者之弊，而惜乎编书者之不读书也。

《新法历史自习书》第五册述叔孙通定朝仪之事："殿上设置御案、御座，案前摆起御炉，烧着御香，案旁设传胪官以便传达言语。百官齐备了，皇帝从殿后，头戴平天冠，穿衮龙袍，坐在金舆玉辇之中，左右捧着日月龙凤掌扇田几十个，太监、宫娥一声吆喝而出。"

原编者之意，不过形容汉之朝仪，以为此等制度，可以不加深考，随意抄袭后世小说叙述皇帝登殿之状，可以使读者想见其威严，即足矣。虽然，《汉书·叔孙通传》所述朝仪，却无此等装饰。

《汉书·叔孙通传》："大行设九宾，胪句传。于是皇帝御辇出房，百官执戟传警。"

不知编者从何处见其有御炉、御香。汉季始有烧香之俗，其法始于胡人。

《三国志·士燮传》："燮威尊无上，出入鸣钟磬，备具威仪，笳箫鼓吹，车骑满道，胡人夹毂焚烧香者，常有数十。"

西汉未闻以此为敬者。又如汉之皇帝所着冠服，具见《续汉书·舆服志》，其最尊敬之服，曰长冠袀玄。

《续汉书·舆服志》："长冠，一曰斋冠，高七寸，广三寸，促漆纚为之，制如板，以竹为里。初，高祖微时，以竹皮为之，谓之刘氏冠，楚冠制也。民谓之鹊尾冠，非也。祀宗庙诸祀则冠之，皆服袀玄。（《独断》曰："袀，绀缯也。"《吴都赋》曰："袀，皂服也。"）绛缘领袖为中衣，绛绔袜，示其赤心奉神也。五郊，衣帻绔袜各如其色。此冠高祖所造，故以为祭服，尊敬之至也。"

其常服，曰通天冠深衣。

《续汉书·舆服志》："通天冠，高九寸，正竖，顶少邪却，乃直下为铁卷梁，前有山，展筒为述，乘舆所常服。（《独断》曰："汉受之秦，礼无文。"）服衣，深衣制，有袍，随五时色。"

虽高祖初行朝仪时，未知其所着何服，然必须依此为说，不可以意为之也。汉帝之服衮冕，自东汉明帝始。

《续汉书·舆服志》："秦以战国即天子位，灭去礼学，郊祀之服皆以袀玄。显宗遂就大业，初服旒冕，衣裳文章，赤舄絇屦，以祠天地。"

衮衣有龙，而不可曰袍。以衮冕之制，上衣下裳，非袍也。此种仪制，非从《礼经》研究，由源及流，未易分别。然既为书以教学者，正不能率尔操觚也。

《新法历史自习书》第五册"家族制度的来历"："夏禹以后，国家定了个帝位世袭的制度，但是帝位只有一个，子孙多时，不能使他人人即位，个个称帝，于是定了一个嫡子承继的办法，例如父做天子的，他的嫡室长子（正妻所生）就有理应袭位的希望。其余次子庶子（妾所生），虽然贤能，或年长，也不能挨上去。要是长子死了，或没有嫡室之子，那才轮得到次子、庶子。没有儿子的天子，自然挨着兄弟，或侄子袭位，那是一定的礼法。其中虽他有立次立庶的，要不过随君主一时好恶，借口长子不贤，或别故，以变更惯例罢了。"

此种议论，亦属似是而非，嫡长承袭，并非夏禹以后即如此。夏代中康之继太康。帝扃之继不降，皆非传子。

《史记·夏本纪》："太康崩，帝中康立，帝不降崩，弟帝扃立。"

而商代尤以弟兄相继为定法，王静安氏《殷周制度论》尝详言之。

王国维《殷周制度论》："欲观周之所以定天下，必自其制度始矣。周人制度之大异于商者，一曰立子立嫡之制，由是而生。殷以前无嫡庶之制。黄帝之崩，其二子昌意、玄嚣之后，代有天下。颛顼者昌意之子，帝喾者玄嚣之子也。厥后虞夏皆颛顼后，殷周皆帝喾后。有天下者，但为黄帝之子孙，不必为黄帝之嫡。世动言尧舜禅让、汤武征诛，若其传天下与受天下，有大不同者；然以帝系言之，尧舜之禅天下，以舜禹之功，然舜禹皆颛顼后，本可以有天下者也。汤武之代夏商，固以其功与德，然汤武皆帝喾后，亦本可以有天下者也。以颛顼以来，诸朝相继之次言之，固已无嫡庶之别矣。一朝之中，其嗣位者亦然，特如商之继统法，以弟及为主，而以子继辅之，无弟然后传子。自成汤至于帝辛，三十帝中，以弟继兄者，凡十四帝（外丙、中壬、大庚、雍己、大戊、外壬、河亶甲、沃甲、南庚、盘庚、小辛、小乙、祖甲、庚丁）；其以子继父者，亦非兄之子，而多为弟之子（小甲、中丁、祖辛、武丁、祖庚、廪辛、武乙）。惟沃甲崩、祖辛之子祖丁立，祖丁崩、沃甲之子南庚立，南庚崩、祖丁之子阳甲立，此三事独与商人继统法不合，此盖《史记·殷本纪》所谓中丁以后，九世之乱，其间当有争立之事，而不可考矣。故商人祀其先王兄弟同礼，即先王兄弟之未立者，其礼亦同，是未尝有嫡庶之别也。是故大王之立王季也，文王之舍伯邑考而立武王也，周公之继武王而摄政称王也，自殷制言之，皆正也。"

夏禹以后，明明有一朝专以弟及为主，而猥曰夏禹以后，国家定了个帝位世袭的制度，于是定了一个嫡子承继的办法，以千余年后之制度，移而加之千余年以前之人，犹之今人骂韩昌黎之文章是八股文之余毒，信口开河，全不知时间相距之若何。编者不学不足责，其如学者读之而误信之何。是故欲讲历史上家族制度之起原，必须熟读《礼经》，详考古史，先了然于古者文家质家之区别，然后可以引申而评判之，否则不可乱道。若以后世事实妄测前人，一下笔即成笑柄矣。

《历史自习书》第五册"唐时的社会状况"："唐朝的京城有东西两个。西京在关内道，叫做长安；东京在河南道，叫做洛阳。唐朝的皇帝住在长安的时候多，所以长安城里，更加热闹，外城的街道，很阔很大，内城的宫殿，很多很高，内城是王孙公子居住之所，外城是富商大贾凑集之地，可惜没有一个详细地图画出来，给诸位看，只请诸位读唐人的什么'金阙晓钟开万户，玉阶仙仗拥千官'这两句诗，再闭了眼睛想一想那'金阙玉阶千官万户'八个字，也就可以知道他的繁华了。再不然，诸位到陕西省长安县去走一遭，看他现在的城垣，虽是荒凉，也还高大；现在的街道，虽是冷落，也还广阔。什么长乐钟声、未央月色、灞岸杨柳、骊山温泉，虽然没有唐人的足迹，看了那断瓦残碑、故宫禾黍，也还仿佛可以想像呢。"

此段之可笑者，第一不知唐朝东京、西京之城郭，现在皆有详细地图可考。

清徐松《唐两京城坊考》，在《连筠簃丛书》内。

第二即由不知唐代京城制度，故随意造出内城、外城之名。

唐代西京有宫城，有皇城，有外郭城。《两京城坊考》："隋时建筑先筑宫城，次筑皇城，次筑外郭城，故唐西京宫城最在北，皇城在宫城南，外郭城又在皇城南。"

第三则妄谓公子王孙皆居内城，富商大贾皆居外城。不知唐代之皇族，亦住于外郭城，与东市、西市之富商大贾同在外城，并不住于皇城，亦不全住于宫城也。

《两京城坊考》："朱雀门街东第五街（即皇城东之第三街），街东从北第一坊，画坊之地，筑入苑十六宅。"《政要》："先天之后，皇子幼则居内。东封后，以年渐成长，乃于安国寺东附苑城同为大宅，分院居之，名为十王宅。"

不读书而编书，徒以枵腹张空文，而今之学校教师，又多胸无点墨之流，不能为之矫正，但以新出之书为贵，令学生诵习之，岂不使人绝倒耶？

以上所举，不过略摘数条，其他怪谬之论、虚诞之词，不胜枚举，吾亦无暇一一为之疏证。或谓此等书籍，固不足语于学问，仅可等于《三国演义》《西游记》《水浒》之类，小学使生略通文理者阅之，一面借以消遣，一面可以粗知史事，何必以经史正文绳之。不知王荆公谓先入为主，近来教育家亦皆言童年影像最深，则与其先以谰言惑乱学生，何如详细考究，予以正确之知识。且《三国演义》之类，虽属小说，不免傅会，然其叙述之事，尚属十九俱有来历。吾友刘君蓬六尝撰《小说考证》，搜集各种说部笔记之类，以证《三国演义》之事，方知其于陈寿《国志》外，涉猎之书至多，初非出于向壁虚造。今人惟不肯读书，乃觉前人各事无非欺人之谈。彼仅用之为稗官，吾何不可仿之为教本，但令学校采用，儿童欢迎，书肆可以牟利，编者可以得钱，于事已足，何必深考。吾意历史教本，不妨采取演义之式，第须事事加以研究，语语都有来历。纵或加以波澜，要必不违本旨，方可谓为改良教育，刷新历史。否则兔园册子，谬种流传，以伪乱真，不知伊于胡底也。

载《史地学报》第 2 卷第 2 期，1923 年 1 月

历史之意义与研究

缪凤林

【编者导读】

本文深入探讨历史的本质与意义、研究方法及目的，辩证解析"史"与"史书"、"动态之史"与"静态之史"等核心概念。缪凤林着力廓清既往的认知误区，即传统观念常将历史视为过去事实的记载，混淆了"史"之本体与"史书"之记载。他强调"史"是天地间不断变化、延续的现象，而"史书"是人们选取部分现象，考察因果后记录下的事实摹本。文章进而系统梳理宗教史观、伦理史观、政治史观、哲学史观等多元视角，揭示各种史观对人类活动的阐释存在片面性。人类活动的意义源于保生乐生、避苦求乐的本能和需要。缪凤林认为人类活动即上文所说史之本体，人类活动的意义与历史的意义有相通之处。

基于动态史观，作者提炼出历史演进的双重公例：赓续公例体现为文明基因的代际传承，犹如生命体的遗传密码；蜕变公例则彰显文化形态的自我更新，恰似生命体的新陈代谢。历史研究应注意把握历史脉络的赓续关系，又要洞察彼此的差异与断裂。为此，缪凤林独创"史心—史实"的二元分析框架，前者指向人类活动的精神维度（动机、情感、价值取向），后者表征实践活动的物质痕迹。尽管史心难以直接观测，但可通过史实的行为进行合理推演，二者构成互为表里的解释循环。

由此，历史研究的价值与效用在方法论自觉中得以彰显：通过解析史心与史实的因果关系网络，不仅能重构人事变迁的内在逻辑，更可衍生出"温古知今""彰往察来"的预见功能、"蓄德日新"的教化价值以及"崇善去恶"的伦理导向。

昔班孟坚有言曰："尧舜之盛，必有典谟之篇，然后扬名于后世，贯德于百王。故采纂前记，缀辑所闻，以述《汉书》。"（《汉书·叙传》）此以历史为过去事实之记载，实古今史家同具之观念。然细加谛察，似其所言，仅指组织成书之史，而非史之本体。质言之，乃史书而非即史也。盈天地间，层叠无穷、流行不息之现象，生灭绵延，亘古亘今，是名曰史。有人焉，抉择是中一部分之现象，以一己之观察点，考察其因果关系，笔而出之，是曰史书。史书之描述，于事实纵极逼真，栩栩欲活，要为事实之摹本，非即事实之自体。故凡昔贤之所著论述，与夫吾人之所诵习者，惟为史之代表（或名曰史之史）。真正之史，则非吾人所得而知。汉人之生活，史也；《汉书》者，记载汉人一部分之生活者也。（此就多分言，亦有记载汉以前事者。）谓《汉书》为汉一部分之写真，可也；谓《汉书》即汉人之生活，不可也。

明乎史与史书之辨，然后可知史为动而非静。明乎史为动而非静，然后方可与言史之意义。盖如上所明，所谓史之自体，即人类之活动。人类活动有何意义乎？能解释此问题，则于史之真谛思过半矣。

人类之活动有多面，解释人类活动者亦有多说。各种史观之不同，即基于解释人类活动之歧异。谓人类之活动悉源于前定之天意（神之意志），是曰宗教史观；谓人类之活动悉有道德观念为之前导，是曰伦理史观；谓人类之活动一以政治事业为主体，是曰政治史观；谓人类之活动乃绝对理性之发展，是曰哲学史观；谓人类之活动悉受伟人势力之支配，是曰个人史观；谓人类之活动悉以人群意识为动力，是曰社会史观；谓人类之活动以物质需要为唯一之原因，是曰经济史观（或称唯物史观）；谓人类之活动悉随自然环境为转移，是曰自然史观（或称地理史观）。凡此解释，或则失之一偏，或则无当事理，若前定天意，若绝对理性，皆凭私意计执，毫无客观真实。若道德观念以至自然环境，亦皆仅足解释一部分之现象，而断不足概人类活动之全体。夫圣人之行而思为天下法，动而思为天下则。谓有道德观念，犹可言也。然庸人之营营不息，非所语于此矣。谓社会之事业，每与政治有关，吾人固不能反对其说。然政治状态已属外象，造成原质，要别有在。而如学术之创造、人群之风尚，又非政治所能解释矣。伟人虽为人群之明灯，然无意识之群众，每于无意识中呈其势力，虽伟人亦末如之何。（喻如铁工制舰，误用劣料，后舰临阵，入水不行，虽有勇将猛卒，歼败必矣。）反之社会势力虽伟大，然个人自有本真，其所受固有非得之于社会，其所为亦有一脱群众之窠臼者。至言物质需要、自然环境，似足动人听闻矣。然谓据此即足解释人事之变更与发展耶？印第安群岛之气候与澳洲同也，然居民之种族则异，文化则殊矣。北美之气候土壤数百年来未尝变也，然今日白人之文明则非土著所能梦见矣。起于物质需要之活动，诚不可以缕计，然活动之起于精神需要者，又何可胜言？若埃及人之建石陵，若希腊人之筑神庙，若老子之著五千言，若孔子之设教杏坛，唯物史家遇此，惟有结舌不知所对而已。

诸家所陈，既多未当，然则人类活动，究有何意义耶？曰人类活动，因需要活动而活动。凡人天性，莫不欲乐而恶苦，虽其所欲所恶，未能尽同，然所欲为乐，所恶为苦，（有所欲，而后谓之乐，非乐本乐，而后人欲之；有所恶，而后谓之苦，非苦本苦，而后人恶之。）欲欲恶恶，靡不皆然。凡人恒情，大抵以有生为乐。故乞丐宁忍求食之苦，遂其有生之乐；盗贼宁忍桎梏之苦，遂其有生之乐；壮士宁忍断腕之苦，遂其有生之乐；鳏寡孤独宁忍鳏寡孤独之苦，而遂其有生之乐。彼取义舍生与夫不能忍其苦而轻生者，则为极少数之例外。（其欲乐恶苦仍同。）人性莫不欲乐恶苦，而又大抵以有生为乐也，故"智之所贵，存我为贵"（《列子·杨朱篇》语）。人类一切活动，亦大抵起于保生之需要。原人迷信神力、崇拜鬼神，以何而然？求有生之乐则然。制造工具、猎取禽兽，以何而然？求有生之乐则然。杀人夺货、互相争攘，以何而然？求有生之乐则然。一人一家之力孤，不足保其生，乃有部落。部落之势薄，不足保其生，乃有国家。政治之活动，起于保生之需要者也。游牧之所获，有时而竭，不足保其生，乃有耕稼。耕稼之所获，未能尽保生之用，乃有商贾。经济之活动，起于保生之需要者也。政治之组织，剥夺自由；经济之活动，辛勤终岁，固未尝不苦也。然而不如此，则不足以保其生。以前者之苦较丧生之苦为可忍也，宁忍其较可忍之苦以遂其有生之大乐。第人之天性究为欲乐恶苦，凡可以避苦者，无所不用其极。故其适应保生之需要也，莫不向阻力最小方面进行，而期求得其最大之快乐。又常人莫不苟安性成，各种活动已足保其生命，或可苟延残喘，则蹈常袭故，鲜愿有所更张。智者则否矣，充其欲乐之天性，不以有生之乐为已足，更进而求其乐生，用其心力从事其他之活动，思得有生以外之大乐。冒万难，忍万苦，勇猛精进，死而后已。较之前之忍苦以保生，殆有过焉。道德家之践仁履义，求得其良心上之乐也。哲学家之探索真理，求得其精神上之乐也。科学家之穷验博征，求得其理智上之乐也。美术家之构造幻境，求得其情感上之乐也。政治家之设施事功，则以遂其功名之乐。资本家之覃心经营，则以遂其富有之乐也。他若豪杰志士、奸雄草寇，亦莫不各事其活动，以冀遂其所欲之乐。所乐非一端，活动非一途。智者行于先，忍苦以求乐。凡者见其乐之已得，而有所歆于中也，靡焉从于下。智者又更进而从事其活动，以求更得其大乐，循环往复，进行不已。而其苦乐之大小，与夫乐之能得与否，即幸而得乐，究足以偿其所忍之苦与否，则往往不之计焉。人之活动，至此由保生而至乐生，人世之现象，遂繁复而不可究诘。是则宗教也，美术也，政治也，经济也，学术也，伦理也，皆人类之活动，起于保生乐生之避苦求乐之需要者也。人类之活动即史之自体，人类活动之意义如是，史之意义亦不外乎是。

已明史之意义，当明史之研究。史为人类之活动，人类各方面之活动，皆起于适应保生乐生之需要。研究历史，亦不外乎研究人类保生乐生之活动，见于宗教、美术、政治、经济、学术、伦理等各方面者，了解其意义而已。于此首当致问者，人类活动之发展，果有一定之公例否耶？避苦得乐之为公例，保生乐生之为公例，上已言之矣。然舍是二者，尚别有在，活动性质，等流绵延。前代之人，以未完之业遗诸后代。后代袭其遗产，继长增高，递遗递袭，渺无穷期。个人之生命虽有休止，而活动则亘古亘今，是曰赓续公例。活动性质，新陈代谢，前望于后，发展蝉脱。旧未全灭，新者已兴。新者虽盛，旧尚有存。而新之于旧，必有差异，绝无尽同，是曰蜕变公例。由前知史事皆属相关，无有孤立，研究历史，当探索其赓续之关系，而不能如自然科学家之任意分裂其研究之对象。由后知史事皆属唯一，无有重复，研究历史，当详考彼此相异之度，而不能如自然科学家之一味求同。研究人类赓续蜕变之活动，而求其相关相异，是曰研究历史。

复次，人类之活动可分为二，曰活动之情态，曰活动之产品。产品者，活动所得之结果也，人类表显于外之行为属之。情态者，活动之所从出也，人类蕴藏于内之情思属之。如夏禹之治水，周公之制礼，始皇之一统，王莽之篡汉，皆行为也。至治水之思虑，制礼之思想，一统之计画，篡汉之谋略，则为情态。情态为行为之母。治水等之行为，皆治水等之思虑有以产生之。然因情态而产生行为，因行为之产生，又每足以引起其新情态，由此新情态又产生其新行为。若夏禹等治水后、制礼后、一统后、篡汉后之设施，要由治水等行为引起其新情态而产生也。此情态，史学家名曰史心；此行为，史学家名曰史实。史心史实，互为因果。人事之日繁，历史之演化，胥由于此。研究历史即所以探索二者因果之迹，了解人事赓续之真相。然情态顷刻即逝者也，古人往矣，其情态随之俱往。古人不可复见，则其情态终不能复窥，其所留饷后人者，不过其显现于外之行为而已。幸也，行为自情态而出，由此行为，每可窥见其所自出之情态；行为又所以促发新情态，由此行为亦可推见其所引起之情态。如是，古昔人群内蕴之情态，今虽无有，仍不妨据其外现之行为以窥考。此据史实（行为）以窥考史心（情态）。明了二者之相互关系，是曰研究历史。

于此有问题焉：如是研究历史，其目的何在耶？曰无他焉。史为人类之活动，研究历史，明白人类之活动而已。人类之活动，递遗递袭，赓续蜕变，情态行为，互为子母。核实言之，不外一因果关系。研究历史，了解因果之关系而已。因云果云，皆相对名辞，同一史实，以其承前事而来，对前称果，果为前事之果；以其能引生后事，对后称因，因为后事之因。而此因果，其道多端，至复赜而难理。或则彰显而易见，譬犹澍雨降而麦苗苗，烈风过而林木摧；或则细微而难窥，譬犹退潮刷江岸而成淤滩，宿茶浸陶壶而留陈渍；或则多因而生一果，如清末政治之腐败、思想之激荡、排满之狂热、志士之奋发等无量原因，引生一革命之果；或则一因而生多果，如即此革命之一因，引生十数年来无量史实，其尤俶诡陆离、不容思议者，则为异熟果。异熟之义有三，一者异时而熟，谓种因在昔，果熟则在后；二者变异而熟，谓种因如此，果熟则如彼；三者异类而熟，谓种因此类，果熟则彼类。如汉攘匈奴，匈人徙居欧洲而为芬族，役属东西峨特人；后芬族起而攘峨特人，遂引起日耳曼蛮族之大转移，西罗马沦亡，欧洲为黑暗时代。种因在汉世，其果之熟则至数百年后，所谓异时而熟也；种因为中土之攘夷，其果熟则为乱欧，所谓变异而熟也；种因为匈奴之被逼而徙，果熟则为西罗马之沦于异族，所谓异类而熟也。因虽已具而不显，待果彰而始显，果虽由因出，而其前进实不可预测。且其前进也，常以他事为缘而定其方向，外缘至无定也，则其果亦至无定。（如上所举例，设峨特人能制芬人之活动，或罗马人保持早年之雄武，虽同此因，果则全改观矣。）历史上之因果大抵皆此类也，由果溯因，明其因兼明其果，研究历史之目的岂有他哉？明白若斯之复杂因果而已。

于此又有问题焉：明白因果，有若何之效用否耶？曰讲学以明真也，非所以言用。研究历史而明白因果，至矣、尽矣、高矣、美矣，尚何用之足言？然虽不言用，而其用之随而自至者，亦可得而言焉。现在史实，承前而来，不明过去，无以了解今兹，温古而知今，一也。未来现象，虽难预料，然因已宿具，亦可略测其可能之趋向，彰往而察来，二也。多识前言往行以蓄其德，刚健笃实，辉光日新，蓄德而日新，三也。观恶因果之递嬗，察其何以致此，而知所去避，崇善而去恶，四也。穷通得丧，事无偶然，明其因果，爽然自失，失败成功，两皆无着，生活之超脱，五也。由果溯因，凭因索果，澈上澈下，通古通今，时不限于目前，地不囿于一隅，胸怀之扩大，六也。睹昔贤之事功，知立国之非易，处今兹之飘零，觉匹夫其有责，爱国之心发，七也。念先民之辛勤，感惠我之实深，将继志而述事，敢暇逸以偷乐，精进之心生，八也。若斯之类，厥用无量。粗陈一二，借示方隅。举一反三，是在读者。

载《学衡》第 23 期，1923 年 11 月；又《史地学报》第 2 卷第 7 期，1923 年 11 月

史学蠡测

陈训慈

【编者导读】

本文是陈训慈史学理论的代表作，撰写于 1924 年，此时他已从东大毕业，在上海商务印书馆编译所工作。文章系统构建了现代史学理论的基本框架，涵盖史学定义、范围、作用、研究方法等，同时梳理了中国和西洋史学的发展脉络。全书十二章节可归纳为以下几个维度：

第一，"历史"的基础概念。中国"史"字原义指史官，后引申为史书、史学，"历史"一词约起于清代。欧美"史"字则源于希腊文，指对人类过去事实的记载。陈训慈认为"史学"一词极难定义，众多史观阐释各异，他综合梁启超、萧一山等前辈学者之言，将历史学定义为"人类因保生乐生之心理的需要、循时间之进行、托空间之迹象、所发生之各方面绵续的活动之系统的记载与阐释，冀以实揭过去，供后人之资鉴，而促成人道之幸福与进展之学也"。

第二，综合史观与新史学的探究。综合史观强调从群体心理角度解释史事，认为史事演进主原在群心，其以"好生""乐生"为内在动力，能综合多种史观，较为中正。受其影响，新史学在史之范围、史之作用、史料之审别、史法之应用等方面均展现出新的精神。

第三，史学的学科属性。史学是否为一种科学始终存在争议，支持者主张史求公例，将史跻于科学之列；反对者则认为人类活动变幻莫测，无法用科学定则衡量。本文认为史学与科学存在关联，但也有明显的差异和限度。陈训慈一一列举和史学关系紧密的诸多学科，如地理学为史学提供空间背景；地质学、天文学帮助订正古史、拓展历史视野；人类学、人种学等为研究古史提供资料；年代学、谱系学辅助确定历史时间和线索；政治学、法学等与史学相互影响；等等。

第四，中国与西洋史学的双轨演进。中国史学起源较早，历经多个发展阶段。司马迁的《史记》标志着中国史学之发端，汉隋以降，史学兴盛，至唐代之《史通》、宋代之《通鉴》与《通志》、元代之《文献通考》，各朝代都有重要的史著和史学成就。清儒则在整理旧史、编纂新史、保存史料等方面贡献巨大。西洋史学起源于埃及及西亚诸国，希腊史学真正兴起后，希罗多德被尊为"历史之祖"，凯撒、李维、塔西佗等史家推动了罗马史学之发展。中世纪史学受宗教影响而衰落。启蒙时代，史学体现出理性和进步精神，批评精神凸显。直至十九世纪史学大昌，兰克和尼布尔开创新径，各国史学蓬勃发展。

文末，陈训慈指出近世史学昌明，通史与专史分工日益明确，二者相互促进。世界史的完善依赖各国史的研究，中国史更应成为世界史学研究的重要构成，整理国史之业百废待兴。

吾国史籍之富，为举世学者所共称。惟论史学之专书，颇不多觏。数十年还，欧美史学大昌，而论史旨、史法以逮考史学沿革得失之作，在蔚起之史书中，亦复自树一帜；其于史学，颇著推进之效。国人有鉴于斯，颇或表宣前说，裁成新著，而详密巨作，犹未多觏。学子有求，每苦阙如。循是以空谈整理国史，私恐其志大而道拙也。吾辈于西人专书，既不克遍致尽读；前哲论史佳旨散见群籍者，犹未能穷搜广通。顾心之所向，颇复杂涉，则又泛泛脑际，未获谛要。尝以斯意叩之同好，莫不具此同感。因知学校中但以历史备一科者，殆益稀闻于是。既昧其旨，徒诵其事，则怠者骇怪而遽致厌弃，勤者亦苦读未明其义，欲史学不为学子所诟病，又安可得？兹以浅知薄闻，稍加整叠，于现今史学之要端，以及吾国与欧美史学之演进，作一最简略之叙述，名曰蠡测，以识疏浅，非敢自矜寸见，好为表宣，实以积疑求质，用发其惑。且意欲有求，而所知乃若是贫薄，则国之通人，必且怜后进之无似，感斯学之待昌，因而宏绎前闻，广致西说，以为吾后生诏矣。区区此文，固不敢怀以砖引玉之望；即粗揭凡要，亦惧未足供一般问史者之涉览。但求国内宏达，丕发佳著，则馨香祷祝，固吾辈所同望。若同好不鄙谫陋，予以纠正商榷，学术有幸，又岂特作者之深望也。

四月二十日卒稿识此

一、字原

吾国古无称“历史”者，今第略稽学者之说，以明“史”字之字原。史，古文、篆文并作（秦《泰山刻石》“御史”之“史”字可证）[1]。许君解字谓：“，记事者也；从持中。中，正也。”段氏引《玉藻》左右史之言，谓记事合记言而云。又以“君举必书，良史书法不隐”以解持中之义（《说文解字》段注第三篇下）。后人从之，相沿以中正无偏之记史者释“史”字。清儒吴大澂考释文字，往往因钟鼎而发古籀之旧。其解“史”字，由会意而复诸象形：以为象简形[2]，盖象手执简。又据古鼎敦骈列“史”字之异文（[3]、[4]、[5]、[6]、[7]）而测父辛爵作者为“史”字之所本（《说文古籀补》卷三）[8]。江慎修则谓为官府之薄书，犹今之案卷；者右手，以手持薄书之谓史。又引《周官》小司寇之职及掌文书诸言史者以实其说（江永《周礼疑义举要》卷五《秋官》）。近人王静安先生稽考古籍，则谓为古盛算之器，作盘形，丨者柄也。而经史所诏，古时算策本为同物，故盛算之，亦用以盛简。射时舍算及诸用算者既隶史职，则简策亦掌于史。古书所言史职，多以藏书、读书、作书者以此。是“史”字之本义，即以手持盛策之器者也（王国维《释史》）。先生此说，既免许君因似形下义之谬，又进于愙斋、慎修概言简簿之疏，博征古籍，确然成说。今海内学者，尚未闻有讨论非难之者。要之，吾国“史”字原义，实指史官而言[9]，引申而兼训其所记之史书，更推之以及史学。晚近好用双字，则取历代之史而造“历史”之名，其词殆

1. 音疏士切。
2. 据史颂敦。
3. 师奎父鼎。
4. 颂敦。
5. 格伯敦。
6. 师酉敦。
7. 鄦惠鼎。
8. 案：由钟鼎考见之“史”字各种形状，吴大澂《愙斋集古录》及阮元《积古斋钟鼎彝器款识》二书所集最多，可以参考。
9. 古史官之职责既须别考，故“史”字初造之形，从手执何物，即成考索主题。

起于清代也。

外国训史之义，今仅能推及希腊，希腊文"史"曰ιστορία，为"征问"或"询问而得之智识"（"inquiry" or "learning by inquiry"）之义。故凡如是而得之智识，不问隶何学科，胥概于是。希腊后哲始渐限此字于问得知识之写录，易言之即为纪载（narrative）。罗马沿变，"史"曰 historia，其义为人类过去事实之纪载。即斯一字，厥为近代盎格鲁撒逊族之"history"，（英、美）拉丁民族之"histoire"，（法、比、班、荷、瑞士）"historique" 及 "istoria" [1] "storia" "storie" "storiche"（意于"histoire"外，"史"多用此数字），斯拉夫民族之"istoriya"（俄塞），以及 "historien"、"historia"（瑞典）、"historisk"（挪威）、"historie"（丹麦）诸字之所为本。至于德、奥，间有用 "historische" 字，系出于同源，但通常多以"Geschichte"一字指"史"，则由"故事"之义引申而成者。要之，白人文字之"史"字，原于希腊、罗马古事纪载之义，与其今义为近，不若吾"史"字之由纪史者引申而成也。

二、定义

近世论学，好标定义 [2]。实则学术沿变，最难定限。史之对象特繁，故史学定义之难亦愈甚。通常言史，必曰"过去事实之纪载"。夷考此语，泛然第可为"历史"二字立解，未足与言"史学" [3]。诚以何谓事实，正须略揭其范。若曰人类活动为事实，则斯活动之主体为何，根源何在？且混曰纪载，又将如何纪载而可当纪载之名？是故果能搬去定义则已，如必欲勉求"史学"之定义，则"过去事实"或"过去人类活动之纪载"一语，不足以诠史学之真谛也甚明。今吾人果贸然遽立一解，冀定史学之义，又非真知史者也。诚以今世学者探各学之义诠，多好考昔以明今。刬以史

---

1. 此意大利中古"史"字。
2. 或称界识。
3. "史学"二字，古人用之，各异其解。如章实斋所言全异前人，要之，史为一事、史学为一事，则稍审可知英文"history"一字兼"历史"与"史学"之两用，但近来学者亦有言史学曰"historiography"者，或用"history as a science"，指史学以别于泛言"history"为历史者。

学，得不以历史法释其义，而可骤晓其真谛乎？是以果言定义，必一考自来史家之说。其说各殊，细审之并可以答上述之问。所谓各种史观或史之解释（interpretation of history）者，即指是也。

各种史观之学说、学者及其利弊，兹且勿言。第揭其一二代表定义（representative definition），以助本节之说明焉。古人著史，好言表文采、娱斯文，西洋史家亦有言"史为娱悦读者之文学"（法人 Daunou 言）。是其取材以美为衡，则凡不适文采之旨之人类活动，自将弃之。宗教家崇信天道，则谓"史事为天心寄托之所在"（中世史家 Gregory 之言），是谓人类活动之中，必有超自然之神意潜为线索。果违是旨，即非真史。希腊史家 Dionysius 曰："历史为以先例示教之哲学（History is philosophy teaching by example）。"是则既认人事有伦理的背景，即以进德为史学之最大作用。英史家福礼门（Freeman）则公然诏言："史为过去之政治（History is past politics）。"学者向从，浸浸视政治为史之主体，且以史惟有政治的作用。甚且推衍加厉，目历史为"民族之魂"，冀用民族自大之心理，以历史唤醒爱国之精神。是直以人类活动之史的价值，全寄于民族之扩大。至哲学家好标哲理，则谓"史为绝对理性之发展"（Development of pure reason，德海羯尔 Hegel 言）。而过信一二伟人转移人事之大力者，则谓"史为伟人之传记"（History is the biography of heroes，英人 Carlyle 言）。反其说者，则移人事演进之中心于一般社会，以为"历史实为社会之写真"（History is the biography of society，英人 Dr. Arnold 言）。主科学者，则以为史既纪载人事，尤当"即其中寻绎统驭人事之公例（英史家 Buckle 言）"[1]。震撼经济之伟力者，且谓经济为人类活动之主因，遂以经济之变迁，为人事之中心（马克思 K. Marx 经济史观要旨）。而审考人地相应之理者，则又以人事悉受自然环境之支配，人类常以适应于是而活动。凡斯所述，即史学上所谓各种史观。各史观中之史家，陈义虽不一其词，惟兹所引述，要可代表各家旗帜最显者之主张。而史学定义之繁殊，概可知矣。职是之故，西国近今史家之论史学，多不好自标定义。诚以史

---

1. 参看下论"史是否科学"一节。

学之变迁既至复，而其特性所寄，又不若他学科之明有封域。史家果能撅析旧史家之秕谬，而昭揭史学之新旨，则史学之本质范围作用已明。有定义与否，原非史学之所急也[1]。近来吾国学者浸渍欧学，于是学必为之定义。其于史学，近出史书中之具有特见者，吾且引述二则：

梁任公氏立史之定义曰：

"史者何？记述人类社会赓续活动之体相，校其总成绩，求得因果关系，以为现代一般人活动之资鉴者也。"[2]

萧一山氏下历史及史学之定义曰：

"历史者，宇宙现象之叙述录也……（注）历史有三要件，曰宇宙、曰现象、曰叙述。上下四方之谓宇，往古来今之谓宙，事物变动之迹谓之现象，而能表示现象以传达于他人且有存在之性质者，则为叙述。……此有类于所谓史料。"

"史学者，钩稽史实之真象，为有统系、有组织之研究，以阐明其承变演进之迹，并推求其因果互相之关系者也。"[3]

右引二定义，皆明确精审，可为国人究史者之指针。任公之文，又系以周详生动之说明，采纳新说，昭揭要旨。萧君辨别历史与史学之义解，亦厘然自具灼见。顾间尝涉窥史家论史之作，其定义之出发点固各异，而其所以繁殊，要以解释人类活动之动机或目的之不同而殊。梁先生重言宜究因果，诚为新史之要谛。然于活动之意义，则未见明示。萧君解"历史"一词，语太涵概。而其释史学之旨，要点亦只及有系统与求因果二要端。较验新说，中有所疑，用就见闻所及，审史之本质、范围与作用，进揭人群活动之主原。妄以浅学，草一"史学"之定义曰：

历史学者，人类因保生乐生之心理的需要、循时间之进行、托空间之迹象、所发生之各方面绵续的活动之系统的记载与阐释，冀以实揭过去，供后人之资鉴，而促成人道之幸福与进展之学也。

1.西洋最近出版论史学之书，多无专节以明下一简短之"史"的定义。

2.《中国历史研究法》，页一。

3.《清代通史》卷上之一，页一、页三。

今请以次解释此语之义：

（一）以人类与时间、空间并举者：各学科研究之对象，史学特为繁复。但榷而言之，史有三要素焉：曰时间（time）、曰空间（space）、曰人类（mankind）。无空间则史失其凭借，无时间则史失其动性。然生物亿兆，自薜藻野草以至牛马猿猴，匪不有时间与空间也，顾莫能建立史学焉。是则所谓史学，于二者以外，必别有其史魂，人类是已。所以然者，更当进求其故。

（二）曰人类因保生乐生之心理的需要者：人类所以能为成立历史之主源，必其有异于众生者在。此其同异，兹勿能详。然由其活动之方式审之，人类有一最大之特点焉，曰所以好生之欲特强，而所以乐其生之法特工也。下等植物求生欲尚不著，动物求生之欲递增矣，而所以乐其生之道未善，亦未能急急多所变进也。人类则既有至强之好生欲，又因其生理上之天惠，具特出之智力，能言语、能合力、能保持记忆，于是而所以改善其生活条件以安乐其生者，乃层进而无穷。历史上种种事迹，胥可求根源于是。此种乐生之道，率由少数才智伟人为之领袖，为之表宣者，而要其主体，则实在大多数之从者，为之潜势力者。二者相成，形成人群心理之主体。故兹云心理，指全人群之心理也。

（三）曰循时间之进行者：历史非抽象学科也，其灵魂寄于人类，尤寄于绵延待续之人类。譬之玄学究超绝的真理，竟有无，间古今；自然科学剖析自然现象，亦多有超绝时间者。而历史则大异是，绝不能与时间须臾离。无时间则无历史的人类，无时间即历史失其命脉。惟时间前进不已，庶有历史之发生。

（四）曰托空间之迹象者：历史既非玄学、数学之比，故于灵魂、命脉之外，必更有骨髓，空间是也。史家有言，年代学与地学为史学之两眼，谓史之不能离时间与空间也。设喻明之：演剧必有其舞台，历史亦必有"地"为之舞台；无此舞台，史事无所托迹，亦即无缘发生。史事既托迹于地，地理势力又还而影响于史，两者乃益交织而不可分。但史事发生于地球上者，亦有不同：或更变自然界而存其迹，如建筑；或凭借自然界而一现其象，如制度、习惯。并举迹象，义则殊也。

（五）曰所发生之各方面绵续的活动者：上言好生乐生之心理，乃人类活动之动机或根源，而非活动之本体。有此心理的动机激于中，必有实质的活动发于外。而此种表见，远非如动机之单纯，而呈至繁赜之情态[1]。榷而观之，政治的、经济的（或社会的）、民族的、宗教的、学术的诸方面之活动，可概其大要。盖其包括万象，绝不失偏，虽主其源于心理，而其发诸事实，则呈多方面之活动（故物质状态，绝不遗弃），且以保生之欲，古今同之；乐生之道，进无止境。故发诸活动，亦莫非前后相承，因果相衔，如链索之相贯，如绵絮之相引。故又标曰绵续，以示非节节发生不相衔连之故事也。

（六）曰系统的纪载与阐释者：史之本质范围，既略如上所说明，而其达诸文字，冀成一学，断非仅散漫之纪载所能尽。人类活动之前后衔连，已如上节所述。则欲表达此种活动，自必以说明因果承变之故为要旨。美史家有言："旧史家学之度量仅有纪述一端，今史学则有三种度量，曰纪载、曰比较、曰阐释。"（Salmon: *What is Modern History*？）新史学职责之推广，即此可见。是以史著之表达法，往往代有殊致，现今史书，常远胜同一史料之前书。诚以今史家应用史法，纪述组织，明有系统。而又于纪载之外，能有相当的阐释也。此种阐释，将以明史学之作用，而使其切近人生。此切于人生之作用，则更于下语表之[2]。

（七）曰冀以实揭过去，供后人之资鉴，而促成人道之幸福与进展者：此实所谓阐释（interpretation）之责，亦即史之作用或目的也。由今言古，则所谓人类各方面之活动自指过去。唯此过去显示之法，昔人或主尚美，或主崇德，今则唯在揭其本来之真相，故曰"实揭"。抑人事既系绵延，则往事显示即与今有关系。故审察前事，足为现代人行动之借鉴。至所谓人道之幸福与进展，则尤为史学之新使命。彼以政治民族眼光治史者，以史为促成民族之成功或扩张。纵使达其目的，而由各民族自利之冲突，适以助长人类之争斗，而破坏人道（humanity）之幸福。今史家以

---

1. 主政治史观、道德史观、伟人史观，或信社会史观、经济史观、地理史观等史家，大抵各得一端而未见其全。
2. "阐释"一词可包含"比较"，故此但云阐释，不及比较。

全人类为主体，其职责在以文化之共通，养成完美之国民与世界公民，故能达其促进人道幸福之目的。进展云者，以今稽古，踵其成而免其覆，循时代之进行，为活动之发展。现今人类，既在日进不息之道上，则究其所归，史学自有助于进化也。

（八）曰学（study）而不曰科学（science）者：历史既尚真实，而治史又资科学的方法，今史家且有求公例之企求，是史学固近于科学矣。然详析质性，史学所以殊于自然科学者甚多。若谓"科学"一词，今已广其义旨，非复囿于自然科学，则顺新史学以名史曰科学，亦无不可。兹第取别于自然科学，姑仍名之曰学。若详加说明，则径名之曰科学可也[1]。

史学义诠，至不易解，姑絜大要，参以新旨，而诂其义如是。戋戋泛述，未尽其真。学者苟由是揽其大要，仍当进窥专书以穷其义蕴也。

三、综合史观与新史学

史之各种解释，或曰史观，大抵缘时势之不同，学者因发生对于人类活动根源之不同解释，上文已言之矣。大抵美术史观、宗教史观、道德史观、政治史观、伟人史观之失，哲学史观、地理史观之特点，以及科学史观、社会史观、经济史观所以应世运而生之故，时人屡有陈言，读者所常闻。故兹述自上节引取一二语以佐定义之说明外，不复赘述史观。惟吾人今日习闻新史学之名，究之新史学之精神何如，是于新起之综合史观，不可不有一二语以说明之。

数十年来，史学受科学发达之影响，渐得荡涤前失，显呈新机。顾各家斥旧标新，各成其至，流弊亦颇有可言：即如社会的史家往往卑政治为少数人之播弄，专从散漫无归之一般人以求史实；经济的史家动以物质的条件为人事立新解，浸浸且抹杀人类心理的势力，至少亦有纳精神分子于物质势力之弊。观斯二端，已可见政治史观衰颓后，史家仍鲜能遂得黮然公允之旨归也。顾自心理学之研究渐精，进而推求群体之心理，于是

---

1. 详参后"史是否科学"一节。

史事研究，浸与心理学相引契。德史家兰帕来（Lamprecht，1856—1915）明揭"史为社会心理的科学"（History is primarily a sociopsychological science，见 *What is History*？），自是研究群体心理而以之释史者日多。据彼辈之见，以为史事演进之状态，断非一单独原因所能解释，必也就其时之群体心理中求其解，方能说明某时代之史迹。此种社会的心理，虽受各方面之影响（如地理、经济、政治），但既汇融众源，发之于事，则史事演进之主原，自在群心。学者或谓此群体心理为盲目无意识之作用，但多数史家，推本穷源，佥以有生最乐，故群体心理实以"好生"为其内力。有生必图其安乐，故"乐生"又成其内在之要素。人事万变，莫可究诘。而标此二理，殆可说明一切活动。是以如是立解，则繁复史迹，悉可综于一归。所谓综合史观或群体心理史观（synthetic or collective psychological interpretation of history），为今史家所盛道者，其要旨大略若是（详旨不及备述）。谛以审之，此种史之解释，最为允当。语其长处，约有三端：（一）史之要素，人类为重；史之对象，人类为主。而人类可贵，尤在心灵之特出，今诠人事之主素于人心，于理最合。（二）人群活动，表象至繁，究其主归，确有强烈之好生欲与继续不息之乐生法，为之潜动力。以此为解，则所谓社会心理，虽抽象而仍可捉摸。（三）某种史观，往往推翻他种解释，而仍陷于一偏。今虽归宿于心理，而仍认外力对此心理之影响。综纳诸种势力，即予各种史观以相当之地位，豁然大公，无偏至之弊。职是之故，现今稳健持正之史家，其论史多持此见。所谓新史学，亦赖是益放异彩。顾此所述，不过为史事根源之解释，不能尽新史学之旨。故兹更当就史之范围、史之作用与其对人类关系，以及史料之审别、史法之应用五端各略言之，以明史学实际上之新精神。现今所谓新史学，容可由是稍窥一斑也。

四、史之范围

过去史学之流弊，此文所不欲详。若言其尤显者，则往昔史学范围至为狭小，亘久而始得新史学为之开拓是也。中国往昔史学，绵延称盛，而绳以新史，犹患其内容之贫薄。若言欧美，史学尤屡因受某种势力之利用，局隘不克展其宏绪。希腊史书颇富，但重纪述而罕及批评。罗马编年特盛，史书遂多枯槁乏义例，至末叶尤甚。中世以还，史学与欧洲人民同遭宗教势力之束缚，史职操之教士，史书局于教义（dogma），良史罕见，信史无传。及文艺复兴，史学方稍振坠绪，值各民族先后建国，遂使重政治、拘民族之狭见，浸渍及于史学。史学既深受政治与民族主义之牵制，又莫由恢其新径。十九世纪以后，史学渐呈新机。史学观念既有刷新之旨，又由新兴各科学（如地质、人类、古物学等）之影响，历史之范围（scope）骤见扩大。昔日之史，常限于人类活动之一方面，今则必求记述人类活动之总积（sum total of human achievements）。今就美国勃尔恩（Barne）教授之说，简示新史学内容扩充之三方面（Barne：*Past and Future of History*）。一曰质性之繁富（variety of interests）：昔时主于政治，今则政治、社会、经济、学术各方面之活动，咸将网罗靡遗。二曰时间之拓展（extension of time）：昔述史迹，远不过数千年，今则由地质学、人类学之研究，知人类初生至今已七十五万年。而掘地之发见，古物及古文字之研究，皆足为荒渺之远古，放其光明。下逮现时，则时事史亦自立一帜。新事整理，稍纵成史。盖史学上时间增拓之深远，实为前人梦想所未及。三曰空间之统一（unity of space）：往昔史家，规规于民族之分，今则统观世界，明人类进化之共轨。诚以时代愈近，吾人愈成为世界全机体中不可解脱之一分子。故今史家于分类史、分国史之外，尤以作世界通史为职志。新著蔚起，可为明证。综此三端，略可说明今史学之范围，其广于前世，殆不可道里计矣。若语史之作用，尤必求其切合人生，其与人生各方面之关系，俟下节述之。

五、史之作用——史与人类之关系

史之作用或目的（purpose），学者即以史观之异，而各有不同之主张。新史家既开拓史之范围，其言史之作用，亦必普遍而无特殊之目的。要而言之，史乃以过去可信之人类活动昭示人类，使知文化所以发生之道，且使其掇取精萃而免除障碍，以跻人生于最大可能幸福之途，而跻人类之进化于最大效率也 [1]。由此以观，则史之作用，几全寄于其在人生上之价值。夫史学之精深研究，固有辨析毫厘，超然于人生应用之外者；然此自专家之工夫，未可以为史学之通轨。而近世史学之所以重要，实由其与人类有至密切、至繁复之关系。榷言其要，约有五端。（一）事物之了解：人生意义，不能与其行事与其用物相隔绝。而事物亿兆，莫不有其源流。自非历史，无由知其演进之迹。而人生至此，亦将惘然失其意义，与普通生物同其浅狭。（二）现在之应付：吾人于一事一制，知之既真，斯能应付处置，确然有当。是历史既助吾人了解事物，间接更示吾人以应付之道。矧其昭揭前事，成败资鉴，尤有助人类解决现在问题之功能。（三）进化之促成：历史既昭示前事，史家又为之阐释；于是后人因前人之经验，进而益精；睹昔事之错误，改辙更张。斯则言人群之进化，惟历史可为具体的解释。（四）健全公民之养成：历史既能助吾人解决现在，故近人多视史学为公民培养之要道。诚以健全国民，必先洞澈前事，明悉现势；然后进为考量能有适应之操守。进而言之，则世界公民（world citizen）之养成，亦将于史是赖。良以民族之偏重，政治史家虽假史为国家主义之工具，而由文化之互通。今史家正得、正将赖史以疏导国际间之误解。韦尔思谓"惟有公共之历史观念，始有公共之和平与兴盛"，其言最足代表以历史促成大同之精神。（五）智识之完成：人类学问愈后愈繁，而以历史法研究各学，几为今世学者所共采。诚以智有源流，学必有史，非历史昭示其进展之迹，即任何学科不足以成完全之智识也。至若扩大吾人之胸怀，辅助人生伦理的观摹（此点从前道德史家笃主之，言自太过，但前事观摹，足以勖吾人之节操，其功效要未可全没），凡此对于人类心理上之价值，犹其余事。综斯诸端，吾人可见史与人类关系之繁密，而史之作用，亦可于此窥见焉。

---

1. 此义即引申第二节所草之定义之末段。

六、史料之审别

  昔人作史，稀能审慎于取材之源；即史料之范围，亦复仄狭而不能广征。希罗多德，西人所称史学之祖，犹且自言吾据闻于人者以成书；太史公雅有大史家之风度，史料采集，所据颇广，然三代所用之器物，初民资生之石器，彼又安得没地而得之，以补其文字的史料之不足乎？近世史学，益尚纪实之精神。凡以某种目的以左右史实者（如宗教之目的、政治之目的），史家力为屏弃；务以去神话、传说、伪记，以及诸"有所为而作"之史书，而探寻真正原始之史源（true original source）。其在欧洲，此种史源之辑集，曾成一时之风尚。德大史家兰克（Ranke）倡言史源之重要，其后德国遂有巨帙之《日耳曼历史大全》（*Monumenta Germaniae Historica*）之刊行，篇帙递增，蔚成大观。英、法、意、美诸国政府靡然从风，各有史源巨集之辑成：英有《公文汇编》（*Roll Series*），法有《档案类篇》（*French Documents Inédits*），意则有（Carducci）所发行之史书，美亦有各种公文史料之汇印。即近来学校教程，亦浸有应用初步史源之风。文字的史料，既经此种辑集而大增。而发掘考古，又复供给无数非文字的重要佐证。以是之故，近世史料之范围，其繁多远越前古，其间类别之法，则史家各异其趣。最近综纳，多有以"有意传沿"与"无意流遗"为二大别者。兹故循英史家文生氏（Vincent）之分类法，表列如下（Vincent：*Historical Research*）：

  Ⅰ 有意传沿之材料（Consciously Transmitted Information）

1. 文字纪录者

年纪（chronicles）	编年（annals）	传记
笔记（memoirs）	日记	谱系
金石	报章	

2. 口传者

歌谣（ballads）	佚闻（anecdotes）
故事（tales）	神话（saga）

3. 艺术的作品

历史画　　　照像　　　景物雕刻　　　泉谱

Ⅱ 无意流遗之佐证（relics or unconscious testimony）

1. 语言

2. 遗迹（如骨骸、头颅之化石）

3. 制度

4. 物品（用具、美术品、手艺品）

5. 文字（著述、文学、商业文件）

Ⅲ 碑铭档案（inscriptions，monuments，documents）

此项有可属有意传沿之第一类，有可属无意流遗之第二类。

　　史料虽至繁，要可分纳于上列诸项。所谓有意传沿者，系此物确有作者，其志在示信后人；故其传至今日，非偶然之故。反之，所谓无意流遗者，则此物多无确定之作者，而其保存天壤间，非由时人之保藏传后，而出于自然之承沿或偶然未佚者。档案碑铭可并隶此二类者，盖如官书之辑集，碑铭之纪功，皆有意示后；若至官家函牍，泥板作书，取用于一时，而幸存于后世，则固无意之类也[1]。要而言之，有意的无意的各种史料，于史学皆有同样之价值。大史家不遗毫微，固将善用各方面之史料以成其信史也。

七、史法之应用

　　有史料而无史法，则史料虽繁而无归；有史法而无史料，则史法虽精而无所施。是故史法应史料之扩充而生，史料由史法之成立而重。此所以今史家既罗集繁富之史料，尤必运用精密之史法以制驭之、整理之，始得进语历史之著述也。昔人作史，率无特殊之方法；故前史家虽有以信史自期，而以方法不精，终多缺失。逮至近世，则史源之注重与史料之扩充，既已略如上述；而史法之应用，亦遂成新史学之一种特征。溯

---

1. 如巴比伦掘得刻楔形文之泥板为今日言巴史者之要源，实为碑刻中之无意流遗者。

近世之史法（historical method），殆发轫于十八九世纪间德史家尼布尔氏（Niebuhr）。尼氏始以科学方法治史，用其史法，裁成名著。其后数十年，史家颇向其风。一八八四年，德人贝亨氏（Bernheim）著《史法通论》（*Lehrbuch der Historischen Method*）一书，详言史料校雠及作史之法，为史法之系统的论述之第一书。（中国论校雠之学，导源甚古，清乾嘉间，此风尤盛。一七九〇年顷，章学诚成《校雠通义》一书，为专论史法之作。）其后史家进而讨论，史法益精。欲论史法，必假实证以为说明。而欲求适用于吾国，尤当较证清儒考证之方法，以示实例。顾兹文意在概说，故第就近世西人所谓史法，略陈其内容之大凡。大抵史法常包含较证（collation）、组织（organization）、校雠（criticism）、阐释（interpretation）诸步骤。但搜集比较与整理组织之工夫，比较上无细密之方法。惟校雠内容，则至为繁复。而所谓阐释，又为著述之要事。故史法之要点，可以校雠与表达（criticism and exposition）二事尽之。今以次言其大略：

（甲）近世史法中所谓校雠，其范围甚为繁广。大抵属于史书真伪之客观的审定者，曰外校雠（external criticism）；而于作史者之主观心理加以推寻者，曰内校雠（internal criticism）。

校雠

（1）外校雠又包括二端，一为本子之校勘（textual criticism），二为著者之审定（determination of authorship）。（a）所谓本子之校勘者，今日所见之古籍，转辗钞印，率多舛漏，故必详加校勘，期返其本。大抵有原本存在者，校正最易。其有原本已失，则转印之书，往往以误断或不经心之故而生传误，悉心推校，尚可稍正其谬；至若原本已佚，而有若干不同之版本存在者，则校勘之业，即非易事。必先定各本相互之关系，然后或据信本，或假旁证，以定其正归。本子校勘之成效，虽限于清理补苴之消极工夫，然其正讹补漏，揭破伪造与过言，昭史事之真实，实为治史者之所资。（b）至于著者之审定者，古籍渺远，多昧其起源所自。吾人或终不能得著者之名，或知之而未确者，于是可由文字、文体、文例及事实诸内证考之，而以引述他文及著者生世诸外证济其不及。而原书中之为伪造（forgery）或为部分的剽窃（plagiarism）者，亦得由文体本旨及其矛盾罅漏等反证辨正之。此业之功效，可以汰除伪造，辨析真赝，且可定已亡史著之性质。惟其要亦只如校勘本子之可免吾人误用史料，而未有著明之积极功效。

（2）至若内校雠之责，亦包括正反二方面：（a）其正面为内容之分析与作者环境之分析，名曰"解释的校雠"（interpretative or hermeneutic criticism）。就其文字上意义，考其真正之意义，但亦不宜于书中隐微，进求过当，而陷于曲解。（b）至于著者之诚实，则尤当有"反面的推究"（negative internal criticism）。举要言之，如作者之有否民族与宗教的成见？有否党派的关系？其天才与造诣何若？其遭遇何若？交游何若？其时代风尚与文学机会又何若？即其社会的地位，亦在所当考：彼果贫贱有所胁否？或富贵而有所诬否？凡此之类，不胜缕举，充其影响，史著之价值系之。要在读者以敏锐之内观，辨揭其得失[1]。综斯所言，内校雠由心理方面诂定史书之可信程度，而辨析已知之信史[2]之真伪之部分。其手续虽若较前简易，然用心益须敏活，工夫亦更有进于外校雠，而于史法上之地位亦益占重要也。

（乙）表达为校雠之目的，而校雠常为表达之工具。盖吾人既校正前人著作，材料丰富，益以后出之史料或器物之证，又或自具洞识灼见，则自将利用前书，以别成创作。此种表达之事业，或又分为综合步骤与作述二端：

（1）所谓综合步骤（synthetic operations），要有四端：一曰想像（imaging）以得大概；二曰类归（grouping）以为部次；三曰理解（reasoning）以弥缺憾；四曰立例（formula）则进定其特征与关系焉。凡此四者，各须审详之方法，务使作述时收最大之程效，兹不备述其例。

（2）综合之事既毕，于是史家始审慎从事于作述（exposition）。作述之道，今史家亦详有论列，于其方式、原理、种类，各有陈言。特吾人果详审上言各种之准备，则进而有作，要在个人之心会，正可毋庸多赘。凡上所言，皆略遵西说，既甚简疏，又无实例。近世史法之妙用，未克昭揭

---

1. 西史家与于内校雠中此点考审甚精，如朗格罗之书详列十条及二十事，梁任公《中国历史研究法》中所举之若干条多有取于西说而加以融通者。阅者并可参考。
2. 已由外校雠考定确为某人所著者。

百一。然略示内容，或可为读者了解"史法"二字之一助耳。

八、史学是否一种科学

自近人以科学方法治学，于是向不以科学称者，今多改称科学。各种专家，甚且有以其学之得称科学与否，衡斯学之进步与重要，于是史亦常戴科学之冠以见于史矣。究之历史是否能成一种科学，果为科学又何以别于自然科学，此固史学上饶有趣味一问题也。自史家采史源以资实证，用史法以成著作，确切严密，隐契于自然科学之精神。于是十九世纪学者，多欲跻史于科学之列。彼辈以为自然界有公例，科学求之；人事之中亦有公例，则赖历史之努力以得之。十九世纪初，德史家尼布尔既以科学方法作史，而英之斯宾塞（H. Spencer）、法之孔德（A. Comte，1795—1857）亦皆主史求公例之说。英人巴克尔（H. T. Buckle，1821—1862）著《英国文化史》(*History of Civilization in England*，1857—　)，尤大倡此旨。氏谓史家主要职责，即在就无数特殊事实中，寻绎统驭人事之公例，以与其他科学媲美。同时德大史家兰克（Ranke，1795—1886）深契尼布尔之旨，直称史为科学，一时治史之士，莫不景从。此种学说，即为"科学的史观"之中坚。顾方其盛倡之时，反对之者亦复群起。英国学者

于此尤多表非难，如穆勒（J.S.Mill，1806—1873）、金斯泰（C.Kingsley，1819—1875）、耶方斯（W.S.Jevons，1835—1882）皆是。意史家微拉里（Villari，1827—1914）谓史非哲学亦非科学，即以科学方法治史犹不能跻史于科学。英史家夫鲁德（J.A.Froude，1818—1894）于一八六四年演说"史之科学"（The Science of History），攻击史为科学之说尤激。氏谓人类活动至为变幻，绝不能以任何科学的准确定则相绳。惟英之大史家士达不斯（Stubbs，1825—1901）则亦倾向科学的史家。氏谓就心理需要及史事之变化生长以观，史实最足要求科学之席。在此种争论之中，史家持折衷之论调者亦复不少，如法之 A. Sorel、C. Jullian、D. du Dezert、L.

Brehier 等及德之 Haldane、G. M. Trevelyan 等皆言史之一部分近于科学。英史家斐同（Firth）氏之言，亦具调和之色彩。氏谓史之真实，似在科学

与文艺之间：彼既非科学，亦非文艺，而为各取一部分之性质。英史家佛林德（Flint）之言，尤有豁然超视之卓识。氏谓："史为科学或哲学，学者积有争论。实则史之科学性与哲学性，常可合而不可分……至其名为科学或名为哲学，固非真学者所欲辨也。"（Whether under the name of science or philosophy it matters little.）吾人观此，亦可见史是否科学之问题，终不易解决矣。

间尝审之，人事之异于自然现象者甚多，其最著者：（一）自然现象可任意分析综合，而无绝对之全体性。人事之表现虽亦多若个别，然细加审察，则人类自个别事实以外，实有强烈不可离析之全体性。德哲独里舒（Driesch）以五事证人类之全体性，皆为自然界所绝无（详见《杜里舒讲演集》五"历史之意义"）。（二）自然界虽亦有内力使之变化（如水陆升降），然初无精神的原动力；人事演进，则全以心理为其主原。以是之故，自然界之内力率有定则，可以推求（浅喻明之：如百必为十之十倍，地上动物必受地心吸力之类）；而人心不但复杂无所统（世上无绝对相同之二人心），且往往散漫乖于常理。论者谓自然现象多为普遍，而历史事实必著个性。历史可谓为个性之发展，或古人各个心之复现物。数者之中，难有定则。而事迹已逝，又不易复得。自然现象则可以直接经验，否则亦可以学理推寻。（三）自然现象全已存在，不假外求（若太古地质之研究，亦可又遗迹而考见），可以往复试验，渐发其规律之全。史事则前者已逝，后者未来。吾人于已往者多疏，于未来者茫然，欲假微眇之目前，又安得断定人事之常例？逝者不能复生，则自文字物品以外，更将于何求证？是则实验室固曾著大功于科学，又将何以裨益史学？就斯以观，则人事与自然现象各不相谋，彰彰甚明。夫自然界惟其可任意分析综合，因其有普遍性可以观察而推寻，因其全已存在可往复试验。吾人以此三因，始得发现自然界之定律，以制驭繁变之现象。而与之正相反背之人事，又果可推考寻绎，以得其共通之定律乎？审是，则史学与自然科学之性质大异，史又安得为科学乎？

虽然，史学要亦自有与科学相关联之点，而治史之应用科学方法为尤著。试分三端言之：（一）史家纪实。哲学家运思，文人耀文，意之所至，非必实事；史家纪载，则惟归真实。史源寻求，必探其本，史料参较，务尚实证。判别真伪，犹如老吏，惟证是依，无假私意。此种态度，固即真正科学家之治学精神也。（二）史法之应用。自近世讲求科学方法，各学群相采用，莫不以是呈其新机。而史家一有史法，俾繁复之史事，得统驭校证之道，为效尤著。是则史家既以科学方法治史，固已与科学家交相携手，而沉浸于科学性之中矣。（三）公例之企求。人事公例之难求，固如上述。然人有个性，亦有公性。事有特变，亦多共通。吾人果用审密之方法，广集古今之实证，则纵不能得万能之定律，要非无寻得公例之可能。即如今史家所乐道之绵延律（law of continuity，意谓人事绵延不绝，后事必有前事之分子，因果相承，至于无穷），要为史象之通则，而由史事推定之常轨。凡为中外史家所乐道之，亦复不胜尽举，且往往征诸后世而有验。假以时日，容能更有所进。是则史家求公例之企图，虽万难当前，犹当奋进不挠，于可能范围中求其程效。此则公例之寻求，又史学之近于科学者。观乎此，则史学亦自有其科学性与其比美科学之可能，又安得以其本质之差殊，而坚持二者之畛界乎？

　　然而真知史学者，于上述三端，又不能不郑重审察，明其限度。（一）盖史贵纪实固然，特史家断不能仅资事实以为阐释。彼科学家解释自然，可纯用理解，而史家则于客观的理解以外，尤当具主观的想像（以吾人之心灵，体会古人之心灵）。二者参合，庶足以阐释史事而寡憾。是史家虽重纪实，初不止于纪实也。（二）就史法言之，则史家辨析参较，自将以科学家之冷静态度以为辨断。然校雠之中，已须于作者之心理方面审察。及其发之作述，又须有历史的想像（historical imagination）错互期间，以成其对史事之真知。是史学虽应用科学方法，要非迷于其中；其校勘之主理智，固不侵其作述之参情绪。故史家之用科学方法，仍得有入有出，非沉埋自圃而不知返者。（三）更就公例言之，则所谓绵延律，既不过一种史之要义，与科学之定律不相类。而据史事以推定之通例，殆莫不各有例外，绝不能如科学定律之准确。异日纵能更发见人事公例，恐亦无以更进于是。准斯以观，今史学虽有其近于科学之特点三，顾又各有限度，非纯然自同于科学。矧此三点以外，史之异于科学者又甚多乎？

以是之故，史家称史为历史科学或仅称为史学者，各有其人。盖前者见其同于科学，后者则严辨其异于科学之点也。顾此一问题，现史家已仅视为前世纪史学上一种有趣之争论，而不成今日讨论之中心。盖史之近于科学之点与其殊于科学之点，既因研究而益明，则吾人但明此同异之理，以治史学，自能无损于史。其名为科学与否，正复无关轻重。且十数年来，各学科之本不以科学名者，今多以其应用科学方法而戴科学之冠。则"科学"一字，范围已甚宽广，如是而目史为科学，庸有何伤？若必以狭义释"科学"，则吾人宁不界史以科学之名，以示别于自然科学。"史学是否科学"之一问题，在今日渐已忽忘之中，吾人惟有作如是之解答而已。

九、史学与其他学科

近世各种学术，大率多有相互之关联。识者且以学科之相互交织而不能孤立，为近世学术之特征。历史学范围广大，性质繁殊，其与各学科之间，关系尤为繁密。各种学术既各自有其源流，赖历史为之说明印证，始克臻于其全，此义甚明，毋待繁述。（见上第八节）至历史之有赖于他学科之辅助，亦较其他学科为尤繁。凡名为学，几无一可谓与历史绝无关系者。今列举其尤著明者十一种，而略释其间之关系。

（一）地理学。吾国往昔史家，以舆地为历史之一支，此其狭视地学，实亦不明史学之真诠。西洋古时，亦有相似之蔽，降及近世，地学卓然自跻为一重要科学。吾国学者，亦咸明地学当脱史学而独立之故。盖地学之发达稍迟，故历久始克与史学臻于并立。若言史地之间相互辅成之道，适可于此得一明证。前既言之，地理为人类活动所托迹，故空间为历史要素之一。史学倚助地理之重，即此可见。至若以地理的势力，影响于人类之活动者，如水陆、气候等，又复显而多征。彼人地相应之故，不惟为近世人生地理学者所乐道，即一般作史者，亦莫不染地理的史家之风，往往于史事之前兼述地理。地学之内容甚繁，即如气象学、海洋学等，亦皆治史者所当略为究心也。

（二）地质学、天文学。地质学为新兴之科学，往昔学者所未晓。是以古史之托源，以记载的史料之有限，往往假助于荒谬之神话，若言地球之演成、生物之进化，以及原人之生活，即大史家亦不能措一词。此盖世界各国，鲜有同然。逮地质学昌明，史学顿发新机，神话、传说遂为史家所屏弃。地质学之所以资助史学者，如说明地球演进之历史，考求人类初生及其进步之迹，皆足以广历史之观点。而由掘发而得之遗骸遗物，尤须地层学定其年代与情势。凡所以订正古史，开拓人类史之范围，其效甚著。就地球形成后研究其年代分纪及各纪之海陆生物等大势者，世称历史地质学（historical geology），为地质学与史学最为关切之一部分。若推而及远，则历史本无时间的限制，凡宇宙间天体之分布及其与地球之关系，为天文学家所研究者，亦言古史者所当并为究心也。

（三）人类学、人种学、古物学、古生物学。上节所言，谓地质学有拓展古史之功。实则此种成效，地质学家之研究仅开其端。至若其所得人类遗骸遗物以及古时动植物等遗迹，尤必赖各种专家之攻研，方足供研究古史之取资。近百余年还，人类学之研究日臻进步。广义的人类学（anthropology），盖可析为三部分，一曰生理的人类学（physiological anthropology），实即通常所谓人类学；二曰人种学（ethnology）；三即古物学（archaeology）。人类学、人种学之分野，甚为难言。要之，前者注重于生理的方面，而后者则以种族及其散布为研究之中心。故人类学虽亦考求人类文化异同之故，而其方法仍须假助于种种量度。以是之故，人类测量学（anthropometry）之研究，常占人类学之重要部分。分析以言，则头盖等之研究，更有头盖学（craniology and craniometry）、相脑学（phrenology）等之成为专科。人种学研究人种分合散布，与人类学同为史学之重要辅助学科。至若古物学之兴起，亦为近数百年事。其由地下遗骸遗物以考求古人类之文化，所以济文字的史料之不及以完成古史之功，尤彰彰可称[1]。其中研究较繁、卓成专科者，如泉币学（numismatic）、印章

---

1. 西人之言，古物学其研究古人遗迹，往往以希腊、罗马为主或更推及其远，此可谓古典的古物学（classical archaeology），若言广义的古物学，则固包括一切古物的研究。

学（sphragistics，sigillography，or heraldry）等为尤著。凡此三者，与地质学皆有交互之关系，而其辅成史学，较地质学之功为尤卓。至生物遗体埋入地中，历史地质学亦常加注意。而专科攻研，究其兴衰分合之故，则自有古生物学（paleontology）。此学之研究，于说明人类之溯源以及初民与生物关联之故，皆为言古史者所必究。其辅益史学之巨，视普通生物学盖远过之也。

（四）年代学、谱系学。史家尝谓史之两眼，惟时与地。吾人于地既有卓立之地学，于时自亦有须于专学。古之史家，往往尽全力于年代学（chronology）之研究，中世以年代学名家者尤多。而年代之中，王室之递嬗与氏族之承沿，又往往为古史之线索。故分别研究，更有谱系之学（genealogy）。特今史家研求史事，贵在说明文化之段落，其于年代，不过视为工具。若夫穷毕生之力，以孜孜考求一帝王在位年代与其承流，虽亦有一二专家之分心，要非大史家之所重。虽然，惟其方法之枯干冗难，故其归往往得极有价值之断定（如一个年期之考定，足以见某古国之用某物，先于其他某古国）。其辅益史学之功，固自不可灭也。

（五）方言学、文字学、古文字学、古文书学。文字学之考证，如字音、字义、字形之辨别，往往隐寓有史学之材料，甚或足以发明史实。以言吾国，史学之假助于小学，清代考证学派可为显证。至若各民族或一国中各分区言语异同之故，为方言学（philology）研究之范围，亦颇有助于古史之考索[1]。远古文明之国，其文字之音义，已晦亡不可重明。后人既不能索解此种文字，则于其遗留之古碑刻或仅有之纪录，亦惟咋舌瞠目，无由取以益史。于此有少数专家，孜孜攻求，借他种未亡文字之互证，渐渐发明其读法。此种古文字学（paleography）之研究，于古史之贡献为尤卓。埃及之象形文字中，圣书（hieroglyphics）为古碑刻中所习用。自法人香波黎（Champollion）就罗色泰石（Rosetta stone）中之并列希腊文因以发明其字母。后继踵起，埃及之文字遂以重光于世[2]，而其史实赖是增

---

1. 如谚语中可见此语发生时之风气，语言相似相异可见一民族之分合、迁流等。
2. 圣书外尚有僧书（Hieratic）、民书及 Coptie 文字，亦先后经学者研究而通晓。

加、增益、订正者，盖难尽言。楔形文字（cuneiform）之解读，则以英人罗灵逊（Rawlinson）之功为最巨。后人踵武，巴比伦亚述以及西亚诸古国之史实得以发见者孔多。而赫泰文化之重光，世人咸知其受发掘之赐。实则其掘得之碑刻及砖书上之文字，为功尤著。其在吾国，文字变化至赜。篆隶之先，更有虫书、钟鼎文等种种异形，苟能继前此金石学家之业，更张其轨，其于说明古史，又岂可限量？抑吾先民之四邻外族，其文字湮没者更不可计，发明考索之业，正亦今后学者发抒智能之地。即如西夏国书，经上虞罗君楚先生之研究，已能粗明凡要。不幸盛年遽殒，无由邑其功力，以大有造于藏族之史迹。凡此所述，皆足见古文字学之专攻，允为古史研究者之要事。至如此种古文字之见于古代公文档案之中，学者即此以考史迹，则别有所谓古文书学（Diplomatics），实即古文字学之一支也。

（六）政治学、法学、国家学。政治学与史学之因缘，相持最久。人类初能纪史，其生活大致已系于政治，故其所成史书，亦不期而以政治为中心。中土如是，西国亦然，此习深固，历久不衰。其后史家见其流弊，因高揭一般社会为主体，于是于政治事实又往往鄙弃过甚。平心论之，政治的史家之蔽，时人已善道之。惟人类活动中之政治分子，确亦颇占重要。其在治权集中之古代，尤为不宜忽视。吾人治史，既能不囿于政治，仍当与政治以历史上应有之地位。今世中正史家，类能具此精神。是故政治学之理论与实际，并为史家所当究心。引而申之，则法律学、国家学之分别研究，亦各有益史者在。反之，近世政法学科之研究，与历史日益交织而不能分，其应用历史法，亦较他学为尤显。政治学与史学关系之密，固不与政治史观相随俱衰也。

（七）社会学、经济学。社会进化之迹，现今社会之问题，为社会学究心之要点，同时亦为史家所重视。且文化之演进，往往于少数领袖（或伟人）之外，更寄于包含多数常人之潜在的社会势力。今史家既一新历史过重政治与伟人之弊，则今后史学与社会学之关系，自将益密。抑社会生活，经济常采中枢，即政治现象，亦往往有经济的背因。是以人类各种活动，多因经济的解释而益明其真。彼经济的史家自信太过，固有抹杀心理势力之弊。然史学与经济关系之密，古今史迹，历历多证。而近代生活之中，经济分子益浓。故苟不涉意经济，几不足与言近史。今后史学，于注意社会学以外，更当如何假重经济学之研究，以取为史实之解释。此则史家与经济学家所当互勉者也。

（八）心理学、社会心理学。人类所以为历史之主体，以其为活动之主体，而论其活动之原，则端在其心理的分子。是以吾人于繁赜之史实，初不能由事实本体窥其窾要，而必当进求演成此种活动之心理，然后始有明当之解释。百余年还，心理学呈疾进之势，至今已确然得其科学的根基。吾人苟能假心理学家研究之结果，借以窥刺史实，必能得更真之理解，而明更深之原因。抑心理学中之以社会全体为对象者，至今已确成社会心理学之专科。而近世史事，亦正有趋重群体心理之倾向。史家果欲充分发扬其新诠释，尤非由社会心理学入手不为功也。

（九）论理学。史法之考证（见上第六节），既与论理的方法相契合，而史实阐释与判断，亦非不明论理者之所能。故史家熟习论理学者，其于考订史实，裁成史书，必更为精密而有统系。而拙劣诬妄之史书，所以为世所诟病者，正不过其方法之未善也。

（十）哲学。历史既以"人"为之对象，故史家于人生之意义，必当有相当之真见。即不然，亦当于古今哲学家于宇宙人生之学说，通晓其大要。诚以历史与人生绝不能分，则哲学与史学自相关切。且史家求真，亦正与哲学相引契。而人事公例之寻求，亦且赖哲学而容有发见之望。若退言其近，则哲学家立言往往受其时代政治经济及人物之影响。及其学说风被，又能出而影响人类之活动 [1]。而哲学著作，又往往又善用之以为史料。是则治史之有赖于哲学，固又非空言牵致比也。

（十一）文学。史学与文学之关系，其道多端，尤须有专文之论述。若言其略，则前论史之异于科学（见第八节）一节，已谓史家于科学精神之外，又不能无活泼之想像与深入之情绪。诚以史家既不能不了解人生，更不能不对人生表丰挚之同情。故科学家之谨严态度，诚足以理董史实，

---

1. 伟大哲学家且有造成时代风气之能力。

而欲进而体认其真，尤有赖于文学家之深切之情感。夫以文学释史，诚已为陈腐之谬论。然史学精神中之文学色彩，要宜有相当之保持。否则暗淡无生气，必且使史为枯燥之累积品。十九世纪法国史家，激于科学的史家之说，因谓古今人同心同，古事不难推求。其假重想像以释古史，卓然自成学风[1]。此派史家，虽亦自有偏至，然其引重文学于史学，正为吾人所宜酌取。抑时代之精神，往往寄于其时代之文学。即一时之典章制度，亦往往杂出于文学作品[2]之中。历史上之重要文牍，又常为最良之文学。即此数点，亦可见文学所以辅益史学者，正复多端也。

上文所述，凡为学十一类二十余种，皆为与史学关系特密之学科。参稽非周，未克挈其谛要。而篇幅所限，尤不易多举例证。特综其大略，亦可见史学之有赖于他学科之多且深矣。推而言之，人文学科中之伦理学等，固因同究人事而与史学相关连，即数学以及其他自然科学、生理学、博物学等，亦无一得与史学隔绝声气。而农学、商学、工艺、医药、建筑、雕刻、美学等，亦以古史中之有论述实业美术，故在史学上亦占相当之位置。诚以历史包含至广，其对象遍及人事之各方面，故一涉某端，即当稍明此科之大凡[3]。治史学之所须之常识，视任何学科为须丰富遍至，此所以博大精深之史家，穷世界古今而不易得也。

十、中国史学一瞥

斯文所陈，概取简浅，粗发大凡，以资初桄。史之字原、界说与新史学之解释、范围、作用乃至部别史料、应用史法诸端，既已循序略述。而于史之是否科学，及史学与他学科之关系之二问题，亦已先后论及。既发凡要，似不能不稍明史学之历史。兹故以最简质之观察，于史学进行之大势陈其大略。虽万一未尽，亦得稍揭源流。始以本国，次及欧美。名曰

---

1. 世称浪漫派之史学。
2. 如诗文、小说、戏曲等。
3. 例如：言希腊之雕刻、图画，不可不略知美学；述中世建筑之诸式，不可不略知建筑学；言汉代之律历，不可不略知天文与历学……而十八九世纪科学发达，为文化史上之要事，治史者更不能漠不知科学之大凡也。

一瞥，以识简疏。

中国史学之起源既早，而历代之史学又颇称发达。在科学进步濡滞之吾国，而史学之光采昭耀，固不可谓非吾国学术上之特色矣。史学研究之经过，有待于专门之论述，就繁撷简，最难该当。斯节所陈，固未足与言国史之沿革也。

大抵史之起源，多在史诗，吾国自亦不外此例。《诗》三百首，起自成周以前，其间夹述史事，可考甚多。惟作者感物溯远，漫无伦次，固未足以言史书也。有意纪录之史实，始于王室之史官[1]。而史官之起源，古籍中可考见者，殆始于夏商之世。昔儒沿称，谓黄帝时苍颉为史官，时远书阙，难以征信。殆吾国先民重尚人事，君主早有掌书之官。及至夏商，并有太史。其所纪如何，已无可考。孔子删定《尚书》，说者谓其所据即三代史官所记之遗。此书勒成，至迟当在元前六世纪末[2]，为吾国第一史书，亦可为世界第一史书[3]。周室史职之繁，备见《周官》。《周官》所述，诚不能全信为周之实制。但就《诗》《书》诸古籍所见，周室史官视前代增繁，固灼然可言。诸侯列国，亦复各有史官[4]。官家之史料既备，史书之辑成自易。惜夫仅存之遗，惟有孔子编定之鲁史《春秋》，其后左丘为之传[5]，流传最广。而魏史之经晋代发见者，名曰《竹书纪年》，得而复失，即辑佚亦稀可复证。要而言之，《春秋》踵《尚书》之后，则编年之例，实为吾国史学上第二次巨著[6]。史掌于官，则平民即不易私自著史。降至春秋战国之交，时势剧变，百家并兴，而《国语》[7]《世本》[8]二名著，遂并兴于其时。

---

1. 吾国古时之史官，不特为史学之特色，亦为政制之盛事，典籍所言，可考綦多。后来学者或盛为夸张，谓一切学术皆出于史，而史则皆出于史官（如龚定庵及章太炎先生等说），其言往往有夸张过实之处。但或者悬学术在民之成见，因谓古时学不在王官，而于史官亦遂在在致疑。过与不及，皆若未得其真。史官在古代之重要，信史可考见者甚多，其于创始史学，功不可没。常思考绎其实，以成一文，犹未卒业也。

2. 周景王、敬王间。

3. 希腊第一史家希罗多德作《波斯战役史》约在元前四四四年，在《尚书》后殆百年。

4. 王室、诸侯之史官，皆须专文，兹不赘。

5. 《左传》。

6. 左丘与希罗多德并世，而《左传》之成则在希氏著史之后。

7. 世称左丘著。

8. 不知作者。

秦代太史，见于史册[1]。汉初太史之职甚尊[2]，及宣帝改其职为令，于是知史务者，常由别职。而太史见称于史者，亦唯知占候而已[3]。

方史官递变之时，太史公司马迁（145 B.C.—　）崛起于其间。迁袭太史之世业，值鼎盛之运会，乃发愤"整齐世传"，"稽其成败兴坏之理"，"期以成一家之言，博采前闻，裁成《太史公书》百三十卷（作于109—91 B.C.）"。萃《尚书》《春秋》《世本》《国语》之大成，卓然成一伟著。西人推为东方之希罗多德（Herodotus），近人又拟《史记》[4]于朴鲁泰（Plutarch）之《传记集》（Lives），实则迁书之广，容且胜于二子[5]。盖吾国史学胚胎虽久，而成长发育殆当断自《史记》。自迁以后，史职始卑[6]。史业渐离官学，浸假成为私著。

后汉班固（？—92）成《汉书》，为断代史之祖。自后每一代告终，新朝必有私撰之前史。降迄于隋，无改厥风。而正史之外，史著蔚起。五百余年间[7]，史部著录卷数，骤增四十倍[8]。盖汉亡以后，时变频仍，独史学之进步，超然能自外于扰攘之局。两晋、六朝之文化，迭受外族之摧剥，而治史之盛，卓越前代[9]。

历隋至唐，益广开史官，大修前史。虽弊失孔多[10]，而成就实卓。正史官修之风，唐实开之。特史著虽繁，史学未为大昌。盖自班书以后，正史以朝代为中心，其重视政治宫闱，与欧洲史学如出一辙。矧于史料则迷经信古，史法则漫乏考订，又复舞文掩恶，伪托虚誉。欲求信史，不大易

---

1. 如胡毋敬。
2. 天下计书，先上太史，副上丞相。武帝置太史，位在丞相上。
3. 前汉以后，王莽有柱下史，东汉有兰台令史，班固即以此职成《汉书》，后又移图籍于东观，遂为史臣所萃。三国之时，魏有著作郎，蜀有东观秘书郎，吴亦曾置左右国史。然自汉宣以后，史职要不如周代之备且尊矣。
4. 汉以后，《太史公书》始称《史记》。
5. 关于《史记》一书之研究，本学报第二卷中如郑鹤声君之《读太史公书》及梁任公先生之《要籍解题》中皆可参考。
6. 见上注。
7. 自东汉初至隋亡。
8. 参《汉志》及《隋志》。
9. 梁任公尝谓晋代为"吾国史学最发达之时代"。按自汉迄隋之史学，与隋以后截然不同，此六百余年间为吾国史学长育之期。郑鹤声君有专文论述，名曰《汉隋间之史学》，将见于《学衡》杂志。
10. 刘知幾痛言之。

得。刘知幾（661—721）禀卓轶之清质，值修史之盛会，目击时弊，怀才莫发，因"殚统辨归"，著成《史通》一书。疑古评今，具有卓识。吾国论史之作，斯为第一。其后杜佑（？—812）考历代之典章，成《通典》二百卷。史志之体，肇端于此。自是以还，史著亦盛。

逮宋中叶，司马光（1019—1086）始荟萃前史，分年排比，以十九年之力，成《资治通鉴》二九四卷[1]。虽旨在帝王之"资治"，要为淹贯之编年巨著。其后袁枢依循是书，以事为纲，成《通鉴纪事本末》一书。世推枢有开通史新体之功，要非有涑水之基，曷克及此。两宋之间，更有大史家曰郑樵（1104—1162）。樵博览古籍，多所发明，著书无数，强半散佚。其于史学上之贡献，现存者惟《通志》二百卷。志中诸略之作，多有创见。而其批评断代史之失，尤深契史学之新旨。元代史学，可称极稀。即马端临著《文献通考》三百余卷，后人合之于《通典》《通志》而号"三通"，究其实体，殊未足为卓特之创业。明初史著，率多局部之作，不见称于后世。官修《元史》亦仓卒裁成，最为草略。及其季年，私著浸多。

清初以种族之禁忌，学者莫由抒志于史，史著寂寥，兴后人文献散佚之叹。顾清儒之学，有造于史学者，仍甚伟卓。诚以才智之士，既不克发为新著，故于前史之整理与辑存，乃呈累代未有之盛。同时通史新著，亦间有可述。榷其概要，可为数端。

一曰旧史之整理与考订。编年与纪事本末之作，如《明史纪事本末》《左传纪事本末》《通鉴》《明纪》等书，皆平庸无甚足称。惟正史搜校之作，世以王鸣盛（1702—1798）、钱大昕（1727—1804）、赵翼三家并称，条分缕析，发明孔多，而赵氏《札记》，独能即考证以立断，尤为近人所称。至若前史表志补续之多，古人年谱考定之详，亦为前代所未有[2]。而顾栋高（1679—1759）之《春秋大事表》，以类排比，尤足为循《春秋》治史者之良资。盖考证之学，由经及史，补阙纠误，所以益史者实难殚述。

---

1. 纪自战国末迄于五代，即自四〇三年至九五九年间。
2. 名繁，不备录。

二曰新史之制作。马骕（1652—）荟萃古籍，纂成《绎史》，广立例目，自创一体。时人以为网罗囊括，可称尾闾之作。盖其自创虽少，而辑成之功为卓。至于《明史》之勒定，尤为清代史学界之盛事。自黄梨洲（1610—1695）治史，浙东之史学弥盛。其徒万斯同（1638—1702）光大其学，以独力成《明史稿》。斯同虽不与史局，而《明史》颇本诸其作。是以官修之史，自唐以后，惟《明史》最称精审[1]。此外如梨洲之《明儒学案》及全祖望续成之《宋元学案》，实开学术史之端。

三曰史料之保留。清儒惕于史狱，于时事史既不克有所发挥，以是史料保留，亦颇有未尽，讳饰伪造，为后儒所病。近人言清史者，辄病其史料之贫乏，实则遗佚者固有可言，辑存者亦多可称。榷言其要，其涂有三：一曰文献，二曰方志，三曰官书。文献之撰录，清初以全祖望（1705—1755）为最著。其整理故国遗闻，功业良卓。后此学者，稀有专志于斯。然文人操笔，所作仍多，如《碑传录》之所搜录，以及其他专书之汇述[2]，清世人物因之悉可考见。方志之业，本为成周以降之良献。惟累代相承，精芜杂出。至清中叶，群尚修志，主持编纂，多一时硕学大师，义例断裁，佳构蔚起，不但为后人作地方志者之资，且汇而观之，亦通史之佳史料也。至若朝廷政书，虽有抑扬失实之患，然百政所萃，端在中朝。凡所纪录，自为仅有之宝，重以清廷多好大喜功之主，编订政制及载法纪功之书甚勤，自所谓皇朝"三通"[3]以外，更有《会典》《则例》《律例》……诸书。其纪武功，则自《开国方略》以降，逮于各种《方略》《纪略》，所记尤详。凡此官书，苟为参校整治，要皆治清史之要资。此外公文档案，藏在中枢，唯其未加治理，尤为可贵之史源[4]。凡此三端，系于一代之史料，皆足为清史树深广之基。事在善寻，固不得遂病清史料之贫薄也。

四曰史籍之著录与辑佚。四库史部，收列者三万余卷。各方采进，

---

1. 戴名世之《明史》以触忌禁绝，使其存在，固亦史学界之巨著。
2. 如《先正事略》等。
3. 《通典》《通志》《文献通考》各有续书，至明为止，其后清更成《皇朝通典》《皇朝通志》《皇朝通考》。
4. 清内阁档案多归散佚，其存者今归北京大学保管，有整理档案会专事整理。

孤本以传[1]。而古书之辑佚，所以裨益古史者尤巨。史部中因辑佚而得见大凡者，以《世本》《竹书》二书为著。即其不隶史部之古佚书，亦多为研究前史之良资[2]。

五曰图表之昌明及历史地图之改造。吾国史书，向乏图表。博雅如刘知幾，犹且斥图表为无用。清人治史，大率能认定表志之益，故前史补缀，以志表为独多[3]。万充宗[4]于表志之重要，尤为郑重申言。乾嘉学者之治经，往往于典章名物之考索，系简图以示其真[5]。此其有益古史，远胜于繁纡之说明。马骕著史，附有插图，以为图能显示经制名物，即因革亦赖是以显。凡此见解，实过前世。特图表之增益，犹未定为特殊之创业。惟历史的地理之注重与历史地图之精进，殆为清代史学界之异彩。盖自《隋志》以地理隶史部，后人因袭其旨。其能以地证史，即史考地，固属罕见。及清初，顾祖禹读史，始专着眼于地理形势之所在，因以地为主，纬以史迹，成《读史方舆纪要》百二十卷。明地理之沿革，揭史事之背景，绳以今人所谓历史的地理学，是书最足当之。地图之作，虽发端宋元，然比例失当，方位乖实，而历史的地图尤为罕觏。自明季利玛窦献图，学者既得广其眼光，经纬线之妙用，亦自是益明。顾氏已以开方法绘图，至李兆洛氏依据橅本，采用经纬线，起三代迄明，成《历代沿革图》，明确有法，时推独步（李氏又著《历代地理志韵编今释》，甚便初学）。清季杨守敬益广采史乘，绘成《历代疆域图》，视前尤为详赡。凡此史图，其精密自远逊欧美，然其倡导风气，有使读史者不忽于地之效。而开经示范，实树近出历史地图之基[6]，其裨益国史，最为足称。

六曰金石之旁证与发掘之萌芽。清初治金石者，间亦有之，而专家踵起，实至道咸以后而始盛。阮元、吴式棻、潘祖荫、吴大澂、严可均、

1.《四库全书》成于一七八二年，即乾隆四十七年。
2. 惟清廷之存古籍，功罪俱之。四库进书之时，固时因禁忌而销毁之书甚多。毁书之中，必因直书逆耳，则容多明清间之信史，一旦催绝，真事失传矣。
3. 如补《艺文志》、补《宗室表》等。
4. 斯同。
5. 治三礼之作，图为尤多。
6. 如亚新地学社编之《历代疆域战争合图》及苏甲荣编之《地理沿革图》，绘法、印法虽精进，而内容资于前人者实多。

翁方纲辈，皆于此学多所贡献。取以考史，大有旁证发明之功。凡此金石，其新得诸地下者，大率皆为偶然之出土。而金石研究之目的，亦多起于玩赏审美之观念，即或旁及考古，为效亦仅。百余年来，西国以掘地效绩之彰著，悉力以人工从事，凡有所得，悉以明史。交通既开，西人之所掘土挖穴，遂浸浸由近东古墟以及吾西陲。一九二○年[1]匈牙利学者斯坦因博士（Dr. Stein）探险中亚，在吾国新疆罗布泊一带沙碛中发见魏晋木简，其后又至，续有所得。至一九○七年三月[2]，斯氏作第三次之探险，竟于敦煌发见石室，中贮隋唐五代刻写书籍[3]，多珍罕之古本，且有中土亡佚之书。中外学于此，多有考释。于是学者晓然于专门之发掘事业，且超过金石学之玩赏，而卓然自有历史的重要。至一八九九年[4]河南安阳县西之小屯有乡人掘地得龟甲兽骨无数。学者考求其文，知为殷时卜筮之物[5]。于是殷商之历史与民性，乃至殷先公先王之称号系世，得以考见校正者颇多。此二事者，为吾国近代发掘之萌芽，而金石之扩为历史的发掘，又清代史学界之进步也。

七曰外史研求之发轫及其对于国史之参证。明末中西交通，国人渐知外事，而于彼邦之历史文化，初未洞悉。清初西人来华益众，而当时上下顽固自大，以为白人所精者历法、火器，更无渊远之文化。道光以后，国中人士稍稍考求外史，逮外交失败，使聘往远，于是知彼渐详。自甲午以后，上下竞言变法，于是讲求"洋务"，顿成一时之风气。欧美外史之译著，遂与各科学之译籍同时并兴。迄于季年，学校中多由原文攻习外史，而假助西文以还益国史者，则在元史为尤著。明修《元史》，最病草率。清初新著[6]，亦未见美善。钱大昕补《元史》志表，元史之研究已盛，而自徐松、魏源好谈边徼，由地理而证益元史者时有著闻[7]。同光之间，元

---

1. 光绪二十八年。
2. 光绪三十三年。
3. 间有佛像、梵笑。
4. 光绪二十五年己亥。
5. 其地当即殷之汤阴。
6. 如《元史类编》《元史新编》等。
7. 如施世杰考《元秘史》之地名，李文田之精于西北地理。何秋涛著《朔方备乘》，其他如顾广圻、文廷式、张穆等亦好研究元史。

史之研究尤盛。洪钧出使俄国，由俄书而考蒙古武略之史迹，发见《元史》舛疏之点甚多，因著《元史译文证补》，于是元代史书，顿发新彩。此可见外史之研求，初非无与于国史也。上述七端，固未能尽清儒对于史学上之贡献，但其荦荦大者，盖已无遗[1]。

至若论史学史法，能高举远瞩有新史家之精神者，有乾嘉时之二大家：曰会稽章学诚（1738—1801），曰大名崔述（1740—1816）。章君承黄、万之后，为浙东史学之后劲。所著《文史通义》，自谓辟千古榛芜，论史旨、史料与作史之法，皆有卓见。崔君崛起幽燕，发愤典籍，六经以外，在在致疑。著《考信录》一书，钩稽较析，务寻本真。今人称之为科学的史家，盖非溢誉。两公生在并世，俱不得志于时，用使新径方辟，继志无闻。特其大声倡导，兴迷发盲，导扬之功，抑何可没。

共和建国以还，百事淆乱，学术研究，初无卓特之进步。然引纳西学，阐发前绪，虽未能悉衷于是，要亦有可以乐观者在。由史学方面言之，或则继美清儒，或则超轶前代，进步之效，亦多可言：一曰元史之新著。清季讲求元史，成一时之风尚。胶州柯劭忞氏躬染风习，奋志于斯，因遍采前著，参综融会，以数十年之力，著成《新元史》二百五十七卷（1921年即民国十年）。虽体例罕见更张，又有不著出处之憾，然自乾嘉以迄于今，是编允为集元史大成之作。日本赠柯君以博士，盖尝详加考审，初非闻声誉扬之比[2]。二曰清史之修订。民国设官之初，于国史馆外别设清史馆，以赵尔巽典其事。闻广致史源，亦常切实从事，卒以政局牵连，旷日无成。自顷北京大学既收管清内阁档案，勤加整理，至今未辍[3]。异日所以增益清代史料，正未可量。铜山萧一山氏既身与其役，因发奋著《清代通史》，观其已出之二册，大致博咨穷搜，善为折衷。现有清史最有统系之作，是书允推佳本。是则官修清史虽稽时日，而清史之研求正复未荒。三曰发掘之新绩。自清季发掘有功于史，各地以出土闻者频多。

---

1. 清代之史学，本报二卷八期郑君之《清儒史地学说与事业》一文可考。
2. 王桐龄氏之新元史介绍及日本帝大赠柯君博士之宣言书，曾见四月间《北大日刊》，本馆将加转载。
3. 北大整理档案会之经过，本报历史消息栏屡纪之。

一九二一年[1]瑞典地质学家安特生（Anderson）在河南渑池县仰韶村掘得石器、陶器，又在奉天锦西沙锅屯掘得石穴及遗物，安氏考为新石器时代之遗迹。是则吾国石器时代文化之真确发现，实始于此；进而考研，必且有益于中国远古文化之说明。去年八月[2]，河南新郑绅民李锐掘地得铜器。军旅继掘，得古鼎敦以及各种铜器至万余件之多。学者考释，大半定为周代遗物。此于印证周史，正未有艾。其他各地之零星发见，及历年地质调查所之所掘得，或则多归散佚，或亦断碎不著。特发掘之业，在西国已著异效。吾国果以人力从事大规模之进行，成效正未可量。四曰外史研究之增重及国史之世界化。清季讲习外史，重在明其致富强之道。译史虽多，鲜见佳本。近十余年来，以国中教育之益具世界性质，故于欧、美、日本历史之研究始益进步。原本引纳，译书蔚起。学者或深考其政治文化之演进，即一般之通晓外史者亦较昔普及。而其对于国史之影响，尤为极关重要。诚以学者既由外史而兴比观之感，又心折于彼邦新史家之说，遂悟国史之繁富，大有改造整治之必要，于是所谓"整理国故"之声浪，逐渐由倡论见诸实行。实则所谓"国学"，其主体固在古文化及古史之研究也。同时西人之治中国学，亦在战后始有普遍的注重之倾向。史家之新著世界史，咸以不遗远东为有识。国人于此，亦能闻声相应，译其名著[3]。虽集力研究，犹未闻有大规模之组织。而历史著述论文之日多，谈学者之咸知顾及源流，大学历史系之进行，以及若干名师大儒之导扬，在在皆足见近来吾国史学有进步之趋势。继今用新法理董旧史，以进与西国相提携，不惟使国史益与世界史相联络，尤当以研究结果贡献于世，以为作更精备之人类史者之资。盖源深流长，本固叶盛。中华史学既已昌盛于已往，必将发异彩于来兹已。

---

1. 民国十年。
2. 一九二三年，即民国十二年。
3. 如梁思成等译韦尔思之《历史大纲》。

十一、西洋史学一瞥

近年以来，国人对于外国历史，传诵浸广，研几渐深。顾于西洋史学进步之迹，自偶有片段的称引以外，似未闻有原本先后之概述。兹篇泛涉史学，于中国史学之沿变，犹可忽而不及[1]；而于西国史学进步之略，殊不能不亟为表述。兹故举述概要，以明彼邦史学沿革之大略云。

大抵欧洲史学演进之迹，似与吾国反其轨辙。盖中华过去史学之盛，实为世界各民族所不及，而近百年来，进步濡滞。其在欧洲，则前世之努力，远不逮我；而十八九世纪以还，卓著可惊之进步。昔胜于彼，今则不逮，仅此所述，已足为吾人感兴之助焉。

西洋史学，论者多断自希腊。顾西洋文化，既溯源于埃及及西亚诸国，是以言希腊文物，决不可忽其东方隔海之先导。美术、文字有然，史学亦有然也。埃及自有文字（约当元前四千年顷），即有纪载之文辞。其流传至今者，如金字塔之典籍（1880 年，西人在金字塔内部走廊中发见，其内容杂有符咒、神话、颂诗、祷文等），记载元前 3600 年至 2600 年间之史事，殆为人类史书流传于今之最古者。此外如种种故事（故事多作于中王国与新王国时代，约当元前三千年至七百年间）及史诗（史诗多骈列而无韵，其中如埃及人战胜赫泰之篇，尤为可宝之史料），虽神话之成分极浓，要皆为历史性之纪述，加以校证，允为古史之良资。（史学之萌芽，大率起于部族之聚谈其先人功烈。及文字发生，间以此种传述，形之纪载。因初民心理之传说沿变之结果，此种纪载遂满含神话的色彩。）至于西亚之两河流域，则当巴比伦未统一以前，各小邑已有以楔形文纪其前事于泥版之上者。其后巴比伦、亚述之名君，往往树其纪功之碑，而其刻史事年表以传后，尤为此邦之特色。自此以外，史诗尤多。（近今发掘所得之亚述图书馆之泥版，其中史诗颇多。）希伯来民族以宗教思想著于世，方其追称前事，常与宗教情感揉合离分。然《旧约》（*Old Testament*）诸纪之中，不惟可考见其国史，且东方各国之前事，亦颇杂见其中。纵使宗

埃及及西亚诸国历史之萌芽

---

[1] 因本国人对于其国之学术，知之者多而能详。前节所陈，只以顾全篇第，不避挂漏疏昧之讥。

教色彩太浓，事实未尽可信，然其蕴藏古史，要为古代历史性之名著也。（《旧约全书》分为三部，其第二部分《先知书》中以及杂著中《历代志略》等，尤显系历史的纪载。）

希腊早年文化，初不以文字的纪载著。古时所谓英雄诗歌（Hero Songs），著录传今者，有 *Iliad* 与 *Odyssey* 二诗，相传为荷马（Homer）所作（约当元前八世纪）。此种史诗，神话之色彩至浓，可征史诗之起源，未为史著之开端（易言之，即略具史事成分之文学）。元前六世纪时，有赫刻提阿斯（Hecataeus）者，既以游历有所效于地学，又采集古希腊之神异故事，著成史书（美史家 Breasted 谓《旧约》之后，氏为古代第一作史者）。自是以降，纪史者世称传记家（Logographers），大率纪述繁芜，无多足称。真正之史家，当推元前五世纪之希罗多德氏（Herodotus, c. 484–424 B.C.）。希氏生当希腊驱退波斯势力之后，毅然以颂美宗邦之胜利自任。因述波斯初兴以迄波斯战役之终，成《历史》（*Histories*）九卷。氏游历甚广，所至征询前事，供其史料；论述序次，亦秩然有序。（此书约作于元前444年，即周贞定王二十五年。）盖其荡涤旧习，启发新猷，用使后之欧人奉为"历史之祖"（Father of History）。惟希氏局于见闻，迷于神力，但有叙述，稀知阐明，且过尚文采，又难免失真之弊。至苏昔的底（Thucydides，？—399 B.C.）著《比罗奔尼苏战争史》（*History of Peloponnesian War*），始于纪实之外，进为理解；所谓批评的史家，当以氏为第一人。色诺芬（Xenophon，434—355 B.C.）与苏氏同时，既显名于武绩，又著书甚多，其纪当时之史事者，尤为可贵。（所著 *Anabasis*，述希腊兵自波斯逃归之事，最为著名。）此后史家，惟波里皮（Polybius，205—120 B.C.）最为著称。波氏生当希腊之衰，志欲昭示希腊文化所以转移于罗马之故，因著《史记》（*Histories*）四十册（今全存者仅五册）。氏好究因果，尤尚实证（尝攻击闭户作史之弊，而谓史家必须熟知政治、军事）。论其成就，实为希腊史学之后劲。自四人外，希腊较小之史家，有 Theopompus（378—300 B.C.）、D. Siculus（1st Century B.C.）、Dionysius（？—7 B.C.）、Arrianus（？—180 A.D.）、Dio Cassius（150—235 A.D.）诸人，皆各有著述。而 Manetho（3rd Century B.C.）之于埃及史，尤为独造云。

罗马初期，纪年史家（annalists）特盛。所作史书，但循年月之序，堆积成篇，繁芜偏狭，全无史裁，故成书虽多，学者无称（如 Sallust，86—34 B.C 较为著名）。至恺撒帝（Caesar，100—44 B. C.）奖励文艺，于是史学始发新彩（王尝自纪对高卢之武功，为有名史书）。而开辟榛芜，卓然为罗马第一史家者，厥为李维氏（Titus Livius，59 B. C.—17 A. D.）。氏著马《罗马史》（原名 *Ab Urbi Conditn Libri*）百余册，集前著之精萃，为统系之名著。特其矜扬罗马，不免过当。塔西佗（Tacitus，55—117 A. D.）继其后，尤当史识。时值罗马共和渐变帝政，北族势力日张，氏蒿目时变，洒热血以著国史，在罗马史学中，卓然与李维前后辉映。［氏之史著，有《史记》（*Histories*）、《纪年》（*Annals*）及《日耳曼志》（*Germania*）诸书。］其时作者，更有 Suetonius（？—160 A. D.）、Appianus 诸人，以拟塔氏，远勿能逮。惟希腊人 Plutarch（46—125 A. D.）著希腊、罗马伟人之传记甚多，为后世所称。至帝国末造，作史者但求迎合时君，所成史书，往往徒为政治之工具。其间唯 Eutropius 与 Marcellinus 两氏（皆当元后四世纪时）之著作，稍为可称。要而言之，罗马人重尚实际，其在史学上之成就，似不逮希腊。而《罗马史》之阐明充实，亦大半后世史家之功也。

中世史学，受宗教势力之影响，颇呈衰落之象。教会之威权，自五世纪后继长增盛，政治、学术并受其束缚，而史学纪述尤大蒙其影响。当时各国典籍档案，多搜藏于寺庙，而载笔作史，亦遂操之教士。此辈智识浅昧，迷信天神。（普通教士之信仰，不过荒昧之观念，与中世少数大宗教家之高尚情操，不可同日语。）所纪漫芜，动涉神话。且其书率为纪年琐录，全无断裁，其稍佳者，亦终非前代名著之比。五六世纪之间，作家如主教奥古斯丁（Aurelius Augustine，354—430）、班人奥洛西（Orosius，c. 5th century）、法人格里哥雷（Gregory of Tours，590—604），皆缺乏史识。至弗来的格里（Fredigarius）继起，所作益拙陋无当。自是之后，但有无数无名之教士纪年。凡此史家，虽多可议，然其以天神之信仰维系人事，与史学以崇高之观念，广大超越，要为中世史学创立新模。自八世纪以至十二世纪，史家之比较可称者，在意有爱因赫（Einhard，770—840）、路帕兰（Liudprand，c. 892—972），在英有威廉（William of

Malmesbury，c. 1080—1143）、杰弗雷（Geofrey of Monmouth，c. 1100—1154），在德有奥沙（Otho of Freising，1111—1158），在法有维尔哈亭（Villehardouin，c. 1150—1213）诸人。此辈史家，其纪史虽多挟宗教之观念，然人事经过，初非绝不可稽。如日耳曼各族迁移之事迹，尤各有专门之纪载（如 P. Diaconus 之于伦巴的，Bede 与 Widekind 之于盎格鲁撒逊族）。盖宗教于人事史虽加压抑，初未能使之遏绝。及中世后叶，以教会与国家冲突之影响，人事纪载遂益为识者所尚。纪年作品之中，亦日减其神异之成分。十三世纪以后，意大利城市盛兴，作者爱土之精神，尤常胜其敬神之观念。如佛洛兰人维兰尼（Giovanni Villani）之作，最可代表。此外如英之巴里斯（Matthew Paris，1200—1259），法之杨维黎（Joinville，1224—1317）与弗罗萨（Froissart，1333—1400）以精雅之文字作史，亦皆不以宗教观念自限。盖史学脱离宗教束缚之机，实由渐进而得。至文艺复兴时代，始竟其全功耳。

文艺复兴（Renaissance 译名未当，沿用已久，故仍之）之消极的精神，厥为基督教超绝地位之否认。故自是以后，史学始全脱宗教之藩篱，而回复其人事中心之态度。史学中最先具此倾向者，为十五世纪之意人博鲁尼（L. Bruni）与勃兰雪立尼（Bracciolini）之著作。继是作家踵兴，而意人麦基佛里（Machiavelli，1469—1527）与格雪迪尼（Guicciardini，1483—1540）尤为显名。麦氏著《佛洛兰斯史》（*History of Florence*），格氏著《意大利史》，皆洞察远识，世推名著。两公生塔西陀千余年之后，奋志著述，荡中世之积弊，振前修之坠绪。其于史学，最著改往启后之功。斯时史学之复昌，初不仅见之于少数作者之著述。盖当时学者，深知古代文物之隐晦，欲明其真，非返读古书不可。于是方言学院之设立，古代原著之刊行，蔚为一时之盛业。其于史料之所源，又颇具求真之精神。要而言之，此时之新史学，目的在于观希腊、罗马之旧，以建树人文主义之史学。此种运动，自意大利渐被各国。各国史之作者，其初多为意人（如 P.Emilio 之作《法国史》，L. Marineo 之作《西班牙史》，P. Virgil 之作《英国史》等），继而各国自出专才，进而自著国史。盖自麦、格二氏，皆以政治的眼光治史，其史著之政治色彩特浓。而中世南下各族之建国，又皆至十五六世纪之交而始定。至是，各国学者倾心于国史之著述。西洋史学重视政治之习，实定基本于此。此外如通论史学之著作，及批评史实真伪之精神（如 M. de la Popeliniere：*Histoire des histoires*），则又中世学者所未及，而为文艺复兴促进史学之一端也。

文艺复兴之精神，至十六世纪已达其高潮。十七世纪以后，学者之评斥中世，笃向古学，虽犹继续不懈，而时势变异，学术界遂别生新机。史学之研究，尤显受此种精神之影响，故思想史上所谓"启蒙时代"（Enlightenment），并可取以标十七八世纪之史学。启蒙时代之主要精神，见于史学者：一曰理性之精神。文艺复兴时之史家，评斥中世纪之神话纪年甚力，然于希腊、罗马之史著，则笃信不疑。今则中世固不可信，古代史书亦并为攻击之资，而可为学术之折衷者，决非古人，而惟理性（reason）而已。二曰进步之精神。吾人机会，远胜于古，故学术文化，必今胜于昔。所谓"黄金时代"决非在于过去，而必期诸未来。"进步"一词，为时人所乐道。史家向风，亦好作论次进步之史。观斯二端，已可见本期史学之精神，实能卓越前古。且文艺复兴时所成之史书，多用拉丁文。拉丁文知者不多，而史学亦遂限于少数学者之研究。今则各国语文发达，各国史家咸以本国文字著史。此则历史智识之普及，又启蒙时代史学之特色也。

十七世纪之史家，如法人什奥（J. A. Thou, 1553—1657）、弗洛来（Fleury, 1640—1723）辈，犹未能具此精神。波西华（Bossuet, 1627—1704）之作史，且仍以宗教为限（惟波氏之《宗教史》，卓然有识，与中世之作家大异）。其为启蒙时代精神真正之开山祖者，厥为法之福禄特耳氏（Voltaire, 1694—1778）。福氏受政治宗教上束缚之刺激，发奋以改革自任。风气所播，学术思想顿发新机。史学之解放恢宏，实直接受其影响。权而观之，启蒙时代之史学，实呈多方并进之势。一曰古史之著述。自意大利人其亚农（P. Giannone）著《那不勒斯史》，注重政教关系之叙述。各国从风，浸浸推及于古。英史家哲朋（Gibbon, 1737—1794）著《罗马帝国衰亡史》（*Decline and Fall of Roman Empire*）追寻故实，为罗马史之名著。而意人米拉多里（L. A. Muratoli, 1670—1750）著《意大利古史》(*Antiquiates Italiae*)，亦颇可称。二曰国史之注重。各国国史，文艺复兴时已有意人分为撰述。至是，各国语文著书之风既开，国史之著作遂日备。其较著者，德国有米塞尔（Mioser）之著作，英国有休谟（Hume，1711—1776）《英格兰史》及饶勃逊（Robertson，1721—1793）《苏格兰史》之著作，意则自其亚农之外，又有 Signorelli 之《西西里史》（法国 St. Maur 朝于十七世纪时已开始刊布政府公文，以供国史史料）。三曰分类史之兴起。本期史学，率能寻隐入深。意国学者，尤多分类史之创制。如 Tiraboschi 之著《意大利文学史》，Bettinelli 之著《意大利文艺风俗史》，Bonafede 之著《哲学史》，Lanzi 之著《绘画史》（绘画史始作于 Winckelmann，但此书为尤著）。其在法国，初有波西华（Bossuet，1627—1704）之专于宗教史，为后人所称（波氏之《宗教史》，以专家眼光治史，与中世之作家，大异其趣）。至福氏以启蒙运动之始祖，成《风俗史》之伟著。哲家康道西（Condorcet，1743—1794）亦著《思想演进史》，而孟德斯鸠（Montesquieu，1689—1755）之导扬政治新说，要亦出于政法之历史的研究。四曰东方史知识之增加。福禄特耳尝斥昔人局局于西方（Occident）之纪述，而自诩为普通史之不当。时值通商传教渐盛，西人对于东方之智识日增。于是中国、印度渐为彼方学者所注意。东方名著之移译，亦始发其端。五曰史学批评之精神。史料真伪之批判，虽前世早开其端，而至启蒙时代，更复立其新帜。凡所以求史料之征信，审作者之心术，作史之士莫不加意及此。凡此五端，皆本期史学中确然可寻之进步。但十八世纪之史学，既以材料未充，学者不能拓展其业，其对于人事错综衔联，以及进化（此与仅知进步不同）之说，又复昧焉未闻。是以本期史学，不过粗萌新机，殊未见有卓荦之效绩。后人且有以十八世纪太重理性，讥为反历史（anti-historical）之时期焉。

自德人兰克辟史学之新径，各国学者踵起，西洋史学大见兴盛。重以科学进步，进化说昌，史家之于史学，各骋新说。同时历史著作之范围，亦大为扩展。盖十九世纪之史学，其内容最为复杂，而汇观其通，莫不为近今新史学树之基础。西洋近世史学进步之大关键，厥在于此。今先略述本世纪中主要各国之史学，然后言其一般之贡献。（十九世纪史学进步既卓，故下述亦稍繁复云。）

十九世纪初年，德史家尼布尔（B. G. Niebuhr，1776—1836）始以科学方法治史，用其史法著《罗马史》等书。其卓见深识，已为史学辟其新径。至兰克（Leopold von Ranke，1795—1886）氏标揭史学之根本义旨，益悠然自有深造。晚年著《世界史》(Weltgeschichte) 一书，不拘民族之畛限，以为"民族间互为影响，实成一有生命之整体"。在民族主义风靡之秋，独具大公之精神，要非有超人之史识，不能及此。后人论述，咸谓史学之批评的精神，实由两氏导其端，而兰氏尤足为近今史学之鼻祖。自是以后，德、英、法、意及大陆各国之史学，咸焕然发其新彩。即新大陆之美国，亦以兰氏门徒之传布，始有卓立可称之史学焉。

十九世纪史学之中心，以德、法、英三国为最盛。今分述此三国之史学，并略及意、美，自余各国，姑从阙略焉。（1）十八世纪以还，日耳曼诸邦运动，离奥独立。普鲁士领袖诸邦，以统一建国自任。普之人士欲假史学以促成其目的，于是民族主义之史学，所谓普鲁士学派（Prussian School）者遂风靡全国。而主张世界史之兰克学派（Ranke School）转以不昌。初，普鲁士哲学家，如费希脱（Fichte，1762—1814）、海智尔（Hegel，1770—1831）、雪林（Schelling，1775—1854）等，皆以鼓吹民族独立，为作史之主旨。（海氏著《历史哲学》，倡言史事为绝对理性之发展之说，但同时亦为民族主义张目，谓日耳曼民族有主持世界精神之责。）其后特罗生（Droysen，1808—1884）著《普鲁士政治史》，齐勃尔（Sybel，1817—1895）著《德意志国会之基础》，皆盛誉普鲁士之精神，以为民族自尊护法。特赉切克（Treitschke，1834—1896）著《十九世纪德意志史》，益大张大日耳曼主义，且倡普鲁士当为日耳曼民族领袖之说。（特氏著作，影响尤大。近人多谓氏与尼采之著作，同有鼓动大战之罪。）盖德意志帝国之成立（一八七一），普鲁士派史家（此三人为最著）诚有促成之功。然就史学言，则十九世纪史学锢蔽于政治与民族色彩，实亦德国学者之咎。其后德之学者，如毛利思（Moris）、马尔克斯（Marcks）等，则以此派之狭隘不足取，颇能还宗兰克氏公正之精神焉。（2）十九世纪初年，英之以作史称者，如 H. Hallarn（1777—1859）、J. Mill（1773—

1836）之作，有哲学的精神；Macaulay（1800—1859）、Froude（1818—1894）之作，则以文采著称。其后大师研索，集中大学，游从承风，浸成宗派。牛津（Oxford）派以史泰布（Stubbs，1825—1901）为之泰斗，而格林（Green，1837—1883）、弗里曼（Freeman，1823—1892）亦为此派大家。惟弗氏显为政治的史家（尝言历史为过去之政治），而格氏则堪称社会史家之前驱（所著《英国人民史》，脱略宫闱之琐闻，而以社会民众为之中心）。剑桥（Cambridge）派则以梅脱兰（Maitland，1850—1906）为之魁。氏尤长法律史，好以法律解释国性；又谓历史包含人类之言行、思想，而以思想为尤要。故剑桥派史学之特征，厥为法律与思想之注重。两校门徒皆盛，名家迭出，迄今二大学之史科，犹为英史学之中坚。（3）法国在十九世纪初期，颇受德国民族主义史学之影响。脱哀尔（Thier，1797—1877）、密南（Mignet，1796—1884）皆涉足政治，与法国革命关系颇深，因各以其经验，有《法兰西革命史》（*Histoire Revolucione de Francaise*）之著作。书中盛誉本国，于拿破仑尤为推尊，斥外国之干涉法国，不遗余力。同时哥毕奴氏（Gobineau，1816—1882）且有激于日耳曼民族自尊之说，著《人种不齐论》（*L'Inegalité des Rices humaines*）一书，称拉丁族为世界高贵民族，于他族则尽力鄙斥。密氏门徒尤众，流风所被，遂使法之史学，亦大染民族主义之风。然深识独造之士，亦错生于其间。如基佐（Guizot，1787—1874）著《近世欧洲文化及法国文化史》，详究文物之进步，超然自外于政治史家之习。律能氏（Ernst Renan，1823—1892）著《耶稣传》（*Vie de Jesus*，1863）以人性叙耶稣之行事，有辨别神学与史学之效（此书在法销行三十余万册，各国皆有译本，于欧洲思想上至有影响）。此外如 Duruy（1811—1894）、Lavisse（1812—　　）、Monod（1844—1912）诸人，皆以作史著名。抑十九世纪初年史学，颇受浪漫主义之影响，学者研治前史，于客观的考索以外，更假助于主观之想像，以为人同此心，以吾心体认前人，则荒远之过去方见其真。此种浪漫派之史学，实以法国为之中心。（4）方普鲁士派史家盛倡民族主义之时，意大利诸邦之志士，亦正作独立统一之企图，意之政治史观，本已根深叶茂，今又值兹时会，遂使史学大显民族主义之色彩。史家如勃尔波（Balbo，1789—1853）、雪勃拉里（Cibrario，1802—1870）皆直接参与独立运动。洒其热血，成为史著，其促成意大利独立建国之功效，可与普鲁士史家互为辉映。其他如 Cantu（1804—1895）、Amari（1706—1889）、Villari（1827—1914）亦并以作史显名。（5）至于美国，则自十八世纪独立以后，措施方殷，未遑学术，以言史学，益简陋无所建树。及十九世纪初，美学者多来德受学，治史之士深沐兰克之风。彭克洛夫（G. Bancroft，1800—1891）受业于兰氏，归而著史，且为兰氏所称道。其他如摩脱雷（Motley，1814—1877）之长于西班牙史，马哈姆（Maham）之成海军史之名著（一八八九年，氏著《十七八世纪之海权》，风行欧洲），作家继起，不胜缕举。惟当政治史观风靡之秋，美史家亦未能自外。及十九世纪后叶，美国大史家辈出，卒使新进国之史学，在近代史学界占重要之位置焉。

　　德、英、法、意、美五国之十九世纪史学，大要已如上述。此外欧洲各国，兹文不复能详。惟略举诸国之著名史家之名于次，以求不遗云。

　　奥国：Hormayr（1782—1848）、Gindely（1829—1892）

　　匈牙利：Mailath（1786—1855）

　　俄国：Kostomarov（1817—1885）、Pestuzhev（1829—1897）

　　波兰：Chodzko（1800—1871）

　　西班牙：Gayangos（1609—1897）、Ancantara（1817—1850）

　　瑞典：Geijer（1788—1847）、Fryxell（1795—1881）

　　挪威：Nielsen（1843—1916）、Munch（1810—1863）

　　丹麦：Steenstrup（1844—　　）

　　荷兰：Dozy（1820—1883）、Blok（1855—　　）

　　比利时：Juste（1818—1888）

　　瑞士：Burkhardt（1818—1897）、Aubigne（1794—1872）

　　希腊：Trikoupis（1788—1873）、Lambros（1851—　　）

　　布加利亚：Jirecek（1854—　　）

　　罗马尼亚：Iorga（1871—　　）

　　塞尔维亚：Mijatovich（1842—　　）

右所举列，虽限于十九世纪，然以诸国文物多为后进，故其主要史家，亦即略具于是。至其著述风被之情形，兹皆不及详云。

吾人于十九世纪之西洋史学，既已分国叙次其略，今当进窥其一般之贡献。大抵十九世纪之史学，其初虽以民族主义之影响，以致局于政治，未能推宏尽致。然深识史家，不久即各倡新说，重以各科学发达之影响，史料之扩充增加，遂使史学进步，呈空前之伟观。榷而言之，可为五端：一曰政治史观之极盛而衰与各种史观之并兴。史学重政治之趋向，始自文艺复兴。自国史之研求渐专，至十九世纪普鲁士史家，又以民族的目的治史，风气所被，遂使政治史观风靡全欧之史学界垂数十年（见上文分述）。顾物之极盛，必生反动。政治史观大昌之中，其流弊亦日著，于是十九世纪后叶，遂有各种史观之蔚起。德哲海智尔虽尝助民族主义之史学，然由其哲理，尝谓历史上之人事为纯粹理性之发展；所著《历史哲学》一书，为后此哲学史观之基。同时因科学发达，学者多以科学方法治史，冀以寻绎人事公例，跻史于科学之列。且政治史观崩颓之要因，在其偏狭不能示人事之全，故重视普通社会现象之史家，遂有代兴之势。马克思（K. Marx，1818—1883）起，益进求社会现象之背因，以为经济势力实为支配人类一切活动之主因。适当经济状态变动之会，经济史观遂风靡一时。地学研究之进步，尤尚人生之解释，于是以自然环境说明前史，亦卓然自树一帜。凡此诸家，各成其至。政治史观内崩外侵，遂崩颓不复自持矣。［最近史家，综合各种势力以解释史事之新说（见上第三节），亦萌于十九世纪之末。］

二曰史料之征存与史法之昌明。自政治史家以表彰国史之故，广罗史料，辑成巨帙，成前世未有之盛。科学史家之治史，尤笃尚史源，前代遗著，广为刊布。于是治史之士，可据之史料大增。至于现代史料之保存，各国政府既多设有记载委员会（Record Commission），对于档案公牍善为整理保存。公私机关又莫不注意及此。至于治史之法，自尼布尔导其端，至贝亨（Bernheim）氏更有系统的论述。自是史家之读前史，益取审慎之态度，校雠、作述亦莫不应用史法。夫可据之史料既增（并参下发掘条），研治之方法又进，此实后出著作所以能卓越前人也。

三曰各学科之致用。地质学、古物学、人类人种学，皆至十九世纪始兴，或始成专究。史家对于古史之开拓，得力于此诸科学者至多。即如地理学及其他各社会科学，亦多由本世纪学者之努力，其进步卓越前代。史家沈观默察，务与各学科力谋媾通，于较证说明为尽量之致用。

四曰发掘之伟绩。发掘事业，在十九世纪以前，多为偶然之出土（如十六世纪末意大利发见 Pompeii 城，一七一九年奥将 Erbeuf 在意大利南部掘得 Herculeum 古城之类）。及效果既著，于是地质学家、史家、古物学家多于此从事系统之进行。故重要发掘有功于古史者，多为十九世纪之成绩。人类未有史书以前之遗迹，发见者不下百余处，其尤著者，如一八五六年德国 Dusseldorf 发见之尼盎特人（Neanderthal）之头骨，一八六八年法国 Dordorgne 发见克罗曼能人（Cro-Magnon）之遗骸三具，一八九一年爪哇之 Trinil 发见猿人（Pithecanthropus Erectus）之头骨、腿骨（猿人为猿类进化中半猿半人之动物，其生活当在五十万年前），皆为人类演进中之特殊种族，足供人类起源之研究。（此种族名，多由发见地而命名。其生活之先后，兹不详述。）埃及之发掘，自一七九九年尼罗河口掘得罗色泰石（Rosetta Stone）之后，公私从事，所获甚多。如 Mariette 之发掘及 Maspero 之掘得底比斯（Thebes）诸王石陵，尤为著名。西亚两河流域间之发掘，如一八七七年 Tello 地非色密的族（Semitic）文字刻碑之发见，明巴比伦文化之前驱（Sumerians）；其后一九〇一年赫米拉比法典（Code of Hammurapi）刻石之掘得，供古巴比伦社会情形之说明；一八四五年亚述王 Assurbanipal 图书馆之掘得，广亚述史研究之资料。至古代建国于小亚细亚之赫泰国（Hittite），其史事湮没无考。至一八七〇年，Hamath 地方有石刻之发见，自是以来，各国争来从事，赫泰石刻屡有所获。学者就以考求，赫泰文化得以复暴于世。犹太人无壮丽之建筑碑刻，故发掘之效不如上述之著。由英、法、德诸国发掘家努力之结果，曾发现其古代无数运河，而七城层之发见，尤于犹太及非力斯丁史有关。希腊史方面，则有 Evans 在克里特岛（Crete）之发掘（1895—1900），Schliemann 在希腊中部美西尼（Mycenae）、梯伦（Tiryns）二城之发掘（1876—1886）。此种爱琴文化之宣露，足为希腊文化渊源之说明。其在罗马，则元后七十九年沈没之邦贝城（Pompeii），虽在十六世纪已经发见（1594—1600），然自一八六〇年后，加以系统的采掘，古城始完全出土。此城之遗迹，既足为罗马史放一异彩。意人又以此事之激动，于发掘继有所获（如 Boni 氏在议政厅及 Palatine 二处之所得）。凡此种种发见，或扩大古史之时间，或发见湮没之文化，或增充古史文明国之史料，其推进史学之效，殆难尽言。持畚执铲于泥沙之间，而有造于史学如是之伟者，诚前世纪梦想所不及也。

　　五曰古史之专究。发掘事业既增充古史之史料，于是埃及史、东方各国史以及希腊史、罗马史等之研究，益成专门之业。学者各择一途以自专，而前史遂日见明确丰备。埃及至今有详备之历史，大半皆十九世纪学者之效绩。自罗色泰石发见（石上有文字三种，为埃及之正书、草书及希腊文），学者经久不能读。法人香波黎（Champollion，1790—1832）始就希腊文详加研摩，指出其字母。其后学者继起进究，埃及文字（hieroglyphics）之读解卒得成功（香氏后研读文字之埃及学家，兹不具举）。其循新径攻究埃及史者，有法之 Mariette（1821—1881）、英之 Petrie（1853—　）、德之 Meyer（1855—　）诸人，最近如英之 Renouf（1845—1894）、美之 Breasted（1865—　）皆为著名之埃及学家。巴比伦与亚述史之研究，亦由文字上之摩读开其钥。盖两河流域所用楔形文字，为波斯所采用。波斯王居鲁士（Cyrus）既征服西亚，刻纪功碑于皮息斯顿地山岩之上。此皮息斯顿石（Behistun Rock）之刻文，从来学者稀加注意，自英人饶林孙（Rawlinson，1812—1902）就此碑摩读波斯之楔形文（石上有文字三种：一为波斯新楔形文，一为巴比伦楔形文，一为 Susa 国文字），旋更发表此碑上巴比伦文字之读法，于是两河流域历史之研究亦顿辟新纪元。学者显名于是者，如法之 Botta（1802—1870）、英之 Layard（1817—1894）之于亚述史，英之 Sayce（1846—　）、L. King（1869—　）之于巴比伦史，皆卓然各有成就。其因发掘而著名于赫泰史之研究者，为英人 W. Wright（拉氏以其发掘之结果，著《赫泰帝国》一书，赫泰之名即始于此）及 Sayce。以希伯来古史显名者，有德之 Graitz（1817—1891）、Wellhausen（1844—　）与 Macalister 诸人。至希腊史之专究，有英之 Grote（1794—1871）、Finley（1799—1875），德之 Curtius（1814—1896）、Wilamowitz 等。而德人 Dörpfeld，继 Schliemann 氏惊人之发见后，于爱琴文化始有系统的研究。罗马去今较近，前世之成书独多。英人哲朋（Gibbon）所著书，为近世罗马史之名著（已见上）。十九世纪初，Niebuhr 著《罗马史》，其后德人 Mommsen（1817—1903）之著作，尤有发明（氏所著曰"恺撒以前之罗马史"风行最广）。此外如德之 Ihne（1821—1902）、意之 Ferrero（1872—）亦并以罗马史称。（其他以精究罗马史之一时代著者，兹不尽举。）中世教会史之研究，文艺复兴后颇若稍衰，十七八世纪之间，法人波西华（Bossuet）最以宗教史著名（已见上）。迄于本期，史家以新眼光究力于是，中世教会史之研究，遂复卓然自树一帜。如德之 Baur、Harnack、Krumbacher，法之 Rambaud、Diehl，英之 Bary 等，皆有精美之著作。而法人 Renan 氏所作《耶稣传》，尤为宗教史上影响极大之名著（已见上述）。凡此所述，皆悠然深造之专家，用使古史之内容日见充实。至于各国国史之专究，其致力亦益勤，本国专史之名著尤难缕举。盖时会所趋，天才斯彰，十九世纪史学之卓越前代，固非偶然而致也。

右述五端，皆十九世纪史学进步中主要特征。吾人与上述各国史学略说参合观之，差可见此百年中欧美史学之概况矣。

近二十余年来之史学，大抵继宏十九世纪之轨，而其进步之速，尤有过于前代。大战之中，各国研究之业略遭挫折；及至战后，各国史家益显其努力，且更因战事之刺激，使史学焕发新彩。以言最近发掘之进行，则各国多集资结队，深入古文明之域，经年累月而不懈。德、法政府且以公款资助发掘，英、美亦以私人或学会之津贴，与德、法竞求新获。其效果见于人类起源方面者，如一九〇一年法国 Mentone 掘得格雷马提人（Grimaldi）之骨殖，一九〇七年德国海得而堡（Heidelberg）所掘得之海得而堡人之腭骨，一九一一年法国 Sussex 所掘得之毕尔唐人（Piltdown or Eoanthropus）之头骨、腭骨。凡此遗骸，皆为前世纪未及发见之新种。今后言远古史者，始可凿凿言由猿人进化至真人之阶段。（最近一九二一年非洲 Rhodesia 北部亦有原始人古殖之发见。）至西亚方面之发掘，则赫泰所遗砖书二万余片，一九〇七年为美人 Winckler 在 Boghaz Keui 地方发见。虽至今尚无人能通其文字，然异日东方史乘，必将借是大增新资。巴勒斯坦地方，各国发掘队竭力从事，虽无大获，时有零星之发见，足为希伯来及其邻国史料之佐证。埃及方面，几于无年无新获之消息。大战之中，发掘停顿者数年。而英人嘉德（Carter）在底比斯皇陵谷从事开掘，孜孜不懈。至一九二二年十一月，果于其地掘得王图顿喀门（Tutan-Khamen，1358 B. C.）之皇陵，获珍宝万余件，足为研究埃及史之新资。即新大陆方面，墨西哥、秘鲁等处，亦常有古迹之掘获。欧人甚且有潜入吾国西陲，发前古之巨藏者（匈牙利斯坦因氏之成绩，见上节中国史学）。今后斯业之进行，其所造犹无限量。大战之后，史学界尤有一显著之现象，厥为各国战史之蔚起。各国在战事之中，于战役史料保存甚周（政府多设专职）。战事既终，关于战史之官书、私著，陆续出世。其类别之精与卷帙之富，实为空前所未有。吾人取与前世相比观，即可见二十世纪史学之大进。至若世界史之企图，始自兰克，以民族主义之得势，遂未能发挥光大。此次大战，既彰示民族竞争之奇惨，于是有识史家，咸倡史学宜以促进人类之互解自任。英人威尔士（H. G. Wells）于一九二〇年著《历史大纲》（*The Outline of History*），以生动之文字，述人类之史迹；昌言共同之历史观念，为人类和平与兴盛之基。书既出世，销行数十万册，译本骤遍各国。（案：威氏此书亦多有纰谬，欧美大史家对其常有不满之论评。盖严正之史家，往往不赞同流行之著述。实则其表彰近世史学之新精神，使之普及于一般人，要为有功史学之名著。）此书既出，史家相继成通史之新著，大率皆以全人类为对象，示文化之共通，而以免除国际间之误解自期许。史学对于此种新使命，容能著其效于异日。抑学术愈进，愈有赖于合力。十八九世纪以来，各学科莫不各有学会之组织。英、法、德、美各国之史学会，至十九世纪已极盛，其于促进史学，颇著良效。一九〇〇年，各国史学家更进谋国际的联络，举行"万国历史学会"第一次会于巴黎，集各国史家于一堂，共谋史学之进步。最近在比京举行之第五次大会（一九二三年四月），且决定创设永久之"万国史学联合会"。此种国际的合力，又最近史学进步中之特色也。

前述数者，皆近二十年来史学进步之要端。盖由大学之专究、名师之导引、政府之提倡、富人之资助、史料之增多，以及学校教育之改良，遂使史学之进步呈日新月异之势。今后更以继续之努力，所以承往开来，其前途诚无限量也。

（关于近世西洋史学之进步，本学报一卷二期徐则陵教授《近今西洋史学之发展》及二卷八期张廷休君译《近五十年历史讨源述略》二文可供参考。）

十二、余言

本篇泛涉史学，都为十一节：首明字原、定义（第一、二节），次述新史学之解释、范围、作用（第三、四、五节）以及史料与史法（第六、七节），至史学是否科学及其与他学科之关系，并各分节论次（第八、九节），终则于吾国史学及西洋史学之沿革，作"鸟瞰"的叙述（第十、十一节）。读者于是，容可稍窥史学上之概念。若绳以论学，则旨广语疏，真不啻以蠡测海矣。近今史学之昌明，卓越前代。在进步之各科学中，允可抗颜而无逊色。且各科学之对象，往往有变迁而稀增加，或仅有增加之可能，而非必然在增积之中。若夫史学，以演进中之人类为其对象（新史家亦有主宇宙全体为史之对象者，但史学之主体终在人类，于他方面尽可推及，而不能概括也），苟人类一日未灭绝，即史学无一日一秒不在增积材料之中，是故史学研究之对象愈后愈广。矧以旧日史书之常有待改造整理，古史料不断的可望发见，各民族史实将进谋联络，则史家活动之范围，亦愈后而愈益增拓。今后以全世界学者之努力，则史学之前途，诚广远而未可限量也。大抵近世史学演进之中，通史与专史之分野日明，今后史学必益呈两方并进之现象：一方以简略之史识，普及于最大多数之人类，以成其"为人"之常识；一方由少数之专家，从事于分析精深之研究，以充实史料而辨正旧失。前者之例，如上述威尔士之著作（威氏近又著《世界史略》，尤适通俗；此外如 Van Loon 氏著《人类故事》，亦极为简明），传诵所及，且浸浸及于一般职业界。异日此类生动之简作，必将继起收普及之效。后者之例，则如古宫一砖一瓦之辨明，古碑中一形一字之考证，尽有穷专家毕生之力，而犹或未尽（此种情形，在今日已颇有其例，而德之 Specialism 尤为著称）。异日学术之分工愈精，专究之风亦必日盛。夫惟通史能普及，斯历史益能尽其裨益人生之使命；惟专史有精究，斯史学能有无限之增拓（分析专究虽如疏阔，但合之往往有造于通史）。两者之间尤必谋相互之联络，异日相与并进，必能由相反而相成，以促成史学之进步。抑史学之观点，今已由一时代、一民族，而扩大为全时、全人类，则今后通史固将常以人类为单位，即专家亦必采此精神，于其研索中注意世界的重要焉。

虽然，世界各部分之历史，研究未达相似程度之时，则人类全史之实现，即受极大之阻碍。是以真正世界史之完成，仍当先以国史之研究，各国史研究已得相似之成绩，始可进为综合之建设。方今欧美各国之历史，其研究结果自远胜于亚、非、澳。非、澳在人类文化上不甚占重要（埃及虽在非洲，而地接西亚；埃及以外，非洲古乏文化可言），兹可勿论。惟亚洲文化渊远广伟，其历史实为人类历史中之重要部分。今西亚诸古国之前史，西人以其为欧洲文化所策源，已有详备之研究。即亚陆之沦为白人属领者，其历史亦往往有其宗主国之研求。（如英之于印度、缅甸，法之于安南，皆于其国史勤为研究整理。惟此种研究结果，是否公正无偏，其言近史是否无所抑扬，当别为一问题。）独立国中，日本近来之史学亦颇发达。是则今后所谓东方史研究之中心，显然将集矢于中国。矧以中华历史之悠久，对于人类文化贡献之伟卓，其引起世界的注意，正无足异。清季以来，吾国以国运迫蹙，学术废滞，而西人则以与吾交往之渐繁，研究中国文化者日多。于是所谓"东方学"（Orientology）中，且别树"中国学"（Sinology）之一帜。十九世纪以后，著名之中国学家，如英人玛利逊（Morrison，1782—1834）、亚皮尔（Abeel，1804—1846）之考求华文，苏格兰人莱格（Legge，1815—1897）之译吾《四书》《五经》《老》《庄》等书，法人皮亚特（Biot，1803—1850）之译吾国《周礼》，沙畹（Chavannes，1824—1898）之译吾《史记》[此外如法之 Julien（1799—1873）、英之 Beal（1825—1889）则以译佛经考吾国佛教著]，皆有功于中国文化之宣传西方。德人于中国文化之研究，尤有深造之士，如夏德（Hirth, 1845—　）之长于中国古史，尤为国人所习闻。大战告终以后，东方文化之优点，益引起世界全般之注意。西人且有倡言引纳中国精神，以药物质文明之说。此种倾向是否健全，兹姑不论。惟因此趋势而使中国史成世界的研究，要为可欣幸之现象。虽然，国人而果有学术上之觉悟，当西人来求之会，正宜自忏其学荒，因而振策自奋，努力于国史之宣究，冀以供诸世界促成真正人类史之建设，要不宜漫自称誉，且以为国史研究，已有外人来为吾宣力，已非吾之专责，因而益苟惰自弃。诚以历史研求，最非易事。学者推寻其所生长习染之国之往史，犹不免舛失之虞。若以异国之士来考某国之历史，微论民族成见，横梗于胸，在在有失真之可能，即曰学者胸怀大公无我，然因气质风习之扞格、文字典籍之困难，穷尽心力，所成已仅。是以近来西人之倡导研究中华文化，吾固不能不表深挚之同情，然同时正宜因此而有所激发，作切实之努力，务使以我所得，助彼佐证，就彼所陈，发我批判。庶几国史之研究，仍以国人为中心，佐以外人之助力，其成就乃益伟，其进步乃益锐也。国史宣究之道，自须"国故"之全般的整理。"整理国故"之方法，时贤道之已详，近且间有切实之进行。（如北大研究所国学门清代史料整理会等。）惟近世学术，端赖合力，西洋史学，得力于团体者孔多，此则中国史学会之组织进行，允为今日切要之图。而发掘事业，在西方已呈其显效。以吾国历史之久远，地下之埋藏无限，尤须公家私人之合力，以作大规模之进行。诚以中国为世界文明重要策源地之一，其史籍又至丰备，苟得因系统的整理，得明确可稽之信史，然后进与世界各国史相联络，庶几真正允当之世界史，有实现之一日。（今西人所谓世界史，于中国方面既其疏阙，仍仅为西方史而已。）未来之史家，将于此展其新猷，又断然可以预言也。近十余年来，国人治学穷艺，颇能多方并举，其造就进步，亦颇未可忽视，然语其流弊，则大抵以文艺与直接应用之科学最为通行，而切实纯粹之科学研究殊不多见。以是之故，时人对于史学，即不斥为疏迂无用之学，亦漫焉不加注意。（吾国游学欧美者，治史学者之少，颇可见今日智识阶级之心理。）不知近世史学，卓然为人文科学之中心，而有系于人类之机运。

彼欧美各国，其昔日之文化远不及吾，其民族之历史又多短阙（美国尤然），且其国史已经前史家多年之尽力。然后起奋兴，犹复继长不懈，则以吾国文化之悠久、史料之丰厚，而系统的整理国史之业，犹为新起之事。国史之研求，正犹广大腴壤之待辟，况复如上所言，中国史之待昌，更有其世界的使命乎？国运未绝，吾知必将有人骋其才能，以从事国史之研治，且使世界史学并发新运也。

【附录一】西洋论史学之书籍要目

欧洲在古代中世之时，史学上之著作，多为纪史之书，论史之作极为罕见，偶或有之，至今已全无足取。十九世纪以后，史学之研究渐进，于是论史之书蔚然并起。其间或论史旨，或究史法，虽间有因袭，而创制实多。兹将十九世纪以后论史之书，择要列其名于后。（所举以英、美为主，德、法所出则举其尤要者。序列中不分国分类，惟略循出版之年期。既以成书为主，故书报中之论文，虽佳著亦概未采列云。）

C. W. Smith: *Lectures on the Study of History*（Oxford, 1865）

Hall: *Method of Teaching History*（Boston, 1883）

Freeman: *Method of Historical Study*（London, 1886）

Droysen: *Grundriss der Historik*（Boston, 1893）

Froude: *Short Studies on Great Subjects*（N. Y. 1893）

Bernheim: *Lehrbuch der Historischen Methode*（Leipzig, 1894；Eng. trans）

Harrison: *The Meaning of History*（London, 1894）

Flint: *History of Philosophy of History*（N. Y. 1894）

Acton: *Address at Oxford on the Study of History*（London, 1895）

Langlois and Seignobos: *Introduction to the Study of History*（Eng. trans. N. Y., 1898）

W. Stubbs: *Lectures on the Study of Medieval and Modern History*（Oztord, 3rd ed., 1900）

Lamprecht: *What is History*?（N. Y., 1905）

J.F.Roudes：*Historical Essays*（N. Y., 1909）

Lecky：*Historical and Political Essays*（N. Y., 1910）

Gooch：*The Growth of Historical Science*（in *Cambridge Modern History*, Vol. 12, N. Y., 1910）

Robinson：*The New History*（N. Y., 1912）

Trevelyan：*Essays*（London, 1913）.

Morley：*Notes on Politics and History*（N. Y., 1914）

Fling：*The Writing of History*

Vincent：*Historical Research*

Benedetto Croce：*On History*：*Its Theory and Practice*（1916；Eng. trans, N. Y., 1921）

Shotwell：*History of History*（N. Y., 1922）

【附录二】中国论史学著述论文要目

中国关于论史之书，殊不能如欧美之多统系之作。乙部目录，自来皆列史评为一类，但此类中之书，大率为论议史事，稀及史学义法。自太史公以降，史家论史之言，大抵散见篇章（亦有学者表之于笔记中者），稀有成为专书。八世纪初，刘知幾著《史通》一书（成于七一一年，即唐睿宗景云二年），详究义法，纵论得失。吾国专论史学之书，此为第一。其后郑樵有卓越之史识，往往申其说于著作中，惜既无论史专书，以畅其欲言，所佚之书，又不无论史名言与之俱湮。至十八世纪末叶，章学诚著《文史通义》一书，大半为论史之言。其《校雠通义》三卷，尤多可与近世所谓史法暗合。刘君生当八世纪，即章君亦先于德大史家兰克数十年，而其陈词立说，颇有与新史学默契之点。从可见吾国过去史学之发达，初不仅在史书之丰备。自此以外，更乏纯然论史之作。梁任公所谓"千年以来研治史家义法能心知其意者，惟唐刘子元、宋郑渔仲、清章实斋三人"者，诚可为吾国史学叹也。清儒论史学之言，颇有错见于文集、笔记之中者，如龚自珍《尊史》数篇，于古史官及史学颇有创见。后起之作，以张尔田《史微》一书差为赅备。（姚永朴有《史学研究法》一书，分篇述说，似无甚精义。）王国维之《释史》

一文，因"史"之字原而推论史职，故第释史字，非明史学。二十世纪初年，吾国人始粗闻西洋近世新史学之要义。其时梁启超于《新民丛报》(壬寅年第一至六期，即一九〇二年)中，发表其《新史学》数千言(先一年，曾有《中国史叙论》一文，已略标新旨，其后又续作《论纪年》《论正统》《论书法》等文)，虽所言简疏，实为吾国史学引纳西说之权舆。梁氏游欧归，深有感于西国史学之昌明，于是治学持论，颇有折衷于史之趋向。一九二二年，氏著《中国历史研究法》一书，采引新说，条理厘然，而措词之生动，尤有鼓动学者倾向国史之效。是书长于融会西说，以适合本国，虽非精绝之创作，要为时代之名著。(至当代某君以史法考证数条称为"任公之史学"者，全未前闻近世之所谓历史法，似亦先生所不欲受软。)其他作者，于所著卷端弁以序论者，大率因沿肤说，无足称述。至于绍介西洋论史学之文字，北高之《史地丛刊》(一九二〇年创刊)及东大之《史地学报》(一九二一年创刊)中颇或有之(北大史学会之《史学杂志》，现尚未见)。而译西国之专书者，近有何炳松译之饶冰逊《新史学》(Robinson: *New History*)及李思纯译之兰格罗与色诺波之《历史研究法》(Langlois and Seignobos: *Introduction to the Study of History*，此书在印刷中)。至于西洋论史之解释之书，则因经济潮流之影响，故经济史观方面之书，颇有译出者(如陈石孚译 Seligman 之《经济史观》，李达译 Gorter 之《唯物史观解说》诸书)。此外关于整理吾国前史家学说以及通论史学之论文，散见各书报者，兹姑就作者所见及，择要录其篇名于次，以备同志之采择焉。(凡关于史实整理之文字，皆不在此列。)

朱希祖：《中国史学之起源》(北大《社会科学季刊》第一期，一九二二年)

缪凤林：《历史之意义与研究》(《史地学报》二卷七期，一九二三年)

徐则陵：《史之一种解释》(《史地学报》一卷一期，一九二二年)

张君劢记，杜里舒：《历史之意义》(杜氏《演讲录》第五期，一九二三年)

胡适：《科学的古史家崔述》(北大《国学季刊》第二期，一九二三年)

顾颉刚：《郑樵著述考》《郑樵传》(同上第一期、第二期，一九二三年)

张其昀：《刘知幾章实斋之史学》(《学衡》第五期，并见《史地学报》一卷三、四期，一九二三年)

郑鹤声：《汉隋间之史学》(《学衡》三十三期，一九二四年)

梁启超：《清代之史学》(《清代学者整理旧学之总成绩》之第六章，《东方》

二十一卷十七号，一九二四年）

　　顾颉刚、刘掞藜：《讨论古史》诸书（《努力》之《读书杂志》九之十五期，一九二三年，《史地学报》转载）

　　（此诸书虽系关于古史而非论史学，而商榷之中，颇见史旨、史法。又本问题关系国史甚巨，故并列之。）

　　关于纪吾国近今掘地发见之书籍、论文，似亦宜择要举例，以备参稽。杜亚泉《二十年间中国旧学之进步》（《东方》十九卷五期）一文于清季汤阴及西陲发见，有概要之叙述。（一）关于汤阴掘得之龟甲，初有刘铁云之《铁云藏龟》，继有王襄之《簠室殷契类纂》，而罗振玉之《殷商贞卜文字考》《殷墟书契前后编》（又有《菁华》《考释》《待问编》等书）及《殷卜辞中所见先王先公考》诸书，尤为研求有得之作。（二）西陲之三次发见，为匈牙利斯坦因博士之绩。博士于一九二一年，追纪其三次之探险，成《西灵地雅》（Sireindia）一书，为详密原本之纪载（参本报二卷三号书报介绍栏）。吾国方面，惟罗振玉、王国维参与考释。斯氏第二次发见之木简，法人沙畹于一九一三年为之考释。罗、王两氏得其影本，重加考订，以次年成《流沙坠简》共九卷（内影本三卷，考释三卷，补遗一卷，附录二卷）。至其在敦煌发见石室中之写本，法人伯希和（M.Pelliot）首为之影印，罗氏即就伯氏所寄之影本，印为《石室秘宝》十五种（一九〇二），近年又印成《鸣沙石室逸书》十八种（一九一三），《鸣沙石室古籍丛残》三十种，《鸣沙石室佚书续编》四种（一九一八）。（三）河南仰韶石器之发见，为安特生（Anderson）之功绩。安氏所著有《中华远古文化考》（《地质汇报》第五号）、《中国北部之新生界》（《地质专报》甲种第三号）两文，袁复礼之《记新发现的石器时代文化》（《国学季刊》一卷一期）一文，即记此事之大略者。其在奉天沙锅屯掘得之石穴，安氏亦有《奉天锦西沙锅屯洞穴层》一文（《古生物志》丁种第一号）记之。（《地质汇报》《专报》《古生物志》等皆北京地质调查所出版。）（四）至于新郑铜器志发见，其报告先后散见报章中。北京大学马衡教授就其考察结果，作《新郑古物出土调查记》一文（《东方》二十一卷二号），王国维氏亦有考证之作。此物既归公家，将来当更有积学之士裁成专书也。（此事经过，本报二卷六期有摘要之记载。）

【附言】本文旨在通晓，非同述学，故全文论述所据，不能分别标揭。大抵中国书方面，采用较少。中国史学源流一节，强半有取于梁任公先生之文，而更参及他书。关于中国"史"之字原，则得于王静安先生《释史》一文之启迪为多。此外各节，大率取材于西洋史家之说，如 Robinson、Langlois and Seignobos、Fling、Vincent、Flint、Croce 诸氏之作，皆有所采取。各种《百科全书》中之"历史"一条，参考所及者凡四种，而西洋史家之时期、著作等，亦多稽自《百科全书》。此外个人旧作，固时有引纳，即本学报中诸同人关于史学之文字，亦常自由采用。本文简陋驳杂，知多无当，惟取材所自，不能不略赘数语云。

（十三年五月于上海）

载《史地学报》第 3 卷第 1、2 合期，第 3、5 期，1924 年 7 月—1925 年 1 月

《中国文化史》绪论

柳诒徵

【编者导读】

本文是柳诒徵为《中国文化史》所作绪论，柳氏自 1919 年起在南京高师讲授"中国文化史"课程，此后这一课程的讲稿以《中国文化史》之名陆续在《学衡》杂志上逐期连载，1932 年钟山书局正式印行。

柳诒徵在绪论开篇即强调，史学的核心在于"综合人类过去时代复杂之事实，推求其因果而为之解析"。他认为历史研究需超越简单的史实考证，注重揭示历史现象背后的因果联系，既要关注人类文明的"共同轨辙"，也要探究不同民族文化的"特殊蜕变"。这种研究方法旨在"求人类演进之通则，明吾民独造之真际"，即通过中西比较，既把握人类文明的共性，又凸显中国文化的独特价值。

在绪论中，柳诒徵通过三大核心例证，深入阐述中国文化的独特性与普世性：第一，中国疆域广袤，世无其匹；第二，中国种族复杂，多元融合；第三，中国年祀久远，相承勿替。可见，仅凭近代中国国力的积弱现象，就轻易否定中国五千年的文化传统并不可取，柳氏主张从长时段视角全面诊察中国文化的兴衰，以推求因果、综合解析，为中国文化史研究开辟"和而不同"的新路径。

历史之学，最重因果。人事不能有因而无果，亦不能有果而无因。治历史者，职在综合人类过去时代复杂之事实，推求其因果而为之解析，以诏示来兹，舍此无所谓史学也。人类之动作，有共同之轨辙，亦有特殊之蜕变。欲知其共同之轨辙，当合世界各国家、各种族之历史，以观其通；欲知其特殊之蜕变，当专求一国家、一民族或多数民族组成一国之历史，以觇其异。今之所述，限于中国。凡所标举，函有二义：一以求人类演进之通则，一以明吾民独造之真际。盖晚清以来，积腐襮著，综他人所诟病，与吾国人自省其阙失，几若无文化可言。欧战既辍，人心惶扰，远西学者，时或想像东方之文化，国人亦颇思反而自求。然证以最近之纷乱，谓吾国必有持久不敝者存，又若无以共信。实则凭短期之观察，遽以概全部之历史，客感所淆，矜馁皆失。欲知中国历史之真相及其文化之得失，首宜虚心探索，勿遽为之判断，此吾所渴望于同志者也。

吾书凡分三编：第一编，自邃古以迄两汉，是为吾国民族本其创造之力，由部落而建设国家，构成独立之文化之时期；第二编，自东汉以迄明季，是为印度文化输入吾国，与吾国固有文化由抵牾而融合之时期；第三编，自明季迄今日，是为中印两种文化均已就衰，而远西之学术、思想、宗教、政法以次输入，相激相荡而卒相合之时期。此三期者，初无截然划分之界限，特就其蝉联蜕化之际，略分畛畔，以便寻绎。实则吾民族创造之文化，富于弹性，自古迄今，缊缊相属，虽间有盛衰之判，固未尝有中绝之时。苟从多方诊察，自知其于此见为堕落者，于彼仍见其进行。第二、三期吸收印、欧之文化，初非尽弃所有，且有相得益彰者焉。

中国文化为何？中国文化何在？中国文化异于印、欧者何在？此学者所首应致疑者也。吾书即为答此疑问而作。其详具于本文，未可以一言罄。然有一语须先为学者告者，即吾中国具有特殊之性质，求之世界无其伦比也。夫世界任何国家之构成，要皆各有其特殊之处，否则万国雷同，何必特标之为某国某国？然他国之特殊之处，有由强盛而崩裂者，有由弱小而积合者，有由复杂而涣散者，事例綦多；而求之吾民族、吾国家，乃适相反。此吾民所最宜悬以相较，借觇文化之因果者也。

就今日中国言之，其第一特殊之现象，即幅员之广袤，世无其匹也。世界大国，固有总计其所统辖之面积广大于中国者，然若英之合五洲属地，华离庞杂号称大国者，固与中国之整齐联属，纯然为一片土地者不同。即以美洲之合众国较之中国，其形势亦复不侔。合众国之东西道里已逊于我[1]，其南北之距离则尤不逮[2]。南北距离既远，气候因以迥殊。其温

---

1. 中国东至西凡六十度五十五分，美国东至西凡五十七度三十九分。
2. 中国南至北凡三十八度三十六分，美国南至北凡二十四度二十六分。

度，自华氏表平均七十九度以至三十六度，相差至四十余度。其栖息于此同一主权之下之土地上之民族，一切性质习惯，自亦因之大相悬绝。然试合黑龙江北境之人与广东南境之人于一堂，而叩其国籍，固皆自承为中华民国之人而无所歧视也。且此等广袤国境，固由汉、唐、元、明、清累朝开拓以致此盛。然自《尧典》《禹贡》以来，其所称领有之境域，已不减于今之半数。

《书·尧典》："分命羲仲，宅嵎夷，曰旸谷。""申命羲叔，宅南交。""分命和仲，宅西，曰昧谷。""申命和叔，宅朔方，曰幽都。"[1]

《禹贡》："东渐于海，西被于流沙，朔南暨声教，讫于四海。"
圣哲立言，恒以国与天下对举。

《老子》："以正治国，以奇用兵，以无事取天下。""大国者下流，天下之交。"

《大学》："古之欲明明德于天下者，先治其国。""国治而后天下平。"

此虽夸大之词，要必自来所见，恢廓无伦，故以思力所及，名曰"天下"。由是数千年来，治权时合时分，而国土之增辟初无或间。今之拥有广土，皆席前人之成劳。试问前人所以开拓此天下，抟结此天下者，果何术乎？

第二，则种族之复杂，至可惊异也。今之中国号称五族共和，其实尚有苗、猺、獞、蛮诸种，不止五族。其族之最大者，世称汉族。稽之史策，其血统之混杂，决非一单纯种族。数千年来，其所吸收同化之异族，无虑百数。春秋、战国时所谓蛮、夷、戎、狄者无论矣，秦、汉以降，若匈奴，若鲜卑，若羌，若奚，若胡，若突厥，若沙陀，若契丹，若女真，若蒙古，若靺鞨，若高丽，若渤海，若安南，时时有同化于汉族，易其姓名，习其文教，通其婚媾者。外此如月氏、安息、天竺、回纥、唐兀、康里、阿速、钦察、雍古、弗林诸国之人，自汉、魏以至元、明，逐渐混入

---

1. 今人多疑《尧典》为儒家伪造，不可尽信。然《墨子·节用篇》："昔者尧治天下，南抚交趾，北降幽都，东西至日所出入，莫不宾服。"足见《尧典》所言国境非儒家臆造之语。即使此等境界，为儒、墨两家想像之词，初非唐、虞时事实，亦可见春秋之末、战国之初之人，已信吾国有此广大领域也。

汉族者，复不知凡几。

《汉书》："金日磾，字翁叔，本匈奴休屠王太子也。"

《晋书》："卜珝，字子玉，匈奴后部人也。"又："段匹磾，东郡鲜卑人也。"又："乔智明，字元达，鲜卑前部人也。"[1]

《通志·氏族略》："党氏本出西羌。"

《唐书》："王世充，字行满，本姓支，西域胡人也。"又："李怀仙，柳城胡人也。"又："哥舒翰，突骑施首领哥舒部落之裔也。"又："代北李氏，本沙陀部落。"又："王武俊，契丹怒皆部落也。"又："李光弼，营州柳城人，其先契丹之酋长。"又："李怀光，渤海靺鞨人也。"又："高仙芝，本高丽人。"又："王毛仲，本高丽人。"又："高崇文，其先渤海人。"又："姜公辅，安南人。"又："史宪诚，其先出于奚虏。"又："李宝臣，范阳城旁奚族也。"

《通志》："支氏，其先月支胡人也。"又："安氏，安息王子入侍，遂为汉人。"又："竺氏，本天竺胡人。"

《元史》："昔班，畏吾人。"又："余阙，唐兀人。"又："斡罗思，康里氏。"又："杭忽思，阿速人。"又："完者都，钦察人。"又："马祖常，世为雍古部。"又："爱薛，西域弗林人。"（此类甚多，姑举以示例。）

《日知录》卷二十三："《章邱志》言：洪武初，翰林编修吴沈奉旨撰《千家姓》，得姓一千九百六十八，而此邑如'术'、如'仉'，尚未之录[2]。今访之术姓，有三四百丁，自云金丞相术虎高琪之后[3]。盖二字改为一字者。而撰姓之时，尚未登于黄册也。以此知单姓之改，并在明初以后。而今代山东氏族，其出于金、元之裔者多矣。""永乐元年九月庚子，上谓兵部尚书刘俊曰：'各卫鞑靼人多同名，宜赐姓以别之。于是兵部请如洪武中故事，编置勘合，赐给姓氏。'[4]从之，三年七月，赐把都帖木儿名吴允

1.元魏以后，鲜卑人之化为汉族者，不可胜数。

2.《广韵》"仉"字下注云："齐大夫名。"

3.原注：土人呼术为张一反，按《金史》术虎汉姓曰董，今则但为术姓。

4.按：洪武中勘合赐姓，《实录》不载，惟十六年二月，故元云南右丞观音保降，赐姓名李观。又《宣宗实录》：丑闾，洪武二十一年来归，赐姓名李贤。

诚，伦都儿灰名柴秉诚，保住名杨效诚，自此遂以为例。"

凡汉族之大姓，若王、若李、若刘者，其得氏之始，虽恒自附于中国帝王，实则多有异族之改姓。其异族之姓，如金、如安、如康、如支、如竺、如元、如源、如冒者，在今日视之，固亦俨然汉族，与姬、姜、子、姒若同一血统矣。甄克思有言："广进异种者，其社会将日即于盛强。"

甄克思《社会通诠》："世界历史所必不可诬之事实：必严种界，使常清而不杂者，其种将日弱，而驯致于不足以自存；广进异种者，其社会将日即于盛强，而种界因之日泯。此其理自草木禽兽以至文明之民，在在可征之实例。孰得孰失，非难见也。""希腊邑社之制，即以严种界而衰灭，罗马肇立，亦以严种界而几沦亡。横览五洲之民，其气脉繁杂者强，英、法、德、美之民皆杂种也；其血胤单简者弱，东方诸部皆真种人矣。"

顾欧陆诸国，虽多混合之族，而其人至今犹严种界，斯拉夫、条顿、日耳曼之界，若鸿沟然。而求之吾国，则"非族异心"之语，"岛夷索虏"之争，固亦时著于史。

《左传》成公四年："史佚之《志》有之曰：非我族类，其心必异。"

《通鉴》卷六十九："宋魏以降，南北分治。南谓北为索虏，北谓南为岛夷。"

而异族之强悍者，久之多同化于汉族，汉族亦遂泯然与之相忘。试问吾国所以容纳此诸族，沟通此诸族者，果何道乎？

第三，则年祀之久远，相承勿替也。世界开化最早之国，曰巴比伦，曰埃及，曰印度，曰中国。比而观之，中国独寿。

浮田和民《西洋上古史》："迦勒底王国，始于西元前四千年以前，至一千三百年而亡。亚述[1]兴于西元前一千三百年，至六百零六年而亡。巴比伦兴于西元前六百二十五年，至五百三十八年，为波斯所灭。"又："埃及旧帝国兴于西元前四千年，中帝国当西元前二千一百年，新帝国当西元前一千七百年，至五百二十七年，为波斯所灭。"

高桑驹吉《印度五千年史》："印度吠陀时代，始于西元前二千年，

---

1. 即亚西里亚。

西元后七百十四年，为回教徒所征服。"

中国历年之久，姑不问纬书荒诞之说。

《春秋元命苞》："天地开辟，至春秋获麟之岁，凡二百七十六万岁。"即以今日所传书籍之确有可稽者言之，据《书经·尧典》，则应托始于西元前二千四百年；据龟甲古文，则作于西元前一千二百年；据《诗经》，则作于西元前一千一百年，至共和纪元以后，则逐年事实，皆有可考，是在西元前八百四十一年。汉、唐而降，虽常有异族入主之时，然以今日五族共和言之，则女真、蒙古、满洲诸族，皆吾中国之人。是即三四千年之间，王权有转移，而国家初未亡灭也。并世诸国，若法、若英、若俄，大抵兴于梁、唐以后，即日本号称万世一系，然彼国隋、唐以前之历史，大都出于臆造，不足征信。则合过去之国家与新兴之国家而较之，未有若吾国之多历年所者也。试问吾国所以开化甚早、历久犹存者，果何故乎？

答此问题，惟有求之于史策。吾国史籍之富，亦为世所未有。今日所传之正史，共计三千五百卷：

《史记》一百三十卷，汉司马迁撰。《汉书》一百二十卷，汉班固撰。《后汉书》一百二十卷，宋范晔撰[1]。《三国志》六十五卷，晋陈寿撰。《晋书》一百三十卷，唐房乔等撰。《宋书》一百卷，梁沈约撰。《南齐书》五十九卷，梁萧子显撰。《梁书》五十六卷，唐姚思廉撰。《陈书》三十六卷，唐姚思廉撰。《魏书》一百三十卷，北齐魏收撰。《北齐书》五十卷，唐李百药撰。《周书》五十卷，唐令狐德棻等撰。《隋书》八十五卷，唐魏徵等撰。《南史》八十卷，唐李延寿撰。《北史》一百卷，唐李延寿撰。《旧唐书》二百卷，晋刘昫等撰。《新唐书》二百五十五卷，宋欧阳修、宋祁撰。《旧五代史》一百五十二卷，宋薛居正等撰。《新五代史》七十五卷，宋欧阳修撰。《宋史》四百九十六卷，元脱脱等撰。《辽史》一百十六卷，元脱脱等撰。《金史》一百三十五卷，元脱脱等撰。《元史》二百十卷，明宋濂等撰。《新元史》二百五十七卷，民国柯劭忞撰。《明史》三百三十六卷，清张廷玉等撰。

1.内《续汉志》三十卷，晋司马彪撰。

自《隋书·经籍志》以下，史部之书，每较经、子、集为多。

《隋书·经籍志》

六艺经纬	六二七部	五三七一卷
史部	八一七部	一三二六四卷
子部	八五三部	六四三七卷
集部	五五四部	六六二二卷
道佛	二三二九部	七四一四卷

《旧唐书·经籍志》

经录	五七五部	六二四一卷
史	八四〇部	一七九四六卷
子	七五三部	一五六三七卷
集	八九二部	一二〇二八卷
释道书	二五〇〇部	九五〇〇卷

《新唐书·艺文志》

经	五九七部	六一四五卷
史	八五七部	一六八七四卷
子	九六七部	一七一五二卷
集	八五六部	一一九二三卷

《宋史·艺文志》

经	一三〇四部	一三六〇八卷
史	二一四七部	四三一〇九卷
子	三九九九部	二八二九〇卷
集	二三六九部	三四九六五卷

《明史·艺文志》

经	九四九部	八七四六卷
史	一三一六部	二八〇五一卷
子	九七〇部	三九二一一卷
集	一三九八部	二九九六六卷

清《四库书目》

经	六八八部	一〇五九二卷
史	五六〇部	二一三九四卷
子	八九七部	一七一九一卷
集	一八〇八部	二六七二四卷

然经、子、集部，以至道、释二藏之性质，虽与史书有别，实亦无不可备史料。其第以编年纪事，及纪、传、表、志诸体为史书之界限者，初非深知史者也。世恒病吾国史书为皇帝家谱，不能表示民族社会变迁进步之状况，实则民族社会之史料，触处皆是，徒以浩穰无纪，读者不能博观而约取，遂疑吾国所谓史者，不过如坊肆《纲鉴》之类，止有帝王嬗代及武人相斫之事。举凡教学、文艺、社会、风俗，以至经济、生活、物产、建筑、图画、雕刻之类，举无可稽。吾书欲祛此惑，故于帝王朝代、国家战伐，多从删略，惟就民族全体之精神所表现者，广搜而列举之。兹事体大，挂漏孔多，姑发其凡，以待来哲尔。

载《学衡》第 46 期，1925 年 10 月；又《史地学报》第 3 卷第 8 期，1925 年 10 月

中国史学之双轨

柳诒徵

【编者导读】

1926 年，柳诒徵与陈训慈、张其昀、缪凤林、向达等人商议成立中国史地学会事宜，承袭南京高师《史地学报》和史学学会的传统精神，以期重振史地研究。在诸生的支持下，中国史地学会正式成立，《史学与地学》杂志发刊，柳诒徵任总干事。

柳诒徵在《史学与地学》第 1 期上发表《中国史学之双轨》一文，他在文中提出了著名的"史学双轨"说，即以分类方式纵贯历史、按时间顺序断代横通。柳氏将"史学双轨"视作中国史学发展的新特点，具体而言，一轨是带有分类性质的"类举件系"，源于《世本》；一轨是带有断代特征的"以时属事"，本于《春秋》。这是柳诒徵在回顾传统史学之流弊时，主张的新史学体例。

柳诒徵肯定梁启超新史学的开创之功，但因其工程浩大、体系繁杂，建议分任编纂。鉴于近代新史料的不断涌现，如流沙竹简、高昌壁画、域外文件等，柳氏提倡重修前史，补充新史料。而新史的编纂更不应受旧例限制，应广泛囊括各类材料，分篇、附注，运用图表、影像，详细呈现用兵方略、舟车交通等内容，为儒林、文苑立传，并借鉴相关资料，记录各类人物以资鉴戒。文末，柳氏回顾道咸之际的学者多以修经态度治史，分经治疏，成果斐然，感慨清末以降，历史一科，多遭忽视，仅见夏曾佑、刘师培所撰历史教科书。他勉励众人，着眼于中国本土文化，推动中国新史学的建设。

子玄论史，溯源六家。推暨流别，限于二体。卓识闳论，世所宗仰。扬榷乙部，殆无异议。晚近学者，旁通译寄。病吾国史，专纪帝王。猥欲更张，恢闳民物。宗尚既别，勾材亦殊。分析篇章，标举名类。号称新史，上掩前徽。于是人有新制，家矜创作。诋诃往哲，攘斥旧籍。迁固之徒，殆束阁矣。然代祀相续，如绳莫截。凡今之为，率沿自昔。虽曰国体不同，帝制已斩，外衡列辟，内主蒸民。汽电之用，机航之飞，老侮成人，率未之觏。而礼俗风教，日用饮食，胎萌孳乳，远亘千载。不稽往籍，罔识历程。进化之枢，惟史繁赖。匪徒文字，足供掌阅。求之邃古，爻象未兴。埏埴钻凿，亦可宝贵。矧吾典册，权舆沮诵。左右之史，弈世相承。朝有专官，官有专职。府寺掌录，师儒薪传。上哲巨人，盛德大业。昭昭绵绵，迈越它国。宁容抹煞，自侪僿野。故在今日，学风所区。普通学校，诵习课本。黄茅白苇，弥望榛芜。籍谈之名，尽人可谥。专家学者，旁求域外。回观国故，渐识家珍。渊珠山金，颇事网凿。寻绎旧典，骎骎日上。又复侈陈史法，精辨原料，求真祛伪，述往思来。较其畛域，视昔为恢矣。吾观近制，冥符古谊。剖析本末，标曰"双轨"。一则类举件系，原于《世本》；一则以时属事，本之《春秋》。视刘氏所陈，六家二体，尤为简要，通贯古今焉。夫史域虽广，类例无多。较其大凡，不越二辙。甲则分类，乙则断代。分类纵贯，断代横通。解此科条，自明属别。隋唐诸志，因书立名。《世本》一书，属之谱牒。然帝系世谱，本纪世家，氏姓作居，其类孔夥，匪同家乘，惟著昭穆。若如《隋书》，目以谱系。则郑氏《通志》，亦陈氏族，马氏《通考》，兼载世系。举一蔽余，殊非通识。今别定为分类史祖，郑马诸书，悉可附丽。上下长宙，同条共贯，即所未赅，亦可拓殖。旁推交通，或专或总。总若正史《表》《志》，专若《刑法》《职官》，孰非类聚，各为一门耶？世之论者，诋諆旧史，只重皇王，不明社会。抑知作篇所纪，托始钻燧，以迨琴瑟旌冕，弓矢戈矛，律历算数，书契图画，衣裳杵臼，医巫舟车，规矩准绳，耒耜罳箑，生民所资，胪陈厥始，曷尝遗弃民事？第尊九五，史识之高，洵轶并世。印埃诸国，媚鬼崇神，图画诗歌，不足为史，犹因其绪，推知民生。椎拓咏诵，比于史宬。矧吾专书，纪载详确，社会演进，百世可睹乎。近儒操笔，矜言文化。毛举细故，罕知大谊。新会梁氏，殚精国闻，创为一书，分类标目。自朝代都邑、政术宗教，以洎文艺军备、农业商市、工艺美术、戏剧歌曲，骈罗并举，竟委穷原。杜郑以来，无斯鸿著。案其规画，已叹观止。济以新识，运以眇笔。杀青之后，必无古人。独患综摄既多，钩纂匪易，体大思精，骤难卒业。窃谓斯事，宜图分任。世无全才，学有偏重。欧《志》宋《传》，合则两美。官局修史，恒集群儒。世虽讥之，良非得已。例之宗教，释道耶回，绵历年祀，复多派别。缁衣所习，不喻黄冠。临济之宗，宁通唯识。其中门户，旷若胡越。此为内家，对彼则否。凭臆抑扬，讵为确论。极之美术之编、文艺之史，性质虽同，亦多歧趣。绘素之工，靡谙建筑。染织专家，又暗雕刻。宗尚韩黄，辄诋白陆。取径汉魏，或藐欧、曾。粗陈统系，聊等挦扯。语其精微，良难兼济。是故欧美日本，事各为史，善用所长，不复他骛。一类之书，复有多种。此史所短，他书补之。按类以求，各得分愿。然后汇为全书，立之学校，撷其精液，定著课本。依斯程序，收赖群贤。一手一足，后稷犹病矣。《春秋》为书，始隐终哀。虽有《尚书》，别为卷帙。明乎断代，非始兰台。子玄所言，殆皮相耳。惟其所述，远起夏殷，羊舌所传，墨翟所见，厥书綦众，匪仅鲁国，则根植原始，洞该体裁[1]。隋唐史志，及诸目录，铲离史类，有正有伪，或标杂霸，或称古史，比之晋《乘》，若楚《梼杌》，则凡杂伪，皆《春秋》也。历朝正史，纪必书年，表谱旁行，列传叙事，亦有年月，皆本《麟经》。别子为祖，遂忘高曾，后之录者，复立编年。支裔流衍，名类愈琐。纪事本末，后亦独立。苟援其朔，旁括附庸。马袁诸作[2]，亦同笔削，故吾妄谓，斯为一辙。上肇端门，近逮清季，操觚之辈，莫之能违。近世教科，材质苟简。语其形模，颇踬机仲。欲谋扩充，贵有专箸。远迹欧陆，变迁孔频。通史之外，多分时代：希腊罗马，中世法王，文艺复兴，法国革命。各详头讫，以便循省。近观东邻，

1.《史通·六家篇》:"《春秋》家者，其先出于三代。案《汲冢琐语》记太丁时事，目为《夏殷春秋》。孔子曰:'疏通知远，《书》教也。属辞比事，《春秋》之教也。'"知《春秋》始作与《尚书》同时。《琐语》又有《晋春秋》，记献公十七年事。《国语》云:"晋羊舌肸习于《春秋》，悼公使传其太子。"《左传·昭公二年》晋韩献子来聘，见《晋春秋》曰:"《周礼》尽在晋矣。"斯则《春秋》之目，事匪一家。至于隐没无闻者，不可胜载。又案《竹书纪年》其所纪事，皆与《春秋》同。孟子曰:"晋谓之《乘》，楚谓之《梼杌》，而鲁谓之《春秋》，其实一也。"然则《乘》与《纪年》《梼杌》，其皆《春秋》之别名者乎? 故墨子曰:"吾见百国《春秋》。"盖皆指此。
2.《资治通鉴》及《通鉴纪事本末》。

亦沿欧法：奈良大和，战国幕府，明治维新，以至大正。新陈诸箸，无虑百数。顾我神州，独有正史；新编巨册，乃所未闻。近有萧子，依据稻叶，研核曼殊，成数厚本。倘绳斯例，踵举历朝。唐虞及明，各为科蔀。年祀修短，量宜比附。三古分治，亦盛业也。夫重修前史，昔所艳称。欧宋刘薛，并行不悖。周济《晋略》，誉溢长孙。柯氏《元史》，谓驾金华。虽有陈编，讵病重复。矧以近世，新得滋多：流沙竹简，高昌壁画，河洛新碑，洹水甲骨，古城逸器，往往而出，旧史所无，宜增图篆。域外文件，参稽亦多：粟特之文，匈奴之字，契丹石刻，西夏遗书，东西学人，竞事考订，移译最录，责在吾辈。起奴儿干，日本朝鲜，琉球南洋，以暨身毒，波斯大食，北指罗刹。汉唐宋明，国威广播，使命旁午，商路棣通，器物交互，名言因袭。教师所赍，客卿所职，学子所之，侨民所宅，羊皮贝叶，逸经坠谚，故家谱录，亡国文书，悉可搜罗，补其旷阙。班范复起，当畏后生。即论蒙兀，盛推洪屠。柯氏崛兴，实称鼎足。顾其采撮，犹病未备。因高增崇，俟之来哲。况乎宋明，人云未餍，理董更张，绰有余地乎？孔门论史，要质有三。事文皆备，义则窃取。故兹新史，不限旧例。因其故基，拓为新构。竹头木屑，举宜囊括。千门万户，无嫌觊缕。始以分篇，继以附注。图表影像，一一模拓。用兵方略，必陈地形。舟车交通，亦著路线。儒林之传，略如学案。文苑之流，钩沈专集。金壬宵小，纪录攸关。天水冰山，东林点将。咸为蒐辑，庸资鉴戒。第成一史，足括群书。既补阙文，益便来学。惟是兹事体大，亦同分类。聚敛疏材，先资岁月。料简真赝，尤赖精识。事料完赡，文笔弗臧。仅同钞胥，犹有遗憾。自非英绝领袖，奋发著书，名山之功，各任所愿。革新正史，未易言也。道咸之际，江表多贤。分经治疏，人肩其一。《公羊》《论语》，厥箸卓然。虽靳全功，已称盛事。苟本斯旨，视史如经，誓如愚公，后先赓作，必于史界，开新纪元。故陈刍言，敬诒艺苑。呜呼！清季迄今，学校林立。历史一科，人多忽之。稗贩欧风，几亡国性。寥寥可指，夏刘二书[1]。夏仅及隋，刘限周季。

1.夏曾佑《中国历史教科书》、刘师培《历史教科书》。

弦诵之士，患其弗完。乞灵瑞穗，多本桑原。进步之艰，良足痛悼。及今弗图，后且益鄙。方闻掌故，曷策群力。循斯通轨，并驾修途。史皇有灵，式相之矣。

载《史学与地学》第 1 期，1926 年 12 月

读史微言

缪凤林

【编者导读】

　　文章从司马迁的著史背景、个人际遇探讨《史记》在内容编排、人物臧否背后体现的深意，呈现出司马迁著史隐含的意图与政治见解，发前人所未说。

　　缪凤林在开篇引章学诚言，指出读懂古人言论并理解其意图很难，而《史记》的诸多内容如人物编排、事迹详略等存在疑问，却鲜有人深入探究。司马迁继承父亲司马谈的学问与遗志著史，为完成《史记》，忍辱负重。缪凤林认为，司马迁对《史记》中传记的编排、人物的评价、经济与人事的关联，以及对时政的影射，均蕴含深意。如借季札、范蠡等人物事迹的记载，抒发自身的感慨；如赞扬伯夷、叔齐、颜渊等坚守道义者，对魏豹、彭越等人物进行回护，以批驳世态之炎凉。

　　缪凤林认为，司马迁的《春秋》笔法与微言大义与他的个人经历和政治见解密切相关，他多用隐晦的方式，在年表序、人物传记中委婉批驳汉武帝时期的用人政策和酷吏现象。而刘知几、郑樵等学者对《史记》的论赞存在误解与贬低，其实《史记》的去取编次、述事论断都蕴含司马迁的深意。这对后人更为准确地理解《史记》的内容、司马迁的写作意图和政治见解，颇具启发。

　　章实斋曰："读其书，知其言，知其所以为言而已矣。读其书者，天下比比矣；知其言者，千不得百焉。知其言者，天下寥寥矣；知其所以为言者，百不得一焉。然而天下皆曰'我能读其书，知其所以为言矣'。"[1]《太史公书》自杨恽以来，若班固父子，若徐广、裴骃，若司马贞、张守

1.《文史通义》卷四《知难》。

节，若刘知幾，若郑樵，若梁玉绳，昔人均称能知其所以为言矣。然余求免于章氏之讥者，未之见也。

欲知《太史公书》之所以为言，当先叩其何以作如是言。夫世家以志诸侯本系，季札一公子，何以详载于《吴世家》？范蠡已列《货殖》，何以《越世家》犹附详其始末？列传以包举一生，管、晏之勋烂然，何以仅论轶事，而其政绩反见于《齐世家》？鲍叔牙已略具于《齐世家》者，何以又详于《管传》？信陵本传叙其好客下士，其谏魏王与秦伐韩，则载世家；其难见虞卿与侯嬴之讥，何以反见于《范雎列传》？子产，名政治家也。《循吏传》既不具终始，何以《郑世家》亦语焉勿详？子贡于《弟子传》叙述已详，何以犹别次于《货殖》？法家原于道德，故申、韩与老、庄同传。然三子不言其卒，何以韩子独详载遇祸始末？三子之书皆不著，何以独著韩子？而韩子之书又独著其《说难》？合传以相附而彰，故邹阳与鲁连同载，贾生与屈原相次。然《邹传》何以仅载其狱中一书？其初谏吴王，既只叙一语，后脱梁王，竟不著一字[1]。《谊传》何以仅录其《吊屈》《鹏鸟》二赋？其言三代与秦治乱之意，通达国体，虽伊、管未能远过者，亦略不掇著[2]。伍员、季布以武夫而极辞致赞，虽属稍过，犹可曰彼固智勇兼具。至若魏豹、彭越，犷悍无谋，何以本传于其身败囚虏，曲尽回护？白公，暴戾小子，行事已详世家，何以复附《胥传》，颂其功谋？张耳、陈余始慕终倍，兴慨利交，固契事理，若郦况谊存君亲，何以称其"卖交"[3]？《郑世家》记桓至乙，何以独称"古语"？论甫瑕之利尽交疏，汲、郑行洁抗声，何以独引翟公之言，悲死生、贫富、贵贱之见交情？他若序《游侠》，何以退处士而进奸雄[4]？述《货殖》，何以崇势利而羞贫贱？若斯之类，并夫子所谓史家之义，在其事其文之外者，乃读其书者非熟视无

---

1. 参《汉书》本传。
2. 参《汉书》本传。
3. 参《汉书·商传》。
4. "奸雄"实"侠客"之别名，此姑用班氏语。

睹，则语焉不详；即语矣，或讥其伤道[1]，或斥之乖谬[2]，或诬以妄续[3]，鲜肯推求其故者[4]，尚何能知其所以为言乎？

孟子曰："颂其诗，读其书，不知其人可乎？"欲知《太史公书》之何以作如是言，苟能究其生平，明其遭际，于其荣辱、屈伸、幽显、忧乐之不齐，洞识靡遗，则其有所为而言者，自不难推见至隐。试据《自序》与《汉传》述其大凡。司马氏自上世典天官事，至周为太史，汉武建元、元狩之间[5]，迁父谈仕为太史令。谈学天官于唐都，受《易》于杨何，习道论于黄子，迁皆传其学。迁幼诵古文，乘传求载籍[6]，又从孔安国问故[7]，闻《春秋》于董仲舒。喜游历，所至寻旧闻，考风习，足迹遍天下。自春秋以来，诸侯相兼，史记放绝。汉兴百年，文学兴而《诗》《书》出，天下遗文古事，靡不毕集太史公。谈欲论载以绍先业。元封元年[8]，武帝封太山，谈不与，发愤，且卒[9]。殷殷以无废史文，忘其所欲论著，垂嘱其子，迁俯首流涕应命。三年[10]，谈卒三岁而迁为太史令，绅史记石室金匮之书。七年[11]，与壶遂定律历成，于是论次其文。是岁，太初元年也[12]。迁之著史，固将本其所学，继父遗志，扬名后世，绍明世，正《易传》，继《春秋》，本《诗》《书》《礼》《乐》之际，网罗天下放失旧闻，考之行事，稽其成败兴坏之理，以究天人之际，通古今之变，成一家之言，序亦信矣。草创七年，犹未成书。适会交游李陵，败没匈奴。迁痛其以国士赴难，一不当而士争言其短。天汉三年[13]，武帝召问，迁盛言陵功。武帝不察，以迁诬罔，

---

1. 如班彪《前史得失论》，班固《汉书·迁传赞》。
2. 如刘知幾《史通·编次》："老子与韩非并列，如斯舛谬，不可胜纪。"《人物》："断以夷齐居首，何醒酲之甚乎？"
3. 如郑樵《通志·序》，见篇末引。
4. 亦间有例外，后详。
5. 西元前一四〇至一一〇。
6. 《汉旧仪》。
7. 《汉书·儒林传》。
8. 西元前一一〇。
9. 谈目封禅为千载盛典，以世官而不得从行，故如此有宗教关系，无足怪也。
10. 西元前一〇八。
11. 西元前一〇四。
12. 元封七年为太初元年。
13. 西元前九八。

欲沮贰师，为陵游说[1]，遂下于理。"拳拳之忠，终不能自列，家贫，财赂不足以自赎，交游莫救，左右亲近不为一言"，卒受腐刑。夫刑余之人无所比数，臧获婢妾犹能引决，以迁博物洽闻，激于义理，其甘死不受此，宁复待言？终以耻辱虽怯夫所羞，而立名为行之极，惜书不成，就极刑而不辞，《报任安书》言之详也[2]。迁生景帝中元五年[3]，卒年不可考，约当昭帝初[4]，百三十篇成书，亦在是时云。

观上所述，《太史公书》本以明其一家之历史哲学。特当著录之际，蒙辱亏形，隐忍卒业，遇有古人处境足相证明者，寄慨之情，自流露于楮墨，而"《诗》《书》隐约，欲遂其志之思"，"古今之论书策以抒愤思，垂空文以自见者"，迁既知之矣，则其去取编次，述事论断，有所为而言之者，自不能无。或悲古以伤今，或称人以见志，或本隐以之显，或推见而至隐，纷纭葳蕤，文具义立。嗟乎，非好学深思，心知其意，固难为浅见寡闻道也。

阅者疑吾言乎？试先读《伯夷列传》，"末世争利，维彼奔义，让国饿死，天下称之，作《伯夷列传》第一"，自序之文也。抑其义犹不止是。夷齐积仁洁行而饿死，颜渊好学而蚤夭，"若至近世，择地而蹈之，时然后出言，行不由径，非公正不发愤，而遇祸灾者"，非史公其人邪！而盗跖及不轨之徒，或以寿终，或富贵累世不绝，所谓天道，果若是耶！君子疾没世而名不称，三子唯知名之可贵，故不以彼易此。"然伯夷、叔齐虽贤，得夫子而名益彰；颜渊虽笃学，附骥尾而行益显"，名之不可磨灭虽

---

1. 初，武帝遣贰师大军出，财令陵为助兵，及陵与单于相值，而贰师功少，故疑之也。见《汉书·陵传》。
2. 近人自王静庵氏以下，咸主《报书》在太始四年（西元前九三）。以《书》言"从上上雍"，而武帝此年幸雍也。今按：安以巫蛊事获罪，事在征和二年。《书》言"不测之罪"，要指此事（《汉书》安无传，《刘屈氂传》仅载安以巫蛊事获罪，又称死于是年。《史记》褚先生补载安事，不言其前此有罪也），则《报书》当在征和二年。《书》中"书辞宜答"至"得竭指意"系追叙。若曰前得书，宜即报，以事未果。"上雍"云云，考《武纪》二年无是事，则指三年正月行幸雍事，盖预叙而非当日事也。又按：此《书》为《史记》锁钥，安责迁慎交游与进贤臣，迁于前者则力辩交李陵非不慎，于后者则叹息现亏形，非其人。自"仆之先人"以下，详言耻辱非心愿，因立名为行之极，故以彼易此耳。
3. 西元前一四五。
4. 始元元年，西元前八十年。

在己，而其彰显也犹待人。彼与三子同而不得夫子者，将何以哉？

太史公曰："昔西伯拘羑里，演《周易》。孔子厄陈蔡，作《春秋》。屈原放逐，著《离骚》。左丘失明，厥有《国语》。孙子膑脚，而论《兵法》。不韦迁蜀，世传《吕览》。韩非囚秦，《说难》《孤愤》。《诗》三百篇，大抵圣贤发愤之所为作也。此人皆意有所郁结，不得通其道，故述往事，思来者。"古今之以立言不朽者亦众矣，若"孔子布衣，传十余世，学者宗之。自天子王侯，中国言'六艺'者，折中于夫子"，以视世之"当时则荣，没则已焉"者，相去何可胜道。史公之所以必著《史记》，虽极刑亦所不惜者，盖为此也。

详观百三十篇，著录述作，详矣。而史公之自托于比兴之义者，曰《虞氏春秋》，曰《离骚》。

《虞卿列传》：虞卿既以魏齐之故，不重万户侯卿相之印，与魏齐间行，卒去赵，困于梁。魏齐已死，不得意，乃著书，上采《春秋》，下观近世，曰《节义》《称号》《揣摩》《政谋》，凡八篇。以刺讥国家得失，世传之曰《虞氏春秋》。……太史公曰：虞卿不忍魏齐，卒困于大梁，庸夫且知其不可，况贤人乎？然虞卿非穷愁，亦不能著书以自见于后世云。

《屈原列传》：屈平疾王听之不聪也，谗谄之蔽明也，邪曲之害公也，方正之不容也，故忧愁幽思而作《离骚》。……屈平正道直行，竭忠尽智，以事其君。谗人间之，可谓穷矣。信而见疑，忠而被谤，能无怨乎？屈平之作《离骚》，盖自怨生也。《国风》好色而不淫，《小雅》怨诽而不乱。若《离骚》者，可谓兼之矣。上称帝喾，下道齐桓，中述汤武，以刺世事。明道德之广崇，治乱之条贯，靡不毕见。其文约，其辞微，其志洁，其行廉。其称文小而其指极大，举类迩而见义远。其志洁，故其称物芳。其行廉，故死而不容。自疏濯淖污泥之中，蝉蜕于浊秽。以浮游尘埃之外，不获世之滋垢，皭然泥而不滓者也。推此志也，虽与日月争光可也。……太史公曰：余读《离骚》，悲其志。

虞卿救友受困，屈平正直遇祸，行事与史公微类。虽史公述作之志，远在遭难之先，然名山之业，因穷愁而益发愤。则其论二子，固不啻为一己写照矣。至韩非《说难》，谓："凡说之难，在知所说之心，可以吾说当之。"史公之遭李陵之祸，正由不知武帝之心可以吾说当之，而韩子知说之难矣，犹不能以说自全。思人念己，胡能勿悲？其曰："申子、韩子，皆著书传于后世，学者多有。余独悲韩子为《说难》而不能自脱耳。"老、庄、申、韩同传，三子善终，不言其卒，韩子独详载遇祸始末；三子之书不载，独载韩子，韩子之书又独载其《说难》，亦以是耳。

名为行极，而立名之道，初不限于著述。百三十篇除八书、十表，纪、传、世家所载，皆立功名于天下者也。

《太史公自序》：且余尝掌其官，废明圣盛德弗载，灭功臣世家贤大夫之业不述，堕先人所言[1]，罪莫大焉。……王迹所兴，论考之行事，著十二本纪。……辅拂股肱之臣，忠信行道，以奉主上，作三十世家。扶义俶傥，不令己失时，立功名于天下，作七十列传。

然其立之之道有异，或以权势，或以宗亲，或以逢迎，或以色爱，若此者，无足深究，述之聊存世变。其或智有过人，能有所长，如战国策士苏秦、张仪之伦，扁鹊、仓公、日者、龟策、滑稽之类。乘时兴起，因人成名，如楚汉豪杰屠狗卖缯之属，固史家所不废。至若尧、舜、泰伯、夷、齐之德，冠诸纪、传、世家。夏禹、太公、周、召之烈，奉为大国开宗。明圣盛业，堪垂典型，则特笔著之。虽然，《太史公书》之寓义，不若是之明且鲜也，其叙招士、交游及游侠、货殖等等，皆有所为而言之，非明其身之所处，实莫能知其所以为言。汉时去战国未远，闾巷之士闲乐受知于人，以砥行立名。史公负绝异之姿，而当世曾无知之而以身下之者，故其传管仲、晏子也，政绩行事多附于《齐世家》，《仲传》独详鲍叔牙之知仲，至曰："天下不多管仲之贤，而多鲍叔能知人。"《婴传》惟叙越石父与御者二事，彼岂不知二子之有逾于此哉？亦曰"窃有取于是焉耳"。末谓："晏子而在，余虽为之执鞭，所忻慕焉。"非以晏子知越石父贤，则出之缧绁，延为上客；睹御者抑损，则荐为大夫，而知我者无其人邪？战国诸公子之喜士，史公序列备矣。而于信陵君之"接岩穴隐者，不耻下交"，若侯嬴、朱亥、毛公、薛公之伦，尤极力描摹，乃至以魏之亡，

---

1. 略谓明主、贤君、忠臣、死义之士，余为太史而弗论载，废天下之史文，余甚惧焉。

系诸传末；而其谏魏王与秦伐韩一书，关系国家命运者，则缀之世家。侯生始终，已具传中；而其讥信陵之难见虞卿，复别见他传。

《范雎列传》：虞卿与魏齐亡，间行，念诸侯莫可以急抵者，乃复走大梁，欲因信陵君以走楚。信陵君闻之，畏秦，犹豫未肯见，曰："虞卿何如人也？"时侯嬴在旁，曰："人固未易知，知人亦未易也。……夫魏齐穷困过虞卿，虞卿不敢重爵禄之尊，解相印，捐万户侯而间行。急士之穷而归公子，公子曰'何如人'。人固不易知，知人亦未易也！"信陵君大惭，驾如野迎之。魏齐闻信陵君之初难见之，怒而自刭。

盖意在表彰，事之无关者固不拦入，即足为公子之玷者，亦义存隐讳。所以者何？曰"能以富贵下贫贱，贤能诎于不肖，唯信陵君为能行之"[1]耳。窦婴、田蚡虽亦喜士，然婴不知时变，蚡则负贵好权，杯酒责望，陷婴与灌夫于死，而己命亦不延，且被恶名。故《魏其武安列传》于婴犹存惜之之意，于蚡则深恶而痛绝之。至若卫、霍以迎合武帝而不知择贤招士，史公贬之，深矣。

《卫将军骠骑列传》太史公曰：苏建语余曰："吾尝责大将军至尊重，而天下之贤大夫毋称焉，愿将军观古名将所招选择贤者，勉之哉。大将军谢曰：'自魏其、武安之厚宾客，天子常切齿。彼亲附士大夫，招贤黜不肖者，人主之柄也。人臣奉法遵职而已，何与招士！'"骠骑亦放此意，其为将如此。

史公以李陵遇祸。李陵奇士，"事亲孝，与士信，临财廉，取予义，分别有让，恭俭下人，常思奋不顾身，以殉国家之急"。处无可奈何之时而陷败，其所摧败，功亦足以暴于天下，而武帝曾不加谅[2]。迁之盛言陵功，微论情理昭实，即意存游说，亦不触刑网，而武帝下之腐刑。《史记》张释之、冯唐合传，似托以见意，于释之则列叙其守法持平，犯跸奏当罚金，盗高庙坐前玉环奏当弃市，则知迁之不当茸以蚕室；于冯唐则载其论文帝之待将帅，"法太明，赏太轻，罚太重"，"魏尚终日力战，斩首捕虏，

1.《自序》。
2.《汉书·陵传》：久之，武帝始悔陵无救，后又因公孙敖之误言而族陵家。

上功莫府，一言不相应，文吏以法绳之。其赏不行而吏奉法必用"，则知武帝之深负李陵。读篇末论赞，其旨自明。

太史公曰：张季之言长者，守法不阿意；冯公之论将帅，有味哉！有味哉！语曰"不知其人，视其友"。二君之所称诵，可著廊庙。《书》曰："不偏不党，王道荡荡；不党不偏，王道便便。"张季、冯公近之矣。

然史公之所以深慨者，盖李陵当日交游多所过从，及李陵败没，士争言其短，曾无人推言陵功，己独言之。任安号称知己，犹以为咎[1]。己既在理，交游亦坐视莫救，末俗朋交，视管、鲍、虞、魏抑何远哉？史公推求其故，以为悉出势利之念。故孟尝、廉颇二传，备列宾客之论。

《孟尝君列传》：自齐王毁废孟尝君，诸客皆去。……冯驩曰："夫物有必至，事有固然。生者必有死，物之必至也；富贵多士，贫贱寡友，事之固然也。君独不见夫朝趋市者乎？明旦，侧肩争门而入；日暮之后，过市朝者掉臂而不顾。非好朝而恶暮，所期物忘其中。"

《廉颇列传》：廉颇之免长平归也，失势之时，故客尽去。及复用为将，客又复至。廉颇曰："客退矣！"客曰："吁！君何见之晚也？夫天下以市道交，君有势，我则从君，君无势则去，此固其理也，有何怨乎？"

而《张耳陈余传》则著其以刎颈交而卒相灭亡，世称贤者亦未能免。

太史公曰：张耳、陈余，世传所称贤者；其宾客厮役，莫非天下俊杰，所居国无不取卿相者。然张耳、陈余始居约时，相然信以死，岂顾问哉！及据国争权，卒相灭亡，何乡者相慕用之诚，后相倍之戾也！岂非以利哉？名誉虽高，宾客虽盛，所由殆与泰伯、延陵季子异矣。[2]

《主父偃》《汲郑传》论复著其说。

《主父列传》太史公曰：主父偃当路，诸公皆誉之，及名败身诛，士争言其恶。悲夫！

《汲郑列传》太史公曰：夫以汲黯之贤，有势则宾客十倍，无势则否，况众人乎！下邽翟公有言，始翟公为廷尉，宾客阗门；及废，门外

---

1. 迁《报书》称"曩者辱赐书，教以慎于接物"，即指此也。
2. 世家首吴泰伯（嘉伯之让，作《吴世家》第一），而季札以一公子，世家详载其始末，复论赞之者以此。

可设雀罗。翟公复为廷尉，宾客欲往，翟公乃大署其门曰："一死一生，乃知交情。一贫一富，乃知交态。一贵一贱，交情乃见。"汲、郑亦云，悲夫！

其至《郑世家》记桓公至君乙，亦仅据甫瑕以劫杀郑子内厉公，厉公终杀之事以论列。

太史公曰：语有之，"以权利合者，权利尽而交疏"，甫瑕是也。

若专诸、豫让、聂政、荆轲等之不欺其志，田横之宾客从死，栾布之哭彭越，史公虽欲不赞，容能已乎？

《刺客列传》太史公曰：自曹沫至荆轲五人，此其义或成或不成，然其立意较然，不欺其志，名垂后世，岂妄也哉！

《田儋列传》太史公曰：田横之高节，宾客慕义而从横死，岂非至贤！余因而列焉。无不善画者，莫能图，何哉？

《栾布列传》：汉枭彭越头于雒阳，下诏曰："有敢收视者，辄捕去。"布从齐还，奏事彭越头下[1]，祠而哭之。……太史公曰：栾布哭彭越，趣汤如归者，彼诚知所处，不自重其死。虽往古烈士，何以加哉！

不得交游以救视，苟得侠客以委命，财货以自赎，史公之祸犹足以抒也。家既贫困，时无朱家之伦，遂终陷极刑。《游侠》《货殖》二传，有所激而为此言也。《游侠传》曰："今游侠，其行虽不轨于正义，然其言必信，其行必果，已诺必诚，不爱其躯，赴士之厄困，既已存亡死生矣，而不矜其能，羞伐其德，盖亦有足多焉者。且缓急，人之所时有也。太史公曰：昔者虞舜窘于井廪，伊尹负于鼎俎，傅说匿于傅险，吕尚困于棘津，夷吾桎梏，百里饭牛，仲尼畏匡，菜色陈、蔡。此皆学士所谓有道仁人也，犹然遭此菑，况以中材而涉乱世之末流乎？其遇害何可胜道哉！（中略）而布衣之徒，设取予然诺，千里诵义，为死不顾世，此亦有所长，非苟而已也。故士穷窘而得委命，此岂非人之所谓贤豪间者邪？"非自伤涉乱世而遇害，不得朱家、郭解辈而委命，因谓侠客之义益不可少哉！《货殖传》则首论欲利本诸民性，而范蠡、子赣之已见《越世家》与《弟子列

1.布为梁大夫，使于齐。

传》者，复次而述之。以朱公富而好行其德，而夫子名布天下，亦赖赐先后之也。曰："谚曰：'千金之子，不死于市。'此非空言也。……夫千乘之王，万家之侯，百室之君，尚犹患病，而况匹夫编户之民乎！""清，寡妇也，能守其业，用财自卫，不见侵犯。秦皇帝以为贞妇而客之，为筑女怀清台。夫倮鄙人牧长，清穷乡寡妇，礼抗万乘，名显天下，岂非以富邪？""若至家贫亲老，妻子软弱，岁时无以祭祀进醵，饮食被服不足以自通，如此不惭耻，则无所比矣。……今治生不待危身取给，则贤人勉焉。无岩处奇士之行，而长贫贱，好语仁义，亦足羞也。"非自伤其家贫，陷罪而不克自卫，视千金之子、牧长、寡妇犹有愧色，因言治生虽贤人亦不可缺乎哉！至其推论人世之奔竞，则皆归于财用。

故曰："天下熙熙，皆为利来；天下攘攘，皆为利往。"……由此观之，贤人深谋于廊庙，论议朝廷，守信死节隐居岩穴之士设为名高者安归乎？归于富厚也。是以廉吏久，久更富，廉贾归富。富者，人之情性，所不学而俱欲者也。故壮士在军，攻城先登，陷阵却敌，斩将搴旗，前蒙矢石，不避汤火之难者，为重赏使也。其在闾巷少年，攻剽椎埋，劫人作奸，掘冢铸币，任侠并兼，借交报仇，篡逐幽隐，不避法禁，走死地如鹜者，其实皆为财用耳。今夫赵女郑姬，设形容，揳鸣琴，揄长袂，蹑利屣，目挑心招，出不远千里，不择老少者，奔富厚也。游闲公子，饰冠剑，连车骑，亦为富贵容也。弋射渔猎，犯晨夜，冒霜雪，驰阬谷，不避猛兽之害，为得味也。博戏驰逐，斗鸡走狗，作色相矜，必争胜者，重失负也。医方诸食技术之人，焦神极能，为重糈也。吏士舞文弄法，刻章伪书，不避刀锯之诛者，没于赂遗也。农工商贾畜长，固求富益货也。此有智尽能索耳，终不余力而让财矣。

由今观之，盖以经济解释人事。史公观察所得，验之己事，斯言之愈觉愤慨耳。班氏父子以古者欲寡而事节，财足而不争，贵谊而贱利；末世争利，繇教自上兴，法度之无限。古者民服事其上，而下无觊觎，上下相顺，而庶事理。游侠背公死党，繇上失其道，政不在大夫，因极论二者之弊。

《汉书·货殖列传》：周室衰，礼法堕，诸侯刻桷丹楹，大夫山节藻悦，八佾舞于庭，《雍》彻于堂。其流至于士庶人，莫不离制而弃本，稼穑之民少，商旅之民多，谷不足而货有余。陵夷至乎桓、文之后，礼谊大坏，上下相冒，国异政，家殊俗，耆欲不制，僭差亡极。于是商通难得之货，工作亡用之器，士设反道之行，以追时好而取世资。伪民背实而要名，奸夫犯害而求利，篡弑取国者为王公，圉夺成家者为雄桀。礼谊不足以拘君子，刑戮不足以威小人。富者木土被文锦，犬马余肉粟，而贫者裋褐不完，含菽饮水。其为编户齐民，同列而以财力相君，虽为仆虏，犹无愠色。故夫饰变诈为奸轨者，自足乎一世之间；守道循理者，不免于饥寒之患。其教自上兴，繇法度之无限也。

《游侠列传》：汉兴，禁网疏阔。……布衣游侠剧孟、郭解之徒，驰骛于闾阎，权行州域，力折公侯。众庶荣其名迹，觊而慕之。虽其陷于刑辟，自与杀身成名，若季路、仇牧，死而不悔。……况于郭解之伦，以匹夫之细，窃生杀之权，其罪已不容于诛矣。观其温良泛爱，振穷周急，谦让不伐，亦皆有绝异之姿。惜乎！不入于道德，苟放纵于末流，杀身亡宗，非不幸也。

所言自可与史公并行而不悖，然不深惟其终始，斥以大敝伤道，岂知言哉！

班彪《前史得失论》[1]：迁之所记，务欲以多闻广载为功，论议浅而不笃。其论术学，则崇黄老而薄五经；序货殖，则轻仁义而羞贫穷；道游侠，则贱守节而贵俗功：此其大敝伤道，所以遇极刑之咎也。"按："轻仁义""贱守节"云云，皆故入人罪，非史公原意。末语尤颠倒事实，孟坚已知其非。故《迁传》论赞仅曰："其是非颇缪于圣人。……序游侠则退处士[2]而进奸雄，述货殖则崇势利而羞贱贫，此其所蔽也。"自班氏之论出，世咸奉为圭臬[3]。晁公武《郡斋读书志》辨之曰："武帝用法深刻，群臣一言忤旨，辄下吏诛，而当刑者，得以货免。迁之遭李陵之祸，家贫无财贿自赎，交游莫救，卒陷腐刑。其进奸雄者，盖迁叹时无朱家之伦，不

1.《后汉书》本传。
2. 按：三字犹失史公原意。
3. 刘知幾书中犹屡见而不一见。

能脱己于祸，故曰：'士贫窘得委命，此岂非人所谓贤豪者邪！'其羞贫贱者，盖自伤特以贫故，不能自免于刑戮。故曰：'千金之子，不死于市。'非空言也。固不察其心，而骤讥之，过矣。"古今之论《史记》如晁氏者，吾未之多见也。

抑史公诚已陷刑网，无术自脱。苟能蚤自裁绳墨之外，缧绁之辱犹可免。即与法吏为伍，慕义引决，亦可不受极刑之耻也。乃史公素无树立，猝然受诛，若九牛亡一毛，与蝼蚁何异？而草创之书，一旦杀青，自可永垂不朽。故虽明知刑不上大夫，君子有赐死而无戮辱，腐刑自古所羞，臧获犹不欲苟活，卒不能不隐忍就之。《报任安书》谓"所以隐忍苟活，陷[1]于粪土之中而不辞者，恨私心有所不尽，鄙没世而文采不表于后世也"，"百三十篇……草创未就，适会此祸，惜其不成，是以就极刑而无愠色。仆诚已著此书，藏之名山，传之其人，通邑大都，则仆偿前辱之责，虽万被戮，岂有悔哉"。诚可为智者道，难为俗人言也。书中寓此意最显明者曰《伍子胥传》，曰《季布传》，曰《魏豹彭越传》。

《伍子胥列传》太史公曰：怨毒之于人甚矣哉！王者尚不能行之于臣下，况同列乎！向令伍子胥从奢俱死，何异蝼蚁。弃小义，雪大耻，名垂于后世，悲夫！方子胥窘于江上，道乞食，志岂尝须臾忘郢邪？故隐忍就功名，非烈丈夫孰能致此者？

《季布列传》太史公曰：以项羽之气，而季布以勇显于楚，身屡典军，搴旗者数矣，可谓壮士。然被刑戮，为人奴而不死，何其下也！彼必自负其材，故受辱而不羞，欲有所用其未足也，故终为汉名将。贤者诚重其死。夫婢妾贱人感慨而自杀者，非能勇也，其计画无复之耳。

《魏豹彭越列传》太史公曰：魏豹、彭越虽故贱，然已席卷千里，南面称孤，喋血乘胜日有闻矣。怀畔逆之意，及败，不死而虏囚，身被刑戮，何哉？中材已上且羞其行，况王者乎！彼无异故，智略绝人，独患其身耳。得摄尺寸之柄，其云蒸龙变，欲有所会其度，以故幽囚而不辞云。

伍员刚戾忍訽，季布髡钳自全，豹、越尤犷悍不足道。顾史公于员、

---

1. 从王念孙校。

布极辞致赞，豹、越亦曲尽回护者，曰"彼无异故，智略绝人，独患无身耳。得摄尺寸之柄，其云蒸龙变，欲有所会其度，以故幽囚而不辞"，原豹、越正以自解其下狱受刑，曰"弃小义，雪大耻，名垂于后世"，"隐忍就功名，非烈丈夫孰能至此"，"彼必自负其材，故受辱而不羞，欲有所用其未足也，故终为汉名将"。赞员、布尤以自见其耻辱，立名之极也。非然者，若子产之仁惠，则《循吏传》既不具终始，《郑世家》亦语焉勿详。申胥之忠节，仅附见《楚世家》与《胥传》。而白公一暴戾小子，以子西与郑盟，不报其父之仇[1]，而戮之义类雪耻，《楚世家》已叙其事，《胥传》复附载之，且赞曰："白公如不自立为君者，其功谋亦不可胜道。"非深察其所以褒贬之意，岂能得其立言之旨者乎？至如范蠡之从勾践，蔺相如之使强秦，陈平之事汉室，不惟能成其名，且能保其身而不辱，此则智谋过人，史公尤所心折焉。

《越世家》太史公曰：范蠡三迁，皆有荣名，名垂后世，欲毋显，得乎？

《廉颇蔺相如列传》太史公曰：知死必勇，非死者难也，处死者难。方蔺相如引璧睨柱，及叱秦王左右，势不过诛，然士或怯懦而不敢发。相如一奋其气，威信敌国，退而让颇，名重泰山，其处智勇，可谓兼之矣！

《陈丞相世家》太史公曰：陈丞相平少时，本好黄帝、老子之术。方其割肉俎上之时，其意固已远矣。倾侧扰扰楚魏之间，卒归高帝。常出奇计，救纷纠之难，振国家之患。及吕后时，事多故矣，然平竟自脱，定宗庙，以荣名终，称贤相，岂不善始善终哉！非知谋孰能当此者乎？

若夫忠诚遇祸，赍志以没，若屈原，若李广。其遭际困穷，较史公为甚。史公传述之词，遂亦愈益悲壮。《屈原传》论称："适长沙，观屈原所自沈渊，未尝不垂涕想见其为人。"后之人读史公此传者，孰不垂涕想见其为人耶？末附《贾生传》，载其二赋：一则悲原有自脱之道而不脱；一则寓齐祸福生死之意。

太史公曰：及见贾生吊之，又怪屈原以彼其材，游诸侯，何国不容，

---

1. 白公父建被杀于郑。

而自令若是！读《鵩鸟赋》，同生死，轻去就，又爽然自失矣。

传贾生亦以传屈子也。《李广传》叙广才气，天下无双，言广之遇与死，尤令人扼腕不平。

广之从弟李蔡，为人在下中，名声出广下甚远，然广不得爵邑，官不过九卿，而蔡为列侯，位至三公。诸广之军吏及士卒或取封侯。……广至莫府，广谓其麾下曰："广结发与匈奴大小七十余战，今幸从大将军出接单于兵，而大将军又徙广部行回远，而又迷失道，岂非天哉！且广年六十余矣，终不能复对刀笔之吏。"遂引刀自刭。广军士大夫一军皆哭。百姓闻之，知与不知，无老壮皆为垂涕。

此固史公文笔之高，亦其心中愤慨，情深斯文益至耳。《邹阳传》不列行事，仅著狱中上梁王一书，"比物连类，有足悲者"。

《邹阳列传》太史公曰：邹阳辞虽不逊，然其比物连类，有足悲者，亦可谓抗直不挠矣，吾是以附之列传焉。

盖阳书所称不外二类，或忠被祸，或信得报，而前者尝倍蓰后者，贤达命穷，固古今有同慨矣。他若吴起、商君、白起、黄歇、李斯、蒙恬、陈涉、项羽、黥布、韩信、周亚夫、袁盎、晁错之徒，亦皆一时之桀，而俱亡其躯。论其结果，似有足悲，然要咎由自取。故百三十篇于此等英雄，不甚叹伤，惟各著其致祸与失败之由于简末。

《吴起列传》太史公曰：吴起说武侯以形势不如德，然行之于楚，以刻薄少恩忘其躯。悲夫！

《商君列传》太史公曰：商君，天资刻薄人也。迹其欲干孝公以帝王术，挟持浮说，非其质矣。且所因由嬖臣，及得用，刑公子虔，欺魏将印，不师赵良之言，亦足发明商君之少恩矣。余尝读商君《开塞》《耕战》书，与其人行事相类。卒受恶名于秦，有以也夫！

《白起列传》太史公曰：鄙语云"尺有所短，寸有所长"。白起料敌合变，出奇无穷，声震天下，然不能救患于应侯……彼有所短也。

《春申君列传》太史公曰：春申君之说秦昭王，及出身遣楚太子归，何其智之明也！后制于李园，旄矣。语曰："当断不断，反受其乱。"春申君失朱英之谓耶？

《李斯列传》太史公曰：李斯知六艺之归，不务明政以补主上之缺，持爵禄之重，阿顺苟合，严威酷刑，听高邪说，废嫡立庶。诸侯已畔，斯乃欲谏争，不亦末乎！人皆以斯极忠而被五刑死，察其本，乃与俗议之异。不然，斯之功且与周、召列矣。

《蒙恬列传》太史公曰：秦之初灭诸侯，天下之心未定，痍伤者未瘳，而恬为名将，不以此时强谏，振百姓之急，养老存孤，务修众庶之和，而阿意兴功[1]，此其兄弟遇诛，不亦宜乎？

《陈涉世家》：陈王以朱房为中正，胡武为司过，主司群臣。诸将徇地，至，令之不是者，系而罪之，以苛察为忠。其所不善者，弗下吏，辄自治之。陈王信用之。诸将以其故不亲附。此其所以败也。

《项羽本纪》太史公曰：项羽背关怀楚，放逐义帝而自立，怨王侯叛己，难矣。自矜功伐，奋其私智而不师古，谓霸王之业，欲以力征经营天下，五年卒亡其国，身死东城，尚不觉寤而不自责，过矣。乃引"天亡我，非用兵之罪也"，岂不谬哉！

《黥布列传》太史公曰：项氏之所坑杀人以千万数，而布常为首虐。功冠诸侯，用此得王，亦不免于身为世大戮。祸之兴自爱姬殖，妒媚生患，竟以灭国！

《韩信列传》太史公曰：假令韩信学道谦让，不伐己功，不矜其能，则庶几哉于汉家勋可以比周、召、太公之徒，后世血食矣。不务出此，而天下已集，乃谋畔逆，夷灭宗族，不亦宜乎！

《绛侯世家》太史公曰：亚夫足己而不学，守节不逊，终以穷困。悲夫！

《晁错列传》太史公曰：晁错擅权，多所变更。诸侯发难，不急匡救，欲报私仇，反以亡躯。《吴王濞列传》太史公曰：晁错为国远虑，祸反近身。袁盎权说，初宠后辱。"毋为权首，反受其咎"，岂盎、错邪？

归、方之徒，谓项羽、韩信等纪传，有何寓意者，岂确论哉？

复次，昔人目《太史公书》为谤书。

1.筑长城、亭障，堑山堙谷，通直道。

《后汉书·蔡邕传》王允曰："昔武帝不杀司马迁，使作谤书，流于后世。"

固属非是。然史公身下蚕室，刑非其罪。如前所称，感慨亦云多矣。其于加害之武帝与刀笔吏，即非有意刺讥，言为心声，行文之际，难免有自然流露者。《酷吏传》著郅都、宁成凡十人，视他合传为独详，有曰："虽惨酷，斯称其位矣。"明诸酷吏皆迎合武帝意旨者也。《汲黯传》复称："刀笔吏专深文巧诋，陷人于罪，使不得反其真，以胜为功。"而贬损武帝者尤多，其叙例见于《匈奴列传》。

太史公曰：孔氏著《春秋》，隐、桓之间则章，至定、哀之际则微，为其切当世之文而罔褒，忌讳之辞也。世俗之言匈奴者，患其徼一时之权，而务韶纳其说，以便偏指，不参彼己；将帅席中国广大，气奋，人主因以决策，是以建功不深。尧虽贤，兴事业不成，得禹而九州宁。且欲兴圣统，唯在择任将相哉！唯在择任将相哉！

本以刺武帝用人之不当，而难以显言，则曰尧赖禹以兴事业，欲兴圣统，在择将相。又恐后世不达其旨，则窃比于《春秋》。读《史记》必明斯义，然后知《年表》诸序之论武帝与赞武帝者，多属反辞。

《汉兴以来诸侯年表序》：天子观于上古，然后加惠，使诸侯得推恩分子弟国邑。《建元以来王子侯者年表序》太史公曰：盛哉，天子之德。一人有庆，天下赖之。

《高祖功臣侯年表序》：汉兴，功臣受封者百有余人。至太初百年之间，见侯五，余皆坐法陨命亡国，耗矣。罔亦稍密焉，然皆身无兢兢于当世之禁云。居今之世，志古之道，所以自镜也，未必尽同。帝王者各殊礼而异务，要以成功为统纪，岂可绲乎？观所以得尊宠及所以废辱，亦当世得失之林也，何必旧闻？

《建元以来侯者年表序》：况乃以中国一统，明天子在上，兼文武，席卷四海，内辑亿万之众，岂以晏然不为边境征伐哉！自是后，遂出师北讨强胡，南诛劲越，将卒以次封矣。

即《文纪》之赞文帝德至盛而不封禅。

太史公曰：汉兴，至孝文四十有余载，德至盛也。廪廪乡改正服封禅矣，谦让未成于今。呜呼，岂不盛哉！

《律书》之颂文帝不用兵扰民。

太史公曰：文帝时，会天下新去汤火，人民乐业，因其欲然，能不扰乱，故百姓遂安。自年六七十翁亦未尝至市井，游敖嬉戏如小儿状。孔子所称有德君子者邪？

《楚世家》之囚灵王而叹势之无常。

太史公曰：楚灵王方会诸侯于申，诛齐庆封，作章华台，求周九鼎之时，志小天下；及饿死于申亥之家，为天下笑，操行之不得，悲夫！势之于人哉，可不慎与？

《赵世家》之论王迁母倡。

太史公曰：吾闻冯王孙曰："赵王迁，其母倡也，嬖于悼襄王。悼襄王废適子嘉而立迁。迁素无行，信谗，故诛其良将李牧，用郭开。"岂不谬哉！

亦似含刺武帝之意[1]，不独《封禅书》之详其惑于鬼神。

方士之候祠神人，入海求蓬莱，终无有验。而公孙卿之候神者，犹以大人之迹为解，无有效。天子益怠厌方士之怪迂语矣，然羁縻不绝，冀遇其真。自此之後，方士言神祠者弥众，然其效可睹矣。

太史公曰：余从巡祭天地诸神名山川而封禅焉。入寿宫侍祠神语，究观方士祠官之意，于是退而论次自古以来用事于鬼神者，具见其表里[2]。后有君子，得以览焉。

与《平准书》之叙其搜括挥霍已也。

太史公曰：于是外攘夷狄，内兴功业，海内之士力耕不足粮饷，女子纺绩不足衣服。古者尝竭天下之资财以奉其上，犹自以为不足也。无异故云，事势之流，相激使然，曷足怪焉。

《太史公书》之寓意兴慨，比较《汉书》亦有可得而见者。孟坚书于孝武以前，多本迁史，论赞亦大抵不脱窠臼。其义之差别，余别有《史汉

---

1. 按：武帝母为臧儿长女，臧儿及其女皆曾再适人者，史公故不必诋武帝及此，然《赵世家》可论赞者甚多，何以独著此说？读《匈奴传》论，终不能无疑也。
2. 表谓祠神等事实，里则人君欲长生之类。

异同论》，兹不具述，取其足发明本文者言之。《货殖》《游侠》而外，若《贾谊传》史公附于《屈原传》后，仅著其二赋。而《汉书》则独立为篇，详录其《陈政事疏》《封建子弟疏》《封淮南四子疏》，其《论积贮》与《放民私铸》二疏，复别录于《食货志》，又论其著述之优劣。

《汉书·贾谊传》赞曰：刘向称："贾谊言三代与秦治乱之意，其论甚美，通达国体，虽古之伊、管未能远过也。使时见用，功化必盛。为庸臣所害，甚可悼痛。"追观孝文玄默躬行以移风俗，谊之所陈略施行矣。及欲改定制度，以汉为土德，色上黄，数用五，及欲试属国，施五饵三表以系单于，其术固已疏矣。谊亦天年早终，虽不至公卿，未为不遇也。凡所著述五十八篇，掇其切于世事者著于传云。

盖孟坚此传纯用政治及文学眼光，而史公则取其足以发明屈原而已。《邹阳传》史公附于鲁仲连后，只录上梁王一书；孟坚则与贾山、枚乘等同传，复著其《谏吴王书》于前，而补其脱梁孝王事于后。盖孟坚取诸子能以礼谏，断限稍宽。史公则于邹阳取其"比物连类，有足悲者"，犹著其一书。若贾山之《至言》，枚乘之《说吴王》，其文虽工，无所托义，亦概从删削而已[1]。《平准书》史公专叙武帝之挥霍聚敛，而班《志》则《食货》并列，各溯源始。一则"扬榷古今，监世盈虚"。

《汉书·叙传》：厥初生民，食货惟先。割制庐井，定尔土田，什一供贡，下富上尊。商之足用，茂迁有无，货自龟贝，至此五铢。扬榷古今，监世盈虚。述《食货志》第四。
一则"以观时变"[2]而已。又如史公又以郦况为"卖交"。

《郦商传》：子寄，字况，与吕禄善。及高后崩，大臣欲诛诸吕，吕禄为将军，军于北军，太尉勃不得入北军，于是乃使人劫郦商，令其子况给吕禄，吕禄信之，故与出游，而太尉勃乃得入据北军，遂诛诸吕。天下称郦况卖交也。
而孟坚则力辨其非。

---

1. 贾山、枚乘在史公前，其著作史公亦必见及。
2.《自序》："作《平准书》以观时变。"

《汉书·郦商传》赞曰：当孝文时，天下以郦寄为卖友。夫卖友者，谓见利而忘义也。若寄父为功臣而又执劫，虽摧吕禄，以安社稷，谊存君亲，可也。

由是可知《史记》之去取编次，述事论断，因身世之遭际，有所为而言之者，细心研究，在在可发见其微旨。奈何刘知幾、郑樵辈，自负史识绝人，遇此等处，不惟不能推求其意，且并百三十篇之论赞最为《太史公书》之关键者，亦信笔讥贬，或诬以妄续。

《史通·论赞》：司马迁始限以篇终，各书一论。必理有非要，则强生其文，史论之烦，实萌于此。夫拟《春秋》成史，持论尤宜阔略。其有本无疑事，辄设论以裁之，此皆私徇笔端，苟衒文彩，嘉辞美句，寄诸简策，岂知史书之大体，笔削之指归者哉？

《通志·序》：凡《左氏》之有"君子曰"者，皆经之新意；《史记》之有"太史公曰"者，皆史之外事，不为褒贬也。间有褒贬者，褚先生之徒杂之耳。

呜呼，此伯牙之所以绝弦不鼓，卞生之所以抱玉悲号，而史公亦欲藏之名山，传之其人也欤。

载《史学与地学》第 1 期，1926 年 12 月

论历史学之过去与未来

张荫麟

【编者导读】

张荫麟短暂而辉煌的学术生涯和《学衡》有着深刻的渊源，1923 年，年仅 18 岁的张荫麟在《学衡》第 21 期发表处女作《老子生后孔子百余年之说质疑》，针对梁启超对老子事迹的考证提出异议。1925 年在《学衡》上发表《评近人对于中国古史之讨论》一文，批评顾颉刚的"层累地造成中国古史"观点。《论历史学之过去与未来》一文是张荫麟史学理论的重要代表作，集中体现了他对历史学的深刻思考和创新见解，文章提出了关于历史认识论、史料观和历史编撰法的系统性论述。

文章开篇即指出历史学兼具科学与艺术的性质，具体而言，即理想的史学研究应具备"正确充备之资料"和"忠实的艺术表现"。全文的着眼点在于历史资料，它是支撑史学研究之根本，在当时史学研究被视作间接的科学，即后人只能从过去留下的痕迹中推考史实。张荫麟将过去历史资料所受之限制分为绝对与相对两大类，共计十五种。其中，绝对之限制共计十一种，指后人无法补救过去已经发生的结果，具体包括观察范围之限制，如个人或群体活动的秘密性、无发表机会等；观察人、观察地位、观察情形之限制，如观察者所受外界影响；知觉能力、记忆、记录工具的限制，影响对史事的正确观察和记录；观察者道德问题导致史迹隐匿、改窜和虚造；证据数量有限，使得孤证常见；传讹使史事在口传笔述中失真；亡佚造成大量史迹、古籍和古器物的消失或内容隐晦。相对之限制共计四种，包括因绝对限制产生的谬误未被发觉，伪书及伪器未被识别，史家判断不精密致误，对事实的解释受时代认知局限。相对之限制可因史学及科学之进步而逐渐减少。

全文的核心在于探讨如何突破历史资料的限制，使历史学成为更科学的学科。张荫麟在文末呼吁培养"现代史家"或"历史访员"，依科学方法观察记录当代人类活动，以减轻过去历史记录所受的绝对限制。他胪列了十一条对未来史学的科学观察和记录法则，希冀以"历史访员制"保存更为完整的现代史料。

　　史学应为科学欤，抑艺术欤？曰：兼之。斯言也，多数绩学之专门史家闻之，必且嗤笑。然专门家之嗤笑，不尽足慑也。世人恒以文笔优雅，为述史之要技，专门家则否之。然历史之为艺术，固有超乎文笔优雅之上者矣。今以历史与小说较，所异者何在？夫人皆知在其所表现之境界一为虚，一为实也。然此异点，遂足摈历史于艺术范围之外矣乎？写神仙之图画，艺术也。写生写真，毫发毕肖之图画，亦艺术也。小说与历史之所同者，表现有感情、有生命、有神彩之境界，此则艺术之事也。惟以历史所表现者为真境，故其资料必有待于科学的搜集与整理。然仅有资料，虽极精确，亦不成史。即更经科学的综合，亦不成史。何也？以感情、生命、神彩，有待于直观的认取，与艺术的表现也。斯宾格勒之论文化也，谓为"若干潜伏之理想情感性质之表露、之实践。惟然，故非纯粹单简之智力所能识取其全体。智力者，仅能外立以判物而已。文化者，吾人视之，当如视一艺术品"（见本志第六十一期张荫麟译《斯宾格勒之文化论》）。夫岂惟文化，其他多数人类活动，亦莫不然。
　　要之，理想之历史，须具二条件：（一）正确充备之资料；（二）忠实之艺术的表现过去与现在之历史。能具此二条件否耶？如不然，将来之历史如何然后能具此二条件耶？艺术者，半存乎天才，非人力所能控制，以预期将来之如何如何。故兹略而不论，惟论资料。
　　（一）过去历史资料所受之限制何在？
　　（二）此等限制在将来有打破或减轻之可能否？若可，则
　　（三）如何控制将来之资料，以打破或减轻此等限制，使将来之历史渐臻于理想之域。
　　吾确信苟认识此诸问题之意义者，必深觉其于史学及人类知识之前途有綦重之关系。盖此等问题一解决，新方法见诸实行，则将来世界之历史记录，将来人类经验之库藏，必大改观。人类关于自身之知识，或因此

而得无限之新资料与新观点，亦未可知也。此等功效自不能奏显于目前。然使人类而不必为明日计，使学术本身之前途而不须顾及，使真理之探求而不必穷可能之限度，则亦已矣。如其不尔，则举世以历史为专业之人，不可不急起而考虑此诸问题也。

此诸问题及其重要，本极简单明显。最可异者，自有历史迄今，对于第（一）问题，虽近世学者间有感及，然从未有加以详尽及统系的分析。至于第（二）、第（三）问题，则绝无提出者。岂不以史家之目光为过去所牢笼，遂并史学自身将来之命运亦无暇顾及耶？吾今为此论，非敢沾沾自喜，诚以此诸问题关系将来人类之历史智识者甚巨。而历史智识者几占人类知识全部之半，故不能指陈此诸问题之重要，以冀今后学者之注意。至吾今所能为者，仅发凡起例而已。

一切具体的科学，按其研究对象之性质，可分为二类。其一为直接的科学。其所研究之现象，可直接实验或观察。而同样现象，可随意使之复现；或依自然之周期而复现，至百千万亿次而无所限。故其叙述推理及结论之所据，非某时代某人特定的观察，而为人人所能亲见之事实。此类科学，如物理、化学其最著者也。其二为间接的科学。其所研究之现象，一现旋灭，永不复返，吾人仅能从其所留之痕迹而推考之。此种痕迹，又分为二类。其一，本身即为过去之现象之一部分者。如地层、化石、古动物骸骨及古器物之类是也。其二，为某时某人对某现象直接或间接所得之印象，如史传、游记之类是也。专以前一类为研究对象者，如地质学、古生物学及考古学是也。其研究对象兼前后二类者，历史是也。从个人之印象，而推断事实之真际，其道何由乎？此则凡曾读西洋普通史学方法书者皆习闻之矣，曰：由于多数独立坦白而能力充分之见证人之谐协。以非专门之语言之，今有一事，甲、乙、丙、丁等若干人同亲见之。彼等皆有明察此事之能力（例如耳目无疵、神经不错乱等），又无作伪欺人之意，又未尝互通消息，而其关于此事之报告，有互相谐协之处。则其谐协之部分，可称为信史。此历史真理之根据，原则上虽不能与科学真理之根据立于同等巩固之地位，实际上尚为可靠之标准。虽然一部世界史，若逐事严格以此标准绳之，其得称为信史者恐不逾数十页也。其所以若此者，则以历史所由构成之印象，其质的方面及量的方面胥受种种限制，不能如理想所期也。此过去之事，后人所无可如何者也。（虽地下及地上常有新资料之发现，然其所能补之苴漏，不过九牛之一毛耳。）虽然，未来之历史亦将不能逃此命运乎？吾人对于未来史事之印象，不能有预先之控制，以提高其质的方面，而增加其量的方面乎？更进而言之，过去种种限制，其皆出于天然，而非人力所能打破者乎？欲解决此问题宜先知过去史料所受之限制为何。

以吾浅陋之分析，此等限制有十五种，可别为两类。兹分论如次：

（甲）绝对之限制

所谓绝对之限制者，非谓限制之本身皆为绝对不可变者也，谓其在过去所生之结果后人无法补救也。吾人于不良之资料，自可摈弃怀疑，然终无法改善其质也。吾人虽能发现历史之罅隙，然有补苴之希望者极少也。此类限制为数有十一。

（一）观察范围之限制。历史智识之来源，厥为事实之观察。然人类之活动，有许多为活动者以外之人观察所不能及者。

（子）个人之活动自守秘密者。凡个人不可告人之事皆属此类。历史上不可告人之事而关系极重大者何限。试以近世史为例，袁世凯当东山再起之日，是否已早定欺劫孤儿寡妇之阴谋；当其宣誓就大总统职之时，是否已预作黄袍加身之计。此皆无人能证明或反证者也。

（丑）个人之活动无发表之机会者。关于此项今举一极有趣之例证。吴沃尧在其《二十年目睹之怪现状》中已引为笑谈者也。《左传》记晋灵公使钼麑往刺赵盾，麑"晨往，寝门辟矣。盛服将朝，尚早，坐而假寐。麑退，叹而言曰：'不忘恭敬，民之主也。贼民之主不忠，弃君之命不信。有一于此，不如死也。'触槐而死"。试问此时赵盾假寐而未醒，钼麑入室而无觉，谁能得闻其将死时心中之自语乎？

（寅）多数人之活动自守秘密者。例如……又如两军对垒时军事之秘密及外交上秘盟秘约是也。

（卯）多数人之活动无发表之机会者。例如历代奸雄之杀其党徒或爪牙以灭口之类是也。

（二）观察人之限制。凡科学上之实验观测，必出于洞明学理、久经训练者之手。今有不通天文学之人，持管以望天，天文学家必不取其所见以为研究之资料也。今有不识鸟兽草木之理之人，摹状奇禽异花之构造及特征，生物学家必笑而置之也。不幸过去之史事，具正确观察之能力者，多不得观察之之机会。而得观察之者，却多为缺乏智识与训练之人。史家所得而根据之资料，大部分不啻寻常人持管之望天，乡愚对于奇禽异花之摹状也。关于史事，有训练者之观察，与无训练者之观察之差异程度，可举一例以明之。

一九二〇年九月六日正午，纽约市华尔街突爆发一炸弹。此事之预谋者及其动机，至今犹未明也。《华尔街汇报》之编辑人，所居与爆发地密迩，闻讯立遣访员往查。其后彼又询问当场见证者九人。其中八人，皆谓当时该地车马甚多，或谓为数有十，有三人且坚确肯定，谓载炸弹者为一红色之摩托车。只有一退伍之军官谓炸弹实爆发于一货车以马引者，其车停于检冶局（The Assay Office）之门前，此外只见一摩托车停于货车之对面。此军官之言，其后证明为确实。该报编辑记此事毕，更附论曰：吾人须注意者，此军官实为有专门训练之见证人。因曾为军官，故习于炸弹爆发之真相，习于正确之观察。其余八人，对于当地车数之重要问题，莫不谬误……彼八人之报告，非其所见，乃其所推断；抑且非其所推断，乃其所猜度……鄙人为报纸访事员者，已三十五年，世界几已历遍，搜集新闻，权衡证据，素所习为。以鄙人之经验观之，吾侪（报纸访事员）大抵皆不自觉之说谎者而已。（*Letter to the New York Times*，May 30，1924。据一九二六年出版之 A.Johnson：*Historian and Historical Evidence* 一书，第二十四至二十五页所引。）

夫今日之报纸访事员如是，昔之记史证者又何如。

（三）观察地位之限制。吾人对于一事物之印象，每视乎吾人观察之地位而异。历史记载每因观察者地位之限制，而不得正确之印象。此种限制又分为二类：

（子）距离之限制。例如观察一战事，与其仅在后方听炮声之远近，觇军队之进退，不如更亲临战场，观交绥之情形。然古今战史资料之来源，其得自战场上者有几耶？

（丑）观点之限制。例如甲、乙同在战场观战，甲在堡中外阚，乙在高山上瞭望，则冲锋肉搏之状，甲所能瞭睹者，乙不能也。空中飞机追逐升坠之状，乙所能瞭睹者，甲不能也。是故有时必须比较在数观点之观察，然后能得一事实之真象。然一事实而有数观点之观察者，历史上盖罕觏也。

（四）观察时之情形之限制。观察时个人自身之情形及外界四周之情形，有足影响于其印象之正确者。

（子）个人自身之情形。个人之知觉作用及观察能力，每蔽于一时之感情，而失其正。《大学》所谓“身有所忿懥，则不得其正；有所恐惧，则不得其正；有所好乐，则不得其正；有所忧患，则不得其正。心不在焉，视而不见，听而不闻”者是也。败兵丧胆，则鹤唳风声，皆为敌号，远山草木，尽是敌兵。此其例也。

（丑）外界的影响。

（天）物界。例如阴霾漫天，则近景不辨。巨响震地，则语声不闻。又如颜色之感觉，受光度之影响。晚间光度若减，则红、蓝不辨，故苟有证人谓在黑暗中见一红帽而非蓝帽者，则法庭必不信其证据。

（地）社会。若有一种共通信仰或感情，流行于社会，个人受其影响，先入为主，则凡与此种信仰或感情之对象相疑似之物，辄易被认为真。《左传》所记郑人相惊以伯有之事，即其例也。通常所谓精神传染（Psychic Contagion），所谓心灵的导引（Mental induction），所谓群众心理（Psychology of the Crowd），皆所以解释此种事实之名词也。

（五）知觉能力之限制。假设观察之人，观察之地位，及观察时之情形，皆合于理想矣，然犹未必能得理想之印象。何也？以吾人之感官（sense organ）原为不可靠之测量器也。构成历史之要素，厥为空间、时间、动作、景物（scene）。然感官于此四者所得之印象，其差忒之度，恒出人意表。谓余不信，试观近代心理学家实验之结果。

（子）空间。

（天）大小。昔牟斯特伯（Münsterberg）氏尝仿效天文学家 Foestrer 之试验，命一班学生，各言其所见满月之大小，与直臂所持在目前之何物相同。氏之报告曰：

> 吾所得之答案如下：一圆银币之四分一，中等大之甜香瓜，在地平线时如菜盘，当头时如果碟，吾身中之时计，直径六英寸，一元银币，吾身中之时计之一百倍，人头，半圆币，直径九英寸，葡萄子，车轮，牛油碟，橘子，十英尺，二英寸，一角币，教室中之时钟，豌豆，汤盘，自来水笔（似指直径），柠檬糕，手掌，直径三尺。此足见印象纷歧之可惊矣。更有足使读者骇讶者，诸答案中，其惟一正确者，厥为以月比豌豆之答案。（以上见 Hugo Münsterberg 所著 *On the Witness-Stand* 第二十七至二十八页。）

（地）距离。恒人之估算远近，大抵以物象明晰之程度为准，鲜有兼计及光度之强弱者。是故遇有烟雾，则近前之物模糊，而人觉其巨且远。天朗气清，则远处物体明晰显豁，人觉其小而近。

（丑）时间。时间知觉之谲幻，尤为昭著。据心理学家之研究，吾人不觉时间之分点，但觉时间之范围及延续。换言之，即吾人于一时间，但觉其起讫之界限也。对于一时间之觉认，与在此时间所作事之兴趣及注意成正比例。是故同一长度之时间，若当旅行艰苦之途程，则觉其酷长；若当聚精会神于动人之戏剧，则觉其飞速。此凡人所有之经验也。然有可异者，在回想中，则悠久而厌苦之期间，反觉其短；欢乐之瞬息，反觉其长。此表似矛盾之现象，可解释如下：吾人追想过去之时间，其长短之感觉，视乎此时间之内容（所历情节）存于记忆中者之多寡而殊。愉快之时间，其情节繁多；厌倦之时间，其情节单调，其在记忆中之遗痕浅而少。

复次，吾人对于事物之知觉（Perception）有一特点，即所觉者，非事物之种种属性，而为事物之全体。故知觉之定义，为感觉置在意识前之特殊实物（Consciousness of particular material things present to the sense）。

今夫椅，有其种种特异之属性及部分，如椅柄也，椅脚也，靠背也，椅身也，然吾人非先见椅柄、椅身、椅脚、靠背各部分，然后合之而成一椅也。吾人张目看椅，即见其全体。夫此时感觉神经之受刺激者，自有多数。然吾人所见，却为一结合体，何为能如是耶？则以知觉之历程，乃以先前之经验代表新事物于意识中也。借前此之识觉，已得知椅之性质，已造成习惯的反应。故不待分析各部，而即见其全体也。是故在大多数情形之下，知觉者实为粗略之重现的历程（reproductive process），过去之知觉与当前之知觉搀合为一体，而将新者改易范畴，使与过去符同。此心理学家之恒言也。吾尝有譬焉，知觉者，非逐物摄影，乃先搜集无数物像，然后对像认物也。若有与旧像大致无差者，则易被认为同物而不细辨。若有一种新事物，其像为旧所无，或不经见者，则或知其无，而为摄新像，或不知而以不同之旧像冒混之。此种对像认物之步骤，其正确之程度，视乎下列三者而殊。（1）预期，即已有先入为主之成见。如第（三）目（子）项及第（三）目（丑）项（地）条所举者是也。（2）速度。（3）对象之复杂程度。关于后二者，兹按动作与景物分论之。

（寅）动作。同一人观察一连续之动作（假定只能有一次之观察者），其所得印象之正确程度，与动作之速度及复杂程度成反比例。故稍为速而繁之动作，虽经训练之观察者亦无如之何。兹举一例如下：

昔在葛廷根（Göttingen）开心理学会议时，曾举行一极有趣之试验。受试者皆有训练之观察者也。离议堂（会议所在）不远，方举行一公共宴飨，并有化装（戴面具）跳舞。猝然议堂之门被冲而开，一村夫奔入，又一黑人追之，手持短铳，二人止于堂中而斗。村夫仆，黑人跃跨其上，发铳，然后二人俱奔而出。此事始末，历时不及二十秒。

主席立请在场之人，各作一报告，云将以为法庭审判之佐证。缴报告者四十人。仅就主要之事实而论，其错误少于百分之二十者仅一人，百分之二十至四十者十四人，百分之四十至五十者十二人，百分之五十以上者十三人。复次，有二十四报告，其中细节百分之十纯出虚构，其虚构在百分之十以上者有十报告，在百分之十以下者有六。约言之，报告之四分一出于虚构（以上见 Walter Lippman 所著 *Public Opinion* 一书，第八十二至八十三页，该书一九二二年出版）。

夫以（一）有训练之观察者，（二）作负责之报告，（三）叙方现于其眼前之事，而结果如此，则不具此诸条件者，更当何如耶？言语亦为动作之一，旁听者所受之限制，亦适用上述之定律。故马丁·路德在瓦尔姆会议（the Diet of Worms）中所言为何，至今犹为聚讼不决之问题也。

（卯）景物。上节言动体之观察，此节言静体之观察。静体观察正确程度，与所观察物之复杂程度成反比例，与观察时间之长度成正比例。静体之观察视动体之观察有一优点焉。动作之速度（就历史事实而论）绝非吾人所能控制，而观察时间之长短，有时为吾人所能控制者。静体又分为二类：一为固定者，一为不固定者。前者如山川之形势，后者如战争中防御之布置。前者视后者有一利，前者可容许无数次之观察及覆勘，此类之观察之谬误（如实物尚存于今者）当属于相对的限制（详后）之范围。后者则或仅容许一次之观察，如动体然；且也，物体之过小及过大，皆足影响观察（当然仅指肉体之观察）之正确。以极微小之物体之为研究对象者，在自然科学中多不胜数，惟史学上则罕觏，兹可不论。因观察体之过大而影响观察之正确，其在历史上最著之例，如中国之河源问题是也。古传说谓："河出昆仑，其高二千五百余里。日月所相避隐为光明也，其上有醴泉瑶池。"（《史记·大宛传》引《禹本纪》）此说荒诞固矣。自张骞使大夏，穷河源，谓"河有二源，一出葱岭山，一出于阗，于阗在南山下，其河北流与葱岭河合，东注蒲昌海。（中略）潜行地下，南出于积石，为中国河"云。其摧扫旧日神话，固为地理学智识之进步，然张骞之观察，较以今日地理学智识，实全属谬误也。

（六）记忆之限制。截至上文止，已略陈史事观察所受之限制。假设无此等限制，而能得理想之印象矣。然经若干时后，则此印象渐漫漶而模糊，或与他印象相搀合而混淆。是故科学之记录，必随观察时为之，绝无依赖记忆者，惟过去历史之记录则不然，此其故有三：

（子）未有文字以前之传说，必待文字发明以后，始能见于记录。

（丑）延长之动作，须继续注意者，吾人不能将其截断为若干部分，不能先观察记录毕一部分，然后及其他。因史事完全非观察者所能控制也，是故有时必待事毕然后能记录。此事所历之时愈长，则所需于记忆者愈多。

以上二类皆不可免者也。

（寅）亦有可免而不免者。自来有观察史事之机会之人，当其观察之时，而已预存作正确记录之心者鲜矣。预存此心，而知事后立即记录之重要而实行之者，则更鲜矣。大多数记录之产生，皆由于久后兴趣之感动及实际之需要。史料中之起居注及日记，可谓去观察时最近之记录矣，然试翻乙部之目，此二类所占之部分不过太仓之一粟，余则大抵记录于事后数年、数十年甚至数百年者也。

历史所需于记忆者既若是矣。而记忆之可靠程度为何等耶？兹举一例以明之。约翰·亚丹斯（John Adams）者，曾参与起草美国独立宣言书之人也，其事在一七七六年六月。其后四十七年，亚丹年已八十八，追记其事，既叙国会委派独立委员会之经过毕，续曰：

委员会聚集数次。有人提议发表宣言，委员会乃派哲福森（Jefferson）先生与余负草创修饰之责。此专任之委员分会遂聚集。哲福森提议命予属草。予曰："予不为此。"彼曰："君当为此。"予曰："噫，不能。"彼又曰："君胡不为？君当为之。"予曰："予不为。"彼曰："何故？"予曰："理由多矣。"曰："理由何在？"予曰："理由一，君为勿吉尼亚省人，此事当使勿吉尼亚人居首。理由二，予生平冒犯人多，为世所疑，且不理于众口，而君则反是。理由三，君文之佳，十倍于予。"哲福森曰："有是哉？君意若决，予当尽其所能。"予曰："甚善，待君草创就，吾等将再会。"

越一二日，哲福森复晤予，出其草稿见示。予当时有无献议或修改，今已不忆。此文交付独立委员会（由五人组成）审查，有无更易，吾亦已遗忘。惟其后报告于国会，经严格之批评，又删去词令最巧之数段，卒见采用。以一七七六年七月公布于世。[1]

哲福森记此事则大异，谓亚丹斯之记忆，使其陷于铁案如山之谬误。

---

1. 以上见 *The Life and Works of John Adams*，卷二，第五一二至五一四页。

哲福森致友人书之言曰：

五人委员会聚集，并无设专任委员分会之议，惟全会一致促予一人独任宣言之草创。予允之，予乃属稿。惟在交付委员会之前，予曾将文稿分示富兰克林博士及亚丹斯先生，请其斧正……宣言之原稿，君已见之矣。其中行间有富兰克林博士及亚丹斯先生之改削，皆出彼等手笔。彼等所改易，只有两三处，而皆文词上之修饰耳。予当时乃重钞一清稿，以付委员会。委员会毫不加改，以付国会。[1]

然哲福森之记忆亦未尝无误。宣言原稿今犹在，其中改削确不止二三处，而亦不尽出富兰克林、亚丹斯二人手笔也。（参阅 Becker 所著 *The Declaration of Independence*，第一三六至一四一页。）

（七）记录工具之限制。假设得理想之印象，而又不受记忆之限制矣，然此印象须翻译成具体的记录，然后能传达于他人。此翻译步骤之正确程度，亦受限制。记录之工具可分为二：一图象，二语言文字。图象（指历史画之类）在史料上占极少数，兹略而不论。语言文字对于述史之限制有三：

（子）使用语言文字之能力，因人而殊。即惯于操翰之人，亦每有词不达意之感。词不达意之结果有二：（一）因无词以发表，遂使印象消灭；（二）因用字不当，使人误会。后者尤为重要。因史家所用言词，与寻常日用者同，非如专门术语各有明确之定义也。虽极精于文字学之人，其用字亦难悉符字典上之公认标准。况有直接观察之机会而欲为记录之人，固未必精通文字也。寻常一字，其在各人心中所代表之对象，每或差歧甚大。此等试验，中国心理学家尚未闻有举行之者。兹姑引一外国文之例如下[2]。一九二〇年在美国东部曾举行一字义试验。受试者为一群大学生。举 alien（异邦人）一字，令各人下一定义。其结果如下：

与本邦为仇之人	与政府作对之人	立于对方之人
属于与本邦无友谊之国之国民	战时之外国人	外国人之谋害其本国者

---

1. 以上见 *Writings of Thomus Jefferson*，一八六九年刊本，卷七，第三〇四页。
2. 见 Walter Lippman 所著 *Public Opinion*，第六八至六九页。

| 来自外国之敌人 | 与一国家作对之人 |

读者须注意：（一）alien 为极常见之字，且在法律上有极确定之意义；（二）受试者为大学生。结果犹如此也。

（丑）在文言不合一之国，载笔之士，为求雅驯起见，必将历史人物之口语译成文言。修饰愈工，去真愈远。试翻二十四史及两通鉴，古人之言谈应对，其不遭此劫者有几？昔刘子元亦尝痛慨之矣。曰：

《史通》卷十六《言语篇》：后来作者通无远识，记其当世之语，罕能从实。而书文复追效昔人，示其稽古。是以好丘明，则偏模《左传》；爱子长，则全学史公。用使周秦言词，见于魏晋之代。楚汉应对，行乎宋齐之日。而为修混沌，失彼天然。今古以之不纯，真伪由其相乱。故裴少期讥孙盛录曹公平素之语，而全作夫差亡灭之词。虽言以春秋，而事殊乖越者矣。

（寅）异国文字互译。无论译者忠实及正确之情度如何，终不能使二者如一。故若（1）以甲邦人用甲邦之文字述乙邦之事，遇记言及移载历史文件时，辄易失真。若此事实及文件在乙邦全无载录，则其失更无从纠正。二十四史中之蛮夷列传多有此例。或（2）一国之文籍原本已失，只有异邦译本，则其内容之正确程度有减。佛典中此例最多。

（八）观察者之道德。以上论史事之观察及记录，皆假定观察者为忠诚正直，决无虚匿欺人之心。又立志求真，绝不肯点窜装饰，以期悦听者也。然自来史家，具此等美德者有几耶？关于虚饰之动机及方法，西方论史法之书多有详细之分析，本文不必赘及，惟论其影响有三：

（子）史迹因隐匿而消灭。

（丑）因改窜而事实之次序、关系及轻重皆失其真。

（寅）因虚造而无中生有。后者若能知其伪，则于史无伤。惟前二者所生之损失，有时无法可偿也。

（九）证据数量之限制。因观察者所受种种限制，故一人之孤证，虽为直接观察之结果，史家决不据为定论，而必求多数独立证据（直接观察之结果）之符同。证据愈多则愈善。虽然，一史迹而有多数独立直接之证据者实不多觏，甚或孤证仅存。此其故有三：

（子）有观察一史迹之机会者，未必为多数人。例如帝王之顾命，勇士之探险，亲见者必属少数。又如《史记·留侯传》载张良与圮下老人之事若信，则除张良及老人外无人能知。

（丑）有观察一史迹之机会者，未必各作记录。例如随郑和下西洋者二万七千八百余人（《明史·郑和传》），而记其经历者（以吾所知）只有马欢之《瀛涯胜览》、费信之《星槎胜览》及巩珍之《西洋番国志》（此书见钱曾《读书敏求记》，无刊本，今存否尚未可知）耳。甚或仅有一种记录者，例如历朝之起居注是也。

（寅）同一史事之多数记录，经时间之淘汰，或人为之摧残，遂仅余少数，或惟存孤证。例如记宋南渡事者，《三朝北盟会编》所引之书无虑百数十种，而今存者几何？又如岳飞为中国史上最彪炳之人物，而记其事之书今惟存《金陀粹编》。

（十）传讹。一人之见闻经历未必亲为记录，记录亦未必尽。其未经记录之事，他人得知，惟借口传。时或原记录已失，而只存他人之重述。无论口传与笔述，每经一辗转，即多受一重知觉之限制，记忆之限制，应用工具能力之限制，传述者之道德之限制。辗转愈多，则印象愈变而失其真。此外尚有传钞、传刻之讹，更无待举。

初民之传说及流俗之口碑，夫人皆知不可据矣；而不知虽近代极简单之事实，记录去传述之时甚近，传述者与所传述之对象关系极密切，且传述者为绩学之士大夫，又毫无作伪欺人之意，其谬误犹或足使人惊骇。例如苏玄瑛为清末民国初南方文坛上最惹人注目之人物。玄瑛既卒，其十余年深交之挚友柳弃疾为作小传。寥寥四百余言，于重要事实，宜若可无大刺谬矣。然试观柳氏后来自讼之言：

> 柳弃疾《苏曼殊年谱·后序》[1]：曼殊既殁，余为最录其遗事，成《苏玄瑛传》一首，顾疏略殊甚。于曼殊卒年三十有五，竟不及详考，复误没于广慈医院为宝隆医院。……于曼殊少年事……第就闻于曼殊故友台山马小进君者述之。……嗣检旧箧，得日本僧飞锡所撰《潮音跋》。盖曼殊手

---

1. 见柳无忌编《苏曼殊年谱及其他》，第三十五至三十七页。

写见畀者。……宜可征信，因取校余传，则抵牾万状。试比而论之。传文称："曼殊祝发广州雷峰寺，本师慧龙长老奇其才，试受以学，不数年尽通梵汉暨欧罗巴诸国典籍。"而《潮音跋》则言："年十二，从慧龙寺主持赞初大师披剃于广州长寿寺。旋……诣雷峰海云寺，具足三坛大戒。……"是则曼殊祝发之地为长寿而非雷峰，本师为赞初大师而非慧龙长老，传文之误一也。且具足三坛大戒之所，在雷峰海云寺，雷峰乃地名而非寺名，而赞初大师称慧龙寺主持，慧龙又寺名而非人名，传文之误二也。《跋》言曼殊从西班牙庄湘处士治欧洲词学，后至扶南，随乔悉磨长老究心梵章，其求学渊源如此，初无本师传授之说，传文之误三也。又传称周游欧罗巴、美利坚诸境，而《跋》中……历数游踪……均不出亚洲以外，即晚年与友人书所谓"当欧洲大乱平定之后，吾尝振锡西巡，一吊拜轮之墓"者，亦终未成事实，是传文之误四也。

夫使柳氏不检旧箧，或《潮音跋》已饱蟫蠹，将谁疑此小传中有如此之四大谬误耶？

（十一）亡佚。假设人类之历史为三百页之一册，则有记录之部分，只占最末之五十余页而已，而此五十余页又残阙不全，一页或仅存数字，或仅存数行，东缺一角，西穿一穴，而每页皆有无数之蠹痕。残缺之因，除受观察、记忆、工具及传讹之限制外，厥有三事：

（子）史迹之失载。不必言未有文字以前之史事，不必言先秦三代之史事，即就民国开国之史而论，当时硕彦，今尚多存。问有几人曾举其见闻经历为详悉之记录耶？有欲记录而无记录之自由者，如专制时代之惧犯忌讳（今日亦正如此），又如今日报纸之受政府检查是也。亦有载矣而经后人之故意毁灭者，如清初《东华录》之删改是也。

（丑）古籍、古器物之散亡。此其为例，举不胜举。如春秋、战国间之百三十年，为我国历史上变迁最剧之时代，而文献全无足征。顾炎武已尝痛慨之矣。如张骞通西域，我国历史上一大事也。《隋书·经籍志》有《张骞出关志》一种，而今亡矣。试取诸史之艺文志一比对，则凡有书癖者孰不痛心也。至论器物，远如楚子所问之鼎，近如宋人所著录之数百种古彝，今皆何在？

书、器之散亡，由于时间之淘汰者少，由于人为之摧毁者多。昔隋牛弘论图书有五厄：

《隋书》卷四十九《牛弘传》（节录）：秦皇焚书，一厄也。王莽之末，长安兵起，宫室图书（文、景、武、成之所搜求，刘向父子之所校录者）并从焚烬，二厄也。孝献移都，吏民扰乱，图书缣帛皆取为帷囊，所收而西，载七十余乘，属西境大乱，一时燔荡，此三厄也。魏晋中秘书鸠集已多，属刘石凭陵，京华覆灭，朝章阙典，从而失坠，此四厄也。衣冠轨物，图书记注，播迁之余，皆归江左。及侯景灭梁，秘省经籍虽从兵火，其文德殿内书宛然。萧绎平侯景，文德之书及公私典籍重本七万余卷，悉送荆州。江表图书尽萃于此矣。及周师入郢，绎悉焚之于外城，所收十才一二，此书之五厄也。

清潘祖荫论古器有六厄。

潘祖荫《攀古楼彝器款识·自序》：古器自周秦至今凡有六厄。《史记》曰，始皇铸天下兵器为金人。兵者，弋戟之属；器者，鼎彝之属。秦政意在尽收天下之铜，必尽括诸器可知，此一厄也。《后汉书》曰，董卓更铸小钱，悉取洛阳及长安钟簴、飞廉铜马之属以充铸焉，此二厄也。《隋书》，开皇九年四月，毁平陈所得秦汉三大钟，越三大鼓。十一年正月，以平陈所得古物多祸变，命悉毁之，此三厄也。《五代会要》，周显德二年九月，敕两京诸道州府铜像器物诸色，限五十日内并须毁废送官，此四厄也。《大金国志》，海陵正隆三年，诏毁平辽宋所得古器，此五厄也。《宋史》，绍兴六年，敛民间铜器。二十八年，出御府铜器千五百余事付泉司，此六厄也。

凡关心文献之人，读此孰能不掩卷而太息。然潘氏不过就所闻杂举，抑何能尽[1]。至牛弘所举之厄，则自隋以后，何代蔑有。虽秦政之行，于史无偶。然若孟子所言，战国"诸侯恶其害己也，而皆去其籍"，若清代乾隆朝之焚毁禁书与违碍书，其去秦政之行一间尔。以上皆论全部之亡

---

1. 例如《烈皇小识》卷六，记明思宗将内库历朝诸铜器尽发宝源局铸钱。据《燕京学报》一卷一期容庚《殷周礼乐器考略》文末所引。

佚者也。亦有小部分之亡佚，如古籍之佚篇、脱简、夺句、缺字。又如清乾隆时修库书，于宋明人之著作，或抽毁其章节，或削改其违碍字眼，皆是也。

（寅）亦有形式虽存，而内容已湮晦者。此在古史为例最多。此项又有三类。（1）古文字之不可识者，如罗振玉《殷契待问编》所录是也。以后人之努力，虽或当续有所发明，然孰能决其必尽有涣然冰释之一日乎？（2）字虽可认，而文句不能索解者，例如《尚书》《墨经》及《楚辞·天问》中之有须阙疑者是也。（3）句读之不明者，例如《老子》首章"无名天地之始有名万物之母"。或谓当于二"名"字下作读，或谓当于二"无"[1]字下作读。又如《庄子·天下篇》："旧世法传之史尚多有之。"或谓当于"史"字下作读，或谓当于上"之"字下作读。谁能起老聃、庄周于地下而问之耶？

（乙）相对之限制

绝对之限制，使吾人对于史迹不能得理想之记录。相对之限制，使既得之记录复失其本来面目，或不得其真正之意义与价值。然相对之限制可因史学及科学之进步而逐渐减少，此种限制可别为四类：

（一）缘绝对之限制而生之谬误未经发觉者。此等谬误，上文多已举例论列，兹不复赘。在过去之历史中，此等错误恒经长久之时间，始能发见。在未发见之前，人皆信以为真。以今之视昔，而推后之视今，安知现在所认为正确真实者，其中无伪谬之处，而有待于将来之发现？以下各类之谬误，亦同此理。

（二）伪书及伪器之未经发觉者。例如梅颐之伪《古文尚书》，我国学界受其欺者千三百余年，至梅鷟、阎若璩辈始发其覆。如《岣嵝碑》，旧以为夏禹遗迹，今日则稍闻金石学者皆知其伪。

缘以上二种限制而生之谬误，史家与史料之作者各负一半责任。因

---

1. "二'无'"盖作者误，应为"'无''有'"。——编者注

史家若能知其虚谬，则不致受其欺也。以下二种谬误，则全由史家负责。

（三）史料本不误，因史家判断之不精密而致误（或史料固误，因而加误）而未经发觉者。此类范围极广，自史料之搜集，外证、内证（External and internal criticism）事实之断定，以及叙次表述上之种种步骤，皆有致误之可能。详细论列，不属本文范围，兹仅举二例如下：

（1）旧日中国学者以指南车与指南针混为一谈。日本山野博士证明指南车全为机械之构造，与磁针无关，其说甚是。然山野遂谓"指南车既为后汉之张衡及三国时代之马钧所创造，则（此字疑衍）斯时代之中国人仅知磁石有引铁之力而已，彼等何能应用（磁石之）指极性以造指南车乎？即使（当作假使）能应用，则后汉、三国、两晋、南北朝、隋唐时代之记录中，除记磁石之引铁外，当然非论及其特征（指极性）不可，而何以必于宋时记录中始论及其指极性（见《梦溪笔谈》），并指极性之应用（见《萍洲可谈》）乎？是则宋朝以前之中国人，决不知磁石有指极性也"（以上见《科学杂志》第九卷第四期四〇五页，文圣举译文）。此言固似言之成理，吾人若不能发现宋以前有关于磁之指极性之记载，亦无以折其说。然予按王充《论衡·是应篇》有云："司南之杓，投之于地，其抵南指。"此寥寥十二字，已将山野博士之说根本推翻，而证明其判断实差一千余年。夫《梦溪笔谈》及《萍洲可谈》关于磁针之记载，及宋以前诸史籍中关于指南车及磁石之记载，未尝误也。山野因搜集证据未尽，而遽用默证（argument from silence），遂铸大错矣。

（2）此言事实之误也，亦有事实不误而因果关系误者。例如汉武帝表彰六经，罢黜百家，此事实也。西汉以后，诸子学说衰微，此亦事实也。然若谓后者之因，全在前者，则成一问题矣。

（四）事实之解释。史家之解释历史现象，必以其时代所公认或其个人所信仰之真理为标准。而人类之智识，与时代俱进化。后世所证明为谬者，先时或曾认为真理，而史家莫能逃此限制也。是故某时代信天变为人事之感应，则史家言地震与君德有关。某时代信鬼神为疾病之源，则史家采二竖入膏肓之说。又如元时西人不知有煤炭，故《马哥孛罗游记》谓北京人采一种黑色之巨石为薪。明时中国人不知光之速度与声之速度之差，故《南中纪闻》谓"西洋鸟铳能初发无声，着人体方发响"。

以上论过去历史所受之限制竟。

近世科学之昌明，远迈前古矣。然近世及当今史事之记录，其有以愈于昔者几何？其能打破上述种种限制者至何程度？尚有何未尽之可能性？此皆吾人所当发之问题也。

以近百年科学及史学研究之发达，相对的限制日渐减轻，且可断言将来之减轻与努力之人数及分工之精密成正比例。

就绝对之限制而论，近今之历史，亦稍优于前世。以教育之发达，以印刷术之盛行，以出书费之比较低廉，故文字史料之量大增。以印本之多，流通之便，及图书馆、博物馆之兴，故史料之保存易。此近世之优点一也。

史事可分为二类：一为动的事实，如革命战争等是也；一为静的事实，如政治制度及风俗、习惯等是也。后者为社会科学研究之对象。以今世社会科学之发达及其分工之精细，近世史之静的事实，得更详细、更有统系而更正确之描写。此近世之优点二也。

又近世有一种新史料，为古人所未能梦见者，厥为报纸[1]。此种史料之重要，西方史家已深切感及，惟今日中国史家尚鲜注意之。五年前美国露西女士（Lucy Maynard Salmon）刊行《新闻纸与权威》(*The Newspaper and Authority*) 及《新闻纸与史家》(*The Newspaper and the Historian*) 二巨书（均纽约之牛津大学出版部美国支部出版）。据《美国史学报》(*The American Historical Review*) 之评论，前书论国家及社会对于报纸自由之限制，后书言整理新闻纸上史料之方法，皆与本段所论有深切之关系。以予之固陋，恨至今未得读其书，详细之论列，须俟异日另为一文。今仅述个人粗略之分析。

自报纸发明以后，史事记录之优于前者，略有三焉。旧日史事之有记录，大抵为偶然之事，非如在报纸制度之下，有专负观察调及查有统系之记录之责者也。有之，惟中国上世所谓左史记言，右史记动，及后世起

---

1. 中国在唐代已有朝报，然其性质不能与近日报纸比。

居注官。然其所及范围，远不如报纸之广也。此报纸之优点一也。报纸所载，以新为尚，消息灵通，为竞争标准之一。故访员观察一事实，或闻知一消息，必于可能之最短时间内，叙述传播之，绝无隔数月、数年以至数十年者，以是其所受记忆之限制较轻。此报纸之优点二也。报纸所记载之范围，视旧日所认为历史之范围为广。一般社会之情形，旧史所以为无足轻重而略去者，报纸所不遗弃。报纸实为社会之起居注。此报纸之优点三也。

　　然则报纸遂为理想之历史记录[1]矣乎？曰：其差犹不可以道里计也。报纸记录之来源，厥为报馆及通讯社之访员，其删定者则为各馆社之编辑。就大多数而论，彼等于真理之探求，皆非有特殊兴趣也。今试执一访员或编辑而问之曰：君何故为访员或报馆编辑？吾知其答案当不为欲使人类之活动得科学的记录也。虽调查翔实为其职业之条件，然非其惟一而绝对之条件也。在不影响于其职业之范围内，鲜有能为真理而努力者也。以求真为目的与以求真为手段，二者终有一间之差耳。此其弊一也。且访员大多数无专门观察之训练。上引纽约《华尔街汇报》某编辑之言，谓以其三十五年访事之经验，而知彼等大抵皆不自觉之说谎者。细思此言，谁敢以求真之责付托于今之报纸访员乎？此其弊二也。又彼等因人数之分配及时间、地位、精力之限制，其消息之来源，大部分恃间接之访问，或个人、政治机关及团体之报告。其得自直接观察者，只占极微少之数量。此其弊三也。访员之访事及作记录，贵乎速捷，速则无暇细思复审。此其弊四也。为电报之省费，则叙述不能不省略，有时省略过甚，或不得其法，则事实之关系不明。至如演说谈话一经节缩，辄易失真。此其弊五也。访员既不可恃如此，而通讯社及报馆为经济所限，又决不能派多数访员同往观察一事，以求多数独立证据之符合。此其弊六也。因稿件之需求，通讯社及报馆恒采外来之投稿，不加复证，辄为刊布。此其弊七也。访员有访员之偏见及特殊之目的，通讯社有通讯社之偏见及特殊之目的（试以路透社及东方通讯社关于中国之通讯为例），报馆有报馆之偏见及特殊之目的，

---

1. 所谓历史记录与历史著作殊。

事实经此三道关头，而能不失其真者鲜矣，至凭空捏造更无论也。此其弊八也。报纸恒受政治势力之支配，其与政府之利益冲突时，则受政府之禁制（如检查新闻），其与政府妥协时，则供政府之利用（如欧战时参战各国之报纸）。此其弊九也。由是观之，则报纸非理想之历史记录明矣。

假设治天文学者仅研究古代观测之记录，而不思用科学方法观察记录现在天体之运行，试问天文学智识之本质，能有进步乎？不幸今日之历史学正有类于是。举世之史学家及史学家团体，日日殚精竭智以搜寻过去人类活动遗迹，偶有半铢寸缕之发现，偶能补苴一微罅小隙，辄以为莫大之庆幸。夫此固无可菲薄，然所可异者，独无个人或团体，以现在人类活动之任何部分之科学的记录为己任，而一听其随命运之支配，时间之淘汰，以待后来史家于零编断简中搜索其残痕。真理所受之牺牲，有大于此者耶？

往者不可谏，来者犹可追。欲求将来之历史成为科学，欲使将来之人类得理想的史学智识，则必须从现在起，产生真正之"现代史家"或"历史访员"，各依科学方法观察记录现在人类活动之一部分。此等历史访员，更须组织学术团体，以相协助，并谋现代史料之保存。

历史访员制之实行，必有待社会之同情与赞助。关于此种制度在现代社会上所将遭遇之阻碍及破除此阻碍之方法，予尚无具体意见，抑且恐非待实验后不能确知。复次，此历史访员当与现在之新闻访员分立欤？抑当提高现在之新闻访员，使成为历史访员乎？此又为一问题矣。

所谓用科学方法观察记录当代人类活动者，其目的即求减轻过去历史记录所曾受之绝对限制而已。此诸限制除观察范围之限制外，几无一不可减轻者。兹针对上述诸绝对限制，于未来科学的观察与记录之法则，发其凡如次：

（一）有意遗传于后（Consciously transmitted）之史料，其来源有二：一为历史人物之自述，二为见证人之记录。欲求见证人之记录之进步，须实行予上所称之历史访员制。欲求历史人物之自述之进步，须使历史教育普及，使忠信于后世，成为公共之意识，使人人皆感觉有以信史传后之责任。至自述与察访相同之点，当然适用察访之法则，以下即略述此法则。

（二）历史访员须有精细之分工，各于其所负观察责任之部分，须有专门之训练。

（三）于同一事象，须有多数（愈多愈善）之访员，各为独立之观察。

（四）须有多数人作同一观点之观察，更须有多数人作不同观点之观察。

（五）关于时间、空间之测度，实物及自然环境之考验，须尽量利用科学原理及科学仪器。

（六）静物之观测，宜有充分之长时间，及充分之复勘。

（七）观察所得，须于可能之最近时间内记录之。

（八）观察者对于文字语言之应用，须有充分之能力。

（九）历史人物之语言，须立存其真。

（十）观察者当观察之前，于一己之心理方面及道德方面须有相当之省察。

（十一）观察者于其观察之记录，须以社会同负广播及保存之责任。

吾所希望于历史记录之将来者如是。其事项之简单，其义理之明显，几无待言。然以是世遂无言之者，吾不能避其浅显而不言也。务实际及讲实利之人，必且以此所言为梦呓。是梦乎？亦欲世人知有此梦，知此梦非无实现之可能，而求实现之，则于现世无丝毫之损，于将来有莫大之利而已耳。

载《学衡》第 62 期，1928 年 3 月

华化渐被史

柳诒徵

【编者导读】

　　面对近代欧化浪潮冲击下国人文化自卑与西方对中国文明贡献的漠视，柳诒徵以《华化渐被史》系统论证中华文化的辐射力。文章通过广泛援引、缜密考据提出"华化渐被说"，揭示中日文化传承的千年脉络：自秦汉移民东渡奠定基础，至隋唐形成制度化传播体系，再经宋明禅学深化融合，中华文明始终以和平渐进方式影响着日本文明。

　　就传播轨迹而言：徐福东渡传说虽存争议，但秦汉移民确为文化传播开辟通道。应神天皇时期儒学者王仁赴日传授经学，开启日本文化转型进程。隋唐时期日本通过官方渠道系统移植中华文明，《大宝律令》取法《唐六典》，官制亦参照三省六部，大学寮制度承袭唐制，更将释奠礼纳入国家仪典。宋明时期禅宗僧侣与商贾成为文化载体，程朱理学借由佛学通道完成东传，形成独具特色的日本朱子学派。

　　柳诒徵广泛征引中日史料，通过历时性考辨揭示出：中华文明的传播既非单向输出，亦非简单复制，而是在持续互动中实现本土化再造。这种超越武力征服的文化浸润，正是东亚文明共同体形成的深层逻辑。

　　轮轨棣通，欧化东播，横览大宇，靡塞不开。华夏蚩氓，震于外力，顾惟窳敝，辄用自惭，以挽近之陵夷，意先民之固陋。束书高阁，惟曰昔之人无闻知，憬彼四邻，亦复忘我大德。摘瑕抵隙，吹垢索瘢，必斥我为榛狉，始形彼之开化。流闻遐裔，无非科举、宦寺、吸烟、缠足之痼习，而华夏之文化，布濩八表，绵历千祀者，阒焉蔑有诵述之者矣。凿空好奇之士，佗语邃古，又徒摭《山经》《穆传》荒邈无稽之谈，仿像音译，臆定地望，诩其休烈。而中外典籍，头讫昭然，资我华风，定其国柢者，转慭置之。综此数涂，国闻斯晦，亚东先觉，微论不能媲条顿、鸠曼民族，浸且出大和、飒阿姆之下矣。夫欧美文化，磅礴晚近者，一以其兵，一以其器，兵劫器利，流布斯宏。吾华夙病黩武，兼戒奇淫，声教之敷，不恃他力，而海陆奔凑竞来，师法纯任自然，遂为各国宗主。此其异者一也。欧风之广，财二百年，美又逊之，数十稔耳，比以兵祸，自见其弊，哲人硕士且谓其文化濒破产矣。粤自姬嬴，以迄朱明，震烁东陆，殆数千祀，考年则悠，稽祸则鲜，自食食人，成而不伐。此其异者又一也。世多籍氏，数典而忘，要其成功，不可泯没，敬揭所闻，以告学者。分国胪举，颜曰《华化渐被史》。非敢扬古抑今，亦聊以间执疏狂之口耳。

第一章　日本

华化渐被，遍于亚洲，食德尤深，厥惟日本。且华之对日，专以文化孕育其国，未尝加以一矢[1]。蒙古两次用兵，皆无关于文化之传播。而吾汉族之源源不绝，灌输以学术知识、政法技能者，他无所借也。论国际历史，当以华之对日为最高尚、最清洁，施不责报，厥绩烂焉，宜首举以为国际道德之式矣。日之种族，固有秦民。

《后汉书·倭传》：又有夷洲及澶洲。传言秦始皇遣方士徐福将童男女数千人入海，求蓬莱神仙不得，徐福畏诛不敢还，遂止此洲，世世相承，有数万家。人民时至会稽市。会稽东冶县人有入海行遭风，流移至澶洲者。所在绝远，不可往来。

高谷濑夫《日本史》：孝灵帝七十二年，秦主使徐福率童男女千余人入海岛以求仙药不获，福恐诛，来奔，献其所赍《三坟》《五典》。

野崎左文《日本名胜地志》：纪伊国东牟娄郡徐福之墓：旧城东之海

---

1. 龙朔三年，刘仁轨大破日本兵于白江，以日本援百济之故也。

岸熊野地之田圃中有老樟二树，德川赖宣建坊，题"秦徐福之墓"五字。距墓三町有小垅七，徐福从者之坟也。邻郊南牟娄郡木之本町之东有波多须浦，徐福船泊矢贺之矶，暂居之所也。后虽移居新居，而波多须浦尚有秦氏。又矢贺之丸山有徐福之祠。徐福厌秦之苛政，欺始皇帝谓可得不老不死之仙药，率童男女五百人采仙药于蓬莱山，积谷类之种、耕作之器具等于船舶，遁出而殖民于我国。其来也，当孝灵天皇御宇之时。

《本朝通鉴》：七十二年，秦福来。又《神皇正统记》：始皇好仙方，求长生不死之药于日本。因日本欲得五帝三王之遗书，始皇乃悉送之。徐福赍始皇之书而至。[1]

不必远溯泰伯，以矜华胄。

《梁书·东夷传》：倭者自云太伯之后。

彼史所纪秦、汉、吴人之东渡，多为吾籍所未载，而氏族相承，远有端绪，固非假托傅会。

喜田贞吉《国史讲义》：研究本邦文化之由来，颇有兴味。我民族之入此土也，既赍固有之文化而来，又与他民族混合，以相互之文明相融化，多历年所，逐渐发达。要之本邦文化之所以灿然放光，全自汉、韩之文化输入。其输入者虽有韩人，亦多来自支那。盖彼等由本国出而入韩，然后转移于本邦也。此等支那人，有三种，即秦人、汉人、吴人是也。秦人之入本邦，自称其系出于胡亥之子孝武，以至功满王融通王，其真否殊难保。融通王即我邦所谓弓月君，始皇十二世之孙。应神帝之十四年（晋武帝太康四年），弓月君自百济来归，所领人夫百二十县，阻于新罗而止于加罗。朝廷遣葛城袭津彦召之，袭津彦等又不容易归来。十六年，敕平群木菟伐新罗，始渐牵弓月之人夫来归。融通王有四子，曰真德王、普洞王、云师王、武艮王。普洞王赐秦姓，称秦公，为后世秦氏之宗家。其领来之民，称为秦民。始居大和朝津间月夜上地时，有人夫二十七县，仁德

---

1. 按：高谷濑夫曰徐福航海在始皇烧书之前五六年，故其所赍皆孔氏之全经也。然其文则科斗、篆籀，当时之人不能了解，而后世遇兵燹，纷乱漫漶，终失其传。而震旦之人以为孔氏全经日本独藏而不敢出诸他邦，欧阳诗日本刀之诗可以知也，似信其有书而断其不传。要之，秦人之至日本则日人所公认也。

帝分配于诸郡。至雄略之世，秦民有九十二部，一万八千六百七十人，称为百八十种胜部，统领之者曰秦造。钦明之朝，有户七千五十三。斯时春大津父为秦造，大津父者，大藏掾也。当时本邦人民文化未开，不知理财算数，故用归化人掌大藏等朝廷之财政。其时归化人势力之大可见，犹之维新后西洋人之被重用也。秦民多居山城葛野郡太秦、纪伊郡深草等，其山城之松尾社，又大和稻荷等，皆秦民奉祀之所。山城贺茂神社、松尾社，亦缘于此。其他住于河内和泉、摄津等处者，子孙繁衍，后世之惟宗朝原、时原河胜之诸族，皆此秦民之裔。今之岛津、原宗等诸氏者，惟宗之后也[1]。又有已知部氏者，亦称出于秦始皇，居于大和添上郡。有曰奈良已智者，钦明天皇时归化，世世任用为译官。遂称译语。

又：大和之汉人有汉直氏，自称后汉灵帝子延王之裔，其来归者曰阿智使主、都贺使主，阿智、都贺父子以应神天皇二十年牵党类十七县来归，都贺使主之后，分为数氏。坂上文氏等，皆出其中。又神功征韩之时，所捕虏之汉人之后有桑原史，自称汉高祖之后，居于大和葛城。又大和有倭画师，称魏文帝后，雄略之朝来归者。河内之汉人，出于汉高祖之裔名鸾者，鸾之后人名王狗，入于百济，其孙王仁，于应神之朝归化。其子孙散在河内，世称河内文首者，王仁之后也。又河内汉直后，所谓河内忌寸者，后汉献帝之后，鲁白献王之裔也。又有高道连、河内手人，自称汉高祖之裔。武丘史、河内造，自称出于汉光武之七世孙慎近王。此外尚有八户史、高安造、田边史、交野忌寸等，皆不详其归化之年代。又河内之锦部郡，有锦织之汉人，雄略之朝，来自百济，其子孙繁衍，及于近江。

又：吴人者，非支那三国时代之吴，实指支那之南方。此地与朝鲜之交通不及北方之频繁，因之吴人之渡来本邦比北方为迟。应神之时，吴服西素来。雄略朝，又有吴服部、汉服部同来。其吴之归化人中，牟佐村主则自称吴孙权之后，此族有蜂田药师、茨田胜等。又倭药师之祖，自称吴主照渊之裔，即梁武帝之后也。

---

1. 按此文，则近世之岛津久光及原敬等皆秦民之后裔也。

都计其人，则会计、译寄、医药、蚕桑、染织、绘画率出于我，而王仁之传儒学，尤大有造于彼邦者也。

《日本史》：应神帝十五年秋八月，百济王使阿直岐献良马二匹。阿直岐通览经史，皇子稚郎子学之，帝问阿直岐曰："百济学士有愈汝者乎？"对曰："王仁博闻强记，非臣俦也。"帝乃使荒田别征王仁于百济。十六年春二月，仁至，献《论语》十卷、《千字文》一卷[1]。稚郎子以仁为师，讲修经典。是儒学之始也。

治日史者，以汉封倭奴国王为倭属我之证。

黄遵宪《日本国志·邻交志》：日本之遣使于我，盖以崇神时为始。其时使驿通于汉者三十余国，后委奴国王遣使奉贡，朝贺于汉，使人自称大夫，光武赐以印绶。日本天明四年（清乾隆四十八年），筑前那珂郡人掘地得一石室，上覆巨石，下以小石为柱。中有金印一，蛇纽方寸，文曰"汉委奴国王"。余尝于博览会中亲见之。日本之学者皆曰：那珂郡古为怡土县，《日本仲哀纪》所谓伊都县主，即《魏志》所谓伊都国是也。

并据《魏志》，以表吾文教所被。

《日本国志》：神功皇后四十七年，遣大夫难升米等诣带方郡，求诣天子朝献，太守刘夏遣吏将送诣京都。魏明帝诏书报倭女王曰："制诏亲魏倭王卑弥呼，带方太守刘夏遣使送汝大夫难升米、次使都市牛利奉汝所献男生口四人，女生口六人，班布二匹二丈以到。汝所在逾远，乃遣使贡献，是汝之忠孝，我甚哀汝！今以汝为亲魏倭王，假金印紫绶，装封付带方太守假授。汝其抚绥种人，勉为孝顺。汝来使难升米、牛利涉远道路勤劳，今以难升米为率善中郎将，牛利为率善校尉，假银印青绶，引见劳赐遣还。今以绛地交龙锦五匹，绛地绉粟罽十张，蒨绛五十匹，绀青五十匹，答汝所献贡直。又特汝绀地句文锦三匹，细斑华罽五张，白绢五十匹，金八两，五尺刀二口，铜镜百枚，真珠、铅丹各五十斤，皆装封付难升米、牛利还到录受悉，可以示汝国中人，使知国家哀汝，故郑重赐汝好物也。"

---

1. 是时先梁周与嗣二百余年，盖献县所制者也。

而日人多诿为九州小国之事。

《国史讲义》：旧说以神功皇后尝臣于魏，殊非事实。魏明帝景初二年卑弥呼遣使时，正值崇神帝御宇而崩，御前十九年也。读那珂通世之《古代纪年考》即知其年代之相违。因之得知其为与耶马台朝廷无关系之事。

又论汉委奴国王印曰：旧说此印文读为"汉之伊都国王"，以伊都国当之，三宅米吉则读为"汉之倭之奴之国王"，以奴国当之。委为倭之省字，即此国者。当今筑前郡，当时亦如后世之博多海港，有雄视北边之状。要之，我朝自神武至崇神之间，本土与韩之交通专属于九州诸国之酋长可知。

然吾民文化之权威，即不借汉魏帝王之力，固已风靡海东。矧哀其忠孝，勉其孝顺，假印锡封，专出于道义之念，初无利其土地、人民之意。则倭所当辨者，在受吾忠孝之训与否，不在受吾封印与否也。
日本近世史家皆谓中日通使始于隋。

黄遵宪《日本国志》：源光国作《大日本史》、青山延光作《纪事本末》皆谓通使实始于隋，而于《魏志》《汉书》所叙朝贡封拜概置而弗道。

姑如其说，置《南史》《梁书》所纪倭王赞、王珍、王济、王兴、王武等朝贡事弗述，而其时日本所得于三韩之文化，亦间接得之于我也。三韩之传播吾国文化于日本者，有经学，

岩田泰严《世界大年契》：继体天皇三年（梁天监八年）大学古注自百济渡来。

《日本史》：继体天皇七年（天监十二年）夏六月，百济贡五经博士段杨尔，后以汉安茂代之。钦明天皇十四年（梁承圣二年）六月赐马船弓矢于百济，敕曰："王必贡医、《易》、历博士各一人，每年交代而龟卜、历算诸书及药物亦当附送。"十五年春正月，百济使五经博士王柳贵代僧道深，贡《易》博士道良，历博士保孙，医博士陵陀，采药师潘量及乐工数人。

有史学，

《国史讲义》：百济之阿直岐之后为阿直史，直支王之后为林史，武宁王之后为和史、高野史。又许里公及和德为道祖史、和德史之祖。高丽人之后有岛史、岛岐史。新罗人归化者之后有金城史。[1]

有历学、医学（见前）及天文、地理诸学，

《日本史》：推古天皇十年（隋仁寿二年），冬十月，百济僧观勤献天文、地理、遁甲、方术诸书。

而其输入佛法，亦与吾国人弘法于日者相先后。

《国史讲义》：继体天皇十六年（梁普通三年），南梁人司马达等来居大和国坂田原，从事佛教之弘布，时人称为韩土神。钦明天皇十三年（梁承圣元年），百济圣王遣使者献释迦佛金铜像一躯、幡盖若干、经论若干卷。天皇使大臣苏我稻目礼拜之。敏达天皇六年（陈太建九年）十一月，百济王再献经论若干卷并律师、禅师、比丘尼、咒禁师、造佛工、造寺工六人。大臣苏我马子觅修行者于四方，得高丽之惠便于播磨，招以为师，使度司马达等之女善信尼及其弟子禅藏、尼惠信、尼马子，崇敬三尼，供其衣食。营佛于其殿宅之东方，安置弥勒石像，大会设斋。是时司马达等得佛舍利献于马子。

《日本史》：敏达天皇十三年（陈至德二年）秋九月，百济鹿深献弥勒石像于苏我马子，马子作殿宇于石川安置之。司马达又献舍利，马子试以铁锤锤破之，舍利完而不缺，马子以为佛德所致也，起塔于大野藏之。

日隋之通使，盖以间接求佛法于三韩，不如直接求佛法于我国。

《日本史》：崇峻天皇元年（陈祯明二年）夏五月，百济以僧惠实等九人为使，献舍利及伽蓝、垆盘、瓦画诸工。马子使善信从惠实至百济以学佛法。

《隋书·倭国传》：大业三年，其王多利思北孤遣使朝贡。使者曰："闻海西菩萨天子重兴佛法，故遣朝拜，兼沙门数十人来学佛法。"

虽佛法非华化，然当时日之倾向于我，固以我国为佛法之大宗矣。

《隋书》载大业三年倭遣沙门数十人来，而日本史籍初未之言，惟述

1.按：此皆当时诸国史官。

小野妹子再来报聘，率学生八人，为其国学者留学于我国之嚆矢。

《国史讲义》：推古天皇十五年七月，遣大礼小野妹子于隋，鞍作福利为通事。翌年四月，妹子归朝，使人裴世清等十二人从来。乃造新馆于难波，以錺船三十艘迎之，置掌客使掌应接，发骑七十五匹迎于海石榴市衢。世清持书述使旨。九日，世清等归国，复遣妹子为大使，吉士雄成为小使，福利为通事使报聘。是时，学生倭汉直福因、奈罗译语惠明、高向汉人玄理、新汉人大国、学问僧新汉人日文（一作旻）、南渊汉人清安、志贺汉人惠隐、汉人广齐等八人从之，是为留学生之嚆矢。

自是学生及学问僧，相踵而来。

《国史讲义》：孝德天皇白雉四年（唐永徽四年），吉士长丹、高田根麻吕为遣唐大使，率二百四十一人乘二船入唐，斯时学问僧之从行者有道严、道通、道光、惠施、觉胜、辨正、惠照、僧忍、知聪、道昭、定惠、安达、道观、道福、义向，学生有巨势臣药、冰连老人等。此等人多为本邦人之子孙，与推古天皇时代之学生、学僧大异其趣，是亦可以知本邦人浸渐于学问之程度。齐明天皇四年（唐显庆四年），沙门智达、智通奉敕入唐，受无性众生之义于玄奘法师。

《新唐书》：开元初，粟田复朝请从诸儒授经，诏四门助教赵玄默即鸿胪寺为师，献大幅布为贽，悉赏物贸书以归。贞元末，其王曰桓武，遣使者朝。其学子橘逸势、浮屠空海愿留肄业。历二十余年，使者高阶真人来，请逸势等俱还，诏可。

《日本国志》：元正帝灵龟二年，遣使于唐，吉备真备选为留学生[1]。桓武帝二十三年，葛野麻吕等充使员学僧空海从行。平城帝大同元年，判官高阶、真人远成以学生橘逸势、学僧空海等还。

而其有得于唐室之文化者，首为法制。

《国史讲义》：推古天皇三十七年（唐武德六年）七月，大唐问者僧惠齐、惠光及医惠日福因等归朝。共奏曰："留唐国之学者，皆已成业，

1.《唐书》叙此事谓"开元初，粟田复朝"云云。考"真备"二字，日本音同"真人"，故误以为武后时来朝之粟田真人，今从日本更正。

可召之归。大唐国为法式备定之珍国，宜常通使。"

高向玄理、南渊清安及僧旻等，皆留学于唐，归国传播，而成大化维新之勋。

《国史讲义》：此朝留学生、学问僧续续归朝，以淹留之久，目击唐国之文化，灿然胸中，蕴蓄几多之学殖。及归，视我习俗之丑陋，不自觉而发改良革新之念。大化改新决非一朝一夕之举，必有所自来，而参与此改新之人，如中大兄皇子、中臣镰足等，皆学于南渊清安及僧旻，有得于斩新之智识。然则大化之改新者，不可不谓播种于推古天皇之朝，至孝德天皇之朝而结实也。

又：孝德天皇即位，以沙门旻法师、高向玄理为国博士，使参与政事。

又：孝德即位之年乙卯，始立年号曰"大化"。所谓大化新政之方针，在因唐制而建设强大之中央政府。盖支那之法制，即古圣贤人之治道，可信其卓绝于万国。我邦古来虽有一定之制法，然仅依自然之法则，而未有理论。自支那学术输入，始辩论其得失，而因之以研究我邦之制法。其新政之大主眼，即为祖述圣贤之治道。

僧旻留学凡二十六年，清安玄理等留学凡三十四年。

《日本国志》：舒明帝四年（唐贞观六年），学僧灵云僧日文等还（自推古十五年至是凡二十六年）。十二年（贞观十四年），学生惠隐清安、高向玄理从新罗使还自唐（自推古十五年至是凡三十四年）。

浸淫渐渍于华化，迥非今之学生学于欧美三二年或五七年稍得其皮毛者之比。故其所定法制，皆源于华而适于日，第取日之大化新法制及《大宝律令》《养老律令》与《唐六典》《唐律》较之，即知其法律一切皆由唐来，而变化以适国情，非徒直袭外来之法，惟人是从也。

吾国政书，古曰典法，

《周官》：太宰之职，掌建邦之六典，以佐王治邦国。一曰治典、二曰教典、三曰礼典、四曰政典、五曰刑典、六曰事典。

又：太史掌建邦之六典以逆邦国之治，掌法以逆官府之治，掌则以逆都鄙之治，凡辨法者考焉。大迁国，抱法以前。

其书多不传。今所存者，惟《周官》，而世人竞斥为伪书，不之信。

李悝《法经》，载在《汉志》，今亦久佚。

《唐律疏》：魏文侯师于悝，悝集诸国刑典造《法经》六篇，一盗法、二贼法、三囚法、四捕法、五杂法、六具法。

其余历代典制，著于《隋志》之旧事、职官、仪注、刑法诸篇者，大都有目无书。其卷帙完备，世所共信，可以见吾华夏种族经邦政治之法者，实惟《唐律》及《唐六典》。按《唐律》定于永徽四年，当日本孝德天皇白雉四年。《六典》成于开元二十六年，当日本圣武天皇天平十年。而日本之大化新制及《大宝》《养老》诸律令，实与此二书相先后。

有贺长雄《日本法制史》：大化二年正月，发改新之大诏，是实后来律令之基本。[1]

又：天智天皇七年，命中臣镰足刊定律令，至十年而成功。此时都城在近江之滋贺，故世称天智天皇之律令曰《近江令》，其书凡二十二卷，至天武天皇之九年，更有编纂律令之举，委万机于皇太子，天皇专潜心于此事。明年造令二十二卷，了持统天皇三年颁布于诸司。文武天皇四年，刑部亲王藤原不比等奉敕更撰定律令，至大宝元年（唐中宗嗣圣十八年），始成。以天武编纂之律令为准据，编定令十一卷、律六卷，谓之《大宝令》《大宝律》。同年颁布于天下，遣明法博士讲述于诸道。是后至元正天皇之养老二年（唐开元六年），更敕藤原不比等修定律、令，各为十卷。然仅仅改正《大宝令》《律》之错误，削补衍阙而已。此新令亦谓之《养老令》《养老律》，即今世所传《大宝令》是也。

其后又有弘仁、贞观等格式，总称为律、令、格、式，其定名及分类，皆唐制也。

《日本法制史》：《大宝令》者，与律及格、式相待而行者也。《大学衍义补》谓唐之刑书有四，曰律、令、格、式。令者，尊卑贵贱之等数，国家之制度也；格者，百官有司所常行之事也；式者，其所常守之法也。凡邦国之政，必从此三者行，其有所违及人之为恶而入于罪戾者，一以律断之。律之书，因隋之旧为十二篇。以今日之语释之，律者，刑法也；令

1.按：大化二年当唐太宗贞观二十年。

者，关于皇室、政府、官吏、信教、纪律、财政、军防、教育、内治等重大的法律也；格者，代代天皇于律、令之范围内补充之，或为执行而发给之命令也；式者，政府部内之事务章程也。令与律自大宝以来大体无所变更，其奉行之格、式则有弘仁年间藤原冬嗣等奉敕撰集之《弘仁格》《弘仁式》，次则贞观年间有藤原氏宗等奉敕撰集之《贞观格》《贞观式》，延喜年间又有藤原忠平等奉敕撰集之《延喜格》《延喜式》，世称之曰"三代格""三代式"云。

大化改制之诏凡四条，其三、四两条，最可以见其抚仿唐制之迹。

《日本法制史》：大化改新之诏，其三曰初造户籍计帐、班田收授之法。五十户为里，每里置长一人，按检户口，课殖农桑，禁察非违，催驱赋役。若山谷阻险、地远人稀之处，随便量置。凡田，长三十步、广十二步为段，十段为町（《日本史》作十段为顷）。段之租，稻二束二把；町（《日本史》亦作顷）之租，二十二束。

又：其四曰罢旧之赋役，行田调。凡绢、绝、丝、绵，并随乡土所出。田一町（《日本史》作顷），出绢一丈，四町（《日本史》亦作顷）出一匹，长四丈，幅二尺半。绝每町二丈（《日本史》作顷），二町（《日本史》亦作顷）一匹，长广与绢同。布每町（《日本史》作顷）四丈，长广与绢绝同。一町（《日本史》作顷）出端。别收户别之调，一户出布一丈二尺，土物称之。凡官马，中马百户输一匹，细马二百户一匹，其买马直，一户布一丈二尺。凡兵，每人输刀、甲、弓、矢、旗、鼓。凡仕丁，每五十户出一人以充诸司，以五十户充仕丁一人之粮。其粮，一户庸布一丈二尺，庸米五斗。

盖吾国自元魏宇文周以来，行授田之制。

《魏书·食货志》：太和九年，下诏均给天下民田。

立里党三长。

《魏书·食货志》：太和十年，给事中李冲上言：宜准古，五家立一邻长，五邻立一里长，五里立一党长。

定计帐、户籍之法。

《北周书·苏绰传》：绰始制文案程式，朱出墨入，及计帐、户籍之法。其牧守、令、长非通六条及计帐者，不得居官。

沿及隋唐，规制益备。

《隋书·食货志》：高颎为输籍定样，请遍下诸州。每年正月五日，县令巡人各随便近，五党三党共为一团，依样定户上下。帝乃发使四出，均天下之田，其狭乡每丁才至二十亩，老少又少焉。

《旧唐书·食货志》：武德七年，始定律令，以度田之制。五尺为步，步二百四十为亩，亩百为顷。丁男、中男给一顷，笃疾、废疾给四十亩，寡妻、妾三十亩，若为户者加二十亩。所授之田十分之二为世业，八为口分。百户为里，五里为乡，四家为邻，五家为保，在邑居者为坊，在田野者为村，村、坊、邻、里递相督察。每岁一造计帐，三年一造户籍，州县留五比，尚书省留三比。

《唐六典》：凡天下之田，五尺为步，二百有四十步为亩，百亩为顷，度其肥瘠宽狭以居其人。凡给田之制有差，丁男、中男以一顷，老男、笃疾、废疾以四十亩，寡妻、妾以三十亩，若为户者则减丁之半。凡田分为二等，一曰永业，一曰口分。丁之田二为承业，八为口分。

又：百户为里，五里为乡，两京及州县之廓内分为坊，郊外为村里及村坊，皆有正以司督察（里正兼课植农桑、催驱赋役）。每一岁一造计帐，三年一造户籍，县以籍成于州，州成于省，户部总而领焉。

其赋役之法，则采魏晋以来之制，分为租、调、役、徭诸目。

《旧唐书·食货志》：赋役之法，每丁岁入租粟二石，调则随乡土所产，绫、绢、绝各二丈，布加五分之一。输绫、绢、绝者兼调绵三两，输布者麻三斤。凡丁，岁役二旬，若不役则收其佣，每日三尺。有事而加役者，旬有五日免其调，三旬则租调俱免，通正役并不过五十日。

《唐六典》：凡赋役之制有四，一曰租、二曰调、三曰役、四曰杂徭。课户每丁租粟二石，其调随乡土所产，绫、绢、绝各二丈，布加五分之一。输绫、绢、绝者绵三两，输布者麻二斤，皆书印焉。凡丁，岁役二旬，无事则收其庸，每日三尺，布加五分之一。有事而加役者，旬有五日免其调，三旬则租调俱免。

证以日制，则所谓户籍也、计帐也、班田收授也、每里置长也、田租也、户调也、庸布也，皆仿吾国之法也。所异者，每采吾制，必按其国情而斟酌损益。如魏制二十五家为里，唐制百家为里，日本之法则五十家为里，倍于魏而半于唐，不泥于吾国之数也。唐制二百四十步为亩，百亩为顷，日本之法，则长三十步广十二步为段，十段为顷，亦不泥于吾国之数也。唐制田租丁二石，户调绫、绢、绝各二丈，布则二丈四尺，日本之法，则田租二束二把，田调一顷出绢一丈，户调出布一丈二尺，亦不泥于吾国之数也。唐制丁皆有役，不役者输布七丈二尺，日本之法，则改为五十户出一人，而每户出布一丈米五斗以养之，其变通尤甚矣。至于里长之职，唐制仅日课植农桑、催驱赋役，日本则加以按检户口、禁察非违等事。以教育之法言之，日之师唐，殆可谓之举一隅能以三隅反矣。

虽然，大化新制，固可证其本于唐法，而条文简略，犹未足以见其师法之善也。试观《大宝令》中户令、田令等文，则不但可考其损益唐法之迹，且有唐代典籍言之未详而日制备举其法，吾辈转可因以考见吾国制度者，是尤治历史者所不可不知矣。例如唐之人口，有黄、小、中、丁、老之别，日之《大宝令》亦别之。

《唐六典》：凡男女始生为黄，四岁为小，十六为中，二十有一为丁，六十为老。

《日本法制史》：凡男女三岁以下为黄，十六岁以下为小，廿岁以下为中，廿一为丁，六十一以上为老，六十六以上为耆，无夫者为寡妻、妾（此皆摘录《大宝令》之文）。

唐有宽乡狭乡之别，日之《大宝令》亦别之。

《唐六典》：凡州县界内所部受田悉足者为宽乡，不足者为狭乡。

又：乐住之制居狭乡者，听其从宽。

《日本法制史》：居狭乡者愿就宽乡，得申牒本郡，请国司之处分。欲附宽国者亦听之。

是皆大化新制所未明定，而《大宝令》准唐制而增加者也。又如户籍计帐之制，《周书》《唐书》所言皆不详，《六典》亦仅数语，即参以注文，亦不能确知其式。

《唐六典》注：诸造籍，起正月，毕三月，所须纸笔、装潢、轴袟皆出当户内，口别一钱，计帐所须户别一钱。

而日之《大宝令》所言，乃较《六典》为详。

《日本法制史》：户籍六年一造，起十月上旬，讫翌年五月三十日，内里别为一卷。每户皆注其国、其郡、其里、其人之年籍，总为三通，二通申大政官，一通留于京，或其国杂户、陵户之籍更写一通，各送其本司。造籍所用之纸，染于黄蘗，须坚厚，但西海道诸国书于白纸。其纸笔、墨轴、帙带等等费用，皆出当户。[1]

又：为调庸俭知课口之帐簿曰计帐，又云大帐，又云大计帐，每年六月卅日以前京国之官司使部内之户主自注其家口、年纪，收讫造帐连署，而以八月卅日以前申奏于太政官。若全户不在其乡，亦照旧计帐转写而注其不在之理由。

由是可知唐之户籍，亦必里别为卷，卷皆黄纸（观其西海道用白纸似特别之事，非通例）。每户皆须注明某州、某县、某里、某人及其年岁。其计帐亦须由户主注明家口之数、各人之年，而徙居之户则官为注之。惜有贺氏未以正仓院所藏之大宝户籍断简影印于书中，使有之，则吾人对于历代户籍之式，必益明了矣。

大化新制未言一人授田若干，《大宝令》之田令，男子给田二段，女子一段百卅步。

《日本法制史》：男子给田二段，即七百二十步；女子减于男子三分之一，即一段百卅步。

较之唐之男子人得一顷者，相去远矣。又唐有永业、口分之别，日则仅有口分田。

《日本法制史》：班田者，遣班田使班授口分田于一般人民也。

当由国小土狭而然。自魏至唐，皆年年授田。

《魏书·食货志》：诸还受民田恒以正月，若始授田而身亡及卖买奴婢中者，皆至明年正月乃得还受。[2]

---

1. 有贺长雄自注：当时籍帐之式样，有传存于东大寺正仓院之大宝二年以下之户籍之断简数种，足以知其大略云。
2. 据此，当为年年授田。

《唐六典》：凡应收授之田，皆起十月，毕十二月。[1]

日本则以六年为一度，其班田之年，谓之班年。

《日本法制史》：人生至六岁皆得口分田，死者必至六年始口收公。其班田之年谓之"班年"，每届班年，正月卅日内两京各国之官司申太政官，自十月一日起校勘新给田地之人而造簿，至十一月一日总集受田之人而给授之，翌年二月卅日内讫事。若班田之事涉于两年者，称其前年为班年，班年之翌年所生之子至次之班年，年六岁即授口分田，若至七岁而亡须至次之班年即十二岁时始收其田于公。未收之时，户内之人佃食之。

是又特异于吾国者也。

《大宝令》租庸调之法，视大化新制亦有不同。

《日本法制史》：依赋役令[2]，绢、絁、绵、布各从乡土所出以定率。计课口使出者，谓之调，即正丁一人出绢絁八尺五寸、丝八两、绵一斤、布二丈六尺为定率。凡正丁一年中须役于国家之事十日，若不欲自出役者，则以物品代纳，谓之庸，即正丁一人一日以布二尺六寸代役，十日则二丈六尺也。对于分配于人民之土地所课曰租，男子之田获稻百四十四束，输租稻四束四把[3]，女子之田获稻九十六束，输租稻九束三分余[4]。

今以唐制较之列表于下（左）：

	唐	日
调	绫绢各二丈	绢、絁八尺五寸
	绵三两	绵一斤
	布二丈四尺	布二丈六尺
	麻二斤	丝八两
庸	每日三尺（此指绫、绢、絁而言，布加五之一）	一日二尺六寸
	廿日六丈	十日二丈六尺
租	每丁二石	男子一斗五升，女子一斗

租庸皆减于唐，而调则绵布之类皆增于唐。盖大化新制，有田调又

---

1. 此其异于魏者，以年终农隙也。原文未言某年，当仍是年年举行。
2. 即《大宝令》中之赋役令。
3. 有贺氏自注：百四十四束合米五斛，四束四把合米一斗五升。
4. 九十六束合米三斛三斗三升三合，九束三分合米一斗。

有户调,《大宝令》合田调与户调为一,故其数似多而实少也。

以上皆仅就田土户役诸令言之,非《大宝令》之全体也。欲知《大宝令》之全体,宜先观其条目。

《日本法制史》:《大宝令》第一《官位》凡十九条,第二《职员令》凡八十条,第三《后宫职员令》凡十条,第四《东宫职员令》凡十一条,第五《家令职员令》凡十条,第六《神祇令》凡二十条,第七《僧尼令》凡二十条,第八《户令》凡四十五条,第九《田令》凡三十七条,第十《赋役令》凡三十九条,第十一《学令》凡二十二条,第十二《选叙令》凡三十九条,第十三《继嗣令》凡四条,第十四《考课令》凡七十五条,第十五《禄令》凡十五条,第十六《官卫令》凡二十八条,第十七《军防令》凡七十六条,第十八《仪制令》凡二十六条,第十九《衣服令》凡十四条,第二十《营缮令》凡十八条,第二十一《公式令》凡八十九条,第二十二《仓库令》凡二十二条,第二十三《厩牧令》凡二十八条,第二十四《医疾令》凡二十七条,第二十五《假宁令》凡十三条,第二十六《丧葬令》凡十七条,第二十七《关市令》凡二十条,第二十八《捕亡令》凡十五条,第二十九《狱令》凡六十三条,第三十《杂令》凡四十一条,通计九百四十九条。

以之较唐令,则令目较多而条文为少。

《唐六典》:凡令二十有七(分为三十卷),一曰官品(分为上下),二曰三师、三公、台、省职员,三曰寺监职员,四曰卫府职员,五曰东宫、王府职员,六曰州县、镇戍、狱渎、关津职员,七曰内外命妇职员,八曰祠,九曰户,十曰选举,十一曰考课,十二曰官卫,十三曰军防,十四曰衣服,十五曰仪制,十六曰卤簿(分为上下),十七曰公式(分为上下),十八曰田,十九曰赋役,二十曰仓库,二十一曰厩牧,二十二曰关市,二十三曰医疾,二十四曰狱官,二十五曰营缮,二十六曰丧葬,二十七曰杂令。而大凡一千五百四十有六条焉。

然其所多者,惟《僧尼》《继嗣》二令为特创,《学令》则本于晋、梁、隋令,《捕亡》则本于晋、梁令,《假宁》则本于隋令,《禄令》则本于晋、隋之《俸廪令》。综日本《大宝令》三十类,其本于中国者二十八焉。

《唐六典》注：晋令贾充等撰令四十篇，二学，六俸廪，十三捕亡。

又：梁初命蔡法度等撰《梁令》三十篇，二学，十四捕亡。

又：隋开皇命高颎等撰令三十卷，十二学，十四封爵俸廪，二十七假宁。

兹以日令为表，证其所出如下：

大宝令	唐令	隋令	梁令	晋令
官位	官品	官品	官品	官品
职员	三公三师台省寺监卫府职员	诸省台寺卫职员	吏员	吏员
后宫职员	内外命妇职员	命妇品员		
东宫职员	东宫王府职员	东宫职员		
家令职员				
神祇	祠	祠	祠	祠
僧尼				
户	户	户	户调	户调
田	田	田	公田	佃
赋役	赋役	赋役		
学		学	学	学
选叙	选举	选举	选吏、选将、选杂士	选吏、选将、选杂士
继嗣				
考课	考课	考课		
禄		封爵俸廪		俸廪
宫卫	宫卫	宫卫军防	宫卫	宫卫
军防	军防		军（吏赏）	（军战、水战、军法）
仪制	仪制	仪制		
衣服	衣服	衣服		
营缮	营缮			
公式	公式	公式		
仓库	仓库	仓库厩牧		
厩牧	厩牧			
医疾	医疾		医药疾病	医药疾病
假事		假事		
丧葬	丧葬	丧葬	丧葬	丧葬

大宝令	唐令	隋令	梁令	晋令
关市	关市	关市	关市	关市
捕亡			捕亡	捕亡
狱	狱官	狱官	狱官	狱官
杂令	杂令	杂令	杂	杂

呜呼，日本未遣学生于吾国之先，其国家之情状，不过台湾、琉球等夷耳，一经吾国之陶冶，而其规抚文教，俨然有泱泱大国之风。《诗》曰："螟蛉有子，蜾蠃负之。教诲尔子，式谷似之。"日本真谷似矣哉。近人谓中国之文化最富于与者之潜力。

陈嘉异《论太平洋会议》：英文豪威尔斯于最近杰作《历史大纲》一书中，以民族对于人类生命上之文明之受或与之多寡而定其民族之优劣，可知一民族之有其生存与发展之价值与否，实以其有无贡献于世界之文明以为衡准。是则吾国数千年来，凡与我邻近之民族相接触，非全为我所同化，即资以构成彼族之文明，如维新前之日本乃其好例。是我国之文化富于与者之潜力，要无容疑。

然亦但能抚略其词，谓曰曾师吾云尔。究其举国以师吾之证，则国民犹罕言之者，不佞所为不禅娓缕以诏吾国民也。

日本法制，取则吾国而自按国情斟酌损益者，不独田租户调之类也。察其大体，首在官制。《唐六典》首三师、三公，次尚书、门下、中书及秘书、殿中、内侍等省，御史台、国子监等职，别无所谓神祇官也。日本《大宝令》则区为二官八省一台，以神祇官与太政官对峙，其职且列于太政官之上。

《日本法制史》：神祇官者，始于垂神谕而开建国之基本之天照大神，而司日本国民之远源的天地神祇之祭祀，以明皇绪之由来，故居于国家组织之最高地位。其长官曰神祇，伯一人，总判官事；大副、小副各一人，以辅伯；大祐、小祐各一人，司纠判官内审署文案，考稽失知宿直等；书记曰大史、小史各一人。其下有神部三十人，卜部二人，使部三十人，直丁二人。依《神祇令》，神祇官之所掌，一天神地祇之祭祀，二祝部神户之名籍，三大尝，四镇魂，五御巫卜兆。

按立国之本，大抵始于宗教，印度婆罗门阶级最高，职是故也。惟吾国脱离宗教特早，祭司不能久握大权，虽《曲礼》有"天子建天官，先六太"之文。

《曲礼》：天子建天官，先六太，曰太宰、太宗、太史、太祝、太士、太卜，典司六典。天子之五官，曰司徒、司马、司空、司士、司寇，典司五众。郑玄注：此盖殷时制也。周则太宰为天官，太宗曰宗伯，宗伯为春官，太史以下属焉。太士以神仕者。

而自西周以来，即专以人事设官。巫、史、卜、祝，悉为宗伯属僚，不能与冢宰、司徒等人官相抗。日本之当唐时，其进化之阶级，殆犹仅等于吾国殷周之际，故虽设官行政一准吾华，而神祇一官，尚在太政官之右。其尤可笑者，明治维新复古官制，犹欲举已废之典，而与新政并行。

《大日本历史集成》：明治二年七月八日，更定官制，设二官六省。神祇官之职，掌祭典诸陵，宣教祝部神户之监督等。职员则伯一人，大副一人，少副一人，大祐一人，少祐一人，权少祐大史，权大史少史，权少史史生官掌使部等若干人。

是其国洄漩往复于初民之宗教思想，历数千年未替。视吾国之独崇人治，设官一以人事为重者何如乎？

日本之太政官，即唐之尚书省，其太政大臣视尚书令，左右大臣视尚书左右丞相若左右丞，特异其名耳。唐之六部，总隶尚书，无所专属，日本则以左、右大辨分辖八省，此其异者也。

《日本法制史》：左大辨一人，管中务、式部、治部、民部，右大辨管兵部、刑部、大藏、宫内。

日之式部视唐吏部，治部视唐礼部，民部视唐户部（户部本名民部，唐因讳民而改），其兵部、刑部名职并同，无俟陈述。惟唐仅六部，而日有八省，唐有工部，而日无之。日有中务、大藏、宫内三省，而唐无之。似日本之行政系统，与唐异矣。然细按之，则日制仍本于唐，而为小国模仿大国，取其大规模而缩小之之法。盖日之中务者，即唐之门下省、中书省之混合品，又兼有史馆及内官、内侍省诸职。

《日本法制史》：中务省虽为一省，实非行政官厅。盖立于天皇与太政官之中间，传宣诏敕，取续论奏、覆奏之所也。其事务之主要者如左：一侍从、二献替、三诏敕文案之审署、四受事覆奏、五宣旨、六劳问、七纳上表（按此皆唐门下省及中书省之职务）、八国史监修（按此即唐门下省之史馆职务）、九女王内外命妇、宫人等之名帐，考叙位，记诸国户籍、租调帐、僧尼名簿之事（此职尤复杂）。其外中务省之部内有一职六寮三司，即中宫职，图书寮、阴阳寮、大舍人寮、内藏寮、内匠寮、缝殿寮、内药司、内礼司、画工司是也（按此即唐之殿中省内官、内侍省诸职务）。

其大藏省则取法于唐之太府寺及司农寺，宫内省则取法于唐之殿中省及宗正寺，而唐代工部之职务亦分布于此诸省中。

《日本法制史》：大藏省有典铸司、漆部司、缝部司、织部司。宫内省有造酒司、锻冶司、土工司、主水司等。

故唐代六省九寺诸监，名目繁伙，而日仅以八省括之。八省之外，再设一弹正台，以仿唐之御史台，而事无不举。即此可见其师法之善，亦可见其性质之小矣。

唐代六学，曰国子监、曰太学、曰四门小学、曰律学、曰书学、曰算学，日本则总名之曰大学寮。

《日本法制史》：大学寮司学生之简试及先圣之释奠，有头助之属。博士一人，教授经业、课试学生，助教二人，律学博士二人，音博士二人，书博士二人，算博士二人。学生四百人，修经业；明法生十人，修法律；文章生十人，修文章。

其卒业者，亦有秀才、明经、进士等称。

《日本法制史》：大学卒业者，其博学高才者为秀才，上上则叙正八位上，上中则叙正八位下；通二经以上者为明经，上上则叙正八位下，上中叙从八位上；闲习时务并读《文选》《尔雅》者为进士，甲第叙从八位下，乙第叙大初位下。[1]

其学校之教科，一本唐制。

《日本国志》：其教之之法，有《周易》《尚书》《周礼》《仪礼》《礼记》《毛诗》《春秋左氏传》之七经[2]。而《孝经》《论语》则令学者兼习（《孝经》立孔安国、郑康成注，《论语》立郑康成、何晏注）。此外有算学[3]，有书学，有律学，有音学，有天文、阴阳、历、医等学。[4]

邦国之学，亦准唐之州府，置博士学生。

《日本国志》：自京师至于邦国莫不有学。京师有大学，学有博士、国博士，每国一人。学生大国五十人，上国四十人，中国三十人，下国二十人。

《唐六典》：京兆、河南、太原府经学博士一人，助教二人，学生八十人。大都督府经学博士一人，助教二人，学生六十人。中都督府经学博士一人，助教二人。学生六十人。下都督府经学博士一人，助教一人，学生五十人。上州经学博士一人，助教二人，学生六十人。中州经学博士一人，助教一人，学生五十人。下州经学博士一人，助教一人，学生四十人。

惟唐则学校独立，不隶属于诸部，惟考试由礼部举行。

《唐六典》：礼部尚书、侍郎之职掌天下贡举之政令。凡举试之制，

---

1. 日本之位，即唐之阶，《唐六典》凡叙阶二十九，从一品曰开府仪同三司，正二品曰特进，从二品曰光禄大夫，正三品曰金紫光禄大夫，从三品曰银青光禄大夫，正四品上曰正议大夫，正四品下曰通议大夫，从四品上曰太中大夫，正五品上曰中散大夫，正五品下曰朝议大夫，从五品上曰朝请大夫，从五品下曰朝散大夫，正六品上曰朝议郎，正六品下曰承议郎，从六品上曰奉议郎，从六品下曰通直郎，正七品上曰朝请郎，正七品下曰宣德郎，从七品上曰朝散郎，从七品下曰宣议郎，正八品上曰给事郎，正八品下曰征事郎，从八品上曰承奉郎，从八品下曰承务郎，正九品上曰儒林郎，正九品下曰登仕郎，从九品上曰文林郎，从九品下曰将仕郎。日本自推古帝始创十二阶制，迭经变更，至大宝以后定为三十阶，自一位至三位仅有正从，自四位至八位有正、从、上、下，其下有大初位、少初位，亦各有上下。唐制，秀才上上第正八品已下递降一等，至中上第从八品下，明经降秀才三等，进士明法甲第从九品上，乙第降一等。若本荫高者，秀才明经上第加本荫四阶，已下递降一等。明经通一经已上，每一经加一阶，日制盖亦仿之。
2.《易》立郑康成、王弼注，《书》立孔安国、郑康成注，《三礼》《毛诗》立郑康成注，《左传》立服虔、杜预注。《礼记》《左传》为大经，《毛诗》《周礼》《仪礼》为中经，《周易》《尚书》为小经。
3. 以《孙子》《五曹》《九章》《海岛》《缀术》《周髀》各为一经。
4. 按：阴阳、天文、历教于阴阳寮，医学、针科等教于典药寮，均不属大学。

每岁仲冬率与计偕。其科有六，一曰秀才、二曰明经、三曰进士、四曰明法、五曰书、六曰算。

日本则大学寮隶于式部省，与唐之学校独立者异致耳。

吾国学校，自古即有释奠于先圣先师之礼，自后汉学校祀圣师周公、孔子，唐亦仍之。贞观中，停祭周公，升孔子为先圣。

《文献通考》：贞观二年，房元龄等建议：武德中诏释奠于太学，以周公为先圣，孔子配享，臣以为周公、尼父俱称圣人，庠序置奠本由夫子，故晋、宋、梁、陈及隋大业故事皆以孔子为先圣，颜回为先师，历代所行，古今通允，伏请停祭周公，升孔子为先圣，以颜回配。诏从之。

日本亦遵行之，自文武帝大宝元年二月释奠先圣孔子于大学寮。

《日本全史》：大宝元年二月，释奠先圣孔子于大学寮。应神之时，直岐王仁始传经典，实儒学之祖也。文武创行释奠以祀孔子，使天下崇儒道，尔后列圣承之，年年祭祀，不缺其礼。

历世相承，罔敢或替，甚至以修释奠式举叙官之典。

《日本国志》：文武帝尝谒学行释奠礼，清和帝并诏修《释奠式》，则叙官于五畿七道以示尊崇圣教之意。大学、国学皆以岁时祀先圣孔子，初称孔宣父，神护景云二年亦谥曰文宣王，大学配以先师，为颜渊。从祀者九座，则闵子骞、冉伯牛、仲弓、冉有、季路、宰我、子贡、子游、子夏也。国学专祀先圣、先师，惟太宰府学三座为先圣、先师、闵子骞。

《日本历史》：大学、国学每年春秋皆须释奠孔子两度。

孔教之广被海东，殆以唐代为最盛矣。

日本民族之特性在善于摹仿，而其病亦在随人俯仰，与之盛衰。当唐盛时，学校修明，典章灿备，日人力仿效。课士释奠之外，天皇亦从师受经。

《日本全史》：淳和天皇天长二年八月，上御紫宸殿使大学诸生讲论经、史，著为永制。

又：清和天皇贞观二年正月，帝受《孝经》于大学博士春日雄继。后世诸帝受经，必以《孝经》为先，盖以此为例也。

又：光孝天皇仁和二年秋八月，释奠，公卿百官拜谒圣像。翌日，帝御紫宸殿，令博士讨论经义。

其学者若菅氏江氏，彬彬然有华夏儒先之风，宜若可以持久而不坠矣。然自遣唐使罢，李氏垂亡，中原文化无所观效。

《日本全史》：宇多天皇宽平六年八月，以参议菅原道真为遣唐大使，右少辨纪长谷雄为副使。于是，僧中瓘学佛在唐，赠书于道真曰："昭宗不道，诸镇作乱，李家存亡不可知也。"道真以其书奏之，朝议罢遣唐使。

而其国之学校教育，亦渐即于衰颓。观三善清行之封事，至云"父母相诫，无令子弟从事学馆"。

《日本全史》：醍醐天皇延喜十三年（时已当后梁中）四月，式部大辅三善清行上封事，其四请加给大学生食田曰：治国之道，得贤为先。得贤之方，学校为本。是以明王必设庠序以教德义，习经艺而叙彝伦。《周礼》卿大夫献贤能之书，王拜而受之，所以尊道而贵士也。伏以本邦之建大学，盖始于大宝，而天平之时吉备公恢弘艺术，躬亲传授之，即令学生修习五经、三史、法律、算术、音韵、隶楷六道，其后下敕以伴家持所没入加贺田一百余顷，久世公田三千余顷，茨田、涩川两郡五十五顷充生徒之俸饩，号曰"劝学田"。而年月渐久，事皆暧违。承和中，伴善男诉家持无罪，复与加贺田，而茨田、涩川频遭洪水，学田陷而为川泽。其后有敕，分久世田为四，其三分给典药及左右马寮，大学仅存其一分而已。以此小入养数百生徒，虽作薄粥犹不能周给，而生徒之志愈固，饥寒之苦日忘。深勤钻仰，共往学馆焉。然人有利钝，才异智愚，或有懒惰难堪者，或有颖脱囊中者，通而计之，中才以上概十分之三也。故才士已登科，不才悉落第，而其所落第者归于旧里，卧于陋巷。于是后进之士见其如此，以为大学者，迍邅坎壈之府，穷困冻馁之乡，遂至父母相诫，无令子弟从事学馆也。由是南北讲堂，鞠为茂草，东西寮舍，阒而无人。博士选举之日，惟以虚名荐士，曾不问才之高下、艺之成否，请托由是盛行，滥吹为之满座。学术陵迟，无由兴复，先王庠序，遂成邱墟。伏请常丹田租所出租稻及罪人、伴善男所返与加贺田复没入之，以加久世田为大学之租额。

虽其原因孔多，而唐室之亡，要亦与有关系。观于近年日人极力仿效德制，比德衰，则又相率诋之。其于文化专以势力为从违，可以前后互勘矣。

日之《大宝律》几于直袭《唐律》，五刑、八虐、六议，无一不本于唐。

《日本法制史》：《大宝律》五刑各有数等。

	（一等）	（二等）	（三等）	（四等）	（五等）
死罪	绞罪	斩罪			
流罪	近流	中流	远流		
徒罪	一年	一年半	二年	二年半	三年
杖	六十	七十	八十	九十	百
笞	十	二十	三十	四十	五十

《唐律》：五刑笞刑五（一十、二十、三十、四十、五十）、杖刑五（六十、七十、八十、九十、一百）、徒刑五（一年、一年半、二年、二年半、三年）、流刑三（二千里、二千五百里、三千里者，为日所不能仿，故略之）、死刑二（绞、斩）。

《日本法制史》：八虐，一谋反、二谋大逆、三谋叛、四恶逆、五不道、六大不敬、七不孝、八不义。

《唐律》：十恶，一曰谋反、二曰谋大逆、三曰谋叛、四曰恶逆、五曰不道、六曰大不敬、七曰不孝、八曰不睦（此条日本无之）、九曰不义、十曰内乱。（此条日本亦无之。日本自古以来皇室子女自相婚配渎乱无伦。故不能禁人之内乱也。）

《日本法制史》："六议，一议亲、二议故、三议贤、四议能、五议功、六议贵。"

《唐律》："八议，一曰议亲、二曰议故、三曰议贤、四曰议能、五曰议功、六曰议贵、七曰议勤、八曰议宾。"（此二条日本无之，以勤可并王功，而宾则日本之所无也。）

其律之分类。亦悉师吾国。

《日本法制史》："《大宝律》十二篇，第一名例律、第二禁术律、第三职制律、第四户婚律、第五贼盗律、第六厩库律、第七擅兴律、第八斗讼律、第九诈伪律、第十杂律、第十一捕亡律、第十二断狱律。

《旧唐书·刑法志》：法司定律五百条，分为十二卷。一曰名例、二曰卫禁、三曰职制、四曰户婚、五曰厩库、六曰擅兴、七曰贼盗、八曰斗讼、九曰诈伪、十曰杂律、十一曰捕亡、十二曰断狱。

惟《唐律》五百条今尚完全存在，日本《大宝律》今仅存名例、禁卫、职制、贼盗四篇，日人迭加搜辑，综诸律之逸文，凡存三百一十二条。是则日本之保存国典，不迨我国者也。

《日本法制史》：《大宝律》之实行，殆亘五百年间，至保元、平治以后，文武悬隔，朝廷之威严不能行于武人之上，《大宝律》施行之范围渐渐减缩。至镰仓幕府之时，惟行于朝臣，即所谓公家之上而已。且应仁京师兵乱之后，律本无完全者。德川家康庆长十九年访求天下遗书，仅得名例、贼盗之残篇二卷，后又得职制、禁卫二篇，其他概未发见。是以全书十二篇，今唯存四篇而已。《大宝令》之集解及其余之古书中间有引用律之原文者，文政年中有名原正明者从而拾集之，参照《唐律》补其阙文为一书，题曰《律逸》，公之于世，今依之。于以上四篇之外，得窥诸篇之一斑。

又：名例律存二十五条，禁卫律存十四条，职制律五十六条，皆完。户婚律存二十七条，贼盗律五十三条，皆完。厩库律存二十一条，擅兴律存六条，斗讼律存三十七条，诈伪律存十四条，杂律存二十七条，捕亡律存十条，断狱律存二十二条。

《大宝律》文虽有与《唐律》小异者，然其大体概本《唐律》，任举何条，皆可见之。今以斗争律为例，余可类推。

《日本法制史》：第二十一章斗争律：斗殴人。斗殴人者笞三十，伤及以他物殴人者杖六十，伤及拔发方寸以上杖八十，若血从耳目出及内损吐血者各加二等。

《唐律》：诸斗殴人者笞四十，伤及以他物殴人者杖六十，伤及拔发方寸以上杖八十，若血从耳目出及内损吐血者各加二等。（唐、日之异者，仅一笞四十，一笞三十，余并同。）

盖《唐律》集周、秦、汉、魏、晋、隋法律之成，其于罪状轻重、刑罚差别，剖析毫芒，务当于人情、事理而比之无一不得其平，故日人直抄成文，于其国情殆无不合。此则观邻邦之则效，即可知宗国之文明者也。《大宝律》有阙轶，今亦不能断其所传者完全与否，使所传者而为逐条之全文，则《大宝律》之删削《唐律》，颇有不迨《唐律》之精细者。例如：

《日本法制史》：第二十二章诈伪律：伪造神灵。凡伪造神灵者斩，造内印者绞。

比之《唐律》伪造皇帝宝条，即有详略之判。

《唐律》：伪造皇帝宝。诸伪造皇帝八宝者斩，太皇太后、皇太后、皇后、皇太子宝者绞，皇太子妃宝流三千里。

盖《唐律》列举太皇太后、皇后及皇太子妃之差别，日律则浑言曰内印，虽赅括而实易混淆矣，又如：

《日本法制史》诈伪律：奏事上书。凡奏事上书诈不以实者，徒二年。

较之《唐律》阙非密而妄言有密者加等之文，

《唐律》：对制上书不以实。诸对制及奏事上书诈不以实者徒二年，非密而妄言有密者加一等。

使其文出于《律逸》，而所引之书亦系展转抄引，并非全文则可，否则疏密之辨，一览即得矣。

日之政法，悉本于唐，具如上述。当时国交亲善，使节频繁，虽涉重洋，恒遭飙飓，吸于文化，不惮阻艰。吾国新、旧《唐书》载日本事甚略，日史则载之甚详，知其倾向特至。今依《日本国志》表其事于下：

日遣唐使表

唐年	日年	使臣	事实
太宗贞观四	舒明二	大仁犬上御田锹 大仁药师惠日	太宗矜其远，诏有司毋拘岁贡。四年还。
高宗永徽四	孝德白雉四	小山上吉士长丹 小乙上吉士驹 大山下高田根麻吕 小乙上扫守小麻吕	分乘两船，船各百二十人。根麻吕船至萨摩竹岛遭风漂没，长丹船至唐。献虎魄大如斗，玛瑙若五升器，高宗抚慰之。
五	五	小锦下河边麻吕 大山下药师惠日 大乙上书麻吕 大锦上高向元理	分乘两船，取道新罗，经莱州达长安。献方物，高宗赐玺书，令出兵援新罗。元理寻卒，吉士长丹等还。帝嘉其多得图书、珍宝，授少华下位，封二百户，赐姓吴氏。

唐年	日年	使臣	事实
显庆四	齐明五	小锦下坂合部石布 大山下津守吉祥	携虾夷男女二口、石布，船漂至南海夷岛，众为所杀，唯坂合部稻积等五人夺夷船逃至越括州。吉祥船至越州入朝高宗皇帝于东京，高宗问虾夷种类地名甚悉（《旧唐书》载此事，《新唐书》未载）。
中宗嗣圣十八[1]	文武大宝元	粟田朝臣真人 左大辨高桥笠间 右兵卫阪合部大分	真人进止有容，武后宴之麟德殿，授司膳卿（两《唐书》均载之）。后二年还自唐，赐谷千斛，田二十町，赏其奉使绝域也。
玄宗开元四	元正灵龟二	从四位下多治比县守 从五位下阿部安麻吕 正六位下藤原马养	使之未发也，先令祀神祇于盖山之南，赐县守节刀。后二年，县守等还自唐。入觐，着唐帝所赐朝服。
二十	圣武天平四	多治比广成 从五位中臣名代	未发，遣近江丹波播磨备中监造四船，是后遣使以四船为率。广成授节刀，明年乃至唐，又明年归。发苏州，会风作，四船漂散。广成船至越州，候风逾年，乃至。广成在唐易姓曰丹墀，子孙遂称丹墀氏。
天宝九	孝谦天平胜宝二	从四位下藤原清河 从五位下大伴古麻吕 从四位上吉备真备	明皇赏使者之仪容，呼日本曰礼义君子国。及还，明皇赋诗赐之，遣鸿胪卿送至维扬。仲麻吕请与还，明皇因命为使与清河同船。帆指奄美岛，不知所之，真备、古麻吕漂益久岛。明年三月乃至，献所赐币以告先陵。历代使还皆授位阶，此行更优，多至二百二十三人，舵师、厨人皆得与焉。
肃宗乾元二	天平宝字三	从五位下高元度	迎前使清河，清河不归。元度取南路先归。
宝应元	淳仁天平宝字六	从四位下仲石伴 从五位上石上宅嗣 从五位上藤原田麻吕 从五位下中臣鹰取 正六位上高丽广山	是行专贡牛角，屡易其使。唐乱未已，遂停发。
代宗大历十	光仁宝龟六	正四位下佐伯今毛人 正五位下大伴益立 从五位下藤原鹰取 中左辨小野石根 备中守大神未足	八年始抵扬州，九年朝代宗于宣政殿。九月赦船出扬子江，候风两月，石根与第二舶入海遭飓，船坏，石根等六十三人皆溺。判官小野滋野第三舶独完，十月至肥前。

---

1. 中宗嗣圣年号使用仅月余，据后文"文武大宝元"可知此时应为公元 701 年，即武则天长安元年。——编者注

唐年	日年	使臣	事实
德宗贞元十七	桓武延历二十	从四位上藤原葛野麻吕 从五位上石川道益 学少允菅原清公 高阶真人远成	二十二年出难波，遭风破船，有溺死者。二十三年再发肥前田浦，途遇风，两船漂回。葛野麻吕等赴长安朝德宗于宣化殿，赐宴赏有差。二十四年还。
文宗太和八	仁明承和元	参议藤原常嗣 弹正少弼小野篁	第一、第二、第四船皆遭风折还，第三船漂海，舵折，使臣复还，留判官修船。五年六月始航海，由扬州入长安。六年常嗣等还，设三幄于建礼门，陈唐物，令内藏寮官人及内侍等交易，名曰宫市。
昭宗乾宁元	宇多宽平六	参议菅原道真 右少辨纪长谷雄	以唐国凋弊，明年遂罢遣唐使。

唐使至日表

唐年	日年	使臣	事实
太宗贞观六	舒明四	新州刺史高表仁	送日使还，以争礼不平，不肯宣命，还。
肃宗宝应元	淳仁天平宝字六	越州浦阳府折冲沈惟岳	送高元度还。
代宗大历十三	光仁宝龟六	中使赵宝英 孙兴进 秦衍期 高鹤林	宝英与小野石根溺于海，兴进等至日都。日遣将军发六位以下子弟八百充骑队，虾夷二十人充仪卫迎之，入见帝致国书位物。帝先问天子安及途次供奉如礼否，慰劳甚至，设飨于朝堂，赠绵三千纯。

　　当时两国交际之性质，虽无宗主、臣属之名，然其轻重大有区别。唐无所求于日，故三次遣使皆以送其使臣而往，抚字小国，固极优渥，而绝无觊觎其土地、窥伺其国情之心。日则遣使造船，视为大典，至今称为一代盛事。

　　荻野由之《日本历史》：孝德帝时，遣唐使通交聘凡两度。文武帝大宝元年，以粟田真人为执节使，备大使、副使以下诸官发遣，尔后遣唐使之官渐重。至天平中，其制大备。遣唐使时先置造船使，造舶四艘。未造之前，先遣中臣氏奉币祭木灵山神，舶各为立名。盖使人奉命异国，置身于万死之间，故朝廷特加优遇，进位赐物，奉币帛祀天神、地祇，祈途次平安。给度者定发遣之日，使人拜朝辞见，天皇特下诏旨，授以节刀，又设宴殿上赐钱五位以上，酬赠诗歌。归朝进节刀朝见，又进位、赐物各有差。其所乘之舶并授位赐冠。凡舶必择坚牢，人必选才干，大使以下凡数百人，实一代之盛事也。然每次奉使节者，或覆没于风涛，或戕生于海盗，及毕使命归朝，一行人员不满其半，以是朝官奉使聘之命者分率万死，而眷遇所以特渥者亦以此。

使臣得仕唐室，则群以为荣，放逐不去。

《旧唐书·日本传》：其偏使朝臣仲满慕中国之风，因留不去，改姓名为朝衡，仕历左补阙、仪王友。衡留京师五十年，好书籍，放归乡。逗留不去。

《日本国志》：仲麻吕慕华不肯去，易姓名曰朝衡，历左补阙、仪王友，多所该识。在唐五十四年，与王维、李白、包佶、储光义往来赠答。后擢左散骑常侍、安南都护。大历五年卒，赠潞州大都督。《新唐书》作仲满，满即麻吕翻音也。

幸而得返，则进位授阶，陈物征價，其视唐殆天国也。使臣之外，则学生，

《日本国志》：元正帝灵龟二年，遣使于唐，从八位上阿部仲麻吕、从八位下吉备真备选为留学生。天平六年，真备归，献《唐礼》百三十卷，《大衍历经》一卷，《乐书要录》十卷，测影铁尺一枝、铜律管一部。

《旧唐书》：长安三年，（其大臣）朝臣真人来贡方物。……开元初，又遣使来朝。因请儒士授经，诏四门助教赵玄默就鸿胪寺教之，乃遗玄默阔幅布以为束修之礼……所得锡赍，尽市文籍，泛海而还[1]。……贞元二十年，遣使来朝，留学生橘逸势。……元和元年，日本国使判官高阶真人上言："前件学生艺业稍成，愿归本国，便请与臣同归。"从之。

土屋诠教《日本宗教史》：儒教之传来虽先于佛教，其势力初未普及，至阿部仲麻吕及吉备真备渡唐修儒学，始大改其面目。当时。唐之都

---

1. 黄遵宪曰：《唐书》叙此事，谓开元初粟田复朝云云。考"真备"二字，日本音同真人，故误以为武后时来朝之粟田真人也。宜从日本改正。

城长安绝世之学士、文人聚集如星。上道朝臣真吉备年二十四岁，以元正天皇之灵龟二年为遣唐留学生，从诸儒受经业，唐主命四门助教赵玄默就鸿胪寺教之。真吉备居唐二十年，圣武天皇之天平七年归朝，献《唐礼》百三十卷，《大衍历经》一卷，《大衍历立成》十二卷，测影铁尺一枚，铜律管一部，铁如方响写律管声十二条，《乐书要录》十卷，玄缠漆角弓一张，马上饮水漆角弓一张，露面漆四节角弓一张，射甲箭二十只，平射箭十只。吉备所传之学，博涉三史、五经、刑律、算术、阴阳、历道、天文漏刻、汉音、书道、秘术、杂占之诸艺。是以归朝之后，大咨文运之进步。

学僧，

《日本国志》：孝德白雉四年，发两遣唐使，学僧道严、道昭、道福等从。齐明帝四年，敕僧智通、智达等往唐，学法于唐僧玄奘。天武帝七年，僧定惠、道光还自唐，传律宗自道光始。圣武帝天平六年，僧元昉归，献佛像及经论、章疏五十余卷。桓武帝延历二十四年，僧最澄、永忠还。初，澄在天台国清寺就道邃受台教，又遇龙兴寺僧顺晓受灌顶密教。期年而还，台教之传自此始。忠留学二十余年，兼学音律，上其所得律、吕旋宫、日月图各二卷，律管、埙等乐器。平城帝大同元年，学僧空海还。空海在长安晤青龙寺僧慧果，深见器重，得密教衣钵，自是密教流行全国。仁明帝承和十一年，学僧圆仁自唐还。初，圆仁从藤原常嗣入唐，驻维扬开元寺，节度使李德裕善遇之。后归，又遭风漂回登州，转入长安。遇青龙寺僧义真，究台、真两教，又受悉昙学于南竺，三藏悉昙字之传始于仁。文德帝天安二年，僧圆珍还，献经论千余卷。

《日本宗教史》：道昭俗姓船连，河内丹比人。白雉四年五月，入唐就玄奘三藏受教，传法相宗。在唐七年归朝，住元兴寺，开法筵，教凿井，设渡船，众庶之裨益颇多。帝时死于元兴禅院，遗言火葬，是为本邦火葬之滥觞。第二传者，齐明帝四年七月，智通、智达两人西航受法相于玄奘及慈恩大师，与第一传共传于南寺。及大宝三年，智凤、智鸾、智雄等奉敕入唐，从智周大师传唯识之义，是为第三传。玄昉俗姓阿刀氏，养老元年三月与遣唐使同船入唐，学法相之义于智周大师。在唐十八年。玄宗皇帝大爱其才学，准位三品，赐紫袈裟。天平十六年[1]十一月，赍藏经归朝，住兴福寺。古来以道昭、智通、智凤并玄昉称为法相宗之四传。

又：传台宗之僧最澄俗姓三津氏，幼名广野，江州滋贺人。其先出后汉之孝献帝，少与空海等共研性相之学于南都，后在东大寺鉴真和尚之门下，得天台之教籍。年三十八，与其徒义真入唐，在唐一年归朝，开天台宗。慈觉法号圆仁，俗姓王生氏，下野国都贺郡人。精雕刻佛像。承和五年入唐，十四年归，为叡山天台座主。智证法号圆珍，俗姓和气氏，赞岐国那珂郡人。文德天皇仁寿三年八月入唐学圆、密二教。在唐四年归朝，住三井寺，为天台第五座主。

又：僧空海俗姓佐伯氏，赞岐国多度人。少学儒教，入大学明经科，不满意。延历十七年，年二十五，出家，学三论于奈良大安寺。延历二十三年，与最澄共入唐，遇青龙寺之慧果阿阇黎传授金刚界、胎藏界两部之大法，秘密之奥义，兼从般若三藏等传悉昙，滞留二年。大同元年，赍内外之典籍数百册而归朝。弘仁七年，蒙嵯峨天皇之敕，许创金刚峰寺于高野山，弘通真言秘密室。

又：道慈，大和人，俗姓额田氏，智三论于智藏。大宝元年，随遣唐使渡唐，就三论之祖吉藏大师之法孙元唐穷空宗之秘奥，又历访诸宗之高僧，于三论之外总窥法相、律、成宝、华严、真言诸宗之学。归朝，建立大安寺。

随员，

《日本国志》：大和国造大和长冈素好刑名之学，从多治比县守往唐质问疑义，多所发明，及归而言法律者皆就质焉。

浅井虎夫《支那日本通商史》：遣唐使之船普通二艘或三艘、四艘，正使、副使外，有判官、录事、知乘船事、译语、清益生、主神、医师、阴阳师、画师、史生、射手、船师、音声长、新罗奄义等译语卜部、留学生、学问僧、傔从、杂使、音声生、玉生、锻生、铸生、细工生、船匠、

---

1. 当是六年。

绖师、傔人、挟抄、水手长、水手、拖师等。[1]

商人等。

《日本国志》：清和帝贞观十六年六月，遣伊豫权掾、大神己并、丰后介多、俊比安江等于唐市香药。按《日本国志》仅载此一事实，则每次遣唐使所从之人亦多含有商业性质。《支那日本通商史》载当时遣唐使所给绖绵布之数：大使绖六十四、绵一百五十屯、布一百五十端，副使绖四十四、绵一百屯、布一百端，判官绖十四、绵六十屯、布四十端，录事绖六匹、绵三十屯、布二十端，知乘船事、译语、请益生、主神、医师、阴阳师、画师各绖五匹、绵三十屯、布十六端，史生、射手、船师、音声长、新罗奄义等译语卜部、留学生、学问僧、傔从各绖四匹、绵二十屯、布十三端，杂使、音声生、玉生、锻生、铸生、细工生、船匠师各绖三匹、绵十五屯、布八端，傔人、挟抄各绖二匹、绵十二屯、布四端，水手长绖一匹、绵四屯、布二端，水手绵四屯、布二端，留学生、学问僧特赐绖四十四、绵一百屯、布八十端，盖既供其旅费，并赖以交易也。

相率而来，竞传我之儒书、佛典（均见前）、文学，

《全唐诗》十一函：朝衡字巨乡，日本人。诗一首，《衔命归国作》。衔命将辞国，非才忝侍臣。天中恋明主，海外忆慈亲。伏奏违金阙，骓骖去玉津。蓬莱乡路远，若木故园珍。西望怀恩日，东归感义辰。平生一宝剑，留赠结交人。

《日本全史》：文德仁寿二年，小野篁卒，篁少为文章生，承和二年为遣唐副使，坐与大使藤原常嗣争舟，废为庶人，流于隐岐。在途赋《谪行吟》，风调高迈，人争传诵之。明年，被赦入京，复官爵。当时文章以篁为巨擘，嵯峨帝尝幸河阳馆，会文士赋诗，帝手书"闭阁惟闻朝暮鼓，上楼遥望往来船"一联示篁评之，篁曰："御制殊佳，恨'遥'字不妥，更'空'何如？"帝骇曰："此乐天句也，本集作'空'，今换'遥'试卿耳。卿诗思如此，应不减于乐天也！"此时《长庆集》初传本邦，藏在秘府，外廷莫得见者，时人以为美谈。

---

1. 按：如画师、玉生等亦皆来唐参观者。

书法，

《日本国志》：学生橘逸势善隶书，人呼为"橘秀才"。

《日本全史》：嵯峨帝弘仁九年夏四月，改殿阁诸门名号，榜题其上。北殿玄武阁额御笔，东阁橘逸势，南殿应天门僧空海，皆当时能书，世谓之三迹，帝学卫夫人书，妙得其骨髓，后世传之曰"嵯峨流"。

历法，

《日本国志》：持统帝元年，始用唐人《元嘉历》，已而更用《仪凤历》。

又：清和帝贞观三年，诏行《长庆宣明历》。初，遣唐录事羽粟翼还，上《宝应五纪历》，曰："唐已改《大衍历》，请用此经。"然当时无习推步者，仍格不行。及是，阴阳头真野麻吕建言："开元以还，已三改历元，今专依旧法，实有差悟，请停旧用新。"诏从之。

器具等。

《日本国志》：淳和帝天长六年，始令诸国模仿唐制，造龙骨水车，以便灌溉。太政官下符曰："耕稼之利，水田为最。闻大唐堰渠皆构龙骨，多收其利，宜仿造以资农作，贫无力者，国司资给之。"

于是音读，

《日本国志》：桓武帝延历十九年，诏读书一用汉音，毋混吴音，时官有音博士，专正音。吴音之传最久，译人习之。自百济王仁以汉音授经，始有汉音。齐明帝时百济尼法明来对马，诵《维摩经》以吴音，人争效之。自此吴、汉踌驳，无复分辨。帝善解汉音，能辨清浊，至是定儒书读法专用汉音。

仪服一准于唐。

《日本全史》：嵯峨帝弘仁九年春三月，敕朝会之仪、衣服之制、坐立之礼，不论男女一准唐法。

《日本国志》：嵯峨帝弘仁九年，诏曰："朝会之礼、常服之制、拜跪之等，不分男女，一准唐仪，但五位以上礼服服色及仪仗之服，并依旧章。"

唐乐，

《日本国志》：唐乐曲由唐时传授，乐曲有万岁乐、回波乐、鸟歌、承和乐、河水乐、菩萨破、武德乐、兰陵王、安乐、盐三台、盐甘州、胡渭州、庆云乐、想夫怜、夜半乐、扶南小娘子、越天乐、林歌、孔子琴操、王昭君、折杨柳、春庭乐、柳花苑、赤白桃李花、喜春莺、平蛮乐、千秋乐、苏合香、轮台倾杯乐、太平乐、打毬乐、还京乐、苏芳菲、长庆子、一团娇、采桑秋风乐、贺皇恩、玉树后庭花、泛龙舟、破阵乐、拔头诸乐，然传其谱不传其词，所谓制氏能记其铿锵鼓舞而已。

唐茶，

《日本国志》：宏仁六年，敕植唐茶于畿内，近江、丹波、播磨诸国每岁贡献。

又：其时煎茶而饮，和盐用姜，一同唐人。

以宴以饮，盖犹今之中国学生醉心西国，语言、衣服、饮食、起居一切效皙种之所为矣。顾日之学唐，犹能因袭中文创为日字。

《日本国志》：遣唐学生吉备、朝臣真备始作假名。名即字也，取字之偏旁以假其音，故谓之"片假名"，片之为言偏也，僧空海又就草书作平假名，即今之伊吕波是也，其字全本于草书，以假其音，故谓之"平假名"，平之为言全也，自假名既作，于是有汉字杂假名以成文者，有专用假名以成文者。

使吾华文字旁衍一支，为其国后来普及教育之基。而佛教流传，又与其国神学混合。

《日本历史》：最澄倡神佛混名之说，以大物主神镇生叡山，此外社寺逐渐增加，谓山王权现为此宗之守护神。盖敬神为国民之所重，故此辈皆以神佛同体之说为弘教之资。

则其人虽酷效唐风，尚非食而不化者比也。

唐室之衰，中日关系浸替。有宋一代，惟缁流、估客时相往来。《宋史·日本传》载奝然、寂照、诚寻、仲回诸僧来朝之事甚详。

《宋史·日本传》：雍熙元年，日本国僧奝然与其徒五六人浮海而至。献铜器十余事并国中《职员令》《国王年代记》各一卷。奝然衣绿，自云姓藤原氏，父为真连，真连其国五品官也。奝然善隶书而不通华言，问其风土，但书以对云："国中有五经书及佛经，《白居易集》七十卷，并得自中国。"太宗召见奝然，存抚之甚厚，赐紫衣，馆于太平兴国寺。其国多有中国典籍，奝然之来，复得《孝经》一卷，越王《孝经新义》第十五一卷，皆金缕红罗褾，水晶为轴。《孝经》即郑氏注者，越王者，乃唐太宗子越王贞，新义者，记室参军任希古等撰也。奝然复求诣五台，许之，令所过续食。又求印本《大藏经》，诏亦给之。二年，随台州商人郑仁德船归其国。后数年，仁德还，奝然遣其弟子喜因奉表来谢，曰："日本国东大寺大朝法济大师赐紫沙门奝然启：伤鳞入梦，不忘汉主之恩；枯骨合欢，犹亢魏氏之敌。虽云羊僧之拙，谁忘鸿儒之诚。奝然诚惶诚恐，顿首顿首，死罪。奝然附商船之离岸，期魏阙于生涯，望落日而西行，十万里之波涛难尽。顾信风而东别，数千里之山岳易过。妄以下根之卑，适诣中华之盛。于是宣旨频降，恣许荒外之跋涉；宿心克协，粗观寓内之瑰奇。况乎金阙晓后，望尧云于九禁之中；岩扃晴前，拜圣灯于五台之上。就三藏而禀学，巡数寺而优游。遂使莲华回文，神笔出于北阙之北；贝叶印字，佛诏传于东海之东。重蒙宣恩，忽趁来迹。季夏解台州之缆，孟秋达本国之郊，爰逮明春，初到旧邑，缁素欣待，侯伯恭迎。伏惟陛下惠溢四溟。恩高五岳，世超黄轩之古，人直金轮之新。奝然空辞凤凰之窟，更还蝼蚁之封。在彼在斯，只仰皇德之盛；越山越海，敢忘帝念之深。纵粉百年之身，何报一日之惠。染笔拭泪，伸纸摇魂，不胜慕恩之至。谨差上足弟子传灯大法师位嘉因并大朝剃头受戒僧祚乾等拜表以闻。"称其本国永延二年，岁次戊子二月八日，实端拱元年也。又别启贡佛经纳青水函，琥珀青红白水晶红黑水槵子念珠各一匣，并纳螺钿花形平函毛笼一、纳螺杯二口、葛笼一、纳法螺二口、染皮二十枚、金银莳绘筥一合，纳发鬘二头又一合，纳参议正四位上藤佐理手书二卷及进奉物数一卷、表状一卷，又金银莳绘砚一筥一合，纳金砚一，鹿毛笔、松烟墨、金铜水瓶、铁刀，又金银莳绘扇筥一合，纳桧扇二十枚、蝙蝠扇二枚、螺铜梳函一对，其一纳赤木梳二百七十，其一纳龙骨十枚。螺钿书案一、螺钿书几一、金银莳绘平筥一合，纳白细布五匹、鹿皮笼一，纳貂裘一领、螺钿鞍辔一副，铜铁灯红丝鞦泥障、倭画屏风一双、石流黄七百斤。

又：景德元年，其国僧寂照等八人来朝。寂照不晓华言而识文字，缮写甚妙，凡问答均以笔札。诏号"圆通大师"，赐紫方袍。

又：熙宁五年，有僧诚寻至台州，止天台国清寺，愿留州以闻。诏使赴阙，诚寻献银杏炉、木槵子、白琉璃、五香水精、紫檀、琥珀所饰念珠及青色织物绫。神宗以其远人而有戒业，处之开宝寺，尽赐同来僧紫方袍。

又：元丰元年，使通事僧仲回来，赐号"慕化怀德大师"。

而寂照之传禅宗，史不之及。论其关系，当视最澄、空海为尤重。

《日本国志》：禅宗始于荣西。……荣西西游当赵宋时，禅僧之来归及游学于宋者络绎不绝，五山十刹于是建立。

又：荣西号明庵，又号千光法师。仁安三年（宋孝宗乾道四年）从商船游宋，登天台，得天台新章疏三十六部归，文治三年，再游宋，受禅法于天童虚庵。建文三年，在筑前香楼屋郡创建久报恩寺。六年，又建圣福寺于博多。后鸟羽天皇赐宸翰，额曰"扶桑最初禅窟"。建仁二年，将军源赖家创立建仁寺，以荣西为开山。

《日本宗教史》：荣西禅师自宋归，始唱临济禅，介立于南北诸总之间。当其辨难之冲，主张天台之圆、真言之密，与禅并立往来于京都、镰仓之间。大演不立文字，教外别传之意。禅师号明庵，备中之吉备人，俗姓贺阳氏，在叡山究显、密之学，入宋归朝之后，开圣福寺于筑前、博多，赐紫衣，任僧正。顺德天皇建保三年六月，七十五岁寂于建仁寺。禅师灭后十余年而道元禅师之曹洞宗起，道元号希玄，内大臣久我通亲之子。幼登叡山，后于建仁寺随荣西禅师，著有《正法眼藏》《永平广录》《大清规》等书。禅宗之在我邦，其盛亚于真宗。明治十三年定临济十派，曰天龙寺、曰建仁寺、曰东福寺、曰相国寺、曰南禅寺、曰妙心寺、曰大德寺、曰建长寺、曰圆觉寺、曰永源寺，十派之末寺有六千二百余寺。曹洞宗以永平寺及总持寺为二本寺，有大源派、通幻派、无端派、大彻派、实峰派之五派，其寺院总计一万三千七百有余。此外有黄檗宗明之径山，费隐禅师以承应三年来归，盛唱禅道，今黄檗宗有六百四十余寺。

足利幕府时代，维持教育、学术，即纯恃禅宗僧侣，种因于二百年之前，食效在数十世之后，此佛教史中所宜特笔者也。他如荣西之得茶种，道莲之得瓷陶法，仆缘教学兼及物产，又华化之余波，而沾溉宏于千载者矣。

《日本国志》：荣西至宋，赍茶种及菩提还。日本植茶盖始于嵯峨帝时，其后中绝。及后鸟羽院文治中僧千光（即荣西）游宋，赍江南茶种归种之筑前背振山。建保二年，将军源实朝有疾，千光知其宿酲，献茶及《吃茶养生记》二卷，将军饮之顿愈。又馈茶实一壶于释明惠，明惠种之拇尾山，故拇尾山又名"茶山"，其后分种之宇治。近代拇尾种殆绝而宇治实称"茶海"。

又：僧道元者亦尝至天童，又受曹洞宗。及归，大行其教。其徒道莲得瓷陶法而还，日本瓷器遂行天下。

按《日本陶器全书》称加藤四郎、左卫门景正渡支那学宋之陶法，大有所得。归朝后于漱户邑设陶窑，谓之"漱户烧"，是为日本学宋代陶器之初祖，不言道莲之事。惟其书后附《日本陶磁年表》后堀河贞应二年（宋宁宗嘉定十六年），藤四郎从道元禅师至宋。安贞元年（宋理宗宝庆三年），藤四郎归朝，始创濑户窑。是藤四郎之得宋之陶瓷法，实由随道元来宋之故。

中国历代，未尝用兵于日本，惟蒙古入主中夏之时尝两伐之。当时航海之术不精，故军舰迭为飓风所败。元固未达其的，日亦大震其威。然于使命往来，初无文化之系属，羁縻之族固与李唐、赵宋不侔矣。朱明之兴，邦交复作，沿海倭寇，屡犯我疆，而明初诸帝优容宽贷，时时以文教柔之。士服南雍之化，

《明史·日本传》：太祖时，王子滕祐寿者来入国学，帝善待之。洪武二十四年五月，特授观察使。留之京师。

山传镇国之碑。

《明史》：成祖即位，遣使以登极诏谕其国。永乐元年……其贡使达宁波。礼官李至刚奏："故事，番使入中国不得私携兵器鬻民，宜敕所司核其舶，诸犯禁者悉籍送京师。"帝曰："外夷修贡，履险蹈危，来远所费实多，有所赍以助资斧亦人情，岂可概拘以禁令。至其兵器亦准时直市之，毋阻向化。"十月，使者至，上王源道义表及贡物。帝厚礼之，遣官偕其使还。赍道义冠服、龟钮金章及锦绮、纱罗。明年十一月，来贺册立

皇太子。时对马、壹岐诸岛贼掠滨海居民，因谕其王捕之。王发兵尽歼其众，絷其魁二十人，以三年十一月献于朝，且修贡。帝益嘉之，遣鸿胪寺少卿潘赐偕中官王进赐其王九章冕服及钱纱、锦绮，加等，而还其所献之人，令其国自治之。使者至宁波，尽置其人于甑，烝杀之[1]。明年正月，又遣侍郎俞士吉赍玺书褒嘉，赐赉优渥，封其国之山为"寿安镇国之山"，御制碑文，立其上。

《日本国志》：后小松帝应永十三年，明遣侍郎俞吉士赍玺书褒嘉赐赉优渥，颁勘合百道。限十年一贡，使臣限二百员，船止二艘，禁挟带刀枪，封肥复阿苏山为寿安镇国之山，御制碑文曰："朕惟丽天而长久者，日月之光华；丽地而长安者，山川之流峙。丽于两间而长久者，贤人君子之令名也。朕皇考太祖圣神文武钦明启运俊德成功统天大孝高皇帝，知周八极而纳天地于范围，道贯三皇而亘古今之统绪，恩施一视而溥民物之亨嘉。日月星辰无逆其行，江河山岳无易其位。贤人善俗，万国同风，表之兹世，固千万年之嘉会也。朕承洪业，享有福庆，极所覆载，咸造在廷。周爱咨询，深用嘉叹。迩者，对马、壹岐诸小岛，有盗潜伏，时出寇掠。尔源道义，能服朕命，咸殄灭之。屹为保障，誓心朝廷，海东之国，未有贤于日本者也。朕尝稽古，唐虞之世，五长迪功，渠搜即序；成周之隆，庸、蜀、羌、矛、微、卢、彭、濮，率遏乱略。光华简册，传诏至今。以尔道义方之，是大有光于前哲者也。日本王之有源道义，又自古以来未之有也。朕惟继唐虞之治，举封山之典，特命日本之镇山，号寿安镇国之山。赐以铭诗，勒之贞石，荣示于千万世。"

宣宗御字，颁赐尤厚。

《日本国志》：后花园帝永享四年，明宣宗皇帝念日本久不贡，命中官柴山往琉球，令其王转谕日本，赐之谷。将军源义教遣僧道渊上表，乃有"贡茅不入，固缘敝邑多虞；行李往来，愿复治朝旧典"语。明年，宣宗复遣内官雷春、裴宽，鸿胪少卿潘锡等还赍银绮缎匹等物。考日本书详载当时赐物，今备录之，以征一时典章。皇帝颁赐日本国王白金二百两，

---

1. 此可见成祖优待日人而日人之残酷无道矣。

妆花绒锦四匹:四季宝相花蓝一匹、细花绿一匹、细花红二匹。纻丝二十匹:织金胸背麒麟红一匹、织金胸背狮子红一匹、织金胸背白鼆绿一匹、晴花骨朵云青一匹、晴细花绿四匹、晴细花红一匹、晴细花青一匹、素青三匹、素红二匹、素绿三匹。罗二十匹:织金胸背麒麟红一匹、织金胸背狮子青一匹、织金胸背虎豹绿一匹、织金胸背海马蓝一匹、织金胸背海马绿一匹、素红五匹、素蓝三匹、素青三匹、素柳绿二匹、素柳青一匹、素砂绿一匹、素茶褐一匹。纱二十匹:织金胸背麒麟红一匹、织金胸背狮子红一匹、织金胸背白鼆青一匹、织金胸背海马绿一匹、织金胸背虎豹绿一匹、晴花骨朵云红一匹、晴花骨朵云青二匹、晴花骨朵云蓝二匹、晴花八宝骨朵云绿一匹、素绿一匹、素青一匹、素红一匹。彩绢二十四匹:绿七匹、红七匹、蓝六匹。王妃白金一百两,妆花绒锦二匹:细花红一匹、四季宝相花蓝一匹。纻丝十匹:织金胸背犀牛红一匹、织金胸背海马青一匹、晴花八宝骨朵云青一匹、晴细花红一匹、晴细花青一匹、晴细花绿一匹、素青一匹、素红二匹、素绿一匹。罗八匹:织金胸背狮子青一匹、织金胸背虎豹红一匹、素蓝二匹、素红二匹、素青二匹、素柳一匹。纱八匹:织金胸背狮子绿一匹、织金胸背犀牛红一匹、晴花骨朴云蓝一匹、晴花骨朵云青一匹、素红二匹。彩绢十匹:红三匹、绿四匹、蓝三匹。皇帝特赐日本国王并王妃朱红漆彩妆贴金轿二乘、大红心青边织金花纻丝坐褥一个,脚踏褥一个,朱红漆贴金交椅一对,大红织金纻丝褥二个,脚踏褥二个,大红心青边金纻丝坐褥二个,朱红漆贴金交床二把,大红罗销金梧桐叶伞三把,浑织金纻丝十匹,浑织金纱十匹,彩织金罗十匹,彩绢三百匹,银盂等器二十件,各色丝彩绣、圈金各样花镜袋十个,朱红漆贴金宝相花折叠面盆架二座,镀金事件全古铜点金斑花瓶二对,古铜点金斑香炉二个,象牙雕荔支乌木杆痰匣子二个,香皂一百个,朱红漆贴金碗二十个,橐金黑漆贴金碗二十个,橐金鱿灯笼四对,云显桃竿全龙香墨二十笏,青广信纸五百张,兔毫笔三百枝,各样笺纸一百枚,蛇皮五十张,猿皮一百张,虎皮五十张,熊皮三十张,豹皮三十张,苓香十箱,每箱五十斤,鹦哥二十个。宣德八年六月十一日。六年,道渊引锡等至,驽骑至千二百余匹。八月,雷春等还,义教又遣僧中誓随行上表。表有"争睹使星光彩，则知官仪中兴。秋水长天，极目虽迷上下；春风和气，同仁岂阻东西"等语。

而足利义政表乞书籍、铜钱，屡求无厌，明室概允所请，颁赐频仍。

《日本国志》：嘉吉二年，将军义胜遣使于中朝。宝德三年，将军义政遣僧允澎芳贞于中朝。上表称臣，用正朔，尔后为常。享德三年，使还。先是，义政表曰："书籍、铜钱，久仰上国。永乐中，例赐铜钱，近无恩赉，公府索然，何由利民，钦请周急。"景皇帝命给之，使臣捆载而归。先是，贡船不如永乐时定数。宣德初，又定约：人毋过三百，舟毋过三艘。而日本贪利，所携私物增十倍，例当给值。礼官言："所贡硫黄、苏木、刀扇、漆器向给钱钞，或折支布帛，为数无多，已获大利。今若依旧制，当给钱二十一万七千，银价如之，宜大减其值，给银三万四千七百有奇。"从之。使臣请益，诏增钱万。复请赐物，诏增布帛千五百。后土御门帝宽政五年，义政复遣清启等于中朝。贡表有云"渺茫海角，虽不隶版图之中；咫尺天颜，犹如在辇毂之下"。至京随人伤人于市，宪宗皇帝命付清启等，寻释归。文明七年，义政复遣僧妙茂等于中朝，表乞铜钱、书籍。诏赐钱五万贯，暨《百川学海》《法苑珠林》等书。其表曰："日本国王臣源义政上表大明皇帝陛下。日照天临，大明式朝万国；海涵春育，元化爱及四方，华夏蛮貊归仁，草木虫鱼遂性。洪惟大明皇帝陛下神文圣武睿智慈仁皇家一统，车书攸同。敝邑多虞，鼓角未息。《禹贡》山川之外，身在东陬；洛邑天地之中，心驰北阙。兹遣正使妙茂长老，副使庆瑜首座谨拜方物，亲承宠光，冀推丹衷，曲赐素察。谨表以闻。臣源义政诚惶诚恐，顿首谨言。成化十一年乙未秋八月念八日。日本国王臣源义政谨表。"义政名下钤日本国王印。又别幅具开贡品咨礼部：白马四匹、散金鞘柄大刀二十、硫黄一万斤、玛瑙大小二十块、贴金屏风三副、黑漆鞘柄大刀一百把、枪一百把、长刀一百柄、铠一领、砚四面并匣扇一百把。又奏称："成化五年伏奉制书，特颁勘合并底簿等物。圣恩至重，手足失措，感戴感戴。然而敝邑抢攘，所谓给赐等件皆为盗贼所剽夺，只得使者生还而已。爰有景泰年间所颁未填旧勘合，请以此为照验，今复滥行。今填勘合者必贼徒也，罪当诛死。抑铜钱经乱散失，公库索然。土瘠民贫，何以赈施。永乐年间多有此赐。又书籍焚于兵火，又一秦也。敝邑所须二物为急，谨录奏上，伏望命容。书目开列于左方：《佛祖统记》全部，《三宝感应录》全部，《教乘法数》全部，《法苑珠林》全部，《宾退录》全部，《兔园策》全部。《遁斋闲览》全部，《类说》全部，《百川学海》全部，《北堂书钞》全部，《石湖集》全部，《老学庵笔记》全部。"末书"右咨礼部。成化十一年八月念八日"，钤用日本国王印。十五年，复乞铜钱，表略曰："敝邑久承焚荡之余，铜钱扫尽，公私偕虚，何以利民？今差使入朝，所需在斯。圣恩鸿大，愿赐钱一十万贯，则国用足矣。"

史称义政奢侈，恃明钱给国用，而百姓犹不堪其困。

《日本历史》：义政当大乱之时，尚耽宴饮。文明五年于东山造银阁，户窗墙壁皆镂银为之。自号"东山殿"。又于银阁之侧设茶寮，令狩卿祐清绘潇湘八景于障子，命五山之僧徒书诗其上，集和汉古器、名画，屡设茶汤之会以为乐，茶人珠光同朋相阿弥等最见亲幸。是后茶汤之会盛行，奢侈无极，国家用之。于是遣使于明清永乐钱，加收课役，借财不偿，号曰"德政"，百姓不堪其困。

则当时明室之赐钱于日，亦无异于今之各国借款于腐败之政府也。然今日各国以国家法商贾之行为，恃借款为政治之侵略，计算利息，争论抵押，断断较量，利析秋毫。而明代之赐钱于日，第以示其优渥，绝不责其报偿，此其度量之相越为何如乎？吾尝谓吾国者，儒国也；今世各国者，商国也。儒主仁义。故于邻属常拯其厄而济其穷；商主货财，故于国交必逞其私而攫其利。以一儒遇众商，悛悛退让，宜不胜其剥削。即幡然效其所为，亦必不能如彼操奇计赢者之工巧，然至众商争詰，持械互殴，血流波道之时，一念及吾儒分财推食之风，当亦有泚然汗下者矣。

日本当吾国南宋时，天皇失柄，大权悉操于镰仓幕府。至元季，分裂为南北朝，而足利氏实握政权，所谓室町幕府也。明初，封足利义满为日本王，义满亦居之不疑。

《日本国志》：后小松帝应永八年，准三后源道义[1]遣使肥富及僧祖阿

1.时义满让职其子，削发称道义。

于明上书，并献甲铠、剑、马、纸、<ruby>氍</ruby>器，黄金千两，还所掠人口。书称"日本准三后道义上书大明皇帝陛下，诚惶诚恐，顿首顿首，谨言"。九年，明建文皇帝遣僧道彝一如赍诏书，并班《大统历》、锦绮。九月，至道义处之北山馆。是月，复遣肥富及僧中正上书，略曰："日本国王臣源道义表，臣闻太阳升天，无幽不烛；时雨沾地，无物不滋。矧大圣人明并耀英，恩均天泽，万方向化，四海归仁。钦惟大明皇帝陛下，以尧舜神圣、汤武智勇启中兴之洪业，当太平之昌期。虽垂旒深居北阙之尊，而皇威远畅东滨之国。是以谨遣使奉献方物，为此谨具奏闻。"

义满死，明赐谥恭献，敕封其子义持为日本国王。其后义教、义胜、义政诸将军，咸臣于明，而自僭王号。初不白其上之尚有天皇也。足利氏衰，而倭寇扰吾海疆，浸轻上国，泊丰臣秀吉以奴隶崛兴，乃有朝鲜之役。然沈惟敬以封贡饵之，犹为顿兵数载。迄今明神宗封秀吉为日本国王册书，犹在日本博物馆中。

《明神宗封日本丰臣秀吉册书》：奉天承运，皇帝制曰：圣仁广运，凡天覆地载，莫不尊亲。帝命溥将，暨海隅日出，罔不率俾。昔我皇祖，诞育多方。龟纽龙章，远锡扶桑之域；贞珉大篆，荣施镇国之山。嗣以海波之扬，偶致风占之隔，当兹盛际，宜缵彝章，咨尔丰臣平秀吉，崛起海邦，知慕中国。西驰一介之使，欣慕来同；北叩万里之关，恳求内附。情既坚于恭顺，恩可靳于柔怀。兹特封尔为日本国王，锡之诰命。於戏！宠贲芝函，袭冠裳于海表；风行卉服，固藩卫于天朝。尔其念臣职之当修，恪循要束；感皇恩之已渥，无替款诚。祇服纶言，永遵声教。钦哉钦哉。万历二十三年正月二十一日。

史虽称其欲保臣节，拒明之册。然明廷循足利氏之例，固非无因而至也。

足利幕府臣事明廷，多以僧徒为使，而宋元理学，遂由禅宗释子传入彼邦。五山十刹者，亦禅林亦学府也。

《日本宗教史》：足利时代，法支那之风，定五山十刹之制。初以京都之建仁、东福、万寿与镰仓之建长、圆觉为五山，后足利义满为将军之时代，京都天龙、相国二寺成，合前三山称"京五山"，镰仓亦加寿福、净智、净妙三寺，称"镰仓五山"，而以南禅寺位其上。

义堂、绝海诸僧，以其学术辉映中日。

《室町时代史》：五山十刹住持多耆宿，其为主者有梦窗、龙山、明应、梦严、椿庭、春屋、义堂、绝海、汝霖、仲芳、牧仲、惟肖、希世、天章、大白、利源、云章、江西、慕哲、相庵、斗南、心田、九渊、器重、天与、惟忠、信仲、海门、大岳、此山、古剑、嵩山、兰坡、严仲、桂林、景南、愚极、铁舟、仲方、海门、西胤等。其中尤有名者，厥惟梦窗之门下。梦窗国帅为足利氏尤所尊崇之人，其门下之俊才有无极、义堂、春屋、绝海、铁舟等七十子。此等七十子在镰仓及京都五山各各祖述师道，又对于学问亦各自成一家。义堂周信，土佐人，称空革道人。与绝海共称梦窗门下之双璧。十四岁时发心于临川礼梦窗，尝以足利基氏之请赴镰仓之圆觉寺及善福寺，布化关东，屡屡说氏满，使学修身齐家之道，又以《贞观政要》使仿唐太宗之治。万历元年，因义满强请而入建仁寺，后又居南禅寺。南禅之在五山之上，即当此时。嘉庆二年寂于慈氏院。义堂颇有翰墨之才，其所著有《空华集》《日工集》等。绝海中坚，号蕉津道人，义堂同国人也。十三岁从梦窗，贞治三年游镰仓，应安元年与汝霖共入明，在杭州师事泐潭。尝共谒明太祖，即坐中作诗，海诗早成而霖晚，太祖和，海霖大耻之。共以永和二年归朝。永德三年，建相国寺。其后忤义满之旨，一时隐于摄津之钱原。由义堂之尽力，又召还。应永十二年四月寂，应永十六年赐号"佛智广照国师"。敕文有云："绍圆照之绪，承正觉之宗。德溢寰区，泽被殊域。所谓仪范佛祖，师表人天也。"即此可想其才识，遗著有语录及《蕉坚集》。

而中正奉使。遂传《四书集注》《诗集传》等书，

《日本国志》：应永九年，道义遣僧中正上书。十一年中正等还。始传《四书集注》《诗集传》等书，号为"新注"，朱子之学遂兴。

当时号为"新文学"，

《日本宗教史》：僧侣之渡行支那者多，遂传支那之新文学。如朱子之学，实为是等僧侣所赍而来。

虽宋儒力求与佛教分立，而日僧直认为与佛教同源，其解儒教未真，

《室町时代史》：禅僧求法，多游支那。其由支那来我国者，亦多在元代。有补陀僧如智子曼一山等来游我国而备法灯，因之支那之学问亦由此等僧侣之媒介传来我邦。我之学风，遂别成一时期。初，我国学风承汉代郑玄以后训诂之学广行之余，故京都缙绅不外此一家之学。至此时期，宋元性理之学及唐宋之文章经禅僧之手绍介而来，而学风遂一变。盖宋元之学传之僧侣，尤易领会，此其学之所以特盛。大田锦城《九经谈》尝曰：周茂叔说无极而太极，无极二字出于老庄，太极者出唐僧杜顺之《华严法界观》[1]。伊川之体用一源显微无间之论，依唐僧澄观《华严尚直编》，程朱"明镜止水"之说，亦由《庄子》及《圆觉经》、唐僧神秀偈而来。又其虚灵不昧之说亦本于《大智度论》。由此观之，宋元之学，本源出于佛教者颇多。宋元学风传之僧侣，尤为便宜。以此五山僧侣之游支那，不惟求法而已，并修儒学。最初只以词藻为事者，至此渐究心儒学之真义。彼等之归，不惟坐禅修法，且从事说道讲学，发挥儒风。后来惺窝罗山之徒皆自丛林中显名，不可谓非此故也。

要之，日人之禅学及儒学皆得于我，而彼固无学也。镰仓幕府以来。武人专政，文化中衰，教育学术不绝如缕之传，乃在皈依我国宗教之释子，国学私塾，皆归僧徒掌握。故吾谓寂照等之禅宗僧侣关系尤重也。

《日本历史·近古史之学艺宗教章》：教育之政，至此期大衰。京师之大学即废，而诸国之国学亦全亡。公家之中，惟中原、大江、清原、菅原、三善等氏苟传纪传明经明法等家学，然已不教诸生矣。高位朝官，往往不知汉字，至于武家，则更置之度外，谓之非职才艺，毫无布学政、施教育之意。然有识之士亦有知重学事者，龟山帝朝北条实时，立文库于武藏，金泽之称名寺，贮藏和汉书籍以便有志学问者，子孙相继保存之，遂得不废，后花园天皇时，下野足利之国学遗址尚存，上杉宪实修造之，寄田地、纳书籍，以僧为学头，来游之徒甚多。本期前后四百年间[2]，止金泽文库、足利学校二所，此外别无学校也。然僧徒有志学问者甚多，而禅僧

---

1. 按：此语大误。《易》有太极，明出儒书。大田氏此不引《系辞》而引《华严法界观》，何耶？
2. 自南宋孝宗淳熙十三年至明神宗万历二十七年。

之中尤多硕学。盖此辈多渡汉土，讲究教学，兼修儒书。既巧诗文，复精医术，故学术之事，多归僧徒之手。天皇之侍读、侍医、武将顾问及凡关于读书习字者莫不借手于僧徒，后世称私塾为寺子屋若道场者，此时之遗风也。

载《学衡》第 7、8、10、11、16 期，1922 年 7 月—1923 年 4 月

中国文化西被之商榷

柳诒徵

【编者导读】

本文是柳诒徵于 1924 年 3 月在《学衡》第 27 期上发表的重要文章，可与《华化渐被史》一同研读。他在文中提出"中国文化西被"的主张。在西方文化因第一次世界大战暴露弊端之际，中国文化可成为弥补西方文化缺陷、参与世界文明重构的重要资源。

欧战后，西人对中国文化日益重视，不外乎三大原因：一，交通进步，世界联系更为紧密；二，国家主义、经济主义暴露缺陷，西方文化亟待自我反思；三，中国文化有其特殊性，文化输出大有可为。这也可视作中国文化"西被"的三大理由。

柳诒徵在对中西文化的比较中，进一步讨论中西立国的根本差异，"西方立国以宗教，震旦立国以人伦"。他极力反对国内学者盲目推崇西方，主张在学术研究中立足中国文化的特殊性与持久性。"是故吾国文化，惟在人伦道德，其他皆此中心之附属物。"此处的人伦道德指向中国文化的根基，即君臣、父子、夫妇、兄弟、朋友之道（五伦），远超西方物质利益的价值导向。

《中国文化西被之商榷》不仅是对中西文化关系的深刻反思，更是近代中国知识分子在文化危机中寻求主体性的一次尝试。柳诒徵以"人伦"为纽带，在西方化浪潮中维护中国民族文化的主体性，与《学衡》派"昌明国粹，融化新知"的宗旨两相呼应，其思想至今仍对全球化背景下的文明对话具有启发价值。

中国文化之传播于欧洲，远起元明，至清代而递演递进。原书译籍，靡国蔑有。盖西人之嗜学术，痏于吾人之趋势利。纵使中国国威坠失，民族陵夷，但令过去之文化，有可研寻之价值，彼亦不惮致力于其残编蠹简、遗器剩物之中，不必以强国富民为鹄的也。例如纽曼之译《诗经》，列芝克之译《书经》，比优之译《周礼》，夏威诺之译《史记》，以及夏德、斯坦因等之宣究古史、搜举简书，皆在欧洲鼎盛之时，非以浮慕吾国地大物博而始欲学其学也。顾自欧战以后，研究东方文化之声，益高于前，其因盖有三端：一则交通进步，渐合世界若一国。昔之秦越肥瘠者，今则万里户庭。我之知彼者既增，彼之知我者亦应有相当之比例也。一则欧人国家主义、经济主义、侵略主义、社会主义、个人主义，既多以经验而得其缺点，明哲之士，亟思改弦更张，如患病者之求海上奇方，偶见其所未经服御者，不问其为参苓溲勃，咸思一嚼为快也。一则吾国之人对于国际地位，渐亦知武力、金钱之外，尚有文化一途。前二者既自视歉然，无所贡献，所可位为野人之芹者，仅赖有此，闻他人之需要，亦亟谋自动之输将，如拟印行《四库全书》及津贴各国中国文化讲座之类，皆其发动之机也。

虽然，中国文化为何？中国文化若何西被？中国文化以某种输出于欧美为最重要？是皆今日所宜先决之问题也。苟从自然趋势观之，吾人亦可不必深虑。盖以上述一二两点，加以彼都人士从来吸集中国书籍之历史，吾纵不为之谋，彼亦将尽量以取。俟其机缘既熟，则以皙种治学之眼光，自能判断吾国文化之异于彼族者何在，即彼族所当摄取于吾国文化之要点何在。如自由贸易然，不必采关税保护制度也。虽然，西方学者，固多好学深思旁搜博览之士。然其取求于吾国之文化者，实有数难。一则文字隔阂，非如彼之谐声易识。有志研索者，往往仅通浅易之文理，不能深造而博涉，小书零册，在吾等于刍狗，彼转视为上珍，而真正之中国文化，彼或未能了解焉。一则西人之来华者，以商人教士及外交官吏为多，而所接洽之华人，亦未易判断其学术之优劣，彼所凭以传译者，或占毕腐儒，或无赖名士，或鄙俗商贾，或不学教徒，辗转传述，最易失真。彼以其言，认为华人自信之真义，则有"差之毫厘，谬以千里"者矣。一则中国学生求学彼国者，多以吸受新学为志，而鲜以导扬国学自任。其在中土，既未有充分之预备，一涉彼境，益复此事便废，值其学者之咨询，则凭臆说以答复。甚至彼之知我，转较我之自知者为多，则益不敢操布鼓而过雷门，而惟听其自得焉。是故吾国之人，苟不自勉于传播中国之文化，则彼我文化之交换，终不易相得益彰，吾闻美国某大学欲设中国学术讲座，无所得师，不得已而请一日本人承其乏。呜呼！是实吾民之大耻，抑亦吾国学者之大耻也。

吾甚怪今之国内学者及教育家，纯然着眼国内，不敢一议及学术上对外之发展。有之，则侈陈今日之新教育，谓是为吾国之进步，譬之市肆驵贩，陈货于大商店之前，曾不知其所炫鬻者，本其邸店所斥卖。吾即陈述以依附末光，彼固鄙夷而不甚重视，惟有努力开发矿产，运售土货，始可得交易上之平衡也。虽然，此事亦匪甚难，再阅三数年，国交益密，学者益多，以时势之要求，亦可有相当之应付。如大学之交换教授也，西人之来华求学也，华人之自译国籍也，皆可预计其为必有之事，即亦无甚为难。吾今所欲与薄海内外学者商榷者，即何者为中国文化之要点？今日国内学者所预期传播于欧美者为何物？使仅笼统含混名曰中国文化，殊非学者之口吻也。

今之治国学者，大别之可区为数类：讲求小学，一也；搜罗金石，二也；熟复目录，三也；专攻考据，四也；耽玩词章，五也；标举掌故，六也。六者之中，各有新旧，旧者墨守陈法，不善傅会，新者则有科学之方法，有文学之欣赏，有中外之参证，有系统之说明，其于学术，不可谓无进步。汇而观之，亦不可谓中国之文化不在于是。然吾尝反复思之，一国家一民族之进化，必有与他国家他民族所同经之阶级、同具之心理，亦必有其特殊于他民族他国家。或他民族他国家虽具有此性质，而不如其发展之大且久者，故论中国文化，必须着眼于此，否则吾之所有，亦无以异于人人。吾人精于训故，彼未尝不讲声韵文字之变迁。吾人工于考据，彼未尝不讲历史制度之沿革。吾人搜罗金石，彼未尝不考陶土之牍、羊皮之书。吾人耽玩词章，彼未尝不工散行之文、有韵之语。所异者，象形之字，骈偶之文。自今观之，即亦无甚关系。不识象形之字，不得谓之不文明；不为骈体之文，亦不得谓之无文学。苟仅持此以贡献于世界，至多不过备他人之一种参考，证明人类共同之心理、必经之阶级，然其所占文化之位置，亦不过世界史中三数页耳。夫欲贡献文化于世界，必须如丝茶豆麦之出口，为各国大多数人之所必需，若仅仅荒货摊古董店之钱、刀、珠、玉，或蒙古之龟骨、鲜卑之象牙，纵或为人所矜奇，要之无补于现世也。

中国史籍浩繁，彻底研究，殊非易易。微独异域人士，略窥一二书册，不能得其全体之真相，即号为中国之学人者，亦未必能了解吾民族演进、国家构成之命脉。娴雅之士，骛于考据校勘，搬演古书，断断争辩汉唐宋明之事迹，或非所屑考，考之亦不赅不遍。浅陋者，则奉凰洲《纲鉴》、了凡《纲鉴》，以及《纲鉴易知录》《廿二史约编》之类为鸿宝，稍进则读《御批通鉴》，看《方舆纪要》，已为不可多得之人才。而晚近之但知学校所授一二小册之历史教科书者，更属自郐无讥。故中国人已不知中国历史，更无怪乎外人。近如孟禄之《教育史》、威尔斯之《文化史》，虽皆语及中国，要仅得之于中国浅人之言，未能得中国教育、文化之主脑。夫以历史之背景尚未明了者，遽欲标举文化之主脑，诚未免期之太过。然欲求一说明吾国国家社会真实之现象，极详备而有系统，为中西人所共晓之史书，今兹尚未之有。无已，姑先揭其主脑，再使之求之于历史。

世界各国皆尚宗教，至今尚未尽脱离。吾国初民，亦信多神，而脱离宗教甚早，建立人伦道德，以为立国中心，绵绵数千年，皆不外此，此吾国独异于他国者也。尚宗教则认人类未圆满多罪恶，不尚宗教则认人类有圆满之境，非罪恶之薮，此其大本也。其他支叶，更仆难数，要悉附丽于此。是故吾国文化，惟在人伦道德，其他皆此中心之附属物。训诂，训诂此也；考据，考据此也；金石所载，载此也；词章所言，言此也。亘古及今，书籍碑板，汗牛充栋，要其大端，不能悖是。战国时代，号为学术林立，言论自由之时，然除商鞅反对礼、乐、诗、书、善、修、孝、悌、廉、辩十者之外，其他诸家，虽持论不同，而大端无别。儒墨异趣，而墨家仍主君惠、臣忠、父慈、子孝、兄弟和调。老子之学，似不屑屑言论理，然所谓"六亲不和有孝慈，国家昏乱有忠臣"者，正是嫉多数人之不孝不慈不忠，致令此少数人擅孝慈忠臣之名，非谓人应不孝不慈不忠也。商鞅之说，于后世绝无影响，惟魏武尝下令举不仁不孝而有治国用兵之术者，斯皆偶见于史，不为通则。其他政教禁令，罔或违越圣哲信条，是故西方立国以宗教，震旦立国以人伦。国土之恢，年祀之久，由果推因，孰大乎此？今虽礼教陵迟，然而流风未沫，父子夫妻之互助，无东西南朔皆然。此正西方个人主义之药石也。其于道德，最重义利之辨，粗浅言之，则吾国圣哲之主旨，在不使人类为经济之奴隶。厚生利用，养欲给求，固亦视为要图，然必揭所谓义者，以节制人类私利之心，然后可以翕群而匡国，至其精微之处，则不独昌言私利、不耻攘夺者群斥为小人，即躬行正义，举措无尤，而其隐微幽独之中，有一念涉于私图，亦不得冒纯儒之目。故吾国之学，不讲超人之境，而所悬以为人之标准者，最平易亦最艰难。所陈克治省察之功夫，累亿万言而不能尽。由其涂辙，则人格日上，而胸怀坦荡，无怨无尤，无人而不自得。西方人士，日日谋革命，日日谋改造，要之，日日责人而不责己，日日谋利而不正义，人人为经济之奴隶，而不能自拔于经济之上。反之，则惟宗教为依皈，不求之上帝，则求之佛国。欲脱人世而入于超人之境，而于人之本位，漠然不知其定义及真乐。苟得吾国之学说以药之，则真火宅之清凉散矣。

由此而观吾国之文学，其根本无往不同。无论李、杜、元、白、韩、柳、欧、苏、辛稼轩、姜白石、关汉卿、王实甫、施耐庵、吴敬轩，其作品之精神面目，虽无一人相似，然其所以为文学之中心者，君臣、父子、夫妇、兄弟、朋友之伦理也，非赞美教主也，非沉溺恋爱也，非崇拜武士也，非奔走金钱也。太白、长吉之诗，或有虚无缥缈不可理解之词，然其大归仍不外乎人伦道德。故论吾国文学，极其才力感情之所至，发为长篇，累千百万言，戛戛乎独开生面者，或视西方文学家有逊色，而亘古相承，原本道德，务趋和平温厚，不务偏激流荡，使人读之狂惑丧心，则实一国之特色。且以其所重在此，而流连光景，妙悟自然，又别有一种恬适安和之境。凡其审谛物性，抚范天机，纯使自我与对象相融，而不徒恃感情之冲动，假物以抒其愤懑，故深于此种文学者，其性情亦因以和厚高尚，不致因环境之逼迫，无聊失望，而自隳其人格，以趋极端之暴行。此在感情热烈意志躁扰之人读之，或且视为太羹玄酒，索然寡味，不若言之激切偏宕者，有极强之激刺力。然果其优浸游渍于其中，由狡愤而渐趋平缓，则冲融愉乐之味，亦所以救济人生之苦恼者也。

鄙意以为，中国文化可持以西被者在此，中国文化在今日之世界，具有研究之价值者亦在此。然而今之言学者，率以欧美晚近风尚为至，见其破坏激烈之论，恶吾国之不如是也，则务仿效之。举极中和之道德，极高尚之文学，一律视为土苴，深恶痛诋，若惟恐其或存者然。然苟反而自思，脱无此者，吾惟可自署生番野人，直陈其自明季以前未接皙人，毫无文化可言。否则彼土询之吾人，吾人何以置对？将举惠施、墨翟、公孙龙之名学乎？零章断句不能敌彼逻辑之精也。将举玄奘、义净、窥基、道宣之佛学乎？乞灵异域，不能谓为支那所创也。将举顾、惠、钱、王之学乎？则顾、惠、钱、王所考证者，何物也？将举关、马、郑、白之词乎？则关、马、郑、白所敷陈者，何事也？语曰："物有本末，事有终始。"不揣其本而齐其末，不可也。今举国皆嗜新说，不暇究心本原之学。吾独因西人之有须于吾之文化，而粗述所见如右，其言之当否，尚冀大雅君子有以教之。

载《学衡》第 27 期，1924 年 3 月

东洋文化与西洋文化

释太虚

【编者导读】

　　太虚在文中比较东洋文化与西洋文化的本质差异，提出西洋文化是以动物欲驱动的工具文化，而东洋文化则是以人伦和佛法为核心的进善文化。他批判"发达科学知识，竭取宇宙所有，以争求满足人类之动物欲"的西洋文化导致人类德性与精神的退化，其副产品如帝国主义、资本主义的竞争本质是欲望的无限膨胀。而以中国、印度为代表的东洋文化则以伦理道德与宗教修身为基础，儒家以"五伦"调和人际关系，而佛教则以佛法引导众生超越轮回、证悟实相。

　　太虚进一步强调佛法的普世性和超越性，佛教的"诸法实相"思想能涵摄一切文化形态。佛法不仅承认科学工具的价值，还通过"缘起性空"的智慧消解物质与精神的二元对立，唯有佛教的普遍法门才能彻底解决人性与物欲的冲突，调和东西洋文化的矛盾，弥补西方文化的根本缺陷。文末，太虚疾呼以东洋之佛法文化为至极，他认为只有佛教能真正实现东西文化的多元统一，这一思想可视作对近代中国文化救亡思潮的回应。

　　西洋文化，古为希腊，中为罗马，近为英、法、俄、德、美，上下几千年，纵横数万里，宁一言之可概齐！而古者苏、伯、亚三氏，以及近世康德、白璧德诸哲，其为学与吾此篇所言之东方文化，固多相近；况曾主持西洋文化千余年之基督教，亦本为东方之文化哉！然现世界为一西洋文化弥纶之世界，故今言西洋文化，专就现代西洋文化之盛行者言之。其事维何？曰：发达科学知识，竭取宇宙所有，以争求满足人类之动物欲而已。"动物欲"者何？曰"肉体生存""亲族蕃殖"之私欲是也。由之以发展为行动，要不外饮食[1]、男女之事，及附属之奢华嬉戏而已。由衣食住生计问题，进展至帝国主义、资本主义、无治主义、共产主义等。由男女之恋爱问题，进展至婚姻自主、离合自由、男女公开、儿童公育等。要皆以极"衣食住之奢华"与"男女之嬉戏"为至乐而已。除饮食、男女、游戏之外，更别无何种高尚之目的。其为家、为国、为社会、为世界，较之为身，亦不过量之扩充，期达其饮食、男女、游戏之欲则一。而此饮食、男女、游戏之三事，乃人与诸动物生活之共欲，而绝非"人"类特具灵长之理"性"。今彼西洋文化，惟以扩张此动物生活之共欲为进化，故于制成之器用，及资造之工具，与能作之智力，虽日见其进步，但于人类特性之德行及内心之情理，则不惟无所进善，且日见其摧剥消陷耳！故予于今世盛行之西洋文化，一言以蔽之曰："造作工具之文化。"而于能用工具之主人，则丝毫不能有所增进于善，惟益发挥其动物欲，使人类可进于善之几，全为压伏而已。

　　夫"动物欲"诚亦人类与生俱有之生物、动物共同性，以人类本为"众生"之一也。然各东方文化，则最低亦须将"动物欲"节之以礼，持之以义，以涵养人类特长灵贵之情性，使保存而不梏亡，以为希贤、希圣、希天之上达基本。而对于动物欲，则闲之、防之，如人群之畜牧禽兽然，善调而住，随宜以用，不令腾踔飞突以为害人性。而鬼神因果祸福之事，亦引之为行善止恶之辅，以和畅人性[2]，而遏动物之欲[3]，此中国孔、孟之儒之所由尚，亦人类伦理道德之所存也。盖尝静察禽兽，饥寒倦病，则营求衣食住药；生活丰足，则为孩童之抚育，男女之嬉戏交合等；再不然，则为族类之团聚，群众之游戏或战斗等。爱之极则交合，憎之极则战斗，而不外"肉体生存""亲族繁殖"[4]之暗示使然也。今世西洋文化之所开展扩充于人者，要唯斯物斯事而已，故与东洋文化之最低限度亦相背驰。充动物欲以残人性，则虽谓之率兽食人可也，此儒家所以首严人禽之辨欤？

---

1. 衣食住。
2. 宋儒曰天理。
3. 宋儒曰人欲。
4. 严译赫胥黎《天演论》，谓人与动物皆以自营之私欲、及族类之繁殖为本性。

从儒教伦理等而上之，则有回教、基督、婆罗门教[1]等天神教，于人界之上，提出一天神为宇宙最高善之标准，引发人之善性，使专壹其志上达乎天。虽其行教之方法或和或激，旁起之影响及副产之效果有好有坏，其主旨在令人类由人达天，上进乎所期最高善则同。诚能践其上达乎天之志行，则就其所凭借所经过之基程上，已收节动物欲与人为善之效矣。故回、基、梵诸教，皆近有乎伦理道德之诫条，以为其范众进德之本，而不远乎儒术也。

更等而上之，则有疏观缘生法尔之万化，悟其皆起于心气之激荡，以是惟务因任，以相与宁息，持之以慈俭让，守之以孩提初生之精神状态，以止流变而归根极，则有老、庄之道及无想、非非想之禅等。其至乎此者，则动物欲不惟节之者已多，且几乎完全停息矣。然儒家所存养之人性，至是亦化为人而上性，非复人性矣。故是与前者之天神教，亦皆各有偏限。衡以佛之普法，上之未能至其极，下之又将失其本。就人以言，反不若儒术之平正也。

然则佛之普法又如何？尝察儒家之道，虽注重存养人性，而对于动物欲则闲防之以为用，俾能听命于人性之主[2]为止，初未尝欲剿绝之矣。佛之普法亦然，亦如其缘生法尔之性，使之各安其分，各适其宜，则不相为害，而互成其利也。其为救弊除病之对治也，则用人乘法之儒教，以节度动物欲，闲存人性之善可也。或用人天乘法，禁制动物欲，以上达乎天而增进人性之善亦可也。或用天乘法，止息动物欲，引之超人入天亦可也。或用罗汉辟支法，以断除"动物""人""天"升沉流转之苦而超出生死亦可也。或直用佛菩萨法，俾悉除障碍，普得通达，亦可也。其为摄德成事之利用也，佛菩萨法之为妙德妙用无论矣；其在相当之程度内，罗汉辟支法，亦妙德妙用也；天乘人乘法，亦妙德妙用也；即发挥动物之欲以丰足其生活，繁殖其族类，亦妙德妙用也。惟除佛之普法而外，余皆有限有偏，故相为倾夺高下，消长治乱，不能永安。世之思想较宽者，往往罗

1. 中国之道教及日本之神道教属前鬼神教。
2. 若康德所谓良知之命令等。

观世间诸宗教学术而欲成一调和统合之教法，以宁一人心；而智小谋大，卤莽灭裂，杂乱附会，此无论其必不得成矣，即有所成，亦弥增乱原耳。凡是，皆坐于不知佛之普法，久已将一切宗教学术，如其性分，称其理宜，以调和统合成为普利群生之种种妙方便门。故有天地之大而弗知窥，有规矩之巧而弗知用，徒抱头闷思以终其身也！呜呼！世之怀大志能极思者，盍回尔之慧光，一谛审谛观于佛法乎！

但今世之偏用成弊者，虽在西洋文化之惟以发挥扩充"人类之动物欲"为进化，而致汩没人理，沉沦兽性。然由此所获之副产品，则科学之知识及方法也，工作之机器及技能也，生活物产之丰富华美也，社会言行之平等自由也，交通之广而速也，发见之新而奇也，在在足令人心迷目醉，而不能自主。故今欲挽救其弊，虽可用儒教，而儒教之力量微小，犹杯水不能救车薪之火，拳石不能塞河汉之流也！虽可用天神教，则彼张牙舞爪之"西洋文化兽"，乃曾冲却"天神教"[1]之栏，断缰绝驰而出者也，又岂能复用是破栏朽缰以为之羁勒哉！老庄之道似乎较能也，仍有才小谋大之憾。且之三者借使能之，亦暂宁一时，终无以使之循分顺理而浩然均德也。故诸智者，应知欲救治今世"动物欲"发挥已极之巨病，殆非用佛陀普法之大药不能矣。

救偏用西洋文化所成之流弊，须用东洋文化，渐已有人能言之矣。而西洋文化之病根何在？言之每鲜剀切！而于东洋文化中又惟佛之普法，真能救到彻底而永无其弊，尤未能有言之者。吾今浅略言之：盖佛之普法，乃含涵一切而超胜一切者也。夫西洋文化之副产品，其科学知识方法诚精矣！其工作机器技能诚巧矣！其生活中之物产诚丰富华美矣！其社会中言行诚平等自由矣！其交通诚广而速矣！其发见诚新而奇矣！然使一窥到佛普法中佛菩萨之智慧圆满也，工巧圆满也，生活圆满也，群众圆满也，神通自在也，知见无碍也，必将如河伯之过海若，叹为汪洋无极而自失其骄矜之气。由是喻之以因缘生果、善恶业报之法尔常理，使之从劣至胜之真进化路坦然可行；乃告之以儒教之人伦，可即为其转兽为人之妙

1.指基督教。

法，而复不为儒限，以上通乎佛。即语之以耶、梵之天，老庄之道，亦即为其消罪殖福、化形入神之妙法，而复不为天限，以上通乎佛。于是乎西洋文化之偏补之弊救，而东西洋文化咸适其用，不相为害而相为益。

由上言之，则西洋文化，乃造作工具之文化也；东洋文化，乃进善人性之文化也。东西洋之文化未尝不造作工具也，而以今世之西洋文化为至极；东西洋之文化未尝不进善人性也，而以东洋之佛法文化为至极。诚能进善人性以至其究竟，则世界庄严，生民安乐，而西洋文化之长处，乃真适其用也。今偏用西洋文化之弊既极而其势又极张，非猛速以进善人性不足以相济，非用佛法又不能猛速以进善人性，此所愿为经世之士一大声疾呼者也！

载《学衡》第 32 期，1924 年 8 月

中国民族西来辨

缪凤林

【编者导读】

19 世纪西方学者对中国民族历史溯源的研究增多，但因中国史前遗骸和用器发现极少，文字记载缺乏且年代较晚，考证难度较大，中国民族起源问题备受关注且观点纷杂，"西来说"随之兴起。拉克伯里称中国民族来自迦勒底巴比伦，列举西亚与中国诸多古史吻合点，如称奈亨台为黄帝、巴克为百姓、萨尔功为神农等。日本人白河次郎、国府种德附和其说，胪列巴比伦与中国文明及传说的相同之处，得到蒋智由、刘师培、丁谦等国内学者的支持，一度成为 20 世纪初的主流观点。

缪凤林此文对中国民族起源"西来说"进行深入探讨与批判，通过多方考证，否定中国民族源自美索不达米亚巴比伦的观点，可与他的另一篇文章《中国民族由来论》(《史学杂志》第 2 卷第 2—4 期) 对读。

第一，就历史事实而言，在华夏民族形成之前，东亚已有其他民族居住，且夏族与九黎、三苗的争斗持续千年，说明东亚存在多种民族。但由此认为东亚所有住民都来自西方或仅夏族来自西方的观点，则缺乏依据。从人类进化和迁徙的角度看，东亚在地质时代已适宜人类生存，且发现了旧石器时代的遗迹，较巴比伦更早。

第二，在地理环境层面，从西亚到中国路途遥远且充满险阻，远古时期，交通和技术落后，西亚民族难以在短时间内跨越葱岭、流沙等障碍迁徙到中国，所谓人皇、黄帝的迁徙证据，多出自后人伪作或缺乏依据的附会。

第三，年代学的矛盾：中国历史的可考年代远超西亚文明，中国古史纪年虽难以精确考证，但可推断其历史久远，中国旧石器文化的存在可追溯至数万年前，而巴比伦文明仅能上溯至新石器时代，其兴起较晚，与中国古史纪年不相符。

第四，人种与文明差异：缪凤林强调，中国夏族（汉族前身）属于黄种人，而古巴比伦等西亚民族以白种人的塞姆人为主，人种归属完全不同。中国新石器时代独特的遗骸用具，及史后的文化创造如八卦、琴瑟等，在巴比伦并无对应。而巴比伦的楔形文字、泥版书、史诗等，在中国古代也不存在。《支那文明史》所列举的古代中国与巴比伦文物一致之点，多为荒谬、失实的附会。

通过扎实的文献考订和中西比较，本文彻底否定了中国民族"西来说"。虽然缪凤林写作此文时，北京猿人尚未发现，考古资料极为有限，中国民族的真正起源问题仍难确定，但他"稽之载籍""考之古物"的研究视野与方法影响深远，抗战时期，缪凤林出版《中国通史要略》，再次针对这一关键问题展开深入探讨。

十九世纪以还，西人研究地质、古生物、人类人种及考古诸学者日繁。史家承其余波，论述一民族之历史，莫不先之以此民族所隶属之种族[1]与夫此民族之由来。我中国民族，肤色黄而深，发状黑而粗，头颅率略呈圆状[2]。其隶属何种族，史家初不难置答。独其由来为土著抑为外来。苟为外来，来自何方？则往昔史家既从未生此问题。即在今日，亦以种种原因不能确考。自人类肇始，迄有文字记载，曰有史以前之时代。有文字记载迄今，曰有史以后之时代。人类之有史，不过人类史中一极短时期，研究此有史以前之长期史迹，则以古人之遗骸与未朽之用器为唯一之资料。中国民族之由来，远在有史以前。欲加考证，自必凭借有史以前之遗骸与用器。乃今国中地质、古生物、人类诸学，或则才有萌芽，或则犹未发轫，遗骸、用器，发现者绝无仅有，民族由来研究自难，一也。遗骸、用器，取资既鲜，不得已而依据文字，而文字之缺乏依然。吾国之有文字，盖经结绳、图画、书契三阶级。结绳不知始于何时，图画书契则肇

---

1. 种族与民族含义各别。前者以肤色、眼发及头颅率等为区分之标准，系人种学所研究。后者则以血统、言文、信仰、习俗等关系而成立，历史学研究之对象也。一种族可析为无数民族，一民族亦可包含无数种族。
2. 谓纵线与横线之比例在百分之八十五以上。

端羲黄。顾吾人今日所知之文字，最远不过夏龟、殷契[1]，亦仅甲骨残文，所载皆王室所卜祭祀、征伐、行幸、田猎之事，于王公、地名、文字、典礼，足资研究，考证民族由来，毫无用处。自余载籍，大抵周秦以来之书，其去有史以前，已不知其几何年。微论其相传之说，不足尽信，而其直接、间接关于此问题之记载，不少概见，虽欲依据，亦苦无由，二也。乃者自前世纪中叶以降，西人或考察东亚地质、人类，或探索中国文化。因溯及吾国民族之由来，于是周秦以来学人所未论列者，一时甚嚣尘上，异说纷纭，莫可究诘。有言中国民族发生于中国本部为固有之土著者，特孟亚等主之。有言中国民族非土著为外来者。其间又区为多说。有言来自埃及者，特金士（Deguignes）主之。有言来自中央亚细亚者，鲍尔博士（Dr.Ball）、彭伯赖（R.Pumpelly）与罗滨生（Robinson）等主之。有言来自土耳其斯坦之西南和阗之俄亚希斯者，利希突芬（F.V.Richthofen）主之。有言来自印度者，岱乌士（Davis）等主之。有言来自印度支那半岛者，卫格尔博士（Dr.Wieger）主之。有言来自亚美利加之大陆或美洲北部者，赫胥黎（Huxley）、高平奴（Gobineau）等主之。而其最占势力者，莫如法人拉克伯里（Terriende Laconperie）自美索布达米亚西来之说。氏于西元千八百九十四年著《中国太古文明西元论》(*Western Origin of the Early Chinese Civilization*)，刺举西亚古史与中史吻合之点，以证中国民族之西来。其言略曰：

中国民族来自迦勒底（Chaldea）巴比伦（Bobylonia）。古时有霭南（Elam）王名廓特奈亨台（Kudur nankhundi）者，初用兵平巴比伦南部，嗣率巴克（Bak）民族东徙。从土耳其斯坦横断亚细亚中郭山脉，由此东向，沿塔里木（Tarym）河达于昆仑山脉之东方，而出土鲁番、哈密二厅之边，抵中国之西北部，循黄河而入中国。奈亨台即中国之所谓黄帝，巴克即中国之所谓百姓，昆仑（Kuenln）译言花国（Floweryland），以其地丰饶，示后嗣毋忘。既达东方，遂以名国，即中国之所谓中华也。又其先

---

1. 清季洹水所发现之龟甲，近人皆考为殷商文字。今按《汉志》载夏龟二十六卷，则其中当有夏代文字，故云。至俗传夏代金石文字，若峋嵝、碑珊、戈峋带及禹篆，皆伪作不可信。

有亚迦狄（Agade）王名萨尔功（Sargon）者，于当日民族未知文字，创用火焰形之符号，是即中国所谓神农[1]，号称炎帝者是也。又有人名但吉（Dunkit）者，曾传其制文字，即中国之仓颉也。

日人白河次郎、国府种德从之，于千八百九十九年合著《支那文明史》罗列巴比伦与中国文明及传说相同者都七十条，分为四目，大为拉克伯里张目。

（一）关于学术及艺术之相同者五十一；

（二）关于文字者，巴比伦楔形文字类中国之卦象；

（三）关于政治制度及信仰者九；

（四）关于历史上之传说相同者八。

其在中土，学者骇其说之新奇，先后从风。蒋智由氏（观云）著《中国人种考》，主旨在即证明拉克伯里之说。顾以证据不充，犹悬而未断。至刘师培著《思祖国篇》《华夏篇》《国土原始论》《历史教科书》等，丁谦著《中国人种从来考》《穆天子传地理考证》等，矜其淹博，东牵西扯，曲说朋附。于是一般讲述历史编纂地理者，大率奉为圭臬。间有一二持反对论调者，亦未能动人观听。盖西来说之成定论也久矣。余初读各家著述，颇为眩惑，继而研索古史，觉载籍中毫未见西来之痕迹。旁通西史亦不见其有可与中史对比之点。反而求之诸人所说，乃识其所谓证据者，实大抵诬谬。谓中国民族自美索布达米亚西来[2]，不仅为事所必无，抑亦理所难有者也。爰忘残陋，探源评论诸家之书，颇有未能直引者，则以身处塞外，昔所未见者，固访求无由。即昔所已见者，亦多未克再度置诸案前故也，阅者谅之。

第一所当问者，谓中国民族为西来，意谓东亚之地，自初有生民迄中国民族正式成立之日[3]，所有民人皆非源自本土，亦非来自他方，而悉至自西土耶？抑东亚原始之住民及中国民族以外之他族系来自他方，或原自

---

1. 音与萨尔功近似。
2. 本文所辨，惟在此说。篇中所用西亚、西来、西方、西土、西源、西史等辞，即指美索布达米亚及其附近一带之地，非指中国以西之区域也。阅者祈注意。
3. 即中国民族意识正式表现之日。

本土，仅中国民族俗所号为羲农黄帝之后裔者自西迁徙而来耶？欲示此问题之答案，当先简述二层历史事实。

（一）于中国民族可正式稽考之先，东亚之地当已有民人居住。若谓茫茫九有，从古初无人类，必待至最近数千年前，始由西方转徙而来，则为事理所决不许。

（二）洪水前后，夏族[1]与九黎、三苗之争，见于《书·吕刑》《楚语》及他载籍者，允称信史。此夏族与异族之争，不知始于何时。黄帝时曾大决战，至虞夏时始告平静。前后绵亘至少亦逾千年，则古代东亚之地除中国民族之外，必有他种异族之人民。

此二层事实为一般治中史者所公认，因之对于西来说之论断遂分二派。

一者谓东亚所有住民，无论为夏族、非夏族，皆非原自本土，亦非来自他方，悉系自西迁徙而入。特其迁徙也，非止一次；其最初迁徙之年代，亦远不可稽。

二者谓东亚原始之住民，据现在所能考见者，实为黎、苗。黎、苗之先或尚有其他种族亦未可知。此黎、苗之由来，或原自本土，或自西来，或自他至，今尚不可考知。惟夏族则自西来，其文明亦自西移植。盖后入而征服原有之住民，因以为东亚之主人翁者也。

第一派系信西来说而变本加厉者，如某氏《中国历史参考书》云：

汉、满、蒙、回、藏五族，同为黄种，则其先必同出一原。考汉族之宗国为前巴比伦，证据甚多。（中略）东来之证据，亦有可见者。昆仑之区即今之帕米尔。《遁甲开山图》曰：天皇氏被迹于柱州之昆仑。可见天皇氏曾至此矣。《山海经》曰：昆仑之北有轩辕之邱。《庄子》曰：黄帝登昆仑之上。陆贾《新语》曰：黄帝登昆仑虚，起宫室于其山。汉族西来，未至中原先于此暂驻，固理之可信者耳。《遁甲开山图》曰：人皇氏出刑马山提地之国。提地者，图伯特之音转，即今之卫藏也。其后乘云车出谷口，即今陕西之斜谷口，此为由卫藏入中原之明证。其留遗者，则为

---

1. 按《尧典》言蛮夷猾夏，此为吾国民族最古之称，故今袭用之。若华则起于春秋时，见下。汉则更后矣。今俱不取。

氏、为羌，即藏族之祖也。故此二族者，迁徙之迹最为可考。至有回、满诸族，则当时必由东北而行，与汉族分为二途，地既荒寒，文化不著，而其时必又在汉族移徙之前，故于古籍中无可证者。然观于荤粥一族，在黄帝时已与汉族为敌。而其后猃狁、匈奴、突厥等，往往崛起于大漠南北，或散布西域一带，则其移徙之路必由新疆之北可知也。东胡之后，实为鲜卑。鲜卑者，西伯利亚之音转。此族居东北之地甚早。其后蒙古诸族又均崛起于西伯利亚之地，则其为由西伯利亚而移入，又可知也。

先汉族而据有中原者，为苗族。据西人之调查，谓苗族亦有书籍，其文字多为象形，备载洪水方舟之事，似亦从西方来者。至其语系，则为独音类，与汉族同。其容貌、骨格，亦与汉族相似。以此种种观之，则可决其与汉族同种，特其移徙又较先耳。

上所言泛论五族黎苗，固多无当。同出一族及西来途径云云，尤全出武断，后当略论。盖由其认西来说为已定之事实，遂从事于牵扯也。诚如其言，必先有下列之假定。

（一）东亚住民无原始于东亚之可能。以东亚非人类发源地故。

（二）东亚住民除西方外，无自他方迁入之可能。以西方之有人民较他方为早，其迁徙之途径亦较便捷故。

依今日人类学、古生物学、地质学之知识，于第一假定尚未能下是否之判断。以由地质时代言，人类之出现最早不能过新生代（Cainozoie Era）之更新世（Pliocene）与最新世（Pleistocene）。此时东亚地势早成大陆，就适宜于人类之生活言，似不让地球上之任何洲与亚洲之任何部。

李仲揆《中国地势变迁小史》：自从株罗纪的末造中国的地盘隆起后，中国已经成了一个大陆国。南北虽都有内海以及湖沼，然而都不甚深，地形平均甚高，所以侵蚀的力量甚烈，久之，株罗纪末造所造的山岳，如秦岭等等，渐渐失却了崎岖之象，那时中国全国可算得一个高原。一直到新生代的末期，中国还是一个高原，当然高原上有河流湖沼。

然在爪哇于最新世地层内已有猿人遗骸发现，距今在五十万年以前。

奥斯彭《旧石时代之人类》（H.F.Osborn: *Men of the Early Stone Age*）：

一八九一年与一八九二年间[1]，荷兰军医杜波瓦（Eugen Dubois）在爪哇中部突林尼（Trinil）地方之最新世地层内获一齿一颅骨，旋于去颅骨十五米突处又觅得一齿及一左大腿骨。考其骨状，盖已能直立作人形矣。先是德国自然学思想家海格尔谓人与猿之分即在能否直立。而第一种能直立之人必无语言。至是竟符其言。盖此种人体力虽强，尚无语言之可言，实介乎"人猿"与"人"之间之物，遂名之曰"猿人"（Pithecanthropus erectus）云。[2]

而在中国，今日尚以在河套第四纪（Quaternary）之砂土中发见之旧石器为最古，距今不过数万年，故也。

翁文灏《近十年来中国地质学之进步》：古代人类之研究，近数年中有长足之进步。从前言中国石器者，如鸟居龙藏、洛乌弗诸氏，均谓中国无旧石器时代之人迹。民国十二年秋，法人桑志华、德日进二教士始在河套发见旧石器甚多。此项石器在欧洲之 Mousterian 时代甚为常见。故从器形观之，确可知其与欧洲旧石器时代相当。在河套者，则生第四纪之砂土中。此砂土之时代实与黄土同时，于是见当黄土生成之世，此荒凉寂寞之河套沙地，实尝为人类聚殖之处。此为现在所知中国最古之人迹，近年来之大发现也。

至第二假定，则直可断为谬误，试言其故。

（一）如第一假定不能成立时，则第二假定即随以俱倒。

（二）借谓第一假定能成立，然今世人种学者主美索布达米亚为世界人种发源之地者实无一人。奥斯彭教授《旧石时代之人类》一书中载自千八百四十八年至千八百九十四年，世界发见各种原人之遗骸，共十七起，其中发见于美索布达米亚者亦无一焉。

（三）如谓巴比伦虽非人种发源之地，当系由发源之处先徙至巴比伦然后转迁东土。则姑不论东亚当黄土生成时代，已发见旧石器之人迹，以黄土分布之广，河套居民之多，其时人类聚殖决不在少数（详下）。推溯

---

1. 汤姆生《科学大纲》作一八九六年。
2. 此为今日所知最古之人类，稍后之发见尚多，不具录。

由来，厥时更古。而巴比伦则无旧石器时代之人迹（详下）。东亚之有人为期实先于西亚。据今人种学者、考古学者研究之结果，世界人类起源之地最著者略有三说。一者谓源于爪哇附近，二者谓源于北极，三者谓源于中亚。是无论源自何处，皆无先入西亚转来东土之理。况依最近著名学者意见，若奥斯彭教授，若陆尔教授（R. S. Lull）[1]，若开斯爵士（Sir Art hur Keith）[2]辈，皆以爪哇发掘之猿人为时最古，谓爪哇说尤近事实。果尔，则东亚人民最初当由南方徙入。西亚种族或当由东亚转迁而去。意者中国其巴比伦之宗国乎？西来云乎哉。

　　东亚民族悉自西来，观上所明，当可知其背庆事实。今试更进而论第二派之说。中日人士奉拉克伯里说者之所最津津乐道者也。此说谓苗族先夏族而据有东土。苗族起原代远难稽，而夏族则必自西来。近人以五帝之前定有三皇，三皇非苗族已奄有中土，故不认中国先有苗族后有夏族之论（忆《北大月刊》朱希祖君有此说待检）。然此非问题中心所在，且置不谈。为问夏族西来果循何途，经道多少，需时几何耶？

　　西来途径据拉克伯里谓奈亨台自土耳其斯坦经天山北路而入中国之西北部（今陕甘之境）。中人推衍其说，又加数途。自土耳其斯坦折而南，经巴达克山至和阗，入后藏。或自伊兰高原经喀什米尔入后藏，复自藏东行至打箭炉而入蜀，由蜀而入中原。之数途也，设由巴比伦起算，为程皆逾万里。[3] 在途时日诸家虽未明言，然以奈亨台为黄帝推之，初为霭南王，率霭南人入侵巴比伦南部，至早当在中年，入东亚后，与苗族战，以武力统一中国，又非历多年不可，则在途虽多亦数年耳，夫以数年之久，经万余之路，为事似非甚难，然当知若伊兰高原、若土耳其斯坦、若新疆、若西藏，论地势则雪山绵亘沙漠无垠，论气候则高辄冰凌洼辄燠溽，昼辄酷热，晚辄严寒，经行其中，艰难困苦殆皆莫可名状。试取昔人记载之所目为难关者略征之。其自土耳其斯坦经天山北路第一难关，则葱岭也。

---

1. 著《有机天演》（*Organic Evolution*）极著名。
2. 著《古代之人类》（*Antiquity of Man*）极著名。
3. 奈亨台虽先为霭南王，然当时所谓霭南，仅指底格里斯河下流东部一小区域，与今日地理上之伊兰高原，大有分别。

法显《佛国记》：葱岭山冬夏有雪，又有毒龙，若失其意，则吐毒风，雨雪，飞沙砾石。遇此难者，万无一全。

慧立《慈恩传》：渡一碛至凌山，即葱岭北隅也，其山险峭，峻极于天，自开辟以来，冰雪所聚，积而为凌，春夏不解，凝沍汗漫，与云连属，仰之皑然，莫睹其际。其凌峰摧落横路侧者，或高百尺，或广数丈，由是蹊径崎岖，登涉艰阻。加以风雪杂飞，虽复履重裘，不免寒战。将欲眠食，复无燥处可停，惟知悬釜而炊，席冰而寝。七日之后，方始出山。徒侣之中，冻死者十有三四，牛马逾甚。

第二难关，则流沙也。

《佛国记》：沙河中多有恶鬼热风，遇则皆死，无一全者。上无飞鸟，下无走兽。遍望极目，欲求度处，则莫知所拟，唯以死人枯骨为幖帜耳。

《慈恩传》：莫贺延碛长八百余里，古曰沙河。上无飞鸟，下无走兽，复无水草，（中略）西北而进。是时四顾茫然，人马俱绝。夜则妖魑举火，烂若繁星。昼则惊风拥沙，散如时雨。虽遇如是，心无所惧，但苦水尽，渴不能前。

其经巴达克山至和阗，则有身热头痛绳行沙渡之险。

《汉书·西域传》：皮山国（今和阗西）西南至乌秅国（今巴达克山），千三百四十里。乌秅国西则有悬度。悬度者，石山也。溪谷不通，以绳索相引而渡云。起皮山南，又历大头痛小头痛之山，赤土身热之阪，令人身热无色，头痛呕吐，驴畜尽然。又有三池，盘石阪道，陿者尺六七寸，长者径三十里，临峥嵘不测之深，行者步骑相持，绳索相引，二千余里乃到悬[1]度。畜坠未半阬谷，尽靡碎；人堕势不得相救视。险阻危害，不可胜言。

其自伊兰高原经喀什米尔，则有雪山之阻。

《佛国记》：南度小雪山，雪山冬夏积雪，山北阴中，遇寒风暴起，人皆噤战。慧景一人不堪复进，口出白沫，语法显云："我亦不复活，便可时去，勿得俱死。"于是遂终。法显抚之悲号，复自力前，得过岭南。

1.原文作"县，"应作"悬"，为文中所提及之"悬度"。——编者注

《慈恩传》：东南入大雪山，在雪山中涂路艰危，倍于凌碛之地。凝云飞雪，曾不暂霁。或逢尤甚之处，则平途数丈。故宋玉称西北之艰层冰峨峨，飞雪千里，即此也。嗟乎，若不为众生求无上正法者，宁有禀父母遗体而游此哉。

而西藏之雪岭尤多。

魏源《圣武记》：凡藏中雪岭不一，四时冰陵。其凹处深辄数仞，人畜失足，杳无踪迹。其颠积雪如城，不时随风飘洒，甚于天降。行人舍骑而步，以手代足。羸牲踣堕，白骨载途。寒沍噤入，飞走皆绝。惟夏秋之际可行，然遇夏雪涣泮，势如倾岳，纵水横潦，仆痛马瘏，兼以瘴疠不毛，番夷剽夺，风日惨淡，有冬无春，行役之艰，于此为极。康熙五十九年，滇兵三百，营于瓦河一柱峰下，中夜风雪，人马悉僵。吁，可畏矣。

夫以摩西之率以色列民族出埃及而建犹太之国，世咸啧啧，称为不可及之事。然其徘徊四十年卒不越红海之滨，由今计其经途，殆仅三百小时之程。则以草昧之世，济路之具未备，人类之力微薄，长途征行，为事甚难。而谓西亚民族，乃能当羲黄之时，于数年之内，经千万里高山雪岭沙漠不毛之地，虽在数千年之后犹视为难途者，而宅大国于中土乎。[1] 况摩西之返迦南，以不堪埃及君民之虐待，乃作重归先民故土之计。彼其心目中必多少能预知其目的地，并略能预想其目的地之为乐土。用是能鼓励部曲不避艰险，悬鹄以赴。西亚民族又岂其例哉。奈亨台入侵巴比伦南部后，及身既不闻有被异族逼害之事，继其后者为廓特拉迦摩（Kudur-lagamar）。霭南人更在拉萨建国（The Kingdom of Larsa）[2]。借为奈亨台因生齿日繁而东徙，彼其先既未能知千万里之外，有此广土，一旦离两河流域饶庶之地，入丛山沙漠之境，恐未越今日波斯之境，即将废然思返，或徘

---

1. 蒋智由氏《中国人种考》亦言及此层。惟以此归美于炎黄，故其论点与本文适相反。威尔士《世界史纲要》涉及中国者谬误甚多。惟论兹事，则谓塔里木河流域与幼发拉的河下流之间，有无数高山与沙漠之险阻，民族迁徙之事，实令人不能存想。不无片言偶中云。

2. 拉萨地处幼发拉的河下流东部。此拉萨王国，数十年后为汉摩拉比 Khammurabi 所灭。本论前后所述巴比伦历史，根据之书，以罗加斯之《巴比伦与亚述史》（R. W. Rogers: History of Babylonia and Assyria）及威廉氏主编之《世界全史》（The Historians' History of the World, Edited by H. S. Williams）卷三美索波达米亚部为主。其有间引他书者，随加标明，以示识别。

徊不前，更何能于数年间直渡偌大之险阻，抵东亚而始驻足耶？是则夏族于短时期由西徂东，就地理上之阻碍言，殆属不可能之事。凡具史地常识者，皆易晓易知。奈之何主西来说者而犹昏聩于是耶。

曰夏族东迁，既为事实所不可能。顾其东来证据，若人皇之由藏经蜀入陕，若黄帝之经昆仑，何以历历可考若是曰。是皆诸家之曲说，焉得目为证据。夫昆仑卫藏之去西亚，较去东亚犹远。人皇、黄帝即能于其地考见其迹，仍丝毫未能证其由西亚东徙，安知其非本住昆仑与卫藏，或由东徂西南而复归。况昆仑、卫藏、川陕云云，又皆羌无故实乎？考昆仑之有黄帝遗迹，见于《山海经》《穆天子传》《庄子》《列子》《新语》。

《山海经·海内西经》：昆仑之邱，实为帝之下都。

《穆天子传》：周穆王升昆仑之邱，以观黄帝之宫。（《列子·周穆王》篇同）

《庄子·天地》：黄帝游赤水之北，登乎昆仑之邱。

陆贾《新语》：黄帝巡游四海，登昆仑山，起宫室于其上。

是诸书皆后人伪作[1]，其所称述，要属史公所谓荐绅先生难言之类，固未足据为典要。即云古昔相传，容有其事，则昆仑究当今日何地，虽以蒋氏之反覆论究，亦未能确指（详《中国人种考》）。元人穷溯河源，以积石为昆仑，固未可即据。汉人怪诞悠谬之河源昆仑说，有似今之葱岭一带者，又何可引以附会。若云伯克即百姓，昆仑华土即中华，则微论伯克本里海西岸一地名，奈亨台是否曾至其地，与夫是地之居民是否为黄人种，著名史家率未能言[2]。百姓二字始于唐虞，虽指贵族，实以其受姓而名。

《尧典》：平章百姓，百姓昭明。

孙星衍《〈尚书〉今古文注》：郑康成百姓群臣之父子兄弟疏，郑云：百姓群臣之父子兄弟者，《周语·富辰》曰：百姓兆民，注百姓百官也，官有世功，受氏姓也。《楚语·观射父》曰：民之彻官，百王公之子弟之质能言能听彻其官者，而物赐之姓，以监其官，是为百姓。郑说所本也，

1.《庄子》虽不伪，《天地》篇疑伪。
2.有谓其地属波斯古国，系白人种者。

据《禹贡》中邦锡土姓之文，郑注可信。

且唐虞时后黄帝已不知几何年，岂尚容举而与 Bak 相比拟。昆仑意云华土，恐已未可确据[1]。况华本民族之称，始见《春秋》。

《左传·襄十四年》：戎子驹支曰：我诸戎饮食、衣服不与华同。定十年，夷不乱华。

他书未见此名，谓定自黄帝以名国，其又何征[2]。至云人皇出提地谷口，即足征其由藏经川入陕。考提地谷口之说，始见纬书，纬固晚出[3]。提地即图伯特转音，说始元和汪氏。谷口即今斜谷，说始秦宓[4]。亦以意为说。《命历序》言人皇乘云车，驾六羽，出谷口[5]。当为《遁甲开山图》之文所本。然《命历序》又言人皇出旸谷九河，《尚书》旸谷九河皆在东方，则提地谷口。固未必当今卫藏之地。诸家所称东迁证据，其不根大率类是，缘彼等本无真知灼见，能于载籍中发见西来之迹，从事立说，乃先认西来说为天经地义，因捕风捉影，任情附会，书之是否足据，言之是否衷理，皆所不顾，惟求其能完满其论。卒之毫无佐证之谈，言之凿凿，宛若实事，一般人见其然也，益奉其说为不磨，所谓吠影吠声者非耶。

复次，中国民族既由西来，炎黄等既悉系西亚令主，则中国古史，若年代之修短，种族之隶属，文物之创作等，必将与西亚符合齐同，而呈一致之状。反之，苟是数者互相抵牾，虽置地理等事实于不顾，亦足反证其毫无关系。试一研究之，以窥西来说之根柢。

中国古代纪年，昔人传述编次虽详[6]，然皆未可确据，盖以司马迁之博览，其著《史记》也，自黄帝迄共和，则曰世表（《三代世表》）。自共和以降，始曰年表（《十二诸侯年表》等）。以共和元年（西历纪元前八百四十一年）为纪年之始，已明共和以前之年代不能明考。宋郑樵以共

---

1. 余疑其仅据西亚华土一字之发音，略近昆仑而附会，不足恃，故云。
2. 按中国民族本名夏，主西来说者谓即大夏之旧名，不知夏称始见《尧典》，为象形字。象中国人之形，以别于西戎等。明著《说文》。大夏虽见《吕氏春秋》；其所在今犹未可考，若译 Space Ractria 为大夏，则始于汉人，斑斑可考，苟如是附会，则秦与大秦名同，亦可谓中国人来自罗马矣。
3. 观《后汉书·张衡传》可知。清人谓纬为古史书，未允。
4.《三国·蜀志》本传及注引《蜀记》。
5. 徐坚《初学记》引。
6. 历数家之所传述；及谯周、皇甫谧、陶弘景等之所编次。

和犹有二说，更进一层。春秋之前皆称世，春秋以来始称年，而以周平王四十九年（鲁隐公元年西历纪元前七百二十二年）为纪年之始。

《通知年谱序》：太史公纪年以甲，始于共和，天下之所共承也。然为共和之说者，已不可信，况其年乎？既曰周召二公共行政，又曰共国之伯名和行天子政，何也？仲尼周人也，著书断自唐虞，而纪年始于鲁隐者，为幽王遭西戎之祸，典籍湮沦，西周之年，无可考据，故本东周。迁则汉人，而欲贯年于西周，可乎？凡纪年者，自东周以还可信，东周以前不可信也。今之所谱者，自春秋以来始称年，春秋之前皆称世。

今即以马迁为正[1]，亦只能历数共和以后之年，其共和以前，惟有参观各家传说，约略上推。《尚书》载唐虞三代事，共和前有唐虞、夏、商、周[2]，百家共许，合计约可得千五百年。

齐召南《历代帝王年表》：唐虞二帝，共一百五十二载。

刘恕《通鉴外纪》：夏起戊戌，终己酉，十七君，一十四世，通羿浞四百三十二年。商起庚戌，终戊寅，三十君，十七世，六百二十九年。周起武王元年己卯，至厉王四十年己未，二百八十一年。[3]

《易》称庖羲、神农、黄帝，《管子》言古者封泰山禅梁父，同称此三氏（《史记·封禅书》）。是唐虞前有此三代，要属信史。彼持西来论者，亦不否认，其传说年代，则多寡悬殊。

《通鉴外纪》：自伏羲至无怀，或云五万七千七百八十二年。

皇甫谧《帝王世纪》：炎帝神农氏凡八代，五百三十年。[4]

《春秋纬命历序》：黄帝传十世，一千五百二十岁。[5]少昊传八世，五百岁。颛顼传二十世，三百五十岁。帝喾传十世，四百岁。

上自伏羲至帝尧即位前，传说最多年代，共六万一千零八十二年。

---

1. 共伯和事虽杂见诸书，然自共和元年以后，诸侯谱牒，咸有可稽，《史记》纪年之始，自必无误。至谓仲尼纪年始于东周，则因纪事始自是年然，否则西周之年，纵不可考，东周之年，固甚可据，何以不始于平王元年，而始于平王四十九年耶？
2. 此周指自武王至厉王时代。
3. 各家推算，皆小有出入，兹不一一并列。
4.《史记》补三皇本纪引。
5. 一本作二千五百二十岁兹据闽本宋本。

《通鉴外纪》：自伏羲至无怀，一千二百六十年。

《春秋纬命历序》：炎帝传八世，或云三百八十年。

《〈史记·五帝本纪〉集解》引皇甫谧云：黄帝在位百年，颛顼在位七十八年，帝喾在位七十年。又引卫宏云：帝挚九年，而唐侯德盛，因禅位焉。

上自伏羲至帝尧即位前，传说最少年代，共一千八百九十七年。

就中伏羲至无怀五万余年，最难征信，然《集解》引皇甫谧[1]、卫宏，谓黄帝至帝挚才二百余年，亦不如《春秋纬》二千余年较为可恃。盖裴氏仅就《五帝本纪》所载者以书年，而《五帝本纪》则适误据《世本》《大戴记》，极矛盾而难通，观下列之世系表自明。

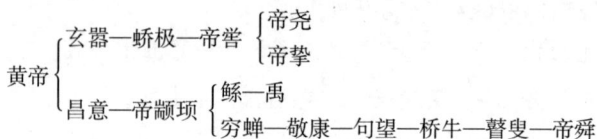

$$
黄帝
\begin{cases}
玄嚣—蛲极—帝喾
\begin{cases}
帝尧 \\
帝挚
\end{cases} \\
昌意—帝颛顼
\begin{cases}
鲧—禹 \\
穷蝉—敬康—句望—桥牛—瞽叟—帝舜
\end{cases}
\end{cases}
$$

按上表自三国蜀秦宓、谯周、晋杜预，下至宋罗泌、元金履祥、清马骕、梁玉绳，皆有驳辨，而马、梁之论尤详。[2]兹不暇全引（秦、谯说亦已不传），惟述数语。"鲧则舜之五世从祖父也，而及舜共为尧臣。尧则舜之三从高祖，而妻其女。"（杜说）"黄帝之崩，何以不传嫡储玄嚣，而必传次子昌意之子颛顼，颛顼何以不传家嗣穷蝉，而必传伯父玄嚣之孙喾。"（梁说）"黄帝至尧五世，至舜则九世。颛顼至禹三世，至舜则七世。何舜独年代之数，而尧禹年代之旷耶。"（马说）凡此皆事理之所必无者也。又《左传》文十八年，昭十七年，皆有少皞一代，亦与《史记》不合。

若据《春秋纬》，则黄帝迄帝喾，每帝皆传多世。证之太皞十五世，皆袭伏羲氏之号。神农八世，皆以炎帝称。似或足补迁史之疏矣。审是由伏羲至帝挚，当亦不下数千年。羲农以前，传说有三皇十纪，多荒诞无

---

1. 此处原文作"黄"，应作"皇"，皇甫谧。——编者注
2. 马见《绎史》，梁见《〈史记〉志疑》。

征。十纪[1]尤不经。然三皇之说，似尚可加以解释。《命历序》云：

> 天地初立，有天皇氏十二头，兄弟十二人，立各一万八千岁。地皇十一头，一姓十一人，亦各万八千岁。人皇九头，九男九兄弟相似，别长九国，凡一百五十世，合四万五千六百年。

此其所言，若头数兄弟[2]与历年之多，皆不合事实。解之者曰，太古之世，各分部落，不相统一，若干头之言，头者人也[3]。盖犹后世盗贼分据山林，各拥头目耳。兄弟一姓之言，盖邻近之部落甚多，或酋长之递继非一耳。至历年之多，则因古人无详细纪年之法，自某时代至某时代每归之一著名人物，而其人遂若有非常之寿考，此一说也。古人论人之年寿，不以生卒为标准，而以其名势所及之时间计算，此又一说也。[4]天皇、地皇、人皇乃至其一姓兄弟，皆非必先后相禅，或系同时并兴，分据各地（据纬书，三皇皆非起自一地。可证）。故三皇合计，虽有数十万年，而实际只万余年或数万年者，此又一说也。设此之推测为不谬，则庖牺前固有万余年或数万年之部落割据史，其由最初野人进至此时代，尚需几何年。载籍无征，姑不具论，然亦不难推度得之。综是以观，中国古年历年虽难确计，而其久远，至少在数万年以上，甚或出今日史家想像之外，亦未可知。此非向壁虚构者。除上所述外，旁证犹多。

（一）《史记正义》引《韩诗外传》云："孔子升泰山，观易姓而王，可得而数者，七十余人。不得而数者，万数也。"今观周秦载籍所称太古诸氏之繁，封禅太山梁父者，尚七十二人（《史记》述管仲语），皆足征古代历年之久长。

（二）凡古代民族文物制度之创作，皆须历久长之年代。吾国当唐虞以前，迭遭洪水，文物被荡涤者甚多，制度被破坏者尤伙。然唐虞后社会一切事物，犹多因袭洪水以前之遗制。即上溯至羲黄，亦有多种文物可

---

1. 谓自天地开辟至春秋获麟之岁，凡二百七十六万年。分为九头、五龙、摄提、合雒、连通、叙命、循蜚、因提、禅通、疏仡等十纪，每纪二十七万六千年。见《春秋纬命历序》。
2. 其时父子夫妇之伦未分，必无所谓兄弟。
3. 《路史前纪》注云：天皇十二头，地皇十一头，人皇九头。头者人也，若今数牛鱼然，古质故尔。
4. 按《大戴记》宰我问孔子曰：荣伊言黄帝三百年。请问黄帝何人也，抑非人也，何以至三百年乎？对曰：生而人得其利百年，死而人畏其神百年，亡而人用其教百年。可证。

征。有以知吾国社会之开化，实甚悠远。其由未开化进至开化之年纪，更可不言而推知。

即前引今人地质学上之发见，河套等地当旧石时代，已为人类聚殖之处，距今亦已有数万年。且河套所发掘之旧石器，适当黄土地层，此黄土层之分布，范围綦广，今地质学家亦咸认其与吾族文化有密切之关系。

《中国地势变迁小史》：自从冰期以后，人类渐渐进步，在生物中称雄。因为中国北部的海渐渐涸竭，气候渐渐变干，风吹尘土，转扬几千百里，于是秦岭以北大部分渐埋没于黄土之下。这种黄土今天还在转移生长。近十年来中国地质学之进步，洪积统最重要之沉淀，厥维黄土。黄土分布之广，诚与吾族文化具有密切之关系。

是则吾民族之占有北方中原，至少有数万年之久，固已毫无致疑之余地矣。至中华民族隶属之人种则与美洲同隶蒙古利亚种（Mongolian Race），或称黄种，或称亚细亚阿美利加种（Asia-American Race），为中外史家所公认，姑不赘述。返观巴比伦则何如。主西来说者咸以为西亚古史，必较东亚为早。故中国民族，可自西徙入。由今比较研究，则知此种迷信全然不合事实。巴比伦地方为西亚文明根据地，因幼发拉的河流域土壤非经人工经营沟洫，不能种植。天然形势，不适人类滋生。史家咸断定此地原始住民由外迁入，非其土著。迁入时代，因其地无旧石时代之文化，而富有新石时期之文化，大约距今可万年左近（西历纪元前七八千年）。至其属何种系，今日史家仅知其非塞姆种，无敢确言。或谓属白人种（高加索人种）之印度欧罗巴系（Indo-Europeans）之杜兰尼安族（Turanian Family）（拉克伯里亦主此说）或谓属黄人种之乌拉阿尔泰系（Ural Altaic Family）。而前者较后者为多。其后相沿以所住之地名其人，巴比伦南部曰苏米尔（Sumer），则名其人曰苏米尔人（Sumerians），北部曰阿迦德（Accad），名曰阿迦德人（Accadians）。论其文化，可上溯至纪元前六千年[1]。若运河沟洫，若庙宇建筑，若楔形文字，若置闰成岁，史家所号为古代巴比伦文明者，大抵此民族所自渐积创制，历久而成者也。然

---

1. 此据欧洲史家，若据美洲史家，仅可溯至纪元前四千年。

巴比伦史上之主要民族，则不属诸此原始住民，而为后日徙入之白人种塞姆人（一译细米底人）。塞姆人之徙入，约当纪元前五千年至四千年间[1]。其由来之地，或主亚拉伯，或主非洲，或主中亚，尚无定说[2]。惟其先侵入北部，渐占阿迦德为根据地，历久始南下。又其侵入也，于旧有文化全部吸收，仅于政治上地盘上图伸展势力而已。时则新旧民族以接触而竞争，因竞争而立长。以城邑及祭祀为中心之王国先后并峙，兼并争夺。今可考者，犹有四五，以隶苏米尔人者为多，扰攘可数百年[3]。是为巴比伦古代史第一期，曰新旧民族纷争时代。运会所趋，神武诞生。有萨尔功者，伊铁倍尔 Itti-Bel 之子，塞姆种人也。崛起阿迦德，以武力勘定四方。东自霭南，西至地中海滨，建一大国，举南北巴比伦而隶其治下。霭南者，南部巴比伦迤东之地，故印度欧罗巴人所居者也。子纳兰新（Naram Sin）嗣之。扩境益广，兹二代者，文事武功，称极盛焉，是为巴比伦古代史第二期，曰塞姆人第一次统一时代[4]。纳兰新数传之后，国民因受城市生活之影响，昔时英武之风，渐灭殆尽，统治之力日薄，国势于焉式微。苏米尔人乘机恢复其政治主权，南部诸城，相继相雄。塞姆人虽尚有据地自王者，大势要趋统一，加以民族之融合日甚，南北之界限亦除，其时诸王皆不以阿迦德或苏米尔自囿，而以"阿迦德与苏米尔之王"（The Kings of Sumer and Accad）相号。如是者又可数百年[5]，是为巴比伦古代史第三期，曰新旧民族融合时代。西亚之地，四境无天险之障碍。外族侵入，有如水波，才平即起，无有休止。时则先徙民族已尽同化，异族又复迁来。塞姆人由地中海沿岸侵入北部，领之者苏墨阿皮（Sumu-abi）其人也，苏墨拉林

---

1. 此亦据欧洲史家。若据美洲史家。须迟千余年。

2. 据白登之塞姆人种由来论（G.A.Baiton：*Sketch of Semitic Origins*），郭里门（Von Kremer）、高迪（Guidi）、霍姆尔（Hommel）等。亦皆主塞姆人即源于巴比伦之说。因此说早为人吐弃，故未列入正文。

3. 据罗加斯等，可七百年。始纪元前四千五百年，终三千八百年。据美史家白里斯德之《古代史》（Breasted：*Ancient Times*）此期仅三百年。始纪元前三千零五十年，终二千七百五十年。

4. 据罗加斯等，此期为自纪元前三千八百年后之数百年。据白里斯德为自纪元前二千七百五十年至二千五百五十年。

5. 据罗加斯等，此期约始纪元前三千二百年，终二千四百年。据白里斯德则始纪元前二千五百五十年，终二千一百年。

（Sumu-la-ilu）等继其后，遂建巴比伦王国。霭南人由霭南侵入南部，领之者廓特奈亨台其人也，廓特拉迦摩继其后，遂建拉萨王国。巴比伦王国数传而至汉摩拉比，既统一北部，南下与霭南人争衡，亘数十年，卒逐而出之，统一巴比伦地方。颁布法典，溥施教育，建设规画难可详说。文事之盛，于斯为极。是为巴比伦古代史第四期亦称结束期，曰塞姆人第二次统一时代 [1]。凡此四期，称王者应虑百数，今日可得而识者，尚不下数十，外史备载，兹不移译。惟列主西来说者所目谓与中国古代帝王姓名同者数人，并著其年代如下：

【巴比伦】 【中国】

（1）萨尔功第一（Sargon Ⅰ），塞姆人，事已见上。其年代据罗加斯，在纪元前三千八百年，此为最早之记载。据白里斯德则在纪元前二千七百五十年，此为较适中之记载。据包斯福（Botsford）古代史，则纪元前二千一百年，似太晚。 【神农】

（2）乌包（Ur-Bau），苏米尔人，南部雪布拉地方（Shirpurla）之王。时当塞姆人第一次统一，疑为诸侯之类。年世已不可考。或谓在纪元前三千五百年，或谓二千五百年。惟必在萨尔功之后耳。 【伏羲】

（3）但吉第一（Dug-gi.Ⅰ）、但吉第二（Dun-gi.Ⅱ）、但吉第三（Dungi Ⅲ），皆苏米尔人，南部乌地方（Ur）之王也。但吉第一属第二王朝，但吉第二、第三则属第三王朝。时当新旧民族融合时代，年代据罗加斯但吉第一在纪元前三千一百五十年，第二在二千七百数十年，第三在二千七百年。 【仓颉】

（4）廓特奈亨台（Kudur-nakhundi），霭南人，事已见上。其年代据罗加斯在纪元前二千三百五十年。若据白里斯德之记汉摩拉比年代推之，尚须后二百余年。 【黄帝】

阅者细观上文，当知西来之说与其比附无不昏谬。盖论年代，则吾中国远在旧石时代，而巴比伦仅可溯至新石；论人种，则中国为黄人，而

1.据罗加斯等，汉摩拉比在纪元前二千三百余年。据白里斯德则在纪元前二千一百年。

塞姆人、霭南人为白人，苏米尔人亦以白人为近是（观拉克伯里谓属杜兰尼安族可知）。若谓羲黄等于后日移入，则无论是数人者，东迁之迹毫不可考，外史亦无载其曾出西亚区域。较其时日，奈亨台约当尧舜之时，乌包约当炎黄之时，萨尔功、但吉亦皆与神农、仓颉不相当，且神农在伏况之后，而萨尔功则在乌包之先，仓颉与黄帝同时，又仅一人，而但吉则在奈亨台之先，复有三人。羲、农、黄、仓皆黄种人，而萨尔功、奈亨台则白种人，乌包与但吉亦以白种人为近是。若谓诸人苟不相同，何以其发音又若是之近似。曰各种文字，各有其音，亦各有其形与义，三者一异而二同，一同而二异，固未可附会。即三者全同，既无此出于彼之确据，亦只能目为偶合，断不能以其偶合而谓为相出。况乌包等名，本自巴比伦字译出，其原文之形义，固未必与羲黄等相同，即就音论，Sargon, Ur-Bau, Dun-gi, Kudur-nan khundi 之音又何尝与神农、伏羲、仓颉、黄帝相合。尤可笑者，萨尔功全名本为萨尔野尼雪尔阿里 Shar-gani-shar-ali，史家以其艰于书诵，省为 Sargon，拉克伯里辈据此半名，遂谓其与神农相合，岂神农亦省名乎？人非丧心病狂，必有能辨之者。

时代人种已如上论，试更略述两方文物之创作。中国有旧石时代之文化[1]，巴比伦则否，当然无从论列。新石器时代之遗骸用具，河南中原之地，中国年来已颇有发见，据西人记载，亦为中国民族固有之物。

安特生《有史前之河南一村落》（Anderson: *A Prehistoric Village in Honan*）：近世考古学者以为华族初入居中国时已知用铜器，而谓在中国所发现之石器非华族之物，乃古代先华族而居中国之文化较低民族之遗迹。千九百二十年，予在河南发现一古代村落，带有正确不误之华族的式样，而其中仅有石器、陶器、甲骨器，独无一铜器，于是上述假说遂见动摇。此次发现地点在河南仰韶村，去陇海铁路渑池站北十五里，洛阳西二百里。其遗址在今村之南，南向延长约二千英尺，东西广千五百英尺。北半多荒土，南半则几全为文化土层，厚十英尺至十六英尺。土质轻松，

---

1. 桑志华、德日进二教士之河套发见，已著成专篇，颜曰《河套之旧石文化》（*A Palaeolithic Culture in Ordos*），载《地质学会报》第三卷。

多含炭灰，亦时见小炭片。发现之物有铸形之石斧镰，铤形之石刀，甲骨所制之针、箭嘴、钻与其他品物，石制及土制之纺织轮及石制之耕器，又有贝壳多件。其刀斧之形式与今日中国北方所用者同，箭嘴之状亦与近世相似。各器考定略属于新石器后期。然从所发现之陶器观之，则其时代或当略后，缘此处所发现陶器之一部分系曾转于制陶之磨轮者，而新石器时代用轮制之陶器，除在埃及一国其纪载尚有可疑外，其余世界各部陶轮之用皆在较后之文化阶级故也。[1]此处所发现之陶鼎，无古代铜鼎垂立之柄。陶鬲有耳，为古代铜鬲所无，然其形状则相同。此仰韶文化累积层之显著的形式，似足表示不独仰韶之居民为华族之祖，且仰韶文化似为中国历史曙光之先导。在所发现各遗物及数千陶器碎片中，完全无文字之存在，足证明其遗址之古应在有史以前。此遗址中又发现人骨甚多，由北京协和医校人体学教授勃拉克（Dr.Davidson Black）研究后现尚未有确定之结果，然予据其所言，知其有以仰韶住民为原始华民之趋向。[2]

其有史以后之文化，见于载籍而可信者，若伏羲之始作八卦（《易·系辞》），若神农之制琴瑟（《世本》），若黄帝之乘马致远，造旃冕（《世本》），垂衣裳而天下治（《易·系辞》），若仓颉之作书，自环谓私，背私谓公（《韩非子》五蠹篇），皆于巴比伦无征。

按主西来说者皆谓八卦即巴比伦之楔形字，《支那文明史》论之逾数千言，实大诬谬，不可无一言。巴比伦之有楔形字，略经三阶级。其始也为象形之图画，如足则画足形，鱼则画鱼形，笔势随形曲折，粗细亦全体无甚分别。其继也，改粗细无别之笔画为尖劈之楔形，或纵或横或斜，笔势亦有一定，不能随形曲折，惟象形图画之迹，犹约略可指，而笔画亦间有非楔形者。至第三期则笔画全为楔形，而象形图画之迹亦

---

1. 按，安氏以发见之陶器，世界各部大抵皆在较后之文化阶级始有，因而将考定为新石器后期之石器，谓时代亦当略后。此种类推似未足恃。盖各地文化产生之先后本不必相同也，否则他处发现类似之新石器有确知其时代较古者，安氏亦能谓因此器在中国用之甚晚，故其时代亦当略后乎？舍当前之实证，求各地之符同，考古家之偏见有如是者。
2. 按，新石器时代，安氏调查颇广，东至奉天、河南，西至甘肃、青海，所得颇多。氏曾著《太初之中国文化》(An Early Chinese Culture)登《地质汇报》第五卷第一号。以案头无此书，未能援引。上引原文见《中国学艺》杂志（China Journal of Science and Arts）第一卷第五期。此据张荫麟君译文，略更数字。

几不可睹，有如中文之楷书，鸟鱼牛豕，虽号象形，实际已无鸟鱼牛豕之形矣。如下（上）表。

	第一期	第二期	第三期
足			
驢			
鳥			
魚			
星			
牛			
日			
穀			

至八卦由来与楔形字根本不同。盖楔形字为古巴比伦象形图画进化之最后一阶级，而伏羲作卦，其先仓颉之整齐书契，正式成象形文字[1]。尚不知几何年，其较楔形文字为早成，更不待论也[2]。今即舍此等历史事实于不顾，就文论文，亦毫未见其当八卦之义，言人人殊，要以夫子之言为得真相。《系辞传》云，牺古者包氏之王天下也，仰则观象于天，俯则视法于地，观鸟兽之文与地之宜，近取诸身，远取诸物，于时始作八卦，以通神明之德，以类万物之情。《说卦传》又谓八卦所以代表各种名物，如乾为天为圜等，坤为地为母等之类。《易纬乾凿度》以八卦当天地山雷火水泽风八字，近人多好称引。然当时所知，必不止此八者。既以八卦象斯八物，八物以外，何独无象，故知八卦代表多种名物，其理决定。一卦既非仅表一物，自不能偶然创获，必积种种思考经验，始能发明。则仰观俯察云云，又非河汉之言。楔形字随物立文，则非其□也。且卦象独具横

---

1. 荀子称好书者象矣，而仓颉独传者一也。是书契之作，亦非始于仓颉。仓颉盖始整齐画一，别加发明，由是而正式成为文字耳。
2. 楔形文字究在何日完成，今已不可考。惟其属进化最后之阶级，当亦不能过早。至创制之人，今已不传其姓氏。虽或发见一二姓，然真伪难辨，丝毫不能证实。西洋史家推论，谓既不著姓名，要其文字非一二人所独创，乃民众公共活动之结晶，历多人之制作而始成者。说颇近理。至拉克伯里谓相传但吉作书云云，则纯系以仓颉作书而涉想及此，于史无征，不足据。

画，不作纵画，八卦之数，复止于三画，而以一画之断续分别之，而颠倒上下其间。后世说易者，谓━━为太极，━ ━为两仪，☰为天地人，举宇宙万有，悉可归纳其中。包牺作卦时有无此意，虽不可考，然此八卦如是组织，决非仅为文字之用，多少含有哲理于其间，要为至明之事实。若楔形字或纵或横，随意斜行，多寡不一，长短无定，除为由象形图画进化之符号文字外，了无其他意义与作用，岂尚能与卦象丝毫附会哉。至乘马云云，述之尤饶兴味。前论四期历史，古巴比伦史已略具纲要，顾截至第四期之初年，巴比伦地方尚未有马，人民既不知有马，文字亦无马之一名。马之输入巴比伦，盖自汉摩拉比卒后东方山民侵入时始。山民自东携马俱来，巴比伦人初犹呼为山兽（The animal of the mountains），以无马名故也。然在中国，则黄帝时已知乘马，与服牛等矣。《支那文明史》于对比中国西亚文明时，驾马亦列为一端。史事之不明如是，余又奚言。

而巴比伦之学术技艺等，为古代中国所无者尤多，试略述数则，以见一斑。

（1）学术。如七日为一星期[1]，日十二时，时六十分，分六十秒等。

（2）文学。如史诗，最著者为《奇迦梅书（大英雄之名）史诗》(*Epic of Gilgamesh*)、《创造史诗》(*Epic of Creation*) 等。后者今尚存六章。

（3）文字。楔形文字与卦象不同，已见上，古巴比伦又盛行泥版书（Clay-tablet document）法，以方头之笔书字于泥版上，置火中干之而成，合多数泥版，则成一书。萨尔功第一时代，阿迦德有大藏书馆（此藏书馆亦中国所无），所藏者即此等书也，今发现甚多。

（4）宗教。如每城邑皆有地方神，居其右者，有天地水三大神等。

（5）建筑。如城郭、寺院[2]及穹窿形之建筑物等。

（6）美术。如铜像、石像、镂花银瓶（有极精致者）及雕刻印石（极精工）等。

据此西亚民族与中国民族古代无相因之关系岂不明甚。乃者拉克伯

1.《易·复卦辞》虽有"七日来复"之言，然指消长之道，反复送至。七日亦有谓系七变者，要之与星期绝不类。且卦辞为文王、周公所系。白河次郎等来复附会星期，非。
2. 寺院每城皆有，所占面积甚广，甚至城之一隅，有全为寺院之房屋者。

里、白河次郎辈，中有所蔽，不能明观乎？是既已凭其一知半解，著书立说。中土学者于此新说之来，复不能审思明辨，或阙疑慎言，惟知巧为附会，助之张目，甚且并巴比伦史亦不知研究，徒拾彼等所说之一二以相矜夸，奉西戎为宗国，诬先民而不恤，今观此，其亦足以扪其舌欤？

或曰：信若是，将何以解于《支那文明史》所列举古代中国与巴比伦文物一致之点乎？曰：是不难言也。余尝取而分析其所列举者之内容矣。有荒谬绝伦者，

如谓乌包为伏羲，萨尔功为神农等，及以巴比伦之地名与十纪对照，谓苏米尔即循蜚，丁梯儿克（Dintirki）即因提，泰定（Tamdin）即禅通等。

有比拟不伦者，

如谓八卦即楔形文字等。

有附会失实者，

如谓七日一星期同来复，五日累积法同五行，及语言之符同等。

而凭空捏饰者尤多，

如驭马一条，已见前述。又如以两小时为一刻，知用日晷，知造运河，个人广用印章，使用战车，以兽皮制舟等，皆中国古代所无有也。

除是数者，若天文历法、沟洫堤防及制度等，虽略有类似之可按，然苟深明乎文化之源委，即绝不至以是为相因之佐证。历史者，人类之活动也。文化者，人类努力活动之成绩品也。人类何因而活动，活动何因而循此途，以创造若此之文化，哲人史家各异其解释，遂成多种不同之史观，别详专篇[1]，此姑不论。惟述己见曰：人莫不有欲[2]，欲莫不求达活动者正人之所以求达，其或有意，或无意，或怀定鹄，或无目的之欲者也。凡

---

1. 拙著《历史之意义与研究》曾略论之。惟此文评人学说者嫌略，自述见解者有谬，现已次第改正，略成一系统之学说，异时当再度发表。下文所陈者，即自述见解部分之纲领也。
2. 此欲字含义甚广，系统举欲望（Desire）、嗜好（Appetite）、需要（Want）及愿望（Wish）、意志（Will）等而言。若细分之，则发乎自然之趋向者曰需要。约略知其趋向之所届而多少识其所好为何物者，曰嗜好。以某物为鹄，中心明白了知者，曰欲望。各个欲望之强有力者，曰愿望。欲望系统之强有力者，曰意志。详见格林之《伦理学概论》（T.H. Green：*Prolegomena to Ethics*）。

人因禀赋与环境之复杂[1]，欲遂更仆而难穷。因禀赋与环境之歧异，所欲与达欲之方术及途径，亦千差而万殊。美术家则创造幻境，科学家则格物致知，政治家则设施事功，资本家则经营财货。人群之活动，有随人而异，莫可究诘者。以此，西洋人则奋前进取，印度人则复性返真，中国人则持中调和，世界之文化，有随民族而变，不能符同者。以此，虽然人之禀赋有相似之部分焉，异方异族之人有相似之环境焉，其人之欲与求达是欲之活动及活动而得之成迹，遂亦因之相似而相类。生活者，凡人因禀赋之相似而同具之欲也。既欲生则不能无养，欲养生则不能无活动。其初也，滨水居者渔以养，山谷居者猎以养。其继也，以渔猎之所获，有时而竭，犹不足以养也，则进而游牧，以游牧之所畜，犹未能为生也，则进而耕稼。其终也，觉仅恃耕稼之收获，尚不能供其需，而不免于匮乏积滞也，则进之以通工易事。而营渔猎、游牧、耕稼、工商等活动时所必须之品物，亦随之而次第发明焉。若此者，皆各民族之相似者，非必彼此因袭于其间也。亦曰：因禀赋环境之相似，而其活动与文化亦因之类似焉耳。其或进化之期有长短，如中国至神农时已有耕稼，非洲、澳洲今尚滞于渔猎，蒙古至今尚滞于游牧，则又因民族之禀赋有高下，所处之环境有不同而已。各民族生活之迁化有然，中国与巴比伦之文物有相类，亦何独不然。生民衣食之始，无在不与天文气候相关。圣者欲农稼作息之有定时而不形柄凿，自必察悬象之运行，示人民以法守，则天文历法以兴。河水泛滥，民不安居，欲求平治，则堤防以筑。夏旱秋潦，土难作业，欲利农事，则沟洫以浚。他如牧伯之制等，亦皆本圣者之心理，顺时势之要求而设立。是等禀赋与环境，既为东亚、西亚同具，文物略有类似，庸何足怪。今夫鸟，俛而啄，仰而四顾。今夫兽，深居而简出。鸟兽之惧物之为己害也，与人亦有类者。若谓有相似即足征其相出，将谓人亦出于鸟兽耶？况巴比伦之置闰成岁，筑堤防、浚沟洫及建牧伯等，在古代史第一期时代皆已完具，而在中国则唐虞时始有可考。

---

1. 此环境与禀赋对举，所诠极广。禀赋者，人心本有之能力也。禀赋之外，凡足以影响若人者，上自天文，下及水土，以及人群政治宗教学术等，靡不包括在内。

《尧典》：期三百有六旬有六日，以闰月定四时，成岁，允厘百工。庶绩咸熙。咨十有二牧。

《洪范》：箕子曰："我闻在昔，鲧堙洪水，汨陈其五行。"[1]

《皋陶谟》：禹曰："予决九川，距四海，浚畎浍距川。"[2]

其历法之二十四气节直至汉代始告完成。

《汉书·律历志》载大雪冬至清明夏至等二十四气，为二十四气合见一处之始。以前无闻，盖经西汉末刘氏父子之研究而始完备者也。

时之相去，已数千年是尚可举以附会乎？诚如其言，则试聚五洲各国之史乘，远近数千年，上穷宗教哲学之精微，下至饮食起居之末节，取而与中史比较，但求其类似，不必问其时代之后先，缘起之何若，行见其可附拟者，必将什伯倍于白河次郎辈之所举列，然后从而下断曰：是诸国民族，本皆自中土迁入也。主西来说者，其亦将许为知言也耶？

或曰：然则中国民族果何来耶？曰：西来之说，以其本背事理，否认固宜。至中国民族果由何来，则今日犹不可考。其故篇首已言之矣。逻辑家言名理之谈，结论之能否成立，视其前提之是否谬误，设前提用假设之辞，则虽无其事实，亦免过难[3]。今试舍征验而事推测，亦有数端可谈。人类起原，科学家常言有始，哲学家每言无始，以理究阐，无始之说合理，有始之论难通。

按脑筋简单之科学家，闻此必将怖骇，今试略诘有始之论，即可明知无始之说之合理。生物学者动辄言物种由始迄今，历几何年，中经若何变化阶级，历历可指，谓此乃达尔文与其后天演学者之所诏示，无致疑之余地。按其实则初著《物种由来》之达尔文初未尝作是说，彼于其书中之结论曰：生命何自来，为吾人所不知。又曰：生命之源，是否由上帝先造一细胞或造多数之细胞，亦为吾人所不知。至于物种如何变迁，更无断定

---

1. 按，堙洪水即筑堤防以遏水势。
2. 孔子称禹尽力乎沟洫。田间水道，大者曰畎浍，小者曰沟洫。今其制已不可考。世取周制释之，未足恃。
3. 例如言"设本论倍今此之长，则印成页数当可加倍"。今本论固未倍长，印成页数亦未加倍。然仍合于论理之推测也。

之语。盖如此复杂之问题，本难轻易下断，而古生物学、地质学已得之结果，纯系假定[1]，是否有当，更在不可知之数也。诚如彼等有始之论，解释最初生物，不外三端。一者谓由无机化合物产出之，如今有机化学家以无机化合物造成咖啡精等。然则试问化合之之人为谁，况无决不能有，咖啡精等之能造成，即以其化合物中含有有机质故，此最初之有机质，又从何来，咖啡精等之不能造成生命，更不待论。二者谓系来自他世界，因居陨石之裂缝中，或杂于大尘之微末质点中，遂传布地球。则此他世界之生物又自何来。三者谓系造自上帝。则此上帝又系谁造。三说既皆非理，有始之说，不得不归于破灭。惟有假定无始以来，本有生命之能力，是即佛家无始之论，理不倾动者也。或曰：有是理即有是事，各科学何至今尚未发见耶？曰：大宇之成毁（佛家所谓劫数）已无量次，科学家之研究，局于今世数十尺地层内仅存之遗迹，几何不类处斗室而测太空之冥冥，尚安望能尽明其真相也耶？

然地球之成毁有时，科学家之发见无多。居今日而论此期之人类，固只有暂时假定百万年或数十万年之说[2]。而其大宗又可分二。一者多元，一者一元。持多元论者，以人种之永续不变立论。谓今日几多各别之人种，即由当日几多各别之原祖而成。各大地之人民，大都自发生于各地，设如其言，则中国民族当发生于本土。然斯说为现今大多数学者所舍弃。持一元论者，谓人类之生理，皆属同一之组织，机官之运用，及性行之发动，亦无不呈同一之致，故人类实同出一原。最初发现于一处，不知经几万年或千万年，始转辗迁布各地，分居既久，因环境之不一，肤色、眼发、头颅率等始呈种种之差别。而其起源之地，如前所述，又略有北极、中亚、爪哇三说。多数学者且以爪哇说为较可信。设如其言，则中国民族最初当由南来。然猿人虽在爪哇发现，中国民族是否即此种人类之后裔，今尚丝毫不能置言。是即假定爪哇为人类起源地，亦未能断言南来。由此观之，中国民族果为土著，抑为外来。苟为外来，来自何方？本文之始，

---

1. 参见杜里舒《讲演录》生机体之哲学，惟坊本多脱略。
2. 前文谓由地质时代言，人类之出现最早不能过更新世与最新世。此二世距今年代地质家计算不一，有谓五十万年者，有谓七十五万年者，有谓百万年者，亦有谓远在百万年以上者。

虽已陈斯问题；本文之终，曾不能片语确答。吾人由全篇之讨论，所可断言者，惟曰：

（一）中国民族今日已有数万年之遗迹可考。借为外来，亦必在数万年甚或数十万年以前，绝非最近数千年内之事。

（二）西亚民族之历史较中国民族为后。由年代、种族、文化及地理上之阻碍等考察，西来之说为事理所必无。中国民族即自外来，亦必不自巴比伦迁入。

载《学衡》第 37 期，1925 年 1 月

最近二三十年中中国新发见之学问

王国维

【编者导读】

本文是 1925 年 7 月王国维先生在清华简入藏清华大学时所作的演讲，文章开篇即提出"古来新学问起，大都由于新发见"的著名论断，以孔子壁中书的出现催生了汉以来的古文家之学，赵宋古器出土促使了宋以来古器物、古文字之学的兴起为例，强调新发见（现）是新学问产生的重要源泉。

文章进一步对清末民初新发现的殷墟甲骨文、西域简牍、敦煌文书、清代内阁档案、古外族遗文展开详述。其中出于河南彰德府西北五里之小屯的殷墟甲骨文字的发现，为研究殷商历史提供了直接的文字资料，引起国内外学者的争相著录。英人斯坦因等在和阗、罗布淖尔、敦煌汉长城故址等地发现大量汉晋木简，其中有古书、历日、方书及屯戍簿录等，于史、地二学关系极大。敦煌千佛洞发现古代藏书窟室中有大量六朝及唐、五代、宋初人所书的卷子本，包括佛典以及经、史、子、集四部书中久佚之书。内阁大库所藏书籍多为明文渊阁之遗，档案则包含历朝政府的朱谕、臣工缴进之敕谕批折等各类重要文件，于明清史研究具有重要价值。俄人及英、法、德、俄四国探险队在蒙古、新疆等地发现了突厥特勤碑、辽太祖碑、回鹘九姓可汗碑等碑刻，搜集到包括突厥文、粟特文、梵文、吐火罗语、东伊兰语等在内的古外族文字写本，于研究古代外族文化、语言及与中原的交流等意义重大。

尽管全文未对"二重证据法"展开直接论述，却在字里行间表露出这一理念。其核心在于将纸上之材料与地下新材料相互印证，通过比对分析，有力地推动了各种新发见材料与传世文献相互印证的研究实践。相较于《清华周刊》第 24 卷第 1 期登载的王国维演讲的底稿，《学衡》杂志的编者展现出令人称赞的用心，在文末编者不仅悉心附上了王国维演讲时陈列的书籍目录，还标注了售书处和价目，以备参考。与此同时，编者还择要列举了文中所提及的西方学者（如明义士、斯坦因、沙畹等）的众多著作，内容极为详尽，直至今日，仍有极高的参考价值。

古来新学问起，大都由于新发见。有孔子壁中书出（出山东曲阜县），而后有汉以来古文家之学。有赵宋古器出，而后有宋以来古器物、古文字之学。惟晋时汲冢竹简出土后，即继以永嘉之乱，故其结果不甚著。然同时杜元凯注《左传》，稍后郭璞注《山海经》，已用其说。而《纪年》所记禹、益、伊尹事，至今成为历史上之问题。然则中国纸上之学问，赖于地下之学问者，固不自今日始矣。自汉以来，中国学问上之最大发见有三：一为孔子壁中书；二为汲冢书；三则今之殷墟甲骨文字，敦煌塞上及西域各处之汉晋木简，敦煌千佛洞之六朝及唐人写本书卷，内阁大库之元明以来书籍档册。此四者之一，已足当孔壁汲冢所出。而各地零星发见之金石书籍，于学术有大关系者，尚不与焉。故今日之时代，可谓之"发见时代"，自来未有能比者也。今将此二三十年发见之材料，并学者研究之结果，分五项说之。

一、殷墟甲骨文字（又称龟版）

此殷代卜时命龟之辞[1]。刊于龟甲及牛骨上。光绪戊戌己亥间（西历纪元 1888—1889 年），始出于河南彰德府西北五里之小屯。其地在洹水之南，水三面环之。《史记·项羽本纪》所谓"洹水南，殷墟上"者也[2]。初出土后[3]，潍县估人得其数片，以售之福山王文敏（懿荣）（闻每字售银四两云）。文敏命秘其事，一时所出，先后皆归之。庚子，文敏殉难，其所藏皆归丹徒刘铁云（鹗）。铁云复命估人搜之河南，所藏至三四千

---

1. 钻孔，以火烧之，视其裂纹。所问之事，书于版上，如祭祀征伐渔猎晴雨等。
2. 按，宋有河亶甲城之名，此即其地。殷都朝歌，古书谓即卫辉。而《竹书纪年》则谓即彰德。总之，殷墟为都城一部所包之名。龟版中又多商帝王之名，故可断定出土之地即为殷都。
3. 时土人认为龙骨，以治疮，后乃入古董客之手。

片。光绪壬寅，刘氏选千余片，影印传世，所谓《铁云藏龟》是也。丙午，上虞罗叔言参事始官京师，复令估人大搜之，于是丙丁以后所出，多归罗氏。自丙午至辛亥，所得约二三万片。而彰德长老会牧师明义士（T.M.Menzies，加拿大人）所得亦五六千片。其余散在各家者，尚近万片[1]。近十年中，乃不复出[2]。其著录此类文字之书，则《铁云藏龟》外，有罗氏之《殷虚书契前编》（壬子十二月）、《殷虚书契后编》（丙辰三月）、《殷虚书契菁华》（甲寅十月）、《铁云藏龟之余》（乙卯正月），日本林泰辅博士之《龟甲兽骨文字》（甲寅十二月），明义士之《殷虚卜辞》（*The Oracle Records of the Waste of Yin*，千九百十七年，上海别发洋行出版），哈同氏之《戬寿堂所藏殷虚文字》（丁巳五月），凡八种。而研究其文字者，则瑞安孙仲容比部（诒让）始于光绪甲辰撰《契文举例》[3]。罗氏于宣统庚戌撰《殷商贞卜文字考》，嗣撰《殷虚书契考释》（甲寅十二月）、《殷虚书契待问编》（丙辰五月）等[4]。商承祚氏之《殷虚文字类编》（癸亥七月），复取材于罗氏改定之稿[5]。而《戬寿堂所藏殷虚文字》，余亦有考释（丁巳五月）。此外孙氏之《名原》亦颇审释骨甲文字，然与其《契文举例》，皆仅据《铁云藏龟》为之，故其说不无武断。审释文字，自以罗氏为第一。其考定小屯之为故殷虚，及审释殷帝王名号，皆由罗氏发之。余复据此种材料，作《殷卜辞中所见先公先王考》，以证《世本》《史记》之为实录（且可辨其舛误）；作《殷周制度论》，以比较二代之文化。然此学中所可研究发明之处尚多，不能不有待于后此之努力也。

二、敦煌塞上及西域各地之简牍

汉人木简，宋徽宗时，已于陕右发见之（仅有二简）。靖康之祸，为金人索之而去。当光绪中叶（1900—1901年），英印度政府所派遣之匈牙

---

1. 总计已出土者，约有四万至五万片。
2. 且有伪造者。
3. （原稿曾寄刘铁云）越十三年丁巳，余得其手稿于上海，上虞罗氏刊入《吉石庵丛书》第三集。
4. 诸书详考笔画，审慎缺疑，虽间亦有附会，而十之六七确凿可信。
5. 以《说文》次序排列之，较可据，惟嫌摹画未真。

利人斯坦因博士（M. Aurel Stein）访古于我和阗（Khotan），于尼雅河下流废址，得魏晋间人所书木简数十枚。嗣于光绪季年（1906—1908 年），先后于罗布淖尔东北故城，得晋初人书木简百余枚，于敦煌汉长城故址，得两汉人所书木简数百枚（原物均归英国博物馆收藏），皆经法人沙畹教授（Ed.Chavannes）考释。其第一次所得，印于斯氏《和阗故迹》（*Sand-buried Ruins of Khotan*）中。第二次所得，别为专书（详后所列书目），于癸丑甲寅间出版。此项木简中有古书（《苍颉篇》《急就篇》等）、历日、方书，而其大半皆屯戍簿录（又有公文案卷信札等），于史地二学关系极大。癸丑冬日，沙畹教授寄其校订未印成之本于罗叔言参事，罗氏与余重加考订，并斯氏在和阗所得者，景印行世，所谓《流沙坠简》（甲寅四月出版）是也[1]。

三、敦煌千佛洞之六朝、唐人所书卷轴

汉晋牍简，斯氏均由人工发掘得之。然同时又有无尽之宝藏，于无意中出世。而为斯氏及法国之伯希和教授携去大半者，则千佛洞之六朝及唐五代宋初人所书之卷子本是也。千佛洞本为佛寺，今为道士所居[2]。当光绪中叶（约在甲午前后，即 1894 年），道观壁坏，始发见古代藏书之窟室，其中书籍居大半，而画幅及佛家所用幡幢等，亦杂其中。余见湨阳端氏所藏敦煌出开宝八年灵修寺尼画观音像，乃光绪己亥（二十五年）所得。又乌程蒋氏所藏沙州曹氏二画像，乃光绪甲辰（三十年）以前、叶鞠裳学使（昌炽）视学甘肃时所收，然中州人皆不知（又有视为废纸者）。至光绪丁未（三十三年），斯坦因氏与伯希和氏（Paul Pelliot）先后至敦煌，各得六朝人及唐人所写卷子本书数千卷[3]，及古梵文、古波斯文，及突厥、回鹘诸国文字无算。我国人始稍稍知之，乃取其余，约万卷，置诸学

---

1. 此外俄人希亭 Hedin 亦有所得。又日人大谷光瑞所得有《西域图谱》一书，然其中木简只吐鲁番之二三枚耳。
2. 千佛洞在鸣沙山，唐有三界寺，至元代犹为佛寺，后为道庙。
3. 斯坦因氏所得约三四千卷，伯希和所得约六千卷，携之过京。

部所立之京师图书馆。前后复经盗窃，散归私家者，亦当不下数千卷[1]。其中佛典居百分之九五[2]。其四部书，为我国宋以后所久佚者。经部有未改字《古文尚书》孔氏《传》、未改字《尚书》释文、糜信《春秋谷梁传》解释、《论语》郑氏《注》、陆法言《切韵》等。史部则有孔衍《春秋后语》、唐西州沙州诸《图经》、慧超《往五天竺国传》等（以上并在法国）。子部则有《老子化胡经》（英法俱有之）、摩尼教《经》[3]、景教《经》[4]。集部有唐人词曲及通俗诗小说各若干种。己酉冬日，上虞罗氏，就伯氏所寄影本，写为《敦煌石室遗书》，排印行世。越一年，复印其景本为《石室秘宝》十五种。又五年癸丑，复刊行《鸣沙石室逸书》十八种。又五年戊午，刊行《鸣沙石室古籍丛残》三十种，皆巴黎国民图书馆之物。而英伦所藏，则武进董授经（康）、日本狩野博士（直喜）、羽田博士（亨）、内藤博士（虎次郎），虽各抄录影照若干种，然未有出版之日也（总计已出土者共约三万卷）。

四、内阁大库之书籍档案

内阁大库，在旧内阁衙门之东，临东华门内通路，素为典籍厅所掌。其所藏，书籍居十之三、档案居十之七。其书籍，多明文渊阁之遗，其档案，则有历朝政府所奉之朱谕、臣工缴进之敕谕、批折、黄本、题本、奏本、外藩属国之表章、历科殿试之大卷。宣统元年，大库屋坏，有事缮完，乃暂移于文华殿之两庑，然露积库垣内尚半。时南皮张文襄（之洞）管学部事，乃奏请以阁中所藏四朝书籍，设京师图书馆。其档案则置诸国子监之南学，试卷等置诸学部大堂之后楼。壬子以后，学部及南学之藏，复移于午门楼上之历史博物馆（堆置于端门之门洞中）。越十年，馆中复以档案四之三售诸故纸商，其数凡九千麻袋（得价四千元），将以造还魂

---

1. 市中有流传出售者，其时陕甘店中可购得。
2. 可补藏经之缺，及校勘误字。
3. 京师图书馆藏一卷，法国一卷，英国亦有一残卷，书于佛经之背。
4. 德化李氏藏《志玄安乐经》《宣元至本经》各一卷，日本富冈氏藏《一神论》一卷，法国图书馆藏《景教三威蒙度赞》一卷。

纸。为罗叔言所闻，三倍其价，购之商人，移贮于彰义门之善果寺。而历史博物馆之剩余，亦为北京大学取去，渐行整理，其目在大学日刊中。罗氏所得，以分量太多，仅整理其十分之一，取其要者，汇刊为《史料丛刊》十册。其余今归德化李氏（李盛铎氏）。

五、中国境内之古外族遗文

中国境内，古今所居外族甚多。古代匈奴、鲜卑、突厥、回纥、契丹、西夏诸国，均立国于中国北陲。其遗物颇有存者，然世罕知之。惟元时耶律铸见突厥阙特勤碑及辽太祖碑。当光绪己丑（光绪十五年，西历1889年），俄人拉特禄夫，访古于蒙古，于元和林故城北，访得突厥阙特勤碑、苾伽可汗碑、回鹘九姓可汗碑三碑。突厥二碑皆有中国、突厥二种文字，回鹘碑并有粟特文字。及光绪之季，英法德俄四国探检队入新疆，所得外族文字写本尤伙。其中除梵文、佉卢文、回鹘文外，更有三种不可识之文字，旋发见其一种为粟特语。而他二种，则西人假名之曰"第一言语""第二言语"，后亦渐知为吐火罗语及东伊兰语[1]。此正与玄奘《西域记》所记三种语言相合，粟特语即玄奘之所谓"窣利"，吐火罗即玄奘之"睹货逻"，其东伊兰语则其所谓"葱岭以东诸国语"也。当时，粟特吐火罗人，多出入于我新疆，故今日犹有其遗物。惜我国人尚未有研究此种古代语者，而欲研究之，势不可不求之英法德诸国。惟宣统庚戌，俄人柯智禄夫大佐，于甘州古塔，得西夏文字书。而元时所刻河西文《大藏经》，后亦出于京师。上虞罗福苌乃始通西夏文之读。今苏俄使馆参赞伊凤阁博士（Ivanoff）更为西夏语音之研究，其结果尚未发表也。

此外近三十年中，中国古金石、古器物之发见，殆无岁无之。其于学术上之关系，亦未必让于上五项。然以零星分散，故不能一一缕举。惟此五者分量最多，又为近三十年中特有之发见，故比而述之。然此等发见

---

1. 附注：发明粟特语者，为法人哥地奥（Robert Gauthiot）。吐火罗语者，为西额（Sieg）及西额林（Sieging）二氏。东伊兰语，则伯希和之所创通也。又释阙特勤碑之突厥语，为丹麦人汤姆生（Thomsen）。

物，合世界学者之全力研究之，其所阐发，尚未及其半，况后此之发见，亦正自无穷，此不能不有待少年之努力也[1]。

附陈列书籍目录[2]

甲骨类：

《铁云藏龟》不分卷（罗振玉编抱残守缺斋景印本）六册（天津法界嘉乐里口贻安堂出售　现已售完）

《铁云藏龟之余》一卷（罗振玉编乙卯正月罗氏景印本）一册（同上　同上）

《殷虚书契前编》八卷（罗振玉编壬子年十二月景印本）四册（同上　同上）

《殷虚书契后编》二卷（罗振玉编丙辰二月景印本）一册（同上　价七元八角）

《殷虚书契菁华》一卷（罗振玉编甲寅十月景印本）一册（同上　价二元五角）

《殷虚卜辞》不分卷（英人明义士著一九一七年印本）一册（上海别发洋行　十二元）

《戬寿堂所藏殷虚文字》一卷附考释一卷（王国维考释丁巳上海爱俪园景本）二册（上海静安寺路哈同花园）

《龟甲兽骨文字》二卷（日本林泰辅著大正十年七月景本）一册（北京杨竹斜街青云阁内富晋书社寄售）

《殷虚古器物图录》一卷附说一卷（罗振玉编丙辰仲夏景本）一册（天津法界贻安里出售　价二元五角）

《契文举例》一卷［孙诒让著刊入《吉石盦丛书》第三集（乙巳刊本）］二册（同上《吉石盦丛书》第二集　价七元）

《殷商贞卜文字考》一卷（罗振玉著宣统二年玉简斋石印本）一册（同上　价五角）

《殷虚书契考释》一卷（罗振玉著甲寅十二月景本）一册（同上　价六元）

《殷虚书契待问编》一卷（罗振玉编丙辰五月印本）一册（同上　价一元

---

1. 按，此篇原系王国维先生在北京清华学校为暑期学生讲演之底稿。文中双行小注，皆是日在场听讲之某君所增入，本志编者识。
2. 此王君讲演日陈列各书目录，因供读者求书之便，附录于后，并加注售书处及价目以备参考。

六角）

《殷虚文字类编》十四卷（商承祚编癸亥自刻本）八册（同上　价十元）

《殷卜辞中所见先公先王考》一卷又《续考》一卷（王国维著刊入《观堂集林》卷九《观堂集林》　价八元）

《殷周制度论》一卷（王国维著刊入《观堂集林》卷十　同上　同上）

简牍类：

《流沙坠简》三卷、考释三卷、补遗一卷、附录一卷（罗振玉、王国维同撰甲寅正月罗氏景印本）三册（同上　价十七元）

卷子类：

《鸣沙石室古佚书》十八种（癸丑九月上虞罗氏景本）四册（同上　价三十六元）

《鸣沙石室古籍丛残》三十种（乙巳上虞罗氏景印本）六册（同上　价三十六元）

《石室秘宝》甲乙两集十五种（上海有正书局庚戌景印本）二册（上海英界有正书局出售）

《敦煌石室遗书》十二种（宣统己酉铅印本）四册（天津法界贻安堂出售）

《敦煌石室碎金》十七种（乙丑五月东方学会印本）一册（同上）

《沙州文录》一卷补一卷（吴县蒋斧编、上虞罗福苌补　甲子仲冬罗氏铅印本）一册（同上　价九角）

《敦煌零拾》七种（甲子正月罗氏铅印本）一册（同上　价七角）

《巴黎图书馆敦煌书目》（罗福苌编、刊入《北京大学国学季刊》第四期　北京大学出售　价五角）

《伦敦博物馆敦煌书目》[罗福苌编、刊入《北京大学季刊》第一期（未完）同上　价五角]

内阁大库书：

《史料丛刊初编》（罗振玉编甲子正月东方学会铅印本）十册（天津法界贻安堂出售　价六元八角）

中国境内之外族文字：

《和林金石录》（李文田编灵鹣阁丛书本）　一册

《意园文略》(盛昱撰汉军杨氏刻本) 一册

《和林三唐碑跋》(沈曾植撰《亚洲学术》杂志第二期) 一册

《九姓回鹘可汗碑图》 一幅

《西夏国书略说》(罗福苌著上虞罗氏景印本) 一册 (天津法界贻安堂出售价七角)

《伯希和教授论文》(王国维译刊入《北京大学国学季刊》第一期北京大学出售 价五角)

编者按，本篇所引及西人之著作，今为择要录列于下。俾有志研究者，可进而取原书读之也。

(一) 明义士 (T.M. Menzies) 之《殷虚卜辞》(*The Oracle Records of the Waste of Yin*)，上海别发洋行出版，Kelly & Walsh, Shanghai, 1917, 已见本文中。

(二) 英国印度政府所派遣之匈牙利人斯坦因博士 (M.Aurel Stein) 其来中国探检古迹，共有三次。第一次在新疆和阗一带，时为一九〇〇至一九〇一年。第二次在罗布淖尔及甘肃敦煌等处，时为一九〇六至一九〇八年。第三次所往之地，与第二次略同，时为一九一三至一九一六年。而以第一第二次为最重要。每次先有游记发刊，又得学者之辅助，共同研究，久之乃有研究成绩报告之专书出版，今分列如下：

第 一 次 游 记 "Sand-buried Ruins of Khotan: Personal Narrative of a Journey (1900—1901) of Archaeological and Geographical Exploration in Chinese Turkestan", by M. Aurel Stein, First Edition, London, Fisher Unwin, 1903; Second Edition, Hurst & Blackett, 1904.

第 一 次 成 绩 报 告 "ANCIENT KHOTAN: Detailed Report of Archaeological Explorations in Chinese Turkestan", by M.Aurel Stein, Oxford, 1907. In 2 vols. Vol. I-Text; Vol. II-Plates.

第二次游记 "Ruins of DESERT CATHAY: Personal Narrative of Explorations (1906—1908) in Central Asia and Westernmost China", by M.Aurel Stein, In 2 Vols. London, Macmillan, 1912.

第二次成绩报告 "SERINDIA: Detailed Report of Explorations in Central Asia and Westernmost China", by Sir Aurel Stein, Oxford, 1912. In 5 vols. Vol.I-III-Text;

Vol.IV-Plates; Vol.V-Maps.

第三次游记 M. Aurel Stein, "A Third Journey of Exploration in Central Asia", being an account of his 3rd Central-Asian Expedition（1913—1916）in Lop Desert and Westernmost China, published in the "Geographical Journal", Vol. XLVIII, pp.97–130, 193–225, 1916.

（三）法国沙畹教授（Édouard Chavannes, 1868—1918）考释斯坦因所获木简之作，先见于斯坦因第一次成绩报告之附录中。"Ancient Khotan", pp.521–547, Appendix A-Chinese Documents from the Sites of Dandan-Uiliq, Niya and Endere, translated and annotated by Ed. Chavannes.

其后又自为专书印行。"Les documents chinois découverts par Aurel Stein dans les sables du Turkestan oriental, publiès et traduits par Éd Chavannes". Oxford University Press, 1913, pp.XXIII, 232, with 37 plates.

（四）欲知西国学者对于中国及东方学问之研究，以求之于《通报》为最便。TOUNG PAO: Archives pour servir à l'Etude de l'histoire, des langues, de la gèographie et de l'ethnographie de l'Asie orientale。《通报》发刊于一八九〇年，迄今共出二十余卷。历任编辑为 G.Schlegel, Henri Cordier, Ed Chavannes 等（均已故）[1]，现任编辑为伯希和氏（Paul Pelliot）二人。读者欲详考其事，可由《通报》中所征引之书籍杂志，进而得读原本及他人之著作也。

（五）沙畹教授（Édouard Chavannes , 1868—1918）生平著述，以翻译司马迁《史记》成法文为最有名（但未毕全书）。其于汉学及东方学，不但博览旁通，知识渊博，且能明解中国礼教道德之精义，为其他西方学者之所不及。《通报》Ser. II, Vol.XVIII, pp.114–147, 有《沙畹传》及其生平著作目录，可供查检，盖为哀悼沙畹氏之殁而作者也。（Nécrologie）

（六）沙畹氏第二次来中国考察古物，所得各件，先后影印行世。Ed. Chavannes, "Mission archéologique dans la Chine septentrionale", Paris Leroux, 1909, 488 Plates.

后又著书考释之，列入 Publication de l'Ecole franɛaise d'Extrême Orient, Vol.

---

1. 即施古德、言狄、沙畹。

XIII, 凡二卷, Tome I-La sculpture à lépoque des Han, 1913, Tome II-La Sculpture bouddhique, pp.1915.

参阅一九〇七年《通报》pp.561–565；709–710, "Voyage de M. Chavannes en Chine"，又参阅一九〇八年《通报》pp.187–203；503–528, 其一为评语, 其一则讲稿也。

（七）沙畹评斯坦因 M. Aurel Stein "Mountain Panoramas from the Pamirs" 一书之文, 载一九〇八年《通报》六〇三页。

（八）千佛洞画幅之影印出版者, 有 Portfolio of "The Thousand Buddas", 48 Plates. B. Quaritch, London.

（九）拉特禄夫（W.Radloff）探索之成绩, 经拉氏自行著书论述者, 则有 W. Radloff "Altturkischen Inschriften der Mongolei", 1885。佉卢文（Kharoshthi）, 突厥文（Kokturque）回鹘文（Ouigours）, 粟特文（la langue soghdienne）。

（十）西额及西额林之 "吐火罗文" 之研究 E. Sieg & W. Siegling, "Tochrisch, die Sprache der Indo-scythen", Sitzungsberichtte der K. Preussischen Akademie der Wissenchaften, Vol. XXXIX, pp.915–934, 1908.

参阅沙畹氏评此书之文, 见一九〇八年《通报》六〇四至六〇五页。

（十一）汤姆生释阙特勤之突厥文之研究 Vilh. Thomsen, "Déchiffrement des inscriptions de I'Orkhon et de I'Iénisséi", 1893.

又 Vilh. Thomsen "Ein Blatt in türkischen Runenschrift aus Turfan", Szb.der K. Preussisch Akademie der Wissenchaften, Vol.XV, pp.296–306, 1910.

参阅沙畹此书之文, 见一九一〇年《通报》三〇三页。

（十二）柯智禄夫撰文自述其发见之成绩 Colonel Kozlov, "The Mongolia Szechuan Expedition of the Imperial Russian Geographical Society", in the "Geographical Journal", October 1909, pp.384–408.

（十三）伊凤阁西夏文之研究 A. Ivanov, "Zur Kentniss der Hsi-Hsia Sprache", Bulletin de I'Academie Impèriale des Sciences de St.Petersbourg, 1909, pp.1221–1233.

参阅沙畹评此篇之文, 载一九一〇年《通报》一四八至一五一页。

又 A. Ivanov, "Stranittza iz istorij Si-Sia", 1911.

参阅沙畹评此篇之文, 载一九一一年《通报》四四一至四四六页。

（十四）沙畹评 A. von Le Coq, "Sprichwörter und Lieder aus der Gegend von Turfan" 之文，载一九一〇年《通报》六九五页。

（十五）沙畹评 J.J.Ramstedt, "Zwei Uigurische Runeninschriften" 回鹘文之研究，载一九一三年《通报》七八九至七九一页。

载《学衡》第 45 期，1925 年 9 月

龟兹苏祗婆琵琶七调考原

向 达

【编者导读】

　　此文是向达先生正式发表的第一篇学术论文，写于 1925 年，刊于 1926 年《学衡》杂志第 54 期，后收录于《唐代长安与西域文明》论文集中，系向达读《隋书·音乐志》而捉笔成文。此时，向达刚从国立东南大学毕业，在商务印书馆从事翻译编辑工作。文章围绕"苏祗婆琵琶七调源于印度北宗音乐"这一核心观点展开深入论证，引用资料极为丰富，反映出年仅 25 岁的向达先生已具有深厚的功力与开阔的视野。

　　文章结构严谨，共分为四部分。第一部分着重考察秦汉以来龟兹文化与印度之间的关系，龟兹音乐在西域久负盛名，但龟兹文化实则源于印度。第二部分细致比较隋唐的龟兹乐与天竺乐，两部乐在乐器方面存在诸多相似之处，结合前述龟兹与天竺的文化交流史，作者合理推断出龟兹乐可能源于天竺乐。第三部分聚焦苏祗婆琵琶七调与佛曲的紧密关系，作者认为苏祗婆琵琶七调与佛曲、天竺乐之间关系紧密，应当源自印度。第四部分得出结论，虽然苏祗婆琵琶七调部分调在印度北宗音乐中难以一一对应，但不可否认，两者的渊源关系依旧明显。

　　中国古乐之亡，说者以为始于魏晋，自是而后，所有雅乐，皆杂胡声[1]。然外国音乐之入中国，亦已久矣。远在成周即已有鞮师、旄人及鞮鞻氏之官，以掌四夷之乐舞。《周礼·春官·宗伯》曰：

　　鞮师掌教鞮乐。祭祀则率其属而舞之，大飨亦如之。旄人掌教舞散乐、舞夷乐，凡四方之以舞仕者属焉。凡祭祀宾客，舞其燕乐。鞮鞻氏掌四夷之乐与其声歌，祭祀则龡而歌之，燕亦如之。

---

1. 柳翼谋著《中国文化史》。

《孝经·钩命决》曰：

东夷之乐曰侏，南夷之乐曰任，西夷之乐曰朱离，北夷之乐曰禁。[1]

毛苌《诗传》曰：

东夷之乐曰韎，南夷之乐曰任，西夷之乐曰朱离，北夷之乐曰禁。

是皆先秦以及汉兴，外国音乐传入中国之可考见者也。至汉武帝时，张骞凿空，中西交通，始有可寻。是时汉之离宫别观旁，尽种蒲陶苜蓿极望。而由张骞传入中国者，尚有《摩诃》《兜勒》二曲，李延年因之以更造新声二十八解。虽二曲之原辞失传，而二十八解，亦仅存《黄鹄》《陇头》《出关》《入关》《出塞》《入塞》《折杨柳》《黄覃子》《赤之扬》《望行人》十曲，然其声韵悲壮，固犹可见。又就"摩诃""兜勒"之名考之，则"摩诃"显然为天竺语"Maha"之对音，天竺古歌诗有《摩诃婆罗多》（Mahābhārata）及《罗摩衍那》（Ramayana）二篇[2]，则《摩诃》《兜勒》二曲，或即其一鳞片爪，而为出于天竺者欤？顾无显证，今不具论。魏晋以降，古乐沦胥，外国音乐，传入益盛。隋总前代，勒成九部，别为雅俗。其中天竺、龟兹之乐，俱各成部。唐益高昌，增为十部，复分立坐，是即燕乐，盖承隋俗乐之遗也。而当时雅乐且承坐立二部之弃余[3]，其衰可知矣。唐之燕乐，即辽之大乐，为雅俗所共用。故古乐沦亡，而后上承坠绪，而导后来南北曲之先路者，皆燕乐也[4]。据《辽史·乐志》，则燕乐与九部乐中之龟兹部有渊承之雅，即为西域苏祗婆七旦之声。自隋以来，取其声四旦二十八调为大乐，四旦二十八调不用黍律，以琵琶弦叶之。姜夔《大乐议》谓"郑译之八十四调，出于苏祗婆之琵琶，大食、小食、般涉者，胡语云云"[5]。凌廷堪据此以著《燕乐考原》，谓燕乐之原，出于龟兹苏祗婆之琵琶，以琵琶四弦定四均二十八调，后有作者，莫之能非[6]。顾于苏

1.《文选·东都赋》注引。

2. 参阅本志第九期世界文学史第五至六又十六至二十页。

3. 白居易《立部伎》乐府注，"太常选坐部伎，无性识者退入立部伎。又选立部伎，绝无性识者退入雅乐部，则雅乐可知矣。"

4. 南北曲出于燕乐说，见凌廷堪《燕乐考原·南北曲说》。

5.《宋史·乐志》。

6. 陈澧《声律通考》于凌氏之书多所驳正，并诋姜尧章郑译八十四调出于苏祗婆之说，然于凌氏以琵琶说二十八调，亦谓为最得其要云云。

祇婆琵琶七调之原，则未之考。《隋书·音乐志》纪龟兹苏祇婆琵琶七调始末云：

先是周武帝时，有龟兹人曰苏祇婆，从突厥皇后入国，善胡琵琶。听其所奏，一均之中，间有七声。因而问之，答云："父在西域称为知音，代相传习，调有七种。"以其七调，勘校七声，冥若合符。一曰娑陁力，华言平声，即宫声也。二曰鸡识，华言长声，即南吕声也[1]。三曰沙识，华言质直声，即角声也。四曰沙侯加滥，华言应声，即变徵声也。五曰沙腊，华言应和声，即徵声也。六曰般赡，华言五声，即羽声也。七曰侯利箑，华言斛牛声，即变宫声也。（中略）然其就此七调，又有五旦之名，旦作七调，以华言译之，旦者则谓均也。其声亦应黄钟、太簇、林钟、南吕、姑洗五均，五均已外，七律更无调声。

愚尝反复《隋书·音乐志》[2]之文，则见所谓苏祇婆之琵琶七调，实与印度音乐中之北宗，即印度斯坦尼派（Hindostani School）有相似者，或竟出于北宗，为其一派。用敢忘其僭陋，谨就所知，予以申说。今先将《隋书·音乐志》所言，列表如次：

附表一

苏祇婆之七调	娑陁力	鸡识	沙识	沙侯加滥	沙腊	般赡	侯利箑
中乐七声	宫	商	角	变徵	徵	羽	变宫
华言	平声	长声	质直声	应声	应和声	五声	斛牛声
西洋音符	C	D	E	F	G	A	B

[注一]"鸡识""般赡"二调，《宋史·乐志》作"稽识""般涉"。"娑陁力"，《辽史·乐志》作"婆陁力"。
[注二]中乐宫声之当于西乐 C 音，说者未能尽同，然多以宫为 C 音，今从之。

又按印度音乐，有南（Southern or Carnatic School）北（Northern or Hindostani School）二宗，南宗不在本文之内，故不之论。今为证苏祇婆琵琶七调之与北宗相似，或竟出于北宗起见，先附一北宗音名表如次：

1. 依凌氏考证，南吕声，当为商声之讹。
2. 原文简称为《隋志》，已补全称，下同。——编者注

北宗音名	Shadja	Suddha Ri	Suddha Ga	Suddha Ma	Pañchama	Suddha Dhai	Suddha Ni
符号	Sa	Ri	Ga	Ma	Pa	Dha	Ni
西洋音符	C	D	E	F	G	A	B

而为叙述明便之故，用作四分陈说，络绎别见。

一、秦汉以来龟兹文化与印度之关系

《辽史·乐志》谓"四旦二十八调，盖出九部乐之龟兹部云"。按之《大唐西域记》，屈支国（旧曰龟兹）"管弦伎乐，特善诸国"，是龟兹音乐，固著称西域。则苏祗婆之琵琶七调，既出于龟兹部，或即为龟兹文化上之产物也。顾一考史实，龟兹文化实乃得诸印度。今试钩稽汉唐以来龟兹文化史迹之大略如次。

秦汉以前，龟兹古史，可考实少。今按《大藏·阿育王太子法益坏目因缘经》，中述法益（Dharmavardhana）治乾陀越城，土丰民盛，所行真实，不杀不盗，顺从正法，人民之类，欢庆无量。有云：

阿育王闻，喜庆欢怡，和颜悦色，告耶奢曰："吾获大利，其德实显，法益王子，以理治化。率以礼禁，导以恩和，人民之类，莫不戴奉。今当分此阎浮利地，吾取一分，一分赐子。使我法益长生寿考，治化人民，如今无异。新头河表，至娑伽国，乾陀越城，乌特（亦作持）村聚，剑浮、安息、康居、乌孙、龟兹、于阗，至于秦土，此阎浮半赐与法益。纲理人民，垂益后世。"

阿育王即位在公元前二七三年至二七二年，即周赧王四十二年至四十三年之间也[1]。是在秦、汉以前，印度之势力，即已及于龟兹，且以之为太子法益之封地矣。而《大唐西域记》亦述无忧王时，放逐其太子，辅

---

1. 阿育王即位时期，参阅 Smith's *The Early History of India* 一五六页。

佐豪族，至于于阗，用有西主与东土帝子之争[1]。《三藏法师传》则直谓于阗王先祖即无忧王之太子[2]。征之西藏《李域尔史》（Annals of Li-yul），亦谓阿育王一逐子建国于阗[3]。是皆足以明《坏目因缘经》中所纪非为孤证，虽如《西域记》与《三藏法师传》所述矛盾。又考之阿育王时，曾遣大德，东西南北，宣传佛法。今日发见之阿育王摩崖第十三面及《善见律毗尼沙》卷二，历载宣扬正法所及地名，唯龟兹、于阗俱未之道。则上举诸说，似胥无稽矣。然阿育王刻石未发见者尚多[4]，不能以此致驳。而推籀传说之所指示，往古北印度居民，似曾有迁转至于于阗一带者[5]。换言之，即谓依古代相传，往古龟兹、于阗之文化，盖与印度有渊承之雅云[6]。

秦汉以前，龟兹之可考者止此。自张骞凿空而后，西域诸国与中国交通渐繁，龟兹亦于是时始见于中国史籍。《汉书·西域传》述龟兹国胜兵二万余人，次于大国乌孙、康居、大月氏、大宛、罽宾、乌弋山离诸国而外，龟兹为最盛矣。后汉时，莎车强大，数攻龟兹。龟兹遂属于匈奴以自保[7]。三国时国势复振，姑墨、温宿、尉头并属龟兹[8]。汉魏之间，龟兹政治上之形势约略如是。顾诸史于此期龟兹之文化，率不之及。然按之《出三藏记集》，魏时译经沙门有龟兹国人，是则两汉龟兹与印度文化有无关系，固无佐证，而汉魏之际，佛教之曾及于龟兹，盖无疑也[9]。

晋以降，龟兹文化显然可寻，《晋书·四夷传》谓：

> 龟兹国有城郭，其城三重，中有佛塔庙千所。

而晋时译经，或传梵本，或任参校，亦有龟兹居士达官贵人。其国王子帛尸梨密多罗（Srimitra 吉友），暗轨太伯，敝屣王位，悟心天启，

1.《大唐西域记》卷十二瞿萨旦那国。
2.《三藏法师传》卷五。
3. 关于于阗之各种传说，斯坦因《古于阗考》第七章第二节论之綦详，可以参阅。
4. 说见 Macphail's *Asoka* 一书七六页。
5. 斯坦因说，见《古于阗考》第七章第二节。
6. Smith's *The Early History of India* 一九三页，亦持此论。
7.《后汉书·西域传》莎车传。
8. 鱼豢《魏略·西戎传》。
9. 佛教流布龟兹之情形，可参阅羽溪了谛《西域之佛教》第五章"龟兹国之佛教"。

遂为沙门[1]。是晋时佛教之在龟兹，势力且及于王族。证以《晋书》佛塔庙千所之辞[2]，稽之慧皎鸠摩罗什之传，龟兹佛教之隆，可以概见。而《出三藏记集》谓其国寺甚多，修饰至丽，王宫雕镂，立佛形像，与寺无异[3]。是《晋书》之言为有征矣。自是而后，以至于唐，史籍纪述龟兹，止于分合系属，绝未及其文化。然如沙门法秀、法朗、法密诸人，或则卓锡东来，或则振袂西去，途经龟兹，莫不受其优遇，传戒受论[4]。是知五马南渡，中原云扰，而龟兹文化，则仍承印度之衣钵，未之替焉。

关于西域诸国史料，法显、惠生而外，无复可珍。至唐玄奘法师，轻万死以涉葱河，重一言而之奈苑，请益之隙，存记风土，于是坠绪复张，考古有征，而其记龟兹之文化也，有云：

> 屈支国（旧曰龟兹）文字取则印度，粗有改变。管弦伎乐，特善诸国。服饰锦褐，断发巾帽。货用金银钱小铜钱。伽蓝百余所，僧徒五千余人，习学小乘教，说一切有部。经教律仪，取则印度。其习读者，即本文矣。尚拘渐教，食杂三净。大城西门外路左右各有立佛像，高九十余尺，于此像前，建五年一大会处。每岁秋分数十日间，举国僧徒，皆来会集。上自君王，下至士庶，损俗废务，奉持斋戒，受经听法，渴日忘疲。诸僧伽蓝，庄严佛像，莹之珍宝，饰之锦绮，载诸辇舆，谓之行像，动以千数，云集会所。常以月十五日晦日，国王大臣，谋议国事，访及高僧，然后宣布会场。西北渡河至阿奢理贰伽蓝（唐言奇特），庭宇显敞，佛像工饰，僧徒肃穆，精勤匪懈。并是耆艾宿德，博学高才，远方俊彦，慕义至止。国王大臣，士庶豪右，四事供养，久而弥敬。[5]

是唐时龟兹佛教之盛，虽未知比之晋代佛塔庙千所者为何如，然已足

---

1. 慧皎《高僧传》卷一《帛尸梨密多罗传》。至于帛尸梨密多罗之为龟兹人，可参看《西域之佛教》第五章。
2. 按，法显《佛国记》，自鄯善西行，所经诸国，国国胡语不同，然出家人皆习天竺书、天竺语云云。法显行程自鄯善入北道，过乌夷，然后西南行，以达于阗。当时鄯善、乌夷，于阗诸国皆奉法，学大小乘学。而龟兹在乌夷之西，律以法显所记，出家人当亦习天竺书、天竺语矣，亦可为此作证。
3.《西域之佛教》第五章第二节引。
4. 见《梁高僧传》。
5.《大唐西域记》卷一。

以左右全国之视听矣。而文字取则印度，粗有改变之语，尤足以见印度文化对于龟兹之影响。故自秦汉以来，龟兹文化实承印度文化之绪余，龟兹本国固无文化。则谓苏祇婆琵琶七调乃龟兹文化之产物，实为无稽之谈也。

二、隋唐龟兹乐与天竺乐之比较

玄奘法师经行龟兹，谓其"管弦伎乐，特善诸国"，故吕光灭其国，乐入中国，至开皇中而其器大盛。曹妙达诸人，新声奇变，朝改暮易，举时争相慕尚[1]。即至于今，姝哥偎郎，犹称甚盛[2]。是龟兹之音乐，历千岁而不变，几与习以俱成矣。然即就隋唐九部乐中龟兹、天竺二部考之，乐舞颇多同者。龟兹文化，汉以后始有可考，而印度四《吠陀》中即屡及乐器之名，因陀罗天且有乐队[3]。则论先河后海之义，固不能无因袭承借之感。隋唐龟兹、天竺二部乐，其舞人乐器以及服饰，《隋书·音乐志》《旧唐书·音乐志》《新唐书·礼乐志》《唐六典》《通典》诸书俱有纪述，今试比录如次，以资观较。

（一）龟兹乐

《隋书·音乐志》：龟兹者，其歌曲有《善善摩尼》，解曲有《婆伽儿》，舞曲有《小天》，又有《疏勒盐》。其乐器有竖箜篌、琵琶、五弦、笙、笛、箫、筚篥、毛员鼓、都昙鼓、答腊鼓、腰鼓、羯鼓、鸡娄鼓、铜拔、贝等十五种，为一部，工二十人。

《旧唐书·音乐志》：龟兹乐工人皂丝布头巾、绯丝布袍、锦袖、绯布袴。舞者四人，红抹额、绯袄、白袴、帑乌皮靴。竖箜篌一、琵琶一、五弦琵琶一、笙一、横笛一、箫一、筚篥一、毛员鼓一、都昙鼓一、答腊鼓一、腰鼓一、羯鼓一、鸡娄鼓一、铜拔一、贝一。毛员鼓今亡。

《新唐书·礼乐志》：龟兹伎有弹筝、竖箜篌、琵琶、五弦、横笛、

1.《隋书·音乐志》。
2. 偎郎之风，见谢彬《新疆游记》一八〇页。
3. 参阅 Popley's *The music of India* 第二章。

笙、箫、觱篥、答腊鼓、毛员鼓、都昙鼓、侯提鼓、鸡娄鼓、腰鼓、齐鼓、檐鼓、贝，皆一，铜钹二。舞者四人。

《唐六典》卷十四：太乐令所掌，六曰龟兹伎，竖箜篌、琵琶、五弦、笙、箫、横笛、觱篥，各一，铜钹二。答腊鼓、毛员鼓、都昙鼓、羯鼓、侯提鼓、腰鼓、鸡娄鼓、贝，各一。舞四人。

《通典》卷一百四十六：四方乐，龟兹乐二人，皂丝布头巾、绯丝布袍、锦袖、绯布裤。舞四人，红抹额、绯白裤、双乌皮靴。乐用竖箜篌一、琵琶一、五弦琵琶一、笙一、横笛一、箫一、筚篥一、答腊鼓一、腰鼓一、羯鼓一、毛员鼓一（今亡）、鸡娄鼓一、铜钹二、贝一。

（二）天竺乐

《隋书·音乐志》：天竺者，歌曲有《沙石疆》，舞曲有《天曲》。乐器有凤首箜篌、琵琶、五弦、笛、铜鼓、毛员鼓、都昙鼓、铜钹、贝等九种，为一部，工十二人。

《旧唐书·音乐志》：天竺乐，工人皂丝布头巾、白练襦、紫绫裤、绯帔。舞二人，辫发、朝霞袈裟、行缠、碧麻鞋。袈裟，今僧衣是也。乐用铜鼓、羯鼓、毛员鼓、都昙鼓、筚篥、横笛、凤首箜篌、琵琶、铜钹、贝。毛员鼓、都昙鼓今亡。

《新唐书·礼乐志》：天竺伎有铜鼓、羯鼓、都昙鼓、毛员鼓、觱篥、横笛、凤首箜篌、琵琶、五弦、贝，皆一，铜钹二。舞者二人。

《唐六典》卷十四：太乐令所掌，四曰天竺伎，凤首箜篌、琵琶、五弦、横笛、铜鼓、都昙鼓、毛员鼓，各一，铜钹二，贝一。舞二人。

《通典》卷一百四十六：四方乐，乐工皂丝布幞头巾、白练襦、紫绫裤、绯帔。舞二人，辫发，朝霞袈裟，若今之僧衣也。行缠碧麻鞋，乐用羯鼓、毛员鼓、都昙鼓、筚篥、横笛、凤首箜篌、琵琶、五弦琵琶、铜钹、贝。其都昙鼓今亡。

试较上述隋唐龟兹、天竺二部乐，虽隋时龟兹部舞曲之《小天》一曲，未能必其即为天竺部舞曲之《天曲》。又唐时龟兹、天竺二部乐乐工服饰头巾同，而龟兹部抹额皮靴，不脱胡人之气，天竺部则绯帔麻鞋，已是炎徼之风。气候各别，服饰遂殊，比而观之，似难强合。然更一较二部乐器，大都相同，则不能不生同原传授之想。故愚就隋唐龟兹、天竺二部乐器比较推论，敢谓九部乐之龟兹乐，实以印度为星宿海也。考之慧皎《鸠摩罗什传》，龟兹与天竺交往之盛，可以想见。梵僧既时有将《华严》梵本至龟兹者[1]，而木叉毱多游学印度，且历二十余载[2]。文化交流，则龟兹乐之出于天竺乐，其说固不得诋为无稽矣。今更以表明二部乐器之同异如次：

附表三

龟兹部					天竺部				
隋书	旧唐书	新唐书	唐六典	通典	隋书	旧唐书	新唐书	唐六典	通典
竖箜篌 琵琶 五弦 笙 笛 箫 筚篥 毛员鼓 都昙鼓 答腊鼓 腰鼓 羯鼓 鸡娄鼓 铜拔 贝	竖箜篌 琵琶 五弦 琵琶 笙 横笛 箫 筚篥 毛员鼓 都昙鼓 答腊鼓 腰鼓 羯鼓 鸡娄鼓 铜拔 贝	竖箜篌 琵琶 五弦 笙 横笛 箫 觱篥 毛员鼓 都昙鼓 答腊鼓 腰鼓 鸡娄鼓 铜钹 贝 弹筝 侯提鼓 齐鼓 檐鼓	竖箜篌 琵琶 五弦 笙 横笛 箫 毛员鼓 都昙鼓 答腊鼓 腰鼓 羯鼓 鸡娄鼓 铜钹 贝 侯提鼓	竖箜篌 琵琶 五弦琵琶 笙 横笛 箫 筚篥 毛员鼓 [答腊鼓] 腰鼓 羯鼓 鸡娄鼓 铜钹 贝	琵琶 五弦 笛 毛员鼓 都昙鼓 铜拔 贝 凤首箜篌 铜鼓	琵琶 横笛 筚篥 毛员鼓 都昙鼓 羯鼓 铜拔 贝 凤首箜篌 铜鼓	琵琶 五弦 横笛 觱篥 毛员鼓 都昙鼓 羯鼓 铜钹 贝 凤首箜篌 铜鼓	琵琶 五弦 横笛 毛员鼓 都昙鼓 铜钹 贝 凤首箜篌 铜鼓	琵琶 五弦琵琶 横笛 筚篥 毛员鼓 都昙鼓 羯鼓 铜钹 贝 凤首箜篌

龟兹、天竺二部乐器同异，征之上表，可以了然。至于龟兹一部，各书所纪，间有异同，是则由于后来变易，故至隋乃有西国龟兹、齐朝龟兹、土龟兹三部之别云[3]。

1.《西域之佛教》引惠英《华严经感应传》。
2.《三藏法师传》卷二。
3.见《隋书·音乐志》。

三、苏祇婆琵琶七调与佛曲

唐之燕乐，辽之大乐，其导源为苏祇婆琵琶七调。然如后来燕乐宫调及《辽史·乐志》四旦二十八调，其所标举，仍存苏祇婆七调旧名者，仅般赡一调而已 [1]。惟近来发见之敦煌石室遗籍，中涵无数佛曲。佛曲中有娑陁力及般赡二调焉 [2]。

案《隋书·音乐志》西凉部有《于阗佛曲》，考之萧梁武帝为正乐十篇，以述佛法，又有法乐梵呗之属，当亦佛曲之流亚也。惜其辞俱不传。至唐南卓著《羯鼓录》，于录存诸宫曲名而外，复有诸佛曲调及食曲之名。

其诸佛曲凡十调，即：

《九仙道曲》《卢舍那仙曲》《御制三元道曲》《四天王》《半阁廮那》《失波罗辞见柞》《草堂富罗》《于门烧香宝头伽》《菩萨阿罗地舞曲》《阿陀弥 [3] 大师曲》。

食曲凡三十二调，即：

《云居曲》《九巴鹿》《阿弥罗众僧曲》《无量寿》《真安曲》《云星曲》《罗利儿》《芥老鸡》《散花》《大燃灯》《多罗陀尼摩诃钵》《婆娑阿弥陀》《悉驮低》《大统》《蔓度太利香积》《佛帝利》《龟兹大武》《僧箇支婆罗树》《观世音》《居么尼》《真陀利》《大与》《永宁贤者》《恒河沙》《江盘无始》《具作》《悉家牟尼》《大乘》《毗沙门》《渴农之文德》《菩萨缬利陀》《圣主与》《地婆拔罗伽》。

按之食曲调名，多述佛法，当亦诸佛曲调之类。而诸佛曲调中之《九仙道曲》及《御制三元道曲》，当属于唐创之道调，余则所属诸调，俱无可征。今考之敦煌发见之佛曲，标举诸调，名俱可考。凡有婆陀调、乞食调、越调、双调、商调、徵调、羽调、般涉调、移风调九调。

1.《唐书·礼乐志》，中吕调、正平调、高平调、仙吕调、黄钟羽、般涉调、高般涉调为七羽。《乐府杂录》别乐识五音轮二十八调图，平声羽七调，及《辽史·乐志》沙侯加滥旦七调，俱与《唐书》同。

2. 所举敦煌发见之佛曲名，胥根据《澎湃》第十三期徐嘉瑞君《敦煌发见佛曲俗文时代之推定》一文。

3. 案当为阿弥陀。

婆陀调曲有：

《普光佛曲》《弥勒佛曲》《日光明佛曲》《大威德佛曲》《如来藏佛曲》《药师琉璃光佛曲》《无威感德佛曲》《龟兹佛曲》。

乞食调曲有：

《释迦牟尼佛曲》《宝花步佛曲》《观花会佛曲》《帝释幢佛曲》《妙花佛曲》《无光意佛曲》《阿弥陀佛曲》《烧香佛曲》《十地佛曲》。

越调曲有：

《大妙至极曲》《解曲》。

双调曲有：

《摩尼佛曲》。

商调曲有：

《苏密七俱陀佛曲》《日光腾佛曲》。

微调曲有：

《邪勒佛曲》。

羽调曲有：

《观音佛曲》《永宁佛曲》《文德佛曲》《婆罗树佛曲》。

般涉调曲有：

《迁星佛曲》。

移风调曲有：

《提梵》。

按《辽史·乐志》，于《隋志》"娑陁力调"作"婆陁力调"，盖"娑""婆"二字形近故误。而依翻译旧例，尾音每可省而不译[1]。故敦煌发见佛曲中之"婆陀调"，即属《辽史·乐志》之"婆陁力调"。征之《唐会要》，亦有"沙陁"之名，则知"娑陁力""沙陁""婆陀""婆陁力"，固为一辞之讹变矣[2]。又"般涉调"即"般赡调"（说俱见后）。婆陀调属宫声；乞食调（乞当为大之讹）、越调、双调、商调（此商调当即林钟商调

---

1. 说见第四节。
2. 正应娑陁阇，说见后。

也）属商声；般涉调属羽声；惟移风调不知所属。然循按诸调，宫、商、徵、羽四声俱备，则移风调其为角声之类也欤？而所谓九调多与燕乐诸宫调合。又婆陀、般涉二调，显然即为苏祇婆琵琶七调中之娑陁力、般赡二调。不仅此也，《羯鼓录》中诸佛曲有《菩萨阿罗地舞曲》一名，而舞曲固为九部乐中之物。又敦煌发见之佛曲中，移风调曲有《提梵》一曲，"提梵"即"提婆"之异译。"提婆"义谓天也，故《提梵》一曲，疑即隋时天竺部舞曲中之《天曲》。则佛曲亦当出于九部乐，而为天竺部之别支矣。由此反证，可见不惟龟兹文化承袭印度，九部乐之龟兹乐与天竺乐同其渊源，即苏祇婆之琵琶七调，亦与佛曲及天竺乐通其消息。故愚意以为就佛曲证之，苏祇婆琵琶七调之当来自印度，盖理有可通者也。

愚于佛曲亦欲稍赘数语，近来有主张文学进化论之某学者，论佛曲有云："由古典的初唐进而为解放的盛唐，由盛唐进而为白话诗的中唐。到了晚唐，佛曲产生，简直进化成弹词体的俗文。"试一考核，未见其然。今用二证，以明愚说。

（一）本篇敦煌佛曲名录，系据徐君之文，不知有无遗漏，今即据此考之。九调凡备宫、商、徵、羽四声，而移风调之是否属于角声，尚难断定。然角声之废，在于宋时[1]。故移风调疑属角声，佛曲当备宫商角徵羽五调。今考燕乐四声二十八调之起，为时已后。《乐府杂录》谓：

太宗朝三百般乐器，内挑丝竹为胡部。用宫、商、角、羽，并分平、上、去、入四声，其徵音有其声无其调（以上平声调为徵声）。

故《新唐书·礼乐志》于俗乐只具宫、商、角、羽四调。自是而后，遂成定则。然《隋志》明云五旦，而《羯鼓录》亦谓其余徵羽调曲，皆与胡部同。则元宗之时，诸宫曲调，尚存五声。故论燕乐宫调演嬗，始为五旦，旦作七调。唐太宗以后，始渐更为四声二十八调耳。今敦煌佛曲徵声具在，盖犹存隋代之风，并合南氏所录，似为初唐之遗。

（二）南卓《羯鼓录》所录诸佛曲调及食曲，其名与敦煌发见之佛曲

---

1. 说详《燕乐考原》。

多有同者[1]。南氏之书，成于唐大中二年及四年，叙述羯鼓源流形状及元宗以后诸故事。故佛曲之生，即不远溯乎魏周西凉之乐，亦当征存于南氏《羯鼓》一录，谓为产于晚唐，愚所未审也。

四、苏祇婆琵琶七调与印度北宗音乐

征之上来所述苏祇婆琵琶七调渊源之背景，则其出于印度，理实所许。然愚之所以主七调与印度北宗相似，或竟出于北宗者，尚别有说。今于申论之前，先标二端，希读者注意及之。（一）龟兹受佛教文化之影响，而佛教在其本土，只盛于北天竺一带，故鸠摩罗什留学天竺，渡辛头河，历罽宾国，旁及月氏、沙勒诸地。卑摩罗义以罽宾律师，先在龟兹，弘阐律藏[2]。是知龟兹与印度交通，多在北方。此所以愚谓苏祇婆琵琶与印度北宗音乐有关，而置南宗于不论也。（二）印度北宗音乐即印度斯坦尼派，印度斯坦尼文与梵文同源，又其发音亦无大殊，音乐调名术语，印度斯坦尼文与梵文尤为相近。故以后举例，偶采梵文，此读者所当知也[3]。

按法显《佛国记》有云：

自鄯善西行，所经诸国，国国胡语不同，然出家人皆习天竺书、天竺语。

法显行程，自鄯善入北道，过乌夷（即今焉耆），然后西南行以达于阗。当时龟兹位于乌夷之西，则其国出家人当亦习天竺书、天竺语矣。征之玄奘法师所记，屈支国文字，取则印度，粗有改变之语，更可见不仅龟兹出家人习天竺书、天竺语，即其国文字，亦与天竺语同系。故考苏祇婆琵琶七调之原，即令前述三端皆不足信，而从七调名及旦之本身上考之，亦可见也。今以所考知之，般赡、婆陁力二调及旦，与北宗诸音名，比合

---

1. 如婆陀调之龟兹佛曲当即食曲中之龟兹大武。乞食调之释迦牟尼佛曲，当即食曲中之悉家牟尼。阿弥陀佛曲曲，当即诸佛曲调中之阿弥陀大师曲，及食曲中之婆娑阿弥陀二曲。而羽调中之永宁佛曲、文德佛曲、婆罗树佛曲，当即曲中之永宁贤者、渴农之文德及僧箇支婆罗树诸曲也。《羯鼓录》诸曲句读，似多误者，惜无善本，以为校勘，今谨发疑以俟通人。

2. 《梁高僧传》。

3. 关于印度斯坦尼文，可参阅 *Encyclopaedia Britannica New International Encyclopaedia* 之 Hindostani 一条。

次叙如下（左）[1]:

（1）般赡调　苏祇婆琵琶七调中之最足引起注意者，是为般赡一调。《隋书·音乐志》谓"六曰般赡，华言五声，即羽声也"。是"般赡"一辞，有第五声之义，此显为印度斯坦尼派七调中之 Pañchama 一调（一作 Pañcama），梵文作 Pañchamah，译云等五，又第五声[2]。此字全音本应为"般赡摩"，按印度斯坦尼文 AIU 收声，例不发音，梵文中如此例者，其尾声译时亦多省略。是故梵文 Nirvana 译为"涅槃"，Samghārāgma 译为"僧伽蓝"，"般赡"之译，亦同此例。印度斯坦尼派音乐之"般赡摩"与《隋书·音乐志》之"般赡"，音既无异，义亦相同。愚故谓"般赡"即"般赡摩"也。至于《宋史·音乐志》于"般赡"一调书作"般涉"，"涉""赡"可以对转，故"般赡"与"般涉"无别。而按之梵文 C 音时读为 Ch，故 Pañcama 即 Pañchama，又可变为 S，是以 Asoka 亦作 Acka。则"般赡"之即"般涉"，尤可明矣。然此调正音，应为"般赡"也。

（2）娑陁力调　又按七调之中，一曰娑陁力，华言平声，即宫声也。《辽史·乐志》作"婆陁力"，《唐会要》作"沙陁"，佛曲作"婆陀"。以今考之，皆即《隋书·音乐志》之"娑陁力"，而为印度北宗音乐中之 Shadja（又作 Sadja，梵文作 Shadjah）一调也。证合之理由有二：（甲）北宗此调对音是"娑陁阇"，比之《隋书·音乐志》仅异末声，律以般赡之例，固可译为"娑陁"，与《唐会要》之"沙陁"正合。而沙陁即为娑陁力调，亦即婆陁力调及婆陀调。故就译音而论，苏祇婆琵琶七调中之娑陁力，当即北宗之娑陁阇调也。（乙）"娑陁阇"一辞，义为具六，又第一声[3]，具六者何？谓具鼻、喉、胸、腭、舌、齿所发之声也[4]。第一声者何？谓为八音之首也[5]。宫声之呼，固与具六等义，又其为八音之首，正属宫声。则北宗之 Shadja，当即苏祇婆琵琶七调之娑陁力调矣。至于尾声

---

1. 以后所举梵文，多据荻原云来《梵汉对译佛教辞典》。
2.《佛教辞典》一四〇页。又 *The Music of India* 一四七页。Fox Strangway's *The Music of Hindostan* 三五九页。
3.《佛教辞典》一四一页。又 *The Music of India* 一四八页。*The Music of Hindostan* 二六三页。
4. *The Music of Hindostan* 二六三页。
5. *The Music of India* 一四八页。

有异，则或缘于传讹，例之"娑""婆""赡""涉"之误，理实有然。

（3）且 《隋书·音乐志》又云：

> 然其就此七调，又有五旦之名，旦作七调。以华言译之，旦者则谓均也。其声亦应黄钟、太簇、林钟、南吕、姑洗五均。五均已外，七律更无调声。

《辽史·乐志》亦谓有四旦二十八调。四旦为：婆陁力旦、鸡识旦、沙识旦、沙侯加滥旦也。其所谓旦，所谓均，即律也，即西乐之 C D E F G A B 诸调也。试加考索，则苏祇婆所云之"旦"，即印度北宗音乐中之 thāt 一辞之对音。今述三证以明之：（甲）阿罗汉系译自梵文中之 arhat 一字，"汉"韵属十五翰，依珂罗倔伦（即高本汉 B. Karlgren）研究切韵之结果，十五翰一韵之字收声当为 âm，依钢和泰之说，亦当为 am[1]。而 arhat 之可以译为"阿罗汉"者，则以"古音同部之字平入不甚区分，故 hat 亦译为汉（han），以 T 与 N 同为舌头音也"[2]。准是，thāt 对音当可为"旦"。愚为此说，或将起质，以为译"汉"及"旦"之二声中之 a，有 a 与 ā 之别，何能视同一例？应曰：是固然矣，惟验旧译 a ā 二音，似无别系。如毗婆诃（Vivāhah）、毗婆罗（Vivarah）、苏婆呼（Subāhuh）、娑婆罗（Savarah），同一"婆"字，而或以译 a，或以译 ā。又如摩诃那摩（Mahānamah）、摩诃迦㫋延（Mahākātyāyanah）、摩诃槃迦陀（Mahāpanthakcah）、摩鲁陀（Maludah）、摩鲁摩（Malumah）、焰摩天（Yāmāh），同一"摩"字，而或以译 a，或以译 ā。诸如此类，不胜枚举。是知准译阿罗汉之例，以"旦"thāt 为之对音，固当于理也。（乙）《隋书·音乐志》："旦者，则谓均也。"按"均"字有调度之义，又"乐所以立均"[3]，"均长八尺，施弦以调六律五声"[4]，故所谓均，即后来之宫调。宫调明而后乐器管色之高低定矣[5]。今考之印度北宗音乐之旦（thāt），义为行

1.《国学季刊》第一号，钢和泰《音译梵书与中国古音》。

2. 汪荣宝《歌戈鱼虞模古读考》。

3.《乐记》。

4.《文选·思玄赋》注引《乐汁图徵》曰："圣人往承天助，以立五均，均者亦律调五声之均也。"宋均曰："均长八尺，施弦以调六律五声。"

5. 吴瞿安先生《顾曲尘谈》。

列，当奏某调时，知此然后宫调弦乐管色之高低因之以定。而一宫可容数调，故"旦"又有类析之义[1]。即以音律表旋律之基础也[2]。是与调六律五声定管色高低，其功能固无异焉。（丙）按之印度音乐，调名繁赜，人各为制[3]。故无论二十八调抑八十四调，求之印度，数辄难合。然而 thāt 之即为苏祇婆所云之"旦"，敢再举一证。雅乐宫调，率云某宫，如黄钟宫、仙吕宫之属是也。在苏祇婆之七调五旦，则曰娑陁力旦、鸡识旦等。征之印度北宗音乐之称某宫调，亦曰某旦，如 BhairaVī thāt 及 Kāfī thāt 即其例也[4]。可见苏祇婆派音乐所用术语，与今日所知北宗所用之术语，固大概相同。则苏祇婆琵琶七调之源出印度，固可想见矣。

《辽史·乐志》谓"大乐四旦二十八调不用黍律，以琵琶弦叶之，皆从浊至清"。凌廷堪《燕乐考原》据此加以推阐。陈澧于凌氏说多所驳正，然亦谓凌氏以琵琶说二十八调为最得其要[5]。所谓以琵琶弦叶之者，即以琵琶之四弦，定宫商角羽之四均也。大乐出于苏祇婆琵琶七调，已见前引。今按印度音乐有《波利阇陀》（Pārijāta）一书，亦谓以琵琶弦之长短定十二律，今日所以犹能重奏当日诸声者，职是故也[6]。未所谓以琵琶弦之长短定十二律者，即以琵琶弦叶之，皆从浊至清之谓也。由是观之，《辽史》以及凌氏之所推述，实为暗合。故苏祇婆琵琶七调之源出印度，于兹又得一证焉。

或又质曰：苏祇婆琵琶七调，依子所考，仅得其二，合旦而三，余多不可考。唐乐亦已若《广陵散》，绝于中土。然据《隋书·音乐志》所纪苏祇婆琵琶七调与中乐对照之叙，勘于今日用西乐对比中乐之结果，则般赡属于西乐 A 调。惟按印度北宗音乐，般赡属于西乐之 G 调，而《隋书·音乐志》所纪，较之高出一调。则子所谓苏祇婆琵琶七调中之般赡，即印度北宗音乐七调中之般赡，毋亦有难通欤？应曰：是亦有说。苏祇婆

---

1. *The Music of Hindostan* 一〇六页释"旦"。
2. *The Music of India* 四〇页。
3. 同上书四一页。
4. *The Music of Hindostan* 一〇六页。
5.《声律通考》卷六。
6. *The Music of India* 二〇页。

琵琶七调，据《隋书·音乐志》所纪，其二半音一在第四音与第五音之间（即变徵与徵声间之音程为半音），一在第七音与第八音之间（即变宫与高宫声间之音程为半音），故其旋法属于吕旋。而印度北宗音乐，以婆陁阇一调为始之音阶（Sa-grama），其各音音程之大小情形如下（左）[1]：

　　Sa　Ri　Ga　Ma　Pa　Dha　Ni

　　4　3　2　4　4　3　2

　　其 Ga Ni 二调，俱为半音。故若依日本雅乐旋法比对，附照西乐音符，式当如下（左）：

附表四

北宗音名	Sa	Ri	Ga	Ma	Pa	Dha	Ni
西洋音符	C	D	E	F	G	A	B
雅乐旋法	宫	商	婴商	角	徵	羽	婴羽

　　是盖属于律旋，极似旋律的短音阶之下行旋法。上有律吕之别，此所以苏祇婆琵琶七调中之般赡调，高出于印度北宗音乐中之般赡调一调也。然北宗音乐旋法，本不一律，又音乐每因人异制，传者既殊，则旋律有别，亦事所必至者耳。

结　论

　　印度北宗音乐，演嬗殊繁，体制时异。愚于论印度音乐之书，所见不多，重以于音乐之知识甚浅，是以苏祇婆琵琶七调，求之北宗，仅得婆陁力、般赡二调，合旦而三。鸡识、沙识、沙侯加滥、沙腊、俟利箑五调，则俱无征。然以北宗音乐之为别殊多，纷纭差异，亦固其所。而就上述四端考之，苏祇婆琵琶七调与北宗音乐之渊源，固甚显然。则《隋

---

1. 见 *The Music of Hindostan* 一〇九页及一一〇页。又 *The Music of India* 三七页。又 *The New International Encyclopaedia* 之 Hindu Music 一条。按印度北宗音阶中有三种音程：一曰长音（Major Tone），为四倍四分之一音，通常以 4 表其比较之大小。二曰短音（Minor Tone），为三倍四分之一音，通常以 3 表其比较之大小。三曰半音（Semi Tone），为二倍四分之一音，通常以 2 表其比较之大小。

书·音乐志》所述，今兹所论，其为北宗古乐之钩沉也欤。至于愚文谬误疏漏，自知不免。惟以自来学人，于燕乐根源之苏祗婆琵琶七调，与印度音乐之关系，少加讨究，用敢忘其浅陋，述为是篇。匡谬深究，谨俟来哲！

载《学衡》第 54 期，1926 年 6 月

敦煌劫余录序

陈寅恪

【编者导读】

　　本文是陈寅恪先生为新会陈垣先生所著《敦煌劫余录》所作之序，原载于《中央研究院历史语言研究所集刊》第一本第二分（1930 年），也见于《学衡》第 74 期，后收入《陈寅恪文集》之三《金明馆丛稿二编》。

　　该文不仅是敦煌学史上的重要文章，也被视作 20 世纪以降指导中国学术新发展的宏文。文章开篇从一时代之学术谈起，"一代之学术，必有其新材料与新问题"，取用新材料、研究新问题，是构筑新时代学术的两大支柱。陈寅恪进而从他十分熟悉的敦煌学领域展开详述，敦煌虽在中国，所出经典又以中文写本居多，但敦煌学的研究并不在中国。自 1900 年代敦煌藏经洞文献发现以来，日本和英法各国的学者在不断追逐这一世界学术的新潮流。

　　《敦煌劫余录》一书的作者陈垣早年曾利用敦煌所出摩尼教经，考证摩尼教入华之史。本书则是陈垣应中央研究院史语所邀请，对京师图书馆（北平图书馆）所藏敦煌写本八千余轴所编的分类目录，陈寅恪评价此书为"治敦煌学者，不可缺之工具也"。书名中的"劫余"二字既表明陈垣对西方列强掠夺中国文物之愤慨，也隐含着北平图书馆所藏八千余卷轴不过是西人留下的残篇故纸，但陈寅恪则不以为然，他在文末仍举出不少北图所藏有价值的写本，国人取用这些新材料，仍能作敦煌学之预流。

　　一代之学术，必有其新材料与新问题，取用此材料，以研求问题，则为此时代学术之新潮流，治学之士得预此潮流者，谓之预流 [1]。其未得预者，谓之未入流，此古今学术史之通义，非彼闭门造车之徒所能同喻者

---

1. 借用佛教初果之名。

也。敦煌学者，今日世界学术之新潮流也，自发见以来，二十年余年间，东起日本，西迄法英，诸国学人，各就其治学范围，先后咸有所贡献，吾国学者其撰述得列于世界敦煌学之林者，仅三数人而已。夫敦煌在吾国境内，所出经典又以中文为多，吾国敦煌学者著作，较之他国转独少者，固因国人治学，罕具通识。然亦未始非以敦煌所出经典，涵括至广，散佚至众，迄无详备之目录，不易检校其内容。学者纵欲有所致力，而凭借末由也。新会陈援庵先生垣，往岁尝取敦煌所出《摩尼教经》，以考证宗教史。其书精博，世皆读而知之矣。今复应中央研究院历史语言所之请，就北平图书馆所藏敦煌写本八千余轴，分别部居，稽覆同异，编为目录，号曰《敦煌劫余录》，诚治敦煌学者不可缺之工具也。书既成，命寅恪序之，或曰：敦煌者，吾国学术之伤心史也。其发见之佳品，不流入于异国，即秘藏于私家。兹国有之八千余轴，盖当时唾弃之剩余，精华已去，糟粕空存，则此残篇故纸，未必实有系于学术之轻重者在。今日之编斯录也，不过聊以寄其愤慨之思耳！是说也，寅恪有以知其不然，请举数例以明之。《摩尼教经》之外，如《八婆罗夷经》所载吐蕃乞里提足赞普之诏书，《姓氏录》所载贞观时诸郡著姓等，有关于唐代史事者也。《佛说禅门经》《马鸣菩萨圆明论》等，有关佛教教义者也。《佛本行集经演义》《维摩诘经菩萨品演义》《八相成道变》《地狱变》等，有关于小说文学史者也。《佛说孝顺子修行成佛经》《首罗比丘见月光童子经》等，有关于佛教故事者也。《维摩诘经颂》《唐睿宗、玄宗赞文》等，有关于唐代诗歌之佚文者也。其他如《佛说诸经杂缘喻因由记》中弥勒之对音，可与中亚发见之古文互证，六朝旧译之原名，借此推知。《破昏怠法》所引《龙树论》，不见于日本石山寺写本《龙树五明论》[1]中，当是旧译别本之译文。唐蕃翻经大德法成辛酉年[2]出麦与人抄录经典，及周广顺八年道宗往西天取经，诸纸背题记等，皆有关于学术之考证者也。但此仅就寅恪所曾读者而言，其为数尚不及全部写本百分之一，而世所未见之奇书佚籍已若是之众，傥综合

---

1. 原文误排作《龙五树明论》。——编者注
2. 当是唐武宗会昌元年。

并世所存敦煌写本，取质量二者相与互较，而平均通计之，则吾国有八千余轴，比于异国及私家之所藏，又何多让焉。今后斯录既出，国人获兹凭借，宜益能取用材料以研求问题，勉作敦煌学之预流。庶几内可以不负此历劫仅存之国宝，外有以襄进世界之学术于将来，斯则寅恪受命缀词所不胜大愿者也。

载《学衡》第 74 期，1930 年 3 月

中国人之佛教耶教观

缪凤林

【编者导读】

本文由缪凤林所作，主要探讨佛教与基督教（耶教）在中国的传播历程，与本土文化（尤其是儒家、道家）的互动关系，以及佛教、基督教对中国社会、思想和历史的影响。文章结构清晰，分为四部分，绪言是对宗教起源的理论探讨，提出中国宗教文化以伦理为根本，古代宗教观念在智识阶级中日渐式微，虽有神仙方士之说和道教兴起，但都未形成系统的大宗教，真正对中国产生重大影响的宗教是外来的佛教和耶教。第一章探讨"二教之初入中国及其原因"，其中，佛教传入中国的时间难以精确考证，但在西汉时已有迹象，东汉时楚王英、桓帝等对佛教的尊崇推动了其在民间的传播，西域高僧陆续来华翻译经论。基督教传入中国的时代说法不一，元代的也里可温教是其早期形式，明代利玛窦来华后，基督教开始流行，耶稣会的热心传教与明人科学知识的需要是两大重要原因。

第二章名为"二教入中国之盛衰"，梳理佛教从汉至清的兴衰、基督教在明清的传播与教案冲突。汉末佛教尚未普及，传播范围有限。魏晋南北朝时期，社会动荡，佛教在南北各地的发展迎来契机，如法护东来、佛图澄获石勒尊崇等。隋唐时期，佛教达到鼎盛，宗派林立，如玄奘的法相宗、慧能的禅宗等。晚唐以后，佛教逐渐衰落，虽禅宗仍较流行，但整体影响力大不如前。宋至清代，佛教发展起伏不定，受朝代更迭、帝王态度和社会环境等因素影响，时起时伏。本章进而分析基督教入华后的两大困厄，其一是晚明神宗颁布禁教令，打击传教活动；其二是清初杨光先发起排教运动，史称康熙历狱。鸦片战争后，基督教势力在中国迅速扩张，改变了中国的宗教格局和社会文化。

第三章阐述"二教教旨与吾国之教学礼俗"。佛教的宗旨是出苦得乐，以出世间为根本，大乘佛教主张通过修行断障证真、普度众生。中国教学则以孔子思想为代表，注重现世生活，强调入世精神与伦理道德，孔子之教学深刻影响着中国人的价值观和生活方式。佛教得以在中国传播，背后含有诸多原因：如早期巧妙借助老庄思想，形成老庄化之佛学；中国人与生俱来的调和性，能够接纳不同的外来文化；佛教教义的博大精神与圆融无碍，涵盖了丰富的哲学思想；佛教自尊不依之精神，不假权威，杜绝依傍。

身为南高文史地部的毕业生，缪凤林所著《中国人之佛教耶教观》，洋洋洒洒六万余字，尽显其深厚的学术功底与广阔的研究视野。文章贯通中西、史料丰富，对佛教和基督教的入华展开了鞭辟入里的研究，从对史料的精细甄别、到观点的缜密论证，均展现了他对中国传统文化的深刻理解，与对宗教哲学的独到认知，凸显了这一时代知识分子对宗教问题的思考，为理解中国传统文化与外来宗教的复杂关系提供了重要视角。

绪　言

今世西人之论初民知识也，常分三期。一则任性而动，无有理知之作用也。二则反省考察，佐以实验之探索也。三则玄想非非，凭想像以释现象也[1]。宗教之兴，其当第三期玄想之时乎[2]。初民与自然为邻，自然界内

---

1. 此种分期，西洋大多数学者皆承认之，兹据马文《欧洲哲学史》（ Walter T. Marvin: *The History of European Philosophy* ）。瓦尔特·马文（1872—1944），美国哲学家。——编者注
2. 玄想期之初民知识可分三：一者魔术，二者有魂论，三者神话。神话乃后宗教或半宗教，而有可置不论。魔术有先宗教而有者，有后宗教而有者，此指前者，一同情之魔术，喻如人为蛇所噬，杀蛇而食之，其病可愈是也。美国哲学家詹姆士（William James）谓"一切宗教之根本原于不知不觉之心理"［见氏著《各种宗教经验观》（ *The Varieties of Religious Experience* ）］，似即此种魔术类也。至有魂论之为宗教之始，自推莱氏《原始人民之文化》（ E.B.Taylor: *Primitive Culture* ）于千八百七十一年出版后，已成定论，他人虽有非议之者，终莫得而推翻其说也。詹姆士《各种宗教经验观》今译詹姆斯《宗教经验之种种》，推莱氏《原始人民之文化》今译泰勒《原始文化》。——编者注

种种现象，有能福人者，有能祸人者，有能利人复能害人者。秉其自卫之本能，欲永其福利，而免其祸害，而瞻顾己身。曾无能力以与自然抗，乃信有冥冥中之主宰，力能逮人之所不能逮。信是等主宰可凭人力而招致，为人用而弥人生之缺陷。于是出以崇奉，不能自已。此则宗教之权舆，世界各国殆莫之能外。

上（右）文涵二极大之问题：曰宗教何时而始？曰宗教何由而始？西洋学者研究是项问题者，于第二题则自古已有，于第一题则盛于十九世纪中叶以降，见仁见智，各异其说，纷纭繁博，不可猝述。然言其大较，则最初之宗教，已非人世能知。今人由人种等学研究，所能确知者，实以有魂论[1]为权舆。故言何时而始，以推莱之说为善。氏著《原始人民之文化》，共二厚册，言有魂论极详瞻。略谓原始人民以死与梦之二因，信有灵魂，由灵魂而信有精神（无形体之灵魂）与来生；由来生而有祖先崇拜，而有图腾，而有英雄崇拜；由精神而有符箓及妖怪，而有多神，而有一神。引证翔实，允称伟著。其犹可訾议者，则有魂论时代，已非原始之人民，氏书以《原始人民之文化》名，殊嫌不合，一也。有魂论前，尚有一宗教阶级[2]，而氏书不言，二也。灵魂之起，容有幻觉之原因，此说[3]非梦与死所能完全解释，三也。宗教所重在行，信有灵魂，尚非宗教。信而崇奉之，斯为宗教。故有魂论仅为宗教之所自，而非即宗教也。推氏之意，似以有魂论为即系宗教，四也。然皆与氏书之大体无伤也。至论宗教何由而始？则有主源于意志者，康德是也[4]；有主源于感情者，希雷麻哈[5]是也（氏谓宗教为一种绝对依赖之情感）；有主源于理知者，海羯尔[6]是也（氏谓宗教为吾人所有之一种知识），皆失之一曲。冯乃巴赫（Ludwig Feuerbach）著《基督教之精髓》[7]诸书，谓宗教之所由始，为自卫本能，其

---

1. Animism，今译泛灵论、万物有灵论。——编者注
2. 此说马莱 R.R.Marett 主之，名曰有魂论以前时代 Preanimistic age，今译马雷特。——编者注
3. 蓝氏 Andrew Lang 主之，今译安德鲁·朗格。——编者注
4. 氏谓宗教即一切吾人天职之知识，有如天命者也。
5. Schleiermacher，今译施莱尔马赫。——编者注
6. 今译黑格尔。——编者注
7. *Wessen des Christentums*，今译费尔巴哈《基督教的本质》。——编者注

言最为精审。今引申言之，宗教所由起之境况，当析为四端：曰人有自卫之本能，曰有非人力所能控御之危险，曰信有超人之势力，曰信人有法能招致此种势力。合是四者，乃有宗教。右文隐括二氏之意，兹虽略加引伸，不能详也。

吾国九皇十纪之世，今虽靡得而详，然七十二家之封泰山禅梁父，时当《春秋》《管子》所记，犹十有二（《史记·封禅书》）。纬书所载，《御览》所引，天皇、地皇、人皇诸氏，庖牺、女娲、神农诸帝，其人之形貌、事业、年寿，皆在半人半神之间[1]。谓为神话之解释，足征宗教之有自，历五帝唐虞夏商而至姬周，集古代文明之大成。崇奉鬼神之迹，稽诸载籍，所在而是，约以计之，可分为四：曰天神，曰地祇，曰人鬼，曰物魅。大自天地、日月、星辰、风云、雷雨、山海、河岳、林泽、丘陵，小至灶、奥、门、户、道、井。内而祖考先灵，外而羽毛鳞介，弥不各有其鬼神祇魅[2]。计其数量，虽印度人、希伯来人、希腊人、亚拉伯人所崇奉之多神教[3]，不是过也。虽然，于此有一绝不相同之事实焉。若印度，若希腊，若希伯来，若亚拉伯，当其人智启明、文教发达之际，即有贤明之士，出而修正旧日之宗教，或变易固有之信仰[4]。而吾中国周时为文化极盛之秋，独无一人焉出而负此使命。故在他国当此时期，则由卑下之宗教，进而为高明之宗教，或由散漫之多神教，进而为系统之一神教。而吾中国则即宗教之观念，在智识阶级中，且日见其退而不见其进。盖吾中国之文化，本以伦理为本，非以宗教为基。唐虞之圣哲，已以人事言天道[5]。三代之庠序学校，皆所以昌明人伦（《孟子·滕文公》）。虽云夏代孔甲，亦信

---

1. 如《春秋命历序》谓"天地初立，有天皇十二头，淡泊无所施为，而俗自化。木德王，岁起摄提，兄弟十二人，各立一万八千岁"，《御览》七十八引《帝王世纪》，谓"庖牺氏，蛇身人首，在位一百一十年，或云一百一十六年"之类。
2. 参《周礼》《左传》《国语》《山海经》《墨子》等书，近人论此者，以夏曾佑《中国历史教科书》为最详。
3. 希伯来人、亚拉伯人，其初亦皆崇多神教。
4. 此点在印度、希伯来、亚拉伯可无须说明，在希腊则当极盛之秋，最伟大之思想家若苏格拉底、若苏封克里（今译索福克勒斯。——编者注）、若柏拉图，无一不以提高神之程度为事，而无一人弃绝宗教者。
5. 参《尚书》，详见拙述《老孔以前之哲学思想》。

鬼神，然孔甲卒以是而失诸侯（《史记·夏本纪》）。殷人尊神先鬼，称于孔子（《礼记·表记》），所刻祭器，犹有宗教风味（阮元《积古斋钟鼎彝器款识》）。然其所祭祀者，多为人鬼，所刻之铭词，多以祖宗之功为子孙劝，依然伦理之思想也。《记》曰："万物本于天，人本乎祖。"天为宗教之上帝，祖则伦理之根本，斯言可以窥矣。春秋之末，世衰道乱，鬼神术数，浸以日盛。此则乱世之象征，无与宗教之正道。而明哲之士，如季梁、史嚚、叔兴、臧文仲、子产辈，犹哑哑以破除为务（其详皆见《左传》）。逮老子、孔子出，遂一洗其面目。老子谓"天地不仁，以万物为刍狗"，谓"天地万物生于有，有生于无"，谓"人法天，天法道，道法自然"，谓"以道莅天下，其鬼不神"，谓"祸兮福所倚，福兮祸所伏"，皆攻击其时之迷信。孔子之"未能事人，焉能事鬼""未知生，焉知死""罕言命""不语乱力怪神""病而不祷，敬而远之"，多摆脱当世之蔽锢。诸子朋兴，繁然淆乱。其间可目为宗教者，仅有墨家，骤盛一时，不久即微。吾古代国民与宗教因缘之浅，盖世界所绝无仅有者矣。丁世纷扰，立国者尽瘁于兵革。政治教育，不能尽厌人望。宗教之要求，勃发而不可止，神仙、方士之说，应运而兴。《封禅书》谓"自齐威、宣之时，驺子之徒，论著终始五德之运，（中略）而宋毋忌、正伯侨、充尚、羡门子（据《索隐》加）高最后皆燕人，为方仙道，形解销化，依于鬼神之事"。盖未可以一二数矣，继是而还，神怪之谭，愈演愈烈。西汉由方士并入儒林，儒家遂与方士相糅合 [1]。东汉再由儒林分为方术，图谶占候，遂与神仙方技相混（《后汉书·方士传》），然皆非真正之宗教也。惟张角、张陵、张衡、张鲁之徒，世所称为黄巾道士者，以是而盛于汉末（《后汉书·皇甫嵩传》《三国志·张鲁传》）。然近人探索，谓其术实出墨翟，既非老庄，并非神仙之术，谓为道教，名实未副（章太炎《检论·黄巾道士缘起》）。魏晋间言神仙者犹多，然魏晋人本以老庄为宗，神仙则其假托，而老庄又与神仙绝殊（道安《道仙优劣论》）。是则由皇古以迄姬周，在他国本可造成一大宗教者，而吾中国则无有其人。自战国而至魏晋，神仙、方士、道

---

1. 参《韩诗外传》《汉书·郊祀志》及《李寻》《刘向》《京房》诸传。

术之迷信虽流行，而又不成为有系统之大宗教。其间堪称为真正之大宗教者，惟外来之佛教而已[1]。黄巾道士之流裔，为孙恩、卢循等，巫道惑人，败于刘裕。魏有寇谦之、崔浩，崇奉天师，世祖信之，其道颇惑一时（《魏书·释老志》）。沿至有唐，以出李氏之故而推崇老子，遂大倡道教。太祖始立老子庙于羊角山，继是诸王，代有增益。《六典》所载，道观多至千六百八十七所。而长生服食之说，更为七帝所惑，曰太宗、曰高宗、曰宪宗、曰穆宗、曰敬宗、曰武宗、曰宣宗，视秦皇汉武益下矣（参《唐书》诸帝纪）。道教之外，西域之祆教、摩尼教、天方教，波斯之景教，皆于唐代入中国。然其势不盛，除天方教外，悉废罢于武宗（详见《唐会要》）。北宋初，鉴于唐祸，不甚重道教。至真宗谒老子庙亳州，得天书于泰山及乾祐山，遂肆赦尊道，徽宗益甚。然南渡而后，即辟于儒者。至金而道士萧抱珍创太一教，刘德仁创真大道教，并行元代。又有长春子丘处机者，太祖称之曰神仙，其徒尹志平等，世奉玺书，袭掌其教。有正一天师宗演者，谓系张道陵之嫡派，世祖召之，待以客礼，子孙袭领江南道教，主领三山符篆（并见《新元史·释老志》）。皆道教之支与流裔，派别虽多，势终微末。犹太教于宋时东来，回回教于元时输入，囿于种族，不能普及。综六朝至清，除佛教外，道教之支流，仪式组织，虽较前大胜，书籍亦递有增辑，要难与于世界大宗教之林[2]。其余祆教等，或暂

---

1. 欧阳竟无师曾严辨佛法非宗教，谓佛法之理与世界所有宗教悉相悬殊，故不能名之曰宗教（见《文哲学报》第一期）。余意略有不同，盖佛法是否同于其他宗教是一事，名佛法为宗教又是一事。余极愿认佛法之义谛，非世界之宗教所及，然佛法仍无害其宗教。宗教为共名，亦无一定之意义。自最下等之拜物教，至最上等之大乘佛教，无一不可名之曰宗教。正犹自下愚至上智，虽凡圣悬殊，而不妨皆名之曰人也。然欧阳师之意，因恐世人多循名而论，实一闻佛法为宗教，以为此不过与耶、回诸教等耳（西人研究宗教史者十九，且以为佛教不如耶教）。于大法之普及无形中，增一大障碍，遂不惮辞而辟之。余拈与题，根本上已认佛法为宗教，而先生之意，又不忍没也，爰说明如此。

2. 道教之书，见于梁阮孝绪《七录》者，都一千一百三十八卷，至北周《玄都经目》，即有六千三百六十三卷。甄鸾辩其诬，谓核论见，本止有两千四十卷，较《七录》亦几多一倍。历唐及宋代有增益，宋真宗天禧中张君房等所进之《道藏》，都卢四千五百六十五卷。元正统十年重辑《全藏》，万历三十五年《续藏》，都五百二十函五千四百八十五册。此书类皆晚出，晋宋以前少有闻，知其托名古昔者，当悉系后人伪造。余于道教书，仅阅宋张房辑、明张萱补之《云笈七签》，就此书观之其天文医乐，或略有价值，至于经篆符图则乌烟瘴气而已，特《道藏》未见，未敢深论，存之以俟异日。

兴还灭，或囿于一隅，且教旨卑下，学者难言。其间堪称为世界之大宗教，而至今日，表面上犹日兴未艾者，惟有西来之耶教而已。呜呼！自炎黄迄今，吾中华立国，亦将四五千年矣。道学文章，美术历史，亦多代有创新，与世界诸文明国相先后矣。独此缘情意知识而生之宗教，其最占势力而又堪为世界之大宗教而无愧色者，惟有外邦传入之佛教、耶教，是非吾国史上一奇突之现象耶？以如是奇突之现象，似宜成为学者讨论之一中心问题矣。乃往溯先贤，近观通人，从无一人焉以吾中国人之观点，就各方面综合论述。若二教之入中国及其原因何若？入中国后之升降何若？与吾国固有教学礼俗同异何若？于吾国文化之贡献何若？所生之恶果何若？其优劣何若？以及今后之趋势将何若？是又非吾学术界之大耻耶？小子不敏，怀此有年，读书时遇与此题有关者，辄笔而录之于册，不自揣量，拟按上列纲目，述为斯篇。明知研修有限，难免浅薄，闻见不周，犹多疏漏。然整齐散材，于己本聊作初桄，投登志报，对人仅略示端倪，苟无背斯二旨，亦何羞此区区。世有君子，尚祈鉴其愚昧，不吝指正，俾小子得遂取人为善之素衷，此则小子之所厚望者也。

第一章　二教之初入中国及其原因

佛教于何时初入中国，今日已不可考。释道宣谓孔子已知佛为大圣。

《广弘明集》引《列子·仲尼篇》：商太宰问孔子："三王五帝，三皇圣人欤？"皆答："非丘所知。"太宰大骇曰："然则孰为圣人乎？"夫子动容有间曰："丘闻西方有圣者焉，不治而不乱，不言而自信，不化而自行，荡荡乎，人无能名焉。"谓据斯以言，孔子深知佛为大圣也。

此则不知《列子》为魏晋间人所伪造故耳[1]。《朱士行经录》称秦时有西域沙门赍佛经来咸阳。

《历代三宝记》引《朱士行经录》：秦始皇时，西域沙门室利防等十八人赍佛经来咸阳，始皇投之于狱。

1.今本《列子》之不可信，详见复堂《列子辨》。

时印度正当阿输迦王时代，派遣教师，播佛教于各地。沙门之来中国，自在意中。然征之当世典籍，毫不言此，则与中土固未生何种影响也。两汉代兴，数通西域。范晔谓佛道神化，靡所传述。

《后汉书·西域传》论：佛道神化，兴自身毒，而二汉方志，莫有称焉。张骞但著地多暑湿，乘象而战，班勇虽列其奉浮图不杀伐，而精文善法，导达之功，靡所传述。

然仙出佛经，序见刘向。

《弘明集后序》案，汉元之世，刘向序仙云：七十四人，出在佛经，故知经来中夏，其流已久。[1]

景宪诵经，载于《魏略》。

《三国志》裴注引《魏略·西戎传》：汉哀帝元寿元年，博士弟子秦景宪从大月氏王使伊存口授《浮屠经》。[2]

借如其言，则即在西汉，固已经来中夏，而并有人诵习之矣。降之东汉，楚王英则学为浮屠，斋戒祭祀。

《后汉书·楚王英传》：楚王英以建武（中略）二十八年就国，（中略）英晚节喜黄老，学为浮屠，斋戒祭祀。永平八年，（中略）英奉黄缣白纨（中略）赎罪，诏报曰：楚王诵黄老之微言，尚浮屠之仁慈。洁斋三月，与神为誓。何嫌何疑，当有悔吝。其还赎，以助伊蒲塞门之盛馔。

桓帝则于宫中立浮屠之祠。

《后汉书·桓帝纪》论：设华盖以祠浮图老子。

又《襄楷传》：今闻宫中立黄老浮屠之祠。

以帝王之尊而崇祀浮图，民间自颇有奉之者矣。

《后汉书·西域传》：楚王英始信其术（佛教），中国因此颇有奉其道者。后桓帝好神，数祀浮屠、孔子，百姓稍有奉者，后遂转盛。

时则西域天竺之高僧，先后莅汉，翻译经论，宏布法事。《高僧传》所载，由汉迄三国，都十余人，兹节述如下（左）。

---

1. 今刘向书不可睹，此亦疑伪。
2. 此秦景宪不知是否即永平求之博士，秦景真伪未可确定。

摄摩腾、竺法兰于汉明永平中至洛邑，译《四十二章》《十地断结》《佛本生》《法海藏》《佛本行》等五经。

安世高以汉桓之初到中夏，宣译众经，改梵为汉，先后所出经论凡三十九部。

支娄迦谶汉灵帝时游于洛阳，译出《般若道行》《般舟》《首楞严》等三经。

竺佛朔、安玄亦皆于汉灵时来适洛阳，朔译《道行经》，玄与严佛调共出《法镜经》。

支曜、康巨、康孟详等并以汉灵献之间驰于京洛，曜译《成具定意经》及《小本起》等，巨译《问地狱事经》，孟详译《中本起》及《修行本起》。

昙柯迦罗以魏嘉平中来至洛阳，译出《僧祇戒心》，止备朝夕，更请梵僧立羯磨法，中夏戒律始自乎此。

康僧铠以嘉平之末乃至洛阳，译出《郁伽长者》等四部经。

昙帝以魏正元中来游洛阳，译出《昙无德羯磨》。

帛延以魏甘露中译出《无量清净平等觉经》等凡六部经。

支谦于汉献末避地于吴，从吴黄武元年至建兴中译出《维摩》《大般泥洹》《法句》《瑞应本起》等四十九经。

据《开元释教录》所载"汉自永平至建安末，缁素十二人，译佛经律二百九十三部，计三百九十五卷"云，此佛教初期入中国之大略情形也。

附《略论永平求法事》：

昔人皆以汉明永平求法，为佛教输入中国之权舆，近人梁氏[1]详加考证，谓兹事全属虚构（《佛教之初输入》），其言颇允。盖如上所述，永平八年明帝致楚王英诏书，已有尚浮屠之仁慈之语。是求法之前，明帝当早知中国已有浮屠[2]。奚待傅毅之对而始知，更奚必遣使往求乎。况以楚王之学为浮屠，《汉书》本传犹备载其事。永明求法果有其事，《明帝本纪》当

1. 即梁启超。——编者注
2. 蔡愔等求法通作，永平七年往十年归，而细观传文，英学为浮屠，似在七年前。

具载之，乃竟未及一字，仅于《西域传》中谓"世传明帝梦见金人"云云。是此事由范晔视之，亦不过一种传说而已。惟梁氏谓求法之说，为道家捏造谰言，最初见西晋王浮之《老子化胡经》。又谓《四十二章经》可断为两晋间人作，绝非汉时所有。则鄙意似犹有未安。按，记载求法事本末最详者，当推《汉显宗开佛化法本内传》。此传今已亡失，遗文仅见《广弘明集》及《佛道论衡》，谓传有五卷，未详作者。据其遗文观之，其为伪造，固可不言而喻[1]。然其伪造是否必在《化胡经》后，则殊难断言[2]。且传中称求法事在永平十三年，愔等之归，亦在是年。与《化胡经》所谓七年往十八年归者，固多不同。与后人所谓七年往十年归[3]者亦异[4]。以其疏漏（即往返同在一年），或疑此传在前矣。此外则牟子理惑论，及《广弘明集》所引《吴书》，亦皆言汉明求法事，此二书固悉出后人伪造[5]。然其伪造是否必在《化胡经》后，又难断言也。至《四十二章经》，行文固不甚类汉人手笔。然支谦辈译经，文笔亦多与汉人异。且襄楷上桓帝疏所言，有与此经合者。疏谓"浮屠不三宿桑下"，经则有"树下一宿，慎勿再矣"之言。疏谓"天神遗以好女，浮屠曰：此但革囊盛血，遂不眄之"，经则有"天神献玉女于佛，欲坏佛意，佛言：革囊众秽，尔来何为？去，吾不用"之言。苟楷之言即系引经者，则此经文当出在汉世矣[6]。复次，摄摩腾、竺法兰二人之东来，为可能之事。与汉明求法之事异，当分别观之。据《高僧传》所载，法兰共译五经，似非后人所能完全附托伪造。余意当时或有二人，后人伪求法事，遂将二人牵入之耳。

至其原因，绪言已略示之。即其时需求宗教之心理，如饥如渴。而**神仙方士之术**，五斗米道之教，仅足以惑下愚，而不足以启上智，犹未能尽餍人之欲也。佛教遂随时势之要求而入吾中土。刘宋朱昭之有曰：

---

1. 如摄摩腾、竺法兰与道士斗法，及二千许人出家等，皆为必无之事。
2. 化胡之说亦非始自王浮，《后汉书·襄楷传》载楷上桓帝疏，有或言老子入夷狄为浮屠一语，是汉时已有此说矣。
3. 如程辉《佛教西来玄化应运略录》。
4. 即此一端亦足证求法事为伪造。
5. 惟《吴书》言康僧会事，今亦见《高僧传》，不过一作赤乌四年，一作赤乌十年耳。
6. 如伪古文《尚书》例，则造经者引楷之言以实之，亦未可知，然楷之言，固必有其所根据者在也。

自皇牺已来，各弘其方，师师相传，不相关涉。良由彼此两足，无复我外之求。故自汉代以来，淳风转浇，仁义渐废。大道之科莫传，五经之学弥寡。大义既乖，微言又绝。众妙之门莫游，中庸之仪弗睹。礼术既坏，雅乐又崩。风俗寝顿，君臣无章。正教陵迟，人伦失序。于是圣道弥纶，天运远被，玄化东流，以慈系世。众生黩所先习，欣所新闻，革面从和，精义复兴。故微言之室，在在并建，玄咏之宾，处处而有。（难顾道士《夷夏论》）

斯言虽未能精确，然要大略得之矣。顾其时世界之宗教非一，何以独佛教入吾中土？佛教之兴，远在春秋，中人之感宗教需要，亦在周末，何以独汉世渐行中国？以愚所见，此其中盖有二因存焉。

一则汉代西域交通之大辟也。吾国东南滨海，北邻沙漠，古时航海旅行之术未精，与他国绝鲜交通。惟西方大陆，绵亘无际。当匈奴之西，乌孙之南，列国数十，其地有城郭田畜，与汉土风俗颇类。汉兴至于孝武，事征四夷，广威德。张骞遂开西域之际，归报后，帝感其言，甘心欲通大宛诸国。使者相望于道，一岁中多至十余辈，其行也有南北两道[1]。西域之交通，由是大盛。未几破匈奴，列四郡（酒泉、武威、张掖、敦煌），据两关（玉门、阳关），伐大宛。西域诸国，震惊恐惧，多遣使贡献，内属者有三十六国[2]，汉土遂与大月氏、罽宾诸国相接壤。虽其后西域诸国，时有怨叛[3]，要少中绝之时。而佛教之由西而东也，即以大月氏、罽宾为转输之中心。佛教之传入大月氏、罽宾，盖始于阿输迦王之时，王广建寺塔，结集佛典，分遣大德，宏布教法，佛教遂由北印度而至中亚。自后印土因政治之争扰，佛教稍衰。而在中亚者，反以日盛。证之秦景宪之从大月氏王使诵经，其普及可知矣。汉明帝永平三年（西纪元后60年），

---

1. 自玉门、阳关出西域有两道，从鄯善傍南山北波河，西行至莎车，为南道，南道西逾葱岭，则出大月氏、安息。自车师前王廷，随北山波河，西行至疏勒，为北道，北道西逾葱岭，则出大宛、康居、奄蔡、焉耆。
2. 以上并据《汉书·西域传》。
3. 自王莽篡位，贬易侯王，由是西域怨叛，与中国遂绝，并复役属匈奴。匈奴敛税重刻，诸国不堪命。光武、建武中，皆遣使求内属。自建武至于顺帝阳嘉，西域凡三绝三通。详见《后汉书·西域传》。

迦腻色迦王君大月氏[1]。

王雅向佛法，宣集众僧，于罽宾结集三藏。

《大唐西域记》卷三：迦腻色迦王应期抚运，王风远被，殊俗内附。机务余暇，每习佛经，日请一僧，入宫说法。而诸异议，部执不同。（中略）思绍隆法教，随其部执，具释三藏。（中略）乃宣令远近，召集圣哲。于是四方辐凑，万里星驰，英贤毕萃，睿圣咸集。（中略）得内穷三藏，外达五明者，四百九十九人。（中略）尊者世友为上座，凡有疑议，咸取决焉。是五百贤圣先造十万颂《邬波第铄论》，释《素呾缆藏》。次造十万颂《毗奈耶毗婆沙论》，释《毗奈耶藏》。后造十万颂《阿毗达磨毗婆沙论》，释《阿毗达磨藏》。凡三十万颂，六百六十万言，备释三藏，悬诸千古。莫不穷其枝叶，究其浅深，大义重明，微言再显，广宣流布，后进赖焉。

是为第四次结集（其前已有结集三次），亦最盛之结集也。圣哲英贤毕萃一地，北印度遂为尔时佛教之中心。而又适与汉土邻近，交通大辟，因此因缘，佛教自浸以输入中土。此就其时东来大德，多安息、月支等处之人，一事考之，即可明知其关系焉。

《高僧传》：安清，字世高，安息国王正后之太子也。

支娄迦谶，亦直云支谶，本月支人。

安玄，安息国人。

康僧会，其先康居人。

支谦，字恭明，本月支人。

其余虽未著国籍，而不难考见者。若支曜为月支人，康巨、康孟详、康僧铠俱康居人[2]之类，不一而足[3]。即吾民之往彼者，如朱士行为西行求

1.《后汉书·西域传》载："月氏为匈奴所灭，遂迁于大夏，分其国为休密、双靡、贵霜、肸顿、都密，凡五部翎侯。后百余岁，贵霜翎侯丘就却攻灭四翎侯，自立为王，国号贵霜。王侵安息，取高附地，又灭濮达、罽宾，悉有其国。丘就却年八十余卒，子阎膏珍代为王，复灭天竺，置将一人监领之。"丁谦《地理志》考证，谓丘就却父子即迦腻色迦王父子（原文作铅尼希加），似亦可信，惟年代稍有先后，想系《西域传》之误也。

2. 以简单之法区别之，凡安姓者，皆安息人；支姓者，皆月氏（通支）人；康姓者，皆康居人；其以竺名者，始为天竺人云。

3. 汉魏以降尤多，具见《高僧传》。

佛法之第一人，亦仅至于阗而止。

《高僧传》：朱士行尝于洛阳讲道行经，觉文意隐质，诸未尽善，誓志捐身，远求大本。遂以魏甘露五年，发迹雍州，西渡流沙，既至于阗。果得梵书正本，凡九十章。后士行终于于阗，春秋八十。

是则初期佛教之东来，纯由西域间接输入。西域者，正汉代始辟交通之途也。

二则汉代黄老学说之大盛也。汉代儒学之外，有极占势力之一学派，曰黄老。黄老之起源，夏曾佑《中国历史教科书》言之最详。

《中国历史教科书》第二册"黄老之疑义"节：黄老之名，始见《史记》，《申不害传》《韩非传》《曹相国世家》《陈丞相世家》，并言治黄老术。《史记》以前，未闻此名。今曹、陈无书，申不害书仅存，韩非书则完然俱在，中有《解老》《喻老》，其学诚深于老者，然绝无所谓黄。然则黄老之名，何从而起？吾意此名必起于文景之际，其时必有以黄帝、老子之书，合而成一学说者。学既盛行，谓之黄老。日久习惯，成为名辞。乃于古人之单治老子术者，亦举谓之黄老。《史记·孝武纪》"窦太后治黄老言，不好儒术"。《封禅书》同。《儒林传》序"窦太后好黄老之术"。《申公传》"窦太后好老子言，不说儒术"。《辕固生传》"窦太后好老子书"。《汉书·郊祀志》"窦太后不好儒术"。《辕固传》"窦太后好老子书"。《外戚传》"窦太后好黄帝、老子言，景帝及诸窦，不得不读老子书，尊其术"。窦太后者，其黄老学之开祖耶？

文景以后，两汉间以学黄老名者，实繁有徒，试就《汉书》略征之。

《汉书·刘德传》：德少修黄老术。

《田叔传》：叔好剑，学黄老术于乐钜公。

《汲黯传》：黯学黄老言。

《后汉书·郑均传》：均少好黄老书。

《樊准传》：准父瑞好黄老言。

《蔡邕传》：邕六世祖勋好黄老。

《矫慎传》：慎少学黄老。

其专研究老子者，如严君平之流亚，更所在皆是[1]。佛教之入也，即以黄老为先容。汉人之崇佛教者，多兼治黄老，而以黄老与浮屠并称，如前引楚王英学为浮屠，本传固谓英好黄老者也。汉帝之诏，于尚浮屠之仁慈前，亦曰颂黄老之微言。又如桓帝立浮屠之祠，然帝实并祠老子。

《后汉书·桓帝纪》：延熹八年，使少常侍管霸之苦县祠老子。

《续汉书·祭祀志》：延熹九年，亲祀老子于濯龙（宫名）。

故襄楷上疏，以黄老、浮屠并举，且曰："此道清虚，贵尚无为，好生恶杀，省欲去奢。"则明其学理亦同科矣。惟然，故初期之翻译佛经者，多借用老庄词句。

如支谦译《大明度无极经》"其于色也，休色自然。于痛想行，休识自然。（中略）于智休止，智之自然者休矣。想休止，想之自然者休矣"之类。

其阐扬佛理者，多援老子以立言。

如《牟子理惑论》[2]共三十七条，而引老子言以立论，或证明其说者，近二十条。谓"道为无为"，谓"佛与老子，无为志也"，谓"睹佛经之说，览老子之要，守恬淡之性，观无为之行"。甚至谓其书止著三十七条，系取法于佛经之三十七品，老氏道经之三十七篇云。[3]

即后人著汉史者，亦每以二者并论。

晋袁宏《汉纪》：其教（佛教）专务清净，其精者为沙门，沙门汉言息也，盖息意去欲而归于无为也。

刘宋范晔《后汉书·西域传》论：详其清心释累之训，定有兼遣之宗，道书之流也。

盖时人之见解，以为浮屠与黄老无其殊异。论之者，既不惜比而同之，崇之者，亦以好黄老兼及焉。由今观之，此虽谬诬，然佛教能于汉时

---

1. 黄老之学虽非纯乎老派，亦大抵以老子为主。
2. 此书见《弘明集》，称汉牟融撰。今据《后汉书》有《牟融传》，于明帝时为太尉，而此书称"昔孝明皇帝梦见神人"云云，其为后人伪托，而非汉牟融作，可见梁氏明辨其伪是也。然此书思想极浅陋，文笔亦劣，想作者距汉必不远。
3. 此种思想大盛于东晋六朝，见第三章。

输入，而博帝王人民之信仰，则此其一因矣。

耶教之入中国，世亦谓始于汉晋。

黄伯禄《正教奉褒》：汉晋时，已传行中国。注谓：加尔大意国经典载，圣多默宗徒至印度、中华等国敷教，多有被化者。核其时，在东汉光武明帝间。又明儒臣刘嵩子高诗集暨李九功《慎思录》载，明洪武初，江西庐陵地方，掘地得大铁十字架一座。上铸三国吴帝年月，子高因作铁十字歌，以志其奇。按，十字架系天主教所敬之标记也。又西史载加尔大意国大主教亚格阿（Achaeus），设立教会总理中国教务，考亚格阿系东晋安帝时人。

似难征信，光武、明帝之时（西纪元 25 年至 75 年），耶教正当萌芽，欧洲且未占势力，何能传至中华？一也。汉晋之间，欧洲与吾国通者，仅有大秦，亦仅各一至。

《后汉书·西域传》：桓帝延熹九年，大秦王安敦遣使自日南徼外献象牙、犀角、玳瑁，始乃一通焉。

《晋书·四夷传》：大秦国，武帝太康中，其王遣使贡献。

初未闻有传教者，何有设立教会之事？二也 [1]。惟至唐则有景教徒入长安，历受诸帝崇奉，景教流行中国碑 [2] 备载之。

唐僧景净《景教流行中国碑》：大秦国有上德曰阿罗本（Alopeno），贞观九祀，至于长安。帝使宰臣房元龄，宾迎入内，翻经书殿，问道禁闱，深知正真，特令传授。贞观十有二年秋七月，诏曰：大秦国大德阿罗本远将经像，来献上京，详其教旨，玄妙无为，济物济人，宜行天下所司。即于京义宁坊造大秦寺一所，度僧二十一人。（中略）高宗大帝于诸州各置景寺，仍崇阿罗本为镇国大法王。玄宗天宝三载，大秦国有僧佶和（Aghui）瞻星向化，望日朝尊。诏僧罗含（Loakha）、僧普论（Poulos）等一七人与佶和于兴庆宫修功德。（中略）肃宗皇帝于灵武等郡重立景寺。

据《正教奉褒》所载，宣宗大中四年，且有大主教特阿多爵

---

1. 铁十字云云，疑亦佛教徒掘地得舍利类耳。
2. 此碑建于西纪元后 781 年 2 月 4 日，埋于 845 年，重现于 1625 年。

（Theodosius）统理中华、印度等国教务，派教士东来，构堂敷教。今按，景教系聂斯托尔教会（Nestorian Church），当时欧洲正教目为邪教，逐出欧陆，寄迹波斯者，实非真正之耶教。武宗（宣宗前一帝）时，大秦寺亦悉废罢（见《唐会要》）。所谓"宣宗时大主教统理中华教务"云云，殊非信史。至宋则有一赐乐业教东来，有碑文可证[1]。

《重建清真寺记》：夫一赐乐业立教祖师阿无罗汉，乃盘古阿耽十九代孙也。（中略）教道相传，授受有自来矣。出自天竺，奉命而来。有李、俺、艾、高、穆、赵、金、周、张、石、黄、李、聂、金、张、左、白七十姓等[2]，进贡西洋布于宋。帝曰：归我中夏，遵守祖风，留遗汴梁。宋孝隆兴元年癸未，列微五思达领掌其教，俺都剌始建寺焉。元至元十六年己卯，五思达重建古刹清真寺。（中略）迨我大明太祖高皇帝开国，（中略）以是寺不可无典守者，惟李诚、李实、俺平徒、艾端、李贵、李节、李昇、李纲、艾敬、周安、李荣、李良、李智、张浩等，正经熟晓，劝人为善，呼为满喇。[3]

今按，一赐乐业（Israel）即以色列，阿无罗汉（Abraharn）即亚伯拉罕，阿耽（Adam）即亚当。所谓一赐乐业教者，实为犹太教[4]，而非耶教[5]。耶教之入中国，其始于元代乎？《元史》时见"也里可温"一名，其见于元代著述者亦不一。近人考证，知也里可温系元代各派基督教之统称。

此段史实，晦隐凡数百年。清道光间，阮元门下士刘文淇校《至顺镇江志》，始少发其端，谓《元史》之也里可温即天主教（见《至顺镇江志》校勘记）。光绪中叶，驻俄使臣洪钧，又据俄史家多桑译著《旭烈兀传》，证明也里可温为蒙古人效阿拉伯语之称天主教（见《元史译文证

---

1. 碑文有二通，一为明弘治二年《重建清真寺记》，一为明正德七年《尊崇道经寺记》，措辞大致相同，故下仅引前者。
2. 陈垣《开封一赐乐业教考》谓："七十姓或疑为十七姓之讹，因碑中所列适十七姓，而教众之知名者又无在十七姓之外也。"
3. 至清道咸以后，其教始衰，其寺之毁，约当同治以前，详见《开封一赐乐业教考》。
4. 亦见《开封一赐乐业教考》。
5. 耶教者，耶稣之宗教也。

补》)。近人陈垣著《元也里可温考》，益臻精密，谓元史之也里可温，为蒙古人之音译阿剌伯语，即亚伯拉罕，而为元代各派基督教之统称。氏更就各方面考证也里可温教之情形，近三万言，晦隐数百年之史实，至是始大白于世焉。

陈垣据《至顺镇江志》推算，谓六十三人中有也里可温一人（见《元也里可温考》），则其教盛行当时可知，氏又推论其因曰：

有元得国，不过百年耳。也里可温之流行，何以若此？盖元起朔漠，先据有中央亚细亚诸地，皆当日景教流行之地也。既而西侵欧洲，北抵俄罗斯。罗马教徒、希腊教徒之被掳及随节至和林者，不可以数计。而罗马教宗之使命，如柏朗嘉宾（Joan de Plan-Carpin），罗柏鲁（Gulielmus de Rubruquis）诸教士，又先后至和林。斯时长城以北，及嘉峪关以西，万里纵横，已为基督教徒所遍布矣。燕京既下，北兵长趋直进。蒙古色目，随便住居。于是塞外之基督教徒及传教士，遂随军旗弥蔓内地。以故中统初元（宋景定间）诏旨，即以也里可温与僧道及诸色人等并提。及至孟哥未诺（Joan de Monte Corvino）主教至北京（成宗大德十一年，孟为北京大主教），而罗马派之传播又盛。大德间江南诸路道教所讼，谓江南自前至今，止有僧道二教，别无也里可温教门。近年以来，乃有也里可温招收民户，将法箓先生诱化，则当时状况，可想而知。

然自帖木儿建大帝国于中央亚细亚，以阻隔中国与欧洲之交通，天主教教师之往来遂中绝。元亡明起，北京且无基督教徒之踪迹，故宋濂辈纂修《元史》，在当时号为儒臣者，竟不知也里可温为一种宗教。是则也里可温之传道，随蒙古人之兴亡为消长。与中国全部亦无甚关系。耶教之输入，与中国全部有关系者，盖自有明始。然当有明何代输入，则亦难确考。世宗嘉靖三十一年，罗马教士方济各[1]自卧亚来中国，死于广东之三灶岛，近人多以氏为明代耶教徒入中国之第一人。然外史所载，则数年前宁波等处奉基督教者已甚多。

稻叶君山《清朝全史》第五十三章：葡萄牙宁波殖民，至嘉靖十二

---

1. Francis Xavier，今译方济各·沙勿略。——编者注

年，其势颇盛。因繁荣而生傲慢，由傲慢而流于非礼。嘉靖二十四年，遂受海陆两面之征讨。其结果则一万二千之基督教民，内有葡萄牙人八百，均被杀戮。嘉靖二十八年，泉州事变与此相等。

是则明代当方氏前，已有耶教徒随商人来中国传教矣，惟疑皆未及内地。神宗时，利玛窦（Mathaeus Ricci）[1] 来华，"为我中国首开基督教之元勋"（马相伯语），始树耶教不拔之基。

艾儒略《大西利先生行迹》：泰西利先生玛窦者，大西欧罗巴意大利亚国人也。（中略）立志航海，欲广传圣教于东方，遂请命会长，面辞教宗。于天主降生后一千五百七十七年，阅数国，乃至大西海滨名邦波尔都瓦尔。（中略）万历九年辛巳，抵广东香山墺。（中略）二十八年庚子，利子偕伴八人，同入燕都。

时则庞迪我（Didacus de Pantoja）、熊三拔（Sabbathinus de Ursis）辈先后东来，著书宣教。士大夫多好其说，其教骤兴。后日耶教之盛行中国，悉导源于此矣[2]。

《明史·外国传》：自玛窦入中国，其徒来益众。（中略）其国人东来者，大都聪明特达之士。意专行教，不求禄利。其所著书，多华人所未道，故一时好异者咸尚之。而士大夫如徐光启、李之藻辈，首好其说，且为润色其文辞，故其教骤兴。时著声中土者，更有龙华民（Nicolaus Longobardi）、毕方济（Franciscus Sambaiaso）、艾儒略（Julius Aleni）、邓玉函（Joannes Terrens）[3] 诸人。华民、方济、儒略及熊三拔，皆意大利亚国人，玉函热而玛尼国人（按，即日耳曼），庞迪我依西把尼亚国人（按，即西班牙），阳玛诺（Emmanuel Diaz）波而都瓦尔国人（按，即葡萄牙），皆欧罗巴洲之国也。

至耶教所以于此时输入，而又能流行于中国之故，除欧亚交通，明代大启等普通原因，为人所审知者外，其大者约有二端。

一则欧洲耶稣会之热心传教也。方十六世纪初叶，北欧马丁路德

---

1. 意大利语作 Matteo Ricci。——编者注
2. 庞迪我之名西班牙语作 Diego de Pantoja，熊三拔之名意大利语作 Sabatino de Ursis。——编者注
3. 德语作 Johannes Schreck。——编者注

辈之实行宗教革命也，南欧西欧之虔诚旧教徒，亦多从事积极之改良[1]。冀重光耶教之真义，而戡新教徒之暴势。其最有力者，为西班牙武士陆幼拉[2]所提倡之耶稣会（The Society of Jesus，一名 Jesuits）[3]。此会始于千五百三十四（1534）年，越六载而经教皇许可，正式成立，以保护罗马教会，广布圣教为宗旨。凡为会员者，誓守贫穷、贞洁、服从、谦和、牺牲诸德，无故乡、无亲戚、无友情，惟凭良心之判断，鞠躬尽瘁，以拥护教会而显扬圣教。因教皇之奖励，耶稣会遂大盛。当新教如荼如火之秋，不仅南欧之旧教，因是而得半壁之保全，即北欧之为新教之根据地者，亦不让其席卷以去焉。除在欧洲奋斗外，耶稣会复从事海外之传教。常以一二会员远涉重洋，广布圣教，冒万死而不顾，履险径若坦途，曾未数世，耶教几遍亚美二洲。美史家海斯（Carlton J.H. Hayes）谓罗马教会因新教而丧失之北欧教区，耶稣会士所得于中国、北美、印度等地者，足以偿其失而有余[4]云：利玛窦为耶教徒入中国之第一伟人，而氏实为耶稣会士。

《大西利先生行迹》：十余岁时，即有志精修。（中略）欲遂修道夙怀，不愿婚娶、涉名利，求入耶稣显修会，时年十九矣。因致书于父，具言此意，父复书谆谆加勉，利子入会。

因欲广传圣教，遂航海东来，历怒涛狂沙，掠人啖人之国。时越三载，途径八万余里，亦已备尝艰辛矣。入中国后，语言不通，文字未达，艰阻百般，曾不稍屈。而其律己之严，待人之宽，以及谦和之德，容忍之量，见于《利先生行迹》者，百世之下，犹令人敬仰不止焉。如曰：

利子素有谦德，以异邦人甫居斯地。（中略）未免有侮，而利子不较也。一日有逾后垣而盗其柴，佣人与争，利子命让其柴，曰：我乌可以微

---

1. 彼等于教皇教会之种种措置，亦多不满。惟信凡有改革，必当在教会之内行之，教会之组织及信条当仍其旧，与路德辈思举教会而推翻之者殊异。故新教徒之起也，可名之曰宗教革命，旧教徒之整顿，则曰宗教改良。
2. 生于千四百九十一年，卒于千五百五十六年。Ignatius Loyola，今译罗耀拉。——编者注
3. 氏出征遇伤入院疗治，偶读基督生平及中世圣人传记，大受感动，遂移其为国君尽忠之心，誓出死力以捍卫教会，与同志组织此会焉。
4. 见氏著《近代欧洲政治社会史》。

物而与人竞，且其来或为贫也。躬负柴就垣边送之，其人惭谢而去。其居端州几十载，初时言语文字未达，苦心学习，按图画人物，请人指点，渐晓语言，旁通文字。至于六经子史等篇，无不尽畅其意义，始稍著书，发明圣教。日惟勤恳泣下，默祷天主，启迪人心，端其信向，朝夕不辍。且多方诱掖，欲使人人认识天上大主，为万民之大父母。（中略）每日除褆躬瞻礼，存想省察诵经外，皆谈道著书之候。而门有过访，又亟倒屣出迎。时患头风，虽伏枕呻吟，一闻问道者至，即欣然延接，悉忘其苦，客退呻吟如故。于是从教日广，喜与利子相亲，利子率谆谆乐告之。即有贫贱者，利子亦作平等齐观，其接见与大宾无异也。（中略）李公我存（之藻）时忽患病，京邸无家眷，利子朝夕于床第间，躬为调护。及病甚笃，已立遗言，请利子主之。利子力劝其立志奉教，得幡然于生死之际而受洗，且奉百金为圣堂用，而李公之疾亦痊矣。[1]

此则耶稣会之真精神，耶教之能入中国而博人之信仰，由是也。

按，前引《明史》庞迪我诸人，多耶稣会士。外此则《利先生行迹》载耶稣会士罗明坚，先利子在香山墺，后同利子入端州。又利子在韶州，同会郭子仰凤偕利子处。又利子驻洪州，同会苏瞻卿、罗怀中，自大西至。又利子之京都，韶州圣堂，后来会士麦利修、石镇予居之。又时有鄂本笃，从大西到关中，亦耶稣会士也，经狂沙掠人之国，陆行三年，方到关中。又利子住京师，新到会士费揆一，又谓会士入中夏者多，利子亲取六经诸书，为之讲解，有以知当时耶稣会士来中国者之众矣。

二则明人科学知识之需要也。利玛窦等之东来也，原以宣传耶教为宗旨，然同时有超越中土之科学，随之而来。吾中土人士，于彼教本格不相入，徒以感科学知识之缺如，从而受业，遂以此为媒介而渐信仰彼教。此证之利子入中国后，人多奇其仪器舆图，从学度数历法，盖可明知。

《大西利先生行迹》：利子入端州，间制地图、浑仪、天地球考、时晷报时具，以赠于当道，皆奇而喜之，方知利子为有德多闻高士也。时有钟铭仁、黄明沙者，粤中有志之士也，慕利子之天学，时依从之。利子向

1.陈垣著《李之藻传》，称之藻病愈，语人曰："此后有生之年皆上帝所赐，应尽为上帝用也。"

在端州时，画有坤舆一幅，为心堂赵公所得。公喜而勒之石，且加弁语焉，然而尚未知利子。时方开府姑苏，而王宗伯[1]偕利子止居南都，赵公馈礼物，并其所得舆图以献。王公奇之，示利子，方知利子作也。因作书以复赵公曰："图画坤舆之人，今在是矣。"赵公喜出望外，即具车从邀利子，相得甚欢。太史王公顺庵者，博学多闻士也，尚未知利子东来意，素有志于度数历法之学，欲往从利子。先遣张养默就利子受业，张子好学，称才士，既久习利子，始知其东来，实欲奉扬天主圣教，故不屑以历数诸学见长也。

利子入北京，深知其故，故上神宗疏，以时钟图志等与经像并呈，且自述其制器观象之能。

《上神宗疏》：谨以原携本国土物，所有天主图像一幅，天主母图像二幅，天主经一本，珍珠镶嵌十字架一座，报时自鸣钟二架，万国图志一册，西琴一张等物，敬献御前。此虽不足为珍，然自极西贡至，差觉异耳。（中略）又臣先于本国，忝与科名，已叨禄位。天地图及度数，深测其秘，制器观象，考验日晷，并与中国古法吻合。倘蒙皇上不弃疏微，令臣得竭其愚，披露于至尊之前，斯又区区之大愿。

其与名公论学，亦多旁及度数。与徐光启则译《几何原本》《测量》等书，与李之藻则译《同文算指》《浑盖通宪》《乾坤体义》等书。（参下第四章）马相伯谓利子为我中国首开天主教之元勋，而乃所借以为开教之先河者，文学耳、科学耳（《书〈利先生行迹〉后》）。是岂利子所心愿哉，亦曰不得已耳。

利子复虞德园铨部书：窦于象纬之学，特是少时偶所涉猎。献上方物，亦所携成器，以当羔雉。其以技巧见奖借者，果非知窦之深者也。若止尔尔，则此等事，于敝国庠序中，见为微末。器物复是诸工人所造，八万里外，安知上国之无此？何用泛海三年，出万死而致之阙下哉。所以然者，为天主奉至道，欲相阐明，使人人为肖子，即于天父母得效涓埃之报，故弃家忘身不惜也。

然亲炙既久，徐光启等名士卒以归教[1]。耶教地位，遂以渐次巩固。当时尚有二事助耶教之发展，而可为本论佐证者。一为交食不验，采用西法以正误。

明用《大统历》，系刘基所上，实即元之《授时》。宪宗成化以后，交食往往不验。议改历者纷纷[2]，然亦多据旧法。万历三十八年，周子愚始疏荐庞迪我、熊三拔等修历。留中四十一年，李之藻又奏荐庞迪我辈，并请开局翻译历书。以庶务因循，未见事实。崇祯二年，徐光启奏举邓玉函等，九月开局。三年，光启征汤若望、龙华民等襄办历务。翌年华民呈历书。七年，若望再呈历书，时日晷、星晷、窥筒诸仪器，俱已制成。上令将仪器亲赍进呈。督工筑台，陈设宫庭。上频临观验，分秒无错，颇为嘉奖，后以旧监中各官多方阻挠，未及颁行。[3]

一为兵事频兴，命制铳炮以御敌。

《正教奉褒》：熹宗天启二年，上依部议敕罗如望、阳玛诺、龙华民等制造铳炮，以资戎行。崇祯三年，龙华民、毕方济奉旨前往澳门，招精明火炮之西洋人来内地，协助攻击。九年，兵部疏称罗雅各等指授开放铳炮诸法，颇为得力。降旨优给田房，以资传教应用。十三年，兵部传旨着汤若望指样监造战炮，若望先铸钢炮二十位。帝派大臣验放，验得精坚利用。奏闻，诏再铸五百位。帝旌若望勤劳，赐金字匾额二方，一嘉若望才德，一颂天主教道理真正。

纪昀有言，"国家任用教士，重其学，非重其教"（《四库提要》），明代盖亦如是也。第教士既多任用，传教自少阻碍，此又耶教能博中人信仰之一因矣[4]。

---

1. 唯李之藻交利子十年未尝受洗，后以死生之感始幡然受洗。阅者能与前节耶稣会士之精神合看，则思过半矣。
2. 如俞正己、周濂、郑善夫、笔湘、载堉、邢云路等。
3. 详参《明史·历志》《明史纪事本末》卷七十三及《正教奉褒》。
4. 本篇引据各书作者，虽多经研阅，然柳诒徵师《中国文化史》启予之处实不鲜，谨此志感。缪凤林识。

第二章　二教入中国之盛衰

佛教之入中国，汉末虽颇有可记，其教实未普及。当时惟听西域人出家，禁汉人效之。

《高僧传》卷十《竺佛图澄传》：石虎时，中书著作郎王度奏曰：往汉明感梦，初传其道。惟听西域人得立寺都邑，以奉其神，其汉人皆不得出家。

魏黄初中，中国人始有为僧者。

《隋书·经籍志》：魏黄初中，中国人始依佛戒，剃发为僧。

然其名不著，故《历代三宝记》以朱士行为汉地沙门之始。

《历代三宝记》卷三年表中于魏甘露五年条下注，称朱士行出家汉地沙门之始。[1]

《释老志》称明帝徙宫西佛图，作周阁百间，疑亦传说之类。

《魏书·释老志》：魏明帝曾欲坏宫西佛图，外国沙门乃以金盘盛水，置于殿前，以佛舍利投之于水，乃有五色光起。于是帝叹曰：自非灵异，安得尔乎？遂徙于道阙，为作周阁百间。[2]

惟昙柯迦逻以嘉平中适洛阳，立羯磨法，则为律宗之权舆。

《高僧传》卷一《昙柯迦逻传》：以魏嘉平中来至洛阳，大行佛法。时诸僧共请迦罗译出戒律，乃译出《僧祇戒心》，止备朝夕，更请梵僧立羯磨法。中夏戒律，始自乎此。[3]

其在江左，康僧会以赤乌中莅建业，为吴人见沙门之始。孙权为建塔寺，大法遂兴。

《高僧传》卷一《康僧会传》：会以赤乌十年[4]，初达建业。营立茅茨，设像行道。时吴国以初见沙门，睹形未及其道，疑为矫异。有司奏权，诏会诘问有何灵验？会获舍利呈权，权大嗟服，即为建塔。以始有佛寺，故

---

1. 按，黄初共八年，始西元二百二十年终二百二十七年，甘露五年则为西元二百六十年。
2. 按，《魏志》不载。
3. 按，本传又称"亦有众僧未禀归戒，正以剪落殊俗耳"，足征是时已以剪发为僧俗之别，汉人亦必有出家者。是时前甘露五年，亦可十年，特姓氏无从考耳。
4. 按，《广弘明集》所引《吴书》及《佛法金汤编》皆作赤乌四年。

号建初寺。因名其地为佛陀里，由是江左大法遂兴。

孙皓初欲毁佛，以婴疾而弥加崇饰。

《康僧会传》：孙皓即位，法令苛虐，废弃淫祠，乃及佛寺，并欲毁坏。著金像不净处，以秽汁灌之。俄尔有疾，请会说法，即就会受五戒，旬日疾瘳，即于会所住处更加修饰，宣示宗室莫不必奉。

晋时洛中佛图有四十二所。

《释老志》：自洛中构白马寺，盛饰佛图，画迹甚妙，为四方法。晋世洛中佛图有四十二所矣。

法护东来，经法广流中华。

《高僧传》卷一《竺昙摩罗刹传》：竺昙摩罗刹，此云法护。其先月支人，世居敦煌郡。是时晋武之世，寺庙图像，虽崇京邑，而方等深经，蕴在葱外。护随师至西域，游历诸国，大赍梵经，还归中夏。自敦煌至长安，沿路传译，写为晋文，所获《贤劫》《正法华》《光赞》等一百六十五部。孜孜所务，唯以弘通为业，终身写译，劳不告倦。经法所以广流中华者，护之力也。

故崇法者远越前代。

《弘明集》后序：晋武之初，机缘渐深。耆域耀神通之迹，竺护集法宝之藏。所以百辟缙绅，洗心以进德，万邦黎宪，刻意而迁善。

后赵兴起北方，石勒、石虎并崇佛图澄，法遂大弘。

《竺佛图澄传》：竺佛图澄者，西域人也，以晋怀帝永嘉四年来适洛阳。时石勒屯兵葛陂，专以杀戮为务，沙门遇害者甚众。澄悯念苍生，欲以道化勒。于是策杖到军门，勒甚悦之。凡应被诛余残，蒙其益者十有八九。于是中州胡晋，略皆奉佛。勒死，子弘袭立。少时石虎废弘自立，迁都于邺。虎倾心事澄，有重于勒。澄道化既行，民多奉佛，皆营造寺庙，相竞出家。受业追随者常有数百，前后门徒，几及一万。所历州郡，兴立佛寺，八百九十三所，弘法之盛莫之先矣。

前秦苻坚、后燕慕容垂、南燕慕容德、后秦姚兴，亦皆敬礼僧朗，优加赏赐。

《高僧传》卷五《竺僧朗传》：秦主苻坚，钦其德素，遣使馈遗[1]。及秦姚兴，亦加叹重[2]。燕主慕容德，钦朗名行，给以二县租税。[3]

《广弘明集》：慕容垂与朗法师书，遣使者送官绢百匹，袈裟三领，锦五十斤。

而兴尤托意佛道，上下效尤。

《晋书·姚兴传》：兴既托意于佛道，公卿已下，莫不钦附沙门，自远而至者，五千余人。起浮屠于永贵里，立波若台于中宫。沙门坐禅者，恒有千数。州郡化之事佛者，十室而九矣。

其迎致罗什，译出智度、中、百、十二门等论。中土以是立性空宗，始有真正之大乘教理，尤佛学史上大有关系之事也。

《高僧传》卷三《鸠摩罗什传》：兴弘始三年五月，迎什入关，以其年十二月二十日至于长安，兴待以国师之礼，请入西明阁及逍遥园，译出众经。什既率多谙诵，无不究尽，转能汉言，音译流便。既览旧经，义多纰谬，皆由先译失旨，不与梵本相应。于是兴使沙门僧䂮、僧迁、法钦、道流、道恒、道标、僧叡、僧肇等八百余人，谘受什旨，更令出《大品》。什持梵本，兴执旧经，以相雠校。其新文异旧者，义皆圆通。续出《小品金刚般若》《十住》《法华》《维摩》《思益》《首楞严》《持世》《佛藏》《菩萨藏》《遗教》《菩提无行》《呵欲自在王》《因缘观》《小无量寿》《新贤劫》《禅经》《禅法要》《禅要解》《弥勒成佛》《弥勒下生》《十诵律》《十诵戒本》《菩萨戒本》《释成实》《十住》《大智度》《中》《百》《十二门》诸论，凡三百余卷。并畅显神源，挥发幽致。

晋室偏安，佛法弥盛，道安振玄风于襄阳。

《高僧传》卷五《释道安传》：释道安，姓卫氏，常山扶柳人也，年十二出家。后于太行恒山创立寺塔，改服从化者，中分河北。至年四十五，复还冀部受都寺徒众数百。后南投襄阳令法汰诣扬州。法和入蜀，安与弟

1.《广弘明集》载坚与朗法师书，送紫金数斤，供镀形像，绢绫三十匹，奴子三人。

2.《广弘明集》载兴与朗法师书，送金浮图三级，经一部，宝台一区。

3.《广弘明集》载德与朗法师书，遣使者送绢百匹，并假东齐王奉高、山茌二县封给。

子慧远等四百余人渡河，既达襄阳，复宣佛法，四方学士竞往师之。[1]

慧远嗣沫流于江左。

《高僧传》卷六《释慧远传》：释慧远，本姓贾氏，雁门楼烦人也。年二十一，闻道安讲《般若经》，投簪落彩，委命受业。后与弟子数十人南适荆州住上明寺。后欲往罗浮山及届浔阳，见庐峰清净，足以息心，乃创造精舍，率众行道，昏晓不绝，释迦余化，于斯复兴。既而谨律息心之士，绝尘清信之宾，并不期而至，望风遥集。彭城刘遗民、豫章雷次宗、雁门周续之、新蔡毕颖之、南阳宗炳、张莱民、张季硕等并弃世遗荣，依远游止。远乃于精舍无量寿像前，建斋立誓，共期四方。[2]

英才硕知，靡不归宗。

《广弘明集》卷一载何尚之对宋武帝曰：渡江以来则王导、周颉、庾亮、王濛、谢尚、郗超、王坦、王恭、王谧、郭文举、谢敷、戴逵、许询及亡高祖兄弟及王元琳、昆季、范汪、孙绰、张玄、殷觊等，成宰辅之冠盖或人伦之羽仪，或置情天人之际，或抗迹烟霞之表，并禀志归依，措心归信。其间比对，则兰护开潜，深遁崇邃，皆亚迹黄中，或不测之人也。[3]

君主则明帝手画宝像。

《习凿齿与释道安书》：肃祖明皇帝实天降德，始钦斯道，手画如来之容，口味三昧之旨，戒行峻于严隐，玄祖畅乎无生。

简文、孝武下讫恭帝，亦皆建寺造像焉。

《佛法金汤编》：简文帝成安二年，敕长安寺造塔，壮严殊伟，帝每读佛经，以为陶炼精神，则圣人可知。

《晋书·孝武帝本纪》：太元六年春正月，帝初奉佛法，立精舍于殿内，引诸沙门以居之。

又《恭帝本纪》：帝深信浮屠道，铸货千万，造丈六金像，亲于瓦官寺迎之，步从十许里。

---

1. 后安为苻坚所获，住长安五重寺，僧众数千，大弘法化。
2. 是为中土净土宗之起源。
3. 《弘明集》卷十一载此同惟文较繁。

自后南北对峙，而佛教有盛鲜衰。南朝宋太祖诏禁兴造寺塔，沙汰沙门。

《宋书》卷九十七《天竺列传》：太祖元嘉十二年，丹阳尹萧摩之奏请，自今以后其有辄造寺舍者，皆依不承用诏书律，铜宅林院悉没入官。诏可，又沙汰沙法罢道者数百人。

世祖继之，条禁更严。

《天竺传》：世祖大明二年，有昙标道人与羌人高阇谋反，上因是下诏曰：佛法讹替，沙门混杂，可付所在，精加沙汰，后有违犯，严加诛坐。于是设诸条禁，自非诚行精苦，并使还俗。

然诸寺尼出入宫掖，交关妃后，此制竟不能行（同传）。明帝复以故第为寺。

《南史·虞愿传》：明帝以故宅起湘宫寺，费极奢侈。

齐武帝诏公私不得出家，及起立塔寺。

《南齐书·世祖本纪》：永明十一年诏曰：自今公私皆不得出家为道，及起立塔寺，以宅为精舍，并严断之。惟年六十，必有道心，听朝贤选序。

明帝又持斋诵经，建寺造像。

《佛法金汤编》：齐明帝尝持六斋修十善，诵《法华》《般若》等经，建皈依寺，造千佛金像。

梁武启运，锐意释氏，三舍身同泰寺。

《梁书·高祖本纪》：大通元年三月辛未，舆驾幸同泰寺舍身，甲戌还宫，赦天下。秋九月癸巳，舆驾幸同泰寺，设四部无遮大会，因舍身，公卿以下，以钱一亿万奉赎。冬十月己酉，舆驾还宫，大赦，改元。大清元年三月庚子，高祖幸同泰寺，设无遮大会，舍身，公卿等以钱一亿奉赎。夏四月丁亥，舆驾还宫，大赦天下，改元。

断肉素餐，疏经讲说，为天下倡，举国风靡。

《梁书·高祖本纪》：帝笃信正法，尤长释典，制《涅槃》《大品》《净品》《三慧》诸经义记，复数百卷。听览余闲，即于重云殿及同泰寺讲说，名僧硕学，四部听众，常万余人。

唐杜牧诗曰"南朝四百八十寺",以金陵一地而论,已有四百八十寺之多。其时佛教之盛,可睹矣。陈武帝亦一舍身于大庄严寺,设无遮大会于太极前殿。

《陈书·高祖本纪》:永定二年夏五月辛酉,舆驾幸大庄严寺舍身,壬戌君臣表请还宫。天嘉四年夏四月辛丑,设无遮大会于太极前殿。

后主效之,隆敬佛教,与梁帝如出一辙焉。

《陈书·后主本纪》:太建十四年正月丁巳,即皇帝位,甲戌,设无遮大会于太极前殿,秋九月丙午,设无碍大会于太极殿,舍身及乘舆御服,大赦天下。

北朝元魏建国于元朔,风俗与西域殊绝。故浮屠之教,初未得闻。太祖天兴元年,始诏京城作五级浮屠。

《释老志》:魏先建国于元朔,风俗淳一,无为以自守,与西域殊绝,莫能往来。故浮屠之教,未之得闻,或闻而未信也。及神元与魏晋通聘,文帝又在洛阳,昭成又至襄国,乃备究南夏佛法之事。太祖平中山,经略燕赵,所经郡国佛寺,见诸沙门道士,皆致精敬,禁军旅无有所犯。帝好黄老,颇览佛经。天兴元年,下诏敕有司于京城建饰容范,修整宫舍,令信向之徒,有所居止。是岁,始作五级佛图,耆阇崛山,及须弥山殿,加以缋饰,别构讲堂、禅堂及沙门座,莫不严具焉。

太宗践位,崇佛法,立图像。

《释老志》:太宗践位,遵太祖之业,亦好黄老,又崇佛法,京邑四方,建立图像,仍令沙门敷导民俗。

太武遵业,初亦致敬佛像。嗣以沙门众多,诏罢年五十以下者。

《释老志》:世祖初即位,亦遵太祖、太宗之业,每引高德沙门,与共谈论。于四月八日,舆诸佛像,行于广衢,帝亲御门楼,临观散花,以致礼敬。寻以沙门众多,诏罢年五十以下者。

因崔浩之谮,崇信道教,兼恶沙门不法,遂盛加诛戮。

《通鉴》卷一百二十四:魏主与崔浩皆信重寇谦之,奉其道。浩素不喜佛法,每言于魏主,以为佛法虚诞,为世费害,宜悉除之。及魏主讨盖吴,至长安,入佛寺。沙门饮从官酒,从官入其室,见大有兵器,出以白帝。帝命有司案诛阖寺沙门，阅其财产，大得酿具，及州郡牧守富人，所寄藏物以万计，又为窟室，以匿妇女。浩因说帝，悉诛天下沙门，毁诸经像，帝从之。先尽诛长安沙门，焚毁经像，并敕留台下四方，令一用长安法。诏自今以后，敢有事胡神及造形像泥人铜人者门诛。有司宣告征镇诸军刺史，诸有浮图形像及胡经，皆击破焚烧，沙门无少长，悉坑之。[1]

是为佛教入中国后之第一大厄。以太子晃缓宣诏书，沙门得亡匿获免。

《通鉴》：太子晃素好佛法，屡谏不听，乃缓宣诏书，使远近豫闻之，得各为计。沙门多亡匿获免，或收藏经像，唯塔庙在魏境者，无复孑遗。

晚年禁亦稍弛，民间渐多私习。及高宗即位，所毁佛图，又率皆修复。

《通鉴》卷一百二十六：魏世祖晚年，佛禁稍弛，民间往往有私习者。及高宗即位，君臣多请复之。乙卯，诏州郡县众居之所，各听建佛图一区。民欲为沙门者，听出家，大州五十人，小州四十人。于是向所毁佛图，率皆修复。魏主亲为沙门师贤等五人下发。

继是诸帝，并好佛法。正光以后，僧尼大众二百万，其寺三万有余。其普及，又远越太武毁佛之前矣。

《魏书·显祖本纪》：皇兴元年秋八月丁酉，行幸武州山石窟寺。

《高祖本纪》：太和四年春正月丁巳，罢畜鹰鹞之所，以其地为报德佛寺。

《世宗本纪》：永平二年冬十有一月己丑，帝于式乾殿为诸僧朝臣讲《维摩经》。

《释老志》：肃宗熙平中，于城内大社西起永宁寺。兴和二年春，诏以邺城旧宫为天平寺。正光以后，僧尼大众二百万矣，其寺三万有余。

北朝后分为东魏西魏，东魏篡于齐，西魏篡于周。齐周对峙，佛教颇有盛衰，齐尚佛教，境无二信。

1.《魏志》文繁，故节取《通鉴》。

《广弘明集》卷四：高帝天保六年九月，下敕诏诸沙门与道士学达者十人，亲自校对。于时道士咒诸沙门衣钵，或飞或转，咒诸梁木，或横或竖。沙门昙显对之，都无一验。帝目验臧否，便下诏废道，不复遵事，颁勒远近，咸使闻之。其道士归伏者，并付诏玄大统上法师度听出家，未发心者，可令染剃，致使齐境国无两信。[1]

周则敦儒，五众释门，并令还俗。三宝福财，散给臣下。寺观塔庙，赐给王公。

《北周书·武帝纪》：建德二年十二月癸巳，集群臣及沙门道士等，帝升高座，辩释三教，先后以儒教为先，道教为次，佛教为后。

《广弘明集》卷十：帝已行虐三年，关陇佛法，诛险略尽。既克齐境，还准毁之。尔时，魏齐东川，佛法崇盛。见成寺庙，出四十千。并赐王公，充为第宅。五众释门，减三百万。皆复军民，还归编户。融刮佛像，焚烧经教。三宝福财，簿录入官。登即赏赐，分散荡尽。[2]

是为佛教入中国后之第二大厄，然帝既立通道观，以阐教义。

《高僧传》二集卷三十《道安传》：别置通道观，简释李有石名普者，著衣冠为学士焉。

不久天元践祚，又修虔敬。

《广弘明集》卷十：帝崩，天元登祚，大成元年正月十五日，诏曰：弘建玄风，三宝尊重，特宜修敬，法化弘广，理可归崇。其旧沙门中德行清高者七人，在正武殿安置行道。二月二十六日，又敕佛法弘大，千古共崇，岂有沉隐舍而不行。自今以后，王公以下并及黎庶，并宜修事，知朕意焉。即于其日，殿严尊像，具修虔敬。至四月二十八日下诏，选沙门中懿德贞洁、学业冲博、名实灼然、声望可嘉者，一百二十人，在陟岵寺为国行道。拟欲供给资须，四事无乏。其民间禅诵，一无有碍。惟京师及洛阳各立一寺，自余州郡，犹未通许。

降至隋唐，遂为佛教极盛时代。隋高祖即位之初，建寺居僧，一任度人。

1.《高僧传》二集卷三十《昙显传》略同。
2.《高僧传》二集卷三十《道安传》略同。

《历代佛祖统纪》：隋开皇四年，灵藏律师始与帝为布衣交。及即位，建大兴善寺以居之，敕左右仆射，每旦参问起居。尝陪驾洛州，归之者众。帝手敕曰：弟子是俗人天子，律师是道人天子。有欲离俗者，任师度之，由是度人至数万。

继又颁舍利于诸州。

《隋书·高祖本纪》：仁寿元年夏六月，颁舍利于诸州。诏任人布施，以供营塔，若少不充役正丁及用库物，率土诸州僧尼，普为舍利设斋。

炀帝未登帝祚，已向智颙请受菩萨戒。

《高僧传》二集卷二十一《智颙传》：炀帝躬制请戒文云：今开皇十一年十一月二十三日，于扬州总管金城，设千僧会，敬屈受菩萨戒，戒名为孝，亦名制止，云云。

厥后定鼎东都，置翻经馆及翻经学士。

《高僧传》二集卷二《达摩笈多传》：炀帝定鼎东都，敬重隆厚，至于佛法，弥增崇树。乃下敕于洛水南滨上林园内，置翻经馆，搜举翘秀，永镇传法。登即下征笈多并诸学士，并预集焉。

又《彦琮传》：东都新治，琮与诸沙门诣阙朝贺，因即下敕于洛阳上林园，立翻经馆以处之。供给事隆，倍逾关辅。新平林邑所获佛经，合五百六十四夹，一千三百五十余部，并昆仑书多梨树叶。有敕送馆付琮披览，并使编叙目录，以次渐翻。

又请僧行道度人。

《广弘明集》卷三十五：大业三年正月二十八日，炀帝行道度人，天下敕，谨于率土之内，建立胜缘，州别请僧，七日行道，仍总度一千人出家。

国祚虽短，崇佛特盛，唐高祖善傅奕毁佛之言，下诏沙汰沙门。

《唐书·傅奕传》：高祖拜奕为太史令，武德七年上疏，极诋浮图法。又上十二论，言益痛切，帝善之（《广弘明集》卷六、卷七、卷十一、十二全载奕之论调及僧徒反驳之文）。

《广弘明集》卷二十八《高祖沙汰佛道诏》：正本澄源，宜从沙汰。

诸僧尼道士女冠等，有精勤炼行，遵戒律者，并令就大寺观居住，官给衣食，勿令乏短。其不能精进，戒行有阙者，不堪供养，并令罢道，各还桑梓。[1]

犹未及行，因太宗受内禅即位，即寝是命。太宗素耽佛法，削平海内。所在战场，皆立佛寺。

《广弘明集》卷三十五：太宗破薛举，于幽州立昭仁寺。破霍老生，于台州立普济寺。破宋金刚，于晋州立慈云寺。破刘武周，于汾州立弘济寺。破王世充，于芒山立昭觉寺。破窦建德，于郑州立等慈寺。破刘黑阏，于洛州立昭福寺。右七寺并官造。

太原旧第，亦以奉佛。

《广弘明集》卷三十五：太宗《舍旧宅造兴圣寺诏》：通义宫皇家旧宅，制度弘敞，以崇仁祠，敬僧灵祐，宜舍为尼寺，仍以兴圣为名。

又度僧天下。

《广弘明集》卷三十五《太宗度僧于天下诏》：其天下诸州有寺之处，宜令度人为僧尼，总数以三千为限。

幸寺为太后追福。

《佛祖统纪》：贞观十六年，上幸弘福寺，为穆太后追福。自制疏，称皇帝菩萨戒弟子。

时则玄奘求法归来，诏就弘福寺翻译。

《旧唐书·方技传》：奘以贞观初（《慈恩传》作贞观三年）往西域，在西域十七年。贞观十九归至京师，太宗见之大悦。于是诏将梵本六百五十七部，于弘福寺翻译。

制序度僧，上下风靡。

《慈恩传》：贞观二十二年，帝作《大唐三藏圣教序》。夏六月，天皇大帝（即高宗）居春宫，奉睹圣文，又制《述圣记》。释彦琮笺述曰：自二圣序文出后，王公百辟，法俗黎庶，手舞足蹈，观咏德音，内外揄扬，未及浃辰，而周六合。慈云再荫，慧日重明，归依之徒，波回雾委。所谓

---

1. 按，时为武德九年。

上之化下，犹风靡草，其斯之谓乎。……秋九月乙卯诏曰：京城及天下诸州寺，宜各度五人，弘福寺宜度五十人。计海内寺三千七百一十六所，计度僧尼一万八千五百余人（卷六及卷七）。

高宗、武后继之，作寺度僧，岁无虚日，如：

《唐书·高宗本纪》：永徽二年九月癸巳，废玉华宫以为佛寺。

《旧唐书·高宗本纪》：龙朔元年九月，幸天宫寺度僧二十人。

又《武后本纪》：天授元年七月，颁《大云经》于天下，令诸州各置大云寺，总度僧千人。

而奘师网罗其时大德，译出经论一千三百余卷。

《慈恩传》：证义大德，谙解大小乘经论，为时辈所推重者一十二人，即灵润、文备、慧贵、明琰、法祥、普贤、神昉、道深、玄忠、神泰、敬明、道因等。又缀文大德九人，即栖玄、明璿、辩机、道宣、静迈、行友、道卓、慧立、玄则等。又字学大德一人，即玄应。又证梵文、梵语大德一人，即玄暮。(《高僧传》三集义解篇，有窥基、道世、普光、法宝、圆测、靖迈、嘉尚、彦琮等，亦皆襄助奘师，翻译有名人物。)奘命嘉尚法师具录所翻经论，合七十四部，总一千三百三十五卷。（其中最著者，空宗如《大般若经》六百卷，法相宗如《瑜伽师地论》一百卷，《成唯识论》十卷，小乘如《大毗婆沙论》二百卷，《顺正理论》八十卷，《俱舍论》三十卷。）

中土以是立法相宗[1]。慧能说法于曹溪，禅宗以是而大弘。

《高僧传》三集卷八《慧能传》：释慧能，姓卢氏，南海新兴人也。受五祖法衣，宅于曹溪。五纳之客，拥塞于门。四部之宾，围绕其座。时宣秘偈，或举契经。一切普熏，咸闻象藏。一时登富，悉握蛇珠。皆由径途，尽归圆极。所以天下言禅道者，以曹溪为口实矣。

《六祖坛经》称：师说法利生三十七载，得旨嗣法者，四十三人。悟道超凡者，莫知其数。[2]

---

1. 奘师前译相宗书者，后魏时有菩提流支，梁时有拘那罗陀（即真谛，皆见《高僧传》二集卷一），然皆非了义，第三章略之。
2. 按，中土禅宗虽始于梁时之达磨，实至六祖而宏盛。

尤佛教史上最可纪念之事也。由中宗至穆宗，或兴佛寺，或问佛道，或供浮图，或迎佛骨，不可殚述。如：

《唐书·辛替传》：中宗景龙中，盛兴佛寺，公私疲匮。

《学佛考训》：唐肃宗志慕禅宗，礼南阳为国师，晨夕问道。

《唐书·代宗本纪》：永泰元年九月庚申，命百官观浮屠像于光顺门，十月癸丑，敛民资作浮图供。

《旧唐书·德宗本纪》：贞元六年二月，岐州无忧王寺，有佛指骨寸余，先是取来禁中供养，乙亥，诏送还本寺。

又《宪宗本纪》：元和十四年春正月丁亥，迎凤翔法门寺佛骨至京师，留禁中三日，乃送诸寺，王公士庶奔走施舍如不及，刑部侍郎韩愈上疏，极陈其弊（即《佛骨表》），癸巳贬愈为潮州刺史。

又《穆宗本纪》：长庆二年十月己卯，上幸咸阳，止于善因佛寺，施僧钱百万。

惟玄宗曾检责天下僧尼。

《旧唐书·元宗本纪》：开元二年春正月丙寅，紫微令姚崇上言，请检责天下僧尼，以伪滥还俗者二万余人。

然《唐六典》所载，开元中天下寺总五千三百余所，较之太宗时已增六分二。

《唐六典》：凡天下寺，总五千三百五十八所（三千二百四十五所僧，二千一百一十三所尼）。

而善无畏、金刚智、不空亦均于是时先后东来，密宗且由兹而大阐焉。

《高僧传》三集卷二《善无畏传》：释善无畏，中印度人也。开元四年丙辰，赍梵夹来长安。至五年丁巳，奉诏于菩提院翻译。十二年随驾入洛，复奉诏于福先寺，译《大毗卢遮那经》《苏婆呼童子经》等。

又卷一《金刚智传》：金刚智，南印度摩赖耶国人也。自开元七年始届番禺，渐来神甸，广敷密藏，建曼拏罗，依法制成，皆感灵瑞。沙门一行，钦尚斯教，数就咨询，智一一指授，曾无遗隐。一行自立坛灌顶，遵受斯法，既知利物，请译流通，翻出《瑜伽念诵法》等。所译总持印契，凡至皆验，秘密流行，为其最也。两京禀学，济度殊多，在家出家，传之相继。

又《不空传》：释不空，幼失所天，随叔父观光南国。开元二十九年，附昆仑舶离南海，至诃陵国界，达师子国，广求密藏及诸经论五百余部。至天宝五载还京，诏入内立坛，为帝灌顶。十三载至武威，住开元寺，节度使泊宾从皆愿受灌顶，士庶数千人咸登道场。乾元中，帝（肃宗）请入内建道场，护摩法，为帝受转轮王位，七宝灌顶。代宗大历三年，于兴善寺立道场，敕近侍大臣诸禁军使，并入灌顶。六年进所译之经，凡一百二十余卷，七十七部。

穆宗三传至武宗，以道士之毁，遂大毁佛寺，复僧尼为民。

《通鉴》卷二百四十八："会昌五年，祠部奏括天下大寺四千六百，兰若四万，僧尼二十六万五百。上以恶僧尼耗蠹天下，欲去之。道士赵归真等复劝之，乃先毁山野招提兰若。敕上都、东都两街各留二寺，每寺留僧三十人。天下节度观察使治，所及同华商汝州各留一寺，分为三等，上等留僧二十人，中等留十人，下等五人。余僧及尼，并大秦穆护祆僧，皆勒归俗。寺非应留者，立期令所在毁撤，仍遣御史分道督之。财货田产并没官，寺材以葺公廨驿舍，铜像钟磬以铸钱。"[1]

是为佛教入中国后之第三大厄。[2] 然不期年而宣宗即位，即添置寺宇，诛惑武宗之道士。

《旧唐书·宣宗本纪》：会昌六年三月，帝即位。五月，左右街功德使奏，准今月五日敕书节文，上都两街旧留四寺外，更添置八所。敕旨依奏，诛道士刘元靖等十二人，以其说惑武宗，排毁释寺故也。

翌年又复所毁佛寺，盖不久又复原状矣。

《宣宗本纪》：大中元年闰三月，敕灵山胜境，天下州府，应会昌五年四月所废寺宇，有宿旧名僧，复能修创，一任住持，所司不得禁止。

《通鉴》：是时君相务反会昌之政，故僧尼之弊，皆复其旧。

---

1. 此事详见《旧唐书·武宗本纪》，以文太繁，故录《通鉴》。
2. 魏太武、周武帝、唐武宗反对佛教最力，称曰"三武之祸"。

懿宗僖宗，迎归佛骨。

《杜阳杂编》：懿宗咸通十四年春，诏大德僧数十辈于凤翔法门寺迎佛骨。僖宗皇帝即位，诏归佛骨于法门。

惠能传下之禅宗，亦至是而分开派别，盛弘于世。宋后之佛教，又于此植其基矣。

惠能说法利生，得嗣法旨者四十三人[1]，其中最显者二人，为衡州怀让禅师，吉州行思禅师。怀让后住衡岳，是为南岳宗。行思后住青原山，是为青原宗。此二宗自唐末至五代又开为五派。怀让传马祖，马祖传百丈，百丈传黄檗，黄檗传临济，义玄禅师是谓临济宗。百丈又传灵祐禅师，住潭州沩山，沩山传慧寂禅师，住袁州仰山，是谓沩仰宗。青原传石头希迁禅师，石头传药山，药山传云岩，云岩传良价禅师，住瑞州洞山，洞山传本寂禅师，住抚州曹山，是谓曹洞宗。石头又传天皇，天皇传龙潭，龙潭传德山，德山传雪峰，雪峰传文偃禅师，住韶州云门，是谓云门宗。雪峰又传玄沙，玄沙传罗汉，罗汉传文益禅师，住金陵清凉院，是谓法眼宗[2]。宋以后之佛教，惟禅宗为盛，而禅宗又不出此五派。

总观自晋至唐，为佛教入中国后之兴盛发达期。语其原因，约有八端。西来大德，由晋之唐，据《高僧传》所载，已不下数百人[3]。

虽其德业，大为十例。

《高僧传》初集分为译经、义解、神异、习禅、明律、遗身、诵经、兴福、经师、唱导等十例。二集则为译经、解义、习禅、明律、护法、感通、遗身、读诵、兴福、杂科等十例。三集同。

要皆忘形殉道，委命弘法。

如《鸠摩罗什传》，什母临去，谓什曰："方等深教，应大阐真丹，传之东土，唯尔之力。但于自身无利，其可如何？"什曰："大士之道，

---

1. 此仅就见于记载者言，其未见记载者，容亦有之。

2. 详见《传灯录》。

3. 此问题，余尚无精确统计。兹所能言者，即《高僧传》所载，亦仅及著者。《隋书·经籍志》称姚苌时，鸠摩罗什至长安，大译经论。时胡僧至长安者，数十辈，惟罗什才德最优。是仅姚秦一时，胡僧已有数十辈矣，可为明证。世有博取群籍而考证之者乎，不难与梁任公《千五百年前之留学生》后先媲美也。

利彼忘躯。若必使大化流传，能洗悟蒙俗，虽复身当炉镬，苦而无恨。"

接引幽昏，感悟蒙俗。僧徒来华之众多，一也。西行求法者，自朱士行、法护、法显，至玄奘、不空、悟空。五百年间，近人搜考所及，已多至二百许人[1]。排除障碍，历尽险阻。

如《慈恩传》：法师此行，经涂数万，备历艰危。至如洹阴洹寒之山，飞涛击浪之壑，厉毒黑风气，狻猊狐犴之群。法师孑尔孤征，坦然无梗。

求正智于异域，宏大法于中国。西行求法之大盛，二也。弘法之事，莫重翻译。汉开其绪，后踵其业。自法护、罗什、觉贤、法显、昙无忏、真谛、彦琮，至玄奘、实义难陀、义净、不空、悟空、满月[2]。《高僧传》所载，已有百四十人，译经至数千卷。

初集四十六人，二集五十人，三集四十四人，总百四十人。此仅就译经门中有专传者言，大抵为主译人。外此则有不在译经门中者，如初集义解门中之道安是。其襄助译事者，仅罗什一人已有八百余人，更不可以数计矣。至译经之数，《高僧传》颇不精确。《法宝勘同总录》载，自永平至贞元所译经数，共四千七百四十九卷，除去西晋以前所译，亦可得四千余卷。（贞元后译经者甚鲜，《高僧传》三集所载仅般若、悟空、满月、智慧轮等数人耳。）

引慈云于西极，注法雨于东垂，传智灯之长焰，皎幽暗而恒明。翻译事业之空绝，三也。由晋之唐，宗计繁兴。律空净土，法相禅密，具如前述[3]。余则成实始于罗什[4]，俱舍宏自奘师[5]，天台倡于智者[6]，华严肇自杜顺。或明二谛，成立三性。或灌顶密授，或彻证心源，或检束身心，或念佛往生。途辙虽殊，终极则一。分道扬镳，蔚为大观。佛教宗趣之繁兴，四

1. 梁任公《千五百年前之留学生》。
2. 诸人《高僧传》皆有传。
3. 前谓律宗由魏时输入，然律宗大师实为唐终南山释道宣（见《高僧传》三集卷十四），近人且谓宣为此方律宗之开师云。
4. 什译《成实论》，六朝名德专习者众，别为一宗。
5. 陈真谛初译《俱舍论》，并作疏释之，佚失不传。玄奘重译三十卷，门人普光作记，法宝作疏，大为阐扬。当时传习，有专门名家者，遂立为一宗。
6. 陈隋间，智者大师居天台山，正宗法华说为三部，后人以山名宗，故名。

也。两晋五胡，六朝隋唐，称帝王者，约以百数。其极端反抗佛教者，惟有三武，亦不再世而复旧状。余则或舍厥身，或称弟子[1]，或述佛旨，或讲经义，或度僧众，或建寺宇，或饰图像，或迎舍利，如前所引，亦既可窥一二矣。上之化下，犹风靡草。帝王若斯，下必有甚。君主之信仰，五也。汉魏以降，礼教衰歇，儒学式微，贤达之士，立命无方。而佛教智信圆融，善巧方便，遂多委命受业，如群流之归巨壑，若众星之拱北辰。

如《慧远传》：安博综六经，尤善老庄。后闻道安讲《般若经》，豁然而悟，乃叹曰："儒道九流皆糠秕耳。"便与弟慧持，投簪落发，委命受业。

《僧肇传》：肇志好玄微，每以老庄为心要，尝读老子道德章，乃叹曰："然期栖神冥累之方，犹未尽善。"后见旧《维摩经》，欢喜顶受，披寻玩味，乃言始知所归矣，因此出家。

故此期中英才硕智，殆无一不入彼教。其墨守儒道者，大都三四流人物。贤智之醉心，六也。畏罪喜福，有生恒情。佛说三途六道，业报轮回，颇有福善祸恶之意[2]。彼思启福悔罪者，遂多顶礼世尊，皈依我佛。或舍宅造寺，或依经建忏[3]。前说帝王之崇佛，其动机亦大率缘此。

如《慈恩传》：太宗问曰："欲树功德，何最饶益？"法师对曰："度僧为最。"帝甚欢。秋九月，下诏度僧尼一万八千五百余人。

其在下民，不问可知。罪福之观念，七也。晋室偏安，五胡云扰。六朝割据，岁无宁日。唐虽统一，兵革频年。生丁此世，人命危险。思避征徭，乃遁空门。

如《释老志》：正光以后，天下多虞，王役尤甚，于是所在编户，相从入道，假慕沙门，实避调役。略计僧尼，至二百余万。按，《涅槃经》云：避役出家，无心志道，我当还令还俗，为王策使。是佛亦早虑及此而禁之矣。

---

1. 梁、陈之帝及炀帝、太宗，皆菩萨戒弟子。
2. 业报云云，纯系祸福，无不自己，求之者之意，为众生说，非佛法第一义谛，观《百论》十品，第一即为舍罪福品，可见下第六章当略述之。
3.《广弘明集》卷三十五启福篇、卷三十六悔罪篇，多载此项文字，虽梁武、沈约亦不免焉。

三武罢佛，皆复释子女编户，亦思亟救其弊耳。兵役之交困，八也。

晚唐以降，佛教在中国，帝王人民，虽仍保持其旧日之信仰，然其盛行者，仅有禅宗，亦鲜特出之人才，堪与惠能辈比肩。又以印度吠檀多教正式成立，佛教日渐陵夷。[1] 僧徒之东来，与邦人士之西游，皆绝无仅有。译事亦无足齿数，遂鲜空前盛迹之可纪。盖唐以前之中国佛教，为中印之共业，唐以后则仅中人因袭演译而已。五代梁唐后晋诸帝，多行香设斋。

《佛祖统纪》：后梁太祖开平三年大明节，敕百官诣寺行香祝寿。……后唐庄宗同光元年诞节，敕僧录慧江、道士程紫霄入内殿谈论，设千僧斋。……后晋高祖天福四年，敕国忌宰臣百僚诣寺行香饭僧，永以为式。

周太祖亦赐宅为佛宫。

《续文献通考》：后周太祖广顺二年，以在京潜龙宅为佛宫，赐额天胜禅寺。

惟世宗大毁寺像，禁私度僧尼。

《五代史·周世宗本纪》：显德二年夏五月甲戌，大毁佛寺，禁民亲无侍养而为僧尼及私自度者。

又《周本纪》：世宗即位之明年，废天下佛寺三千三百三十六，是时中国乏钱，乃诏悉毁天下铜佛像以铸钱。

宋兴，太祖即改其制。

《佛祖统纪》：建隆元年六月，诏诸路寺院经显德二年当废未毁者听存，其已毁寺所有佛像许移置存留，于是人间所藏铜像，稍稍得出。

帝又建寺禁毁佛像。

《宋史·太祖本纪》：建隆二年春正月戊申，以扬州行宫为建隆寺。……乾德五年七月丁酉，禁毁铜佛像。

而其敕雕《大藏经》板，为中土刻藏之始。

1.吠檀多教正式成立，渐取佛教而代之，不久佛教即绝迹于印土。

《佛祖统纪》：开宝四年，敕高品、张从信往益州雕《大藏经》板。[1]

遣沙门入印度求舍利及梵本，更为唐后仅有之盛举焉。

范成大《吴船录》：继业姓王氏，耀州人。乾德二年，诏沙门三百人，入天竺求舍利及贝多叶书，业预遣中，至开宝九年始归。（上见《梁任公五百年前之留学生》引。按，《宋史·天竺传》：乾德四年，僧行勤等一百五十七人，诣阙上言，愿至西域求佛书，许之。又《太祖本纪》：乾德四年春三月癸未，僧行勤等一百五十七人，各赐钱三万游西域。疑即《吴船录》所载之事，然无他证。）

太宗建译经院，大兴译事。主译者有天息灾、施护、法天等。虽其译本多属补苴，其规模亦不如六朝隋唐，要亦唐后翻译史上最可纪念之事矣。

《高僧传》三集卷三：朝廷罢译事，自唐宪宗元和五年至于周朝，相望可一百五十许岁，此道寂然[2]。迨我皇帝（即太宗）临大宝之五载，有河中府传显密教沙门法进，请西域三藏法天，译经于蒲津。州府官表进，上览大悦，各赐紫衣。因敕造译经院，于太平兴国寺之寺偏。续敕搜购天下梵夹，有梵僧法护、施护，同参其务，左街僧录智照大师慧温证义。又诏沧州三藏道圆证梵字，慎选两街义学沙门志显缀文，令遵法、定清诏笔受，慎恋、道真、知逊、法云、慧超、慧达、可环、善祐、可支、证义，论次缀文，使臣刘素、高品、王文寿监护，礼部郎中张泊、光禄卿汤悦次文润色。进《校量寿命经》《善恶报应经》《善见变化》《金曜童子》《甘露鼓》等经。有命授三藏天息灾、法天、施护、师号，外试鸿胪少卿，赐厩马等。笔受、证义诸沙门各赐紫衣，并帛有差。御制新译经序，冠于经首。[3]

真宗尊佛，僧尼至四十五万人。

---

1. 板成于太宗太平兴国六年，凡四百八十一函，五千四十八卷，为中土刻藏之始，而雕板史上空前之雕刻也。自此至清末官私刻藏者，共十三次，合辽、高丽及日本所刻者计之，凡二十次，详见日人常磐大定《大藏经雕印考》。
2. 此语未确，般若、悟空、满月、智慧轮等译经见于本书者，皆在元和五年后。
3. 按，太宗时译经，《佛祖统纪》载之甚详，以文繁，故录此。

《佛祖统纪》：真宗大中祥符二年九月，吴国大长公主出家，诏于是日普度天下，童子十人度一人。又诏于洛阳甲马菅太祖诞圣之地，建应天寺以奉神御。三年，诏京师太平兴国寺立奉先甘露戒坛，天下诸路皆立戒坛，凡七十二所。敕品官无故毁辱僧尼，口称秃字者，勒停见任，庶民流千里。天禧五年，诏于并州建资圣禅院，为将士战亡者追福，是岁天下僧数三十九万七千六百十五人，尼六万一千二百四十人。

仁宗毁无额寺院，数乃稍减。

《宋史·仁宗本纪》：景祐元年闰六月，毁天下无额寺院。

《佛祖统纪》：景祐元年，天下僧三十八万五千五百二十人，尼四万八千七百四十人。

后以岁度僧太多，始三分减一。

《宋史·张洞传》：洞判祠部时，天下户口日蕃，民去为僧者众。洞奏：至和元年，敕增岁度僧，旧敕诸路三百人度一人，后率百人度一人，今祠部帐至三十余万僧，设不裁损，后不胜其弊。朝廷用其言，始三分减一。

神宗鬻度僧牒，僧尼遂降至二十余万。

《佛祖统纪》：熙宁元年七月，司谏钱公辅言，祠部遇岁饥河决，乞鬻度牒以佐一时之急，自今圣节恩赐，并与裁损，鬻牒自此始，是岁僧二十二万六百六十人，尼三万四千三十人。

然辽国北方，佛教较中国为盛，辽太祖耶律阿保机始建开教诸寺。

《辽史·太祖本纪》：唐天复二年九月，城龙化州诸潢河之南，始建开教寺。六年以兵讨两冶，以所获僧崇文等五十人归西楼，建天雄寺以居之。神册三年五月，诏建佛寺。

太宗以后诸帝，多有饭僧之举，而道宗尤盛。

《辽史·太宗本纪》：会同五年六月，闻皇太后不豫，上幸菩萨堂饭僧五万人。

又《穆宗本纪》：应历二年冬十二月，以生日饭僧。

又《景宗本纪》：保宁八年八月，汉遣使言天清节设无遮会，饭僧祝厘。

又《圣宗本纪》：太平四年秋七月，诸路奏饭僧尼三十六万。

又《兴宗本纪》：重熙十一年十二月，以宣献皇后忌日，上与皇太后素服饭僧于延寿、悯忠、三学三寺。

又《道宗本纪》：太康四年秋七月，诸路奏：饭僧尼三十六万。

史称道宗一岁而饭僧三十六万，一日而祝发三千（《道宗本纪》后赞）。虽其动机全出求福，卑无足道，第观其饭僧之多较之神宗时（神宗与道宗同时），天下僧尼仅二十余万者。其时北方佛教之兴盛，较之中国，盖有过之无不及也。

宋徽宗崇道毁佛者再。

《佛祖统纪》：崇宁五年十月，徽宗诏曰："释氏之教，以天帝置于鬼神之列，渎神逾分莫此之甚，有司其削除之。"宣和元年正月诏："以佛为大觉金仙，服天尊服，菩萨为大士，僧为德士，尼为女德士，服巾冠，执木笏，寺为宫，院为观，住持为知宫观事，禁毋得留铜钹塔像。"

然逾年悉复其旧。

《佛祖统纪》：宣和二年八月，下诏曰："向缘奸人建议，改释氏之名称，深为未允，前旨改德士、女德士者，依旧称为僧尼。"九月诏："大复天下僧尼。"

南渡以后，诸帝无一毁佛者。高宗停给度僧牒，亦不过消极之举而已。

《宋史·高宗本纪》：绍兴十二年五月，停给度僧牒。

金兴北方，海陆以降，诸帝多佞佛，特不如辽之甚耳。

《金史·海陵本纪》：正隆元年二月，御宣华门观迎佛，赐诸寺僧绢五百匹、彩五十段、银五百两。

又《世宗本纪》：大定二十六年三月，香山寺成，幸其寺，赐名大永安，给田二千亩、粟七年、株钱二万贯。

元自太祖起朔方时，已崇尚释教。至世祖而设官分职，僧尼逾二十万人。

《元史纪事本末》卷十八：元自太祖起朔方时，已崇尚释教，及得西域，世祖以其地广且险远，俗犷好斗，思有以柔服其人，乃郡县土番之地，设官分职，尽领之于帝师。

《元史·世祖本纪》：至元二十八年，宣政院上："天下寺宇四万二千三百一十八区，僧尼二十一万三千一百四十八人。"

然世祖帝师八思巴乃西藏红教之首领，是所崇者为喇嘛教而非唐宋沿之佛教。

《新元史·八思巴传》：帝师八思巴者，土番（即吐蕃、即西藏）萨斯迦人。（西藏喇嘛，略见《圣武记》卷五）

终元之世，不改其制。朝廷之敬礼尊信，无所不用其至。其徒之害民病国，亦无所不至其极。

《元史纪事本末》：至元十六年，八思巴死，其弟亦怜真嗣，凡六岁死，复以答儿麻八剌乞列嗣位。自是每帝师一人死，必自西域取一人为嗣，终元世无改[1]。帝师之命与诏敕并行西土，百年之间，朝廷所以敬礼而尊信之者，无所不用其至。为其徒者，怙势恣睢，日新月盛，气焰薰灼，延于四方，为害不可胜言。[2]

中土僧徒，惟抠衣接足，丐其按顶摩顶。

《高僧传》四集卷二：元时因尊宠西僧，其徒众甚盛，出入骑从，拟若王公，或顶赤毳冠，岸然自倨。天下名德诸师，莫不为之致礼，抠衣接足，丐其按顶摩顶，谓之摄受。

如惺《高僧传》四集所载元代高僧，虽有性澄、蒙润等三十余人（卷一卷二），元帝亦有崇敬之者，如：

《释文才传》：成宗建万圣寺于五台，诏求开山第一代主持，时帝师迦罗斯巴荐之，成宗即铸金印，署为真觉国师，总释源宗，兼佑国住持事。

《释了性传》：成宗征居万宁，声价振荡内外，至大间太后创寺台山曰普宁，延居为第一代。

1.《新元史·八思巴传》详载详诸帝师名。
2.本书及《新元史·释道传》载其事实颇详。

然在当世既无伟大之势力，在佛教史上亦无何种之贡献。唐后佛教之衰，未有甚于元代者矣。

明自太祖定鼎，屡建法会。

宋濂《蒋山寺广荐佛会记》：洪武四年冬十有二月，诏征江南高僧十人，钦天监择日于蒋山太平兴国禅寺，建荐法会。

《列朝诗集》：洪武五年正月十五日，朝廷就钟山寺大建法会，礼仪之盛前古莫及。

第于为僧者，颇有限制。

《明会典》：洪武二十年，令民年二十以上者不许为僧。……二十六年，令各司每三年考试，能通经典者，申送到部，具奏出给度牒。

成祖设例更严，定十年一度。

《明会典》：永乐十六年，定凡度僧例以十年一次。先期礼部奏准，在京行童从本寺具名，在外从僧纲等司造册给批，俱由本司转申礼部施行。本部考试能通经典者，给与度牒。其僧人额数。府不过四十人，州三十人，县二十人。

景泰间，改为三年一度，额亦陡增。英宗复位，又复其旧。

《明大政纪》：景泰间，太监兴安崇信佛教，每三年度僧数万，于是僧徒多滥。天顺二年又如期，天下僧徒复来京师聚集数万。上遂出榜晓谕，今后每十年一度，擅自披剃二十以上者，俱令还俗，违者发边卫充军，度者俱照定额考送，于是僧徒散去。

宪宗时度僧漫无限制，僧遂至五十余万。

倪岳《禁度僧道疏》：我朝定制，每府僧道各不过四十名，每州各不过三十名，每县各不过二十名[1]。今天下一百四十七府、二百七十七州、一千一百四十五县，共该额设三万七千九十名[2]。成化十二年度僧一十余万，成化二十二年度僧二十余万，以前所度僧道，不下二十万，共该五十余万。

---

1. 按，此即永乐十六年制。
2. 按，此即永乐间国家正式许可之僧，其私自披剃者当尤不少。

有明佛教以此期为最盛矣，厥后世宗崇道教，括毁佛金，拆毁佛寺，烧除佛骨。

《明史纪事本末》卷五十二：嘉靖元年春三月，簿录大能仁寺妖僧齐瑞竹财资及玄明宫佛像，毁括金屑一千余，悉给商以偿宿逋。礼部郎中屠埙发檄，遍查京师诸淫祠，悉拆毁之。……十五年十月，除禁中佛殿，建慈庆、慈宁宫，将金函、玉匣藏贮佛首、佛牙之类及支离傀儡，凡三万余斤，毁之通衢。

然帝固仍准度僧也。

《明会典》：嘉靖十八年奏准，僧道照国初额设定数，每僧道一名纳银十两，其两京给度，在京准二千名，南京一千名。……三十七年议准，僧道度牒每名量减银四量。

神宗时禁私建寺观，而民间施舍，愈昌愈炽。

沈鲤《折毁寺观疏》：看得户部尚书王遴条议，要将近日私创寺观庵院尽数折毁，僧道者四十以下无度牒者，尽数驱逐归农。……查得僧道之禁，即今言官建白，本部议覆，不啻三令五申矣。而斋醮施舍，愈昌愈炽。俾异端者，流安坐而享富贵，岂尽左道之愚，人抑亦崇尚者之自愚耳。崇之于彼，而欲禁之于此。犹聚羶而骗蝇，增薪而止沸也。

紫柏、云栖、憨山诸大师，并生当世，禅风大盛一时焉。

《释氏稽古续集》：紫柏大师讳僧可，号达观，吴江人，少负侠气，遇虎丘慧轮出家，后往清凉燕京，大竖法幢，有《紫柏老人集》。……云栖大师讳祩宏，字佛慧，号莲池，初为诸生，三十后礼性天理和尚，出家行脚多年，备尝艰苦，归住杭之云栖，创建禅林，安居海众，精修净土，玄猷整饰，羯摩胜轨，住世八十一年，著书三十二种，名闻朝野，法布华夷。……憨山大师讳德清，恢弘那罗延屈，兴复曹溪道场，著有《楞严通议》《法华通议》《楞伽记》《圆觉解》《金刚决疑》《道南华》等注行于世。

满清自太宗时已有度牒之制。

《大清会典事例》卷五百一：天聪六年，定各庙僧道，设僧录司、道录司总之，凡通晓经义、恪守清规者，给予度牒。

入关以后，墨守成规，而究察特严，如：

《大清会典事例》：顺治二年，定内外僧道有不守清规及犯罪人为僧道者，令住持举首，隐匿不举，一并治罪，顶名冒领度牒者，严究治罪。道光二十四年议准，嗣后遇有僧道人等坐门募化，并作关募化，概行驱逐，如有讹索搅扰，一经拿获，按其所犯情节，从严究办。

康熙初年，直省僧尼，不及二十万人。

《大清会典事例》：康熙六年，通计直省敕建大寺庙共六千七十有三，小寺庙共六千四百有九，私建大寺庙共八千四百五十有八，小寺庙共五万八千六百八十有二，僧十有一万二百九十二名，尼八千六百十有五名。

乾隆时则发度牒至三十余万。

《大清会典事例》：乾隆四年奏准，自乾隆元年起至四年止，共颁发过顺天、奉天、直隶各省度牒部照，三十四万一百十有二纸（此兼道士言，约占僧之十二），遵照原议，令其师徒次第相传，不必再行给发。

然雍正诸帝，究心释典，而大德鲜闻。

雍正十三年，沙汰应付火居道士，旨有云：朕于二氏之学，皆洞悉其源流，今降此旨，并非博不尚佛老之名也。盖见今之学佛人，岂独如佛祖者无有。即如近代高僧，实能外形骸清净超悟者亦稀。

故佛教在清代之销沉，实甚于明。道咸以还，外患日迫，人多思奋。青年后进，目不睹释氏之书，心未明佛教之旨。徒观其迹，而詈为迷信，为消极，攻击之言，腾于口耳。兴学以来，寺院既有改为校址，革命迄今，兰若更多占作兵舍，佛教遂愈趋末运。然自杨仁山居士刻经金陵，发宏佛愿，继起研究，大有其人。日本输入《续藏》，千百年来诸宗佚著，复焕然在目。

商务印书馆《影印续藏经启》：日本明治间，彼国藏经书院既以《明藏》排印于世，复搜罗我国古德之未入藏者，汇辑成书号曰《续藏》，为一千七百五十余部，为七千一百四十余卷。凡三论宗嘉祥之论，法华宗南岳之文，法相宗慈恩、溜州、濮阳之书，华严宗云华、贤首、圭峰之作，密宗善无畏、不空、一行之译著，律宗南山、相部、东塔之章疏，净土宗昙鸾、善道之遗编，俱舍宗普光、法宝之杰构。与夫梁之光宅，隋之净影，唐之法眼，宋之四明、慈恩、孤山、灵芝之述作，皆赫然在焉。凡此诸书，绝迹于中土者，远或千有余载，近亦六七百年。

语云："物极必反，否去泰来。"或者佛教其再兴乎？

耶教之于明季入中国也，神宗宠渥西士，赐第给俸，恩准各省传教。

《正教奉褒》：神宗万历二十八年，召玛窦等便殿觐见，垂问天主教旨、西国政治，又设馔三辰，宴劳廷阙，欲亲貌颜，令工绘图，更宠渥官职。利玛窦等固辞，上命礼部待以上宾，厚给廪饩，并于京都宣武门内东首，赐第居之。……二十九年，上赐第左净地一区，利玛窦等遂建天主教堂，译经敷教。自是教士踵至，俱蒙恩准，分赴各省传教。

因耶稣会士之聪明特达，中人之需要科学，时彦翕然景从（参阅第一章）。然自利玛窦殁后[1]，南方起激烈之反对。神宗纳徐如珂等之言，下禁耶教之令。虽以徐光启之痛切上奏，亦不之顾。煊耀一时之耶稣会士，均被放逐于澳门。圣堂邸第，悉被封禁。

《明史》卷三百二十六《外国传》：玛窦之徒之有王丰肃者，居南京，专以天主教惑众，士大夫暨里巷小民，间为所诱。礼部郎中徐如珂恶之，倡议驱斥。万历四十四年，与侍郎沈㴶、给事中晏文辉等合疏，斥其邪说惑众，且疑其为佛郎机（按，系葡萄牙之误）假托，乞急行驱逐。礼科给事中余懋孳亦言："自利玛窦东来，而中国复有天主之教，乃留都王丰肃、阳玛诺等煽惑群众，不下万人，朔望朝拜（疑即礼拜之讹），动以千计。夫通番、左道并有禁，今公然夜聚晓散，一如白莲、无为诸教。且往来壕镜（即澳门），与澳中诸番通谋，而所司不为遣斥，国家禁令安在？"帝纳其言，至十二月令丰肃及迪我等俱遣赴广东，听还本国。迪我等奏："窃念臣等焚修学道，尊奉天主，岂有邪谋敢堕恶业？惟圣明垂怜，候风便还国，若寄居海屿，愈滋猜疑，乞并南都诸处陪臣，一体宽假。"不报，乃怏怏而去。

光启上奏在四十四年七月，称"为远人学术最正，愚臣知见甚真，恳乞圣明，表章隆重，以永万年福祉，以贻万世又安事"云云，文长数千言，载《正教奉褒》。

---

1. 万历三十八年（西元千六百十年），利子殁于北京。

是为耶教入中国之一厄。后因满洲问题发生，需造铳炮，耶稣会士复见召用（参阅第一章）。前次禁令亦于熹宗天启末年解除，圣堂邸第，次第修复。至明之季年，奉教者统计达数千人。

《正教奉褒》：明季西士在历局供职，深为监官妒忌，惟因帝与朝臣洞悉教士立身行事，无瑕可指，故监官未得逞志挤排，而各教士亦得随处建堂敷教，不被阻挠。统计奉教者有数千人，其中宗室百有十四，内官四十，显宦十四，贡士十，举子十一，秀才三百有奇。其文定公徐光启，少京兆杨廷筠，太仆卿李之藻，大学士叶益蕃，左参议瞿汝说，忠宣公瞿式耜，为奉教中尤著者。

而据近人发见文书观之，则永历太妃、皇太子且皆领圣洗，耶教之势力可睹矣。

《东方杂志》第八卷第五号《永历太妃致耶稣会总统书》：大明宁圣慈肃皇太后烈纳敕谕耶稣会大尊总师神父：予处宫中，远闻天主之教，倾心既久，幸遇尊会之士瞿纱微，领圣洗。使皇太后玛利亚、中宫皇后亚纳及皇太子当定并入圣教，领圣水，越三年矣。今祈尊师神父并尊会之友，在天主前祈保我国中兴太平，俾我大明第十八帝太祖十二世孙主臣等，悉知敬真主耶稣，更求尊会相通功劳之分，再多送老师来我国中行教。待太平之后，即着钦差官来到圣祖总师意纳爵座前致仪行礼。今有尊会士卜弥格，尽知我国情事，即使回国，代传其意，谅能备悉，可谕予怀。钦哉！特敕。永历四年十月十一日。[1]

满清当睿亲王入北京时，即赐汤若望以殊恩，世祖采用西法，更尊崇备至。

《清朝全史》第三十七章：睿亲王之占领北京也，欲举城而充满八旗之住宅，限三日内汉民一律退出。顺治门内之圣堂既被旗兵占领，然汤若望以所藏之礼品、经典太多，限期内不能移出，如欲移出，必多所损失，不易修理等情，呈疏于睿亲王。睿亲王遂准所请，遣散旗兵。宣武门内之圣堂邸第，及阜成门外之茔域，得以保存者，皆摄政王之所赐也。顺

---

1. 高劳著《永历太妃遣使罗马教皇考》记此事颇详，可参看。

治二年，满洲朝廷摈旧大统回回历，八月以西法制定之《时宪历书》颁行天下。至十一月，上赐汤若望掌管钦天监之印信，并许其选任监员七十余人。七年又于宣武门内圣堂邸第之东给以地基，皇太后赐以银两，加以亲王官绅等之醵捐，而建立新圣堂。堂之成也，顺治帝赏赐以"钦崇天道"之匾额，清廷于顺治三年加以太常寺少卿衔。八年叙通议大夫，父、祖父则追封通奉大夫，母、祖母则追封二品夫人。十五年更有恩命，晋叙光禄大夫，祖先三代则追赐一品封典。相传世祖对彼之逢遇逾于恒格，召对不呼其名，用"玛法"（贵叟之意）之满语代之，得随意出入内廷，又怜其孤独，使之抚养一幼童为义孙。彼满人与西人皆以夷种见薄于中国，遂夺汉人之官爵加于西夷之首，而汤若望等亦借此以为正教发达之捷径焉。[1]

当时除关东外，内地各省皆准随意往来传教。

《正教奉褒》：顺治十年，穆尼各进京，欲往奉天等处传教，奏闻，奉上谕："关东一带，地广人稀，食宿诸多不便，无庸前往。中国内地各省，随意往来传教可也。"

信教者达十余万人。

《清朝全史》第三十八章：十七世纪末叶，教士所到之各省，信徒大增。当其最盛之时，属于教会之教堂。广东有七所，江南有百余所。一六六三年（康熙二年），十二省信徒达十二万人，六省信徒其数未详，然亦决非少数。

然曾未几时，杨光先等之排教运动得势。圣堂房屋，公然破坏。各省教士，悉被拘禁。

《清朝全史》：及顺治帝之死也，排教运动起，此事实由于罢职钦天监员杨光先之画策。杨谓各省之耶稣会士与汤若望相结谋为不轨，且作《辟邪论》以谤教士。汤若望与比利时人南怀仁等共被囚拘，旋受死刑之宣告。至于严禁布教，更不待论。关于天文学之书籍概行焚毁，圣堂房屋亦公然破坏。中央与地方因附西教而被革职之官吏，为数不少，而在各省之教士等悉被拘禁。然辅政大臣正式议决此等处分后，俄顷间即发生地

1.《正教奉褒》载此等事实甚详，以文繁，故节录外史。

震，连日五次，大臣等大恐，谓由于定狱不当所致，旋释放彼等。汤若望受皇太后之懿旨许其归邸，然拟死之案尚未撤回。杨之排斥运动愈益进步，从来仅及于西教者，今并历法而亦排击之，谓所论皆属背理自为。钦天监正而陷学习西法之监员三十余名，或处斩或流徙或免职，遂废西法而再复明代之历。若望时年已七十五岁，身体既不自由，口舌又结塞而不能辩。康熙五年八月，遂客死于北京。[1]

是为耶教入中国后之二厄。嗣以西法之无误，康熙八年又翻前案。

《清朝全史》：康熙八年正月，帝命钦天监副监吴明煊与南怀仁各对验日影。钦天监果有舛错，乃夺彼等官职而授南怀仁。前彼破坏之圣堂，再行修筑，监禁之教士悉行释放。

顾圣祖之出此，亦重其学而非崇其教，初则严禁各省立堂入教。

《正教奉褒》：康熙八年，议政王贝勒大臣九卿科道会议，以天主教并无为恶乱行之处，伊等聚会散给铜像等物，仍行禁止，其天主止令西洋人供奉等因具题。奉旨：天主教除南怀仁等照常自行外，恐各省或复立堂入教，仍着严行晓谕禁止，余依议。

因南怀仁等之请，始准前被释放之教士，得归各省本堂。

《正教奉褒》：康熙九年十一月，利类思、安文思、南怀仁等奏，栗安当等二十余人，久羁东粤，乞赐仍依世祖皇帝时，容臣等各居本堂虔修，得生归本堂殁归本墓。十二月部议奏准：康熙四年间杨光先诬陷案内，遣送广东之西士栗安当、潘国光、刘迪我、鲁日满等二十余人，内有通晓历法者起送来京，其余令归各省居住，随由部移咨各省督抚，遵照办理。

南巡之时，随处特差大员到堂行礼，并召见各堂教士，垂问抚慰，恩赉优加。

《正教奉褒》：康熙二十八年正月初六日，徐日昇、张诚因初八日上将启銮南巡，遂趋赴内廷请安送行。上将巡行处所传教各西士之名姓及该处天主堂之坐落，逐一垂问，并谕曰：到该处时将召见教士。又谕内大

---

1. 据《正教奉褒》，康熙四年七月五日汤若望病故。

臣，弗忘随带颁赐教士物件。[1]

三十一年取消八年禁令，入教者因以大盛。

《正教奉褒》：康熙三十一年二月初三日，礼部尚书降一级臣顾八代等谨题，为钦奉上谕事。臣等会议得查得西洋人仰慕圣化，由万里航海而来，现令治理历法，用兵之际，力造军器火炮，差往俄罗斯，诚心效力，克成其事，劳绩甚多。各省居住西洋人并无为恶乱行之处，又并非左道惑众、异端生事。喇嘛僧等寺庙尚容人烧香行走，西洋人并无违法之事，反行禁止，似属不宜。相应将各处天主教堂俱照旧存留，凡进香供奉之人，仍许照常行走，不必禁止。俟命下之日，通行直隶各省可也。臣等未敢擅便，谨题请旨。二月初五日奉旨：依议。

《清朝全史》称"康熙三十五年，在北京受洗者，达六百三十人"（第三十八章），前此所未有也。

中国之宣教师，向受葡萄牙之保护。康熙中法人力谋破坏，自任总督，宣教师派别既多，内讧日烈。

《清朝全史》：先是在印度之旧教徒，依一四五四年教皇尼古拉司第五之教书，受葡萄牙王之保护，因而支那亦为印度之一部分，其教徒立于葡萄牙王保护之下。然自法国日益强大，欲破坏葡萄牙之保护权，其宣教师与政府合力，对于罗马教皇之巴其加诺政府为种种之阴谋。因欲达其支那布教之目的，于一六八三年（康熙二十二年）设"米向塞托朗九尔"[2]于巴黎。巴流教正[3]为其代表，而任法国支那传教之总督，一六八四年抵支那地。于是葡萄牙向来专占之宣教师保护权，一部分已被破裂矣。翌年依觉尔伯尔之奖励，法国之天主教宣教师始向支那而来，一六八八年（康熙二十七年）到北京。先是属于托米尼苛组合[4]之西班牙人宣教师，亦已于一六三零年在支那布教，因之葡萄牙之天主教宣教师之中[5]，有属于日本籍

---

1. 南行所至召见颁赐事，详载本书。
2. 今译外方传教会。——编者注
3. 今译陆方济。——编者注
4. 今译多明我会。——编者注
5. 属于支那之教皇代理教区。

之天主教宣教师，有属于一六八八年以来新到之法国天主教之宣教师，又有托米尼苛组合中之"米向塞托朗九尔"会员。而同一天主教宣教师中，对于基督教之"神"或用"天"之称号，及承认支那人之祖先崇拜、孔子释奠之教义等，颇有异论，争论激烈。

其后罗马教皇严禁耶教徒祖先崇拜之仪式，与中国礼教抵触，遂遭圣祖之禁止。凡欲宣教者皆须向内务府领票，填"永不复回西洋"等字样。

《清朝全史》：一七〇四年（康熙四十三年），罗马教皇克列门第一使安吉阿其何教长铎罗为代表，至北京予以教书。谓对于基督教之神，不许用"天"之称号，对于支那之基督教信徒，严禁祖先崇拜之仪式。康熙帝为详细说明支那崇拜祖先之趣意。铎罗迄未发表教皇之教书，仅以己之名义摘要公布，排斥帝对于神学之意见，凡不从教皇命令者，即行退去。于是帝命捕之，遣送于澳门，使葡萄牙人监视之。葡人甚恶铎罗（以不受葡人保护故），而深幸帝之有是命也，遂严加禁锢，铎罗于一七一〇年病死于狱中。……清廷以罗马教皇擅干涉国内事，以其命令行于国内，则为侵害国家之独立，故于一七〇七年清政府定一限制，非有内务部印票之宣教师，概令退去澳门，各地方之天主教堂概行禁止。

《正教奉褒》：康熙四十五年冬，上谕内务府，凡不回去的西洋人等，写票用内务府印给发，票上写西洋某国人年若干在某会，来中国若干年，永不复回西洋，已经来京朝觐陛见，为此给票，兼满汉字，将千字文编存号数，挨次存记。内务府咨行礼部，嗣后凡领有印票，居住各省堂中修习传道者，听其照常居住，不必禁止，其未经领票，情愿赴领者，地方官速催来京，毋许久留，有司亦不许阻滞，若无票而不愿领票者，驱往澳门安插，不许存留内地，乞即转行直隶各省可也。

而地方官之仇教者，并领票之宣教师亦加阻止，其情形之狼狈可想。

《正教奉褒》：康熙四十六年二月，浙闽总督梁鼐驱逐西士，阻止行教。

自后屡加禁阻。

《清文献通考》卷二百九十八：康熙五十六年，广东碣石镇总兵陈昂疏言："天主一教，各省开堂聚众，在广州城内外者尤多。加以洋舶所汇，同类招引，恐滋事端。乞循康熙八年例再行严禁，毋使滋蔓。"从之。五十七年，两广总督杨琳疏言："西洋人开堂设教，其风未息，请循康熙五十六年例再行禁止。"

历世宗。

《清文献通考》：雍正元年，浙闽总督觉罗满保疏言："西洋人于内地行教，闻见渐淆，请除送京效力人员外，俱安置澳门，其天主教堂改为公廨。"奏入，得旨："西洋远夷居住各省年久，今令其迁移，可给与半年之限，并委官照看，毋使地方扰累，沿途劳苦。"二年十二月，两广总督孔毓珣疏言："西洋人先后来广东者，若尽送澳门安置，滨海地窄难容，亦无便舟归国，请令暂居广州城天主堂内，年壮愿回者附洋舶归国，年老有疾不能归者听，惟不许妄自行走，衍倡教说，其外府之天主教堂，系撤为公廨，内地人民入其教者，出之。"报，可。

高宗。

《大清会典事例》卷五百一：乾隆元年谕："八族人等不得入天主教，令各该旗都统等晓谕禁止，违者从重治罪。"

《清文献通考》：乾隆五十年十月奉谕："前因西洋人吧咃哩呋等私入内地传教，经湖广省查拿究出，直隶、山东、山西、陕西、四川等省俱有私自传教之犯，业据各该省陆续解到交刑部审，拟定为永远监禁。第思此等犯人不过意在传教，尚无别项不法情事。如呈明地方官料理进京者，原属无罪。因该犯等并不报明地方官，私在各处潜藏，暗相传引，如鬼蜮伎俩，必致煽惑滋事，自不得不严加惩治。今念该犯等情殊可悯，所有吧咃哩呋等十二犯，俱著加恩释放，如有愿留京城者，即准其赴堂安分居住，如情愿回洋者，著该部派司员押送回粤。"

《石渠余记》：乾隆五十八年，英国遣使臣马戛尔尼航海至京，修贡约。使臣谩言："请准夷人传教。"上震怒，敕责之。……敕谕谓"至于尔国所奉之天主教，原系西洋各国向奉之教。天朝自开辟以来，圣帝明王垂教创法，四方亿兆率由有素，不敢惑于异说。即在京当差西洋人等，居住在京，亦不准与中国人交结，妄行传教，华夷之辨甚严。今尔国使臣之意，欲任听夷人传教，尤属不可"云云。然据马戛尔尼之日记，则否认要求传教事。

仁宗。

《柔远记》：嘉庆十九年冬十一月，禁英人传教。先是乾隆间，英人司当东随贡使（即马戛尔尼）至京后，贡使归，司当东留住澳门，诱惑愚民甚众。至是降旨：闻有英吉利夷人司当东留住澳门，已二十年，通晓汉语，夷人来粤者，大率听其教诱，日久恐其滋生事端，著蒋修铦等查明妥办。

以讫宣宗。

道光二十六年正月二十五日上谕：前据耆英等奏，学习天主教为善之人请免治罪。其设立供奉处所，会同礼拜，供十字架、图像，诵经讲说，毋庸查禁，均已依议行矣。……所有康熙年间各省旧建之天主堂，除改为庙宇民居者，毋庸查办外，其原旧房屋，如勘明确实，准其给还该处奉教之人。……仍照现定章程，外国人概不准赴内地传教，以示区别。

其对待耶教徒之态度，虽有宽严之别，而不许内地自由传教则一。西士之任事钦天监者，亦于宣宗十七年终止，耶教气焰衰矣。

《正教奉褒》：道光六年，高守谦奉旨授钦天监监正，十七年因疾告假回西。自后钦天监内，无西士任事者。

嘉庆十二年，英宣教师马礼逊（Rev Robert Morrison）来广东，[1] 是为新教入中国之始。马氏组织印刷所，刊经布道，越七年仅得所中手民蔡高一人受洗，而高之兄弟蔡显同事所中者，温和纯静，反于教旨格不相入，其传教之效可睹矣。

张祝龄《中华第一次受洗人蔡高先生轶事》：蔡高为其父第二簉室之子，生未几母氏弃养，十六复丁父艰，悠悠忽忽以讫二十一岁。时第一来华英国宣教师马礼逊牧师抵中华未届期年也，相与谈道，并证耶稣名，奈粤语未足达其意，蔡君聆之茫然。又三年，马娴粤语矣，即汉文亦稍能自书，复与接谈，则辞达而意会，两方面皆裕如也。时马组织之印刷所已成，拟将《新约》付印。而蔡高之兄弟某实襄其事，乃派蔡君为手民之总，竭力助之成功。高体孱弱，习读亦不见聪颖，较之伊兄弟蔡显逊多

1.据外史，氏于一八〇七年九月七日至广东。

矣。因家计困难，兄弟皆在马君印刷所中充伙计，因而稔识。其兄弟性质，一柔一刚，相差甚远，几疑以扫、雅各复生。盖蔡显之温和纯静、城府至深，与蔡高之急激叫嚣、鲁莽灭裂者，一望而判。惜乎蔡显之对于福音，则淡然寂然，格格若不相入。虽主日亦依样赴会，然颇见其有外无内，无意信仰，后果如所料。高则于一千八百十四年七月十六日受洗，成礼地点在一高山之麓。

道光末，太平军兴，洪秀全为之魁，秀全颇信新教，起事之初，即以己为天弟。

《清朝全史》第六十二章：洪秀全以嘉庆十八年生于广东花县，其父名国游，母早死，颇信基督教。其后得香港美国宣教师罗把兹[1]之教训，然尚未受洗礼。未几彼忽组织上帝会，其党羽为冯云山与洪仁玕。此时集合多数之党羽皆有热烈之信仰，受其训练，守其纪律。彼主张神圣之三位一体，即第一位为天父，第二位为基督，即天兄，而己则为天弟，此其着手也。

下江宁后，建立太平天国，自称天王，其颁授职位之诏令，讨胡之檄文，既充满"天父、上帝"等字。

《颁授职位之诏令》有云：凡军中大小兵将，各宜认真奉行大道。吾等宜知天父上主皇上帝乃是真神，真神以外皆非神。天父上主皇上帝，无所不知，无所不能，无所不在，又无一人非其所生所养。故天父上主皇上帝以外，皆不得僭称上、僭称帝。自今众兵将可呼朕为主，不可称上以冒天父。天父称天圣父，天兄称救世圣主，天父天兄得称圣。自今众兵将呼朕为主，不可称圣，以冒天父天兄。

《奉天讨胡檄文》有云：予惟天下者，上帝之天下，非胡虏之天下。衣食为上帝之衣食，非胡虏之衣食。子女人民为上帝之子女人民，非胡虏之子女人民。公等苦满洲之祸久矣，至今犹不知变计，同心戮力，扫荡胡尘，何以对上帝也？予兴义兵，上为上帝报瞒天之仇，下为天国解下首之苦。

---

1. Isachar Roberts，今译罗孝全。——编者注

其规条诏书，田亩制度，及所作幼学诗、三字经，并敷演耶教之宗旨。

《清朝全史》：太平军初颁之定营规条，一恪遵天命，二熟识天条赞美早晚礼拜，以感谢颁布之规矩及诏谕。癸卯三年（西历一八五三）颁行之《天朝田亩制度》，务使天下共享天父上主皇上帝之大福，有田同耕，有饭同食，有衣同穿，使地无不均匀，使人无不饱暖。太平天国二年所发布之天条书，首列悔罪规则，次则洗礼祈祷，并《摩西十诫》。《原道醒世训》所云："天下凡间分言之有万国，统言之实为一家。天下男人尽是兄弟之辈，天下女子尽是姊妹之群，何得存此疆彼界之私。"又作幼学诗、三字经，敷演基督教之宗旨。努力改良风俗，耳目一新，禁妇人缠足之风，禁买卖奴隶，禁娼妓，禁人民蓄妾，不一而足，类皆提倡人权，裨益风化。维多利亚僧正谓"彼等较清教徒尤为严正云"。

当时信教者，仅以军士而论，已有百万人。

《清朝全史》：太平天国定南京为基础，诱起西欧诸国之大注意，英美二国尤甚，因洪军几百万人，皆改宗基督教新教故也。

稻叶君山称，洪军为耶教变体之宣传，诚耶教入中国后空前之现象也。幸也湘军以拥护名教，起而讨逆。

曾国藩《讨粤匪檄》有云：自唐虞三代以来，历世圣人，扶持名教，敦叙人伦，君臣父子，上下尊卑，秩然如冠履之不可倒置。粤匪窃外夷之绪，崇天主之教，自其伪君伪相，下逮兵卒贱役，皆以兄弟称之。（中略）士不能诵孔子之经，而别有所谓耶稣之说，《新约》之书，举中国数千年礼义人伦，诗书典则，一旦扫地荡尽，此乃开辟以来名教之奇变，我孔子孟子之所痛哭于九泉。凡读书识字者，又焉能袖手坐观，不思一为之所也？（中略）粤匪焚郴州之学宫，毁先圣之木主，十哲两庑，狼藉满地。所过庙宇，即忠臣义士，如关帝、岳王之凛凛，亦污其官室，残其身首。此又鬼神所共愤怒，欲一雪此憾于冥冥之中者也。

稻叶君山评此檄文，谓湘军中主将皆系书生，只知中国固有之学问之名教。曾之檄文，实湘军之精神。又谓湘军非勤王主义，亦非雷同性之侵略，意在维持名教。其最终之目的，即恢复异宗教之南京是也，是故湘军可称为一种宗教军[1]。其见解至为闳通。

卒平定之，随洪军而兴之变相耶教，亦如昙花之一现焉。然自鸦片战争以还，准各国自由传教之条约，次第订立[2]。如：

《中英续约》第八款：耶稣圣教暨天主教，原系为善之道，待人如己。自后凡有传授习学者，一体保护，其安分无过，中国官吏毫不得刻时禁阻。

《中法条约》第十三款：天主教以劝人行善为本。凡奉教之人，皆全获保佑身家，其会同礼拜、诵经等事，概听其便。凡按第八款备有盖印执照，安然入内地传教之人，地方官务必厚待保护。凡中国人愿信崇天主教而循规蹈矩者，毫无查禁，皆免惩治。向来所有或写或刻奉禁天主教各明文，无论何处，概行宽免。

《续增条款》第六款：应如道光二十六年正月二十五日上谕，即颁示天下黎民，任各处军民人等传习天主教，会合讲道，建堂礼拜。且将滥行查拿者，予以应得处分。又将前谋害奉天主教者之时，所充之天主堂学堂、茔坟、田土、房廊等件，应赔还交法国驻扎京师之钦差大臣，转交该处奉教之人，并任法国传教士在各省租买田地建造自便。[3]

《中美条约》：耶稣基督圣教，又分天主教，原为劝人行善。凡欲人施诸己者，亦如是施于人。嗣后所有安分传教习教之人，当一体矜恤保护，不可欺辱凌虐。凡有遵照教规安分传习者，他人毋得骚扰。

自有此种规定，入教者自日盛一日。而败类匪棍，以入教为护符，鱼肉绅民，霸产抗粮，无所不至。地方官慑于外人之势力，未敢按律惩

1.《清朝全史》第六十三章及六十六章。

2. 英订于一八四二年（道光二十二年），法订于一八五八年（咸丰八年）及一八六〇年（咸丰十年），俄订于一八五一年（咸丰元年）及一八五八年，德订于一八六一年（咸丰十一年），丹麦订于一八六三年（同治二年），西班牙订于一八六四年（同治三年），比利时订于一八六五年（同治四年），意大利订于一八六六年（同治五年），葡萄牙订于一八八七年（光绪十三年），合众国订于一八五八年、一八六八年（同治七年）及一九〇三年（光绪二十九年）。文中关系最巨者，为一八五八年《中法和约》第十三款，及一八六〇年《续增条款》第六款，后此关于耶教之谈判及清廷政府官吏所出之示谕，大抵以此为根据云。

3. 此等规定与权利非但法国之宣教师享有，凡欧洲各国之天主教徒亦均得享之，以规定之明文为广义之欧洲宣教师也。此时在中国布教之天主教宣教师，无论何国，皆受法国公使之保护，罗马教皇亦公认法国所得之权利焉。

治。人民仇教之举动，遂屡屡发生[1]。而教案发生一次，耶教即多一重之保障。

《清朝全史》第八十一章：清国仇教事件屡屡发生，而每发生一事件则清法谈判一次，而法国之特权巩固一次。试举其一例，光绪十七年扬子江流域发生仇教事件。两江总督发严重之命令，秩序乃渐得保持。事闻，北京之法国公使集合诸国公使强迫清廷取缔不逞之徒，结果乃有一八九一年六月十三日之上谕，谓"外国人传教之本意在增进人民之福祉，倘加以虐待，则罪等大逆。地方官吏宜尽力保护外国教徒，严缉凶徒以绝后患"云云。……各地所起之仇教之暴动，一波未平一波又起。驻京之法国公使因与宣教师等熟议，请求北京朝廷与宣教师以最大之便宜。一八九八年（光绪二十四年）二月，北京加特力教[2]之大司教法维哀[3]叙二品职衔，赠头等赤色双龙宝星勋章。后数月，北京拉札厘士特教会之察路林又叙二品职衔，授以头等绿色双龙宝星勋章，得自由出入总理衙门，以与大官相见。从此加特力教徒之地位愈固，气焰愈高。

教士之气焰，如日中天矣。新教自英马礼逊来广东后，各国教士纷至，以次遍布全国。

《中国之耶教事业》宣教师驻在地开创时期（西历年份）表[4]

广东	广州 1807 年	香港 1843 年
福建	厦门 1842 年	福州 1847 年
浙江	宁波 1843 年	杭州 1859 年
江苏	上海 1843 年	南京 1874 年
直隶	天津 1860 年	北京 1861 年
湖北	汉口 1861 年	武昌 1865 年
江西	九江 1868 年	南昌 1894 年
奉天	牛庄 1865 年	沈阳 1875 年
安徽	安庆 1869 年	芜湖 1885 年

---

1. 教案之因果及教徒之罪恶，参阅下文第三章及第五章。
2. 今译天主教。——编者注
3. 今译樊国良。——编者注
4. 表中所列，仅略举以示例。编者对原表做了重新排版，原表见第《学衡》第 16 期，第 14-15 页。——编者注

四川	重庆 1877 年	成都 1881 年
山西	太原 1878 年	大同 1886 年
甘肃	秦州 1878 年	兰州 1885 年
贵州	贵阳 1878 年	遵义 1902 年
陕西	汉中 1879 年	西安 1892 年
云南	大理 1881 年	云南府 1882 年
河南	周家口 1884 年	开封 1901 年
热河	朝阳 1885 年	承德 1906 年
吉林	长春 1886 年	吉林 1891 年
绥远	归化 1886 年	包头镇 1888 年
广西	梧州 1890 年	桂林 1895 年
新疆	疏附 1892 年	迪化 1908 年
湖南	常德 1897 年	长沙 1899 年
察哈尔	丰镇 1902 年	扎嘎苏台 1909 年
黑龙江	呼兰 1905 年	北团林子 1911 年
外蒙古	库伦 1918 年	

自一九〇〇年至一九二〇年间，受餐信徒增至百分之三百三十。其增加之速率，至足令人惊骇。

《中国之耶教事业》：自一九〇〇年后，受餐信徒（Communicant）（得许领受圣餐礼者）约增百分之三百三十，兹列其逐年增加之数目于下。

年份	1889	1900	1906	1910	1913	1914	1915	1916	1917	1919	1920
受餐信徒总数	37287	85000	178251	172942	207747	235303	268652	293139	312970	345853	366524
所增数目	未详	47713	93251	未详	29496	27556	15652	24487	19831	32883	21671
百分率	未详	127	109	未详	16	13	6	9	6	10	6

据一九一九年之统计，合新旧两教，全国教友都二百余万人，西人任职者都八千六百余人，礼拜堂都二千余所。中国人每万人中，耶教徒占五十人有奇。

《中国之耶教事业》耶稣教与天主教事业合计表

省区\项目	直隶	山东	山西	陕西	江苏	浙江	安徽	江西	河南	湖北	湖南	福建	广东	广西	甘肃	四川	贵州	云南	东三省	新疆	蒙古	西藏	全国总数
任职西人人数	848	706	311	192	1126	403	274	294	463	532	453	541	932	101	105	690	94	105	240	22	182	25	8639
教友人数	600856	201560	73480	56029	218929	83953	73388	87420	64010	118473	41623	100796	156686	9728	8585	156701	44732	24305	75894	336	106551	3910	2307445
礼拜堂所数	2157	2199	906	596	1307	1459	660	691	990	900	794	1575	1652	133	120	1389	299	338	574	10	374	18	12231
每万人中之耶教徒数	220	65	67	61	65	36	36	35	19	41	14	58	44	9	14	25	38	27	38	1	137	18	（平均）51
曾在教堂肄业学生数	53051	23249	12189	2272	45187	16133	12883	9267	12305	21138	10878	36575	27564	1595	975	26633	1966	2055	10126	531	11071	99	337744

虽信教者少，吃教者多，此极少数之信教徒，又鲜英才硕彦，拟之六朝隋唐之大德，固望尘莫逮，即较之明末清初之教徒，亦有愧色。然其表面势力之雄伟，诚远非佛教所可几及矣。语其原因，则法律无丝毫之限制[1]，一也。入教有特殊之利益[2]，二也。败类以教会为护符[3]，三也。媚洋之风气日盛[4]，四也。政治外交之后盾，五也。金钱势力之诱迫，六也[5]。传教手段之曲尽[6]，七也。学校医院之广设，八也[7]。而真信道者仅矣，呜呼！

第三章　二教教旨与吾国之教学礼俗

佛教无边，总略有二，一者世间，二者出世间。但说人天、三归、五戒、十善等法，名世间教。但说二乘、有学、无学、智断法等，名出世教[8]。世间教中又开为二乘，乘五戒之行法而生于人间者，曰人乘；乘十善之行法而生于天上者，曰天乘。出世教中又开为三乘，乘四缔之行法而到阿罗汉果者，曰声闻乘；乘十二因缘之行法，而到辟支佛果者，曰独觉乘；乘六度之行法而上于佛果者，曰菩萨乘。如是乘虽有五，语其宗旨，不外出苦乐。人乘者，出三途苦，得人趣乐。天乘者，出人道苦，得天趣乐。声闻乘者，出三界无常苦，得解脱乐。独觉乘者，出从他闻法苦，得寂灭乐。菩萨乘者，出一切苦，得究竟乐。然佛教实以出世间为根本，三藏十二部，于人天鲜有详陈，偶有所说，亦因钝根未堪入圣，为示浅近之行，令离恶道。故抉择世出世间，当谈出世间教。出世间教，虽有三

1.《约法》第二章第六条，人民有信教之自由。

2. 如同治元年谕，迎神演戏、赛会烧香等事，与教民无涉，永远不得勒摊勒派，及兵兴之时可托庇教堂之类，不一而足。

3. 参阅下第五章。

4. 如学生外交官及洋奴皆是。

5. 五、六皆参阅下第五章。

6. 某教会学校以介绍女学生为学生入教条件。

7. 参阅下第四章。

8. 此依大乘说，若依小乘，则如多闻部等说，佛五音是出世教，一无常、二苦、三空、四无我、五涅槃寂静，此五能引出离道故。如来余音是世间教，不能定引无漏道故。见《异部宗轮论述记》。

乘[1]，惟以大乘为究竟，声闻、独觉但属方便。《法华经》云：

舍利弗，如来但以一佛乘故，为众生说法，无有余乘，若二若三。诸佛以方便力，于一佛乘分别说三。舍利弗，若我弟子，自谓阿罗汉、辟支佛者，不闻不知诸佛如来，但教化菩萨事，此非佛弟子，非阿罗汉，非辟支佛。又舍利弗，是诸比丘、比丘尼自谓已得阿罗汉，是最后身，究竟涅槃，便不复志求阿耨多罗三藐三菩提。当知此辈皆是增上慢人。……舍利弗，如来初说三乘引导众生，然后但以大乘而度脱之，何以故？如来有无量智慧，力无所畏，诸法之藏，能与一切众生大乘之法，但不能尽受。舍利弗，以是因缘，当知诸佛方便力故，于一佛乘，分别说三。

胜鬘亦言："声闻缘觉乘皆大乘，大乘者即是佛乘，是故三乘即是一乘。"故抉择三乘。当谈大乘。

按，大小乘教旨仅有广狭深浅之不同，初无根本之相背。若诸行无常、涅槃寂静、诸法无我及有漏皆苦诸义谛，二皆兼有[2]。故知举小虽不足以兼大，而言大实足以概小。谈大略小，自是无过。而在中国佛教史上，更有数重事实，足以证明其合理。印土大乘之兴，以龙猛为首功，约在佛灭后六七百年，当东汉之际。以前几纯为小乘时代，而自龙猛提婆盛倡大乘佛教后，小乘方面，犹有法胜（《阿毗昙心论》之作者）、法救（《杂阿毗昙心论》之作者）鼓吹有部之教义，诃梨跋摩（《成实论》之作者）为异种小乘佛教之提倡。至无著世亲，大宏法相[3]，犹有悟入（《入阿毗达磨论》之作者）、众贤（《顺正理论》及《显宗论》之作者）辈显扬小宗。奘师西游，西域印土各国之服习小乘者，亦较信大乘者为多（读《西域记》可知）。中土则当佛说输入之始，已在印度大乘兴盛之后。初期东来之高僧，虽大抵为小乘之导师，然多兼通大乘[4]。初期经典之译述，虽以小乘经论为多，然颇杂有大乘经典。如支谦娄迦谶译《兜沙经》一卷，即华严

---

1. 或开为二，声闻、独觉为小乘，菩萨为大乘，即佛乘。
2. 此名四邬挖南，凡顺此四者为了义经，其违此者则非了义经，此为辨别了不了之一义。见基师《总料简章》。
3. 二人皆由小入大，世亲之《俱舍论》，更集小乘之大成。
4. 如《高僧传》称摄摩腾解大小乘经之类。

中品目；又译《道行般若经》十卷，即般若中品目。安世高译《佛说宝积三昧》，《文殊师利菩萨问法身经》一卷，即宝积中品目。至鸠摩罗什大兴空宗，相去仅二百年左右。其间晋人之玄言，亦与大乘为近似（见下），与小乘则格不相入。自大乘盛后，小教相形见绌，贤智之士，虽其机未契大乘，大率舍小以投大，鲜有以小乘教自号者。又印度小乘教经典，其数未可以缕计。据《善见律毗婆沙》所载，所谓修多罗者，乃多至七千七百六十二，九千五百五十七，而今中土所译小乘，分计经名，不过三百余种。诸大论师之作，如德光辈一人多至百余部者（据《西域记》），中土则一字无稽。迩年来西人译出之巴利文小乘经论，在印土已成剩余者，且多足补中土之缺矣。印度小乘宗计最繁，佛涅槃后百有余年，初分大众、上座二部。后即于此第二百年，大众部中分出八部：一一说部、二说出世部、三鸡胤部、四多闻部、五说假部、六制多山部、七西山住部、八北山住部。其上座部三百年中分出十部：一说一切有部、二犊子部、三法上部、四贤胄部、五正量部、六密林山部、七化地部、八法藏部、九饮光部、十经量部。并本大众上座，合有二十[1]。而如诃梨跋摩之《成实论》等，犹不计焉。中土于此二十部中，其论藏译籍稍称完备者，仅有说一切有部，余则除正量部有《三弥底部论》，大众部有《分别功德论》，及南方所传者略有数种外[2]，惟有鳞爪[3]。而其译《四阿笈摩》及有部之《阿毗达磨》者，如众天[4]、法喜[5]、觉称[6]、众铠[7]、觉铠[8]、功德贤[9]等，亦单为翻译而翻译，绝无推阐其书中之教义，而特立一宗派者。历史上中国之小乘佛教，

---

1. 据《异部宗轮论述记》。
2. 如《解脱道》《论舍利弗》《阿毗昙论》及《法住记》。
3. 以见于真谛之《十八部论》《部执异论》，及窥基之《异部宗轮论述记》者为较多。惟律藏则法藏部有《四分律》，上座部有《摩诃僧祇律》，化地部有《五分律》，正量部有《明了论》，饮光部有《解脱戒经》，大众部有《舍利弗问经》，说一切有部则有《十诵律》及义净译《毗奈耶杂事》等。
4. 译有《八犍度论》三十卷，《阿毗昙心论》四卷，《三法度论》三卷，《中阿含经》六十卷，《增一阿含经》五十一卷。
5. 译有《中阿含经》五十九卷，《增一阿含经》五十卷，《三法度论》二卷，今皆无存。
6. 译有《长阿含经》二十二卷。
7. 译有《杂阿毗昙心论》十一卷。
8. 译有《阿毗昙婆沙论》百卷。
9. 译有《杂阿含经》五十卷，《众事分阿毗昙论》十二卷。

仅有成实、俱舍[1]。今人称为二宗，夫此二论在印度本未独立成宗。罗什之译《成实》，不过以其多明空义，真谛、玄奘之译《俱舍》，亦以其为法相、唯识之初阶，宗旨粗同，遂尔译述，初无特创宗派之意，昔人亦无称之为宗者。称宗之说，盖始于日本人。窥其意旨，似以当时疏解者众，成实则有僧导[2]、道高[3]、宝琼[4]等，俱舍则有神泰[5]、普光[6]、法宝[7]等。然诸家之能事，亦仅止于注释，非欲建立宗派，而其实亦未能建立宗派也。此则印度之小乘教，较大乘为兴盛，流入中土，人仅为经典之翻译与注释，遂至不能保其独立，治中国佛教史者所当明辨者也。

大乘宗旨曰：出一切苦，得究竟乐。或曰：不再流转，必竟还灭。或简言曰：离染入净。世尊有言：三界皆苦，无可乐者。如欲界那落迦有情（译云地狱）多分受用极治罚苦，旁生（一名畜生）有情多分受用相食啖苦，饿鬼有情多分受用极饥渴苦，人趣有情多分受用匮乏追求种种之苦，天趣有情多分受用衰恼坠没之苦，色无色界有情多分受用粗重诸苦[8]。至苦之种类，则涅槃言生等八苦（卷十二），显扬言界等五十五苦（卷十五），大论析言一百一十种苦，摄一切苦尽。其文曰：

何等名为百一十苦？谓有一苦，依无差别流转之苦。一切有情无不皆堕流转苦故。复有二苦，一欲为根本苦，谓可爱事若变若坏所生之苦。二痴异熟生苦，谓若猛利体所触，即于自体执我我所，愚痴迷闷生极怨嗟。由是因缘，受二箭受，谓身箭受及心箭受。复有三苦：一、苦苦；二、行苦；三、坏苦。复有四苦：一、别离苦，谓爱别离所生之苦；二、断坏苦，谓由弃舍众同分死所生之苦；三、相续苦，谓从此后数数死生展转相续所生之苦；四、毕竟苦，谓定无有般涅槃法诸有情类，五取蕴

---

1. 律虽通大小，亦以小乘为多。然律宗在中国实未大盛，自百丈创禅门规式，丛林并皆取法，律更不足道矣。
2. 著《成实论疏》。
3. 著《成实论义疏》八卷。
4. 著《成实论玄义》二十卷，《同文疏》十六卷。
5. 著《俱舍论疏》三十卷。
6. 著《俱舍论记》三十卷。
7. 著《俱舍论疏》三十卷。
8. 详见大论《瑜伽师地论》卷四。

苦。复有五苦：一、贪欲缠缘苦；二、瞋恚缠缘苦；三、惛沉睡眠缠缘苦；四、掉举恶作缠缘苦；五、疑缠缘苦。复有六苦：一、因苦，习恶趣因故；二、果苦，生诸恶趣故；三、求财位苦；四、勤守护苦；五、无厌足苦；六、变坏苦，如是六种总说为苦。复有七苦：一、生苦；二、老苦；三、病苦；四、死苦；五、怨憎会苦；六、爱别离苦；七、虽复希求而不得苦。复有八苦：一、寒苦；二、热苦；三、饥苦；四、渴苦；五、不自在苦；六、自逼恼苦，谓无系等诸外道类；七、他逼恼苦，谓遭遇他手块等触，蚊虻等触；八、一类威仪多时住苦。复有九苦：一、自衰损苦；二、他衰损苦；三、亲属衰损苦；四、财位衰损苦；五、无病衰损苦；六、戒衰损苦；七、见衰损苦；八、现法苦；九、后法苦。复有十苦：一、诸食资具匮乏苦；二、诸饮资具匮乏苦；三、骑乘资具匮乏苦；四、衣服资具匮乏苦；五、庄严资具匮乏苦；六、器物资具匮乏苦；七、香鬘涂饰资具匮乏苦；八、歌舞妓乐资具匮乏苦；九、照明资具匮乏苦；十、男女给侍资具匮乏苦。当知复有余九种苦：一、一切苦；二、广大苦；三、一切门苦；四、邪行苦；五、流转苦；六、不随欲苦；七、违害苦；八、随逐苦；九、一切种苦。一切苦中复有二苦：一、宿因所生苦；二、现缘所生。广大苦中复有四苦：一、长时苦；二、猛利苦；三、杂类苦；四、无间苦。一切门苦中亦有四苦：一、那落迦苦；二、傍生苦；三、鬼世界苦；四、善趣所摄苦。邪行苦中复有五苦：一、于现法中犯触于他，他不饶益所发起苦；二受用种种不平无食，界不平等所发起苦；三、即由现法苦所逼切，自然造作所发起苦；四、由多安住非理作意，所受烦恼随烦恼、缠所起诸苦；五、由多发起诸身语意种种恶行，所受当来诸恶趣苦。流转苦中复有六种，轮转生死不定生苦：一、自身不定；二、父母不定；三、妻子不定；四、奴婢仆使不定；五、朋友宰官亲属不定；六、财位不定。自身不定者，谓先为主后为仆隶。父母不定者，谓先为父母乃至亲属，后时轮转反作怨害及恶知识。财位不定者，谓先大富贵后极贫贱。不随欲苦中复有七苦：一、欲求长寿，不随所欲，生短寿苦；二、欲求端正，不随所欲，生丑陋苦；三、欲生上族，不随所欲，生下族苦；四、欲求大富，不随所欲，生贫穷苦；五、欲求大力，不随所欲，生羸劣苦；六、欲求了知，所知境界，不随所欲，愚痴无智，现行生苦；七、欲求胜他，不随所欲，反为他胜，而生大苦。违害苦中复有八苦：一、诸在家者，妻子等事损灭生苦；二、诸出家者，贪等烦恼增益生苦；三、饥俭逼恼之所生苦；四、怨敌逼恼之所生苦；五、旷野险难迫进逼恼之所生苦；六、系属于他之所生苦；七、支节不具，损恼生苦；八、杀缚斫截，捶打驱摈，逼恼生苦。随逐苦中，复有九苦，依世八法，有八种苦：一、坏法坏时苦；二、尽法尽时苦；三、老法老时苦；四、病法病时苦；五、死法死时苦；六、无利苦；七、无誉苦；八、有讥苦，是名八苦；九、希求苦，如是总说名随逐苦。一切种苦中复有十苦，谓如前所说五乐所治有五种苦：一、因苦；二、受苦；三、唯无乐苦；四、受不断苦；五、出离远离寂静菩提乐所对治家欲界结寻异生苦，是名五苦。复有五苦：一、逼迫苦；二、众具匮乏苦；三、界不平等苦；四、所爱变坏苦；五、三界烦恼品粗重苦，是名五苦。前五此五，总十种苦。当知是名一切种苦。前五十五，今五十五，总有一百一十种苦。（卷四十四）

三界中有是种种苦，故处其间者，殆无异沉沦苦海，了无乐趣。然诸愚夫久没诸欲淤泥，耽昧欢娱，不求出离。如狗贪咬染血枯骨，虽杖逼之，犹不弃舍。圣者真觉其苦，本其好乐恶苦之恒情。勤求出离，得究竟乐，将欲为此，自在求得其因，对症措施。诸苦何由起耶？曰有漏皆苦故[1]。何者名有漏？《法华玄赞》曰：

诸论皆云：烦恼现行，令心连注流散不绝，名之为漏。如漏器漏舍深可厌恶，损污处广，毁责过失，立以漏名。（卷一）

质言之，漏即烦恼之异名。三界之诸法，流注相续泄过不绝，即有漏也。有漏何由耶？曰由我法执，烦恼所知二障具生。由烦恼障，障大涅槃，流转生死，由所知障，障大菩提，不悟大觉。起执成障，即成有漏。

---

1. 普通皆言无常故苦。如《大智度论》卷三称"长老摩诃迦叶赞说无常，谓一切有为法因缘生故无常，本有今无，已有还无故无常，因缘生故无常，无常故苦"是。然就三法印言，曰诸法无我，其范围最广，涵括一切。于法界中分有为、无为，于有为法说曰诸行无常。再于无常中区分有漏、无漏，于有漏无常说曰有漏皆苦。是所谓苦者，特指无常中之有漏言耳。其无漏一部分，虽属无常，固不苦也。虽云经论所言无常故苦，偏指有漏，语亦无病。然既已偏指有漏矣，何如言有漏皆苦之较得乎。

何者名我法执？何者名烦恼所知障？何者名菩提涅槃？今先总标佛法大义，次即随释诸名。

圣教说法[1]，不出二种。一者有为，二者无为。人世日常感官所接，皆有为法。此有为法皆待缘生。心法则待四缘，曰因缘、曰增上缘、曰所缘缘、曰等无间缘。譬如张目而了别窗外花木诸影像，是曰眼识。眼识之起，必依于了别及影像之功能。此即识种，为眼识之种子依，曰因缘。又此眼识起时，必托眼根及外境。设为盲人，根或缺损，或窗外无有花木，皆不能起了别花木诸影像。此眼根为眼识之俱有依，曰增上缘。花木为眼识之境界依，曰所缘缘。又在一刹那间，此眼根只能发一眼识，必前念识灭，后念识方生。此自类无间为眼识之开导依，曰等无间缘。眼识如是，余识亦然。色法则待二缘，无所缘缘与等无间缘。例如击石而生声，石不能生声，声之生起，待其自种，此声种望声为因缘。声种不能自现，待击石而后现，此击石望声为增上缘。声既如是，色等亦然。诸有为法待缘生故，故决不从自生。以从自生者，则无目处应生眼识，无石处应闻石声。而今不然，故知不从自生，亦决不从他生。以从他生者，则有花木处应即生眼识，石不击应亦生声。而今不然，故知不从他生，亦决不从自他共生。以共生者有自生、他生二过，而此二者上已破故，亦决不从无因生。以从无因生者，则无四缘时应生眼识，无二缘时应生声。而今不然，故知不从无因生。四生非故，待缘生法，理不倾动。诸法既待缘生，故生无自性。本无今有，方名生故。亦非常住，生已即灭。刹那变异故，此有为法。刹那生灭，自性本空之理。即是诸法实性无颠倒性，是曰无为，亦曰真如。此真如法与有为法不一不异，体唯一味，随相分多。或说二种，谓生空无我、法空无我。或谓四种，谓苦、集、灭、道。如是增数乃至穷尽，一切法门皆是真如差别之相。而真如体非一非多，分别言说所不能辨。此无为真如，待有为法而安立。诸法刹那生灭，其自性本空之理，即寓于诸生灭法之中，非离生灭法外别有真如。故曰不异。然生灭法为无

---

1. "法"字略当英文之 thing，统概一切。无论小者、大者、有形者、无形者、真实者、虚妄者、事物其物者、道理其物者，皆悉为法。

常，此无常之理为常，常与非常不可并论，故曰不一 [1]。如是有为无为，或名曰世俗谛、胜义谛。以有为法惟世俗有胜义空故，无为法是无分别，最胜圣智所证境界故。或名曰依他起性、圆成实性。以有为法皆从缘生，此有故彼有，此生故彼生故。无为法圆满周遍，成就真实，决定不虚故。大乘佛法，以是二者摄尽无余。空有两轮，各就胜显。以诸法之自性本空，因而直下明空，曰因缘所生法，我说即是空，是曰空宗（即三论宗，一名法性宗）。以诸法之自性虽空，而缘生非无，曰自性毕竟空，依他如幻有，是曰有宗（即慈恩宗，一名法相宗）。谈空则以遮作表，破而不立，智论三论之不但空有，亦复空空是也。明有则即用显体，特详依他。唯识之八识二无我，法相之五法三自性是也。凡能如是如实了知有为无为，实证诸有为法之刹那生灭，自性本空，是曰正智缘如（亦名见道，亦名证真）。即是菩提涅槃，菩提即正知，涅槃即真如故。然诸有情无始以来，业力深重，不能如实证知，诸有为法悉系众缘所引。自心心所虚妄变现，横兴计度，起执种种，谓有实我实法，体真遍常。此所计执，性相都无。是曰遍计所执性，即我执、法执是也。我谓主宰，执有实我如国主辅宰，有自在力及割断力，是名我执。法谓轨持，执有实法能自体任持 [2]，轨生物解 [3]，是名法执。诸我法执，略有二种，一者俱生，二者分别。

《成唯识论》：然诸我执，略有二种：一者俱生，二者分别。俱生我执，无始时来，虚妄熏习，内因力故，恒与身俱，不待邪教及邪分别，任运而转，故名俱生。此复二种：一常相续，在第七识，缘第八识，起自心相，执为实我；二有间断，在第六识，缘识所变，五取蕴相，或总或别，起自心相，执为实我。分别我执，亦由现在外缘力故，非与身俱。要待邪教及邪分别，然后方起，故名分别，唯在第六意识中有。此亦二种：一缘邪教所说蕴相，起自心相，分别计度，执为实我；二缘邪教所说我相，起自心相，分别计度，执为实我。

---

1. 以上所述理趣，详见本志十九期中拙著《唯识今释》，读者宜参阅。盖彼文之作，本为此篇之先容，而弥今兹之疏漏也。
2. 谓如竹有竹之自体，石有石之自体，各保任维持其自体也。
3. 谓如是既各有自体，皆为自体任持之状。

然诸法执，略有二种：一者俱生，二者分别。俱生法执，无始时来，虚妄熏习内因力故，恒与身俱，不待邪教及邪分别，任运而转，故名俱生。此复二种：一常相续，在第七识，缘第八识，起自心相，执为实法；二有间断，在第六识，缘识所变，蕴处界相，或总或别，起自心相，执为实法。分别法执，亦由现在外缘力故，非与身俱。要待邪教及邪分别，然后方起，故名分别，唯在第六意识中有。此亦二种：一缘邪教所说蕴处界相，起自心相，分别计度，执为实法；二缘邪教所说自性等相，起自性相，分别计度，执为实法。

我执为根，生诸烦恼；法执为本，所知障生。《唯识论》云：

执取能取所取性（即我法执），即是所知烦恼障种。烦恼障者，谓遍计所执实我萨迦耶见[1]而为上首，百二十八根本烦恼，及彼等流诸随烦恼，此皆烦恼有情身心，能障涅槃，名烦恼障。所知障者，谓执遍计所执实法萨迦耶见而为上首，见疑无明爱恚慢等，覆所知境无颠倒性，能障菩提，名所知障。

愚夫异生二障既生，贪著境味，受诸欲乐，不解观心，勤求出离，真如涅槃。虽属本来自性清净，由烦恼障，覆令不显，由是没三有海，流转生死，正智菩提。虽亦本来有能生种，而所知障碍故不生，由是不悟大觉，解脱无因，百一十苦之所为起也。今欲拔斯众苦，得究竟乐，惟有转烦恼障得大涅槃，转所知障证无上觉，此谓二转依果。三十颂所谓"此即无漏界，不思义善常，安乐解脱身，大牟尼名法"者，是即离染归净，是即大乘惟一不二之宗旨。然二障具生，由我法执。不执我法，即无二障。遣障得二转依，还惟破执。是故大乘要义，无非破执，执着为凡，执破即佛。而二执之起，由于不明二空（我空、法空），遍计种种，则破执者，亦惟二空之教法而已。《成唯识论》开卷有言曰：

今造此论，为于二空有迷谬者生正解故，生解为断二重障故，由我、法执二障具生。若证二空，彼障随断，断障为得二胜果故。由断续生烦恼障故，证真解脱。由断碍解所知障故，得大菩提。

1.萨迦耶见谓执我性，谓于五蕴执我我所，与我见稍异。盖我见不能摄我所，而此则能摄我所也。

大乘宗旨，即此数言可窥矣。明空破执，既为大乘根本要图。凡诸经论，靡不详此。言其大较，则以大论最为宏博，广百论唯识论最为精到。智者自详，今难备引[1]。语其正义，亦曰：世俗所谓我法，皆有为法，待缘而生，生无自性，生已即灭，体无常住，非有似有，虽有而幻而已。

《成唯识论》：是故我执，皆缘无常五取蕴相，妄执为我。然诸蕴相，从缘生故，是如幻有，妄所执我。横计度故，决定非有。故契经说："苾刍当知，世间沙门、婆罗门等所有我见，一切皆缘五取蕴起。"是故法执，皆缘自心所现似法，执为实有。然似法相，从缘生故，是如幻有。所执实法，妄计度故，决定非有。故世尊说："慈氏当知，诸识所缘，唯识所现，依他起性，如幻事等。"

至遣执明空断障证真之方法，则曰："以有漏引发无漏。"涅槃为万法自性本空之理，依于万法之生灭无常而安立，绝非超此生灭法外而存在。故此涅槃遍一切一味，一切有情平等共有，佛与众生了无差别。然佛能悟此涅槃而众生则迷而不知者，以佛纯为无漏种子现行之正智，而众生则为有漏种子现行之无明。含识种子[2]，各有有漏、无漏二类[3]。有漏种之现行。有善有恶，以无明等烦恼俱故，常迷于事理。无漏种之现行，其善绝对，能如实证知诸法真性。有漏之与无漏，殆如明暗之不能同时，邪正之不能互容，染净之不能并峙。故无漏种现则有漏种断，有漏种现则无漏种隐。佛与众生之差别，全在无漏有漏现否之不同。学佛之道无他，即引发未现之无漏种子，现为正智，对治无明，以正克邪，而如实证，知诸法自性本空，而不起执而已。然有漏熏习，终古有漏。众生既已有漏矣，尚何无漏现行之望耶？曰：亲因熏习，诚限自种[4]。然有漏现行，有善有恶。其恶虽与无漏对治，其善则与无漏接壤。众生之有漏善种熏习愈盛，与无漏种相距愈近，即能望无漏种为增上缘，而引起无漏种子，循至成佛。有漏皆灭，纯无漏在。基师《义林章记》曰：

1.《唯识今释》略述数义，可参阅。
2. 意云潜在之功能。
3. 有漏义见上，与有漏相反者曰无漏。
4. 有漏现行熏有漏种，无漏现行熏无漏种。

此多闻熏种。见道以前，有漏种子亲为因缘生诸现行。现行为因缘复熏成种，望无漏种余出世法为增上缘，由无漏种所资持故。诸有漏种感胜异熟，不造无间业，不堕恶趣等。由有漏法资无漏故，当生出世无漏现行。见道以后，无漏种子亲为因缘生无漏现行，与有漏法为增上缘。令有漏善感十王果，诸有漏善资助无漏，展转增明证离系法，乃至成佛。有漏皆灭，纯无漏在，诸有受生皆依示现。（卷十九三章）

然必如何而有漏始能引发无漏耶？曰：广之以十波罗密多[1]，约之以三学三慧。十波罗密多者，一者施，谓财施、无畏施（施他不令豺狼等畏，名无畏施）、法施。二者戒，谓律仪戒（转舍不善之戒）、摄善法戒（转生善法之戒）、饶益有情戒。三者忍，谓耐怨害忍、安受苦忍、谛察法忍（证真如之智，谓之谛察法忍）。四者精进，谓被甲精进、摄善精进、利乐精进。五者静虑，谓安住静虑、引发静虑、办事静虑。六者般若，谓生空无分别慧、法空无分别慧、俱空无分别慧。七者方便善巧，谓回向方便善巧、拔济方便善巧。八者愿，谓求菩提愿、利乐他愿。九者力，谓思择力、修习力。十者智，谓受用法乐智、成熟有情智。（见《成唯识论》卷九）此十胜行，或摄为六，后四皆第六所摄故。

《成唯实论》卷九：此实有十而说六者，应知后四第六所摄。开为十者，第六唯摄无分别智，后四皆是后得智摄，缘世俗故。

或由六而摄为三，曰戒、定、慧。

《解深密经》卷四：佛告观自在菩萨曰："善男子，菩萨学事略有六种，所谓布施、持戒、忍辱、精进、静虑、智慧到彼岸。"观自在菩萨复白佛言："世尊，如是六种所应学事，几是增上戒学所摄？几是增上心学所摄？几是增上慧学所摄？"佛告观自在菩萨曰："善男子，当知初三但是增上戒学所摄，静虑（即定）一种但是增上心学所摄，慧是增上慧学所摄，我说精进遍于一切。"

非戒无以生定，非定无以生慧，非慧无以破执。故戒、定、慧之三学，为断障之因慧（即般若）。又开三，曰闻、思、修。

1.波罗密多此云到彼岸，脱生死海到涅槃之谓也。

《成实论·三慧品》：三慧，闻慧、思慧、修慧。从修多罗等十二部经中生，名为闻慧，以此能生无漏圣慧，故名为慧。如经中说，罗睺罗比丘今能成就得解脱慧，虽闻韦陀等世俗经典，以不能生无漏慧故，不名闻慧。若能思量诸经中义，是名思慧。如说行者闻法思惟义趣，又说行者闻法思唯义已，当随顺行。若能现前知见，是名修慧。如说行者于定心中见五阴生灭。如诸经中说，汝等比丘习修禅定，当得如实现前知见。

欲修诸行必先思维，欲思维者，要本多闻。故闻思修之三慧，又为证真必经之阶梯。如是三学三慧，以有漏引发无漏。渐断二障，渐证二空，经三无量劫，而得佛果。拔一切苦，得究竟乐，是为离染归净，是为大乘。虽然，大乘之教，非如声闻与独觉之为自了汉已也。

按，《法华经》云：若有众生内有智性，从佛世尊闻法信受，殷勤精进，欲速出三界，自求涅槃，是名声闻乘。若有众生从佛世尊闻法信受，殷勤精进，求自然慧，乐独善寂，深知诸法因缘，是名辟支佛乘。若有众生从佛世尊闻法信受，殷勤精进，求一切智佛智自然智无师智，如来知见力无所畏，愍念安乐无量众生，利益天人，度脱一切，是名大乘。菩萨求此乘故，名为摩诃萨。是三乘之别，前二专求自利，后一则以利他为主。《解深密经》佛告胜义生菩萨，谓"我终不说，一向背弃利益众生事者，一向背弃发起诸行所作者，当坐道场能得阿耨多罗三藐三菩提，是故说彼名为一向趣寂声闻"。是惟利他之大乘师能证无上正等觉矣。

必将观众生之苦，起大悲之心，以度己而度人，而使无量无数无边众生亦悉离染归净，出生死海而登涅槃焉。《金刚经·大乘正宗》分曰：

佛告须菩提：诸菩萨摩诃萨应如是降伏其心。所有一切众生之类，若卵生、若胎生、若湿生、若化生、若有色、若无色、若有想、若无想、若非有想非无想，我皆令入无余涅槃而灭度之。

此令无量众生入无余涅槃而灭度之，是即大乘惟一不二之教，佛之出世即为是一大事因缘。

《法华经》：诸佛世尊，唯以一大事因缘故出现于世。舍利弗，云何名诸佛世尊唯以一大事因缘故出现于世？诸佛世尊，欲令众生开佛知见，使得清净故出现于世。欲示众生佛之知见故出现于世。欲令众生悟佛知见故出现于世。欲令众生入佛知见道故出现于世。舍利弗，是为诸佛以一大事因缘故出现于世。佛告舍利弗："诸佛如来但教化菩萨。诸有所作，常为一事，惟以佛之知见，示悟众生。……是诸众生皆是我子，等与大乘，不令有人独得灭度，皆以如来灭度而灭度之。"

修菩萨者，亦惟以利他为归。

《摄大乘论》：若诸菩萨成就三十二法，乃名菩萨，谓于一切有情起利益安乐增上意乐故[1]。如是诸句，应知皆是初句差别，谓于一切有情起利益安乐增上意乐。又如上言波罗密多，深密卷亦言前三饶益有情。

大论广言菩萨所修诸行，若四摄事（卷四十三），若四无量（卷四十四）等，皆利他行摄。所言之宏大，较之墨子辈之摩顶放踵，盖犹瀛渤之于潢污，其间最关根本者，则为大悲。

《大论》四十四：菩萨于有情界观见一百一十种苦（见上）。于诸有情修悲无量。……百十种苦是菩萨所缘境界。菩萨于所缘猛利作意，悲所执持，为息有情众苦因缘，尚能弃舍百千身命，况一身命及以资财，于一切种治罚大苦，为诸有情悉能堪忍。……菩萨如是以所修悲熏修心故，于内外事无有少分而不能舍，无戒律仪而不能学，无他怨害而不能忍，无有精进而不能起，无有静虑而不能证，无有妙慧而不能入。是故如来若有请问："菩萨菩提，谁所建立？"皆正答言："菩萨菩提，悲所建立。"

盖大乘菩萨以得阿耨多罗三藐三菩提为究竟，而此菩提以一切智智成，一切智智由大悲起，大悲以不舍众生起，故诸佛菩萨以大悲为根本。

《涅槃经》卷十一：三世诸世尊，大悲为根本，若无大悲者，是则不名佛。

以大悲而成就菩提。

《华严经·普贤行愿品》：诸佛如来，以大悲心而为体故。因于众生而起大悲，因于大悲生菩提心，因菩提心成正等觉。譬如旷野沙碛之中，有大树王，若根得水，枝叶花果，悉皆繁茂。生死旷野，菩提树王亦复如是。一切众生而为树根，诸佛菩萨而为华果。以大悲水饶益众生，则能成

1.此即第一法，下列举余三十一法，文繁不录。

就诸佛菩萨智慧华果。何以故？若诸菩萨以大悲水饶益众生，则能成就阿耨多罗三藐三菩提。是故菩提属于众生，若无众生，一切菩萨终不能成无上正觉。

惟然，故菩萨虽离生死海，登涅槃岸，而仍不住生死，不住涅槃。

按，涅槃义别，略有四种：一、本来自性清净涅槃。谓一切法相真如理，一切有情平等共有，寻思路绝，名言道断，唯真圣者自内所证，其性本寂，故名涅槃。二、有余依涅槃。谓即真如出烦恼障，虽有微苦所依未灭，而障永寂，故名涅槃。三、无余依涅槃。谓即真如出生死苦，烦恼既尽，余依亦灭，众苦永寂，故名涅槃。四、无住处涅槃。谓即真如出所知障，大悲般若常所辅翼，由斯不住生死涅槃，利乐有情穷未来际，用而常寂，故名涅槃。意谓虽则涅槃，而是无住，出入生死说法度生。而于生死因缘，明了不迷，故虽复生死而不为生死漂流也。

虽以根本智证一真法界，而复起后得智以利乐有情，穷未来际。

按，智凡有三：一者加行，寻思名义自性及差别皆假立，而如实了悟，其所得为似相真如，未能究竟。二者根本即正智，亦名无分别智，实证真如，恰如其量，能所冥契，诸相叵得，虽属究竟，然此时戏论既除，思议不及，故无言说可以利他。三者即后得智，以真见见道后，复变起相分，与识相应，而缘俗谛，复以言说开悟有情也。

《楞伽》所谓有一众生不入涅槃，菩萨终不入涅槃者。

《入楞伽经》卷二：大慧，此中一阐提，何故于解脱中不生愿乐？大慧，为无始众生起愿故。云何为无始众生起愿？谓诸菩萨以本愿方便，愿一切众生悉入涅槃，若一众生未涅槃者，我终不入。

此则大乘教旨之极轨，亦佛教之最可赞美者也。

上来略言佛教教旨，反观吾中国之教学则何如？吾国教学，流别繁多，固未可以数语概。然吾中国文化惟一无二之代表，实惟孔子。教学界最有关系之一人，亦惟孔子。自孔子以前数千年之文化，赖孔子而传。自孔子以后数千年之文化，赖孔子而开。言中国之教学，实即孔子之主张而可见。则孔学有一大特点，曰以研究人类现世生活之理法为中心[1]。以人类现世生活之理法为中心，遂流布二大精神，而与佛化根本不相为谋，曰入世的而非出世的，曰伦理的而非宗教的。以其为入世而非出世也，故不以此世界为苦海，勤求出离，而主享受此世间乐，曰"发愤忘食，乐以忘忧，不知老之将至"，曰"饭疏食，饮水，曲肱而枕之，乐亦在其中"。不以国家社会为虚妄，而思竭力改造，虽天下滔滔，曾不稍变其初衷，曰"如有用我者，吾其为东周"，曰"知其不可而为之"。以其为伦理而非宗教也，故罕言命与生死，不语怪力乱神，而惟曰"君君、臣臣、父父、子子、夫夫、妇妇"。不言业报轮回，不事祷祠神祇，而惟主明德、亲民、正家、定国。语其教学之目的，则曰成己、成人、成物，申言之曰先求一己之完成，因以其完成一己者，完成人人，推而至极，则完成物界。如曰：

夫仁者，己欲立而立人，己欲达而达人。

君子修己以敬，修己以安人，修己以安百姓。

古之欲明明德于天下者，先治其国。欲治其国者，先齐其家。欲齐其家者，先修其身。欲修其身者，先正其心。欲正其心者，先诚其意。欲诚其意者，先致其知。

贤者以其昭昭，使人昭昭。

此皆先求一己之完成，推而使天下之人完成者也。如曰：

致中和，天地位焉，万物育焉。

惟天下至诚，为能尽其性。能尽其性，则能尽人之性。能尽人之性，则能尽物之性。能尽物之性，可以参天地之化育。可以参天地之化育，则可以与天地参矣。

诚者非自成己而已也，所以成物也。

有大人者，己正而物正者也。

亲亲而仁民，仁民而爱物。

1.《荀子·儒效篇》所谓"道者，非天之道，非地之道，人之所以道也"，此言最足代表。先秦儒家与宋明诸儒之学，虽皆可区别形上与人生二部分，然其所侧重者，固纯在人生方面，而其所谓形上者，亦与人生融合无间，绝非与人生毫无关系之玄学。

此皆由一己之完成，不仅完成人人，而并完成物界者也。如是成己、成人、成物，概之以成仁。仁者何？曰同情心是成仁者，即求其同情心之广被，使其人格完成而已。何者为成仁之方？曰提倡孝悌，曰实施礼乐。人莫不有同情，此同情又莫不随其亲密之度以为等差。孝悌也者，即就其关系最亲密之父母兄弟以发达其同情，由是而推之于人人。虽有亲亲之杀，尊贤之等，而其极则足以仁民爱物。《孝经》《孟子》极言孝悌之大用，如曰：

夫孝德之本也，教之所由生也。

君子之教以孝也，所以敬天下之为人父者也。教以悌，所以敬天下之为人君者也。

孝悌之至，通于神明，光于四海，无所不通。

老吾老，以及人之老，幼吾幼，以及人之幼，天下可运于掌。《诗》云："刑于寡妻，至于兄弟，以御于家邦。"言举斯心加诸彼而已。

仁者以其所爱及其所不爱。

人皆有所不忍，达于其所忍，仁也。

人人亲其亲，长其长，而天下平。

《论语》载夫子言"孝悌为仁之本"，洵不诬也。至于礼乐，则以声音之美善，容止之温良，调和人之心身。而感人于不知不觉之间，收效于天下之毕化。《乐记》曰：

君子曰：礼乐不可斯须去身。致乐以治心，则易直子谅之心油然生矣。易直子谅之心生则乐，乐则安，安则久，久则天，天则神。天则不言而信，神则不怒而威。致乐以治心者也。致礼以治躬则庄敬，庄敬则严威。心中斯须不和不乐，而鄙诈之心入之矣。外貌斯须不庄不敬，而易慢之心入之矣。故曰：致礼乐之道，举而错之，天下无难矣。

着意于人类现世之生活，以成己、成人、成物，完成人类之人格，而以孝悌礼乐为成仁之方，孔学之根本在是，中国文化之真精神，亦在是也。

佛教出世，孔学入世，为道不同，盖不待言。往昔人士，于是等根本差别之所在，亦有见之极明彻者。

《刘君白答僧岩法师书》[1]：夫去国三年，见似家人者喜。作客日久，宁不悲心。今誓舍重担而安坐，弃羁旅如还家。对孔怀之好，敦九族之美。赵门欣欣，为乐已甚。况复文明御运，姬召协政。思贤赞道，日昃忘餐。以君之才，弘君之德。带玉声朝，披锦振远。功济世猷，名扬身后。与夫髡翦之辱，鲸绝之苦。岂可同年而语哉？

顾泾阳曰：吾圣人以人伦为实际，佛氏以人伦为幻迹。

以吾中国定儒学于一尊之政府，沐浴孔子教学之人民，对此异教允宜发生剧烈之反动矣。顾自佛教输入，历时几二千载，君主之排佛，虽有三武，皆不再世而复（参阅第二章）。流血之事，在彼欧洲同教主而异宗派之教徒，所惯演者，固绝无仅有。[2] 即学者之反对攻击，亦鲜有明辨同异，适中肯綮者[3]，其始也大抵援儒道以合佛，其继也，佛教徒已多辨三教之不同。而服膺儒道者，犹附会释典以自重。偶有一二沽名钓誉之徒，声罪致讨，只知加以戎狄之丑号，粗气叫嚣，毫无当于事理。此犹可谓自晋至唐，为佛教之最盛期。贤智之士，已尽醉心于彼教也（参阅第二章）。降至宋明，佛教式微，儒学大昌，儒者之盛，冠绝今古。而其徘徊儒释者，较之反对佛教者，犹不相下。在彼明揭反对之帜者，逃禅归儒者有之，阴盗阳憎者有之，其攻击之言论，既乏激烈，且十九隔靴搔痒，鲜中要害（此段仅标总纲，下当详述）。盖拟诸儒墨儒法之辨，程朱陆王之争，似有不逮焉者。夫孔佛之不同也如彼其甚，其所引起之反踵，如此其微，此果奚为而然耶？兹于论次中国教学与佛教冲突调和之先，略述其因，分厥四端[4]，而以《大乘教理在中国之真相》附焉。

一则由老庄而入释氏也。老庄之学，以复归自然为主旨，其结果则每为极端之干涉，虽有玄言，与佛教实根本不相入，往昔大师辨析至严，如吉藏则以六义明其优劣。

---

1. 刘为刺史，举僧岩为秀才，岩辞，《弘明集》载二人往返书六通，此即第四书也。
2. 遍索史乘，仅崔浩请魏太武诛戮沙门一事，略含残杀异教徒性质。然太武之动机，亦以沙门不法为多，与欧洲之宗教战争不可同日而语。
3. 如上文所举刘君白顾泾阳之言，已不数数觏。
4. 第二章述佛教兴盛之八因，与此有关者不重述。

吉藏（三论宗最著名之大师）《三论玄义》：罗什昔闻三玄与九部同极，伯阳与牟尼抗行，乃喟然叹曰：老庄入玄，故应易惑耳目。凡夫之智，孟浪之言，言之似极而未始诣也，推之似尽而未谁至也。略陈六义，明其优劣。外但辨乎一形，内则朗鉴三世。外则五情未达，内则说六通穷微。外未即万有而为太虚，内说不坏假名而演实相。外未能即无为而游万有，内说不动真际建立诸法。外存得失之门，内冥二际于绝句之理。外未境智两泯，内则缘观俱寂。以此详之，短羽之于鹏翼，坎井之于天池，未足喻其悬矣。

慈恩则目为自然外道。

窥基（法相宗之大师）《成唯识论述记》卷六：解自然外道文云：自然者，别有一法，是实是常，号曰自然，能生万法。如此方外道，亦计有自然是一是常，能生万法。虚通之理，名不可道之常道也，稍与彼同。[1]

奘师集空有之大成，至谓佛道两教，其致天殊（《续高僧传》卷四）。吾人今日，实不宜再事附会，以自暴其浅陋。然老庄与佛不同，为一事，历史上老庄与佛大有关系，又为一事。佛教之初输入，即以黄老为先容，说已见首章。汉魏之际，海内云扰，旷达之士，以放荡为隐遁（如阮籍等），何晏、王弼之徒，遂祖述老庄，开清谈之风。至晋而向郭之徒承之，益尚玄风。

《晋书》卷四十九《向秀传》：好老庄之学，为之隐解，发明奇趣，振起玄风。读之者超然心悟，莫不自足一时也。惠帝之世，郭象又述而广之，儒墨之迹见鄙，道家之风遂盛焉。

名士达官，翕然倾向。虽其性质未能尽同，而崇尚老庄则一。时则佛教虽渐行中土，根本教义，胥未尽明。钻研释典者，既心葰玄言，佛经译文又多用老庄词语。因多以老庄生解，由老庄而入释氏。

《高僧传》卷四：法雅，河间人，少善外学（老庄），长通佛义。衣冠仕子咸附谘禀，时依门徒并世典有功，未善佛理。雅乃与康法朗等以经中事数拟配外书，为生解之例，谓之格。乃毗浮相昙等，亦辩格义以训

1.按，《述记》言此方外道文不一见皆指老庄。

门徒。雅风采洒落，善于枢机，外典佛经，递互讲说。

故其时释子大抵兼通老庄，目为外书与内典并称。

《高僧传》卷四：竺潜，琅琊人，隐迹剡山，以避当世。追踪问道者，已复结侣山门。潜优游讲席三十余载，或畅方等或释老庄。投身北面者，莫不内外兼治。……于道邃，敦煌人，学业高明，内外该览。

卷五：竺法汰弟子昙壹昙二，并博练经义，又善老易。……释道立，少出家，事安公为师，善放光经，又以庄老三玄，微应佛理，颇亦属意焉。……竺道壹，吴人也，少出家，博通内外。

卷六：释慧远，雁门娄烦人也，少为诸生，博综六经，尤善老庄。……释昙邕，关中人，事远公为师，内外经书，多所综涉。

老庄化之佛学，遂为世正宗，就中以支遁最足代表。《世说新语》（卷二）及《高僧传》（卷四）盛称遁学娴内外，望重当世。然今观其著作，亦不过略识玄言。佛法真谛，初未梦见。如：

《咏怀诗》：端坐邻孤影，眇罔玄思劢。偓蹇收神辔，领略综名书。涉老咍双玄，披庄玩太初。咏发清风集，触思皆恬愉。俯欣质文蔚，仰悲二匠祖。萧萧柱下迥，寂寂蒙邑虚。廓矣千载事，消液归空无。无矣复何伤，万殊归一途。道会贵冥想，罔象掇玄珠。怅快浊水际，几忘映清渠。反鉴归澄漠，容与含道符。心与理理密，形与物物疏。萧索人事去，独与神明居。

《座右铭勖僧众》：勤之勤之，至道非弥。奚为淹滞，弱丧神奇。茫茫三界，眇眇长羁。烦劳外凑，冥心内驰。殉赴钦渴，缅邈忘疲。人生一世，涓若露垂。我身非我，云云谁施。达人怀德，知安必危。寂寥清举，濯累禅池。谨守明禁，雅玩玄规。绥心神道，抗志无为。寮朗三蔽，融冶六疵。空同五阴，豁虚四支。非指喻指，绝而莫离。妙觉既陈，又玄其知。宛转平任，与物推移。过此以往，勿思勿议。敦之觉父，志在婴儿。

而当时称颂之者，已赞为"数百年来绍明大法，令真理不绝，一人而已"（郄超语）。慧皎号称卓识，亦称其"追踪马鸣，蹑影龙树。义应法本，不违实相"（《高僧传》语）。以老庄化之佛学为真佛学，尚何与吾国教学冲突之有乎？厥后罗什东来，大弘空宗，融、叡、恒、肇，门下四俊，犹多娴老庄。

《高僧传》卷六：释道融，汲郡林虑人，十二出家，迄至立年，才解英绝，内外经书，暗游心府。……释道恒，蓝田人，游刃佛理，多所兼通，学该内外，才思清敏。……释僧肇，京兆人，爱好玄微，每以老庄为心要。

叡序肇论，虽理契大乘，亦并用玄词。如：

僧叡《大智度论》序：夫万有本于生生，而生生者无生。变化兆于物始，而始始者无始。然则无生无始，物之性也。生始不动于性，而万有陈于外。悔吝生于内者，其唯邪思乎？正觉有以见邪思之自起，故阿含为之作。知滞有之由惑，故般若为之照。然而照本希夷，津涯浩汗，理超文表，趣绝思境。以言求之，则乖其深，以智测之，则失其旨。二乘所以颠沛于三藏，杂学所以曝鳞于龙门者，不其然乎？

僧肇《涅槃无名论》：夫涅槃之为道也。寥寥虚旷，不可以形名得。微妙无相，不可以有心知。超群有以幽升，量太虚而永久。随之弗得其踪，迎之罔眺其首。六趣不能摄其生，力负无以化其体。潢漭惚恍，若存若往。五目不睹其容，二听不闻其响。冥冥窅窅，谁见谁晓。弥纶靡所不在，而独曳于有无之表。然则言之者失其真，知之者反其愚，有之者乖其性，无之者伤其躯。

继是以降，以佛藏乱老庄与摅老庄解佛典之书，汗牛充栋［其中固浅深有殊，然除极少数仅用其辞而不取其意者外（如肇论），要皆不知佛亦不知老庄，虽澄观[1]、德清[2]未能免讥，限于篇幅，姑不毛举］。佛老亦并称二氏，宋儒每谓佛典多窃取老庄。

朱子《释氏论》下：或问："子之言释氏之术原于庄子承蜩削锯之论，其有稽乎？"朱子曰："何独此哉？凡彼言之精者，皆窃取老庄之说以为之。"

其说固不值一哂，然老庄化之佛学，其势力远迈真正之佛学，实吾

---

1. 著《华严疏钞》多剿窃老庄。
2. 著《观老庄影响论》及《道德经解》纯用佛藏语意。

国佛教史上一显著之现象¹。佛教在中国不引起剧烈之反动，此其一因也。

二则中人调和性之特富也。中国民性，异常复杂，然有一特性焉，数千年来之学术文化，靡不受其支配，曰富调和且善调和是。以言政治，则调和文武。以言经济，则调和奢约。以言人伦行为，则调和过与不及。以言学术，则极相反之学说，亦莫不并行而不相悖，并育而不相害。此其长短得失，固未易定言²。然佛教入中国后无大冲突，实以是种民性为一大关键。上言由老庄而入释氏，外此尚有儒释之调和（见下论三教调和），皆可目为调和性之表现。然此犹可曰：当时未明真正之佛教然也。若夫已明儒道与释之不同，又谓释氏非尧舜周孔老庄之所及，出家修道，可以自利利他如颜之推者。

《家训·归心篇》：三世之事，信而有征，家素归心，勿轻慢也。其间妙旨，具诸经论，不复于此，少能赞述。但惧汝曹犹未牢固，略重劝诱耳。原夫四尘五阴，剖析形有；六舟三驾，运载群生；万行归空，千门入善；辩才智慧，岂徒七经、百氏之博哉？明非尧、舜、周、孔、老、庄之所及也。……若能偕化黔首，悉入道场，如妙乐之世，儴佉之国，则有自然粳米，无尽宝藏，安求田蚕之利乎？……一人修道，济度几许苍生？免脱几身罪累？幸熟思之！

读者必以为将劝其子孙出家惟恐不速矣，谁知接下即谓人生须顾俗计，不得悉弃妻子，一皆出家。

《家训·归心篇》：人生居世，须顾俗计，树立门户，不得悉弃妻子，一皆出家。但当兼修行业，留心读诵，以为来世资粮。人身难得，勿虚过也。

以如是矛盾之思想，备诸一身，而不觉其冲突，诚中国民性之特征也。不仅此也，出世法与世法殊科，以出世为宗极之佛教，非治国者所得利用也明矣。而何尚之答宋文帝，则目佛教为共敦黎民坐致太平之利器，拟之儒教，且过之无不及。

---

1. 大乘佛法，未被老庄瘴气者，仅有相宗。近人著《齐物论释》，则并此而乱之。然其人固不佛，亦并不知老庄者也。近人指章太炎。——编者注
2. 其长则广纳众流，其短则笼统而不彻底。得失多实，极难下判。

《弘明集》卷十一：何尚之对宋文帝曰："慧远法师尝云：'释氏之化，无所不可，适道固自教源，济俗亦为要务。'世主若能剪其讹伪，奖其验实，与皇之政，并行四海，幽显协力，共敦黎庶，何成康、文景独可奇哉？使周汉之初，复兼此化，颂作刑清，倍当速耳。窃谓此说有契理奥。何者？百家之乡，十人持五戒，则十人淳谨矣；千室之邑，百人修十善，则百人和厚矣。传此风训，以遍寓内，编户千万，则仁人百万矣。此举戒善之全举者耳。若持一戒一善，悉计为数者，抑将十有二三矣。夫能行一善，则去一恶；一恶既去，则息一刑；一刑息于家，则万刑息于国。四百之狱，何足难错？雅颂之兴，理宜倍速，即陛下所谓坐致太平者也。"

尚之之为是言，固别具苦心[1]。然非中人之惯调，使佛教成为世法化。何能有此？不观夫秦姚兴唐太宗之为中国二大护法主乎。（参阅第二章）一则"道性自然，天机迈俗，城堑三宝，弘道是务"，见称于僧肇。（《答慧远书》）一则经典流施，日月无穷，圣福遐敷，乾坤永大，自述其希冀。（参阅《大唐三藏圣教序》）乃兴则迫道恒、道标还俗，助振王业。

《高僧传》卷六：秦主姚兴以道恒、道标二人神气俊朗，有经国之量，乃敕尚书令姚显，令敦迫恒、标罢道，助振王业。又下书恒、标等曰："卿等皎然之操，实在可嘉。但君临四海，治急须才。今敕尚书令显令夺卿等法服，助翼赞时世，苟心存道味，宁系白黑，望体此怀，不以守节为辞也。"恒、标答曰："奉诏夺恒、标等法服，承命悲怀，五情失守。恒等才质暗短，染法未深，缁服之下，誓毕身命。陛下以道御兼弘三宝，愿鉴元元之情，垂旷通物之理也。"兴又致书于什、䂮二法师曰："顷万事之殷，须才以理之。近诏恒、标二人令释罗汉之服，寻大士之踪。然道无不在，愿法师等勖以喻之。"什、䂮等答曰："古之明主以适贤之性为得贤，今恒等德非圆达，分在守节，少习玄化，伏膺佛道。至于敷折妙典，研究幽微，足以启悟童稚，助化功德。愿陛下施既往之恩，纵其微志也。"兴后频复下书，阖境救之，殆而得勉。（往返书札，备载《弘明集》卷十一）

1.时文帝犹未崇信三宝。

太宗则并欲令奘师罢道，致之左右，共谋朝政。

《慈恩传》卷六：贞观十九年，法师谒帝于洛阳宫。帝察法师堪公辅之寄，因劝罢道，助秉俗务。法师谢曰："玄奘少践缁门，服膺佛道。玄宗既习，孔教未闻。今遣从俗，无异乘流之舟，使弃水而就陆。不惟无功，亦徒令腐败也。愿得毕身行道，以报国恩。玄奘幸甚，如是固辞乃止。"……二十二年，法师见帝玉华殿，帝以法师学业该赡，仪韵淹深，每思逼劝还俗，致之左右，共谋朝政。往于洛阳宫奉见之际，已亲论之，至是又言曰："昔尧舜禹汤之君，隆周炎汉之主，明王圣主，犹仗群贤，况朕寡闻而不寄众哲者也。意欲法师脱须菩提之染服，挂维摩诘之素衣，升铉路以陈谟，坐槐庭而论道，于意何如？"法师对曰："玄奘庸愚，何足以预之？至于守戒缁门，阐扬遗法，此其愿也。伏乞天慈，终而不夺。"

观姚兴之劝恒、标，一则曰："心存道味，宁系白黑。"再则曰："独善之美，不如兼济之功。自守之节，未若拯物之大。""若福报有征，佛不虚言。拯世急病之功，济时宁治之勋。功福在此而不在彼。"（《弘明集》卷十一）此固足征其法之非彻底，反而观之，实含调和之意味。而历世帝王所崇奉之佛教，皆变相之宣传，虽不免丧失出世法之真义[1]。而一方面则以调和而减少其反对，此则吾人所宜审观者也。

三则佛教之博大圆融也。佛教虽以出世法为终极，然佛初非止有出世法，人乘之世间法，以广义言，亦在佛教之范围。人乘以五戒垂训，曰不杀、曰不盗、曰不邪淫[2]、曰不妄语、曰不饮酒。其受此五戒之男子，则曰优婆塞（此云近善男），女子则曰优婆夷（此云近善女），并为四众之一，七众之一。昔人谓五戒与儒家五常符同，固属附会。

《家训·归心篇》：内典初门，设五种之禁，与外书仁义五常符同，

---

1. 近人好言印度的佛学、中国的佛学。反之者则谓佛法言缘生法性，印度中土，既皆同此缘生，同此法性，绝对不能分别中印。余意二皆有所蔽，前者蔽在不明佛法，好为皮毛论调。后者则虽明佛法，而未知老庄化世法化之佛教在中国之势力，远非真正之佛教所可几及也。吾人苟以名是等变相之佛教，曰中国的佛教，以别于真正之大乘教理，庶几其无过乎！
2. 不犯他人妻女，非永断淫欲。

仁者不杀之禁也¹。义者不盗之禁也。礼者不邪之禁也。智者不酒之禁也²。信者不妄之禁也。

然其导人入善，与吾儒之教，亦无大背。前言佛教入中国而世法化，虽曰中人富调和性有以致之。要释氏之教，本有此义，方得肆其技耳。至出世法虽非世法所能范围，然出世之事，纯起于个人主观情意之要求。

《高僧传》卷四：王晞天资秀发，至年十六，求杨德慎女，字苕华，容貌端正，又善愤籍，与度同年。求婚之日，即相许焉。未及成礼，苕华母亡。顷之，苕华父又亡，庶母亦卒。度遂睹世代无常，忽然感悟，乃舍俗出家，改名僧度。苕华服毕，乃与度书。谓发肤不可伤毁，宗祀不可顿废。令其顾世教，改远志，曜翘烁之姿，于盛明之世，远休祖考之灵，近慰神人之愿。度答书曰：人心各异，有若其面。卿之不乐道，犹我之不慕俗矣，杨氏长别离矣，万世因缘于今绝矣。³

有是要求者，虽以王子之尊，九重禁闼，三时密殿，瞿昙终成其出家之志。无是要求者，虽佛亦未如之何。而彼出家者，即如声闻僧之惟知自利，无益于世，然亦与世无碍。圣人在上，亦惟有任之各行其是，非人情之所能禁也。若在大乘，则成佛不必出家，"不坏世间相而成出世间法"（《华严经》文）。其精神虽大异世法，其迹象则与世法融通而无碍，曷言乎成佛不必出家也，曰依声闻乘，正式学佛与最后身菩萨成佛，皆必须出家。若依大乘，则无论在家出家，凡发菩提心者，概名菩萨⁴。持戒修行，既不必定须出家，故以维摩诘之入深法门，而仍为居士。

《维摩经》：尔时，毗耶离大城中有长者，名维摩诘。已曾供养无量诸佛，深植善本；得无生忍，辩才无碍；游戏神通，逮诸总持；获无所畏，降魔劳怨；入深法门，善于智度；通达方便，大愿成就；明了众生心之所趣，又能分别诸根利钝；久于佛道，心已纯淑，决定大乘；诸有所作，能善思量；住佛威仪，心大如海；诸佛咨嗟，弟子释梵世主所敬。

---

1. 按，儒家仅云："见其生，不忍见其死；闻其声，不忍食其肉。"初不禁杀。
2. 按，儒家言惟酒无量不及乱，初未禁酒。
3. 必如此始为真正之出家，非是皆伪也。
4. 菩萨梵言菩提萨埵，意即发心求菩提之人。

最后成佛，必在自在天宫，更无所谓出家。普通虽有八相成道[1]之说，以出家为其一相。然此乃成佛以后应化之事，非成佛之因。而如天王佛白衣成道，亦无出家。八相云云，诸佛固有不具者。（慧远《地论义记》卷十四）基师法苑义林云："麟角亦僧宝摄。"（三宝章）麟角者，独觉之别名，独觉未出家而可名僧，非在家人亦得名为僧乎。

按，小乘必声闻而后为僧，大乘则诸佛所制，各各不同。《大智度论》三十四云："有佛以声闻为僧，有佛为一乘说法纯以菩萨为僧，有佛声闻菩萨杂以为僧。"释迦牟尼佛以此土众生根器太劣，故制以声闻为僧，曰："我当以无量阿僧祇声闻为僧。"然亦许有菩萨杂入僧众。奘师依《阿阇世王经》云，据实菩萨虽是在家，坐在声闻大僧之上。虽有别解，要以奘师为正。

曷言乎不坏世间相而成其出世间法耶？曰大乘之正鹄，固在出世间，固非不厌世。然其所谓厌世者，乃厌此有漏，而绝非厌此无漏。彼见无量有情之堕入器世间也，乃欲济度以出三界之外。曰所有一切众生之类，我皆令入无余涅槃而灭度之。故不住涅槃，不住生死，众生无尽，行愿无尽。而当有一众生未得度时，则虽在器世间中，其所以饶益此众生者，固无所不用其极。惟然人世一切学术技艺，凡可以为正德利厚生之资者，虽则如幻，虽非究竟，而为菩萨者，皆须悉心学习，以图利乐此众生。《大论》第十三云：

云何闻所成地？谓若略说，于五明处，名句文身无量差别。觉慧为先，听闻领受，读诵忆念。又于依止名身、句身、文身义中，无倒解了。如是名为闻所成地。何等名为五明处？谓内明处、医方明处、因明处、声明处、工业明处。

此之五明，摄世间亦一切学术尽。而凡修菩萨者，皆须听闻领受读诵忆念者也。故曰菩萨于何求？当于五明求。至此而出世法遂与世法无殊，所异者，菩萨不过用此以饶益有情，而不执为实有常住而已。此则佛法之博大圆融，中人得任意调和而不起剧烈之反动，此又其一因矣。

1. 一生兜率，二下入胎，三住胎中，四者初生，五者出家，六者成道，七转法轮，八入涅槃。

四则自尊不依之精神同也。印度国俗，尚仁崇德。凡有论辩，无贵无贱，悉据理义以定是非，旌贤惩愚，不假权威。

《西域记》卷二：国重聪叡，俗贵高明。褒赞既隆，礼命亦重。故能强志笃学，忘疲游艺，访道依仁，不远千里。其有商榷微言，抑扬妙理，雅辞赡美，妙辩敏捷。于是驭乘宝象，导从如林。至乃义门虚辟，辞锋挫锐，理寡而辞繁，义乖而言顺，遂即面涂赭垩，身坌尘土，斥于旷野，弃之沟壑。既旌淑慝，亦表贤愚。

而佛教则自尊不依之精神尤为显著，（参阅第六章）佛之出世修道，既以自力排其障碍，逮入涅槃，复以四依教弟子。

《大智度论》卷九：佛欲入涅槃时，语诸比丘："从今日，应依法不依人，应依义不依语，应依智不依识，应依了义经不依未了义。"

故自后佛弟子之争辩至烈。所谓印度佛教史者，无他，一佛法与外道，小乘与小乘，小乘与大乘，大乘与大乘，此宗与彼宗，本宗与本宗，争辩之迹而已。吾国先圣先贤之教学，固与佛教异趣。惟是种精神，则与之不二。夫子之论君子也，曰："和而不流，强哉矫。中立而不倚，强哉矫。国有道，不变塞焉，强哉矫。国无道，至死不变，强哉矫。"[1]孟子之论大丈夫也，曰："富贵不能淫，贫贱不能移，威武不能屈。"君子与大丈夫，为儒家理想之人格。而儒家之所以教人者，无一而非求此理想人格之实现。其表现于学术界者，则惟理是从，故儒墨、儒法之辩至烈。而同为儒家，孟、荀又各不相下。佛教之入吾东土也，若鸠摩罗什时之关东学派，若唐室初叶之法相唯识。其商榷微言，反复辩析，固已各臻其胜，推阐幽畅矣。然唐以后之佛教，唯禅独盛。而禅宗之独立自尊，杜绝依傍，于佛教中尤为彻底，观玄觉之参六祖，即可概见一斑。

《六祖坛经》：玄觉同玄策来参。绕师三匝，振锡而立。师曰："夫沙门者，具三千威仪，八万细行。大德自何方而来，生大我慢？"觉曰："生死事大，无常迅速。"师曰："何不体取无生，了无速乎？"曰："体即无生，了本无速。"师曰："如是！如是！"玄觉方具威仪礼拜，须臾告

1."不变塞"意云达不离道，"至死不变"意云以身殉道。

辞。师曰："返太速乎？"曰："本自非动，岂有速耶？"师曰："谁知非动？"曰："仁者自生分别。"师曰："汝甚得无生之意。"曰："无生岂有意耶？"师曰："无意谁当分别？"曰："分别亦非意。"师曰："善哉！少留一宿。"时谓一宿觉。

文偃诵经，见有佛初降世经行七步之说。书其后曰：我若看见，一棒打杀与狗子吃（《云门语录》）。后之参禅者，几莫不以呵佛骂祖为事。此虽有出矫饰，然自尊不依之精神，则至禅宗而造极。宋明之世，儒学大兴，其精神亦有同然。若朱子谓："孔子有未是处，也只还他未是。"象山谓："若某则不识一个字，亦须还我堂堂地做个人。"（《语录》）谓："古之圣贤惟理自视，苟当于理，虽妇人孺子之言所不弃也。或乖理致，虽出古书，不敢尽信也。"（《与朱子书》）皆此种精神之表现[1]。而阳明之言，更为透彻。

《答罗整庵书》：夫学贵得之心，求之于心而非也。虽其言之出于孔子，不敢以为是也，求之于心而是也。虽其言之出于庸常，不敢以为非也。……夫道，天下之公道也。学，天下之公学也。非朱子可得而私也，非孔子可得而私也。天下之公也，公言之而已矣。故言之而是，虽异于己，乃益于己也；言之而非，虽同于己，适损于己也。

按，聂文蔚与阳明书，亦云："思孟周程，无意相遭于千载之下。与其尽信于天下，不若真信于一人。道固自在，学亦自在，天下信之不为多，一人信之不为少。"足征此种精神，实中国真正之儒者所同具。然诸儒之书，所言为人之道，大致同于前圣者何耶？曰此非盲目之因袭也，实因诸儒取前圣之言，验诸心身，觉其至当而不可易，一如吾心之所欲言，遂著为定说耳。今之君子，曹于此旨，动诬先民为迷古为奴隶。噫，何其伤于日月乎？多见其不自量也。

观心斋之见阳明。

《明儒学案》卷三十二：时阳明巡抚江西，心斋先生僻处，未之闻

---

1. 朱陆争《太极图说》至烈，见《宋元学案》卷五十八。虽有涉意气，要皆各有见地，以理为归。黄宗羲所谓"二先生之不苟同，正将以求夫至当之归，以明其道于天下后世，非有嫌隙于其间也。"

也。有黄文刚者，闻先生论，诧曰："此绝类王巡抚之谈学也。"先生喜曰："有是哉！虽然王公论良知，艮谈格物，如其同也，是天以王公与天下后世也；如其异也，是天以艮与王公也。"即日启行，以古服进见，至中门举笏而立，阳明出迎于门外。始入，先生据上坐。辩难久之，稍心折，移其坐于侧。论毕，乃叹曰："简易直截，艮不及也。"下拜，自称弟子。退而绎所闻，间有不合，悔曰："吾轻易矣！"明日入见，且告之悔。阳明曰："善哉！子之不轻信从也。"先生复上坐，辩难久之，始大服，遂为弟子如初。阳明谓门人曰："向者吾擒宸濠，一无所动，今却为斯人动矣。"

虽仅属辩论，与玄觉之参六祖有异，然其精神则同。宋明之世，儒者辈出，而其间沟通儒释者，实繁有徒（见后）。即有攻击，亦不甚剧。其间原因固非一端，而自尊不依之精神，彼此一贯，精神上互相沟通而不相外，实其重要之一因矣。

附《大乘教理在中国之真相略论》

佛法入中国，大乘独盛。历代以大乘师名世者，多至不能毛举。似大乘教理在中国，无时不为一般人所共晓矣。余昔初阅经论，见中土著述之繁，与夫时贤讲习之众，亦每作如是想。今春研习法相三论，始知印土所谓大乘，不外空有二宗。二宗教理，不外万法缘生。此缘生法自性本空。[1] 因持此标准涉猎《佛藏》，空有二宗重要典籍，无在而不见其会通。惟遇古德撰述，则虽开宗大师，犹多格格不相入。颇以汉末至今，曾有几人了解大乘教理为疑，继念六朝宋明，佛教与吾国教学上之冲突至烈。然双方论议之涉及佛理者，十九肤浅不堪卒读，益信前疑之非诬，略赘数言，借作后论之背景，其详当待专论。第佛法有证实与解行二者，前者为自内证智之所证知，非文字所能记别；后者则借文字宣述。本节所言，专据后者。古德之现量证真者，固不在范围内也。

---

1. 详见《唯识今释》及前论佛教宗旨。

佛教之始入中国也，不讲深文，莫识奥义，神之而已。

《弘明集后序》：秦景东使，摄腾西至，乃图像于华阳之观，藏经于兰台之室。不讲深文，故莫识奥义。是以楚王修仁洁之祠，孝桓建华盖之祭。法相未融，唯神之而已。[1]

汉末译经，虽已杂有大乘（见前），然译音胥讹，旨义多述。

《梵汉译经音义同异记》：自前汉之末，经法始通。译音胥讹，未能明练。故浮屠桑门，言谬汉史。音字有然，况于义乎。

僧叡《思益梵天所问经序》：恭明（支谦字）前译，颇丽其辞，仍迷其旨。是使宏标乖于谬文，至味淡于华艳。[2]

晋法护等嗣之，般若、般泥洹、法华、首楞严、维摩诘诸大乘经，译者不一。

《出三藏记集》第二："竺法护出《小品般若经》七卷。卫士度抄《摩诃般若波罗密道行经》二卷。昙摩蜱出《摩诃钵罗若波罗密经》五卷。竺法护出《方等泥洹经》二卷，《正法华经》十卷，《首楞严经》二卷。竺叔兰出《首楞严》二卷。竺法护出《维摩诘经》三卷。竺叔兰出《维摩诘》二卷。"

然其真义仍无人窥见，读叡、肇、罗什新经序文可见。

僧叡《般若小品经序》：秦太子玩味斯经，梦想增至，准悟大品，深知译者之失。以弘始十年请令鸠摩罗法师出之，考之旧译，真若荒田之稼，芸过其半，未讵多也。

僧叡《法华经后序》：经流兹土，虽复垂及百年。译者昧其虚津，灵关莫之或启。谈者乖其准格，幽踪罕得而履。徒复搜研皓首，并未有窥其门者。既遇鸠摩罗法师，为之传写，指其大归，真若披重霄而高蹈，登昆仑而俯眺矣。

僧肇《维摩诘经序》：大秦天王每寻玩兹典，以为栖神之宅。而恨支竺所出，理滞于文。常惧玄宗，坠于译人。以弘始八年请罗什法师，重译

---

1. 《后汉书·西域传》论有类是之论。
2. 按叡系序罗什新译者。

正本。微远之言，于兹显然。

时则玄风盛播，沙门居士极思想之自由，探法海之妙要。著书立说，实繁有徒，第无一有契于大乘教理者。吉藏《中论疏》八不、十门义、同异门中，列举诸家学说，批评无遗。（五卷）竟师概为一表，颇为简明，录之如次[1]。

学者	道安	琛法师	关内大朗	支道林	温法师	于法师	壹法师	于道邃
学说	本无义，谓无在万物前，宅心无，万事息，此就心说。	本无义，大同道安，但此就色说。	即色是空	即色游玄论	心无义，但破执空心，不空外物。	识含义，心识梦主，三界长夜，梦觉，三界无生。	无世谛义，世法如幻，本来无有。	二谛义，缘会故有，缘散则无。
批评	空之义，非无之义也。本性即空，何分前后。且既空矣，又何无字之可谈。	比道安所见更浅。	即色是空诚然，但犹未知本性空及空空也。	不坏假名而说实相，甚可贵也，然亦太著色空之迹。	心何以空，外物何不空，未作究竟之谈。	如此所谈，则无世俗谛。	执无世谛，蹈恶取空。	未知因果关系。

原文尚有齐周颙《三宗论》，以在罗什后，兹不列。又僧肇《不真空论》破道恒、道林、竺法汰三宗，可参阅。

盖其时高等之佛学，皆老庄化之佛学[2]，固非大乘之正宗也。逮罗什东来，以姚秦弘始三年至十一年，凡八年间，译书近三百卷[3]。经则有般若、法华、维摩诘、首楞严、思益义等。论则有中百十二门、大智度等。（参阅第二章）正文言于竹帛，晓大归于句下。肇、叡、生、融，述作称盛，中土以是立性空宗。大乘教理之见于中国，此其嚆矢。前乎此者，慧远虽涅槃常住之说。

《高僧传·慧远传》：先是中土未有泥洹（即涅槃）常住之说，但言寿命长远而已。远乃叹曰："佛是至极，至极则无变。无变之理，岂有穷

---

1. 见《唯识讲义》第一卷首，吉藏原文可三分二。
2. 参照第二十一期。指《学衡》第21期，1923年9月。——编者注
3. 《出三藏记集》载三十五部，二百九十四卷。

耶?"因著《法性论》曰:"至极以不变为性,得性以体极为宗。"罗什见论而叹曰:"边国人未有经,便暗与理合,岂不妙哉!"

然由佛是至极而推得,疑未能心明其故。观罗什谓"秦人解空第一者,僧肇其人",明肇前无解空者矣。

吉藏《百论疏》:罗什至京师,肇请从业,著《不真空》等四论,著净名注及诸经论序。什叹曰:"秦人解空第一者,僧肇其人也。若肇公名肇,可谓玄宗之始。"

罗什之译空宗经论也,讲说敷显,虽有其人。

《高僧传》卷五:释慧虔,北地人也,罗什新出诸经,虔志存敷显,宣扬德教,凡诸新经,皆书写讲说。

然什所译以《大智度论》为最要,论成之后,慧远作序,并撰论抄[1]。而此论则自晋末至梁,传者寡鲜。余尝细读《弘明集》及《高僧传》,于前者若郄超之奉法要,若刘勰之灭惑论,若僧顺之释三破论,虽间有引三论者,而无一语言及智论。于后者虽有言习三论,绝无讲智论者[2]。且即以三论言,时人似亦未能多明其要。宋世有神灭之论,至梁范缜而集大成。谓形者神之质,神者形之用,形存则神存,形谢则神灭[3]。此说也,以三论判之,至易解答。首当问其所谓神者何指?谓灵魂耶?则《百论》第二品(《破神品》)已破之矣。谓心识耶?则因缘生法,自性本空,不惟神无实神,即形亦无实形[4]。《百论》第五(《破情品》)、第六(《破尘品》)已言之矣。乃其时之佛教徒,一闻神灭之说而大骇驳斥之者,风起云涌,亦无一人焉,有见及此。梁武敕答,仅举《祭义》《礼运》二事,以证神之不灭。

梁武帝《敕答臣下神灭论》:观三圣设教,皆云不灭。其文浩博,难可具载。止举二事,试以为言。《祭义》云:唯孝子为能飨亲。《礼运》云:三日齐,必见所祭。若谓飨非所飨,见非所见,违经背亲,言语可

1.《高僧传》卷六,《出三藏记集》第二。
2.《高僧传》卷十一论禅律,《出三藏记集》第一,《口集三藏缘记》,皆引智论。
3. 时人每谓神灭论始于范缜实属大误,宋宗炳与郑道子并著《神不灭论》,于神灭之说多所驳难,足证神灭论在宋时已盛。其持论有言形灭则神无所附,即神随形而灭,见地亦与范缜同。若更上溯,则汉王充《论衡》已颇主之矣。
4. 范缜谓心器是五藏之心,其说至浅陋可笑。

息。神灭之论，朕所未详。

王公朝贵六十余人，号称法门龙象者，莫不上书赞叹，理精辞诣，无可复言[1]。至今读之，令人齿冷。盖其时大乘经典为学者所最究心者，不出《法华》《维摩》《涅槃》[2]，前二罗什重译，至是不过肤浅讲说，涅槃译自昙无谶，传述者众，且成宗名（涅槃宗），亦多属不了经意。

窥基《唯识料简》卷三：摄相归性门。此方分别者，说真如自性，寂静离言，体性周圆，清净微妙，非如清辨，其体空无。然俗谛中妄情境界，可说有为、无为差别。于胜义谛正智所缘，一切有为即真如自性，体无生灭，本来涅槃，此意说云，约世俗谛，差别成妄，若正智境，一切皆如。今摄俗妄归真性义，故一切法性即真如，由此成佛断差别妄，惟有正智独存。此方古来涅槃师等不了经意，多作是言。

至空宗教理，则已鲜有人知，故当梁武大兴佛法之世（参阅第二章），犹有此学术上之笑话也。

北齐惠文诵《智论》《中论》而悟其理，依之立三观、三止等说。

《佛祖统纪》六：慧文夙禀圆乘，天真独悟，因阅《大智度论》。……依以修心观。……师又因读《中论》至四谛品偈云："因缘所生法，我说即是空，亦名为假名，亦名中道义。"恍然大悟，顿了诸法无非因缘所生。而此因缘有不定有，空不定空，空有不二，名为中道。

慧思智者灌顶相继传授，后人以智者住天台山，号为台宗。故陈隋之间，空宗以台宗之依止，义又稍明于世。至吉藏作《三论疏》，大阐性空，三论之旨，如日中天。

《续高僧传》卷十二：吉藏年位息兹，英名驰誉。冠成之后，荣扇愈远。貌象西梵，言实东华。讲三论一百余遍，法华三百余遍，大品、智论、华严、维摩各数十遍，并著玄疏，盛流于世。

时则异派繁兴。北魏菩提流支译《十地经论》，颇弘北方，成地论宗，一也。陈真谛译《摄大乘论》，颇弘南方，成摄论宗，二也。二宗水

---

1. 具见《弘明集》第十。
2. 详见《高僧传》，时习《成实论》者，亦众惟为小乘。

火，有欲调和之者，异军突起，著《起信论》，三也。流支、真谛首译无著、世亲之书，虽为中土有宗之先河，然其所译，既有缺谬。

窥基《唯识二十论述记》卷一：昔觉爱法师，魏代创译[1]。家依三藏，陈代角翻[2]。今我和尚三藏法师玄奘，校诸梵本，睹先再译。知其莫闲奥理，义多缺谬。不悟声明，词甚繁鄙。非只一条，难具陈述，所以自古通学，阅而靡究。"

其所立义更多妄误。

《唯识讲义》：菩提流支之学说，其要有三：（一）三空；（二）八识即如；（三）梨耶中求解脱。三空者，所谓人法我空，因缘法体空，真如佛性空是也。然因缘法体者，依他起也，识之所变也。依他是用，乌乎能空。所变有相，又乌能空。八识即如者，唯有八识之自证分为能变。此能变识是真是实，故即是如。然八识唯是相体而非真理，相体有而不实，岂可比于真体之有耶？梨耶中求解脱者，此盖误以梨耶为末那也，解脱当于末那中求。今误梨耶为末那者，以八识有二义：一者谓藏，则曰梨耶；二者谓执，则曰阿陀那。末那之执，本为执我；阿陀那之执，则为执持。执言是同，遂误以末那执著者之执，混同阿陀那不失之执也。至真谛所译之书，偏重唯识，后来奘师多加重翻，以两本相较，则旧译泥守古说，异义纷然，谬误之处，又不胜举。[3]

调和二宗之起信论，以一心开真如、生灭二门。而此真如性虽常一，能转变生起一切法，不悟佛法真如，但以有万法故，而真如之理即存。性非能生，不生万法，遂与外道之自性神梵，仅有名相之差别[4]。较之地、摄两宗，相去又远矣。

唐贞观中，玄奘求法归来，网罗大德，译出经论千三百余卷（参第二章），虽兼各宗，而有宗之书独多。经则有《解深密》，论则有《瑜伽

---

1. 觉爱即流支，所译名《唯识论》，一名《破色心论》。
2. 家依即真谛，所译名《大乘唯识论》。
3. 下表列其义，评其谬误，文繁不录。惟真谛译，亦间有胜义，如言遗依他是，见《唯识料简》。
4. 详见王恩洋君《起信论料简》，《唯识今释》亦略叙破之，梁氏《起信论考证》谓此论系调和地、摄二宗，其言良是，惟谓微文深解，融纳众流。又引元晓群净评主之，赞称为唯识者，知言则不知大乘教理之藏也。王恩洋（1897—1964），佛学家。此处梁氏指梁启超。——编者注。

师地》《庄严经》《显扬圣教》《辩中边》《摄大乘》《杂集》《成唯识》《二十唯识》《佛地经》等。窥基、玄测、普光、玄范，并肩相承。慧沼、智周、道邑、如理、太贤、灵泰，继起阐发。法相、唯识之学，在印土将成绝响者，复大白于中国。传述之盛，且非罗什之空宗所可并论。惠能说法曹溪，立禅宗不拔之基。二宗（南岳、青原）五派（临济、沩仰、曹洞、云门、法眼），宗趣特多（参第二章）。寻其理致，曰明心见性。了知三界惟心，是曰明心。了知万法无性，是曰见性。三论法相，殊途同归，而其立说尤为洞彻。余最爱读永嘉《证道歌》，片言数语，涵概佛法而无不尽。如曰：

> 无明佛性即佛性，幻化空身即法身。法身觉了无一物，本源自性天真佛。五阴浮云空去来，三毒水泡虚出没。……诸行无常一切空，即是如来大圆觉。……不求真，不断妄，了知二法空无相，无相无空无不空，即是如来大圆觉。

大乘教理之磅礴，以唐代为最矣。然当此正宗大乘极盛之秋，犹有贤首圭峰辈。依据《起信论》等似教，妄兴外论，且得多人信奉，而以贤首宗名世[1]，贤首著疏约百余卷[2]，其学说根本见《金狮子章》。

《金狮子章》：初明缘起，谓金无自性。随工巧匠缘，遂有师子相起。起但是缘，故名缘起。……二辨色空，谓师子相虚，唯是真金。师子不有，金体不无，故名色空。又复空无自相，约色以明。不碍幻有，名为色空。……三约三性，师子情有，名为遍计。师子似有，名曰依他。金性不变，故号圆成。……四显无相，谓以金收师子尽，金外更无师子相可得，故名无相。……五说无生，谓正见师子生时，但是金生，金外更无一物。师子虽有生灭，金体本无增灭，故曰无生。

圭峰述作称是[3]。其学说总纲，见《原人论》。

《原人论》：佛教自浅之深，略有五等：一、人天教，二、小乘教，

1. 贤首宗一名华严宗，然华严宗以澄观《疏钞》为主，传习者鲜，贤首圭峰二外道之著作流行颇广，故析出之。
2. 见法界宗《五祖略记》。
3. 亦见法界宗《五祖略记》。

三、大乘法相教，四、大乘破相教（上四皆不了义教），五、一乘显性教（佛了义实教）。一乘显性教者，说一切有情，皆有本觉真性，无始以来，常住清净，昭昭不昧，了了常知，亦名佛性，亦名如来藏。从无始际，妄想翳之，不自觉知。但认凡质，故耽着结业，受生死苦。大觉愍之，说一切皆空，又开示灵觉真心清净，全同诸佛。

寻二家意旨，皆不了万法缘生，自性本空，而与《起信论》毫无有异。今破斥云：汝以金喻圆成，师说依他，而师由金转变。为问此金为是无为，为是有为？若是无为，必无作用，应不能转变，以是无为故，犹如虚空。而今金能转变，生起师子，故知必是有为，非是无为。故汝所执金定非是常，以是有为故，犹如瓶盆，非常则非遍，非遍则非真，思之可知。又汝说"众生皆有佛性，昭昭不昧，了了常知"，此佛性言为是无为，为是有为？若是无为，则非能了，以是无为故，犹如虚空。而今汝言"昭昭不昧，了了常知"，故知汝言为是有为，非是无为。既是有为，佛与众生殊胜，殊胜云何？一切有情，全同诸佛？若谓"妄想翳之，不自觉知"，始有差别，汝既言"无始以来，常住清净"，此之妄想，更从何起？自语相违，无有是处。以如是谬妄之思想，竟与法相并列教下，为世所宗，虽在唐代，似大乘教理亦有难言者矣。

宋以后之佛教，惟禅为盛。性空、法相为大乘正宗者，晚唐以降，已渐成绝响。诸家著述，亦渐次销沉。延至有元，若吉藏之《三论疏》，窥基、元测辈之《唯识论疏》，并皆绝迹中土。而以习禅自命者，十九未得谓得，未证谓证。除永明寿禅师外，亦大都颠顶教理。仁山居士有言："慨自江河日下，后后逊于前前。即有真参实悟者，已不如古德之精纯，何况杜撰禅和于光影门头。黠慧者，窃其言句而转换之；粗鲁者，仿其规模而强效之"，可为宋后之禅门写照。千年间著述等身，极负盛名者，除永明寿禅师外，当以晚明之憨山、藕益、云栖、紫柏为最。然憨山自诩证得实相（见《肇论略注》），曾于外道《起信论》而不能料简，述为直解一味朋说。藕益以得唯识心要自命，曾于现种熏生而不之知，谓种子能熏现行。（《大乘止观释要》卷二）又以诸法喻波，法性喻水，诸法喻绳，法性喻麻，谓诸法非此，则无自体。（见《百法明门论直解》）曾外道之自性神梵而不能辨。僧可袾宏，其肤浅视此更下矣。宋后佛教之不振若是，斯儒者得以重兴门户，斯儒者之无理攻击，佛教徒曾不能以理折之也。大乘教理，不外空有二宗，而中国当罗什之前无空宗，玄奘之前无有宗。空有既入中国，其传也不久，当其传时，服习似教与误解其旨者，犹远愈于真正了解之徒。此则大乘教理在中国之真相，敢以质之世之研究内典者。

载《学衡》第 14、15、16、21、23 期，1923 年 2 月—11 月

印度哲学之起原

汤用彤

【编者导读】

本文是汤用彤在国立东南大学任教时撰写的文章，文章聚焦印度哲学的起源，及其背后的多种因素与相互关系，呈现了印度哲理的进化轨迹。

全文共分为五部分，第一部分重点论述印度宗教从多魔教向多神教，后趋于一元宗教的演变历程。在此过程中，《奥义书》兴起后对宇宙起源进行玄想，摆脱了旧宗教信仰，形成多种关于宇宙本体的学说。第二部分讨论印度的阶级制度与苦行学说，印度阶级制度由来已久，《吠陀》时代已初见雏形。当时，婆罗门僧侣地位崇高，部分人却败德逾检，徒重祭祀形式以谋取钱财，遭人唾弃。为取代祭祀，苦行法兴起，如尼犍子派，极端者则发展为厌世学说，是对婆罗门道德败坏的反动。第三部分阐述灵魂人我学说的影响，学术界对灵魂的探讨，有力推动了真我学说的发展。各哲学宗派围绕宇宙与人我的关系，以解脱为人生之目的，提出不同的见解，如吠檀多派、僧佉派等，都致力于让神我超越苦海。第四部分强调业报轮回学说的影响，业报轮回说在印度出现较晚，《黎俱吠陀》时已有报应观念，但无依业报定轮回的思想。轮回说影响下，印度人产生厌世主义，各宗派以尽业缘、出轮回为目标。佛教则主张无我义，依靠业报因果律解释轮回现象。全文最后总结印度哲理起源的四个主要因素。印度民族富于理想、重视出世观念，且社会奖励辩难，保障言论自由，这些历史文化因素也促进了印度哲理的繁荣昌盛。

印度最古典籍首推《黎俱吠陀》。《吠陀》所载多为雅利安民族颂神歌曲。雅利安种来自北方（确实地点尚在集论。旧说指为帕米尔，近则指为中亚或南俄，最近则考为奥匈捷克国境），其入居印度五河流域，证以 Boghaz Koi 之刻文，似在四千至五千年前之中。自时厥后，种族繁殖，势力侵入五印全境，思想变迁，衍为一特殊文化。以是印度一语非指政治之一统，而代表一种文化，如希腊一字，代表特殊精神，固非指纯一民族或统一国家也。

《黎俱吠陀》尊崇三十三天，而以因陀罗为最有威力。密多罗及法龙那则较正直，人民信仰极笃，顾其旨在求福田利益，主收实用，绝少学理。虽印土婆罗门大都尊《吠陀》，而其诸宗哲理之兴起，不在继《吠陀》之宏业，而在挽祠祀之颓风，不在多神教极盛之时，而在其将衰之候。自佛陀至商羯罗（西历纪元后 800 年）学说蜂起，究其原因，盖有数端。

一

世界各宗教，类皆自多元趋于一元。太古之人，信精灵妖鬼之实有，于是驱役灵鬼之方繁兴，其方法寄于人者谓之巫觋；其方法托于物者谓之桃符。其于祭祀，皆以其所持，求其所欲，实含商业性质（凡具此性质之歌曲，多见于《阿他婆吠陀》。是编虽晚出，而思想有较《黎俱吠陀》尤古者）。人之于神，实立于对等或同等地位，顾鬼神既可用之害人，自亦可因之自害，由是而生恐惧，而生敬畏。人之于神，不敢驱而须求，不事威逼而在祈祷，其于祭祀，固有交换授受之心，而福善祸淫实信仰之要素。其时之神，若因陀罗（雷雨之神），有家室，具肢体，乘车争斗，游乐饮宴，其性质固不高于人也。然其威力渐驾群神之上，人之对越极为卑逊，此外若阿耆尼（火神）、若法龙那（司世界之秩序）、若须摩（原为醉人饮料）及《吠陀》宗教诸大神，征其地位，则印度宗教已由多魔教而进为多神教。

宗教根本既在笃信神之威权，遂趋于保守而进化迟迟。其初当人民道德幼稚时代，神之性质自以人为标准，故民蛮尚斗而因陀罗之神尊，尊其残暴也，民俗贪饮而须摩之草神，神其能醉也。其后文化增进，民德渐高，然宗教以尚保守，神之性质遂形卑下。此种现象，在《黎俱吠陀》中已可索得形迹，如其卷十之一百十七篇，仅奖励人为善，而毫未言及神，盖似以神之德衰，非可凭准也。卷十之一百五十一篇为颂信神之歌，论者谓当时盖信仰渐弱，作者有为而言（如卷二之十二，即谓因陀罗神之存在，有否认之者）。及至佛陀出世之时，对于《吠陀》宗教之怀疑者更多。神之堕落，几与人无殊。弥曼差学者解说祭祀之有酬报，非由神力，数论颂释力攻马祠之妄（见《金七十论》卷上），而非神之说（或称无神Atheism），不仅佛教，印度上古、中古各派几全认之。

人民对于诸神之信仰既衰，而遂有一元宗教之趋向。论者谓埃及之一元趋势，在合众神为一，犹太之一元宗教，始在驱他神于族外，继在斥之为乌有，而印度于此则独辟一径，盖由哲理讨论之渐兴，玄想宇宙之起源，于是异计繁兴，时（时间）方（空间）诸观念，世主 Prajāpati、大人 Purusha 诸神，《吠陀》诗人叠指之为世界之原。盖皆抽象观念，非如《吠陀》大神悉自然界之显象，实为哲理初步，而非旧日宗教之信仰也。此中变迁关键，大显于初期之《奥义书》中。《奥义书》者，旨在发明《吠陀》之哲理，而实则《吠陀》主宗教，甚乏哲理之研讨。诸书（《奥义书》有多种）所言，系思想之新潮，顾宇宙起源之玄想，在《黎俱吠陀》中已有线索，其中虽无具体之宇宙构成学说，然其怀疑问难，已可测思想之所向，此诸诗作者，不信常人所奉诸神创造天地，而问难日与夜孰先造出，世界为何木（意犹谓何种物质何种本质）所造。类此疑难散见颇多，而以卷十之一二一篇及一二九篇等，至为有名。其一二一篇曰（原为韵文，今只求意义之恰当，未能摹仿原有音节韵律）：

太古之初，金卵始起，生而无两，万物之主，既定昊天，又安大地，吾应供养，此是何神？

俾吾生命，加吾精力，明神众生，咸必敬迪，死丧长生，俱由荫庇，吾应供养，此是何神？

徒依己力，自作世王，凡有血气，眠者醒者，凡人与兽，彼永为主，吾应供养，此是何神？

神力庄严，现彼雪山，汪洋巨海，与彼流渊，巨腕远扬，现此广莫，吾应供养，此是何神？

大地星辰，孰莫丽之，天上诸天，孰维系之，茫茫寥廓，孰合离之，吾应供养，此是何神？

两军（指天地）对峙，身心战栗，均赖神力，视其意旨，日出东方，照彼躯体，吾应供养，此是何神？

汪洋巨水，弥满大荒，蕴藏金卵，发生火光，诸神精魄，于以从出，吾应供养，此是何神？

依彼神力，照耀此水，蕴藏势力（指金卵），且奉牺牲（指火光），维此上天，诸天之天，吾应供养，此是何神？

祈勿我毒，地之创者，明神正直，亦创上苍，并创诸水，明洁巨伟，吾应供养，此是何神？（本篇共有十阕，第十阕显为后人窜入，故未译。）

怀疑思想之影响有三，夫人以有涯之生命，有限之能力，而受无尽之烦恼，生无穷之欲望，于是不能不求解脱。印土出世之念最深，其所言所行，遂几全以灭苦为初因，解脱为究竟。降及吠陀教衰，既神人救苦之信薄，遂智慧觉迷之事重。以此，在希腊谓以求知而谈哲理，在印度则因解决人生而先探真理。以此，在西方宗教哲学析为二科，在天竺则因理及教，依教说理，质言之，实非宗教非哲学。此其影响之大者，一也。宇宙起源之说既兴，而大梵一元之论渐定。大梵者，非仅世之主宰（如耶教之上帝），亦为世之本体（西方此类学说名泛神主义），其后吠檀多宗以梵为真如，世间为假立，此外法是幻之说也；僧佉以梵为自性，世间为现象，此转变之说也；至若弃一元大梵而立四大（或五大）极微，如胜论顺世，则积聚之说也；至若我法皆空，蕴界悉假，则精于体用之说也。是脱多神之束缚，亦且突过一神（大梵乃泛神论非一神论）之藩篱矣。此影响之大者，二也。《吠陀》诸神势力既坠，而人神之关系亦有变迁，由崇拜祭祀，进而究学测原，吠檀多合人我大梵为一，僧佉立自性神我为二，胜论于五大之外，别有神我，大乘则于法空之内，益以我空，诸派对旧日祈祝之因陀罗阿耆尼，均漠然视之。此其影响之大者，三也。

二

印度阶级之制，不悉始于何时，《吠陀》时代，阶级是否已存在，尤为聚讼之点，顾阶级之原则，实不但《吠陀》初期有之，且恐远溯可及雅利安人侵入印度以前。盖民人既信鬼神，自有僧侣，既尚战争，自有酋长，僧侣之魔术，非人人所可擅长，酋长之威力，恒历久不废，于是而世袭之僧侣与贵族，遂各与平民有别。初则此种分别未进化为固定种姓，如《黎俱吠陀》虽有婆罗门、刹帝利诸语，然据其所言，则帝王可为僧侣，牧童亦可参与战事，其非指固定之种姓，似可断言。及雅利安人征服印土，黑色土著遂降为奴隶，其后遂成为第四种姓，而武士平民亦渐成确定阶级，而婆罗门之僧侣乃居其首，著述经典，教育青年，几全出其手。其中笃信潜修者固多，而败德逾检者亦不少，其释经（谓《吠陀》）之书曰：婆罗门那几全务求节末，徒重仪式，其拘执形式文字，常极为无谓，其道德则如蛮人，观祈祷祭祀为魔术，上天之福田利益，固不视人之良朽而授与也。以故僧侣之为人作道场，其目的惟在金钱酬赠之丰，常见于纪载，毫不为怪。黄金尤为彼辈所欣悦，盖金有不死性，为阿耆尼（火神）之种等也。（见婆罗门那书中）而凡人施僧以千牛者，得尽有天上诸物〔《金七十论》谓马祠说言尽杀六百兽，六百兽少三不俱足，不得生六为戏（指男女戏乐）等五事，其意亦与此同〕，僧人之蔑视廉耻，盖亦甚可惊也。

《黎俱吠陀》（如十之一〇三及十之八二）中，固已有人斥婆罗门人之逢场作戏，徒知谋生，降及佛陀时代，祭祀尤为智者所唾骂，而其索酬特高，亦为常人之所痛恨，于是乃另发明苦行法，以代祭祀，毁身练志，摒绝嗜欲，于贪字务刈之净尽。其用意初固非恶，而其末流，则变本加厉，致旨不在除欲，而仅在受苦。《杂阿含》有曰：

常执须发，或举手立，不在床坐，或复蹲坐，以之为业。或复坐卧于荆棘之上，或边椽坐卧，或坐卧灰土，或牛尿涂地，于其中坐卧，或翘一足，随日而转，盛夏之月，五热炙身，或食菜，或食稗子，或食舍楼枷，或食油滓，或食牛粪，或日事三火，或于冬节冻冰亲体，有如是等无量苦身法。

苦行昌盛，遂成为学说，尼犍子派是也。此派以"大雄"为祖，大雄乃尼犍子若提子之徽号，尼犍子师事勒沙婆（中国旧译勒沙婆，勒字系勃讹），守五戒之说。五戒者，三宝（闻、信、修）之极顶也。此派重业力，谓一切事物悉凭因果业报，故《维摩诘经注》（及《百论疏》卷三等）有曰："其人起见，谓罪福苦乐，尽由前世，要当必偿，今虽行道（此必指常人之道，非尼犍子之道），不能中断。"人生解脱之方，全赖苦行，苦行在印文本义为烧，业力虽强，固可烧断也。

神之德衰而有宇宙之论（如前节所言），僧之德衰而兴苦行之说（如本节所论），举天人之所崇拜、所仰望者均衰，故厌世之说起。厌世以救世者，释迦是矣，厌世以绝世者，六师是矣（尼犍子亦六师之一）。绝世者轻蔑道德，故其论佛家恒斥为颠狂。六师之一，有答阿阇王之言曰：

王若自作，若教人作，斫伐残害，煮炙切割，恼乱众生，愁忧啼哭，杀生偷盗，媱洪妄语，逾墙劫贼，放火焚烧，断道为恶，大王行如此事，非为恶也。大王若以利剑脔割一切众生，以为肉聚，弥满世间，此非为恶，亦无罪报，于恒水南岸脔割众生，亦无有恶报，于恒水北岸为大施会，施一切众利人等利，亦无福报。（见《长阿含》第十七卷）

极端绝世之学说，为顺世派。顺世为佛教及外道所同诃病，其教无解脱之方，谓人聚四大而成取，命终时，地水火风悉散而人败坏，知识亦全消灭，人生正鹄在享肉体快乐，日月不居，稍纵即逝，故有言曰："生命如在，乐当及时，死神明察，无可逃避，若汝躯之见烧（火葬），胡能复还人世。"行乐而外，绝无良方，火祠《吠陀》，苦行者之三杖涂灰，均为懦弱愚顽谋生之法，至若依智立言，尤为无据。夫论说赖乎比量，而顺世仅立现量，否认比量，一切世间生灭变迁，非由外力，悉任自然，人类行为，悉不能超出自然法律之外，顺世遂亦名自然因派（此上据十四世纪印度学者 Madhava 之《诸见集要》所述）。

若此绝对厌世之说，至斥《吠陀》为妄论，僧侣为下流，则其兴起必为道德败坏之反动，尤必由痛恨婆罗门作伪者之所提倡，盖无可疑也。

三

印度哲学各宗，盖亦不仅在革《吠陀》神教之败坏，亦且受灵魂人我学说之影响，依宗教进化程序言之，灵魂为神祇信仰之先导，世界各国之所同有。雅利安持有鬼之论，不知始于何时，然其未入印土之前即信此说，则可断言。暨时代演进，其说呈二现象，一为俗人之迷信，二为明人之学说。

迷信类皆落于僧侣之掌握，用以为谋生之具，我佛如来甚微妙，大法光明，此诸卑行，均深痛绝。如经所说（下节录《长阿含经》卷十四）：

如余沙门婆罗门食他信施行遮道（二字系直译，遮道系谓横行，横行指畜生，引申之为卑鄙，故遮道法者谓卑鄙之法也）法，邪命自活，召唤鬼神，或复驱遣，种种厌祷，无数方道恐热于人，能聚能散，能苦能乐，又能为人安胎出衣，亦能咒人使作驴马，亦能使人聋盲喑哑，现诸技术，又手向日月，作诸苦行，以求利养，沙门瞿昙无如是事。

如余沙门婆罗门食他信施遮道法，邪命自活，或为人咒病，或诵恶术，或诵善咒，（中略）沙门瞿昙无如此事。

如余沙门婆罗门食他信施遮道法，邪命自活，或咒水火，或为鬼咒，或诵刹利咒，或诵鸟咒，或支节咒，或妄宅符咒，或火烧鼠啮能为解咒，或诵知死生书，或诵梦书，或相手面，（中略）沙门瞿昙无如此事。

鬼魂之术既多，鬼之种类亦繁。就《正理论》所说，有无财少财多财之鬼，无财者有炬口针咽臭口三类，少财者有针毛臭毛大瘿，而多财者则有得弃得失势力。《长阿含经》云，一切人民所居舍宅，一切街巷四衢道中，屠儿市肆，及邱冢间，皆有鬼神，无有空者。（上详《翻译名义集》卷六）

学理中真我之搜求，实基于俗人鬼魂之说。真我是常，亦有借于灵魂不死之见，俗人对于灵魂无确定之观念，故学术界讨论何谓灵魂之疑问甚烈。如《长阿含经》之第十七，布吒婆楼与如来争辩何谓灵魂，而《梵网经》（《长阿含经》误译梵动）中，历数关于神我诸计或谓我是色（犹言物质）四大所造，乳食长成，或谓我是无色（非物质），为想（犹言知识）所造，或谓我亦非想等，系发知识行为或享受之本（故有我为知者作者受者诸名），而非知识行为或享受所构成（如数论谓我为知者而一切知识则属于觉我慢等），异执群出，姑不备举。

宇宙与人我之关系，为哲学之一大问题，而在印土诸宗，咸以解脱人生为的，故其研究尤亟。吠檀多谓大梵即神我，梵我以外，一切空幻，梵我永存，无名无著，智者知此，即是解脱。僧佉以自性神我对立，神我独存，无缚无脱，常人多惑，误认自性，灭苦之方，先在欲知。至若瑜珈外道重修行法，正理宗派重因明法，而要其旨归皆不出使神我得超越苦海，静寂独存，达最正果也。

<h1 style="text-align:center">四</h1>

业报轮回之说，虽为印度著名学说，而其成立甚晚。在《黎俱吠陀》中，已有报应不死之说，而无依业报以定轮回之想。当时思想，以人之生命为神所授与，死则躯壳归于土，常人之魂恒附系于丘墓间，而善人之魂还居天上（在最上之天为阎王之世界），摒绝嗜欲，清净受福，惟逢家祀亦来受享，子孙之福利亦常不能去怀。恶人则身体深沉土中，其鬼魂被弃置极暗之地。至若地狱之详情，轮回之可畏，当时雅利安人似未梦及。

论者谓轮回之说，雅利安人得之土著，故在其入居五河之前，人民乐天，及入印度，乃渐厌世，此说虽有可疑议[1]，然印度厌世主义之受轮回说之影响，实甚合理。夫宗教重不死，而印人尤喜静寂常住，然事与望违，如佛告比丘："世间无常，无有牢固，皆当离散，无常在者。心识所行，但为自欺，恩爱合会，其谁得久，天地须弥，尚有崩坏，况于人物，而欲长存。"（录东晋译《般泥洹经》）烦恼生死，悉为业果无常之苦。根据轮回，此所以印土诸宗，莫不以尽业缘，出轮回为鹄的。质言之，则皆以厌世为出世之因，悲观（谓世间为苦海）为乐观（谓究竟可解脱）之方，世谓印度民族悲观厌世，实非恰到之言也。

印度宗派既有析知识、行为、享受与知者、作者、受者为二事。于

---

1. 轮回之说有二要素，一为身死而灵不灭，二为惩恶劝善。颜夭跖寿，均有来生为之留余地，此二点《黎俱吠陀》中已俱有之，如上段说。故现有谓轮回之说非出自土人，而系循雅利安人思想进化之顺序所得。

是有何物轮回之问题发生，盖仅有神我轮回，则人受生后必但有知者等，知识等必遂无根据，且数论等谓神我无缚无脱，实不轮回，故轮回者恒于神我之外，别立身体（物质）、知识（精神）之原素，即如数论之轮回者为细身。（一）细身人相具足，受生后为身体之原素（此种变迁，名曰相生）；（二）细身为有（犹言心理状态，业缘属之），薰习乃成人心理之原素（此种变迁，名曰觉生），神我之于细身，绝为二物，细身轮回，而神我固仍超出生死。吠檀多亦以知者知识对立，故亦有细身说（唯稍与数论异），诸宗易知，且待后述。

唯佛教立无我义，人世轮回遂徒依业报因果之律，而无轮回之身。顾佛之立说根本，初与外宗无异。盖最初宗教信灵魂不死，嗣后学说遂俱言神我是常，神我既不变，而知识行为享受为非常，故诸宗遂析之为二。佛以为人为五蕴积聚，五者之外，无有神我，亦如轴不为车辋，不为车辐，毂辕轭等均非是车，必待合聚，乃有完车，然人生各部悉为无常，无常即非我，如佛告阿难：

阿难，此三受有为无常，从因缘生，尽法灭法，为朽坏法，彼非我有，我非彼有，当以正智，如实观之。（中略）如来说三受，苦受、乐受、不苦不乐受。苦乐受是我者，乐受灭时，则有二我，此则为过。若苦受是我者，苦受灭时，则有二我，此则为过。若不苦不乐受是我者，不苦不乐受灭时，则有二我，此则为过。（摘录《长阿含经》卷十《大缘方便经》）

色想行识，自亦如是，夫诸外道，或不以色（物质）为我，色变幻非常故；或不以行为为我，行为变幻非常故；乃至不以感情、知觉、智慧等为我，俱非常故。顾犹立知者实不知，思想以外，何有知者之可言，且以因果言之，知者亦何非无常。外道主无常即非我之义，而推论不彻底，如来所见，实独精到，亦复乎尚矣。

五

印度哲理之起源，当首推此四因：（一）因《吠陀》神之式微，而有宇宙本体之讨论；（二）因婆罗门之徒重形式，失精神，而有苦行绝世之反动；（三）因灵魂之研究，而有神我人生诸说；（四）因业报轮回出，而可有真我无我之辩。凡此四者亦皆互为因果，各宗于中选择损益，成一家言，固甚烦杂，非短篇所可尽述也。

本篇所及，仅就学说，以明印度哲理进化之迹，他若历史事实上之原因，固亦有足述者。（一）为民性富于理想、重出世观念。希腊之人富于哲理，犹太之人最重出世，而印度民族兼而有之。（二）为奖励辩难利己利他，即帝王与学者问诘，亦不滥用威力，当依义理（如《那先比丘经》有智者议论王者议论之说。智者以理屈，王者以力服，弥兰王则慨然取智者议论之法）。相习成风，异计百出，印土哲理之能大昌至二千年者，言论自由之功固不可没也。

载《学衡》第 30 期，1924 年 6 月

书辜汤生英译《中庸》后

王国维

【编者导读】

本文最初登载于 1907 年上海《教育世界》杂志，近二十年后被《学衡》杂志转载，王国维对辜鸿铭新出的《中庸》英译本（*The Universal Order or Conduct of Life*，1906）提出了系统性的批评。就具体的翻译策略而言，王国维指出，辜鸿铭在翻译《中庸》时，过度依赖西方哲学术语，喜好用西方形而上学的概念解释儒家思想，导致原文文意被遮蔽；辜鸿铭对"中""和""性""道"等关键概念的翻译同样存在偏差，例如，将"中"译为"Our true self"或"Moral order"，而王国维则主张沿用理雅各的"Mean"，更贴近"执中"这一中国古代思想传统。就中西哲学体系的比较而言，王国维强调，《中庸》的哲学体系与西方近代哲学（如康德、黑格尔、叔本华等人）存在根本差异。子思提出的"诚"作为宇宙本原，并非西方形而上学中的"绝对精神"或"意志"，而是基于儒家天人合一的实践伦理。若以西方哲学框架强行比附，则易导致对《中庸》的误读。就翻译的困境而言，王国维承认语言和文化的不可译性，中国古典术语（如"天""性"）在西方语言中缺乏完全对应的词汇，遂在文末提出"吾人之译古书，如其量而止则可矣"。

王国维虽严厉批评辜氏译本的缺陷，但也承认其文化用心与开拓性价值，特在文末附记中表明"此文所指摘者，不过其一二小疵。读者若以此而抹杀辜君，则不独非鄙人今日之意"，若视辜氏译本为"解释《中庸》之书"，则其诠释深度"殆未有过于辜氏者"。

古之儒家，初无所谓哲学也。孔子教人，言道德、言政治，而无一语及于哲学。其言性与天道，虽高第弟子如子贡，犹以为不可得而闻，则虽断为未尝言焉可也。儒家之有哲学，自《易》之《系辞》《说卦》二传及《中庸》始。《易传》之为何人所作，古今学者尚未有定论，然除传中所引孔子语若干条外，其非孔子之作，则可断也。后世祖述《易》学者，除扬雄之《太元经》、邵子之《皇极经世》外，亦曾无几家。而此数家之书，亦不多为人所读。故儒家中此派之哲学，未可谓有大势力也。独《中庸》一书，《史记》既明言为子思所作，故至于宋代，此书遂为诸儒哲学之根柢。周子之言"太极"，张子之言"太虚"，程子、朱子之言"理"，皆视为宇宙人生之根本，与《中庸》之言诚无异，故亦特尊此书，跻诸《论》《孟》之列，故此书不独如《系辞》等传，表儒家古代之哲学，亦古今儒家哲学之渊源也。然则辜氏之先译此书，亦可谓知务者矣。

然则孔子不言哲学，若《中庸》者又何自作乎？曰《中庸》之作，子思所不得已也。当是时，略后孔子而生，而于孔子之说外别树一帜者，老氏（老氏之非老聃说，见汪中《述学补遗》）、墨氏。老氏、墨氏亦言道德，言政治，然其说皆归本于哲学。夫老氏道德、政治之原理，可以二语蔽之，曰"虚"与"静"是已。今执老子而问以人何以当虚当静，则彼将应之曰："天道如是，故人道不可不如是。"故曰："致虚极，守静笃，万物并作。"（《老子》十二章）此虚且静者，老子谓之曰"道"，曰"有物混成，先天地生，寂兮寥兮，独立不改（中略），吾不知其名，字之曰道"（二十五章）。由是其道德、政治之说，不为无据矣。墨子道德、政治上之原理，可以二语蔽之，曰"爱"也"利"也。今试执墨子而问以人何以当爱当利，则彼将应之曰："天道如是，故人道不可不如是。"故曰："天兼而爱之，兼而利之。"又曰："天必欲人之相爱相利，而不欲人之相恶相贼。"（《墨子·法仪篇》）则其道德、政治之说，不为无据矣。虽老子之说虚静，求诸天之本体，而墨子之说爱利，求诸天之意志，其间微有不同，然其所以自固其说者，则一也。孔子亦说仁说义，又说种种之德矣。今试问孔子以人何以当仁当义，孔子固将由人事上解释之。若求其解释于人事以外，岂独由孔子之立脚地所不能哉？抑亦其所不欲也？若子思则生老子、墨子后，比较他家之说，而惧乃祖之教之无根据也，遂进而说哲学，以固孔子道德、政治之说。今使问子思以人何以当诚其身，则彼将应之曰："天道如是，故人道不可不如是。"故曰："诚者物之终始，不诚无物"。其所以为此说者，岂有他哉？亦欲以防御孔子之说，以敌二氏而已。其或生二子之后，濡染一时思辨之风气，而为此说，均不可知。然其方法之异于孔子，与其所以异之原因，不出于此二者，则固可决也。

然"中庸"虽为一种之哲学，虽视"诚"为宇宙人生之根本，然与西洋近世之哲学固不相同。子思所谓"诚"，固非如斐希脱（Fichte）之Ego，解林（Schelling）之Absolute，海格尔（Hegel）之Idea，叔本华（Schopenhauer）之Will、哈德曼（Hartmann）之Unconscious也。[1] 其于思索，未必悉皆精密，而其议论亦未必尽有界限。如执近世之哲学以述古人之说，谓之弥缝古人之说则可，谓之忠于古人，则恐未也。夫古人之说，固未必悉有条理也，往往一篇之中，时而说天道，时而说人事。岂独一篇中而已，一章之中，亦复如是。幸而其所用之语，意义甚为广，莫无论说天说人时，皆可用此语，故不觉其不贯串耳。若译之为他国语，则他国语之与此语相当者，其意义不必若是之广。即令其意义等于此语，或广于此语，然其所得应用之处，不必尽同，故不贯串、不统一之病，自不能免。而欲求其贯串统一，势不能不用意义更广之语。然语意愈广者，其语愈虚，于是古人之说之特质渐不可见，所存者其肤廓耳。译古书之难，全在于是。如辜氏此书中之译"中"为"Our true self"，"和"为"Moral order"，其最著者也。余如以"性"为"Law of our being"，以"道"为"Moral law"，亦出于求统一之弊。以吾人观之，则"道"与其谓之"Moral law"，宁谓之"Moral order"。至"性"之为"Law of our being"则"law"之一字，除与"Moral law"之"law"字相对照外，于本义上固毫不需此，故不如译为"Essence of our being or our true nature"之妥也。此外如此类者，尚不可计。要之，辜氏此书，如为解释《中庸》之书，则吾无间然。且必谓我国之能知《中庸》之真意者，殆未有过于辜氏者也。若视为翻译之书，而以辜氏之言即子思之言，则未敢信以为善本也。其他种之弊，则在以西洋之哲学解释《中庸》。其最著者，如"诚则形，形则著"数语。兹录其文如下：

---

1. 今译费希特之自我，谢林之绝对，黑格尔之理念，叔本华之意志，哈特曼之无意识。——编者注

Where there is truth, there is substance. Where there is substance, there is reality. Where there is reality, there is intelligence. Where there is intelligence, there is power. Where there is power, there is influence. Where there is influence, there is creation.

此节明明但就人事说，郑注与朱注大概相同，而忽易以 "substance, reality" 等许多形而上学上之语（Metaphysical terms），岂非以西洋哲学解释此书之过哉？至 "至诚无息" 一节之前半，亦但说人事，而 "无息" "久征" "悠远" "博厚" "高明" 等字，亦皆以形而上学之语译之，其病亦与前同。读者苟平心察之，当知余言之不谬也。

上所述二项，乃此书中之病之大者，然亦不能尽为译者咎也。中国语之不能译为外国语者，何可胜道。如《中庸》之第一句，无论何人不能精密译之。外国语中之无我国 "天" 字之相当字，与我国语中之无 "God" 之相当字无以异。吾国之所谓 "天"，非苍苍者之谓，又非天帝之谓，实介二者之间，而以苍苍之物质具天帝之精神者也。"性" 之字亦然。故辜氏所译之语，尚不失为适也。若夫译 "中" 为 "Our true self or moral order"，是亦不可以已乎？里雅各（James Legge）之译 "中" 为 "Mean"，固无以解 "中也者，天下之大本" 之 "中"。今辜氏译 "中" 为 "Our true self"，又何以解 "君子而时中" 之 "中" 乎？吾宁以里雅各氏之译中为 "Mean"，犹得《中庸》一部之真意者也。夫 "中"（Mean）之思想，乃中国古代相传之思想。自尧云 "执中"，而皋陶乃衍为 "九德" 之说，皋陶不以宽为一德，栗为一德，而以二者之中之宽，而栗为一德，否则当言十八德，不当言九德矣。《洪范》"三德" 之意亦然。此书中 "尊德性" 一节及 "问强" "索隐" 二章，尤在发明此义。此亦本书中最大思想之一，宁能以 "Our true self or our central self" 空虚之语当之乎？又岂得以类于亚里士多德（Aristotle）之《中说》而唾弃之乎？余所以谓失古人之说之特质，而存其肤廓者，为此故也。辜氏自谓涵泳此书者且二十年，而其涵泳之结果如此，此余所不能解也。余如 "和" 之译为 "Moral order" 也，"仁" 之译为 "Moral sense" 也，皆同此病。要之，皆过于求古人之说之统一之病也。至全以西洋之形而上学释此书，其病反是。前病失之于减古书之意义，而后者失之于增古书之意义。吾人之译古书，如其量而止则可矣。或失之减，或失之增，虽为病不同，同一不忠于古人而已矣。

辜氏译本之病，其大者不越上二条，至其以己意释经之小误，尚有若干条，兹列举之如下（左）：

（一）"是以君子戒慎乎其所不睹，恐惧乎其所不闻"，辜氏译为：

Wherefore it is that the moral man watches diligently over what his eyes cannot see and is in fear and awe of what his ears cannot hear.

其于"其"字一字之训则得矣，然《中庸》之本意，则亦言不自欺之事。郑元注曰：

小人闲居为不善，无所不至也。君子则不然，虽视之无人，听之无声，犹戒慎恐惧、自修，正是其不须臾离道。

朱注所谓"虽不见闻，亦不敢忽"，虽用模棱之语，然其释"独"字也曰：

独者，人所不知，而己所独知之地也。

则知朱子之说，仍无以异于康成。而辜氏之译语，其于"其"字虽妥，然涵泳全节之意义，固不如旧注之得也。

（二）"隐恶而扬善"，辜氏译之曰：

He looked up on evil merely as something negative; and he recognised only what was good as having positive existence.

此又以西洋哲学解释古书，而忘此节之不能有此意也。夫以"恶"为"Negative"，"善"为"Positive"，此乃希腊以来哲学上一种之思想。自斯多噶派（Stoics）及新柏拉图派（Neo Platonism）之辨神论（Theodicy），以至近世之莱布尼兹（Leibnitz），皆持此说，不独如辜氏注中所言大诗人沙士比亚（Shakespeare）及葛德（Goethe）二氏之见解而已。然此种人生观，虽与《中庸》之思想非不能相容，然与好问察言之事有何关系乎？如此断章取义以读书，吾窃为辜氏不取也。且辜氏亦闻孟子之语乎？孟子曰：

大舜有大焉，善与人同，舍己从人，乐取于人以为善。

此即"好问"二句之真注脚。至其译"执其两端，用其中于民"，乃曰：

Taking the two extremes of positive and negative, he applied the mean between the two extremes in his judgement, employment and dealings with people.

夫云"to take the two extremes of good and evil"（执善恶之中），已不可解，况云"taking the two extremes of positive and negative"乎？且如辜氏之意，亦必二者皆"positive"，而后有"extremes"之可言，以"positive"及"negative"为"two extremes"，可谓支离之极矣。今取朱注以比较之曰：

然于其言之未善者，则隐而不宣，其善者，则播而不匿。（中略）于善之中，又执其两端，而量度以取中，然后用之。

此二解之孰得孰失，不待知者而决矣。

（三）"天下国家可均也"，辜氏译为：

A man may be able to renounce the possession of Kingdoms and Empire.

而复注之曰：

The word 均 in text above, literally "even, equally divided" is here used as a verb "to be indifferent to"（平视），hence to renounce.

然试问"均"字果有"to be indifferent to"（漠视）之训否乎？岂独"均"字无此训而已，即"平视"二字（出《魏志·刘桢传》注），亦曷尝训此？且即令有此训，亦必有二不相等之物，而后可言均之平之。孟子曰"舜视弃天下犹弃敝屣也"，故若云天下敝屣可均，则辜氏之说当矣。今但云天下国家可均，则果如辜氏之说，将均天下国家于何物者哉？至"to be indifferent to"，不过外国语之偶有"均"字表面之意者，以此释"均"，苟稍知中国语者，当无人能首肯之也。

（四）"君子之道，造端乎夫妇，及其至也，察乎天地。"郑注曰：

夫妇谓匹夫匹妇之所知所行。

其言最为精确。朱子注此节曰"结上文"，亦即郑意。乃辜氏则译其上句曰：

The moral law takes its rise in relation between man and woman.

而复引葛德《浮斯德》戏曲 Faust 中之一节以证之，实则此处并无此意，不如旧注之得其真意也。

（五）辜氏于第十五章以下，即译"哀公问政"章（朱注本之第二十章），而继以"舜其大孝""无忧""达孝"三章，又移"鬼神之为德"一章于此下，然后继以"自诚明"章。此等章句之更定，不独有独断之病，自本书之意义观之，亦决非必要也。

（六）辜氏置"鬼神"章于"自诚明"章之上，当必以此章中有一"诚"字故也。然辜氏之译"诚之不可掩也"，乃曰：

Such is evidence of things invisible that it is impossible to doubt the spiritual nature of man.

不言"诚"字而以"鬼神"代之，尤不可解。夫此章之意，本谓鬼神之为物，亦诚之发现，而乃译之如此。辜氏于此际，何独不为此书思想之统一计也。

（七）"身不失天下之显名，尊为天子，富有四海之内，宗庙享之，子孙保之。"此数者，皆指武王言之，朱注"此言武王之事"是也。乃辜氏则以此五句别为一节，而属之文王，不顾文义之灭裂，甚矣，其好怪也！辜氏独断之力如此，则更无怪其以武王未受命，为文王未受命，及周公成文武之德，为周公以周之王成于文武之德也。

（八）"礼所生也"之下"居下位"三句，自为错简，故朱子亦从郑注。乃辜氏不认此处有错简，而意译之曰：

For unless social inequalities have a true and moral basis, government of the people is an impossibility.

复于注中直译之曰：

Unless the lower orders are satisfied with those above them, government of the people is an impossibility.

复于下节译之曰：

If those in authority have not the confidence of those under them, government of the people is an impossibility.

按，"不获乎上"之意，当与孟子"是故得乎邱民而为天子，得乎天子为诸侯，得乎诸侯为大夫"及"不得乎君则热中"之"得"字相同。如辜氏之解，则《经》当云"在上位，不获乎下"，不当云"在下位，不获乎上"矣。但辜氏之所以为此解者，亦自有故。以若从字句解释，则与上文所云"为天下国家"，下文所云"民不可得而治"不相容也。然"在下位"以下，自当如郑注别为一节。而"在下位者"，既云"在位"，则自有治民之责，其间固无矛盾也。况《孟子》引此语亦云"居下位而不获于上，民不可得而治也"乎？要之，此种穿凿，亦由求古人之说之统一之过也。

（九）"王天下有三重焉，其寡过矣乎"，辜氏译之曰：

To attain to the sovereignty of the world, there are three important things necessary; they may perhaps be summed up in one: blamelessness of life.

以"三重"归于"一重"，而即以"寡过"当之，殊属非是。朱子解为"人得寡过"，固非如辜氏之解，更属穿凿。愚按，此当谓王天下者，重视议礼、制度、考文三者，则能寡过也。

（十）"上焉者，虽善无征，无征不信，不信民弗从。下焉虽善不尊，不尊不信，不信民弗从。"此一节承上章而言。无征之征，即夏礼、殷礼不足征之征，故《朱子章句》解为"虽善而皆不可考"，是也。乃辜氏译首二句曰：

However excellent a system of moral truth appealing to supernatural authority may be, it is not verifiable by experience.

以"appealing to supernatural authority"释"上"字，穿凿殊甚。不知我国古代固无求道德之根本于神意者，就令有之，要非此际子思之所论者也。

至辜氏之解释之善者，如解"凡为天下国家有九经，所以行之者一也"之"一"为"豫"，此从郑注而善者，实较朱注更为直截。此书之不可没者，唯此一条耳。

吾人更有所不慊者，则辜氏之译此书，并不述此书之位置如何，及其与《论语》诸书相异之处，如余于此文首页之所论。其是否如何，尚待大雅之是正。然此等问题，为译述及注释此书者所不可不研究明矣。其尤可异者，则通此书无一语及于著书者之姓名，而但冠之曰孔氏书。以此处《大学》则可矣，若《中庸》之为子思所作，明见于《史记》，又从子思再传弟子孟子书中，犹得见《中庸》中之思想文字，则虽欲没其姓名，岂可得也。又译者苟不信《中庸》为子思所作，亦当明言之，乃全书中无一语及此，何耶？要之，辜氏之译此书，谓之全无历史上之见地可也。唯无历史上之见地，遂误视子思与孔子之思想全不相异；唯无历史上之见地，故在在期古人之说之统一；唯无历史上之见地，故译子思之语以西洋哲学上不相干涉之语。幸而译者所读者，西洋文学上之书为多，其于哲学所入不深耳。使译者而深于哲学，则此书之直变为柏拉图之《语录》、康德之《实践理性批评》，或变为斐希脱、解林之书，亦意中事。又不幸而译者不深于哲学，故译本中虽时时见康德之知识论及伦理学上之思想，然以不能深知康德之知识论，故遂使西洋形而上学中空虚广莫之语，充塞于译本中。吾人虽承认《中庸》为儒家之形而上学，然其不似译本之空廓，则固可断也。又译本中为发明原书，故多引西洋文学家之说，然其所引证者，亦不必适合。若再自哲学上引此等例，固当什百千万于此。吾人又不能信译者于哲学上之知识狭隘如此，宁信译者以西洋通俗哲学为一蓝本，而以《中庸》之思想附会之，故务避哲学家之说，而多引文学家之说，以使人不能发见其真藏之所在。此又一说也。由前之说，则失之固陋。由后之说，则失之欺罔。固陋与欺罔，其病虽不同，然其不忠于古人则一也。故列论其失，世之君子或不以余言为谬乎。

此文作于光绪丙午，曾登载于上海《教育世界》杂志。此志当日不行于世，故鲜知之者。越二十年，乙丑夏日，检理旧箧，始得之。《学衡》杂志编者请转载，因复览一过。此文对辜君批评颇酷，少年习气，殊堪自哂。案辜君雄文卓识，世间久有定论。此文所指摘者，不过其一二小疵。读者若以此而抹杀辜君，则不独非鄙人今日之意，亦非二十年前作此文之旨也。国维附记。

载《学衡》第 43 期，1925 年 7 月

历史哲学

景昌极

【编者导读】

1929 年 1 月，南京中国史学会成立，同年创办《史学杂志》，以"发表研究著作，讨论实际教学，记述史界消息，介绍出版史籍"为宗旨。景昌极《历史哲学》一文围绕"历史哲学"的核心概念、研究问题、不同派别，以及历史发展中的诸多关键议题展开探讨，深入剖析了历史发展的规律与本质，构建了较为系统的历史哲学理论框架。文章共分为六章，开篇明确定义历史哲学是对人事变化中根本问题的研究，涵盖无生物与生物历史异同、人类历史发展要素等多方面内容。其派别可分为神学、玄学和科学的历史哲学，作者倾向于科学的历史哲学，强调依据事实展开研究。

在阐述无生物与生物历史时，文章指出传统对二者区别的认知并不绝对，生机主义与机械主义各有局限，生命具有不生不灭、轮回流转的特性，生物与无生物历史有待进一步沟通研究。对于人类与其他生物历史，演化说表明二者差异多为程度之差，人类虽在本能上与其他生物有共性，但意识和智慧的发达是其独特之处，且智慧对人类社会发展影响深远，应辩证看待、不应摒弃。

景昌极认为在史观问题上，各种史观倾向于选取不同的"因"来解释历史，判断因果轻重需依据一定标准，既有的神意史观、地理史观、经济史观、伟人史观均存在不足，而智慧史观认为智慧是人类历史发展的关键，唯识史观取佛法唯识之根本义，可理解历史共相。在史事变化方面，变化的法则难以用简单理论概括，其阶段划分标准不一，孔德、马克思派的分期不能简单套用于所有领域，其趋势并非绝对的进化或退化，而受多种因素的影响。

全文最后一部分讨论史事变化的理想或当然问题，对必然与当然的关系、自然与文化的关系、斗争与进步的关系、和平渐进与革命的关系、组织与自由的平衡以及对社会有机体说的展望展开详细论述。景昌极通过多方面探讨，构建起一套系统的历史哲学理论，对理解历史发展规律具有重要意义。

第一章　总论

一、何谓历史哲学

吾国"史"字旧有史官、史书、史事三义。晚近所谓历史，译自西文，仍兼史事、史书而言。兹所谓历史哲学之历史，惟指史事。

所谓史事，或单指人事，或推及于生物而有生物演化史，或推及于无生物而有物质演化史、地质史等。就变化言，皆无不可。兹所谓历史哲学之历史，仍偏重人事，而旁及于他生物及无生物。

所谓哲学，最普通义，为根本问题之研究。兹所谓历史哲学者，谓对于人事变化中根本问题之研究。

二、历史哲学上之问题

人事变化中之根本问题，为普通人生哲学及分科之宗教、政治、伦理等学所不详者，即一般所谓历史哲学之问题。略析如下：

1. 无生物历史与生物历史之异同。（如生命之意义原委及必然因果律之适用与否等问题）

2. 人类历史与他生物历史之异同。（如本能、智慧、道德、学问之原委等问题）

3. 人事变化中之要素或要因为何及其所以为要者何在。（如世所谓各种史观等问题）

4. 人事变化中之平均趋势或倾向若何。（如进化、退化、转化以及历史演进之阶段等问题）

5. 人事变化之理想归宿或理应若何。（如竞争、互助、大同、小康等问题）

三、历史哲学之派别

一曰神学的历史哲学，其特色在以神旨或天心，解释人事变化之要因趋势及归宿问题，欧洲中世耶教大师 Augustine[1] 所著《天国》[2] 一书，可为代表。二曰玄学的或玄想的历史哲学，其特色在误以臆想为事实，或误以合于部份事实之理论为足以概括全部事实，如德之 Hegel 以世间变化为一大理性之发展，以及古今中外各哲学家对于历史上根本问题之解释，不该不遍、勇于自信者皆是。三曰科学的或实证的历史哲学，其特色在不以事实迁就臆想，不以臆想遽为定论，今之治社会科学学者，固多努力于此。作者亦窃悬此为鹄。究之，孰为能达此鹄？或较近此鹄？读者可自判之。

于兹有宜说明者数事。一者此三派别，视其治学之方法与效果为判，可以同时并存。二者神学的历史哲学，以神旨或天心为主，神旨或天心者实亦臆想之一种，故与他玄想派之方法无根本差别。彼主天心或神旨者，亦未尝不自命为实证，其果为实证与否，读者可自判之。三者命之曰神学的而不曰宗教的，盖以佛法亦一般人所谓宗教，固未尝以神旨解释历史故。四者玄想派历史哲学，莫不自命为科学为实证。其理论之一部，亦不无可以实证者，如 Marx[3] 自命其经济史观为科学的史观是。别黑白而一是非，则惟读者共有之经验与理性是赖。

四、与历史哲学性质相近之学科

一曰狭义之史学，其所重在史书之著述与研究法。当其讨论历史之意义暨料简史事之标准等问题时，则不免涉入历史哲学范围。二曰社会学，或谓即历史哲学（如 Paul Barth 所著 *The Philosophy of History as Sociology*[4]），或谓历史哲学为社会学之先驱。如星运学之于天文、炼金术之于化学，所究问题虽大体相似，而所用玄想与实证之方法判然有异（如

---

1. 今译奥古斯丁。——编者注
2. 今译《上帝之城》。——编者注
3. 今译马克思。——编者注
4. 今译保罗·巴特，《作为社会学的历史哲学》。——编者注

Small 所著 *General Sociology*[1]）。愚谓学问之分野，终当以所究之问题为根据，使哲学而无特殊问题为之对象，而仅以坚持其玄想的方法为个性者，摈一切所谓哲学者于学问之域之外可也。今既以哲学为根本问题之研究，则宜析一般社会学上之问题为二部，其所涉及或未尝详究之问题，而为一般所认为根本的者（如上第二节所举），当以让之历史哲学。其所专究之问题，若世间各种团体之组织、作用、起源、发展等，名之曰历史科学，亦无不可。三曰人生哲学与伦理学。人生哲学虽若以个人为出发点，以究人生之命运价值等问题，与历史哲学之以人类或众生为出发点者有异，然当其讨论个人命运时，不能不联及人类或众生乃至无生物之命运。当其讨论个人之价值或理想时，尤不能不以人类或众生所应有之公共价值或理想为归宿。唯然，历史哲学实可谓为自历史上观察所得之一种人生哲学。古代大思想家，其人生哲学中，每有对于史事之根本见解（如史称"道家者流，盖出于史官，历记成败存亡祸福古今之道，然后知秉要执本"，可为著例），特不以"历史哲学"名，至于"伦理学"一名，易于"社会学"相混，宜别名"道德学"。道德问题为人生哲学中之根核问题，稍扩其范围，即与人生哲学无别，其与历史哲学上理想问题之关系，尤深且切。

第二章　无生物历史与生物历史之异同

一、生物与无生物之区别

物者何？试就吾人所经验者而分析之，盖指若干相似相续之作用之集中点。各人经验中之各集中点，内容位置，大体相似，分合变化，大体相应，遂共认为一自然界中各集中点，而以各个物体目之。易言之，即人各有一空间，以其相似相应故，遂认为一空间；人各有一世界，以其相似相应故，遂认为一世界也。

---

1. 今译斯莫尔《社会学通论》。——编者注

生物者何？具有生命作用之物体也。生命之现象为何？曰："普通所谓心理作用（知识、感情、意志等）、生理现象（生长、生殖、营养等）与物理作用（分合变化等）相对者是。世间各物，有心理现象者，必有生理现象，有生理现象者，必有物理现象。"此经验所诏示者。虽然，此各物中（即各现象之集中点中），有唯有生理现象而绝无心理现象者否？有唯有物理现象而绝无生理现象与心理现象者否？心理与生理、生理与物理，有划然之区别否？盖有难言者，试取一般所以区别生物、无生物者而谛察之。

1. 生物有全体性而无生物无之。全体性者谓各部份关系密切，对外有一致之作用也。愚谓不然。二轻原子，一养原子，化合而为水，非经电解，不能见其轻养之迹，其关系不可谓非密切，其对外所生之作用，亦为水之作用，而非轻养之作用。他如电子之组成元子，而对外有一致之化学作用；分子结晶而为物体，而对外有一致之物理作用。谓非全体而何？夫个人之结合而为社会，普通所谓心理作用也。细胞之结合而为生物，普通所谓生理作用也。电子元子之结合，普通所谓物理作用也。其各部份之关系，未知其孰密，其对外有一致之作用又同，其间划然之区别果何在耶？

2. 生物有个性而无生物无之。个性者谓各个体间不能完全相同，必有其特异之性耳。然此亦程度之差，未足以为生物之特色，一类细胞，一类病菌，一类分子元子，其各个体间，必非绝无差异，而同为吾人感觉力之所不及。即在高等生物，其个性亦有非恒人所能辨者，未足以为异也。

3. 生物具有内发力而无生物无之。是亦不然。观乎阴阳电之同性相拒而异性相吸，其相拒相吸之力，非自内发而何？

4. 生物具有不定性而无生物则为必然性。故无生物界有必然之定律，而生物界则无之。是亦不然。今科学界公认所谓必然定律者，特盖然性较大之谓。试以心理学上之定律，如思想之发达与文字语言之发达成正比例；生理学之定律，如高等生物之生必假两性之结合之类，与物理学上吸力压力诸律较之，其盖然之大小，殆可未轩轾。至因果律之非必定，亦非完全不定，而为概然之可定，当于第二节详之。

5. 生物有进化性而无生物则为往复性。如生物之死者不可复生、智者不可复愚，而物质之分合变化，化学家可以意操纵之是。是亦不然。动物食植物，以增殖其细胞，未尝不能化死为生，虽曰"化死为生"，而前后之生，实为二物。今化学家放射一物之电后，复通电流于其上，前后之电非一，岂可谓为往复？推之，轻养与水，水之与汽，以加电灭电、加热灭热等作用，相为往复。虽若前后无异，宁可谓为一物？自我观之，化学家之播弄物质、生物家之试验细菌，与大将之调动军队，其方式实无根本差异。复次察天文之岁差、考地质之变异，以及铇[1]钍等之放射电子、植物之吸收水土日光而成细胞等现象，谓物质之绝无进化，谁其信之？

6. 生物有生死、生长、生殖等作用而无生物无之。愚谓生死云云，特显隐之别名，与物理现象之显隐不异，此理当于第三节论生命之源委时详之。磁石之吸铁、金石之结晶、电力之传布，其视单细胞动物之生长生殖，或亦程度之差耳。

意者，万有有生，殆非谰语。然古之所谓万有有生论者，谓万有有程度不甚悬殊之生命现象，今则谓程度迥异而进化可期，此不可不辨。又莱布尼兹灵子说赫克尔一元论等，度有可与吾言相印证者，手头无书，未能博考，第就个人思虑所及，一为推征云尔。

二、生机主义与机械主义

近世自然科学发达之结果，于自然界发见因果律颇多，机械主义遂以大行，谓任何现象皆可以必然之因果律解释。治生物学者如 Driesch[2]等，反对其说，谓生物具有全体性、不定性、进化性、内发力等，不可以机械力绳之，因创所谓生机主义，谓生物之进化。别有生机力或极素为之因，观于上节所论列。知机械之于生机，亦仅程度之差，必然因果律或命定论之不适用，即在无机界亦然。愚前作《性与命》篇，尝详论其故曰："彼不可知之因果无论矣，即世所称可知之因果，亦惟就其概然者言之，

---

1. 今译镭。——编者注
2. 今译杜里舒。——编者注

末由确定其如何如何也。"一曰因果之单位难以确定。科学上所谓"单位律"者，即于任何因果系统中，必假定一因果之单位是。此在化学上之因果则为原子，在物理学则为分子，在电磁学则为电子，在生理学则为细胞，在社会学则为个人或团体，在心理学则迄今犹未有共认之单位。即已经假定之诸单位，以空时之可分性皆无穷故。科学家亦心知其非真正之单纯者，特为应用上之方便，略去细微之差异，且定为概然之单位而已。抑世间因果，果有一定之单位与否，尚是问题也。（如两手相摩而生电，常人不察，则以两手为生电之单位因，仔细推求，则知此因之单位，非两手之全而为两手相触之部分。两手相触之部分，犹非真正之单位，又可分为若干分子，分子又可分为若干原子，原子又可分为若干电子。电子中所荷之电，科学家始假定为生电之单位因，然此电子中所荷之电，仍可分与否、内部仍有变化与否、足为单位与否，犹是问题也。因果之单位，末由确定，则因果之关系，亦末由确定。如大国与小国相争，若以国为势力之单位，而测其因果，则大者必胜，然而有时大国内乱，或且败绩，则以国非势力之真正单位，其内部仍可分化故。又如以正月为二月之因，此因之单位，实非正月而为正月之最后一日之最后一时一分一秒一刹那，乃至终不可得。余可类推。）

二曰因果之种类难以确定。科学家假定"同一之因，必生同一之果"。固理之可通者，虽然，因之同一与否，又无从而确定。自望远镜中视大队人马，其个别之形相体态，固若同一者然，就而观之，乃见其异。自显微镜中视原子电子，其个别之形相体态，虽若同一，又乌知其果无异耶？今之人畜异于古之人畜，今之日月异于古之日月，今之水火或亦异于古之水火，未可知也。世所称同种同类云云，以空时之不同时，事物之各有个性故。科学家亦心知其非真正之同一者，特为应用上之方便，略去细微之差异，且定为概然之种类而已。抑世间因果，果有一定之种类与否，尚是问题也。

三曰因果之范围难以确定，科学上有所谓"自成一区域之因果范围"者，假定一事物之因或果，限于其他有数若干事物，外乎此者置而勿论，实则此区域此范围之确定界限何在，盖有难言者。有一生物于此，其所从生之父母之祖父母，而曾而高，以至无始，皆其因也。其生之子女，之孙子女，而曾而玄，以至无终，皆其果也。有一微尘于此，凡大千世界之天体，莫不与之相吸引，即莫不与之互为因果也。科学愈发达，所新发见之因果关系愈不可纪数，因果之范围亦愈无从确定。科学家亦心知其无一定之范围，特为应用上之方便，略去其关系较小者姑定为概然之范围而已。由是可知科学之论因果，皆就其概然者而假定之。概然之在生物者谓之习惯，其在无生物者谓之法则。习惯非一成不变者，法则亦非一成不变者。天体之轨道、地上之江河，昔之所谓天经地义者，科学家乃每见其变动移易之迹，乃至原子之构造、物质之属性、疾病医药之对治等，自有史以来，变化之迹若不甚著者，亦无人能证明其果不变化。命定论者欲以科学之帜自张其军，盖亦难矣。至若不定论之说，谓世事变化，完全不定。显然违悖事实，更无足深辩。世事变化，实有概然，非尽偶然。实有法则，非尽混沌。实有习惯，非尽疯狂。实有可知者，亦有终不可知者。实有可以意志操纵者，亦有终不可以意志操纵者。此常识所公认，抑亦科学哲学所不得而否认者也。

至于所谓生机力者，认为生理现象之别名或总名，如电之于电气现象，心之于心理现象则可。若认为另一现象，而为生理现象之原因，则犹之以心为心理现象之原因，以电为电气现象之原因，以有吃饭能力为吃饭之原因，以有大小为占空间之原因，以八两为半斤之原因，即不免落玄学圈套。近有朱谦之者，闻生机之说，据以著所谓历史哲学，晓然于"因为生机活泼，所以能够制造工具和言论，这才是人类进化的内部真因"。真所谓知二五而不知一十者，其他悖谬牵强之处，不胜枚举，抑可为玄学的历史哲学之一例证也。

或谓物力有隐显，显则为现象，隐则为能力。如蓄电池中之电，为电之能力是，生机力之于生命现象亦然。应之曰：诚若是，则一切现象之未现或既现而隐，皆得谓之潜在之能力。物理之未进而为生理，生理之未进而为心理时，亦谓已有生理、心理之能力，特机缘未熟，未能显现耳，不得谓生命之能力为生物所专有也。

三、生命之原委

愚前作《评进化论》一文，曾详论生命现象之有隐显而无生灭，以及轮回流转说之可信。兹摘录如下：

（一）论生命之起源

最初生命之起源，有三说。一谓自陨星中来，然陨星中最初之生命，又从何来，仍是问题。二谓由于半流质之炭素化合物偶经酵素作用而成，此据科学事实，有以知其不然。现今之生命，实无从无机物生者。若谓古代物质偶尔巧合而成生命，今之物质无如是巧合故然。则今一人生死之顷，其物质之分量方位，固未有异，何以生命有存有亡。三谓地球质点中本具有生命，得适当之机缘而出现，此说诚有进乎前矣。然机缘未合，生命未现以前，严格言之，固不得谓为本有。若本有者，尚何待于机缘之合而始现。如火柴中若本有火，则此柴早应自焚，不待与火柴盒相擦，且得养气等助缘而后火出也。故知火柴中所有者，可假设为生命之潜力而非火，物质中所有者，可假设为生命之潜力而非生命。佛法名此潜力曰种子，种子之实现曰现行。复次，种子者，不过理论上之一种假设，非有大小形相之物，不可谓定在何处或某物中。普通所谓在某物中者，谓某物能为缘引生而或熏长而已。……所谓引生之助缘，又可分为二类。一者能引发者与所引发者，势不并现，如轻养隐而水现，水隐而冰现，或汽现，以及世间相续不断之精神物质皆是，当于佛法所谓"等无间缘"。二者能引发者与所引发者，势必并现，如能引发之火柴，与所引发之火，以及世间相互影响之精神物质皆是，当于佛法所谓"增上缘"。父母之于子女亦"增上缘"之一种而已，子女固自有子女之种子在也。

（二）论精神非身体或物质之作用

生命者其始惟生长活动之能力耳，其后逐渐进化，乃有显著之心理现象发生。惟求生与自卫之本能，似自始即有之。至其与身体之关系，自唯物论者观之，殆犹利之于刃，利为刃之作用，生命及精神，亦为身体之作用，见为眼神经之作用，闻为耳神经之作用，喜、怒、哀、乐、记忆、思维等，大率为脑神经之作用。北齐范缜著《神灭论》，有言曰："未闻刃没而利存，岂容形亡而神在？"可为代表。此说之中于人心者甚深，请一辨之。假令有水一盆于此，以手插入可，以刃插入可，其为有能插之用一也。又令有豆腐一块于此，以手剖之可，以刃剖之可，其为有能剖之利一也。虽然，以手插水时，舍能插之用外，别有一物生焉，曰寒冷之感觉，而刃则无有焉；以手剖腐时，舍能剖之利外，别有一物生焉，曰柔滑之感觉，而刃则无有焉。彼插与剖之用，离手刃水腐之形相，别无他相可得。而此感觉，则明明自有此相可得，故刃与利，为喻不成。

复次，试更以他喻明之。或以刃擦火柴盒，或以火柴擦火柴盒，其为有能擦之用一也。然以火柴擦火柴盒时，舍有能擦之用外，别有一物生焉，曰火。而刃则无有焉，彼能擦之用，离火柴与刃与盒之形相，别无他相可得，而此火则明明自有其相可得。今谓火柴之于火，犹刃之于擦可乎，感觉亦犹是耳。火非火柴之作用，亦非火柴盒之作用，犹之寒冷柔滑之感觉，非手之作用，亦非水与腐之作用。故刃与利，为喻不成。

复次，能见能闻等作用，实不限于身体以内，其具有此等作用者，仍是精神而非身体。能见之精神曰眼识，而非身体上之眼或眼神经；能闻之精神曰耳识，而非身体上之耳或耳神经；其余鼻识、舌识、身识、意识及心所有法等，亦无一是身体上之作用者。而今利则限于刃内，且为刃之作用，故利与刃，为喻不成。

曷以明夫能见能闻等用，不限于身体以内也？如能见之用，限于身体以内，则应不能远见天上日月；如能割之利限于刃内，不能远割天上日月者然。曷以明夫能见能闻等非眼耳之作用也？如能闻是耳之作用，则人当酣睡时耳与声接，应恒有闻，如刃与物接，则恒有利者然。

复次，试更以他喻明之。眼识之见色，犹灯光之照室，"所照"之处，即是"能照"之灯光之所在，"所见"之处，即是"能见"之眼识之所在。灯与油火空室等凑合，则能发光，而灯非"能照"；眼与明空注意等凑合，则能发识，而眼非"能见"。光不限于灯内，识亦不局于眼中。推之，电能疗病，磁能吸铁，能疗者是电而非电线，能吸者是磁而非磁石，理亦同此。

（三）论生命之不增不减不分不合

最初之生命，既自有其种子，而惟以物质为助缘矣。一切生命，岂不皆然。聚诸盲，固不能成见，用一见，又安能令诸盲皆视；聚诸无，固不能成有，用一有，又安能令诸无皆有。然则聚诸无生命或精神之物质，固不能成生命或精神。用一二有生命或精神之物质，又安能无端而成无量同样之生命或精神，何以故？无既不可成有，少即不可以成多故。

若谓生命种子虽曰不增而可灭者，则世间生命早应灭尽，今日不应更有生命。所以者何？世间自无始以来，已有无量无边劫数。假定以一劫数灭一生命，已应灭去无量无边生命，而况生命实非无量无边之物乎，而况一劫所死之生命，实不止一乎。然今世间有生命如故，证知生命必不减灭。

复次，胚胎细胞谓能为生命种子之"缘"或"所依"则可，谓即是生命种子则不可。犹之火柴谓为火之种子之"缘"或"所依"则可，谓即火之种子则不可。已如前说，且所谓为"缘"或"所依"亦男女构精以后事，非胚胎细胞自无始来即为生命之"缘"或"所依"也。何以知其然也？一者细胞为物，有生有灭，可增可减，如婴儿成长则细胞渐增，人畜老死则细胞俱死。是以暂生暂灭之物，安能永为相续不断之生命种子之"缘"或"所依"。二者若谓细胞在未构精前，已为后来生命之所依，为问其所依者为父之胚胎细胞，抑母之胚胎细胞。若惟依父，应不待母；若惟依母，应不待父；若兼依父母，则是二生命合而为一生命，或一生命分而为二生命。推而上之，父未生前，为依祖父之胚胎细胞，抑依祖母之胚胎细胞；母未生前，为依外祖父之胚胎细胞，抑依外祖母之胚胎细胞。由祖而曾，由曾而高，分合之数愈益无穷。是以无穷生命合而为一生命，或一生命分而为无穷生命也。揆诸前说，岂复可通。

当知世间凡不生者亦必不灭，凡不增者亦必不减，凡不从无而有者亦不从有而无。物质如是，精神亦然。可立量云："精神或生命不从有而无，（宗）以不从无而有故。（因）如电等，（喻）所谓无者，谓'龟毛兔角'之无。不若是，则虽未现行，而其种子自在，一旦得缘，有相随现，斯亦我所谓有。如冰中之水，待热之缘而现；水中之冰，待冷之缘而现；

两物中之电，待摩擦之缘而现之类。当其未现或既现而复隐，要不得谓之无。生命或精神之不灭，亦犹是耳。即如人当睡酣时，一切精神作用皆隐，醒后乃继续现行；又如人得健忘病，尽忘其病前之经验，病愈乃稍稍忆起。当其睡而忘也，实非由有而无，及其醒而忆也，亦非自无而有。古人以昼夜喻死生，良有由矣。

或又谓眼见物质，虽不生灭，亦不增减而可分合。分而为万殊，合而为一体。用有宇宙之大观，精神生命之为物，亦恶其必不然。且细胞之为生命单位，已为科学家所公认，人体中含有无量细胞，斯有无量生命。人体中之白血球，且恒有与外来之微生虫搏斗之事。胚胎细胞之活动，不亚于白血球，则其为有生命更无可疑。今观于细胞之分合，可见由二生命或无穷生命，合而为一生命，更由此一生命渐次成长，分而为无穷生命，实平易而不足怪。

应之曰：细胞之有生命，亦佛法所主张。佛法细胞曰"尸虫"。经所谓"人生如厕，八万尸虫生死其中"者是。佛法号极大之数曰八万，犹言无量尸虫或细胞也。生死其中者，死者自死，生者又生，生理学所谓细胞之新陈代谢也。

虽然，细胞有生命，亦与微生虫之有生命等耳。人之生命固有超然于诸细胞之生命而仍存者，而非诸细胞之生命总和。则可断言，人之假诸细胞而成身，犹之国王假诸国民而成国，国王之生命，固非国民之生命之总和也。若夫病菌之侵入，蛔虫之寄生，盖犹敌军或侨民之侵入或寄生，不可与本国人民次比也。细胞之新陈代谢，盖犹国民虽日有去来，而国仍无恙也。人死而身坏，盖犹王他去而国不立也。今者男女构精，而别有高等之生命自外来投，亦犹两国合并而别戴一王，或王及后，剖符裂土，而封太子为王耳。岂谓二国民或无量国民，相加而可成一王，或一王而可裂为无数国民哉？

何以知其然也？请即以物质喻。物质之"变化"与"分合"似无二致，然谛观之，"变化"实与"分合"大异。轻气二分遇氧气一分在适当之温度压力下而变为水一分，水一分通以电流，或他化学药品，而化为轻气二分养气一分。冰遇高热而化为水，水遇高热而变为汽，两物相击而有声，相摩而有电，此吾所谓变化也。合十升水而为一斗水，分一斗水而为十升水，合十尺冰而为一丈冰，分一丈冰而为十尺冰，此吾所谓分合也。变化者，其性质前后不同，如轻养之性异于水之性是，而分合则前后相同，如十升水与一斗水之性质相同是，此变化与分合之异一也。变化者又有二种，一者此隐而使彼现，即此为彼之"等无间缘"，可谓之"等无间变化"或"异时因果"。如轻养隐而水现，水隐而冰现，二者此现而使彼现，此为彼之"增上缘"，可谓之"增上变化"或"同时因果"。如两物相击而有声，相摩而有电是，而分合则无彼此因果，亦无先隐而后现者，此变化与分合之异二也。变化者无论其为异时因果抑同时因果，其果之量虽随因而异，或与因之量有一定比例，而不必与因之量相同。如轻养与水之比例，为三分与一分之比例，冰大于水，汽大于冰，以大棒撞钟之声大于以小棒撞钟之声是。而分合则前后之量必仍相同，如一升等于十升是，此变化与分合之异三也。

要之，变化者，所变所化之物，实自有其种子。其现行也，惟以其能变化之物为助缘，而非由无而有，或由少而多。分合者，无别种子亦无别现行。虽分合有异，而其总量无异，亦非由无而有或由少而多。此之谓物质之不生不灭，不增不减。今科学家虽亦知物质不生不灭不增不减之义，而大昧于分合与变化之别。其于声光诸说，遂多杆格而难通，得吾说而正之，庶乎其不差矣。

今试反观细胞之生命与人畜之生命，变化欤？应之曰是变化非分合也。曷以知其非分合？曰父母细胞二，惟生一子或一女，此不似轻养三而惟生一水乎，又不似二物相摩而生电乎。复次，生命精神不可分合，以其恒自持续不与他相犯故。何以谓之恒自持续，不与他相犯？如吾所读书惟我能忆他人不能忆，吾之痛痒惟吾能觉他人不能觉，我之耳目惟我能用，他人不能用，吾之所以别吾之精神生命于他人之精神者以此。今欲以他人之身体，合于我之身体，未为不可。而欲以他人之精神合于吾之精神，则终不可得。譬如虎豹食人可以吸收人之皮肉，而末由吸收人之精神或生命。精神生命之不可分合，岂不甚明。

复此，凡一物分而为二，其一之分量必较未分之前为减。观于母之怀胎，其身甚重，一旦分娩，则身体之重量，因而减少。然母之精神或生命，则未尝因分娩而有减少之现象。是则子女之所分于父母者为其身体或物质，而非生命或精神，岂不甚明。

精神生命既不可分合，其为变化可知。是知细胞之生命，能为人畜生命之助缘，而不能合为人畜之生命。人畜之生命，亦能为细胞生命之助缘，而不能分为细胞之生命。请更伸前喻云：细胞之生命与人畜之生命犹国民与国王，国民可以别戴一王而合众民不足以成一王，国王可以招徕众民，而分一王不足以成众民。别戴一王者何？人畜之投胎也。招徕众民者何？细胞之托生也。投胎托生之说，岂不信哉！

（四）论轮回流转

生命之总数不增不减不分不合，不从无而为有，不从有而为无，已如前说。然而生生死死，终古不绝，此增而彼减，此聚而彼散。以理推之，非轮回流转而何。天下事固有人皆不能见而以理推之确乎不可易者，譬如月绕地球，东升西没。吾人所见者，惟东升之月与西没之月而已。其西没之后，东升之前，绕地与否，固无人能见之。今日东升之月，果仍是昨日西没之月否，亦无人能征之。然而月绕地球之事，科学家未有谓为无征而不信者，岂不以地球之月之总数只一，不增不减不分不合，不从无而为有，不从有而为无，因而推知其流转之事哉。

生命之流转亦犹是耳。东升者，托胎更生也，西没者，命尽而死也，西没之后东升之前，则佛法所谓"中阴"或"中有"也。至若天上地下相去之遥，非"中有"之力所能至，诚不能令人无疑。虽然，无惑也，三界唯心，万法唯识，一切世间，皆如幻梦，天上地下等境，非离众生之心而实有。盖由共业所感，同梦所值，业梦有变，境即随移。譬如有人梦登九天，一刹那间，恍如身临其境，岂必拾级而登，然后可达。古德谓净土不在西方，只在心上。即此寻推，思过半矣。

唯心唯识之学，广博奥衍，其说见他篇，兹不得而详，惟以使读者信轮回之有征故。聊引庄周《齐物论》最后一段，以喻吾意，其言曰："昔者庄周梦为蝴蝶，栩栩然蝴蝶也。自喻适志欤！不知周也。俄然觉，则蘧蘧然周也。不知周之梦为蝴蝶欤？蝴蝶之梦为周欤？周与蝴蝶，则必有分矣。此之谓物化。"此梦虽非轮回，而轮回之道，尽在是矣。当其为蝴蝶，则不知己之为庄周。喻通常之轮回，每尽忘前生之事也。蝴蝶梦周，谓蝴蝶固为梦境，庄周亦是梦境，乃至无往而非梦境也，则必有分者，喻前后经验不相衔接，俨如隔世之二人也。庄子《养生主》篇复以"薪尽火传"喻老聃之死，即我所谓"一群相似相连之种子继续现行则为生，一朝骤变则为死，更换一群则为托胎更生"是也。

于此有宜注意者，生命之种子云云，非谓一生命仅具一种子也。一生命中，实具无量种子，摄藏此无量种子之识即所谓阿赖耶识。以为有阿赖耶识故，一生命之种子虽无量，而不与他生命之种子相杂。前谓"一室之内悬诸灯，虽光光交遍和合似一，而一灯他去，其光随之，不与他灯之光相淆乱"，又谓"吾所读书惟吾能忆，吾之痛痒，惟吾能觉，吾之耳目，惟我能用"，皆足为此说佐证。

至若通常轮回，每尽忘前生之事。虽有蝴蝶不知庄周之喻，读者终不能无疑。虽然，无惑也，通常得精神病者，尚前后俨如两人，而况生死之大故乎。精神病中有所谓双重人格者，俗谓为鬼神附身，自佛法观之，或亦其人之别一群种子，越次而现行耳，与庄周之梦为蝴蝶，而自忘其为庄周不异，岂必蝴蝶之精怪附于庄周之身哉。天下必忘而不能忆之事多有，然而不能迳谓之无。譬如吾人处母胎九月，此九月中所作何事，所觉何物，今皆不能自忆，亦将谓此九月中之生命精神不可信乎？入胎之初尚不能忆而况入胎之前乎？一生之事尚有不能忆而况一生之外乎？

虽然，前生之事通常不能忆，非必不能忆也。天竺之法，六神通中有宿命通者，即通晓前生之谓。以理推之，亦非必不可能之事。吾人一生经验，每有忘之多年而一朝忆起，或病发而忘，病愈而复忆起者，前生之事又乌知其必不知。世俗所谈因果报应之事，其缘壁虚造，自欺欺人者，固不能谓为蔑有。然迷信自迷信，真理自真理，二者每不可以相掩。审思而明辨之，则学者之责已。

四、生物历史与无生物历史之沟通

历史之范围，随人类之知识以俱进。由国别史进而为人类史，由有字后之人类史进而为有文字前之人类史，由人类史进而为生物史，生物史与人类史，自达尔文之演化论出，似已打成一片。惟生物与所谓无生物之间，犹若有不可逾越之鸿沟者然。愚谓今后学者之职责，当兼本演化与轮回二理论，期于经验界中，多得理论以外之佐证，然后可以探生命之奥窔，而完史学之大业。以今日人类之史学论之，似犹是残篇断帙，去此目的甚远也。

第三章　人类历史与其他生物历史之同异

一、程度之差与种族之差——演化说与发生法

凡事物必考其历史，溯其源流，明其因果。斯曰发生法。自昔史学未昌时代，人类往往误以有史者为无史，以渐化者为不化而归之天赋。（曰天然，曰自然，曰天性，曰天命，曰天理，曰天造地设，曰天经地义，其义一也。）物之种，人之性，社会上之制度文物等，皆若一成而不变然。人智既进，史识日精，昔所认为天经地义一成不变者，在在见其递嬗蜕化之迹。于是各科学术，咸气象一新。（如十六世纪以来宗教上之信条，玄学上之先天观念，政治学上之天赋王权，天文学上之地中等说，渐次失势，以及人种地质等科之渐次发达是。）而集其大成，为之枢纽者，则为生物学上之演化说。

演化之义既明，乃知世间所谓种类之差者，几于莫非程度之差，特其所差较大者耳。（演化说继往开来之第一都名著，为一八五九年出版之达尔文《种源》，论种而有源，即失其固定性。）前论生物与无生物，或亦程度之差使然，其于今日学术界中犹若未获充分佐证。今兹论人类与他生物，则生物学与比较心理学上之事实，昭昭在人耳目，其为程度之差也无疑。

二、人类之大同于他生物者——所谓本能之歧义

心理学家对于本能之解释，不一其义。有视为生物固具之机能，能

不假外缘或不问外缘如何而迳发为行为者。充其说，究行为者乃更不屑于外界环境或过去经验中仔细求因，本能云云，乃与玄学上之灵魂无殊。有以生物之行为，自有生以后，其行为完全为环境所决定，直无本能可言者。诚若是，同一环境中，不应有个性各异之万物。虽在无生物界，犹不可通。已如前章所说，有以本能为心理上复杂之倾向，与生理上之反射相对者。余谓生理上之反射动作，可谓之生理上之本能，乃至矿物之个性或作用，亦可谓之矿物之本能。有以本能为先天固具之倾向，与后天获得之习惯相对者。余谓先天后天，本无确定界限。（如高等动物可以出胎以前为先天，亦可受胎以前为先天。）且虽云固具，亦必待获得相当之环境而后成。虽云获得，亦必本诸固有之倾向而后可。斯则一切行为，咸本于先天，咸成于后天。本能与习惯，亦唯先后之异耳。（如生殖本能，下等生物已有，而两性生殖本能，则惟较高之生物有之，以两性生殖之本能与单性生殖之本能较之，则虽谓生殖为生物固具之本能，而两性生殖，则为较高生物获得之习惯可也，余可类推。）又有以本能为不学而能，不虑而得，与智慧学识相对者。余谓人类之知慧学识，亦本于先天而成于后天，与他本能不异。然则虽谓智慧学识为人类特别发达之本能可也，前章谓科学家之于因果，亦惟求其概然。概然之在自然界者，谓之法则；其在生物，则谓之习惯。法则与习惯，皆非一成不变者。此中习惯，又可析为三名，在个人则为品行，在社会则为风俗，在种族则为本能。（一名三义，约定俗成则不易，今约未定而俗未成，学者之用名，只需明示其义，前后一贯，斯可矣。）

人类本能之大同于他生物者，以生理言，则有营养、生殖等。以知觉言，则有视觉、听觉、嗅觉、触觉、味觉等；以感情言，则有喜、怒、哀、惧等；以行为言，则有逃拒、企求、慈幼、好群、创作、模仿等。然此皆非人类社会所以千变万化、日进无疆之重要原因。

三、人类之特异于他生物者——意识（或称智慧、思想、理性等）之发达

意识或智慧者，五官感觉而外，各种判断力（包含综合力与分析力）、推理力、记忆力、想象力之总名也。人类由是而有语言文字（以想

象力、判断力为主），由是而有传记历史（以记忆力、推考力为主），由是而有文学艺术（以想象力为主），由是而知推求因果，而有神学、玄学、科学等（以推理力为主，三者之别，可参余所著玄学初稿），由是而知利用因果，而有法制、教育、工艺等。乃至道德之发达，罪恶之增加，贤愚治乱之悬殊，亦无往不以智慧为最后之关键。其影响人类社会之重大，诚有非物质环境暨其他各本能所能望其项背者，其详当于下章论之。

四、智慧之功过

自然主义者（如中国之老、庄，法国之卢梭等）见人类罪恶之随智慧以俱进也，遂主绝圣弃智，复归于婴儿野人，乃至禽兽之无知，然后为得，此其不当。可得而言，一曰以生物学上之事实观之，人类亦既以此而灵长万物矣，则其功大罪小可知。二曰以历史上平均之趋势观之，由智返愚，殆为最难能而不自然之事。三曰知智慧之利害者，仍惟智慧；导智慧入于正轨者，仍惟智慧。吾人应以智慧征服智慧之罪恶，而不应迳弃智慧。犹之应以生命征服生命之痛苦，而不应迳绝生命也，其详当于末章论之。

第四章　历史上之要因——所谓史观问题

一、因果之种类

学者观察人事之变化，各于纷纭繁复之因果网中析取一类"因"，而说明其重要因。成所谓各种史观，世间因果，本无一定之种类。已如前说，就其概然之同异而类别之，则类别之道，可以万殊。唯然，各种史观之类别因果，大抵不相为谋。欲确校其重轻，且先明其种类。壤例如神意史观者，是以超自然界的原因与自然界的原因相较，而别其重轻者也。地理史观者，是屏超自然界的原因于不论，而于自然界中别出地理的原因（气候、土壤、山川、物产等）与非地理的原因（心理的、生理的原因等），而较其重轻者也。伟人史观者，是于非地理的原因中别出心理的原因，于心理的原因中复别出伟人心理的原因，以与庸众心理的原因较其重轻者也。经济史观者，是于自然界中别出经济的与非经济的原因，而较其重轻。而所谓经济的原因者，盖兼含地理的、生理的、心理的诸原因者也。

复次，学者既各有其析取要因之道，其要因所对之果亦必随之而异。如神意史观以超自然界之因为要因，则以自然界全体为所对果。地理史观则以非地理的现象为所对果。伟人史观则以伟人而外之现象为所对果。经济史观则以非经济的现象为所对果。

至于所谓综合史观或社会心理的史观者，不认历史上有可以析取之要因，其谓历史现象为社会心理之表现者，非以历史现象为果，而以社会心理为因也。社会心理之因果，实即历史现象之因果，其于政治、经济、学术（社会心理表现之各方面）乃至生理、地理（社会心理以外之各方面）等因果，等量齐观，而莫肯判其重轻，故不得与上言任一史观相对。彼虽曰综合史观，律以析取要因之义，不谓为史观可也。

其余一般列为史观而与析取要因之义相违者，今皆不详论。

二、因果之重轻

因之所以为因者，以其于果有相当之作用也，就其有相当之作用而谓之重要，则天下盖无不要之因。学者不先定重轻之标准，而各述其所以为要者以相争，则穷年累月，终末由决。如论身体，则头有头之要，足有足之要，脏腑有脏腑之要。论学问，则科学有科学之要，文学有文学之要，哲学有哲学之要。各要其要，何患无辞。上述各种史观之争，其无意义在此。

然则如所谓综合史观不别重轻可乎？曰是太违悖常识。常识之于因果，自能别其重轻，且自有其分别重轻之标准，此种分别之不可抹杀。盖与美丑善恶等差别同，学者苟能求得其分别重轻之标准。为常识所共认者，尚何患其重轻之难决，而徒以敷衍为综合耶？

今以一己思虑所及，求得常识所以勘定要因之标准如下：

1. 因之重要与否，随其所对之果而异。如以营养为果，则肠胃重于皮肤；以排泄作用为果，则皮肤重于肠胃。故欲辨因，必先定果。

2. 直接之因为重，间接者为轻。如以死为果，则心脏病之致死，平均较速较直接；肠胃病之致死，平均较迟较间接，故心脏病较要。

3. 因之不普遍、或不恒有、或易变化者为要。如普通言生活要素，衣食住行重于空气，空气重于空间是。

4. 因之质与量与果之质与量，有相当之比例，而可以相互推知者为要。如以留声机所发之声为果，则唱片重于发条，发条重于开机之键，又如欲觇一国化学工业之程度，可视其使用硫磺之精粗多少，斯硫磺为化学工业之要因。

5. 因之能有意操纵者为要，如傀儡戏牵线者为要因，而傀儡非要因。

若夫果之重轻，可以同理判别，今姑不详论。

三、论各种史观

1. 论神意史观、天道史观以及神学、玄学上各种史观等

神学玄学之派别各殊，而其欲于现象界外求其所谓神或本体之类以为总因，则大体无异。总因之说，于事无征，于理不足据，说详余所著《玄学初稿》。兹不赘。

2. 论地理史观、经济史观等

若以地理的现象为因，而以一切非地理的现象为果，则地理的原因无所谓重要与否，以无可与比较故。

若以非地理的现象一部分为果，而较其非地理的原因与地理的原因，律以上述标准。则非地理的原因平均必较重要，以其较直接（如民国十八年之政治影响十九年之政治者，必较民国十八年地理之影响为要；欧洲政治之影响中国政治者，必较欧洲之地理为直接是），较易变化（地理现象之变化，不若人事之显著而复杂），较有相当之质量比例（如一国学术与一国宗教之关系、必密于其与地理之关系），较能为有意的操纵故。

若以地理的现象之影响非地理的现象，与非地理的现象之影响地理的现象相较，则律以第一准则（即因果皆异、不可相较），实无所谓孰重

孰轻。即勉较其重轻，亦当以非地理的现象为要因，以其较易变化，且较能为有意的操纵故。

反之，若以一部分地理现象为果，而较其地理的原因与非地理的原因，则据二四两准则（即较直接而有相当之质量比例），当以地理的原因为重，据三五两准则（即较易变化，而能为有意的操纵），又当以非地理的（或人事的）原因为重，孰重孰轻，未易遽判。以过去之历史观之，人事之影响地理者，似愈后而愈重要。吾意将来研究地理者，或有创为人类历史的地理观之一日（尔时人文地理，当较自然地理为要）。其所持理由，或且较今日之地理的人类历史观为充分也。同理，经济史观或以一切经济的现象为果，或以一部分非经济的现象为果，或以经济之影响非经济与非经济之影响经济者相较，终末由说明经济的原因之特要。

主经济史观者曰：我以经济与政治学术之相互影响者相较，而知经济为社会下层建筑，为人事变化要因。生产方法变，则经济制度变；经济制度变，则政治学术随之而变。一种大体相似之经济制度，必有一种大体相似之政治学术与之相应，虽谓政治学术为经济制度之反映可也。

应之曰：所谓人类经济的行为者，且假定为衣食住行四者之消费生产分配的行为（如学术之事、男女之事等，非无生产分配消费等，但普通不谓之经济的，如亦谓之经济的，则一切人事皆可谓之经济的，经济史观即失其意义，而为人事的人事观，或史的史观），而视其果足为人事变化之要因与否，夫衣食住行为人类得以生活之要素，人类必先得生活，然后可以为政治的、学术的活动，喻如崇楼杰阁之下层基础，不为无当，虽然，崇楼杰阁之形式万殊，其中之陈设暨所居之人，千变万化，未始有极，而其基础则比较的单简而不甚悬殊，今欲根据基础之单简样式，谓足决定上层之一切，不其颠乎？

复次，非独衣食住行之生产分配为人类生活之下层也，男女亦然，男女与饮食，并称人之大欲，为家族民族等制度之所根据，其影响于上层生活者亦不可谓少，使有倡男女史观者，苟能自圆其说，必不下于经济史观。

复次，男女与经济犹非人类生活之最下层也，未有人类之先，必先有地球，故地球史观（即上言地理史观之变相）实较经济史观为彻底。推之未有地球以前，或已先有星云。夫然，以最下层论，则星云史观为理所必至，夫岂史观之本义哉？

复次，"庶而后富，富而后教"，"仓廪实而后知礼节，衣食足而后知荣辱"之义，为人类共有之常识，不待经济史观而明。

是故经济影响社会最大之时，惟在一社会上大多数人咸感财富不足、分配不均之际，然即此最大之影响亦惟限于消极方面（即使学术文艺等之于大多数人成为不可能与不必要），一旦财富既足、分配既均，其于人生之关系，将如日月空气之不足珍惜，其无关于学术文艺等，亦与日月空气同，尝戏谓社会主义成功之日，即经济史观破产之时。马克思兼主二者，而又谓社会主义决定成功，斯不啻谓经济史观决定破产也（其斗争的进步说与其社会主义之理想相冲突，亦然）。

主经济史观地理史观者惯用之理论，曰同一人也，处此环境则如此，处彼环境则如彼，是非为环境所决定乎？人亦可以其说反质曰：同一环境也，此人处之则如此，彼人处之则如彼，禽兽处之则如禽兽，是非各为其个性所决定乎？彼又曰：个性者，为过去之环境所已经决定者也。人亦可以其说反质曰：环境者，为过去之个性所已经决定者也。实则人之与人与生物，乃至与所谓无生物，皆互为环境，各有个性，皆可以相互为概然之影响，而不可以相互为必然之决定。（所谓天定胜人，人定亦可胜天，时势造英雄，英雄亦可以造时势。）个性之势力，随生物之进化以俱进，极端之定命论与自由论，皆不根事理之谈，已如第二章所说。

余若主经济史观者本身意义之含糊，反映云云之牵强，分割时代之粗疏，附会史事之失实，预料将来之无当，自命为科学的而实不合乎科学上不武断、不抹杀异说的精神，自命为时代潮流，而不合于现代人渴望调和平等与自由、社会与个性的心理，世俗论之者详，兹不更赘。

3. 论伟人史观、精神史观、政治史观、法律史观与宗教史观、科学史观等

以上各种史观之名，大抵为近人仿经济史观之名而附加于前人者，前人之论史，虽各侧重其一方面，鲜有如经济史观之标明主义，抹杀其余

者，此如牙医重牙，眼医重眼，各要其要，无取相非。今必欲于众要之中抉择其最要者，则以上诸史观，咸不足当意，以其意义多不清（如所对之果为何，所以为最要者何在，伟人精神等之界说若何）。且可以斥地理史观、经济史观者转而斥之，至其所持理由，亦有与我所主张"人类史上之智慧史观""世界史上之唯识史观"相通者，读者但辨智慧史观与唯识史观二者之是非，其余可以迎刃而解也。

4. 论社会学史观、人类学史观、社会心理史观或综合史观等

以上各史观，大抵指调和综合，根本上不采析取要因之态度者，不认有要因之违悖常识，已如前说。抑普通所谓史观，本兼有"析取要因"与"求得共相"二义，以求得共相言，则一切历史皆社会心理所表现，斯社会心理所表现为一切历史之共相，谓为社会心理史观可也。推之一切历史，为事变所造成，斯事变所造成亦一切历史之共相，谓为事变史观可也；玄学上或有谓一切历史虚幻不实者，谓为虚幻史观可也。神学家或有以一切历史写神之表现者，谓为唯神史观可也。吾下所言唯识史观，亦指历史共相言，抑亦扩大的社会心理史观也。

四、人类史上之智慧史观

以智慧为要因，以人类特有之史事为果，以与非智慧的原因相较，以见智慧之最要，斯我所谓智慧史观（智慧谓一般人之智慧或理性、而非海格尔之神秘的、可观的大理性），试以上列五准则言之：（一）人类特有之历史，为他生物与所谓无生物所不具者，非观察历史者所应解释之事乎？主经济史观者欲以经济现象解释一切，然复杂之经济现象为人类所独有，而他生物无之，其本身独不需解释乎？人类之独有复杂的政治宗教等，其自身盖有其要因在，理亦同此。（二）智慧之致人类进步，不较非智慧的原因为较直接乎？（三）又智慧非变化最不可测者乎？（四）智慧之高下，出版物之内容，非代表一社会各方面之唯一标识乎？（五）智慧非唯一能有意的操纵环境者乎？"人为万物之灵""人为理性的动物"，实为最普遍之常识，我岂故为异说哉！亦取人类之常识天下之公言而整齐之，以与邪说诐辞相角，以期厘然有当夫人之心而已耳。

五、世界史上之唯识史观

我所谓唯识，仅取佛法唯识中之根本义，支节不尽同也。根本义云何？一切境各不离其识，故曰唯识。一切识亦各不离其境，亦可谓唯境。就识之刹那生灭言，可谓之唯现象或唯变，就一切作用皆识之作用言，可谓之唯作用或唯生，就识言，可谓之唯心，就境言，亦可谓之唯物。（心也物也，久成玄学上意义不定之空洞名词，如上所言地理史观、经济史观等，世称唯物史观；伟人史观精神史观等，世称唯心史观；试叩之以心物之区别何在，必有瞠目而不能答者。）说详我所著知识哲学初稿中，以与本章所谓要因问题者不类，姑止于此。

第五章　史事变化之法则阶段与趋势

一、时间与变化

现象之前后相异，谓之变化（此指变化之广义，兼分合而言），惟其相异，故有前后可言，假令人心内外所感，前后一轨，前后云云，即于此人失其意义，是故千古而无变化，千古是一刹那，刹那而有变化，刹那可为千古，时间生于变化，而变化不生于时间。

现象上假定之单位，以空间分者曰物件，以时间分者曰事件。物件由比较而有大小，斯各有其空间，谓之感觉的、经验的或有限的空间，序列其方位，想像其边际，因的构成所谓概念的、意识的或无限的空间；事件因比较而有久暂，斯各有其时间，谓之感觉的、经验的或有限的时间，序列其前后，想像其始终，因以构成所谓概念的、意识的或无限的时间。

前已言之，人各有一空间（意识上之空间），以其相似相应，故遂认为一空间，此空间非他，科学上之空间也。今更当知人亦各有一时间（意识上之时间），以其相似相应，故遂认为一时间，此时间非他，历史上之时间也。

二、变化之法则——论所谓辩证法

变化者，历史之本质，或史之所以为史，并非历史之法则，学者欲观所谓历史之上法则，以为人类事业之指南针，当于变化之样式中求之。

变化之有其概然之法则，固也。虽然，以现世人类知虑所及，其概然之法则，唯限于各类或一部分之事件，如心理学所究心理变化之法则，天文学所究天体变化之法则等皆是。若夫以全部世界史，或人类史，或一切变化对象，而求其概然之法则，以愚观之，殆不可能，而亦不必要，试以所谓辩证法者例之。

海格尔（Hegel）视宇宙万化为一大理性之发展，故以理性发展之法则，所谓辩证法者（即由正而反，由反而合，合复为正，由正复反，以至无穷），为一切变化之法则。实则一切变化，不外前后相异，有渐异者，有顿异者，异中又必有同。就其渐异不甚显著者，世俗遂谓之正；就其顿异较然可见者，世俗遂谓之反；就其异中仍其与前大致相似者，世俗遂谓之合。就其前后相异言，无时不可谓反；就其异中有同言，无时不可谓合。其所谓正之时间，亦无一定之界限，其所说明，实为变化之自相，而非变化之法则。（正反合非变化之法则，犹之前后或因果非变化之法则。）以之衡量过去孰正孰反孰合，可以人各一说，以之预测将来，更属毫无是处。

且即以理性或思想之发展例之，以古代思想为正，中世思想为反，近世思想为合，可也。以古代中世之过渡期间为反，以中世为合，亦可也。以古代之末期为反，以过渡期为合，亦可也。以个人之一生例之，以少年为正，壮为反，老为合，可也。以少壮之间为反，以壮为合，亦可也。或以一生为正，以死为反，以将来再生或竟不生而化为异物为合，亦可也。反皆可以为合，合皆可以为反。连于正则为正，分于正则为反。其所说明者，舍前后相异之自相外，无他意义可言。若夫今之各种政党或宗教，莫不自以其党纲或教义为最后或最近之合，因以为有实现之必然。此与专制君主之自命为天子，因天子以主王权神圣，玄学家自命其上帝为真有，因真有以证上帝之存在，奚以异哉？

三、变化之阶段

历史上之分期与地理上之分区，略可相拟。历史上之兴亡大事，似地理上之名山大川。历史上之朝代，似地理上之国界。其余经济文化等之分期与分区，其原则亦无二致。

分期与分区之法，随个人所注重之点而异，其间实无一定之标准。各种分法，未必咸可相配合。（如同一政治区域政治时代中，各种经济制度皆有。或同一经济区域经济时代中，各种政体皆有是。）前后两期，或彼此两区，亦未必划然有异，且也各期之分区不尽同（如今日之纽约为经济中心，古代则非），各区之分期亦不尽同（如中国本部今日由农业手工业渐入机械工业时代，蒙古则由畜牧业渐入机械工业时代是）。学者欲一以概之，辄不免笼统武断之弊。

史地上之分期与分区，是为今人所乐道者，曰孔德（Comte）之神学的、玄学的、科学的三时代。曰马克思派社会主义者之部落、奴隶、封建、资本、社会主义五时代。曰东方、西方与印度之三支文化。昧者不察，取以与一切学问、道德、艺术等相配合，猥以玄学的、封建的、东方文化的等名相加，如古代玄学家之以四大五行配合一切者然。甚无谓也（三分辩证法与邹衍之五德终始说，周莲溪之动静互根说，可谓一丘之貉）。

四、变化之趋势——进化退化与轮化

进化退化，就价值之进退言，轮化就变化之周而复始言。价值为众生心之所感，抑亦众生心之所造，其进其退，众生实操其柄，而以智慧灵长众生之人心，尤有举足轻重之势，此外别无必然之命运限之。近代人多信进化，古代人多信退化。以事实论，两皆无当。以理想论，进化实人类应有之鹄。至于何者乃为进化，如何乃可进化，当于下章详之。

绝对进化之说，于事无征。若夫文质相剂，治乱相仍，分合相因，正复为奇，善复为妖，神奇化为臭腐，臭腐复化为神奇，则有之矣。此实缘于众生自身之笃旧与好奇、遗传与变异、静极思动与动极思静、诸性之

迭用而代兴，与夫环境之盈虚消长，有以致之。然众生心性与其环境变化之样式，皆非一成不变者，奚有于绝对之轮化？

五、造化与幻化

昔人每以天志、天道或天理为造化之主宰。自我观之，能化者，众生之心；所化者，众生之境。心不离境，与境俱化。心心相续，互为能所。列子所谓："众生者不生，化生者不化。"殆呓语也。

所谓幻化者，又有数义。一者幻对常言，化即是幻。此如佛法空宗言"色即是空，非色灭空"，"因缘所生法，我说即是空"，诚若无可厚非。二者幻对真言，谓生灭变化，非万法之真相。万法别有其不生不化之真相，希腊 Parmenides，Zeno[1] 等之非多非动，可为代表。其所恃以推翻感觉之理由，以今日人类之理性衡之，多似是而实非。

佛法中百论等，其不善巧处，颇类彼说，亦有不可掩者。三者幻对庄严清净自在解脱言，盖有烦恼义。此则系于众生之业力，众生即菩提为烦恼，菩萨可即烦恼为菩提。要之生灭不可灭，变化不可极，历史之各部有终始，而全部则无终始。似已为今日一般学者之公认而无复置疑。

第六章　史事变化之理想或当然问题

一、必然与当然

必然与当然，不两立者也。如人必不能改变过去，必不能使三角形三角之和不等于二直角，则亦无所谓当与不当。然而人事因果之后由已然、今然、以推将然者，实为概然而必无然。（上举两例，为抽象的或理论的必然，非由已然今然而推将然者。）以已然、今然、将然、诸事物中皆有偶然，皆不可尽知故。如人必死、盛极必衰之类，皆概然之大者，而非真正之必然。以故人类无往而不有当然、不当然之努力。其愈近必然者，则当与不当之裁判愈失其意义。道德之裁判不施于无知之物，法律之

---

1. 今译巴门尼德、芝诺。——编者注

裁判不施于婴儿及有神经病者，职是之故。其详可参愚《人生哲学》中《性与命》《论心与论事》二篇。

二、自然与文化

世有以消灭文化复归自然为人生之归宿者，即前所谓自然主义是。"自然"之义多歧，任执一义，其说皆难以自圆。如以必然或不得不然者为自然，既曰不得不然，则无所用其倡导。既曰必然，则无所谓当然。已如前说。如以纵情任性出于自愿者为自然，则飞蛾扑火，自焚其身。出于自愿者，不尽为当，彰彰甚明。如以不假智慧未有文化时为自然，则智慧文化之于人，盖尤爪牙之于禽兽，可以为善，亦可以为恶。不别其善恶而归咎于文化智慧之自身，是亦因噎废食之类也。

三、斗争与进步

自马尔萨斯人口论、达尔文物竞天择说问世以来，人类及生物间之斗争，几成必然之事实。复有妄人，昧于必然当然之不两立，假进步之美名，为倡斗争之文饰（如个人主义之提倡，无限制的自由竞争，社会主义之末流以阶级斗争为究竟者皆是）。于是人类及生物间之斗争，更成当然之至理。实则斗争之事实，可以人力增减，既可人力增减，即非必然。至于斗争之为当，则唯以不得已之斗争为方法，以共存共荣为究竟时则然。若以斗争为究竟，以片面之进步为理由，实为不当之尤。愚前作评进化论文中尝设为佛法与所谓进化论者展转驳诘之辞以明其理。兹摘录如下。

主斗争者曰：莽莽乾坤，一战场耳，弱肉强食，优胜劣败，势之必至，理所当然。如是而有文化，如是而有进步。

应之曰：势则至矣，而非必至；理则然矣，而非当然。如是而有之文化，非吾所谓文化；如是而有之进步，非吾所谓进步。

主斗争者曰：旷观古今，种与种争，国与国争，党与党争，人与人争，有肉搏之争，有经济之争，有地位名誉之争，斗争非事实乎！

应之曰：斗争则诚事实也，吾非谓世间无有此事实也。虽然，"有""无有"是一问题，"当""不当"又是一问题，世间多有是事实而不当于理者，昔者专制政府尝为普遍之事实矣。然世之学者不以其为普遍之事实而遂谓之当。斗争之为事实，将毋同。

佛本经义载："太子出游，看诸耕人。赤体辛勤，被日炙背，尘土岔身，喘呷汗流，牛縻犁端，时时锤掣，犁楇研领，靷绳勒咽，血出下流，伤破皮肉，犁场土拨之下，皆有虫出。人犁过后，诸鸟雀竞飞，吞啄取食。太子见已，生大忧愁，思念诸生等有如是事，语诸左右：'悉各远离。我欲私行。'即行到一阁浮树下，于草上跏趺而坐，谛心思惟，便入禅定。"

由是观之，君所见之事实，亦吾所见之事实也。事实不异而由态度悬殊，吾则谓之不当。思所以易而去之，君则谓之当，更从而为之辞。吾与君之争在是，敢问斗争何以谓之当也。

主斗争者曰：君之所谓不当，谓不当于世俗之所谓道德耳。虽然，世俗之所谓道德，非吾所谓道德也。自吾言之，适于生存之谓道德，道德所以为生存，生存非所以为道德。斗争而适于生存，斗争即道德也。

应之曰：既云凡适于生存者即当于道德矣。今假设有父母兄弟私人于此，而不幸食物仅足三人，必死其一而后可，于是为生存斗争计，其弟乃谋杀其兄，其兄亦谋杀其弟。或不幸而食物仅足一人，必死其三而后可，于是为生存斗争计，乃兼谋杀其父母。或幸而食物可足二人，死其二而可，于是为生存斗争计，其中之二人乃互相团结，而谋杀其他二人。如是则当乎否乎？

主斗争者曰：谋杀父母兄弟为不道德，固夫人而知之。虽然，未足以破斗争之说也。今有病人于此，微生物千万繁殖于其肺中，药而杀之，当乎否乎？蚊蚋啮肤，荆棘塞涂，除而去之，当乎否乎？此其为当，亦夫人而知之。君以谋杀父母兄弟之不当，推知谋杀微生物之不当，人亦曷尝不可以谋杀微生物之当，推知谋杀父母兄弟之亦当。当与不当，固未可以一概论也。

应之曰：同一杀他而自利也，而一当一不当，是必有说而后可。吾固谓虽微生物亦不当无故谋杀者，不以世俗之谓当，遂亦谓之当也。孟子曰："春秋无义战，彼善于此则有之矣。"吾于一切生存斗争亦云，终不以此不当之聊善于彼之不当，而遂谓此不当谓当也。当与不当，盖犹冰之与炭，绝不相容，非若长短大小之相待而然也。君既谓生存斗争为当，又谓为生存斗争而谋杀父母兄弟为不当，是必有说而后可。

主斗争者曰：所谓生存斗争者，匪谓争一己之存也，又必争其种类之存焉。争一己之存，于是有私德，争种类之存，于是有公德。牺牲自己，协助同类，所以履公德而存种类也。父母兄弟于我类也，微生物于我非类也，类与非类，乌可以一概论。

应之曰：所谓种类者，非有一定之分限也。以此家与彼家对，家类也。以此国与彼国对，国亦类也。以人类与他生物对，人亦类也。以生物与无生物对，生物亦类也。知爱小类为合于道德，而不知爱更大之类为更合于道德，爱最大之类为最合于道德。此之谓不知类。

是故充道德之极，则异类皆同类也，充不道德之极，则同类皆异类也。孟子曰："推恩足以保四海，不推恩无以保妻子。"又曰："仁者以其所爱及其所不爱，不仁者以其所不爱及其所爱。"旨哉言乎！

墨子曰："杀一人者谓之不义，必有一死罪矣。以此说往，杀十人，十重不义，必有十死罪矣。杀百人，百重罪不义，必有百死罪矣。今有人于此，少见黑曰黑，多见黑曰白，则此人不知黑白之辨矣。今小为非则知非之，大为非、攻国，则不知非，从而誉之。此可谓知义与不义之辨乎？"试更以此扩而充之，则无故而杀微生物者，亦岂得谓为无罪。

主斗争者曰：吾谓牺牲自己以存种类之为当者，非谓一切皆存而后当也。必也存其优者，去其劣者，汰其弱者，留其强者，数传而优者益优，强者日强，世界乃日益进步。夫然后谓之当，诚以物竞天择，正造化之匠心妙用。心灵由是而日阐，文化由是而日盛，人群组织由是而日坚，博爱之心、协助之事，由是而日益发达。凡兹数者，皆有机体之所以适应环境，以求自立于生存斗争之场也。不若是，则优劣俱存，优劣俱存，则世界末由进步，夫是之谓不当。世之高言仁义道德者，徒以弱劣者失败落伍之私，不自怨其弱劣，而归于天行之不当，而孰知天行之至当而不易乎！尼采谓仁慈为弱者护身之符，世界进步之障，可谓知言。不观夫人类文化，大抵直接间接由战争鼓铸而成乎，战争又何可以厚非？

应之曰：世间固无有匠心独运之造化，所谓天行、天演、天运者，自然而然，莫之为而为，其在佛法，则曰："法尔如是。"此科学上所公认，不烦言而辨者，是故以生存故而有斗争，以斗争故而弱者受淘汰。此淘汰者之责，无论为当与否，皆由强者负之，委其责于天行，天行不任受也。

然则为世界进步计而淘汰弱者。果当乎否乎？应之曰：否。君之所谓进步，特强暴之徒涂饰己私之美称，非真进步。譬如虎豹出山林而入市朝，纵横噉噬，无不如志。自彼观之，宁非进步，而自被噉噬之人观之，则退步之尤者矣。今君之所谓进步，由淘汰弱者而得，自受淘汰之弱者观之，其何以异于是。复次，君谓进化，不过震于文化之繁荣而然，然文化者，本所以利乐众生，若文化愈进而众生滋苦，或且因此而受淘汰以亡，则亦何取乎有此文化。譬如体育机械，本所以强身，必械愈精而身愈强，然后可谓之进步。若惟敝精劳神，外骛于器械之精，内忘其身之日弱，以至于亡，虽曰进步，吾必谓之退步矣。今使世间文化发达至极，图书如云，机械如栉，美术满街衢，危楼插霄汉，而世间人类坐是覆没，了无孑遗，如是则谓之进步否乎？又使有一人一族于此，擅奇技淫巧，深谋远虑，尽取天下良懦愿直之人之族而屠之，惟余一人一族为天下雄，如是则谓之进步否乎？且文化之进，亦奚待于战争。总览史乘，思想文艺最盛之时，孰非较称承平之世。中国之乱而至于五胡乱华，欧洲之乱而至于蛮族南下，印度之乱而至于戒日王之死，其所以促进文化者焉在？即曰历代战争，非无可以促进文化、沟通文化之处。然若以之与破坏文化之处相较，已不啻百害而一利。矧受此利之害者千百，而利此利者又仅一二乎。至若学问技艺之日新月胜，发扬蹈厉，则利己而利人，非利己而损人。虽曰竞争，而不得与生存斗争次比。

吾得为之说曰：世间真恃斗争而进步者，曰武力；真恃协助而进步者，曰文化。旨在害人，谓之武力；旨在利人，谓之文化。（此与上言广义之文化不同。）倡武力者，虽亦讲协助，而其协助之目的，则为斗争；倡文化者，虽亦讲竞争，而其竞争之目的，则为协助。若以斗争为是欤，则应弃文化而言武力，举凡专事学问技艺美术道德之士，皆当退就劣败之列。惟孔武有力之士兵，阴谋百出之政客，得为生物学上优胜分子。若以协助为是欤，则应弃武力而言文化，举凡生物间互相贼杀之事，皆在所摈斥。不出于此，必出于彼，苟非自安于矛盾，必有所择于斯二者。

又得为之说曰：武力之进步，非真进步，以其于少数强者为进步，而于多数弱者为退步故。文化之进步，乃真进步，以其于一切强者弱者皆有利而无害故。墨子《非攻》篇曰："计之所得，反不如所丧者之多。虽四五国则得利焉，犹谓之非行道也。譬如医之药人之有病者然。今有医于此，和合其祝药之于天下有病者而药之。万人食此，若医四五人得利焉，犹谓之非行药也。"其言亦甚矣。虽然，墨子之兼爱，犹限于人类，人犹可以其说反质。吾佛则遍及一切众生，以度众生故而出家，其动机之纯正，胸襟之广阔，感情之恳挚，凡有心人所当同声赞叹者非欤？吾佛以调御丈夫自居，其真墨子之所谓行药者欤？

主斗争者曰：吾非谓优者必胜而劣者必败也，亦非谓凡斗争皆足以致进步也。特谓优者当胜，劣者当败，惟能致优胜劣败者为当斗争耳。

盖生物斗争之中，诚有自身本非优胜，而徒以地位机遇之佳，岿然而存者，而人类社会中为尤甚。有若财产承袭、贵族专权等事，在在足以破坏天然淘汰优胜劣败之公例。今社会中遭逢际会，骤臻富贵之人，不必为生物学上适于生存之人，亦不必为社会中优良分子。诸如是者，皆不公平之竞争，主进化者所反对也，然则如之何而后可。曰必使人人知竞争之方法，有平等竞争之机会而后可。斯则普及教育、平民政治、财产承袭制之废除等事，所以为要也。

复次，匪惟个人与个人间有生存竞争也，群与群间亦然。内部团结相爱助者，恒为优胜；内部涣散相贼害者，恒致劣败。如是数传而优者益优，团结日固，其终能阅历天然淘汰而不败者，必其内部最能相爱相助者也。今一旦而有操戈入室之兵士，害群败类之政客，为一群之生存竞争计，群策群力，除而去之，不亦宜乎？

若谓合天下之群为一大群，以爱小群之心而爱此一大群，岂不甚善。然此不特为事所不能，抑亦理所不许。盖生物之协助，以斗争故，无协助，则斗争之道无大进步，固矣。然若无斗争，则协助之道无大进步，

"兄弟阋于墙，外御其侮"，以言有斗争而后能协助也，"无敌国外患者国恒亡"，以言无斗争则不能协助也。故曰群与群间偏重斗争，一群之内偏重协助，并行而不悖，相反而相成，其斗争与协助之谓乎。

应之曰：既曰斗争，尚安有所谓公平。岂惟以地位机遇胜人者，不得谓之公平。即以腕力与智力胜人者，其公平亦安在。使贫者与富者争，贱者与贵者争，主斗争者咸觉其不平。然使幼童与壮士争，使乡愚与市侩争，残疾者与魁梧者争，使一人与啸聚千百之盗贼争，宁非不平之尤甚者。且惟其不平，故有胜负可言。若使腕力、地位、机遇一切平等而仍相争，势非两败俱伤不可。两败俱伤者，岂斗争之初旨哉？由是可知果公平，则无须斗争；果斗争，则不论公平。

复次，果以生存斗争为是矣，则不复能责人之害群。何以故？彼亦为其生存斗争而害群故。两军相交，生死俄顷，降敌则生，力战则死。则其为生存而降敌，亦何可厚非者。且力战而死之士，大率为国中优秀分子，彼以其优秀之才，自当较诸庸常国人，更有生存权利。今乃以维持庸常国人生存之故，诱以虚荣，动以大义，迫而使之力战而死，事之不平，孰有逾于此者？

且君谓同类相爱，起于共敌异类，一旦异类既灭，同类又必裂为数类，相与为异类而相争。如外侮既御，而兄弟复阋于墙，敌国外患既无，而内部复交讧以至于亡。如是则今之为同类者，将来皆可为异类。为个人计，亦何取乎？牺牲自己以殉此暂合之类，本为生存而协助，乃因协助以丧生，人非至愚，其孰为之？充斯说也，则古今来为子孙作牛马之父母，为斯民丧生命之圣贤，一切杀身成仁舍生取义之豪英，其愚乃诚不可及矣。道德之设，乃所以欺愚者，使牺牲自己以利他人者矣。是故以主斗争者而倡爱群爱国爱种族之说，非欺人，即自欺，二者必居一于是矣。

且即事而论，生存斗争，亦恶足以尽生物界中之现象哉。人类日常生活中，惟一小部分为斗争生活，亦惟一小部分人专从事于斗争生活。其大部分协助之事，协助之心，多有与斗争了不相涉者。孟子曰："孩提之童，无不知爱其亲者；及其长也，无不知敬其兄者。"又曰："今人乍见孺子将入于井，皆有怵惕恻隐之心；非所以内交于孺子之父母也，非所以要誉于乡党朋友也，非恶其声而然也。"庄子《徐无鬼》篇有曰："子不闻乎越之流人乎？去国数日，见其所知而喜；去国旬日，见所尝见于国中者喜；及期年也，见似人者而喜矣。不亦去人滋久，思人滋深乎？夫逃虚空者，藜藿柱乎鼪鼬之迳，良位其空，闻人足音跫然而喜矣，而况乎兄弟亲戚之謦欬其侧者乎？"荀子《礼论》篇曰："凡生乎天地之间者，有血气之属必有知。有知之属，莫不爱其类。今夫大鸟兽则失亡其群匹，越月逾时，则必反沿。遇故乡，则必徘徊焉，鸣号焉，踟蹰焉，然后能去之也。小者是燕雀，独有唲啁之顷焉。"凡此云云，皆不期然而然，无所为而为者（参看克鲁泡特金《互助论》）。

彼禽兽野人幼儿，固不知协助利于斗争之义。纵令天下无公敌，无斗争，亦岂因此而废其相爱相助之事？由是观之，协助之不尽为斗争，亦犹斗争之不尽为协助耳。区而别之，其要有四：

（一）有为斗争而斗争者，如虎豹之争食是。

（二）有为协助而斗争者，如执干戈以卫祖国是。

（三）有为斗争而协助者，如商人之组织公司以谋垄断专利是。

（四）有为协助而协助者，如父母之爱子圣人之爱民是。

主斗争者曰：斗争之不如无斗争，则诚如君所云矣。虽然，吾岂好倡为斗争哉，抑亦不得已耳。好生恶死，生物之情。而生物之繁殖，子体又多于母体。虫鱼之类，动辄产卵数十百万头者无论矣。即以生产力最弱之象论，牝牡二象，寿约百年，百年之中，可生六子。子又生孙，孙又生子。如是繁衍，则七百五十年后，可得象一千九百万头。人亦如是，二十五年可增一倍，故任何民族如能任意繁殖，不久皆可充塞地球，其不能并存也甚明。既不能并存，其势必出于争存。如君之言，必使牺牲自己以存他人，毋亦责望太苛而非人之情耶。

君独不闻马尔萨斯（Malthus）之人口论乎？其言曰：人口按等比级数递进（谓递乘而进，如由一而三而九而二十七是也），而食物则按等差级数递进（谓递加而进，如由一而四而七而十而十三是），初虽食浮于人，人必孳生繁殖，至于人浮于食而后止。人既浮于食，不能并存，则虽不出于肉搏，亦必有经济之争，务使劣者败亡，人食相称而后止。贫窭，疫疬，罪犯，战争等事，皆天之所以淘汰人口之道。及淘汰既过，暂告太平，食物才足，而人口又增，循环反复，遂成一治一乱之象。今谓斗争为不当，不当则不当，然奈其不得何。

应之曰：君乃今知进步云云，不足为提倡斗争之理由，而诿之于不得已，说已进于前矣。虽然，如所谓不得已者，果不得已否？果足为斗争诿责之地否？愿更谛观之，旷观古今杀人流血之大劫，出于贪瞋之野心者，盖十之九。迫于生活而起者，惟阛阓之盗寇为然耳。春秋战国之际，各国多患人少。（其证甚多，如《孟子·梁惠王》篇邻国之民不加少寡人之民不加多何也？又耕者皆欲耕于王之野商贾皆欲藏于王之市；《墨子·公输》篇、《战国策·宋策》、《吕览·爱类》篇、《淮南子·修务训》，"荆国有余地，不足于民，杀所不足而争所有余，不可谓智"；《商君书·徕民》篇："吾欲徕三晋之民有道乎？皆地广人稀，惟恐其民之不众者也。"）然而争战侵寻，迄无已时，致孟子有争地以战杀人盈野，争城以战杀人盈城。此所谓率土地而食人肉，罪不容于死之叹。此非野心之为咎而谁咎也。彼欧美诸邦一年饿死者几，欧战中数年战费，用以赡民衣食，岂尚不足。然而流血之惨，卓绝古今者，其非高倡弱肉强食优胜劣败之帝国主义阶级之厉耶？如是战争，当乎否乎，苟非丧心病狂，必有能辨之者。然而彼主战者曷尝不可曰："不当则不当，奈我野心勃勃之不得已何。"人之烹猪而宰羊也，非不烹不宰即不能生存也，然而彼何尝不可曰："不当则不当，奈我何贪欲嗜味之不得已何。"富人之兼并贫民，贵族之压制奴隶，非不兼并不压制即不能生存也，然而彼何尝不可曰："不当则不当，奈我好货逞势之不得已何。"此不得已三字，可为彼辈诿罪之地否，吾知无论何人皆将曰是恶乎可。不得已三字，未始不足为诿罪之地，如疯人之犯罪而不科以罚是。而今则不能者，以其非真不得已也。非真不得已也者，以其非力之不能，智之不及，而为意之所不愿也。力能之，智及之，而意不愿，是得已而不已也。得已而不已，其责当由不已者负之。彰彰明甚，由是当知不为生存之斗争，固无所诿罪。即真为生存之斗争，其无所诿罪也如故。何以故？以其为力之所能，智之所及，而为意之所不愿故。惟其若是，禽兽之杀生，若犹可恕，人之杀生，乃真无所逃于良心之罪责，必曰不得已。斯亦自侪于禽兽而已。

主斗争者曰：以理言之，君说诚若可信；以事言之，终恐窒碍而难行。前云："今有病人于此，微生物千万繁殖于其肺中，药而杀之，当乎否乎？蚊蚋嘬肤，荆棘塞途，除而去之，当乎否乎？"盖谓此也，束手待毙，高则高矣。虽户说以眇喻，岂能复化。马尔萨斯辈以孳生繁殖为大乱之源，而动植物等又无限制生产之知识，意者世间其终于争杀之惨剧而无太平之日乎？

应之曰：马尔萨斯之说，不足为憾。以众生之总数有定，非能孳生至于无穷故。其理已如上说，生物愈进，其体中所含之细胞愈众，生殖力亦愈弱薄，此生物学上彰明较著之事。且高等生物资下等生物（细胞）以成身，下等生物又资所谓无生物（矿物）以成身，相资以生，岂必相杀。此中理趣，前已略明。若偶见生物孳生繁殖之速，遽谓世间永无太平之日，以理推征，实无是处。

若夫一时不能并存而不免于冲突，则诚有之，此由历劫冤业使然，无所逃命。信道笃而悲愿深，宁自杀而不杀他，甚者且如佛经所称割肉喂虎之类，上也，虽犯杀戒，而以悲心出之，如诸葛孔明挥泪斩马谡之类。次也，其或杀少以救多，锄强以扶弱，忍痛一时以圆后世之利。抵抗外侮，以保阖族之生，较利害于轻重得失之间，判从违于远近亲疏之别。理趣万端，方便无量，固未可以一概论。要当推其不忍之心，勉求两利之致，且就良知所及，身体而力行之，以求至乎其极而已。高山仰止，景行行止，虽不能至，心向往之。向往则日近一日，其胜于背道而驰者，不亦远乎？

四、和平渐进与革命

分工合作之谓谐和，非率天下人而尽趋于一途，然后为和也。权利义务相当之谓公平，非强天下人使化为一式，然后为平也。（庄子所谓齐其不齐，其齐也不齐。）惟合作乃有所谓公平、与超公平之积极的道德。（如美洲之工人与中国之地主、虎豹之于异类，无所谓合作，即无所谓公平关系与道德关系，超公平的道德谓自动的牺牲。）亦惟公平，且互具自动的牺牲精神，乃能有永久之合作。（如今印度人感英人不平之待遇，以不合作运动为号召是。）

进步之要素，在终和且平，在共存共荣。其方法则应以渐进为经，以革命为权。由小康而趋于大同，吾非欲故为不彻底之论，实缘史事变化，其底本不可骤彻。或且终于无底可彻，未可知也。

且以今日之人类言之，其亟待渐进的方法而进步者，亦多端矣。有若世界历史之创造也，种族偏见之祛除也，语言文字之统一也，公民教育之普及也，同情之培养也，智识之交换也，政治经济之联络也，凡此种种，虑非一朝一夕可以革命手段一蹴而就者。尝谓革命如折旧屋建新屋时倒柱与立柱，倒柱之前，立柱之后，须有种种缓缓折除与缓缓堆砌手续，而后旧屋不至破坏太甚，新屋不至建设为难。渐进之与革命，革命之与和平，实相反而相成。今之各执一是而相非者，皆昧于史事变化之当然者也。

五、组织与自由

生物愈进步，组织愈严密，教育或训练亦随之俱进，此当然之势。顾或者以为与自由或个性不相容为莫大之缺憾者，是亦不可无辨。自由之歧义，略与自然相似，若以本于个性之行动为自由，则世间盖无不自由之行动。如火之烹调与焚屋，水之就下与激而上行，人之杀人与救人，皆本于个性之行动。必若使火解渴，使水焚屋，使人登天，乃为不本于个性之行动，抑亦不可能之行动。若谓必完全本于个性而不假外缘之行动，乃为自由，则天下盖无有自由之行动。以一切行动，莫不假外缘故。即令有之，此种自由，与所谓当然与否，渺不相涉，无笼统的提倡或笼统的反对之必要。

若谓行动而伴以自愿之感者为自由，则此人所愿者，他人未必愿；此人一时所愿者，此人他时未必愿。（如盗贼之愿害人而被执、婴儿之愿戏火而自焚是。）一人一时之愿欲，不足为人生当然之准则，别详愚所著人生哲学中。惟然，此种自由，亦无笼统的提倡或笼统的反对之必要。

道德上所应提倡之自由伊何，曰智慧抉择之自由，或有理由之自由是已。智慧愈发达，愈有抉择之自由，亦愈能辨别当然与否之行动。组织与训练而有增进此种智慧的自由之作用，或其所训练之行动出于合理之抉择，能达合理之目的者，斯为可贵，反是则其组织与训练有改革之必要。然而人群终不可以无组织，无训练，恶法甚于无法。盖人类有史以来之经验所诏示者，非食古不化者所得而假借，亦非言大而夸者所得而抹杀也。

六、社会有机体说

昔人以社会喻有机体，以个人喻有机体中之细胞，以统治机关喻神经，以交通机关喻血脉等，谓之社会有机体说。愚谓以今日人类及各生物间相互贼害之事观之，去"有机体以全体利害为前提"之精神尚远。他日人类或众生进步至极，组织日密，以最进步之科学为全社会之智慧，以最进步之教育培养全社会之道德，以最进步之法制养成全社会之习惯，庶几有机体之喻不为虚语，谓为史事变化之当然，其谁曰不然？

载《史学杂志（南京）》第 2 卷第 2、3 期，1930 年 5、9 月

孔子与亚里士多德

郭斌龢

【编者导读】

　　郭斌龢最初以英文创作了《孔子与亚里士多德之人文主义》一文，英文稿载于美国 *Bookman* 杂志。后应《国风》杂志之邀译成中文，刊于《国风》杂志第 3 号纪念孔子诞辰的专号上。彼时，中国正处于民族精神日趋消沉的艰难时期，而作者坚信孔学可挽救时弊。郭斌龢通过精当的对比研究，深入探讨了孔子与亚里士多德伦理学说的相似之处，旨在纠正当时学术界对不同文化共通点的忽视，强调研究二者学说对于探寻正确人生态度和解决现实问题的重要意义。

　　文章从以下几方面讨论二者伦理学说的相似性。其一，人性观，孔子与亚里士多德均反对"人性本恶"，儒家正统观念视人为善，儒家教育尤为重视人格训练；亚氏也认为道德的发展依赖习惯的养成。其二，道德观，孔子与亚里士多德都以"中庸"视为道德选择的核心标准，中庸绝非平庸，而是对至善的不懈追求，亚氏将其背后的准则称为"逻格斯"，孔子则将其命名为"道"。其三，道德具象化，孔子和亚里士多德都借助具体人物来体现道德标准，亚里士多德认为中庸可依贤人而定，孔子则注重刻画"君子"这一理想人格。其四，道德核心与个人修养，孔子提出的"仁"与亚里士多德阐述的广义友谊存在相似之处，二者都强调自修或自爱，认为个人修养与社会和谐紧密相连。当然，与上述诸多重要相似点并存的是，二人的伦理学说也存在一定差异：孔子之伟大在品格高尚，他更为注重道德的躬行实践；亚里士多德之伟大在智慧深邃，他侧重于将道德作为研究探讨的对象。

　　此文两年前以英文撰写成，专为一般西洋人说法，曾登美国 *Bookman* 杂志一九三一年三月号。《国风》杂志编者以九月二十八日为孔子诞日，拟出特刊，驰书嘱将此文译成中文，以饷国人。作者前曾有新孔学运动之讲演，深信昌明孔学，为起衰救敝之惟一方法。一年来外患虽深，而民族精神，反日趋消沉。国人迷途忘返，语以东西圣哲立身立国之根本大道，莫不掩耳疾走，以为迂远不合时宜。今逢圣诞，执笔译此旧作，惓怀往史，默念未来，不觉涕泗之横流也。

本文主旨，在指出孔子与亚里士多德伦理学说中之重要相似点。昔西历纪元初年，侨寓亚历山大城之犹太学者，著书无数，以证明希腊哲学家之剽窃，以为希腊哲学家学说之有价值者，皆窃取之于犹太人，柏拉图不过一雅典摩西而已。兹篇之作，非欲学步此曹犹太人，而思与之媲美也。苟有人焉，一心欲证明亚里士多德之伦理学，乃根据四书而作，亚里士多德不过一雅典孔子，则此人非愚即妄。虽然，当此学术界中，历史的相对主义盛行之时，研究比较文化者，往往于各文化反常奇特之点，津津乐道，而于各种真正文化中之有普遍性、永久性之共通诸点，反漠然不稍措意。则兹篇所述，于孔子及亚氏学说，详其同而略其异，稍矫时弊，毋亦不可以已乎？抑孔子与亚氏之伦理学说，确有其相似之点，非由牵强附会而成。其学说之相似，实由于其人生观之相似，盖皆能以稳健平实之态度，观察人生之全体，视人为人，不视人为仙佛，亦不视人为禽兽。西洋思想，超自然主义与自然主义迭相起伏，各趋极端。如欲在二者之外，别求一康庄大道，则研究孔子与亚氏健全深刻之遗训，其事盖不容缓。世人每訾两家学说平淡无奇，不能使人高超，实则高超与趋奇走怪有别。讨论此等问题，最不可高自位置，自欺欺人，俯视此数千年来颠扑不破之学说也。

孔子与亚氏对于人性有同一之见解，耶教中所谓"原始罪恶""完全堕落"诸说，皆所不言。夫使人性本恶，至于不能自拔，则种种道德上之努力，皆属徒然。人不能自增其道德之高度，犹之不能自增其身体之高度，其惟一补救方法，势必乞灵神权，求之于本身之外。此在孔子与亚氏视之，未免离奇，且不可能也。孔子于人性善恶问题，非如孟子之有明确之表示。然儒家正统学说，每视人为善。《论语》中有"性相近也，习相远也"一语，根据此语，《三字经》（昔日中国学童所必须熟读之书）开端有"人之初，性本善，性相近，习相远"之句。此正统派儒家对于人性之见解，不可与西洋卢骚派对于人性之见解相混。卢骚派之人性本善说，以为人性天生是善，不须学养；儒家之所谓人性本善，乃人性有为善之可能，实现此可能性，则必有俟乎学养。此说既增加人类之尊严，且使人类对于道德之责任心愈益深刻。儒家教育制度，即建筑于此见解上。儒家教育，最重人格训练，而人格训练，以养成良好习惯为最要。一人之善恶，每视其积习之善恶而定。"性相近也，习相远也"，即是此意。此与卢骚派"儿童所应养成之惟一习惯，即是无习惯"之谬说，大相径庭。关于此点，亚氏与孔子同一意见，其言曰："吾人之有道德，固非顺乎自然，亦非违反自然。但吾人自然能接受道德，至完全发展。则有待于习惯之养成。"亚氏指出希腊字 éthos（品格）一字，从 ěthos（习惯）一字变出，品格与习惯关系之密切，从可知矣。

养成习惯，仅系达到作道德选择目的之一种方法。养成习惯，不过使作道德选择时稍有把握，非剥夺自由也。实则养成习惯，即含有自由意志之意，意志苟不自由，则养成习惯即为多事，且不可能。亚氏关于意志自由之意见，与儒家之说颇相似，"不论何事，苟其成因在我，则其事亦在我，即为我之意志所左右"。儒家每言知命，人不能逾越命之范围。然在此范围内，固绝端自由，意志在我，他人不能侵犯。"三军可夺帅也，匹夫不可夺志也"，"我欲仁，斯仁至矣"。此皆言意志有相当之自由也。

人既有作道德选择之自由，当问何者为选择之对象。关于此问题，孔子与亚氏之答案均为"中庸"。中庸之道，为无论何种真正人文主义之基本学说，其在东方，推阐此理者为孔子；其在西方，则为亚氏。中庸之说，由来已久，非孔子、亚氏所创，实古代中华希腊两民族所积累之民族智慧也。尧禅位于舜，戒之曰："天之历数在尔躬，允执厥中。"舜执其两端，用其中于民。皋陶教禹以九德之目，曰："宽而栗，柔而立，愿而恭，乱而敬，扰而毅，直而温，简而廉，刚而塞，强而义。"孔子以前，知政治与凡事不可趋极端者，已甚多。然中庸之说，至孔子始发扬光大之。孔子作象象，见中者百余，见时者四十余。《中庸》一书，发挥中道最为透彻，然其精义，固不出乎《论语》中"过犹不及"一语。其在古代希腊，纪元前八世纪诗人"希霄德"即已歌颂中和之行为；德尔斐格言"凡事不宜太过"，七智者时代（纪元前六世纪）已有之；"我愿为一国之中等人"，乃纪元前六世纪诗人福克雷底之语。此等语中所含之哲学意义，毕塔戈拉学者加以研讨，分有限与无限，以有限为善，无限为恶。柏拉图采取其意，以成其法度之说。亚里士多德之"中庸论"，实由柏氏法度之说中脱胎而出。然至亚氏，于中庸之道，始加以有系统及完备之说明，成为西方思想史上有名之学说。

孔子与亚氏所称道之中庸，与平庸大异。中庸非教人因陋就简，不求有功，但求无过之学说也。此学说与《圣经》上布道者所称"为人不必过直，更不必过智，何必精进，以自丧其身乎"之旨，根本不侔。中庸之道，在求至善，实一极端。亚氏有言："道德之逻辑的定义，必为中庸。然自至善及尽其力之所能及之观点言之，则此中庸，即是极端。"中庸有如一修短合度之美人，增之一分则太长，减之一分则太短，欲求凡事合乎中庸，至不易易。子曰："中庸其至矣乎？民鲜能久矣。"又曰："人皆曰予智，择乎中庸，而不能期月守也。"又曰："天下国家可均也，爵禄可辞也，白刃可蹈也，中庸不可能也。"常人每以中庸为消极之学说，此大误也，中庸实为一积极求完善之学说。中庸不特指量言，更指质言。司徒德氏所谓"中庸者，乃品质上适当之量也"。此品质上适当之量，非中庸所能自定，必有待乎客观之标准。此标准亚氏名之曰"理"（Logos），孔子名之曰"道"。

亚氏之意，以为吾人之嗜欲情感，必受理智之节制，方有匀称比例与谐和诸美德。嗜欲情感，本身非恶，善用之可增进精神上之福利。若任其自然，则放僻邪侈，其害无穷。亚氏云："道德之所以产生，与其所以消灭，其原料与方法一也。"亚氏与孔子，均主调节，不主压抑，更不主放纵。儒家之道，与道家带神秘色彩高谈宇宙之道迥异。儒家之道，乃一种主张秩序与和谐之道德律，平易近情，切近人事。"道不远人，人之为道而远人，不可以为道"。道即人之道，既非仙佛之道，亦非禽兽之道。一日为人，即一日不可违反此道。"道也者，不可须臾离也，可离非道也。"儒家人文哲学，下节言之，甚为明显。"喜怒哀乐之未发，谓之中。

发而皆中节，谓之和。中也者，天下之大本也；和也者，天下之达道也。致中和，天地位焉，万物育焉。"

然亚氏之理，孔子之道，究系抽象标准。人类喜具体而恶抽象，此具体表示，或为理想人物，或为历史上或当时之人物。亚氏于其道德之定义中，既云"中庸当依理智而定"之后，随加"或依贤人而定"，即此可见亚氏之卓识。亚氏并云："惟贤人为能论事不谬，彼对于一事之见解，即此一事之真理，彼犹规矩准绳也。"孔子之喜具体，更甚亚氏。亚氏对于道德本身，加以科学的分析；孔子则注重描叙有道德之人，此有道德之人，孔子称之为君子，即理想人物也。亚氏《伦理学》书中之"庄严之人（Spoudaios）"与"心胸伟大之人（Megalopsuxos）"约略相似，所不同者，"庄严之人""心胸伟大之人"不能将亚氏人生哲学完全表出。"君子"则颇能将孔子之人生哲学表现出耳。下列一节，乃描叙"君子"之文之一，"君子尊德性而道问学，致广大而尽精微，极高明而道中庸"。

与君子有关之一义，即为模仿。君子乃理想人物，应为吾人之模范。儒家所称之尧舜，乃历史上人物之近于此理想者。此种人物之重要，不仅在其历史上之关系，而在其为儒家理想之所寄托。若专以历史人物视尧舜，未免所见之不广矣。模仿为人类天性，所急应研究者，非吾人应否模仿之问题，乃何者应为吾人模仿之典型。盘克（Burke）云："典型为人类惟一之教师。"孔子因知模仿之重要，故极重视领袖人物之人格，以为必有好模范，然后社会政治各种问题始能解决。"政者正也。子帅以正，孰敢不正"，"君子之德风，小人之德草"，皆此意也。亚氏于其《政治学》一书中，亦云："苟一国之领袖，视某事为荣者，则通国之人皆效法之矣。"亚氏之《道德论》与《艺术论》中，均极注重模仿理想之说。在《诗学》一书中，亚氏主张艺术家应模仿事物之当然，不应模仿事物之已然。夫道德较任何美术为美，则从事道德之人，较从事艺术之人之更应模仿理想，可不言而喻矣。然亚氏之伦理理想，终不免为一理想。至于孔子之伦理理想，则已完全人格化，而成为君子矣。

君子所最应备之德曰"仁"，仁亦可称为诸德之总和。仁从二从人，仁即人与人相处之道，与亚氏《伦理学》书中第八章、第九章所论之广义的友谊颇相似。"仁者人也，亲亲为大"，"孝弟也者，其为仁之本欤"与下列《伦理学》书中一段，无甚大异，"友谊源于亲与子女之相爱，及同种族之人之相爱"。

仁有等差，与兼爱不同。亚氏云："友谊有等差，名分因之而异。父子间之名分与兄弟间之名分不同。同伴间之名分，又与同国人间之名分不同。其他名分，亦以其间关系之不同而生等差焉。"亲疏贤愚，相待各如其分，实礼之所由起，"亲亲之杀，尊贤之等，礼所生也"，孔子欲礼寓诸风俗习惯之中，亚氏较为客观，欲礼寓诸法律与宪法之中。

孔子与亚氏所最一致主张者，乃在自修，或自爱。亚氏之意，以为一己乃最佳之友，而最佳之友谊，即是自爱。人应自爱，操行纯洁，则利己而兼利人矣。此即儒家以修身为本，推而至于治平之意也。

贤人所爱之我，非不合理性排斥他人之我，乃合乎理性与人为善之我。前者力求扩张，损人以利己，后者则与约翰生所谓"普遍性之庄严"及安诺德所谓"力趋正义之永久非我"相通。愈加修养，则非特与人无争，且可得更充实伟大之人生。吾人内心之和谐，乃待人和平之源泉。实则所谓友谊，即自我完成之别名。个人与社会，实际无真正之冲突，高尚之自利，即是利他。《中庸》云："成己仁也。"必先成己，乃能成物。易言之，即必先修己，然后广义之友谊，始可得而言。仁非煦煦之仁，不加选择，漫无标准之同情心。真正之仁，从修养中得来。颜渊问仁，子曰："克己复礼为仁……"颜渊曰："请问其目。"子曰："非礼勿视，非礼勿听，非礼勿言，非礼勿动。"

真自爱者，必不自私，宁牺牲生命，以保存其人格。子曰："志士仁人，无求生以害人，有杀身以成仁。"亚氏有言："贤人将敝屣金钱名誉，以求行其所志……彼舍身救人，盖亦以比，彼固为己择其大者远者耳。"

孔子与亚氏，虽重个人之修养，然皆知人不能离政治社会而生存。孔子每从伦常关系上视人，而不视人为一孤独之隐士。人之正当活动范围，即是人群，必与他人往还，始得完成其自我。由孔子与亚氏观之，个人与国家，有同一道德目的。个人之善，与国家之善，其区别只在程度，而不在性质。道德家之理想，亦即政治家之理想。儒家理论，以为惟道德家始能作真正之政治家，而真正之政治家必须是道德家。伦理学与政治学不可分离者也。

以上所述，乃孔子与亚氏伦理学说中之重要相似点。然吾人固不可因此而忽视其异点。孔子之伟大，在其品格，亚氏之伟大，在其智慧。由亚氏观之，道德之为物，所以供吾人之研究探讨。由孔子观之，道德之为物，所以供吾人之躬行实践。亚氏之人格，不必若何之伟大。至孔子，则至少在中国历史上可称为有最伟大之人格者也。孔子以君子教人，其自身即是君子，即是最高之理想人物。孔子非蔑视智识者，其重视智识，几与亚氏相埒。所不同者，亚氏欲由善以求智，孔子则欲由智以求善耳。从此点言，则孔子较近释迦。孔子虽自始至终，为一人文主义者，然其对于超自然界之态度，至谦至恭。惟其至谦至恭，故对于人类智慧经验所不能了解之事理，宁略而不言，而不敢妄骋臆说，师心自用。亚氏尚有一种哲学的骄傲，孔子则无之。此种异点，大都由于种族习性与历史之不同而起。然其伦理学说，固如出一辙也。陆象山云："东海有圣人焉，西海有圣人焉。此心同，此理同也。"其孔子与亚里士多德之谓欤？

载《国风（半月刊）》第 3 期，1932 年 9 月

孔子与西洋文化

范存忠

【编者导读】

本文深入剖析了孔子学说在十七八世纪传入西洋的历程，细致探讨了其对西洋思想在政治、道德、宗教等诸多领域产生的深远影响。孔子学说的西传，主要得益于早期来华的耶稣会士，郭纳爵、殷铎泽、柏应理等陆续将《大学》《中庸》《论语》译成拉丁文，1687 年柏应理将译稿在巴黎出版，标志着孔子学说正式输入西洋。孔子学说对西方思想影响深远。在政治与道德领域，英国吞帕尔爵士的政治思想与儒家相近，他高度推崇孔子，主张治家之道即治国之道，政府在治人不在治法。在宗教方面，利玛窦来华后，采取了一系列适应中国文化的传教策略。然而，这一策略引发了著名的礼仪之争，但意外地使欧洲人对儒教兴趣大增，法国耶稣会士李明的相关著作，掀起了欧洲对儒教的广泛讨论。

文章进而详述了孔子学说在西洋各国的传播情况。十八世纪英国文人对孔子的谈论较为普遍，阿迪生、史维富德、蒲伯等常提及孔子。在德国，莱布尼茨最早且有力地宣扬孔子，他编著《中国通信集》，与友人讨论东西文化。孔子学说在法国影响尤甚，当时主张开明专制的一派以中国的贤人政治为榜样，认为中国政教优于他国。伏尔泰等哲人尊崇孔子，认为中国有完善的伦理学，他们以道德替代宗教，将孔子视为人生哲学家。十九世纪后，孔子学说在西洋的地位逐步滑落。法国大革命后，西洋人与现实中国的接触日益频繁，对中国的同情和信仰愈发淡薄，不少人认为孔子学说在政治经济层面，于现代世界无济于事。众多西方文人对中国和中国思想抱有轻视鄙夷态度。不过作者指出，孔子所处时代的思想是否全然不适合现代社会，仍值得商榷与深入探究。

孔子学说的传入西洋，都是靠十七八世纪耶稣教士之力。利玛窦、金尼阁、鲁德照、柏应理、马若瑟等等，带了《耶稣经》到东方来，预备把中国征服。但是，他们到了中国，在思想上，几乎被中国征服。他们总不免为中国宣传，为中国的孔子宣传。

据艾儒略《大西利先生行迹》："利子（利玛窦）尝将中国四书译以西文，寄回本国之人读之。"可见耶稣教士介绍孔子学说远在十七世纪以前；他们着手翻译孔子之书，也在十七世纪初期。但是，那时所介绍、所翻译的，大概是零碎的、片段的东西。过了六十多年（一六六一以后），郭纳爵、殷铎泽、柏应理等，陆续将《大学》《中庸》《论语》译成拉丁文，最后由柏应理把译稿带到巴黎，于一六八七年出版。所以，在那一年——一六八七年，即康熙二十六年——孔子学说正式输入西洋；那一年是中西文化史上最可纪念的一年。

那时，中国读书人到西洋去的，真是"绝无仅有"。我们所知道的有南京人沈福宗与福建兴化（莆田）人黄某。据说，这两位对于旧学都有相当的根柢。福宗的教名叫做"弥格尔"，于一六八七年跟了柏应理到法国。福宗路过英国，到牛津大学，曾经会见东方学大家赫依德（Hyde）。如今赫依德的遗书里，有福宗的拉丁文通信。但是，福宗传给赫依德的，只是棋谱、升官图、度量衡制，和汉文与拉丁文对照的日常应酬语（例如："你往那里去？""我往花园里去。"）。黄某的教名叫做"阿开地亚"，曾在路易第十四的王家图书馆里，做过通事，于一七一六年死于巴黎。那时，法国唯一的"中国通"富尔蒙（Fourmont）奉命搜集遗著，只见一两篇祈祷文、几条随笔，和半部没有译完的小说。我们可以说，中国思想的传入西洋，绝对不是中国人自己的努力。至于十七八世纪的耶稣教士呢，几乎年年有几本关于中国的著作发表。

孔子学说之影响于西方思想，大概在政治与道德两方面。譬如，英国吞帕尔爵士（Sir Wm. Temple）的思想，就是一个比较显明的例子。英国十七世纪的政论家如霍布士，如霍葛，都以为政治组织起源于"民约"，独吞帕尔以为政治组织起源于"父权"。吞帕尔分政府为君主与民主两种，都是从家庭演化出来的。他说："家庭是一个小规模的王国，国家是一个扩大的家庭。"因此，他主张治家之道就是治国之道；因此，他主张政府在治人，不在治法。这种学说，很近中国的儒家。当然，我们不能断定吞帕尔一定受了中国的影响，因为这个"父权"之说，在西方也有些背景。希腊罗马的史诗，摩西的经典，以及欧洲各国初民时代的传说，都表现一种家族积合的社会。而且这种学说，在柏拉图的《法律论》与亚利斯多德的《政治论》里，早已说得明明白白。我们应当注意的，就是：吞帕尔这种主张，无论有没有受了儒家的影响，在性质上总与儒家相近；因此，他对于儒家之书，发生了特殊的兴趣。

吞帕尔在他的《英雄德性篇》(*Of Heroic Virtue*) 里，充分的介绍孔子。这篇文章，在普通英国文学史上是没有地位的，因为普通人大都不能了解这篇文章的好处——聪明如麦考莱也还不能欣赏。这一层，或则须怪作者自己。他所举的英雄如汉钧利斯、西色斯、罗米勒斯、牛玛、色尔米勒尔斯、亚历山大，以至于中国的孔子，总觉得有些杂凑，总觉得不伦不类。不过，他的论述，却很清畅。他注意的是历史上各色各种的英雄与英雄的事迹。他的注意又不限于西欧；他能够对于当时人不甚注意的远方发生兴趣，如极东的中国，极西的秘鲁，极北的鞑靼，与极南的阿开地亚。他讲到孔子，特别显出他的精神。他在《政府篇》里，已经隐隐约约说过孔子的主张，在这里更是畅所欲言。他根据《大学》《中庸》《论语》的拉丁文译本，论述孔子之道，洋洋洒洒，极酣畅淋漓之致。末后，他做了一段结论说：

孔子的著作，似乎是一大部伦理学，讲的是私人道德、公众道德、经济上的道德、政治上的道德，乃至于修身齐家治国之道，尤其是治国之道。他的思想与推论，不外乎说，没有好的政府，百姓不得安居乐业；但是没有好的百姓，政府也不会令人满意；所以为人类幸福计，从王公以至于农夫，凡属国民应当遵从自己的思想、人家的劝告、或国家的律令，努力为善，发展自己的智慧与德性。

这一段里结末几句在原文里非常流畅，译文总觉累赘。他的意思，大概根据下列各节：

自天子以至于庶人，一是皆以修身为本。

其人存，则其政举；其人亡，则其政息……故为政在人。

知所以修身，则知所以治人；知所以治人，则知所以治天下国家矣。

在《英雄德性篇》里，吞帕尔推崇孔子，可说达于极顶。"孔子是天纵之圣，博于学，长于德，美于行，爱国而爱人。"他把中国与古希腊并举，当时人不明白他的思想，对于他啧有烦辞。有一位大主教，因为他推崇孔教，竟至疑心他不是正派的基督教徒！其实，吞帕尔是很忠实的基督教徒；不过他曾经做过几任公使，周览欧洲名山大川，所以他的见解与普通狭隘的基督教徒不同。他当然不是个大思想家，他介绍孔子，多半是"裨贩"性质。但是他的重要，就在他能够"裨贩"孔子的学说，就在他能够了解孔子的重要，就在他知道孔子学说之值得"裨贩"。他对于孔子，也许没有多少重要的批评；但是，重要的不是他的批评，是他的观点。他自己的思想，也许不值得我们的研索，但是他的观点却大有影响。从前鲍埃洛谈到世界，总说"从巴黎到秘鲁，从日本到罗马"。吞帕尔则说"从中国到秘鲁"，"从中国到秘鲁"这句话，到了十八世纪，差不多是一般文人的口头禅了。

在十八世纪，孔子学说对于西洋思想，不但在政治与道德上，就在宗教上，也有相当的影响。研究宗教史的，总忘不了那闹了一百多年的"礼教之争"。这"礼教之争"，就是中西宗教的冲突。从这个冲突上，从这个冲突所发生的效果上，我们可以见到孔子影响之大。

当初利玛窦来中国，到了澳门（一五八二），就换去洋服，穿上袈裟，不久又换去袈裟，穿上儒服。他觉得一味同中国人说天主耶稣是不中用的；于是变更策略，拼着死劲读汉文，研究儒家之学。艾儒略说他对于"六经子史等编，无不尽畅其意义"。他自己也说，"淹留肇庆韶州二府十五年，颇知中国古先圣人之学；于凡经籍，亦略诵记，粗得其旨"。后来到了北京，他居然说服了一位王公大人，两位翰林老爷。他既然熟悉了中国情形，觉得西洋人在中国传教，有两件事，须得注意。第一，教士须做些宗教范围以外的工作，以博取政府的信任。他自己是天文学家，算学家，又是言语学家。其他教士如庞迪我、熊三拔、龙华氏、邓玉函、汤若望、南怀仁等都是精通天算的人。他们泛海东来，除了《耶稣经》外，另有随身的法宝。他们会改造仪器，修订历书，推算交食，远在钦天监诸臣之上。他们的目的，当然并不专在使人晓得天上的星象，而在使人悟到指导星象的上帝，以及上帝的儿子耶稣基督。

除了天文历算，耶稣教士还有几种特长：第一是医药。教士中有好几位是欧洲著名的医生，用最近发明的药物与中国陈陈相因的验方相角逐。第二是传译。譬如，那时中俄通商，言语隔阂，全靠教士用拉丁文，居间解释。第三是火器。在崇祯年间，他们用铳炮帮明人攻击流寇。过了几年，他们又用同样的火器，帮满人屠杀汉人。我们听了敬天信道的，制器杀人，总不免有所感慨。但是，我们须记得，十七世纪与十九世纪，时代不同：十九世纪的教士用枪炮威吓中国人，造成他们特殊的地位；十七世纪的教士，只能带了枪炮，攻杀一部分中国人，以见好于另一部分中国人，因以达到传教的自由。

这是西洋人传教的第一种策略。第二，教士对于儒教，至少须采取容忍的态度。传教的须处处迁就中国固有的习惯与信仰。譬如，祀孔，祭祖等等仪式，利玛窦以为是中国人崇德追远的习惯，与耶稣教义并不冲突；换言之，中国的基督教徒可以祀孔，可以祭祖，同时可以祷告上帝，念天主耶稣。所以，徐光启奏称，"彼国（意大利国）教人，皆务修身，以事天主。闻中国圣贤之教，亦皆修身事天，理相符合；是以辛苦艰难，来相印证"。艾儒略说当时人称赞利玛窦"奉天主真教，航海东来，其言多与孔孟合"。

要是耶稣教士继续实行利玛窦的策略，他们也许能够创立一派中国式的耶稣教。但是，事实上没有第二个利玛窦。他的策略虽则行了一百多年，教士自己中间每每发生怀疑，感觉到传教的不彻底。至于法郎西司派人（Franciscans）与都美热克派人（Dominicans）[1] 自始就反对利玛窦与耶稣会的教士。他们到了中国，处处见到耶稣会的势焰；他们自己又不谙华语，每受朝野鄙视。他们一肚子的怨气，只有跑到教皇城去发泄。他们就说，耶稣会教士如何的迁就异教，如何如何的玩弄星象以至于忘了支配星象的上帝。教皇听了，下令查办。次鲁襄[2]奉命来华，觐见康熙，质问他

---

1. 今译方济各会与多明我会。——编者注
2. 今译铎罗。——编者注

中国的"天"与"上帝"是否与耶教的"天主"同义？康熙受了耶稣会教士的先入之见，使次鲁囊不得要领而去；随即下令，除利玛窦派教士外，一概禁止。次鲁囊不甘屈伏，下令申斥耶稣会教士，只许崇奉"天主"，不许拜"天"，拜"上帝"，否则与以"破门"。所以"礼""教"之争，竟一变而为"政""教"之争。那时，罗马方面发了几个教书，派了几个专使，未始不想把中国收在掌握之中；但是康熙的雄才大略，终究没有让中国卷进绝无谓的政教的漩涡。

这一番中西礼教的冲突，在本身上，也许没有多大意义；但是冲突所发生的影响，却非常重要。那时欧洲人对于中国的儒教本来已经有了二三分的了解，自从这次冲突以后，他们对于中国之学，增加了不少兴趣。法国耶稣会教士李明做了一部《中国现状新记》（一六九六），一篇《中国礼仪论》（一七〇一），大为儒教张目。于是，在巴黎，在罗马，在威匿斯各处，你出一本《疏解》，我出一本《驳议》，他出一本《辨护》，往复不断地讨论。一般人仿佛知道，中国奉的是孔子之教，孔教与耶教异而同，却又同而异。

李明论中国的宗教，可分现实的与理想的两方面。对于中国流行的宗教，李明是不表同情的，因为那些多半带有迷信的色彩。但是，中国自有他真正的宗教，其起源远在基督教之前。李明以为孔子的学说里保存着不少初民时代的信仰；所以中国真正的宗教是儒教，孔子的崇拜者也就是真正宗教的崇拜者。孔子信天道，不信偶像，在精神上，与基督教初无二致，虽则在形式上不相吻合。这几句话，初看虽似平淡无奇，但在西洋的宗教思想上，竟有意料不到的影响。那时在欧洲——尤其是在英国——有一派人信奉"自然"，反对传统的基督教。李明所述的孔子之教，传给了他们，发生了两种影响。一种是直接的。孔子所说的"天道"，与他们所说的"自然"，无论在精神上有多少不同，在表面上总属相似。所以孔子之说给他们一个有力的佐证。还有一种影响是反动的。基督教徒每以基督教为天地间惟一的真正的宗教。他们相信上帝，相信"启示"，相信心内的神秘，心外的神秘，以及其他一切的神秘；他们以为必如是，方可将灵魂超度。但是，看呀，孔子绝口不谈神怪，他的学说完全根据理性，不带半点儿神秘意味；而信奉孔子的中国人，也不见得都在九幽地狱。这样一想，人们只须善用理解就得了，又何必要神秘？又何必定要信奉基督教为惟一的真正的宗教？引而伸之，又何必要教会组织？又何必要教皇？十八世纪反基督教的人，无论是攻击传统的思想，或是辩护自己的主张，都得借重孔子；孔子是他们的利器，也是他们的护符。耶稣会教士的恭维孔子，自有不得已的苦衷，再也料不到反基督教的人，竟会"以子之矛，攻子之盾"。史蒂芬爵士著《英国十八世纪思想史》，无以名之，名之曰"中国来的议论"。我们总不免为耶稣会的教士叫屈，为中国，为孔子叫屈。

要知道"中国来的议论"的，在英国方面，可读高陵思（Anthony Collins），丁特尔（Matthew Tindal），鲍林白乐克（Bolingbroke）的书。我去年在伦敦博物馆，无意中翻到高陵思的藏书目录，中列鲁德照、柏应理、李明、莱百尼兹等所著关于中国的书多至四十余种。我就借读高陵思的《思想自由论》，果然见到他诵扬孔子的话。后来，又读了丁特尔论原始耶稣教的书，他竟把耶稣与圣保罗的话与孔子的话，相提并论，甚至以孔子的话为较近情理。譬如，《耶稣经》上说："你应当爱你的朋友，恨你的仇人。"又说："你应当饶恕人家对你的毁伤，自七次以至于七十七次。"又说："要是你的仇人饿了，你应当喂他，要是他渴了，你应当给他饮料。"这三说，互相矛盾，基督教徒费了多少思索，总找不到真实的解释。丁特尔就引了孔子之说，"惟仁者能好人，能恶人"，以为最无毛病。他竟敢用中国的议论，批评《耶稣经》，怪不得他的书，在英国与欧洲大陆上，引起了一百五十余种的驳议！

鲍林白乐克是政客，曾经参加十八世纪早年的政变。但是他爱谈宗教、哲学、伦理，做了一大堆论信仰、论智识、论处世的文章。他说，他并不反对基督教，可是他反对神学。他不欢喜神秘，不欢喜一切的形上之说，他主张纯粹的理解，明白晓畅的常识。他以为真正的宗教，往往给神学家破坏，以至于上帝与耶稣的真面目不可概见。他以为，中国本来有很简单的自然教，但是一坏于注疏家，二坏于道教，三坏于佛法；结果，到处是迷信，到处是庙宇、宝塔、祈祷偶像以及种种不通的仪式。但是，他说，中国真正的宗教，幸赖孔子之书，得以保存。他这种议论给服尔德（Voltaire）听了，就回到法国，努力攻击传统的基督教，为孔子宣传。

经过耶稣会教士及其他人士的宣传，十八世纪英国的文人，几乎谁都谈谈孔子了。阿迪生、史维富德、蒲伯等，不时提起孔子，好似我国的梁启超不时提起柏拉图与亚利斯多德。约翰生博士，素来对于外国人不发生兴趣的，居然为《缙绅杂志》做了一篇《孔子传略》。他对于孔子所说，"未知生，焉知死""未闻好德如好色者也"，特别欣赏。他的朋友高尔斯密也在《公簿报》上，断断续续地发表了一百二十余封中国通信。在那诙谐动人的小品文章里，夹了些修身齐家治国平天下的大道理。

在德国，宣扬孔子最早而最有力的，或则可以说是莱百尼兹。他曾在罗马遇到中国回去的耶稣会教士，因而对于中国发生了兴趣。在十七世纪末年，他根据耶稣会教士的通信，编了一小本拉丁文的《中国通信集》。他有许多法文通信，与友人讨论东西文化。他曾有意集合同志，创立一个讲学团体，并且主张不但派人到中国来传教，而且请中国派人到欧洲去讲学。但是，他们的主张，总不免为正统派的教会非议。所以，他的同志吴尔芙子爵（Woolf），在哈勒讲了一篇孔子之道，就受到了放逐的处分。但是，一般文人，随便谈谈孔子，谁复得而禁止？最可纪念的，是大诗人歌德，经过了浪漫的追求，到了晚年，归于平淡，能够充分欣赏希腊的哲人，与中国的孔子。

但是，孔子学说影响最大的，是在法国。有人竟说，十八世纪的法国人，对于中国，要比他们对于欧洲任何国家知道得多。那时，法国因为政治与经济上种种的不稳，产生了两派的改造家：一派主张君主立宪或民主共和，一派主张开明专制。这两派各有各的依榜。主张君主立宪或民主共和的就以英国的议会政治为法；主张开明专制的，就以中国的贤人政治为法。其实，后一派人，在情势上，不得不依榜中国；因为他们上观千古，近观万国，找不到一个更适当的榜像。他们未始不曾回想到中世纪；但是中世纪有的是封建，是教会，是一些不相统属的自由城市。他们未始不曾回想到古希腊；但是古希腊到处是共和小国。他们未始不曾回想到凯撒时代的罗马，但是凯撒是罗马民主派的领袖，而且罗马人始终相信主权在民，罗马皇帝只是人民的代表。只有在那辽远的东方，在那产生圣人的中国，论历史可比希腊罗马，论人口可抵欧洲全部，既无世袭的贵族，又无骄横的教会，皇帝自己是一国的元首，又是一国的教主——只有□[1]中国，他们以为可以找到开明专制的模范。他们的理想人物，不是握有天堂地狱之锁钥的教士，不是操有生杀予夺之权的贵族，不是李维或普罗太克所记载的民主英雄。他们的理想人物是栖栖皇皇的孔子和衣裳楚楚的士大夫。普衣佛（Poivre）说过，中国是个理想的国家；要是中国的法律是世界各国的法律，那世界就是理想的世界。所以他说："到北京去罢！看一看那最伟大的人，他就是上帝的真实而完美的表象。"

他们承认中国的科学比不上欧洲；但是，中国自有中国的特长，中国的政教，他们以为比任何国家高明。服尔德说过："中国人有最完善的伦理学，那是一切科学之王。"服尔德以及当时的"哲人"，无论是主张民主共和的，或开明专制的，大部分信仰"自然教"，不信一切宗教上的神秘；他们显然有把道德替代宗教的趋势。他们所崇拜的，不是先知，是人生哲学家。在人生哲学家里面，孔子最是平易近人，所以他们崇拜孔子；在世界各国中，再没有像中国能普遍的实行"哲人之教"，所以他们崇拜中国。

他们也承认中国的疲弱。他们知道行军用兵，绝非中国所长。耶稣教士从利玛窦到李明，都说华人懦弱无能。但是，他们并不因此减少对于中国的倾慕。十八世纪中年与路易第十四时代不同，又与拿破仑时代不同；那时的思想趋向于和平，稳健，不是狭隘的国家主义。普通巴黎人沉醉于都市生活、咖啡馆生活、"沙龙"生活，再也梦想不到疆场生活。所以中国的缺乏战斗力，他们不以为病。所以，那时卢骚攻击中国，说中国一亡于蒙古人，再亡于满洲人，士大夫的文明，于时无补；服尔德就竭力为中国辩护，就说，中国在兵力上果然受制于外人，但是在文化上，那外人却受制同化于中国。他曾经依据《元曲》里的《赵氏孤儿》，编成一本《中国孤儿》，表现蒙古人征服中国之后，立刻就被中国文化征服。那本戏又名《孔子之道》，分五幕。

---

1. 原文缺字，疑为"在"。——编者注

以上略述孔子对于十七八世纪西洋思想界的影响。从法国革命以后，中国在西洋的地位，似乎反而不及从前。我们可以说，十七八世纪西洋人所知道的中国是理想化的中国，到了十九世纪，他们与现实的中国接触，他们的同情与信仰不免减少。我们也可以说，十七八世纪的西洋思想与孔子学说，有几处相近；到了十九世纪，在政治上经济上，经过了种种的运动，谁都知道孔子与柏拉图、亚利斯多德一样，无济于现代的世界。最可憾的，一般文人，对于中国，发生另外一种感觉。譬如，乐铎说，中国是惨无人道的国家。丁尼生说，中国的六十年比不上欧洲的五十年。狄昆山说："对于中国，我们有一句标语，大家赞成，可以不用投票表决。这句话就是：'各国都恨死了你。'"卡莱尔对于中国东西有时也还留心，但是他说，中国人不吃洋烟，顶好请吃炮弹。黎亨德说的更好了；他说，谁都知道中国有茶叶，有瓷器，有磕头礼，有宝塔，有官僚，有孔夫子；谁都知道中国人戴小帽子，有小名小姓，小眼睛，小脚，坐在小亭子里，用小杯子喝茶，写小诗。他们既然鄙夷中国，当然不免要鄙夷中国的思想。

但是，究竟一车两马时代的思想，对于摩托车飞行机的现代绝对不能适用么？这一层，值得西洋人平心静气的思索，也值得我们平心静气的思索。

载《国风（半月刊）》第 3 期，1932 年 9 月

中国欧洲文化交通史略

[德国] 雷赫完（A.Reichwein）著，吴宓撮译

【编者导读】

　　本文是德国学者阿道夫·赖希魏因（Adolf Reichwein，原文译为雷赫完）所著《十八世纪中国与欧洲文化交通史略》（*China and Europe*：*Intellectual and Artistic Contacts in the Eighteenth Century*）一书部分章节的撮译。原书为德文，是赖希魏因 1921 年于马堡大学完成的博士论文（原题为《18 世纪中国对欧洲思想与艺术的影响》，*Die geistigen und künstlerischen Einflüsse Chinas auf Europa im 18. Jahrhundert*），1923 年出版德文本，1925 年翻译为英文出版。《学衡》杂志第 54 期，曾刊载吴宓所译该书绪论，名为《孔子老子学说对于德国青年之影响》。此次撮译，摘取书中重要事实，按章节整理翻译，并略加引申评断。

　　按，德人雷赫完所著《十八世纪中国与欧洲文化交通史略》（*China and Europe*：*Intellectual and Artistic Contacts in the Eighteenth Century*）一书其绪论（Introduction）已经译出，题曰《孔子老子学说对于中国青年之影响》，登载本志第五十四期，兹更就书中各章，摘取其重要之事实，及有特别关系之处，撮述如下，并略为引申评断之云。——编者识。

目次

绪论

第一章　十八世纪以前中国欧洲交通史略

第二章　罗柯柯时代

第一章　十八世纪以前中国欧洲交通史略

始译中国经书为西文者，为耶稣会教士（the Jesuits）。一六六二年，耶稣会教士郭纳爵 Ignatius da Costa（1599—1666）所译《大学》及《论语》最前五篇为拉丁文，题曰 *Sapientia Sinica* 者，经耶稣会教士殷铎泽 Prosper Intorcetta（1628—1696）在建昌为之刊行，并附木刻图画。殷铎泽又自译《中庸》（Chum Yum）为拉丁文，并附孔子传，题曰 *Sinarum scientia politico-moralis*。一六六九年初刊于广东，一六七三年再刊于巴黎，又译为法文，同时刊行。出版后，耶稣会教士柏应理 Philippe Couplet（1622—1693）归游欧洲，到处为之宣传。于是一六八七年以上三书之拉丁文译本，始在巴黎汇为一编出版，列名编撰者，为殷铎泽、恩理格（Christiane Herdtrich）、鲁日满（Francisici Rougimont）、柏应理等，所谓《西文四书直解》是也。该书拉丁文题名，称孔子为"道德及政治哲学最为渊博之硕学圣灵"，盖自是时以迄十八世纪之末，欧人常以（1）中国（2）孔子（3）政治道德，三者并为一谈。一六九九年前后，耶稣会教士李明 Louis Le Comte[1] 以法文著《中国现状新论》（*Nouveaux Mémoires sur l'tat présent de la Chine*）刊于巴黎，其书中论暹罗人曰："在印度人中[2]，惟暹罗人之灵魂与其身体相称，而暹罗人之形貌，亦为我法国人所最熟知者。彼暹罗人谓天赋才能，各有所特异，故法兰西人勇敢而长于战术，荷兰人机敏而长于营商，英吉利人长于航海，中国人长于治国行政，而暹罗

---

1. 一七二九年殁于中国，生年未详。
2. 当时称东亚之人胥曰印度人。

人则长于学问智慧云云。"（中略）是时耶稣会教士盛称中国之善，谓为欧洲人所不及，而商人则恨之，谓教士言多无据。彼中国政府之坚执不肯通商，未始非教士诬毁欧人之言论有以致之云云。总之，在一七六〇年以前，欧人皆信耶稣会教士之说，尊视中国。而一七六〇年以后，则欧洲各国重商务，以经济政策为归宿，多利害得失之计较，而不言是非，故其嫉恶诋毁中国乃日甚焉。此前后两期大势之不同也。

按，最初之印象，常能得其大体而较为正确，久居熟习，则所知虽多，而材料糅杂，头绪纷繁，不易辨识矣。此理如诚可信，则欧人来中国之始，即谓孔子为中国最大之人物，足以代表中国，而孔子之所教，中国人之所长，胥在政治道德。此种议论，适可为吾侪之观察信仰添一旁证矣。

第二章　罗柯柯时代

一七六〇年以后，约百年之间，为欧洲美术上之罗柯柯（Rococo）时代，注重装饰点缀之美，常用奇幻飘逸之曲线及椭圆形细致之花纹，兼喜以花草为饰。而是时法国文物昌盛，生活优美，宗教理想趋于乐观。此中国磁器、漆器等之所以见重于欧洲，亦时势为之也。

一七〇九年，德国人 Böttger 始在 Dresden 地方仿造中国磁器，一七一〇年，移至 Meissen 地方，建大厂工作，是为欧洲人仿造中国磁器之始。该厂所造磁器，销售遍于欧洲，故磁器之制造，实为普鲁士王最大之富源。七年战争时，弗烈得力大王[1]战败，禀上其母，有曰："儿今之贫，乃同乞丐。仅此微物（磁器），为吾资产，今来万事俱空，所存者惟荣名、宝剑及磁器而已。"亦趣史也。

欧洲人仿造中国漆器，实始于十七世纪之末，至一七三〇年，而法国所造之漆器，已足与中国、日本漆器并美矣。

中国之肩舆，亦以十七世纪之初年传入欧洲，其得以见重于彼土者，以法国路易十四在位，行君主专制。文物典章灿然俱备，时方大修朝仪。

---

1. Friedrich Ⅱ，今译腓特烈二世。——编者注

而中国肩舆之顶围，其质料及颜色等，均有定制。可别官爵职位之尊卑，等级秩然，故乐得仿用之也。一六四四年，巴黎人士以肩舆为最新之时尚，见于纪载，毛里哀 Molière 剧中亦屡言之。维也纳官厅以"病人仆隶及犹太人不得乘轿"著为法令，直至一八六一年，此项法令犹有见于德国者，然欧人久已不用肩舆矣。肩舆之盛行于欧洲，约历百年。近世欧洲之轿式马车，即由肩舆蜕化而出，闻始创其制者为日本人云。

中国丝绸之输入于欧洲，大盛于十七世纪中。当十七世纪之后半，法国人已能仿造之，该世纪之末，禁止输入中国丝绸之文告，层见叠出。然私运者众，俨同具文。政府且借此收税，明禁实奖。法国制绸之地，以里昂为中心，其染织之技术，亦由中国学得，非仅模仿中国之花样而已。又绣货及糊墙之花纸，亦于十七世纪中，由中国传入欧洲云。

法国十八世纪初年之大画家华土 Jean Antoine Watteau（1684—1721）颇受中国画之影响，其山水背景，酷类宋人，顾华土画中之中国事物，多由意想造作，非必传摹中国之实况。当时之所取于中国美术者，以其疏散自然，可矫路易十四时代过崇规律而务整齐之病。于图画如此，于建筑亦然。十七世纪之末，在法国虽有称道中国建筑之工妙悦目者，然均以缺乏整齐匀正之配置为病。至十八世纪之初，乃一变而极力赞美中国建筑，谓其变化多端，奇幻莫测，富丽为我法人之所不及。于是当时欧洲诸国，多仿中国式而造园亭池馆及宝塔等。与同时（十八世纪中叶）法国耶稣会教士，在北京为清帝筑造之圆明园，遥相辉映。盖二者皆参合中西建筑而成。惟进行之方向及注重之分量，适相反背耳。是时欧洲所取于中国之建筑，多能用之得宜，融化无迹。惟彼专以中国事物为装点及古董品者，乃故为奇异，眩人耳目，遂致所作不近人情，在中国决无此事，[1]笑话百出，以上二事，实不相关。要不当相混也。房屋建筑而外，即屋内之装饰，亦效中国式，窗棂栏杆，均取中国之制，又力避方隅锐角，而改用圆角。不但屋角门棱，即箱橱等亦均用圆角，足见中国建筑装饰在当时欧洲影响之大云。

1.如筑屋树巅，祀神屋顶，团坐门前吸烟饮茶等事。

十八世纪中，中国之风俗杂艺之传入欧洲者，则有：（一）影戏，当时谓之 ombres chinoises。（二）酒肆茶馆，巴黎即有三数处，当垆女子，着中国衣服，而更雇一真正之中国人，为司阍及招待。（三）浴所。（四）孔雀及金鱼之饲养。（五）中国衣冠之跳舞。（六）中国戏剧。一六九二年，巴黎之意大利班，在御前演唱 Regnard 及 Dufresny 合编之《中国人》一剧（Les Chinois），其中丑角为一中国医生，是为演唱中国戏剧之始，此后则多不胜纪。北京之皇宫，中国之公主，均在剧中出现，奇趣横生。而中国戏剧之输入，对于乐剧（opera）之发达，尤有极大之影响云。（七）中国小说。继孟德斯鸠（Montesquieu）之《波斯人之书札》（Lettres persanes）（编者按，此书已经译成中文，名曰《鱼雁抉微》，载《东方杂志》第十二卷九号至十三卷，译者为林纾及王庆骥。）而起者，不一而足。有阿然侯爵（Marquise d'Axgens）所撰之《中国人书札》（Lettres chinoises），有福禄特尔[1]托名僧人所撰之《中国人印度人鞑靼人之书札》[2]，又有托为中国皇帝遣驻欧洲密探所作之奏报，由中文译出者，又有托为中国皇帝派来欧洲之使臣 Phihihu 氏之传述等等。凡此或登报章，或刊专书，名为通信，其实论文杂编及读书笔记之类，以自著其思想闻见而攻讦他人者也。（八）中国木器，其传入法国，在十七世纪之初年，至十七世纪之下半，法国人已仿造之，因之欧洲所制之木器，其形式花样亦多仿效中国。总之，欧洲当 Rococo 时代，其人之心理，大都喜柔和工致，自由疏散，中国种种适投其所好，故能盛行若此也。

第三章　开明时代

由罗柯柯时代而进于开明时代（the Enlightenment）欧洲人之精神思想嗜好，为之一变。昔则注重社会交际，今则注重学理研究；昔则欣赏乎飘荡之诗情，今则从事于严密之思想；昔以美术为归宿，今以数理为方

---

1. Voltaire，今译伏尔泰，下文服尔德同。——编者注
2. 原名直译，故从略。

法。昔务潇洒自乐，以风雅相高，而与尘世隔绝；今则倡言救世济民，悉力讲求修身行政之方术，以及经济农工之实务。昔重幻想，故以秘奥为高；今行推理，乃以明显相尚。昔为清言，但求隽妙；今务政治道德，故以立说纯正精确，能裨益实际之人生为贵。昔惟藻饰升平；今则亟图维新改革，此乃罗柯柯时代[1]与开明时代[2]前后两期截然不同之处。惟其如是，故罗柯柯时代之欧洲人，爱好中国之磁器、漆器、丝绸等，而隐得老子之精神。开明时代之欧洲人，探究中国之政治道德学说，而力崇孔子之教化。十八世纪之欧洲人，常以孔子与穆罕默德、苏鲁阿士达（Zoroastre）相提并论。欧人知穆罕默德较早，若苏鲁阿士达，则一七七一年 Anquetil de Perron 译《阿威士陀经》（Zend-Avesta）为法文后，始见知于欧人。故自一七〇〇年至一七六〇年之间，孔子实为欧人所专重，前此欧人几不知有孔子（福禄特尔语）。而自一七〇〇年以还，则欧人更无迟疑，皆尊重此文明之古国（指中国），谓其宗教及智慧悉卓然特异［此乃一七六九年 Clerc 所撰《中国史大禹传》（法文）中语］，应者群起。而一七六〇年，福禄特尔撰 *Essai Sur les moeurs* 一书，欧人之盛称中国，致其钦羡，于斯实已登峰造极矣。

始知中国文明之重要，而力主融汇采取者，实为德国大哲学家莱布尼慈氏 Leibniz（1646—1716）[3]，莱布尼慈"灵子"（Monads）之说，与老子、孔子及中国佛家之观念，多相符合。而其所谓"前定之和谐"（Pre-established Harmony）即中国圣贤所谓宇宙之道，宇宙原为一体，秩然有序，逐渐推衍进化，故莱布尼慈亦遂为极端之乐观派也。莱布尼慈以为凡百宗教之精义，厥为改善世人之实际之生活，以知识为体，以教育政治为用。人能知道，则进于德，人能行德，则获至乐。凡此所见，均与孔子契合，而能代表欧洲开明时代之思想者也。

莱布尼慈自其少时即留心中国事，当时欧洲新出之书籍，论述中国者，若 Athanasius Kircher 之 *China monumentis qua sacris qua profanis illustrata*

---

1. 十七世纪后半及十八世纪初年。
2. 十八世纪中叶。
3. 参阅本志第二十二期《坦白少年》篇第一第二页。

（1636）等书，无不首先阅读，又与曾居中国之耶稣会教士，如 Grimaldi（意大利人）等结识，时与书函往还，询问一切，故所知中国之事不少。莱布尼慈遂于一六九七年撰成《中国最近情况》(*Novissima Sinica*) 一书刊行，于其序（Praefatio）中，谓中国与欧洲之两大文明，远相隔绝，而今则汇合，互为裨益。此乃上帝之意旨。而上帝并欲介在其间之国家（即俄罗斯）亦并加入此文明之团体，又可知也。吾西方之理论及思辨之学（数学、天文学、伦理学、形而上学）确为东方之所不及，然中国之实用哲学及政治道德，则决其必在欧洲之上也。孔子之礼教，对于中国人之公私道德生活，有如斯之大效，实可惊服。"彼国下之事上，奉命惟谨，幼之于老，致其尊崇，子女之于父母，尽其孝思。甚至不敬之词，亵慢之语，亦所未闻。以言语诋侮长上，在彼国为罪之重。殆如吾欧洲人之手刃其父也。"中国人于道德造诣如此，苟非天帝宠锡之力，何由致之。吾欧洲人之理论思辨之学，已有专长，而于实际生活，则当效法中国之人，获益且无限矣。莱布尼慈续曰："今日吾欧洲人之道德，败坏至于斯极，业已无可讳言。故吾意应速聘中国教士来欧洲，讲授自然神学实行之目的及实行方法。正如欧洲教士远赴中国，以传宣上帝启示之神学也者[1]。盖吾深信，如有贤圣之人出而为裁判，不论其女神之美，而但实察其人民之道德，则必以中国为第一，可无疑也。惟吾欧洲有耶教，乃天所赐，非复凡品。以此转赠中国人，或可见吾之盛惠耳[2]。"

然莱布尼慈素重实行，尝谓学问信仰，必须见之行事，故其著《中国最近情况》一书，欲使天主旧教及耶稣新教各国，联为一体，以企图输入东方之文明也。又力谋建立柏林科学会以"与中国交通，而使中国与欧洲互换其文明"，且拟于莫斯科亦建科学会，借彼得大帝之力，使俄国成为东西文明交通之孔道焉。惟莱布尼慈与其徒游说国君，颇少成就，其后会既成立，目的亦未尽达。然据莱布尼慈所上普鲁士王书中，铺叙柏林科学会之功绩，谓"中国最古之易卦，传之二千余年无人能晓者，今本会

---

1. 前者指儒教，后者指耶教。
2. 末句乃应酬敷衍之语。

已能洞明其中所含之数理"（指莱布尼慈所著 *De Arte Combinatoria* 一书，一六六六年出版）。由此术推之，则可解释无中生有、一切创造之原故。一六九七年，莱布尼慈致某公爵（Duke Rudolf August of Wolfenbüttel）书曰："耶教教理，谓上帝由无有而创生万物，此其故。学者多不寻求解释，而吾今以中国之数理说明之，则一切了然，毫无窒碍疑难。于自然及学术中，更求深奥义法如此者，不可得矣。"莱布尼慈之算术，乃由中国之易卦推演得之，颇自矜许。一六九七年，致耶稣会教士 Verjus 书曰："用此哲学之算术，则虽远在东方而语言文字隔绝之中国人，亦可使其明晓自然宗教之要义，以算术中之符号可离文字而独立也。"是年又与公爵书曰："彼（耶稣会教士 Grimaldi[1]）谓中国皇帝（康熙）深喜算术，曾由其师南怀仁学得西洋算法。今以吾之算术授之，或可使彼国皇帝亦信从耶教也。"

　　莱布尼慈之高足弟子二人，一曰佛兰克 A. H. Francke，一曰武鲁夫 Christian Wolff。佛兰克因莱布尼慈之教，遂于一七〇七年，在 Halle 地方，创立东方神学院（Collegii Orientalis theologici），专以养成赴东方传教之教士。院中以汉文（sinic）列入课程表中，武鲁夫任 Halle 大学教授。一七二一年七月十二日演讲《中国之实用哲学》（*De Sinarum Philosophia Practica*），大意谓中国古圣贤道德之说，本乎人性而与耶教教理，实异途同归，并不冲突。有曰："今姑不论人之行为何所根据，或为上帝启示之真理，或为自然之现象，总之，人之行为必常合乎道德，此孔教与耶教徒之所同也。"人心之所同然，乃道德之惟一准绳。中国古来之道德学说，皆不悖生人之本性，故决其无误而可信也云云。顾此等言论，在当时耶教中人已视为异端邪说，于是有以倡无神之说告讦武鲁夫者，普鲁士王乃下诏逐武鲁夫于国外。然而持此论者，实不止武鲁夫一人，当时之耶稣会士皆谓孔教徒与耶教徒共尊一神。道德观念，东西不异，毋需排斥，于是巴黎大学遂成为此种新说之中心点，论辩蜂起。其时赴该大学留学者，多感叹于正教之式微，异说之朋兴。所谓异说，即兼指孔教而

1.南怀仁之弟子，时在中国。

言也。武鲁夫既信善恶均由人性，则国家政府应于学校中施行道德教育，而施行最完善者，莫如中国古时。中国教育分为大学（Schola adultorum）及小学（Schola parvulorum）二级，小学所教者，八岁至十五岁之儿童，其理性尚未发达，故宜施以感官之教育，而良心之威临之。大学则主启发理性，养成自治之能力及道德之行为，大学乃选国之秀士入之，而使之治己治人，以进而治国治世。凡此均当为欧洲学校之所取法，又中国之教育最有统系，专主启发理性，以向于至善真乐之鹄的。此亦欧洲之所宜取则者也。一七一一年，耶稣会士比利时人卫方济 Fransois Noël 刊行《中国六经》之拉丁文译本（6 libri classici sinensis）于 Prague 地方。六经者，《大学》《中庸》《论语》《孟子》《孝经》及《三字经》也。六经译本，武鲁夫虽曾读之，然其立说大旨，早定于此书刊行以前，其时又有 Bülfinger of Tübingen 者，以拉丁文著《古中国古代教育政治示范》[1]一书，亦以道德政治合一。贤者在位，为中国之特征，而为欧洲之所不及云。

　　福禄特尔[2]亦为崇拜中国之一人，借颂扬中国以攻击其国之君主政治及天主教会。先是福禄特尔之得知中国文明，实由于耶稣会士之所启迪，其后乃用其知识以与耶稣会为敌，此则为耶稣会之所不及料者也。其时之耶稣会士并非固执，如上述之卫方济等，于其著述中，已一再申言，欧洲人当实行效法中国人之道德，不仅托之空言而已。中国经书中之道理，乃人类理性之所寄，乃自然法律（Jus naturae）之表现，而中国之政治尤为完美。盖是时之耶稣会士，一方称道中国之开明专制，以减缩法王之威权，一方又于无意之中，奖励重农学派 Physiocrats[3]之运动，而拥护旧传之政体。故即在政治学，中国亦为辩争之根据也。总之，当时欧洲人之心理，多奉中国为模范国家，谓中国之人皆具道德，故如福禄特尔，即谓"道德学为学问中之首要者，而中国人讲求之最精"，又自称其所编译之《中国之孤儿》一剧（见下）为"孔子之道德学说表演于五幕中者"。福禄特尔又曰："欧洲之君主王侯及商人，所求得于东方者，无非货财。而贤

---

1. 名长不录。
2. 参阅本志第十八期、第二十二期、二十五期、二十八期、三十四期福禄特尔小说各篇。
3. 详见下章。

人学士之视东方，则为道德之新世界也。"又曰："吾尝细读孔子之书，并手自撮抄，吾观孔子所言不出纯粹道德。孔子但说品德，而不谈鬼神灵异。孔子书中，从无荒唐奇怪之寓言。"[1]又述其所识某学者，室中惟悬孔子像，并为题赞，谓孔子专以理性为本，故所言无不可信。彼不自称先知[2]，而人莫不以圣贤尊之云[3]。

福禄特尔所最歆羡中国之处，则以中国圣贤之教化，能普及于为治之阶级，而国家由之治理得宜也。故其言曰："吾人即不盲从膜拜，至少亦当知中华帝国为全世界古今治理最善之国家，且以父权宗法为治本者。"福禄特尔深信中国之官吏士人皆文雅而博学，谓孔子实足崇敬。又谓中国之普通人民亦当与欧洲无异，而中国之政府国家，能以匀整细密之系统，和合各种之人为一体，使之同被雅化而乐居相亲，则殊可惊羡者也。福禄特尔以有神论（Theism）为学者所当奉之宗教，而"世界各国中，以有神论尊为国教者，惟中国而已"。又曰："吾亦知彼中国之大多数平民，其卑鄙蛮横，亦与吾欧洲之人无异，常相争攘，各种锢蔽之谬见，又溺于符咒星相等迷信，亦皆与吾人同也。"又谓中国人遇重病始请医诊治，小病则待其自愈，亦与欧人无殊。又借中国以痛斥欧洲各国人之好分党派，斗争不休，谓中国人只奉一神，足见其明理而多智。而吾欧洲人则宗教之派别繁多，不能细数。"而最不可解者，则一方痛斥倡无神论者，谓世中必无无神之国，而一方又强指世界中治理最善之中华帝国为无神之国。何其言之自相矛盾至于此极！"意者，吾欧洲之气候风土特别，异乎亚洲，因之吾人好为门户之争，而中国人则不屑耳。彼中国人从未派遣教士来欧宣传，而吾欧洲人则以己之见解主张，与货物视同一例。世界到处，运输贩卖，强人以必收，何其度量相越如是之甚乎。"吾欧洲之君主王公，得闻中国之情形，除歆羡羞惭以外，尚有何说，然当勉力追步，实心效法而已。"

---

1. 凡此均反讥耶教之语。

2. 一曰预言家。

3. 原注福禄特尔论孔子及中国之语，多见其所著 *Essai sur les moeurs* 及 *Dictionnaire philosophique* 及 *Papiers de Jean Nesliers* 及 *Du bannissement des Jésuités* 诸书，可检寻也。

福禄特尔指责卜苏爱 Bossuet[1] 之《世界史论》（*Discours sur l'histoire universelle*，一六八一年出版）中，未有一字言及东方，实为不当。谓"学者欲通知世界之往事，则首应着眼于东方，盖东方为一切学术文艺之发源地，而西方之所由取资者也"。故福禄特尔撰《历代风俗史》（*Essai sur les moers*，一七五八年出版）专以一章论中国云。

前此欧人之所取于中国之戏曲，悉为娱乐，而福禄特尔之编著《中国之孤儿》（Orphelin de la Chine）一剧，则为提倡道德。福禄特尔自言其所编者虽与 Metastasio 之剧同名，然情节内容绝异。福禄特尔所据之蓝本，为 Premare 所译之《赵氏孤儿》（*L'orphelin du Chao*）一剧，谓"此剧所关至重，欲知中国人之心理，则读此剧本，胜于读其他千百之书多矣"。而福禄特尔之改编此剧，乃使法人知中国人道德之高，而毋为彼耶稣会教士之所惑也。

先是卢梭著论，谓学术文艺发达，足使道德风俗败坏[2]。福禄特尔欲反对其说，故于《中国之孤儿》剧中，使文明之汉人战胜野蛮之成吉思汗之军。且于初版时，插入致卢梭书明言之。卢梭答辩有云："吾人读昔贤之书，应下评判功夫，岂可盲目受教。（中略）《中国之孤儿》一剧，演之曾受欢迎，故诸多愚夫俗子，亦交口称赞，不自知其浅陋可笑，实则此等人并原剧之缺点亦不识，安望其称誉得当哉？"似卢梭已明解福禄特尔之矢为对己而发者矣。

福禄特尔以孟德斯鸠《法意》（*Esprit des lois*）书中论述东方各国多未允当，乃作《历代风俗史》[3]以著其崇拜中国之意。书出，颇为时论所斥，谓今人称美中国太过。顾狄德罗[4] 编著《百科全书》（*Dictionnaire encyclepédique*）则仍为赞美之词。谓"中国立国之久远，其学术智慧之精，政治之修明，哲理之造诣，均远非亚洲各国所可及。或谓且可进而与欧洲最文明之国家抗衡焉"。海威修斯 Helvetius（1715—1771）于所著

---

1. 见本志第二十三期插画。
2. 参阅本志第十八期《圣伯甫评卢梭忏悔录》篇，第四页。
3. 名见上。
4. 见本志第二十四期插画。

《心性论》(*De l'esprit*)中所言亦同，而巴乌氏 Poivre 于其《哲学家之游记》(*Travels of a Philosopher*)中，至谓"使世界各国均采用中国之法制，则世界各国之富强安乐亦如今之中国，趣往北京，瞻仰中国皇帝之仪表。当知其为天人也"。盖是时法国之人，多有以与中国之高尚精神接触为救国之惟一方针者，不足异也。

然在当时，不附和此种崇拜中国之狂潮，而为冷静之判断或讥斥者，亦不乏人。如普鲁士王弗烈得力大王（Frederick the Great）及卢梭等是也。弗烈得力大王于一七七〇年至一七七六年之间致函福禄特尔，屡道及中国，谓中国乾隆皇帝行幸盛京之御制诗，彼曾见之，又得见乾隆之书翰，皆平平无奇。此等劣诗，在北京或有人献媚颂扬，在欧洲则绝无人称赏。中国之诗，佳者不过如此，则学习中国文字，欲进而研究中国学问者，其事殊不值矣。又谓昨与近臣某（Pauw）谈，某深叹今人足迹未到中国，辄喜妄谈中国事，如福禄特尔先生，坚执己说，反谓久居中国之耶稣会士所言为不可信，此大可不必也。若朕则实无暇研究中国之问题，欧洲之戎机政事外交，一日万几，已足使朕疲于应付矣云云。又云："朕顷告近臣某（Pauw）曰，福禄特尔先生之竭力赞美中国，亦犹昔日罗马大史家塔克多 Tacitus（55—117A.D.）称道吾国祖先日耳曼蛮族之用心耳。夫日耳曼蛮族何足取，而塔克多必谓其人正直勇敢，刚健质朴[1]，罗马人应极力效法，特借此以立言而已。今福禄特尔先生，亦逢人便说中国人道德之高，又美中国人注重农事，其法律整齐划一，通行全国。盖福禄特尔先生之意若曰，吾法国人如能效法中国人，则良田千里，刈获累累，可立辟也。刑赏平等，不徇威势，可立致也。凡此赞美中国之词，无非勖其国人勤勉奋发而已。"此可谓一语道着矣。

卢梭之言，则较弗烈得力大王更为明显。卢梭曰："吾所持之论，证据即在眼前，何须求之远古？试观彼中国，为亚洲大国，其国人素重学术，以学术而致通显。夫使学术果能改善风俗，果能鼓舞人民之勇气，毅然为国家捐躯效死，则中国之人宜若皆贤良自由而可无敌于天下矣。而按

---

1. 见所著 *Germania* 一书，叙日耳曼族之风俗习惯等。

之实际，中国之人，罪无不犯，恶无不作，则又何说。以中国执政者之多才，法制之完善，与其人民之众多，而乃衰弱不能自存，竟为愚蠢之蛮族[1]所征服，其国虽多圣贤，何所裨补哉！"[2]

孟德斯鸠（Montesquieu）与卢梭，皆欲借中国为其学说之例证，先有成见，故不如福禄特尔之能见其大也。孟德斯鸠谓立国之治制有三，而各有其根本之精神。一曰公治，本于道德；二曰君主，本于荣宠；三曰专制，本于恐怖。然中国行开明专制，"其所以为精神者，实兼道德、荣宠、恐怖三者而并用之"。此显与孟氏之说抵触，故孟氏遂痛斥中国[3]。夫孟德斯鸠所知中国之事，悉闻之于彼土归来之商人，然此辈商人，大都不谙中国文化，其在彼所遇者，无非中国之商贾。商人以营利为业，且处对敌之势，其言中国商贾好行欺诈，亦不足怪。而孟氏乃断曰："又使叩支那之俗，于吾国之商于彼土者，将其所言，于支那人之道德，未见如传教者之倾倒也。"又曰："彼景教宣福之徒，游于东土而归也，莫不曰，美哉支那之治制也。其所以为精神者，实兼道德荣宠恐怖三者而并用之，而实则其民之奉令守法，皆出于怀刑畏威而后为之。虑一不当，则鞭笞随其后，则吾不知其民所谓荣宠者，为何等观念也。"[4]孟氏此论，福禄特尔于所著《历代风俗史》中驳之曰："孟德斯鸠强欲谓欧洲峨特等蛮族酋长所建立之国家（指法德等国）为本于荣宠，而不以此许中国，诚吾所不解也。"孟德斯鸠又谓东方之人甘于驯伏而不作乱，此实由于其气候之温和，中国"为政之祈向曰，惟吾国安且治而已"。其立法"有正鹄焉，曰四封宁谧，民物相安而已"，此其国立法之根本原理也。然中国历代开创之君及其古代之圣人，立法实亦甚善，务使民勤力苦作。"盖彼知息土之民好逸，故极意使之为勤，以救其弊耳。"又凡实业发达之国家，其法制刑律必宽和而舒缓。中国南部亦有实业，与荷兰同，故虽国土广阔，气候适宜，人民天性易趋怠惰，驯伏于积威之下，而中国之法制亦甚可称也。

---

1. 指蒙古及满洲人。
2. 卢梭此论见其所著 *Discourse on Arts and Sciences* etc.（1750）。
3. 参阅严复译孟德斯鸠《法意》卷八第二十一章，此书商务印书馆发行。
4. 今兹引用《法意》之文，悉录严译。

孟德斯鸠又论中国之特别之治术曰，中国政家所为，乃"合宗教、法典、仪文、习俗四者于一炉而冶之，凡此皆民之行谊也，皆民之道德也。总是四者之科条，而一言以括之曰礼，使上下由礼而无违，斯政府之治定，斯政府治功成矣。举民生所日用常行，一切不外于是道。使为上者能得此于其民，斯支那之治为极盛"。今夫中国以礼为治之成功若此，当时欧洲之论者方歆羡称道之不暇。而孟德斯鸠独短之曰："由此而人伦至不幸之事生焉。盖基督之景教，欲其行于支那，坐是之故，殆无望也。故使景教风行，将支那之法典宗教，扫地而尽。不仅其礼其俗，为不足存也。"孟氏对于基督之教，热心至于此极，是亦不可以已乎。

　　格里木 Friedrich Melchoir von Grimm（1723—1807）[1]虽为著名文人，其论中国之事，与卢梭孟德斯鸠同一不足为据。格里木于一七七六年之言曰[2]："中华帝国，今世人已莫不注意及之，且有作专门研究者。始则由往彼土传教者，归来盛道中国之种种情形，几于天花乱坠，相距辽远，无由证明其非是。继则学者踵起，援引中国材料，借为攻击本国各种弊端之具，于是不几何时，而中国遂成为智慧道德及纯正宗教之渊薮，谓中国之政府，组织完善，历时最久；谓中国之道德，高尚优美，古今无比；谓中国法律政治美术实业等等，皆足为全世界各国之模范。"推崇中国至于如此，不亦违真而失当乎？"而能指明此类传闻见解之错误而纠正之者，吾意当以安孙提督 Baron George Anson（1697—1762）[3]为始。"故中国者实"君主专制凶毒最甚之国"，而所谓中国之道德礼教，亦仅适于"一群畏慑驯伏之奴隶"之用者耳。

　　费尼朗 Fènelon（1651—1715）之对于中国，严加贬斥，盖远在孟德斯鸠以前[4]。费尼朗对于政治绝望以后[5]，晚年深抱悲观，蒿目世事，乃益笃志古学，沉溺于希腊之文章哲理以自遣。时当十八世纪之初年，世人崇拜

---

1. 德国人而久居法国以法文著作。
2. 见其所著 *Correspondance littéraire*。
3. 英国海军提督，尝以寥寥数舟，大挫西班牙海军于菲律滨附近，盖尝亲至吾国闽粤之南境云。
4. 费尼朗殁于一七一五年，孟德斯鸠《法意》一书一七四九年始出版。
5. 费尼朗尝为皇太孙——路易十四之孙 Due de Bonrgogne——师傅，悉心教导，以他日宰相自期，不幸一七一二年皇太孙病死，费尼朗不复能展其怀抱，见之行事，故而绝望。

中国者日多，古希腊反为中国所掩。费尼朗欲提倡保存希腊学，故贬斥中国，其所撰《死人会谈录》（*Dialogues des Morts*）中有一长篇，题曰《论世人所诩为中国之优点》（*Sur la prééminence tant vantée des Chinois*）设为苏格拉底与孔子问答之词，略谓苏格拉底初见孔子，即语孔子曰，人多称君（孔子）为中国之苏格拉底，实属大误特误。吾与君大不相同，何可相提并论。吾意天下之人决不能使其皆明哲理，吾既不以教导天下之人自期，故亦从未著书立说以示世，仅以耳提面命之口说，求得二三入室弟子，以传吾道于后日而已。且吾不特不敢著书，尚自悔其言之过多也云云。费尼朗力写苏格拉底之虚心怀疑，正以著孔子之乐观而好为大言。孔子对苏格拉底亟亟力辩，几于不能支持。苏格拉底谓欲使民为善，惟当饵之以希望，威之以恐怖，乃可如孔子所拟使民行德之办法，徒存空想，决无成功。试问中国之大多数人民，其果具道德与否？中国作史者不知别择材料，故中国史书不可尽信。西方之人，研究中国文学多未精确，但就其所已知者言之，中国史固属热闹而多趣。然岂足证明中国人皆具道德也哉云云。孔子于是盛道中国人之成绩及己之所建树。苏格拉底驳之曰否，否中国人发明区区印刷术，此何足道；火药之发明，适为杀人之利器，罪浮于功。中国之算学素无方法之可言，至磁器乃"中国地土所产，非人力所能致"，漆器亦同。中国之建筑，毫无比例而不匀称。中国之绘画，不讲结构而殊散漫。苏格拉底言至此，孔子词穷理屈，乃曰："中国立国甚古，不无足称。"苏格拉底驳之曰："中国人本非东亚土著，乃由亚洲西部迁移而来，其文明非由自创。后之作史者，讳言其祖，意图掩饰真迹，乃以神话寓言杂入其历史，不足信也。"其时，辩论已将终结。孔子曰："吾将往叩之于古之帝尧。"苏格拉底曰："嘻！异哉，子之所为也。吾欲知希腊上古事者，决不往寻彼单眼魔王（见荷马《奥德西》史诗）或荷马诗中之英雄而问之，吾惟恃一己之知识而已。"[1] 按此所言，以中国人之盲从好古，与希腊人之重知识而务批评。两相比较，虽然，与费尼朗并世之人，皆信

---

1. 意谓帝尧亦犹说部中之英雄鬼怪，并无其人也。按此段费尼朗设为苏格拉底驳孔子之语。极似今日国中伪新派攻诋中国礼教并推翻历史者之所为，由是寻绎。此段实饶有趣味也。

人性本善，而以中国为极乐之土，足为世界各国之模范。如费尼朗之思想议论，乃重古而蔑今。从多而抗多者耳，然亦可以征世变矣。

第四章　重农学派

经济思想史上，有所谓重农学派（the Physiocrats）者，见于法国十八世纪之中叶。其主张谓（一）为治须本于《自然法》（Natural Law）。（二）土地为一切财富及赋税之源。（三）立国当以农业为首务。（四）开明之君主专制为最善之政体。按重农学派[1]实开明时代维新思想之一支，未可划分。今欲申明者即重农学派之领袖及其创始之人凯奈 Fransois Quesnay（1694—1774）常视中国为模范国家，而其思想著述实大受中国古圣贤学说之影响。盖开明时代之思想，注重自然法，力图其实现。而求之当时国家，惟亚洲之中国，实行自然法而岿然尚存。又闻耶稣会教士，称道中国文物之盛，治化之隆，心焉向往，故迳以中国为现世之乌托邦。且中国素重农业，亦与凯奈等之思想有合。时路易十五宠姬庞巴多夫人 Mme de Pompadour 颇爱好提倡中国器物，其家中为文人名士会集之所，常共谈中国学术事理。耶稣会教士出入于其门，且于一七五〇年顷，携中国学者郭某至巴黎，居十三年之久。巴黎大学并考求中国之古史年历，盛极一时。凯奈身为庞巴多夫人之侍医，其受中国影响，不言可知。虽于晚年之著作始明言中国，然其思想统系前后一贯，可知其早年之著作亦多取材于中国，不能讳也。

凯奈以为彼等所奉为圭臬之自然法即中国古人所言之"道"，中国之法律制度等，必准道而立。道虽虚空，长存于宇宙之间，而必期其实行于现世。今彼等倡言改革，无非汲汲使经济政治等悉本诸自然法，即以天道合于人事，以理想纳于实际。此中国早已行之而著成效者也。中国立国以农为本，专务休养生息，使民保其天真，淳朴不争，故中国之国家，乃合于自然之经济组织，而中国所行之君主专制，亦实为最善之政体，而当为

---

[1] 该派之人喜自称为"经济学派"，斯密亚丹称之为"重农学派"。

欧人所取法者矣。当时重农学派之人，共称凯奈为"欧洲之孔夫子"，而望其传孔子之道而继孔子未竟之业。凯奈殁后，临葬之时，其徒米拉布 Mirabeau 当众致词曰："孔子之教，无非使人涤除愚妄及情欲之习染，而还复其光明之本性。故劝其当时之人以敬天畏天，顺从无违，爱人无私，克己复礼，毋以情欲为行事之标准。而一切思想言语行事，必依理性为归，毋或违忤。夫宗教道德如孔子所教者，可谓完美至极，蔑以加矣。然如何而推行之于斯世，乃成为最重要之事。此则吾师凯奈之夙志也。吾师聪慧天成，由自然之源，窥赢利（produit net）之理，其所成就远矣。"

凯奈《中国之君主专制》（Le despotisme de la Chine）一书，出版于一七六七年，凯奈之取资于中国思想，此为最显之证。其时作者，多喜称引希腊罗马古贤之说，盛道昔时之共和政治。而凯奈则否，不但所称引极少，且视中国哲学高出希腊哲学之上，其言曰："《论语》二十篇，皆言政治道德及善行，其中之原理及道德格言，远非希腊七贤之所能及也。"凯奈之徒包斗氏 Baudeau 亦谓古希腊之共和国，不知有仁爱、公正及自然法，杀人流血，争战不休。乃其所行之"混合"政体，近人犹称道歆羡，不但著书鼓吹，且欲实行仿效，不亦谬乎云云。原凯奈及开明时代之人，所取于中国者，以中国立政之目的，为谋人民之"和平及幸福"，故欲奉为君主专制国家之模范也。

凯奈之思想多非自创，特其方法有足称者，《百科全书》第三卷中有《论语》译本，而 Petits de la Croix 所辑元太祖之典章，凯奈似皆读之。与其同时之某人驳斥凯奈曰："足下以农为惟一财源，此乃苏格拉底之说，亦即伏羲尧舜及孔子之说，何新奇之有？"此亦足见凯奈之立说取资于中国也。凯奈又借庞巴多夫人之力，进言于路易十五，于是一七五六年春季，路易十五仿中国古帝王之制，亲行耕籍田云。凯奈又称道中国教育之发达，谓"中国教育之方法，应为世界各国之模范"。盖"中国之国家乃建立于学术及自然法之上"，为政者之责任，在遵守自然法而自进于德，同时又须教导其民共由此道。孔子曰："吾尝终日不食，终夜不寝，以思，无益。不如学也。"凯奈曰："知自然法，乃可使国家长治久安。"一七六五年，凯奈撰《自然法论》（Du Droit Naturel），有曰："人为法开宗明义之第一章，必先制定公私教育，以自然之法教导国民。无此，则政府之设施及个人之行事皆混乱无复秩序。盖自然法乃凡百立法之根据而人生行事之准绳。不知此，则是非之辨莫能明也。（中略）此种教育，为政治之根本。然今世各国，除中国外，均蔑弃不讲，是可伤也。"凯奈论述中国教育，则举《周礼》州长党正族师闾胥读法之制，使乡村细民无不知国家之政令。且曰："由兹可见中国国家重要之法制典章，人人得知，人人能解。其国之小学，实能与人以知识。非若吾国之仅教学生以诵读而已。"是凯奈以中国教育为政治之基本，非二者各不相关，故足重也。

凯奈所主张之赋税制度（单税田地），似亦取资于中国。凯奈尝叙述中国古代征税之法[1]，曰："是故中国人民所纳于国家之赋税，视其田产之多寡，以为轻重。而田之肥瘠厚薄，亦复计及。在昔中国，惟地主纳粮，而耕植苦作之人则否。（中略）凡此皆中国千百年中所行之制度，其理至善。然欲行之于欧洲各国，则决不能也。"

凯奈之《经济表》(*Tableau économique*) 亦取中国理想而以算式表示之者，其徒包斗氏赞之曰："经济原理，欲叙述详备，非数卷莫能明。而吾师以四行概括之，正如伏羲之六十四卦，亦可以四行解释之也。"又曰："中国之圣贤，自古教人以明道而信从天命，行事依此为归，此诚世中各国仅见者也。"

第五章　感情主义

十八世纪之中叶，法兰西大革命以前，欧洲人之思想精神分为二派。其一崇尚理性，注重国家社会，政治经济之改革，以福禄特尔等为领袖，是曰开明运动（Enlightenment；Aufklärung）。其二崇尚感情，注重个人之放任，欲返依自然，归于上古淳朴之世，以卢梭为领袖，是曰感情主义（Sentimentalism）。二者同代表当时之新潮，然互相对峙，或至攻诋。感情主义之起较晚，故对于开明运动为一种之反动。其于情感之表现，务

---

1. 周礼均田贡赋之制。

张大其辞，加重其语。盖感情主义实即浪漫主义之初期也。开明运动之人，倡言改革，奉中国为理想之楷模，已详述于前章。而当感情主义盛行之时代（The Age of Feeling），则中国园艺之术见重于欧洲。先是法国路易十四时代，文物声教，冠绝欧洲，故法国园艺术为当世楷模，园中之布置，务极整齐匀称，亭树甬路，位置井然，丝毫不乱。而台阁山石花木，一切务极雕琢，刻镂精巧，纯尚人工，不类自然，久而人心生厌。于是十八世纪之初年，反动遂起，而英国园艺术（English Gardening）乃取法国园艺术而代之，一切务求合于自然，不用人力雕琢。花园之内，几与荒野无异，丰草茂林，杂花枯树，怪石深窟，瀑布飞泉，以及山间田野之飞禽走兽，无一不备，总使游人置身其中，自觉徜徉郊野，非复有意游观者也。然此种反动趋于极端，自难持久，已而中国园艺术适于其时传入，说者以为中国园艺术实能兼具英法二者之长，而调和折衷之，既不悖于自然，复深资于人工，奇美无穷，变幻多端，使游眺其中者，凡幽忧暇豫，惊喜痛快，各种感情心境，无不得以发舒陶写，可谓为此术之大观。于是当感情主义之时代，中国园艺术遂盛行于欧洲，谓此纯缘时会，亦无不可。今略述其事迹。

　　阿狄生（Addison）于一七一二年七月之《旁观报》(Spectator）中著论，有曰："吾欧洲之园墅，位置整齐，悉按一定之规则，此颇为中国人所笑，谓种树成行，距离均等，或作正圆正方，此事人人能为之。夫何待于艺术，必如彼国人之所为，匠心苦运而不着痕迹，深密布画而非绝对匀整，乃可称为园艺术也。"同时蒲伯（Pope）亦在 Guardian 报中著论提倡，二人并自造园林以为模范，由是英国园艺术遂盛行。据格莱 Thomas Gray（1716—1771）之说，英国之园艺术并未取资于中国，曰："吾英人所创之园艺术，殊可自豪。前此法意诸国之人，既未梦想及之，即今见之，亦不能解。吾英人惟以自然为模范，自行创造艺术，欧洲既未有雷同者，而亦决非由中国学得者也。"格莱此言实误，阿狄生之言可证。且一六九六至一六九七年间，李明之《中国现状新论》[1]中，已论及中国园艺

---

1. 见第一章所引。

术，而 E.Kampfer 之 *Histoire naturelle*，*civile et ecclésiastique de I'empire du Japon*[1] 及 Du Halde 之 *Description géographique*，*historique*，etc.，*de I'empire de la Chine et de la Tartarie chinoise*[2] 两书亦言之，尤以居中国之耶稣会教士 Attiret 神父一七四七年（清乾隆十二年）之函，详述圆明园之内容者，为流传甚广而最能动人。凡论中国园艺术之书，无不引之。中国园艺术之见重于英国，此函之功为甚大也。

始以中国园艺术实用于欧洲者，为英王御用之建筑师谦巴斯氏（W.Chambers）谦巴斯少时，执事于瑞典之东印度公司，曾至中国游历。其后既任英王御用之建筑师，复来东方一次，归后著《东方园艺术论》（*Eassys on Oriental Gardening*）[3] 其书中明言英国园艺术之完全模仿自然者之缺点，谓其"毫无变化，材料亦无选择，且无想象能力，使游客烦闷欲死"。此非真正之返依自然，乃过度之感情作用为之也。于是一七〇五至一七五九年间，谦巴斯为肯特公爵（Duke of Kent）建造圆墅（Kew Garden）多仿中国式，堆叠拳石假山，引细流小涧贯之，时复杂以丛林广场，更造佛塔（见本期插画第一幅），凡九层，高十六丈。塔之檐角，以龙为饰，据云登塔顶可望见四十英里之远，又于塔旁小湖之滨，建一孔子庙（The House of Confucius）（见本期插画第二幅）。其实小亭而已，雕栏文窗，颇仿中国式，其建筑大体，则杂以他国他教之规制，非尽纯也。是为欧洲有中国式建筑之始，此园及佛塔等造成后，荷兰、德、法各国仿造者纷纷，遗迹颇有存于今者，兹不具述。

时有德国人温齐（Ludwig A. Unzer）于一七七三年，著《中国园艺术论》（*Über die Chinesischen Garten*）一书，谓中国之园艺术，具阳刚之美，允堪推为模范，欧洲人宜亟学习之，不必引以为耻云云。又曰"彼英人较易审知高华壮烈之美，故英人之推崇中国园艺术而采用之者，实较他国为早。今急宜追步"云云。又谓中国园艺术中喜用曲线，此足表示其人心灵之活动。"彼中国人园中喜用如蛇之曲线，谓较直线为生动而多姿致。故不

---

1. 一七二九年译本，海牙出版。
2. 一七三五年，巴黎出版。
3. 一七七二年，伦敦出版。

但羊肠甬路，山径石级，以及千回百折之幽谷小溪，即桥之圆形而上拱者，亦均用曲线也。"又谓中国园林极多变化，故能使人接连而起各种之感情，曰："中国之善为园艺者，其布置之目的有三：其一，以悦目之景物，使人油然起深邃之思，或生幽凄之感。其二，则以庄严之景物，使人起恐怖及畏惧之心。其三，则以美观之物，使人目迷眩，而生惊异之感觉。"又曰："其种种布置，不厌重复，有时堆聚一处，乃大足感人也。"又常使瀑布急湍，奔赴冲击，其旁岩石虎蹲，苍凉驱迈之气，使人畏慑。然前行数武，或略一转身，则赏心悦目之景复见，斯固中国园艺之主体也。

温齐书中又曰："中国之布置园景者，善以幽暗与光明之色，简单与复杂之形，相间成文，从心所为本无定律。而其结果，虽部分厘然各成一体，而合之则异常谐和，使人起美快之感觉。"又恒用奇特之物为点缀，以激起人之感情。"而如盘根错节虬形蟠屈之老树，则于中国园墅中常见之，以其最易引人注意也。"

其时有讥谦巴斯等所为之中国式园墅，其中点缀过繁，徒以各种奇特之事物取自东方者，纷纭堆积，炫人耳目。然凌杂繁重，失却自然之美。如 Weise 即作诗讥之，卢梭亦以此为言，谓"人之消遣之具，应简单而轻妙"，何取乎此？温齐驳之曰："卢梭欲使园中丝毫不用人工之艺术，是则不如废去此园而不设之为愈。盖卢梭之所求者，无非一片安适幽静之地，为独居修学致思之所，异乎常人之所求者耳。夫园墅之设，乃择取自然之一部而范围之，以欣赏其细微精致之美，固非欲观览自然之全体也。"

又其时有德国 Kiel 大学美学教授哈希非德氏（C. S. W. Hirschfeld）于一七七九至一七八五年间，著《园艺术之原理》(*Theorie der Gartenkunst*)一书，细究园中各色布置所引起游客之感情，续曰："今世所称为中国园艺术者，未知究竟是否传自中国，然其风行之广，动人之深，则世界到处莫能与匹者也。英国之人，久已倾倒。而今者德法之人亦相率皈依，凡建造园墅者，不问一己之嗜好，亦不比较今古之优劣，而但曰，吾园须为中国式，或为中国英国之混合式。"如是风靡仿效，恐欧洲人行将丧失其固有之智慧矣云云。

然中国园艺术之行于欧洲，为时甚暂，其盛约始于一七五〇年之顷。

而自一七六七年起，即有实行攻讦之者，先由英国而及于德法，逐渐废弃改辙。越二十年，至法国大革命起时，中国园艺已全衰矣。独在荷兰，犹延其残喘至十九世纪初年，顾亦微末不足道者耳。

又当感情主义之时代中，中国之水墨画法，传入欧洲，画家如英国之 John Robert Cozens 等，皆以中国之毛笔及墨汁作画，先用墨钩勒，而后设色。但为此者不多耳。

欧洲之感情主义与中国老庄之神秘浪漫思想，甚相近似，故一七五〇年，有耶稣会教士某，译老子《道德经》为拉丁文，其稿今犹存于英国伦敦之印度事务局（Indian office）中。其后法人芮慕萨 Jean Pierre-Abel, Rémusat（1788—1832）于一八二四年，译出《道德经》之第一至第四章，至一八四二年，法人尤里安 Stanislaus Julien（1799—1873）始将《道德经》之全文译成。自是而老子在欧洲人心目中，乃骎骎与孔子同等并肩矣。

第六章　葛德

以识解及智慧论，葛德 Goethe[1]（1749—1832）[2] 实为近世最大之人物，其与中国之关系虽浅，然考究寻绎，亦足资启发吾人之心思也。葛德对于中国及中国文化之态度，约可分为二期。（一）葛德少时（一八〇〇年以前）每以中国与浪漫主义并为一谈，视中国之器物习尚皆离奇怪诞。虽以其新异歆动世人，葛德亦偶尔涉猎赏玩，然其心殊鄙弃中国以为无足重轻也。（二）至其晚年（一八〇〇年以后），则葛德之态度幡然改变，知中国与西欧之古学精神（Classicism）较为相近。葛德虽读中国书籍极少，然其观察深至，谓中国文明有宁静中和之精神，其人之生活以及文艺器物之所表见者，皆光明而纯粹，健全而安定。时欧洲正当法国大革命及拿破仑时代，兵戈扰攘之余，又值一偏而含病态之浪漫主义盛行之后，两两相

---

1. 今译歌德。——编者注
2. 其像见本志第五十三期插画。

形，中国之优点及其真价值，乃易窥见也。故夫葛德对于中国态度之改变，正可表示其一生精神思想进化之阶级。第一期乃十八世纪欧洲普通人所共有之见解，第二期则葛德独到之观察也 [1]。

葛德在其自传《诗与真理》(Dichtung und Wahrheit) 中，记其幼时在家，尝将壁间所悬之中国帏幔扯脱，其父因之大怒，严加斥责，又谓"此等帏幔上所绘之花卉，有时甚自然，有时则为奇趣怪诞之中国式"，是葛德以中国器物艺术为奇趣怪诞也。

一七七〇年，葛德居 Strassburg 之日记 (Ephemerides) 中，记其所拟读之书。其一曰"中国六经之译本，多言道德哲学者"，此当指一七一一年卫方济之拉丁文译本（见第三章）。惟葛德是否用心读之，则不可知。一七七三年，葛德评该年诗选集 (Musenalmanach) 之文中，有评温齐（见第五章）之中国诗一首曰："温齐君之诗，乃以中国之散碎材料堆砌而成，置之镜奁（中国漆器）茶盘之间，甚合宜也。"

葛德所作《情胜》(The Triumph of Sentiment) 一剧，其中一幕布景，用中国之陈设，以见其浪漫之意。又历举中国器物之流行于欧洲者，而以中国式与中世之峨特式 (Gothic) 并称云。

葛德与许雷 Schiller[2] 合撰之《赏鉴赘言》(Paralipomena on Dilettantism) 中有云："英人之所为赏鉴者，重其物之有用，法人则否，效英人而不类，则成为中国人之赏鉴矣。"此盖指中国之园艺术而言也。

葛德旋作 Elpenor 一剧，仅成二幕而止，颇为许雷所赞赏，今考葛德日记，一七八一年正月十日云，现方读耶稣会士 Jean-Baptiste Du Halde（1674—1743）所编之《中国全志》(Description géographique, historique, chronologique, politique et physique de l'empire de la chine et de la Tartarie chinoise)[3] 一书。该书中有中国故事戏剧各一种，戏剧即耶稣会士马若瑟

---

1. 按，即在今日，以好奇及戏谑之心理对待中国事物及文明，如葛德第一期所为者，其人数仍极多，而具葛德第二期之观察，或赞同其说者，则甚寥寥。诚可哀也。
2. 其像见本志第四十二期插画。
3. 第五章已引及。

Joseph-Marie de Premare[1] 所译之《赵氏孤儿》剧。又考葛德日记，是年八月十一日，始着手撰 Elpenor 剧本，至次年三月，撰成两幕，知该剧实脱胎于《赵氏孤儿》，暗用其事者，旋欲改用希腊剧中之情节，一再试之，知其不可强合，于是旋作旋辍。而此剧卒未完成焉。

一七八七年，葛德游意大利，于那波里（Naples）博物院中，见中国二物，许其"甚为工美"。盖葛德颇能赏鉴中国手工艺术之精致而工细也。越数年，葛德撰《设色之原理论》（*Farbenlehre*）有曰："文明未甚发达之国家，选择颜料颇能精细，常必其纯粹不变，相沿成风，而技能遂大进步。此所以静止文明之国，如埃及印度中国者，其设色乃至工美也。盖静止之国，其人以宗教精神纳于艺术，凡事前之筹备、材料之选择，无不悉心考虑，丝毫不苟。临事又力求精工，不厌辛勤，其按步就班，迟缓而有恒之态，正与自然之行事相同，故其所制作之器物，彼文明较高、进步甚速之国，渴欲摹仿之而不能也。"

一七九一年，葛德撰 *Der Gross Kophta* 一剧，其中欲显示神魔鬼怪之处，用中国之帐幔灯烛为装点云。

葛德在威匿思（Venice）作打油诗云："纵彼中国之人，以其工致之笔，绘少年维特及其所眷女子于玻璃镜上，与我何益哉。"盖讯其时之爱读《少年维特之烦恼》（*Die Leiden des jungen Werthers*）一书如狂之人也。一七九六年，葛德作《罗马城中之中国人》（*The Chinaman in Rome*）之打油诗，托此以讥嘲同时德国浪漫派文人 Jean Paul Richter 者，非真评论中国人也。

葛德其时又读英国海军提督安孙[2]之《世界周游记》（*Lord Anson's Voyage Round the World in the Years*，1740—1744），其时关于中国之书甚少，译本亦恶劣失真，宜葛德之卑视中国也。

许雷作 Turandot 一剧，葛德见而悦之，谓此剧中描叙"奇怪之北京"及彼"爱和平、喜游乐而多愁思之中国皇帝"，颇为谐妙，足见戏台上无

---

1. 一六九八年到中国，一七三八年死于澳门。
2. 见第三章所引。

所不可也。

以上拉杂记述者，皆第一期中之葛德也。一八一三至一八一五年，又一八二七至一八二八年，为葛德诚心研究中国学问之时。一八一三年十月，葛德书其日记曰："吾之性行奇特，尚有一事足记者，即吾每遇政治上将有大变动，举世震撼之时，辄潜心研究最僻远而无关系之事物，以为一己安舒之计。故此次由 Karlsbad 归后，惟埋首于叙述中华帝国之各种书籍中，他无所为也。"是年十月二日至十六日，正值莱布齐希（Leibzig）大战[1]之前数日。而据葛德日记中所载，则此半月中，其所读之书如下：（一）《马哥孛罗游记》（*Marco Polo's De Regionibus Orientalibus*）；（二）英国巴罗（Barrow）马加尼（Macartney）所作出使中国记；（三）包氏（Pauw）关于中国及埃及人之哲理研究（*Recherches philosophiques sur les Egyptions et les Chinoit*）；（四）卫匡国（Martino Martini, 1614—1661）[2]之中国地图 Atlas Sinensis 等。盖此时之葛德，已能脱离主观而为普遍之观察，欲于万变之中，求得定律，借是以获知识。而以中国为和平发展之国家，代表宁静之精神，故倾心于中国也。

然葛德之研究中国学问，不仅战乱之顷为之也，即平时亦用功此途。一八一五年十月，格里木 Wilhelm Grimm（1786—1859）[3]与其兄书，谓"葛德方读《好逑传》（*Hao-Chiu-Chuan*）并作笔记"。又据葛德一八一七年九月四日致其友函，谓方读毕英人大卫氏（Davis）所译之中国戏剧名《老生儿》者（Lao-sheng-erh: *An Heir in His Old Age*），初读似无味，细读乃见其妙云云。葛德于《印度及中国诗论》（*Essay on Indian and Chinese Poetry*）中，谓中国人最重礼节，故凡宗教及国家之典礼仪文，均当为剧中情节之所取资云云。

葛德所撰小说 *Wilhelm Meisters Wander Jahre* 中，谓"某日威廉外出访友，徘徊乡野歧路之间，忽见道左林际有隐士之屋，屋顶为中国式。隐士道貌岸然，立檐下，注视威廉，乃知隐士多日来并未病也"。此段之隐

---

1. 此战拿破仑为普鲁士等国所大败，被流于圣爱巴岛，逾年又复位，卒未成。
2. 一六四三年到中国，后死于杭州。
3. 德国语言学家。

士殆指圣贤垂教之中国，若威廉岂葛德自寓乎？

葛德虽称道中国，而决不如十八世纪中人崇拜之狂热。葛德曰："吾欧洲人之高等教育，仍当以希腊、罗马文学之研究为本，至若中国、印度、埃及古代之学术，则以好奇之心偶尔涉猎可耳。通之亦固有益，顾不足为吾人道德、美术、教育之资也。"然葛德此言，初非为真正价值之评判。盖谓东西之历史风俗截然不同，其文明一则静而已成，一则动而方进。故教育之设施应各有权宜，未可以此而强易彼，此则葛德之意，不可不知者也。

葛德晚年之所从事者，为输入中国文学之材料于德国文学，葛德身后出版之遗诗中，有由中国《百美新咏》(*The Hundred Poems of Beautiful Women*) 译出之诗数首。其第一首题为《最美之中国女子》，下注"一八二六年二月二日"。葛德集中又有文一篇，题曰《百美新咏中之中国材料》，文中有云，"由是可知，虽以今世种种情形，而彼奇异之中国之人，仍可言情赋诗而无阻也"。又查葛德日记云，一八二七年二月二日、三日，读中国诗一篇曰《中国人之求婚》(*Chinese Courtship*)；二月二十五日，读《中国女诗人》；五月十四日又十九日，读芮慕萨（见前引）所译之小说一篇曰《玉娇李》；八月二十二日，续读《中国故事》；一八二八年正月三十一日，葛德告其友，谓已读毕《花笺记》之英文译本，极赏其轻清俊妙。而一八二〇年译成英文之《中国故事》(*The Affectionationate Pair*) 叙少年男女同宿一宵而不乱者（未详），葛德亦必于此时读之也。积以上之材料，乃有《年日杂记》(*Chinesisch-Deutsche Jahres-und Tageszeiten*) 之作。葛德能收中国之材料以为己用，而同时又足以传中国之精神，晴爽之日光，精致之雕刻，金鱼之活跃，美女之笑声，凡此皆足表见东方人之快乐宁静，而葛德诗中亦均能表达之也。且此等译诗，实可表示葛德晚年研究中国学问所受之益处，其心若谓世中万物皆轻清纯粹，物与物之关系皆明白确定，内外之生活皆安静无扰。有如踢毽之戏，技已精熟，则依循旧式，平稳前进，毫无声响。葛德之视世事，亦正如斯耳。

葛德一八二七年十月三十一日，与其友 Eckermann 之谈话曰："中国人较清、较纯、较合道德，中国人处处常为有意识之良善公民，无私欲，亦无诗情，颇似吾所撰 Hermann and Dorothea 诗中及英国李查生（Richardson）小说中之人物也。"又曰："中国之故事皆正当而合乎道德。"又曰："中国人凡事均有节制，不行之过当，故能立国数千年之久，他日亦不至灭亡，赖有此耳。"盖葛德深喜中国之所谓道，当其少时，视中国事物为芜杂而躁乱，深为厌之；而至晚岁，乃弥爱中国公德之平正安静，而称赞之不已也。一八二七年正月三十一日，葛德又告其友 Eckermann 曰："吾今益信诗乃全世人类之所公有，国家文学本不成一名词，今后为世界文学之时代，如何而促进世界文学，则吾人之责也。"葛德晚年见解如是之高，其所以能致此者，亦由其研究中国学术事理，深受裨益。此本章之大旨也。

第七章　结论

综上所述，十八世纪之初年，中国之器物术艺，流传至欧洲，法国宫廷首先采用，成为风尚。中国南部之珍贵物产，与罗柯柯艺术相合，而增其富丽焉（上文第二章）。开明时代，则有取于中国北方严正明晰、崇尚理性之哲学，而奉孔子为导师（上文第三章）。重农学派之人，以生计为立国之本，其立说多取资于中国古代之制度及中国北方经济实况（上文第四章）。迨一七六〇年至一七八〇年之间，感情主义兴，力图"返于自然"，于是亟赏中国之园艺术，谓可使其感情曲折表达（上文第五章）。中国文明之流传于欧洲，至是将满百年，自十八世纪之末而遽衰。入十九世纪后，更寂无声响，其由盛而衰之原因，可分为以下诸端。

（一）耶稣会教士态度地位之改变也。十七、十八世纪中，中国与欧洲文明之交通全赖耶稣会教士为之转输。然一七二三年（雍正元年）中国政府禁止教士居住内地（仅许居澳门），又改天主教堂为公所，严禁人民信教。自是以后，耶稣会教士之事业，大受亏损。中国当局，以天主教各派之互争，疑教士以构衅煽乱为能，故行厉禁。而因此之故，耶稣会教士，亦深怨望，对于中国之态度一变。前此但事称赞，今则为确切严正之批评，时或不免诋谋。试以一七四九年之 *Lettres édifiantes et curieuses* 与一七七六年以后之 *Mémoires concernant l'histoire*, etc., de la Chine[1] 两相比较，即显见其前后之不同。而在欧洲，一七六二年法国政府下令解散耶稣会，次年完全实行。于是耶稣会在欧洲之势力亦失。耶稣会教士之势力日减，而商人逐利者之势力，随之递增。若辈日言中国之野蛮腐败，中国之文化乃不能见重于西欧矣。

（二）欧洲学者之攻诋中国文明也。法国学者德基留氏 Joseph de Guignes（1721—1800）[2] 于一七七四年撰《中国史鉴论评》（*Examen critique des Annales chinoises ou Mémoire sur l'incertitude des douze premiers siècles de ces Annales, et de la chronologie chinoise*），又于一七七九年撰《中国年历论》（*Réflexions sur quelques passages rapportés par les Missionaires concernant la Chronologie chinoise*），谓中国史鉴多不可信，其所纪中国上古一千二百年之事，实无根据，且年月亦多错误云云。自此种讥弹疑古之书出，欧人对中国文明之信仰骤减[3]。而英国学者宗士氏 Sir William Jones（1746—1794）于一七九〇年，撰《论中国人》（*Discours sur les Chinois*）一篇，对于中国哲学大肆攻诋，谓中国哲学本极粗浅幼稚，何足有研究之价值云云。此种论调一出，而中国之文明益难行于欧土矣。

（三）经济商业之注重也。欧洲人对于中国，学术之研究既乏，而经济权利之思想日重。一七八六年耶稣会教士之通信汇编（名见前）已多述中国硼砂、水银、竹木、牛羊等出产，鲜及他事。欧洲舆论，视中国仅为大好之商场已耳。十八世纪下半叶，欧洲与中国之交通，渐为英国所独有。而英国人所撰关于中国之书籍，无非物产调查商业报告之类，再则地图游记等。欲鼓励英国少壮之人，前赴中国营商逐利。其在法国，情形较佳，研究中国学术之人士尚不乏。然十九世纪中叶，法国学者鲍梯尔 Jean-Pierre-Guillaume Pauthier（1801—1873）已深为叹惜，谓昔人所盛为研究之中国学问，"今仅三五特别人士注意及之"，又谓"当吾人之远祖尚

---

1. 均耶稣会教士通信汇编，在巴黎出版。
2. 其人深通中国文字，著有《匈奴突厥起源论》及《塞外民族史》等，原书名过长不录。
3. 乃今吾国中妄为疑古之士，犹欲推波助澜，何也？

蛰居于日耳曼及高卢之森林中时，前此数百年，彼东亚各国，文明程度已甚高。而吾人乃斥此诸国之人为野蛮。到今犹存鄙视，不亦误乎！"

（四）希腊罗马学之复盛也。一七六〇年以后，欧人复喜研究希腊罗马之学问，遂取东方而代之。其极遂有谓中国文明亦出于希腊者，如一七七八年，德国苟廷根大学（Göttingen）哲学教授麦纳司氏（Christopher Meiners）著 *Übersetzungen der Abhandlungen Chinesischer Jesuiten über die Geschichte, Wissenschaften und Künste, Sitten und Gebräuche der Chinesen* 一书，谓"汉时中国与西域交通，大夏粟特等国，文明皆已甚高，希腊之文明必于此时传入中国，盖尚在希腊文明流布于欧洲西北部之前，史迹确凿，无可疑也"。又谓亚拉伯人亦曾输入希腊文明于中国云，此说当时之人多信之。而哈格氏（Joseph Hager）著 *Panthéon Chinois ou Parallèle Entre Le Culte religieux des Grecs et celui des Chinois*[1] 一书，则反其说，谓希腊祭神之仪节及所用之礼器，均传自中国，顾无人信之也。麦纳司之书又曰："夫希腊人乃欧洲之导师，希腊尚无文字书籍之时，而谓彼东方野蛮之中国人，已作成史鉴诗歌，创出完备之宗教及道德，其谁信之！当亚历山大王出世之前数百年，而谓彼中国之文学，已能如此工美，其辞采之富丽庄严，则不亚于罗马之名篇杰构。其中所言之宗教道德哲学之道理，则除耶教圣经而外，莫能与之抗衡，此其事又其谁信之！"总之，欧洲之人，当十八世纪之初，共尊中国为人类智慧之发源地。而至十八世纪之末，则转而以此推许希腊。昔之崇拜中国，固属过当，今之鄙夷中国，则尤为无据也。

（五）艺术观念之改变也。中国磁器行之已久，渐有讥斥之者。一七五三年，意大利邦贝等二古城（Pompeii and Herculaneum）发见，希腊罗马古器物出土，中国艺术器物遂不如前之珍视，且此时中等社会逐渐得势，不能欣赏罗柯柯轻妙细致之艺术。中国艺术之地位随之而低，即设色一端，亦喜用单色或重色，异于中国之画法矣。

（六）印度文明之见重于欧洲人也。欧洲之人于十八世纪中，共推重

---

1. 一八〇六年，巴黎出版。

中国之文明。于十九世纪中，则推重印度之文明，前后如出一辙。舍此邦哲学之光明，而取彼土宗教之神秘，研究印度之宗教思想文字艺术者日众。而中国文明在欧洲之势力大衰，以至于今焉。

载《学衡》第 55 期，1926 年 7 月

芬诺罗萨论中国文字之优点

张荫麟译

【编者导读】

本文是旅日美国学者费诺罗沙（Ernest Fenollosa，文中译为芬诺罗萨）《论用中国文字作诗之工具》（今译《作为诗歌媒介的中国文字》）一书的节译，费诺罗沙是 19 世纪末 20 世纪初中西艺术交流史上的重要人物，明治时代受聘于东京帝国大学教授哲学与经济学，其后研究兴趣发生转向，对东亚艺术产生浓厚兴趣。译文指出中国文字最大的特点是以图象之文字，构成智识之经纬，具有隐喻之功能，间接造就中国人长于想像的具象思维特征。

芬诺罗萨（Ernest Francisco Fenollosa，1853—1908），美国人，生于咸丰三年，卒于光绪三十四年。侨居日本，讲学终身。著有《中日艺术史》（*Epochs of Chinese and Japanese Art*，1910）及《日本戏剧研究》（*"Noh" or Accomplishment: a Study of the Classical Stage of Japan*）等书。兹所译者，为其遗作，原名《论用中国文字作诗之工具》（*The Chinese Written Character as a medium for Poetry*），刊载于朋氏（Ezra Pound）《鼓吹》（*Instigation*）一书中，近柴思义氏（Lewis Chase）所编英文散文选中亦录之。——译者识。

斯二十世纪不独为世界史翻一新页，抑且开一怀心烁目之新章。未来之异象隐然展现于吾人之前。以言文明，则有半乳育于欧洲，而囊括一世之文明；对于种族国家，则有前此所未尝梦见之责任。

即仅就中国问题而论，其重大已不容他国之忽视。吾侪居美洲者，尤当跨太平洋而面之。匪惟面之，抑将谙悉之。苟不谙悉之，彼将操持我。谙悉之之道无他焉，存不挠之同情，奋不懈之努力，求了解其最精良、最可属望而最关切于人类之原素而已矣。

最不幸者，东方文化中稍深奥之问题，久已遭吾侪英美人之忽略或误解。吾侪误以中国人为崇拜物质之人民，为退步而衰敝之种族。吾侪小视日本为抄袭之国家。吾侪懵然臆断，谓中国历史中，无社会进化之现象可睹，无精神道德剧变之时代可稽。吾侪直不认此诸民族有其主要之"人德"（humanity），更轻蔑其一切理想，视之举无异于滑稽歌剧中之诙谐曲然。

夫吾侪今日所负之责任，不在摧彼等之城垒，不在辟彼等之市场，而在研究其特贝之"人德"，其高尚之愿望，而予以深厚之同情。彼诸民族，其教化之准式极高，其经验之储于载籍者倍于吾侪。若中国人者，于人生至理之缔构中，实理想家而兼实验家也。其历史所展示，乃一鹄的极高而成就极伟之境界。方之古代地中海诸民族之历史无逊色焉。彼其最善之理想，彼其理想之蕴结于艺术、于文学、于其生活之惨剧中者，吾侪正需以为补偏救弊之资也。

东方绘画之活力与实际价值，足以为领略东方精神之秘钥，吾侪既见明证矣。若夫其文学，若夫为其文学之根核之诗歌，诚能一加探讨，纵全豹未窥，亦盛业也。

前此研究中国诗者，若德卫士（Davis）、若李格（Legge）、若圣但尼（St.Denys）、若翟理斯（Giles），皆炳耀之学者，于其淹博之学问，吾无能赞一词。今不自揆量，追随其后，或当向读者告罪。吾之草此文，并非以语言学专家或中国学专家之资格也。盖吾于东方文化中之美境颇热心探求，与东方人士密交亦多历年所，故于其生活所不可离之诗歌，不能无所领略云尔。

吾之犯险为此，泰半动于私衷之感慨。盖近有一不幸之信仰，遍播于英美，谓中国日本之诗歌，仅以为玩乐之具，琐屑幼稚，而不足以侧于世界作者之林。吾尝闻著名中国学专家之言矣，曰：此等诗只可视为语言学之研究资料，不尔，则稆获之报不偿耕耨之劳。

然吾之感想与此结论乃如冰炭之不相容。吾慷慨之热情，使吾不得不举其新发现之愉快，与其他西方人共之。吾其怡然自骗欤？而不然者，则前此表述中国诗之方法，众所奉为圭臬者，必缺乏审美之同情，必缺乏诗之灵感，二者必有一焉。请将吾所以愉快之故，就正于读者。

今夫以英文表述非英文之诗歌，其为成为败，什七视乎表述者之工英文诗与否。彼老耄之学者，当其少壮，已穷年矻矻于中国文学之记论，而责其兼为诗人，未免所望过奢。即就希腊诗言，使译述之者而以庸凡鄙倍之格调自封，则希腊诗之不幸，亦无异于中国诗耳。治中国学者须念之，译诗之目的，在无失其为诗，不在墨守字典中之注释也。

吾此文或有一微绩焉。以其代表日本人研究中国文化之一派学说，而其说前此未尝有述者也。往者欧人每依借当代中国人之学问为研究阶梯，然在数百年前中国人已丧其富于创造力之故我，已忘其对于人生意旨之悟解，惟其本来之精神独流入日本，葳蕤不改，以生以长，以阐发而不绝焉。举其大体言之，今日日本之文化实与中国宋代之文化为近。吾在日本，幸得受业于森槐南（Kainan Mori）教授，先生盖当代中国诗学之最大宗师，近方掌教席于东京帝国大学。

本文论诗，非论语言文字，然诗之根苗实丽于语言文字。凡研究一种语言，若中国语，其形式上不类于吾西方语言如此其甚者，则须究乎诗学上普遍之形式之美，从何而得之也。

今夫韵文之著于视而可识之演形文字者，何以能成其为诗乎？骤观之，诗犹音乐然，乃时间之艺术。由音声之继响，而生节调之雍谐，则诗似难托体于泰半象形动目之文字。如以葛雷（Thomas Gray，1716—1771，英国诗人）"The curfew tolls the knell of parting day"（斜晖谢世去，暮钟奏丧乐）之句，与中国诗"月晴如耀雪"之句相比较，苟置后者之音声勿论，则二者同具之点为何耶？若谓二者同含有若干散文之意义，此犹未足也。盖所待决之问题，即就形式而论，此中国诗句曷能包涵所以别诗于散文之原素乎？

试再审观，则知此诸中国字，虽视而可识，而其排列之必依一定次序，亦犹葛雷氏所用之声音符号也。凡诗之形式所必不可缺者，全在一有规则而能变化之秩序。其秩序可供随意范塑，亦犹思想之本身，而中国诗中固具有此种秩序者也。

有一事焉，吾人或不常熟思及之，思想之络绎相继，非因主观之运施偶然如是，亦非因主观之运施自有缺憾，使不得不如是也，实因自然界之运施，本为络绎相继也。力之由发力体而迁移于受力体也。自然现象之所由构成也，其迁移也占时间焉。是故若重现之想像界中，亦必需同样之秩序。设吾探首牖外，注视一人，此人猝然回首，凝瞩一物，吾再审视，而知其目光所集者为一马。若是，则吾之所见，第一为此人在未动之前，第二为此人在方动之顷，第三为其动作所抵之物。此动作及此动作之影像，本在一刹那间联续无间，而吾人宣之于言，则裂之为三部或三节，而依其原序排列，故曰 man sees horse（人见马）。此三节或三字，不过为三个音符，代表自然历程之三项目而已。然此思想上之三段落，又可用他种符号指示之，此符号其随意假设与前同，惟不以声音为基础，如中国文"人见马"三字是也。苟吾人皆知此三个记号中，若者代表此幅心影之某部分，则吾人直可用图达意，其简易当不减于口语。吾人日常作手势示意，即师此法也。然中国文字固不仅随意假设之符号而已也，盖基于自然界运施之速记图而栩栩欲活之图也。在代数之公式及口头之言辞中，记号与实物间，无自然之关络也，纯依习惯而已。惟中国造书之法实随自然之暗示，试即上文所举三字观之。（一）人字，象此人张二腿而立；（二）见字，象此人眼在空间移动，示眼下有腿奔走之形。此眼、此奔走之腿，固为变真之图画，然亦足使人一见不能忘；（三）马字，则此马挺四蹄立。此等记号，不独能唤起思想之影像，与音符字有同等之效力，且其唤起之影像实更实在更生动。之三字也，皆有腿者也，皆栩栩欲活者也。吾尝谓此等字之集合实带有影戏性质，岂妄言哉？夫绘画及照相，虽具体而明，而其所以失真者，以丧失自然之连续也。今如以"僧人遇蛇像"（the Laocoon）[1]，与下（左）录白朗宁（R.Browning）之诗比较。

I Sprang to the Saddle, and Jorris, and he.（跃上兮马鞍，众侣兮来同。）

And into the midnight we galloped abreast.（深夜兮黯黯，并驾兮驰冲。）

优劣显分。乃知诗之为艺术所以独优者，盖在其能摹拟时间之实在，雕刻则不能。至若能摹拟时间之实在而兼得具体之影像者，惟中国诗而已。彼中国诗，既具画图之栩栩，复有音声之琅琅。幸较言之，实视前举

---

1. 见本志第八期插画及说明。

二者，更为客观，更为活跃。吾侪读中国文恍如目击事物之实现，而非将若干心中之号码左搬右弄也。

兹姑暂置语句之形式不论，而一观中国单字之构造，细察其栩栩欲活之性质。中国字之原始形式盖为图像。虽因日后习惯，改易殊体，然其在人想像中之势力，未尝少有动摇也。恒人或不知大多数意标字根（ideographic roots）实带有动作之意象，以为凡属图画，自当为实物之图画，故中国文字之根蒂，必皆为文法家所称为名辞者。然试详加考察，则大多数原始中国字甚至所谓古文者，每为动作或动作历程之速记图画。例如"言"字，为口外二辞，火焰上举。例如"萎"字，为草下有曲挠之根是也。若举简单之图象，拼合以成新字，则此栩栩活现之性质更显著而更有诗意。盖经此拼合二物相纽所产生者，非另一实物，而实暗示此二物之根本关系。例如人旁火为"伙"是也。夫孤立无连之物，即所谓真正之名词者，自然界所无也。万物皆为动作之终点，抑实为动作之交点？譬犹动作所切之横断面焉，譬犹快镜所摄取之照片焉。又所谓纯粹动词，所谓抽象运动，概不能存在于自然界。吾人目之所见，名词与动词为一，物之方动也，动之在物也，二者不须臾离也。而中国文字所以代表物与动之道，其趋向正如是也。试举其例，日在草本萌苗之下为"春"，日在木之枝间为"东"，力田为"男"，舟附水为"洍"（洍，水微波也）皆是也。

今试复论语句之形式，而细究积单字而为句，果加增何等势力。夫句语之形式，奚为而有之耶？奚为在各国语言中皆不可缺此耶？其模范之榜样为何耶？果如是其普遍，其必有合于自然界之主要规律矣。此诸问题，吾尝疑不知世有几人曾以自难也。彼专门文法家所予之答案，以吾观之，盖实不完。彼辈之界说，不出二种：（一）者，凡语句表达一完全思想；（二）者，凡语句为主词及宾词之结合。试分究之，（一）第一界说，可以自然的客观标准验之，盖思想不能为其自身完全与否之证验，理至彰也。然自然界固无可为完全者也。由一方面观之，实际上所谓完全，仅可用一感叹辞表达之，如云"噫，彼处"或"耗矣"是，更或可用挥拳努目表达之者。若此之类，固无须用一全句而意义始明也。由他方面观之，完全之语句亦未有能尽表达一思想者也。今夫注视之人与被视之马，非僵立不动者也。彼人注视之前，计欲跃身上马焉。彼人跨鞍握辔时，马复伸蹄跊蹴焉。自其实而言之，一切动作乃相继随，且相连续，或互为因果，或互相推移。吾人无论能联若干节读为一复合句，而动作之隙漏见遗者所在皆是，犹破坏之电线之漏电也。自然界一切历程皆交相系络，是故依此界说而论，世间无所谓完全之语句，有之则必极长，尽无穷之时间而后乃能说毕者耳。

（二）其第二界说，即谓语句乃主词与宾词之结合者。持此论之文法家，纯恃主观，谓主辞宾辞之结合乃吾侪自为之，是不啻吾人左右手间之私自搬弄、互相传递而已。主辞者，吾人所语及者也。宾辞者，吾人所言其与主词之关系者也。依此界说，则语句非以写状自然，直因吾人为能言之动物，故偶尔产生耳。如其然，则语句之确实与否，无从考验矣，则真伪无别矣，则言辞无以示信矣。夫彼文法家之为此说，殆受中世谬妄无用之逻辑之毒。依此种逻辑，思想之对象为抽象之型范，为概念。概念何自生，则如筛米然，从实物抽出也。而彼辈逻辑家从不一问，彼其所从实物中抽出之物德（qualities）果如何产生也，彼辈心中之棋局搬弄（指思想），其有契于事实与否，全视乎此等物德或势力（powers）或特性（properties）之比附于实物，是否遵依自然之秩序，然而彼辈乃轻蔑实物，视为特殊之细节，视为棋局中无足重轻之小卒，一若研究植物学者，当以桌布上所织所绣之树叶模样，为推理之根据者焉。夫力之在物也，犹脉之在身，其动也至赜。所谓真实之科学思想必力求密合于此搏动之实相，毋稍违失。思想非以血脉毫无之概念为对象也，惟秉其显微镜而观物之跳动于其下耳。

初民始有语言，其造句之形式，实自然迫之，使不得不然也。句非人所造，盖句之构成乃依从实际因果之时间先后之次序者也。一切真象必以语句表达之者，以一切真象皆为力之传授也。句之式样之出于自然者，可以闪电例之。电之所过，乃在二界之间，曰云曰地。一切自然现象，无有更简于是者。一切自然现象，其动作之个体，皆恰恰如是。光也，热也，地心摄力也，化学物之化合也，人之意志之表现也，有所同者一焉，皆力之重行分布是也，其动作之个体，可表之如下：

所从来者　　　　力之传授　　　　所至止者

　　倘以力之传授为一施力体之有意识或无意识的动作，则前式可改易如下：

　　施力体　　　　　动作　　　　　　受力体

　　由此观之，动作者乃所指示之事之主要之实质也。彼施力体与受力体不过为其两端之界阈而已。以吾观之，在英文及中国文中，句之普通形式适能表达此自然动作之个体。句之组成，有不可少者三字。其一示施力体，或曰主辞，力所从发韧也。其二状动作之迸发。其三指受力体。故如"农夫舂米"Farmer pounds rice 一句（英文句中不关重要之附属字兹略去）乃表示动作，农夫之力传授至米，所谓舂之事也。而此句之构造即可证明中国文及英文之句法实与自然动作之通则定式符合，最为入情近理，且足使语言文字与实物接近。又以其句法侧重动词之故，足使一切言辞灵活生动，成为戏剧之诗也。

　　凡有字尾变化之文字，若拉丁文、德文、日文，其句中字之次序恒异乎上所云。所以者何？即以其字尾有变化也。盖在此等文字之句中，若者为施力体，若者为受力体，均可用字尾之变化指示之也。而在无字尾变化之文字，若英文与中国文，舍字之次序外，更无足以区别施受之位。而此苟非顺从自然之次序，苟非因果相随之次序，则亦不足为区别之表征。迫而出此，合乎规律，实中国文与英文之大幸也。

　　文字中固有所谓自动（transitive）及被动（passive）之句，有用动词"是"（Verb "to be"）构成之句，更有否定之句。自文法家及伦理学家观之，此等句式似先他动句式而生，否则亦当为他动句式之例外。吾久疑此等表似例外之句式实从他动句蜕变而成，今得中国文中之例证而益信。在中国文字中，此种变化之迹犹可见也。

　　自动式之生，盖由他动句而脱去其宾词也。宾词奚为而脱去也，其词极普遍，不言而喻，则可省，如云"吾行"以代"吾行路"是也。其因习惯之关系不言而喻，则可省，如云"吾呼吸"以代"吾呼吸空气"是也。其词属于本身不言而喻，则可省，如云"天红"以代"天自红"是也。由是吾侪乃得残弱不完之句，犹画图之丹青未毕者然。吾侪遂以为有若干动词乃以指示状态（state）而非指示动作，不知即"状态"一名，除用于文法而外，实不能认为"科学的"，当吾人言"此墙辉耀"之时，谁能疑吾人之意，非谓此墙将日光反射入于吾目乎？

中文动词之所以特具优点者，以其皆可随人意而为自动或他动也。自然的自动词者，世无是物也。至于被动之句，其为表示二物相关之句，至昭昭也，不过颠倒其序，使宾词成为主词耳。此宾词之自身，实非不动，其于动作，实贡献若干实际的自力焉，绳以科学之定律，证以日常之经验而有契协也。英文被动句式之用"is"字为助，似足为此说之障。然窃疑其字本为一普遍之他动词，义如"收受"，其后乃退化而成助动词，而在中国文字中，其情形正复尔尔[1]，是可喜也。自然界中，无否定之现象也，无负力（negative force）传授之可能也。语言中之有否定句，似足助逻辑家"断言 assertion 为主观任意之举"之说张目。自然界不能有否定之现象，而吾人则能有否定之断言。虽然，至是科学又来助吾人以斥逻辑家之误谬焉。一切表似"负的"或破坏的行动，皆有"正的"势力与之偕，毁灭固非有巨力不为功也。是故吾人有当致疑者。苟溯一切否定语助词之历史，或当发现此等语助词亦源出于他动词，在阿利安（Aryan）文字（即印度欧罗巴语系）中，此种源流已无可考，其踪迹已灭矣。惟在中国文字中，肯定概念之变为否定词，尚可考见。中文表示不存在之状态之一字，即训"迷失于林间"之"无"（弃）字也。英文表示否定之"not"字等于梵文之 na 字，此 not 字似由 na 之字根而来，na 训失训灭。

复次，英文用一普遍之联结字 is，下缀状词或名词，以替代特定之动词，故不云 The tree greens itself（树自绿），而云 The tree is green（树是绿），不云 Monkey bring forth live young（猴产小猴），而云 The monkey is a mammal（猴乃一哺乳类动物）。此乃文字上最大之缺点，由于举一切动词而归纳齐一之，所以致此。如 live（生存）、see（视）、walk（行）、breathe（呼吸）等字，脱去其宾词，则变为指示状态之字。此等指示状态之字再从而抽象归纳，直臻其极，则成为 to be 而仅示事物之存在而已。

---

1. 例如中文"甲杀乙"，则曰"乙被杀"，或曰"乙为甲所杀"，兹云被及为所，皆有收受之义。

论其实，世无纯粹之"联结字"也。此种观念原始所无也，即如exist（存在）一字，本训"前立"，以一特定之动作自显也。is字原于阿利安字根as，义为呼吸，be字原于bhu，义为生长。

　　其在中文，可与is对译之主要字，即含有动意之"有"字，此字本训"伸手攫月"。即此散文中最朴素之记号，亦受魔力之潜连，而赋有极灿烂极具体之诗意矣。

　　凡上所言，苟足以明中文句式之富于诗意，苟足以明中文句式之吻合自然，则吾冗长之分析为不虚矣。凡译中国文必须竭力追摹原文之具体的势力，必不可用状词名动及自动词，而当以强有力之他动词代之。

　　由前所论观之，可知中英文句式之相近，是故彼此转译，特易为功。盖中英文之特性，多相类同，以英文译中文时，但将英文中附属字（particles）省去，而依原文逐字对照，不加增窜即可。如是译成之英文，不独清显可诵，且或为极强有力、极富诗意之英文焉。

　　今舍中文句式而返论单字。中文之单字如何分类耶？亦可自然区分为名词、动词、状词耶？其中亦有如西方语言中之代名词、前置词、接续词等等者耶？窃举阿利安语言分析之。而深信此等字类之区别，实非出于自然者也。盖不幸而文法家妄造之耳。既有此等区别，人生简单而富诗意之情态，遂为之梦矣。世界各国各族其最足动人、最有生气之文学作品皆成于文法发明之前者也。试一研究阿利安文字学，则知其字源之类于梵文之简单动词者，比比然也。自然界本身无所谓文法也，迷妄之人逞其幻想，强行造作，而谓人曰，"人"之一字乃名词，乃死物，而非官能之积合。"字类"（parts of speech）者，妄人所假立，然所立之区别往往失效，而各类之字恒互相借焉。其所以互相借用者，正以其原属同类也。

　　恒人鲜或知之，在英文中，字类区别之孳乳，犹枝桠之旁出，愈分愈细，今犹未止也。惟当奇词绕笔，措置维艰，或异文互译，相差其巨时，然后心思之内热，乃能镕销字类之界限，而随意所欲，用字无碍焉。

　　在中国文字中，有一最饶兴趣之事实焉。不独其句式之孳乳犹枝柯之桠分旁出，其字类亦然。字字活动未凝，范塑惟意，最与自然相契。盖物与事之间，非有鸿沟为隔也。中国文字原无所谓文法，盖至近世欧洲及日本人始强以其文法界说梏桎此生气横溢之文字耳。吾侪习中文时，乃将吾侪拘牵形式之弱点应有尽有，输入中文中，此在诗歌，尤属不幸。即就吾国诗歌而论，字之伸缩性且当竭力保存之，庶不丧其自然之神髓也。

试就吾国文字举例申论，英文以 to shine（意谓放光明）为无定式（infinitive）之动词，因其仅示动词之抽象意义，未及其他情况也。吾人苟需与此字同义之状词，则别用一字曰 bright，苟需一名词，则用 luminosity。此为抽象字，原从别一状词蜕变而来。苟需一具体之名词，则其词必与上所举动词状词之字根毫无关系。其物之原有动力，竟被任意剥去，如 the sun（日）或 the moon（月）是也。而自然界无若是残毁之物也。是故此等名词之制造，直脱形抽象之为耳。苟吾人于动词 shine、状词 bright、名词 sun 之外，而更有一字焉为其基础，则此字当命名为"无定式中之无定式"（infinitive of the infinitive）。依吾侪之观念，其为物也，当极端抽象而不可捉摸矣。

中文"明"字为日月二字合成，此字可用为动词、名词及状词。书"杯之明"时，不啻谓"杯之日月"也。若明作动词用，则不啻谓"杯日月"也，或弱其意，谓其"类日"也。若书"明杯"，不啻谓"日月杯"也。虽同用一字，而其真义不因之而棼。彼译中文为英文之学者，译一极简单、极直截之思想而踌躇数日，以定字类之选用者，真笨伯耳。

盖所有之中国字，几无一而非上文所称之基础字。然非抽象者也，非在各字类之外，别为一字类，乃同时包涵各字类，非名词、非动词、非状词，而同时兼为名词、亦动词、亦状词之物。其用也，全义时或略偏于彼，时或略偏于此，因观点而殊。然诗人随处皆有操纵之之自由，以使其义旨充实而具体，与自然无异也。动词之变化为名词也，阿利安文已先中国文而然。所有梵文字根为欧洲语言之基础者，几尽为古代之动词，表达自然界特殊动作视而可见者。凡动词所示必为自然界简单事实。盖吾人于自然界中所能认识者，惟动作与变迁而已。古初之他动句，例如"农夫春米"，其施力体与受力体之称为名词者，因其为一动作个体之界阈而已。"农夫"与"米"仅为两终点，划定"春"之两极端而已。若舍其在句中之效用，就两词之本身而论，则两词实皆动词也。农夫者，耕地者也，米者，植物之依某特殊规则而生长者也，此即中国字所指示者也。寻常名词之由于动词而来，此可为其例焉，中国文字以及一切文字中，其最初所谓名词皆有所施为者也，皆表示动作者也。是故 moon（月）字源于字根 ma，其义为"量度者"，sun（日）字本义为"能产育者"。

状词之从动词蜕变而来，几无需举证。即在今日，犹可见"动状词"（participle）之变为状词。在日本文中，状词皆为动词变体（inflection，谓将字尾加以变化而变其用也）之一种，为动词之一式（mood），故所有动词亦皆为状词也，此与自然为近。盖无论何地，所谓物德（quality）者，不过一种动作之势力，具有抽象之属性而已。绿者，达于某速度之震动也。坚者，达于某密度之黏附也。中国文中，状词恒带有动词之意义。翻译者务当存之，毋以无血脉之抽象形容词缀以 is，便算足事也。

中国文之前置词（preposition）更饶兴趣，盖常非前置词，而为"后置词"也。在欧洲语言中，前置词之所以如此其重要，所以如枢纽之不可缺者，以吾侪已减杀自动词之势力也。既已减杀，则欲复原来之势力，非益以赘疣之字不可矣。吾人今犹言 I see a horse（吾见一马），至于力弱之动词"look"（望）字，则必须益以"at"（于）然后能复其本来之他动性（transitiveness）耳。

不完全之动词恒藉前置词而完全之，前置词指控名词，而以名词为限阈者也，挟力而加诸名词之上者也。易辞言之，前置词即动词也。惟其为用也，或义本偏于一隅而化为普遍，或义本宽广而约之使狭耳。在阿利安文字中，即简单之前置词，其从动词蜕化之源流每难追溯。仅 off（离去）一字，犹可见其为 to throw off（掷弃）一词残余之部分耳。中国文中，前置词即动词而扩大其本来之狭义者也。此等动词，其用也，常保持其动词之本义。苟亦步亦趋，不知变化，以无色彩之前置词译之，则译文美无生气矣。

故在中国文中，其与 by（为，为人所杀之为）等义者，有致令之意。其与 to（至，由此至彼之至）等义者，有趋向之意。其与 in（在）等义者，有居留之意。其与 from（从）等义者，有随从之意。余称是。

接续词之来源亦犹前置词然。接续词大都用于两动词间，以为动作之媒介，故其自身所指示者，自必为动作。故在中国文中，与 because（因）等义者，有用意。与 and（共）等义者，有包括于一之意。又另一字与 and 等义者，（与）有平行之意。与 or（或）等义者，有干预之意。与 if（使）等义者，有容许之意。[1] 其他类是者甚众，而在阿利安语言中皆无可溯考者也。

代名词似足为"字类进化说"之障，以其为人物之代表而不可分析也。然在中国文中，即此亦可见会意之神妙焉。例如中文与 I（人之自称）同义者，乃有五字。一曰我，手操戈为我，语势极强。二曰吾，五下口为吾，有以言退众之意，语势较弱。三曰私，有匿义，言私我也。四曰己，己字从口，下象茧形，有以自言为乐之意。五曰自，如自言自语之自是也（按此假说皆穿凿无稽，读者自明，姑为照译如此）。

以上剖析字类，似属无关本题，然实文中应有之义也。（一）者，吾侪所已遗忘之心智历程，上文为之阐辟。于以见中国文字，实有无涯之兴趣，而为语言哲学创一新章。（二）者，欲了悉中国文字所供给之诗的原料。上文所言，不可不察。夫诗之异乎文者，以诗之修辞尚具体耳。义蕴精微，足供哲学家之研索，未足以为诗也，必也。以直接之印象，挟神秘之魔力、动人情感于斯须，譬电烁而星流，智力仅能摸索而已。盖诗须能传其言中之妙，非仅传其心中之意思而已。抽象之意义，美无生容，惟想像全施，乃栩栩活跃耳。译中国诗必须舍弃狭隘之文法规例，而运用具体之动词，以追摹原文之神韵也。

凡上所论，仅发端绪而已。其所晓示者，一言以蔽之曰：中国文字及句法大都为自然界动作及历程之速记图画，而栩栩活跃之图画也。此于真诗之构成，自为助不少，然此等速记图画所表示之动作皆目所能睹者耳。至于目所不能睹者，苟无术焉以表达之，则中国文字尚为不完全之文字，而中国诗为极狭隘之艺术矣。盖最佳之诗不仅为自然之写照，而必兼涵高超之思想、精神之消息及微妙之关系。自然界诸多事理或隐秘微小，视而不见，或广大统合，漠漠无垠，他如振动也，黏附也，化合也，有非象所能示者也。而中国文字并该之，且其表达之也，极美丽而有势力焉。

---

1. 译者按，此处训释多不甚恰当，惟中文前置词多为动词，则显然可见。

或问曰：彼中国文字曷能以图象之字，构成智识之经纬欤？此自多数西方人观之，诚不可能，盖彼辈信逻辑范畴为思想之基础，而蔑视直接想像之能力也。然中国文字，虽其质料奇异，而其超出人目可见之境，而进于不可见之境，所经历程与古代各国各族所经者如出一辙焉。此历程为何？隐喻（metaphor）是已，以有形之影像喻无形之关系是已。

语言之实质，盖由隐喻层累构成。从文字学上稽之，凡抽象之名，其古代字根莫不示直接之动作。然原始之隐喻，不生于主观之随意假设也。隐喻之所以能成立者，以其合于自然界万物相关系之统系也。系关系之本身比其所关系之物更为实在，更为重要。今夫橡树桠间所成之角度，构成此角度之势力，乃潜藏于未萌之种子中矣。河流之派分也，民族之支衍也，皆由类此之抵抗力从其方向，与横冲四决之生气相迎相拒而成之焉。神经也，电线也，铁路也，支票兑换所也，凡兹交通之脉络，非独相似而已也，其构造直相同也。夫自然界固已举其秘钥授人，使宇宙而非为符应契合与同情所充斥，则思想当已僵瘵，而语言惟表示目所能见之实物矣，则吾人由微小而目可睹之真理，至广大而不能窥见之真理，其间何从渡过乎？吾人所用之字中，其直接指示自然现象者，不过数百。此等字根在古初之梵文中，皆可寻出，皆为活跃之动词，几无例外。然欧洲文字与时渐增，其增也，依乎自然之提示与万物之契合，隐喻之外更生隐喻，层积数累，有如地质学上之地层焉。

隐喻宣示自然，乃诗之主要原素。幽深之事物借浅显者而解释之，于是神话寓言富，而宇宙有生气矣。观察所及之世界之美丽与自由作为模范，而艺术孕育于生活中矣。有号为美学思想家者，谓艺术与诗专以普遍抽象为资料者，是大惑者也。持此谬见者，盖为中世之逻辑所误。夫艺术与诗之对象乃自然界之具体事物，而非逻辑学中诸多之"特称命题"整列而排比者也，此皆未尝存在者也。诗之视散文为优美者，以其同属文字，而能示吾人以更具体之真理也。隐喻者，乃自然之实质，亦语言之实质也。诗者不过举邃古人民所无意为者，而有意为之耳。文学家对于语言之主要工作，厥在返乎古代之途辙，而领略其原始之意旨。必如是，乃能使其文字有含蓄不尽之意，如悠扬微妙之音焉。最初之隐喻，犹明晃之背景，予文字以色彩与活力，而使之更合于自然现象之具体性者也。凡此之例，在莎士比亚著作中，随处可见。由上述之理，诗为世界艺术中之最古者，诗歌、语言、神话三者同生同长焉。

吾所以断断申述如上者，以其能显明中国文字之性质也。中国文字不独能摄取自然界之诗的实质，另造成一隐喻之世界，且以其象形之昭显，用能保持其原来富于创造力之诗素。其气魄之富，栩栩欲活，远非一切音标文字所能及焉。吾侪试先察中国文中之隐喻，何其密迩于自然之心坎如是也。其由可见而进于不可见之境，正犹前段所述，其由动词而改为代名词者焉。中国文字尚存古初之精髓，非经剥削干枯，如行路者所持之手杖然。尝闻人云，中国人及日本人性极冷酷，偏重机械，只知实利，又咬文嚼字，而毫无想像之天才，此赝言耳。

先民积隐喻而构成语言之体段及思想之统系。语言之所以薄弱僵冷于今日者，以吾人之思想不求深入耳。吾人为敏捷锐利之故，不得不举每字之意义而耆削之，不至其极狭而尖之锋端不止。于是自然界乃非天堂，而变为工厂矣。而吾人用字，亦安于沿袭今日流俗之错误。欲知近世文字衰败之遗迹，请一阅字典。惟学者与诗人，始殚力回溯文字变迁之蛛丝马迹，极其所能，抱残守缺，零星凑合，以成文辞耳。此近代语言之血亏症，而以声音符号拈结力之薄弱，故此症乃深入膏肓。盖凡用音标之文字，其蜕变之迹，自身无从表见，则以其文字中之隐喻无从窥察，不如象形文字之隐喻一望而知，故其曩时之真意义恒致遗忘，惟在中国文字则不容尔尔。

于此而中国文字之优点又见焉。中国每一字之源流，观此字即知之。虽隔数千载，而其隐喻进展之迹犹显而易见，且或即存于其字之意义中焉。是故中国字非若欧字之愈变而愈瘭，乃愈积而愈丰，与年并进，用能光芒璀璨，昭映眉宇。凡诸词字，一经其古昔之哲学家、历史家及诗人所用，顿益新义。词字譬诸一星，其新益之义犹光轮之环于其外，而此新义常为人所记忆而实行使用。彼中国人生活之神髓，一若芬然与其文字之根蒂相纠结。前型古范，充塞载籍，潮流奇变，纷纭奔赴。德性操行、纲维伦纪，凡此种种，莫不瞬息间电烁于吾心。使所读文字于其层累之意义外，更增生力，此非音标之文字所能梦见者也。彼意标文字（ideographs）

之于诗人文士，譬犹血渍之战旗之于百战余生之老将焉。其在西方，此等足以表现民族特点之文字所积存之宝藏，惟诗人始知之，始能利用之耳。诗化之文字，有若繁音协奏，叠响震曳，有若铜山东崩而洛钟西应，众力辏聚，不期而自然。惟在中文，此诗化之美质，乃臻于极，所以然者，其隐喻昭然可睹也。

中世逻辑之淫威，吾前已言之矣。由逻辑之说，则思想者一砖场也。经煅炙而成无数小块，命之曰"概念"。此无数小块积叠成行，按其大小为序，乃以字标记其上，留待将来之用。用之者，即拣择若干砖块，各取其习用标记之便于凑合，然后用肯定联结字 is 为白垩土，或用否定联结字 is not 为黑垩土，将诸砖块黏合成一段墙壁，命之曰句。如是为之，而"卷尾狒狒者，非宪法会议也"之妙语，于焉产生矣。

吾侪试就一列樱树而思之，于此诸树，逐一敲索，以抽出其若干通具之性，而以一名表达之，命曰"樱"或"樱德"。次乃别设一桌，列陈若干特殊之概念，若樱也、蔷薇也、日落也、铁锈也、红鸟也，由此诸概念更抽出一通具之性，或已稀薄，或及恒度，而标记之曰"红"或曰"红德"。此种抽索之步骤无论施于何物，皆可行之无穷，理至显也。是故吾侪可继续垒叠稀薄之概念，以建筑无数棱锥体直达顶点而后止。顶点为何？"存在"之一概念是已。

此抽索之步骤，上文已详喻无遗矣。棱锥体之底，众物在焉，然窒逼无生气矣。而此众物，苟未经上升下落于棱锥体诸层间，则亦不自知其为何物。在棱锥体中上升下落之道，可例示如下。今取一稀薄度较低之概念，譬曰"樱实"，而见其隶属于一稀薄度较高之概念下，譬曰"红德"。若是，则吾人可以句式宣示曰"樱德隶属于红德之下"，或约言之曰"樱实是红的"；反之，若所择主词不隶属于某一宾词下，则用一否定联结字缀之，如曰"樱实不是液体"是也。

由此可进而论三段论法之原理，然姑止此，此已足矣。由此可见彼自诩专精之逻辑家，其储贮于心中者，厥为一极长之名词状词之清单，非是弗便。盖名词状词者，不问而知为类别之名也，大多数语言教本恒以此类清单冠其编，而动词之研究微微不足道矣。盖依此思想之统系，其真正有用之动词惟一而已。此一者，假动词 is 是也。一切动词皆可变为动状词（participles）或动名词（gerunds），例如 to run（走）可变为 running（走的）。逻辑家之运思不直截了当，谓"彼人走"（The man runs）乃矫揉造作，杜撰出主词之方程式二。若曰，此案中之个体乃隶属于"人"之一类下，而此类"人"更隶属于"走的物"一类下。

此种方法之缺失与弱点，实昭且著，即在其本范围内，其所不能思者，盖半其所欲思者焉。凡两概念，苟非同在一棱锥体之内而相隶属，则无从措之使并，以此统系而欲表达事物之变迁生长，绝不能矣。进化一概念之所以迟迟始见于欧洲者，此或其一故欤？苟非举此种顽固不化之分类逻辑而摧陷廓清之，则语言之进步无可期也。

其敝更有远甚于此者，此种逻辑不能表明相互之影响及复杂之机能，依此逻辑，吾筋肉官能与神经系不相连属，犹吾筋肉官能之与月球上地震之无关也。就此种逻辑观之，彼不幸而置于棱锥体之底之众物遭弃见忽者（即实在之个体），不过若干琐屑项目或棋盘上无关重要之小卒耳。

科学之奋战不达于物不止。一切科学之工作，皆从棱锥体之底做起，不从其顶点也。科学所已发明者，官能之在物中如何相团结也。科学之表达其结果也，以团集之句语。此诸句语，其赋体非名词，非状词，而为具有特性之动词。思想之正确公式，可以一言代表之曰，所谓樱树者，谓一切樱树之所为所事也。其所由构成，即一切与之有关之动词也。语其本原，此等动词皆属他动，其为数之多，几于无穷云。

在修辞上及文法格律上，科学与逻辑势不两立。先民所造之语言，实合于科学而不合于逻辑。先民误以语言付诸逻辑之手，竟为逻辑败坏之矣。诗者，尤合乎科学而不合乎逻辑者也。

吾人甫用联结字，甫示主辞之隶属，则诗质立刻烟飞云散矣。事物之交互影响，吾人之表达之也，愈具体愈活动，则其为诗也愈优。吾人于诗，实需万千栩栩欲活之字，以状出宇宙间发动致生之伟力焉。自然界之宝藏非可以账簿式之结算，或句语之积叠而表现者也。诗人之思想借暗示而传，区区一词，义蕴充塞，有如饱孕，有如满载，其光彩富于中而溢于外云。

其在中文，几于每一字皆积贮此种暗示之能力。

是故研究中国诗，必须慎防逻辑家之陷阱。当知商业式字典中所注释之单字之意义太过狭隘而偏于实利，又当知英文文法之短，毋拘牵于字类之界限，毋以苟且堆用名词状词而自足。每一名词中所含之动词之意义，必须注意及之，力为探索。联结字 is 之用，可免即免，而以英文中久遭遗弃之动词代之。凡此诸端，皆翻译中文诗所当循之公例。而今之译品，其不全行违反此诸例者鲜矣。

　　自然界之动作恒相助长，他动句之繁演即基于是。以动作之互相助长故，施力体与受力体实各为一动词。例如英文 Reading promotes writing（诵读有裨撰作）一语，若用中文表达之，则当用纯粹动词三，此三动词实等于扩大之三短语（clause），三者之中，有可引伸为状词式（adjectival），或动状词式（participial），或无定式（infinitive），或复牒语（relative），或假设语（conditional），变化纷纭，不可胜列。试举其一例，如云 One who reads becomes one who writes（诵读者成为撰作者）。又一例云 If one reads, it teaches him how to write（人苟诵读则所读教人如何撰作）。惟在中文，则"诵读有裨撰作"一语尽之矣。观此一语中，动词特占优势，其威力足以举其他不同类之词而泯灭之。欲求文笔之简洁优美，此其模范矣。

　　吾英美两国之修辞学家，曾亦思及之否耶？英文之雄厚多力全赖其中他动词之丰富耳（或来自盎格鲁撒克逊文或源出拉丁文）。自然界者，一势力之储藏所也。吾人所以能表现各势力之特性各如其面目，而不致如印板文章者，他动词之功也。他动词之所以有如许威力者，以其承认自然界为一势力之储藏所也。在英文中，吾人之表示力之迁移也，不谓物之看来如此，不谓物之貌似如此，不谓物之终究如此，亦不谓物是否如此，而直谓物之所为如此。意志者，言语之基础也。动作之主宰者，吾人固攫得之矣。往者吾尝疑莎士比亚之文曷为高出寻常万万，进而察之，窃谓知其故焉。莎氏文中，用他动词至多。其用也，极自然，极裔丽，其用 is 之句极罕。is 一字，求合韵律，置于句末，未尝无小用，而莎氏独凛然屏弃之。世之欲锻炼其文笔者，盍一先研究莎氏所用之动词乎？

　　中国诗歌中，他动词极富，盖较之英文中莎士比亚所用者为广焉。

所以然者，中国文能将若干图画之部分并为一字也，二物同功。譬日与月而合为一动词（明），此英文中所无也。英文中，前附及后附之字根（prefixes and affixes）仅为指示及形容之用而已。其在中文，动词之区别可析入毫芒。同一观念，每有无数别异之字以名之，如驾舟一事也，而"驾舟玩赏"与"驾舟服贾"，其所用动词全异焉[1]。如忧恼一意也，而因形相之殊，异词繁伙，其在英文译品中，常均译为一淡薄无色之字，其中固有非委曲宛转言之不能表达者。然彼操译笔者，曷得忽略原文弦外之音耶？夫字之意义，轻重之间，每有细微之分别，译者不当眈思傍讯，搜索枯肠，以求恰当之英文字以译之乎？

中文意标字，其图象之意义，今无从考者固亦不少。而中国小学家亦谓和合之字，其中某某部分仅表示声音而已。顾谓此等从一观念缕析而出之字，在昔未与他字拼合以前，乃仅为抽象之音，而无具体之形。以愚观之，殊未可信，以其与进化之律相背驰也。复杂之观念，其兴也渐，而有待于抟结之之能力之生成。中国语言，音本无多，不能借以抟结之也。又若谓此等文字悉在一时造成，如商业电报所用之密码之编定然，是亦情理之所无也，是故声音之说多未可据。诸多文字，其源流今无从追溯者，固尝有隐喻存乎其中也。即吾英文字中，字源之湮灭者多矣。不以误从汉儒，强不知以为知也。李格氏（Legge）谓邃初象形之字，绝不能进而构成抽象之思想，其谬至足骇人，吾人亦尝见之矣。西方各国文字，何一非由数百音标之动词，以喻示之法而孳乳成者，借隐喻之用。中国文所成就，实能较西方文字为大也。稀薄（谓抽象）之观念，中国文字未有不能表达之者也。且中文之表达之也，更活动，更永久，而迥超乎吾人之所能望于音标语根者焉。此种用象形方法孳演之文字，实为理想之世界文字，姑不论中国文字之能合此资格否也。

中国诗借其栩栩之喻示，借其喻示之丰富，实合于自然本来之现象。吾上文所言，亦足以阐明之矣。使吾人而欲以英文追摹中国诗，则必须选用义蕴充溢之字，其活跃之暗示交撄互激，如自然界众力之交撄互激焉。

1.译者按，前者宜用"泛舟"、"荡舟"等，后者宜用"航"、"驶"等。

其缀句也，必当如旌旗上之垂尘，千丝万缕交缠，如绿茵上之丛花，姹紫嫣红相杂，而合成一巨美也。

夫诗人之所见所感，不厌其多。其所藉以避免联结字之松懈者，惟多用隐喻而已。此一型不变之死字，经诗笔之渲染，而生无数绮锦缛绣。盖万道光芒，自诗人之词藻映射于物上，若怒泉之喷发于一瞬焉。有史以前，造文字之诗人发现自然界全副谐和之大体，而以其诗歌颂自然现象。莎士比亚又举先民所创造之诗而凝炼之，使质加实而味加浓，是故在一切佳诗中，一字如一日轮，外环光晕，晕外复有彩圈，字挤叠于字上，各以其晃耀之外套互相包裹，使语句成为一串明晰之光带，绵绵不断焉。

明乎是，可与领略中国诗中绚烂之气象矣。诗之所以优于文者多端，其尤重者一事，诗人之选辞也，必求其如繁音合奏，玲瑢相谐，而具娇柔朗润之态。凡百艺术，莫不共循斯轨，合奏之众音，悉相均称，具娇柔之态，则美妙之谐和以生。其在音乐，谐和之可能与谐协之原理全基于合奏之众音。就选辞之谐和而论，诗之为艺，其不易工，盖远过于他艺焉。

众辞相配，而欲求其隐喻之如繁音相谐，则抉择去取之道曷在耶？曰噪劣之弊，若杂沓不粹之隐喻，可避免也。辞语之谐和，有极浓烈深刻者，若罗米欧抚已死之朱丽叶时之凄语是也 [1]。

于此而中国文字之优点又见焉。试举"日升东"一语为例，将此三字由左至右平列而观之，其一边为"日"，象日之形，他边"东"字，为日轮纠缠于树枝间之象，介乎其中之动词"升"字，更与二者相契合。此字象日在地平线上，而线上复有枝桠突出，虽寥寥一语，有如繁音协发，有如丽色相宣，盖其文字之组成，蕴藉丰厚，故选词者能以一和（去声）音之壮响，使他辞之意义咸增异彩焉，此或为中国诗最显著之美质也。本文所论仅发端绪，然于研究之方法，于领略中国诗之道，已略示其途径矣。

载《学衡》第 56 期，1926 年 8 月

---

1. 见莎士比亚《铸情》（*Romeo and Juliet*）剧本，罗米欧与朱丽叶乃相恋之男女。